D0834703

COLLECTION FOLIO

Frank Conroy

Corps et âme

L'enfant prodige

*Traduit de l'américain
par Nadia Akrouf*

Gallimard

Titre original :

BODY AND SOUL

© *Frank Conroy, 1993.*
All rights reserved. Published by arrangement with
Houghton Mifflin Company/Seymour Lawrence.
© *Éditions Gallimard, 1996, pour la traduction française.*

Né en 1936 aux États-Unis, Frank Conroy a enseigné dans plusieurs universités et publié des nouvelles ainsi que des articles sur la musique. Directeur du prestigieux atelier de création littéraire de l'Iowa, il partage son temps entre Iowa City et Nantucket.

Frank Conroy est mort en avril 2005.

Pour Tim

L'héritage qui t'est venu de ton ancêtre,
Il te faut l'acquérir pour le mieux posséder.

GOETHE, *Faust*

Première partie

CHAPITRE PREMIER

Sa première vision sur l'extérieur était le soupirail en forme d'éventail de l'appartement en sous-sol. Il grimpait sur la table et passait des heures à examiner derrière les barreaux le va-et-vient des passants sur le trottoir, son âme d'enfant captivée par la contemplation des rythmes et des cadences, toujours différents, des jambes et des pieds qui traversaient son champ de vision : une vieille femme avec des mollets minces, un gamin en baskets, des hommes chaussés de brodequins, des dames aux talons hauts, les godillots sombres et luisants des soldats. Si quelqu'un s'arrêtait, il pouvait voir les détails — barrettes, œillets, un talon éculé, le cuir fendillé révélant la chaussette —, mais c'était le changement qu'il aimait, la parade des couleurs et des mouvements. Il ne pensait à rien, debout ou à genoux à la fenêtre, les images l'emplissaient plutôt d'une sensation pure de détermination. Quelque chose se passait, dehors. Les gens allaient quelque part. Souvent, lorsqu'il quittait le soupirail, il rêvassait à des notions confusément perçues de direction, de décision, de changement, à l'existence d'un monde invisible. Il avait six ans, et presque toutes ses pensées, surtout lorsqu'il était seul, se formulaient sans mots, au-dessous du niveau du langage.

L'appartement était petit et sombre, il y était enfermé à clef jusqu'au moment terrible, chaque soir, où sa mère revenait à la maison avec son taxi. Il savait ce qu'était un taxi : il y avait des passagers, elle les prenait dans la rue et les conduisait d'un endroit à un autre, comme les gens qui marchaient sur le trottoir allaient d'un endroit à un autre, mais n'avait, elle-même, aucune destination. Elle allait là où les passagers lui disaient d'aller, et restait, en ce sens, un témoin, comme lui. Le taxi commençait le matin devant l'appartement et revenait la nuit tombée. Il avait l'impression qu'il faisait des cercles.

D'habitude, il l'entendait descendre les marches de fer qui menaient à la porte. Elle était grande, se déplaçait lentement, et la structure métallique entière résonnait à chacun de ses pas. Il y avait un bref moment de silence, le cliquetis de la clef dans la serrure, puis la porte s'ouvrait. Dans la pénombre, il la voyait déplacer le mètre quatre-vingts et les cent trente-cinq kilos de son corps à travers le chambranle. Il entendait le bruit de sa respiration, un souffle régulier, laborieux, tandis qu'elle s'introduisait dans la pièce.

« Claude ! » Elle avait une voix claire, musicale.

Il se plaça dans son champ de vision.

« Tu es là, fit-elle. Va me chercher une bière. »

Il alla dans la minuscule cuisine, sortit un quart de Pabst Ruban Bleu du réfrigérateur, ôta la capsule, prit un verre, revint dans la pièce. Il posa la bière sur la table basse devant le canapé et recula d'un pas. Elle s'assit, plaça son distributeur de monnaie et un rouleau de billets à côté de la bière, avec son journal du soir, le *PM*, plié, qu'elle avait tiré de sa poche revolver.

16

« J'en ai rien à foutre, que les nazis gagnent, mar-monna-t-elle. Ça pourra pas être pire que mainte-nant. » Elle se versa un verre de bière, le vida d'un trait, le remplit à nouveau. « Deux dollars d'amende ! Il m'a collé deux dollars d'amende ! Et pourquoi ? Trop loin du trottoir qu'il a dit, le crétin ! Trop loin ! Tu plaisantes ? T'as rien d'mieux à faire qu'à persé-cuter la classe ouvrière ? » Elle se resservit.

Claude s'assit sur le plancher. Il était attentif à son humeur, à sa disposition d'esprit, pour le cas où il lui faudrait filer. Parfois, lorsqu'il tournoyait autour du canapé ou lui glissait d'entre les bras, elle finissait par renoncer. Il savait que presque toujours lors-qu'elle lui flanquait une fessée, elle se retenait d'y aller à fond. Il l'avait vue ouvrir la porte de l'apparte-ment, un jour, et surprendre un ivrogne en train de pisser sur le petit palier au pied de l'escalier de fer. Elle avait envoyé le type rouler au sol d'un seul coup de poing sur la poitrine, l'avait roué méthodique-ment, le cul, la tête, jusqu'à ce qu'il perde connais-sance, puis l'avait traîné lentement par le col, pas à pas, en haut de l'escalier, jusqu'à la rue. Il y avait eu du sang sur les marches, des taches rouges sur le noir.

À présent, elle appuyait sur les touches du dis-tributeur de monnaie pour le vider. Elle empilait soigneusement les pièces, les comptait, prenait des notes sur un petit bout de papier. Elle tria les billets — de un dollar pour la plupart, mais il y en avait parfois de cinq — ses grandes lèvres remuant silencieusement tandis qu'elle calculait. Finalement, elle fit deux tas avec l'argent, l'un qu'elle reprendrait le lendemain matin l'autre qui irait dans la boîte en fer-blanc qu'elle rangeait dans le premier tiroir de la commode de sa chambre.

Dans la cuisine, elle ouvrit une autre bière, choisit

deux boîtes de conserve et commença à préparer le dîner de Claude. Elle faisait du bruit, dans l'espace exigu, heurtait distraitement les casseroles, lançait les ustensiles dans l'évier sans les regarder. Claude sentit l'odeur des spires de la plaque chauffante. Il s'assit sur un grand tabouret devant le comptoir et mangea ce qu'elle plaça devant lui. (Elle-même avait déjà dîné dehors.) Elle but jusqu'à ce que ses paupières s'alourdissent puis alla s'enfermer dans sa chambre et n'en émergea que le lendemain matin.

Il dormait sur un petit lit de camp des surplus de l'armée, dans la chambre du fond, qui était encombrée de cartons de fiches de taxi (il fallait les garder deux ans par ordre du préfet de police), de piles de journaux, de vieilles valises. Il y avait un jeu de pneus de rechange, des bidons d'huile de moteur, une malle-cabine, des rayonnages de livres, des étagères de vieux vêtements à elle et, tout au fond, adossé au mur, presque enseveli sous des piles de livres et de partitions, un petit piano console, blanc, avec soixante-six touches et un miroir au-dessus du clavier. Dans cette pièce, Claude avait trouvé une radio minuscule, avec un boîtier en carton verdâtre pas plus grand qu'un petit pain, qu'il avait placée sur une chaise pliante à la tête de son lit. Il s'allongeait, l'oreille collée au haut-parleur, et écoutait la musique ou les voix. Lorsque les voix parlaient, il parlait souvent avec elles, répétant les mots et les phrases une fraction de seconde après qu'ils fussent sortis de l'appareil. Il faisait cela très bien, avec vitesse et précision, même lorsqu'il ne comprenait pas le sens des paroles.

Le matin, elle lui donna une pièce de vingt-cinq cents et le laissa sortir pour aller au coin de la rue acheter un quart de litre de lait et deux petits pains. Il s'arrêta un moment en haut de l'escalier. Déjà, les fenêtres étaient ouvertes aux étages supérieurs des immeubles misérables, et les femmes, accoudées aux rebords, regardaient dans la rue, s'interpellaient de temps à autre. Les rayons du soleil ricochaient sur les rails du métro aérien de la Troisième Avenue, faisant flamboyer les pare-brise des voitures en stationnement. Il faisait chaud, le trottoir sentait la poussière de la ville.

Dans le magasin, Claude attendit son tour en surveillant pour voir si l'épicier allait utiliser la perche. En effet, quelqu'un demanda une boîte de céréales et le vieil homme saisit le long manche, l'orienta vers une étagère proche du plafond, pressa la poignée. Il inséra la boîte entre les pinces et, avec une délicatesse étonnante, la sortit de son emplacement. Lorsqu'il relâcha sa prise, la boîte tomba directement dans son autre main. Il y avait une dextérité, une précision dans ce geste quasi automatique, que Claude trouvait fascinantes. Claude plaça la pièce de vingt-cinq cents sur le comptoir, reçut le lait et les petits pains dans un sachet de papier brun et s'apprêta à partir.

« Dis à ta mère que je voudrais lui parler », lança le vieil homme.

Claude acquiesça et serra le sac contre sa poitrine. Il attendit pour voir si le vieux voulait ajouter quelque chose mais un client s'interposa entre eux.

Revenu à l'appartement, il mangea le pain et but le lait en regardant sa mère agrafer le distributeur de monnaie à sa ceinture. Elle portait des pantalons de travail, une chemise grise à manches courtes. Avec un soupir, elle courba son grand corps pour fixer les sangles de ses nu-pieds. « Je lui parlerai quand j'aurai le temps, marmonna-t-elle. De toute façon, je sais ce qu'il veut.

— Qu'est-ce qu'il veut ?

— Du fric. » Elle marqua une pause, regarda fixement le plancher. Des yeux bleus largement écartés, un nez droit, un vaste menton, une grande bouche. Un visage slave, bien que ses parents fussent irlandais. « Toujours du fric. » Elle se leva, sortit en fermant la porte à double tour derrière elle.

Il passa la plus grande partie de la journée dans la pièce du fond, au piano, à produire des sons et à les écouter. Il avait appris à tapoter des petites mélodies, parfois des fragments entendus à la radio, parfois des bribes de sa propre invention — les jouait et les rejouait jusqu'à ce que ses doigts lui fissent mal. Il pouvait jouer les mêmes quatre ou cinq notes à la suite pendant une demi-heure ou plus, comme s'il craignait de s'arrêter. Pour lui, les sons étaient rassurants, leur réalité étrangement apaisante, et la répétition augmentait cet effet. De temps à autre, il se contentait d'écraser le clavier avec les mains, les bras et les coudes, hurlant parfois à pleins poumons au milieu de la cacophonie. Mais il revenait toujours à l'occupation plus intéressante des phrases répétées. Il avait découvert les octaves. Il avait découvert la gamme de *do* et la jouait des heures entières, grisé par sa symétrie.

L'après-midi, il s'assit sur le plancher près de la radio et, tout en entendant les voix sans les écouter, construisit des châteaux de cartes. Il arrangea un petit labyrinthe, captura un cafard avec une feuille de journal, fit glisser l'insecte au milieu du dédale. Le cancrelat avança et recula pendant un instant, antennes frémissantes. Puis il escalada l'une des cartes et disparut sous le lit. Claude rassembla les cartes et construisit un autre château.

Au crépuscule, il retourna dans la pièce du devant et grimpa sur la table. Derrière la fenêtre en forme d'éventail, il regarda passer les gens sur le trottoir.

Lorsque sa mère revint, elle lui dit qu'il irait bientôt à l'école.

« C'est dehors? demanda-t-il en désignant la fenêtre.

— C'est à trois blocs, fit-elle. Que veux-tu dire, dehors?

— De quel côté?

— Par là. Vers la haute ville. »

Il sentit circuler en lui un flot tiède d'excitation, quelque chose qui ressemblait à ce qu'il éprouvait pendant quelques instants lorsqu'il écoutait la musique à la radio — le sentiment du grand large.

Il devait parcourir la Troisième Avenue de nombreuses années, elle finirait par faire si bien partie de lui-même qu'il ne la verrait plus. Mais les premiers jours, ce fut une fête. Les gens qui marchaient sur les trottoirs, les automobiles qui se faufilaient entre les colonnes du métro aérien, les camions qui passaient avec fracas dans les ombres striées de lumière — ses yeux absorbaient tout, sautaient d'une image à l'autre. Il en oubliait de regarder où il mettait les pieds, trébuchait sur un cageot de tomates devant la boutique de fruits et légumes, butait dans le porte-journaux du *candy store* tandis qu'il levait les yeux pour regarder un train qui fonçait au-dessus de sa tête. S'il tombait et s'écorchait le coude, la chute lui rappelait brutalement qu'il était vraiment là, qu'il était une réalité physique. Mais dès qu'il était debout, qu'il recommençait à regarder le tohu-bohu qui l'entourait et la puissance du monde semblait faire de lui un être sans corps.

Il s'arrêtait devant le marchand de tabac, collait son nez à la vitrine, regardait le Noir, enveloppé d'un tablier maculé, fabriquer les cigares. Univers brun... Feuilles de tabac suspendues, ou étalées sur le plan de travail... Nuances de bronze, cannelle, café ou cuir sombre... Éviers d'étain pleins d'eau foncée, dans laquelle le Noir, d'un geste habile, trempait une feuille de tabac découpée. Les mains brunes du type, ses paumes roses roulant la feuille humide sur la dalle de pierre. Les manches de bois poli de ses couteaux, de ses cisailles, le sommet de son crâne pendant qu'il travaillait — sans jamais lever la tête —, luisant comme du chocolat au lait tiède... Les cigares brun sombre couchés dans leurs boîtes de bois beige...

Il s'arrêtait devant le magasin de musique Weisfeld, contemplait les trompettes, les guitares, les banjos rutilants, les accordéons denses et mystérieux, les harmonicas de toutes tailles, les flûtes sveltes. Le cuivre, l'argent, l'ébène et la nacre lui envoyaient des reflets à travers la vitrine. Une petite cloche était accrochée à la porte du magasin, si bien que toutes les fois qu'un client entrait ou sortait, Claude l'entendait tinter — un son intime, cristallin, qui lui donnait la chair de poule.

L'école publique 31 était en retrait de la rue, derrière une haute clôture avec portail métallique et au-delà de l'étendue plate, bétonnée, d'une cour de récréation. Des flots d'enfants de toutes tailles franchissaient les grilles pour se disperser dans la cour, leurs cris perçants rebondissant contre les murs de brique des immeubles voisins. Jeux de marelle (pour les filles), *off-the-point* avec une balle de caoutchouc rose (pour les garçons), cordes à sauter (pour les filles), chat perché (pour les garçons) s'enchevêtraient dans une mer constamment agitée. Claude longea le mur, se fraya un chemin jusqu'à la porte d'entrée. Il s'assit, les genoux enveloppés de ses bras, et regarda les jeux, les garçons qui se bousculaient, les filles agglutinées en petits groupes qui bavardaient avec animation, jetant parfois un coup d'œil par-dessus leur épaule. Lorsque la cloche sonna, il alla directement à l'intérieur, avant les autres, et se glissa le premier dans la classe. Il s'assit à un pupitre du fond et se tint immobile — tellement immobile que lorsque la maîtresse entra et alla à son bureau, elle ne le remarqua pas. Quelques instants plus tard, les autres arrivèrent, et Claude fut soulagé. Instinctivement, il sentait qu'il valait mieux ne pas se faire remarquer.

Il était en troisième année lorsqu'il se hasarda à lever le doigt. La classe de mademoiselle Costigan, salle 202, était la première où les enfants devaient se tenir sagement assis et obéir. Mademoiselle Costigan, une femme mince, grisonnante, qui scrutait la classe à travers un pince-nez, avait, le jour de la rentrée, donné un coup de règle en bois sur la nuque d'un enfant chahuteur. Le gamin, que Claude connaissait bien pour ses allures fanfaronnes dans la cour de récréation, en fut réduit au silence et se le tint pour dit. Le reste de la trentaine d'écoliers qui composait la classe suivit le mouvement et elle n'utilisa plus jamais la règle, sinon pour l'abattre sur son bureau avec un claquement bruyant. Claude l'admirait et en avait peur, sentant confusément que c'était ce qu'elle voulait qu'ils éprouvassent, lui et les autres. Elle était distante, regardait rarement les élèves en face, préférait adresser ses remarques au mur du fond.

« Que lave-t-on en premier, les mains ou le visage ? » interrogea-t-elle un matin.

Claude examinait par la fenêtre un pigeon qui se pavanait sur le rebord, mais la nouveauté de la question de mademoiselle Costigan attira son attention. Voilà qui ne sortait pas d'un manuel de cours, ne faisait pas partie de l'une de ces longues, incroyablement assommantes leçons, qui occupaient tant d'heures de classe. Claude y vit une sorte d'astuce, quelque chose comme une devinette, et fut surpris du silence qui l'accueillit. Au bout d'un long instant, il leva le doigt.

« Oui ? » Mademoiselle Costigan pencha la tête en arrière.

« Les mains.

— Pourquoi ?

— Parce que alors on a les mains propres et qu'on peut se laver le visage avec des mains propres. » Tout ceci était pure spéculation intellectuelle étant donné que Claude se lavait rarement, qu'il était, en fait, plutôt sale, et bien éloigné de tels raffinements d'hygiène personnelle. Il détestait l'obscurité et l'odeur de moisi du bac à douche au fond de l'appartement.

« Exact. » Une fraction de seconde, mademoiselle Costigan l'enveloppa de son regard, à travers son pince-nez. Claude rougit et baissa les yeux. Il était content de lui, espérait qu'elle allait continuer à poser des devinettes, mais elle n'en fit rien. Elle commença une leçon qu'il écouta d'une oreille distraite, reportant son attention sur le pigeon.

Dans la cour, pendant les récréations et au moment du déjeuner, les garçons jouaient à la guerre. Nazis et GI. Capturer l'espion. Sergents et soldats. Ils défilaient en rang, se faisaient le salut militaire, portaient des revolvers dans leurs poches ou sous la ceinture de leurs pantalons. Les filles amenaient des albums de timbres de la Victoire et se les montraient, récoltaient des boulettes de papier aluminium pour l'effort de guerre.

« Tu es italien ? » lui demanda un grand pendant qu'ils attendaient leur tour pour une partie d'*off-the-point*.

« Je suis américain. » Claude avait des cheveux noirs et bouclés, des yeux sombres, le teint légèrement olivâtre. Il était petit et menu pour son âge.

« Tu as l'air d'être italien. Que penses-tu de Mussolini ?

— Mussolini pue.

— C'est bon, approuva le grand. Viens jouer. »

Lorsqu'il apparut clairement à Claude — à la lecture des journaux et en écoutant la radio — que la guerre était presque finie, il comprit avec un choc que ce grand événement historique pourrait avoir des répercussions sur sa vie personnelle. Il choisit son moment pour l'interroger. Le mieux, c'était toujours plus sûr, était de lui parler en début de soirée, lorsqu'elle rentrait du travail — entre la première et la deuxième bière. Elle faisait parfois attention à lui, alors. Le matin elle l'ignorait, ou bien, s'il insistait, avait tendance à le rembarrer, et même à lui filer des claques.

« Tu avais dit que mon père était soldat », commença-t-il.

Elle continua à empiler les pièces.

« Que va-t-il se passer ? Il va revenir ?

— Il a mis les voiles il y a belle lurette. Avant ta naissance, fit-elle. Il pourrait aussi bien être mort, pour ce que j'en sais.

— Mais je pensais...

— Laisse tomber. Quand tu étais bébé, je t'ai raconté des histoires de bébé. Si jamais on t'interroge, tu n'as qu'à répondre qu'il est mort à la guerre. »

Claude resta silencieux un moment puis avança d'un pas. « Mais s'il était mort, ils te l'auraient dit ? »

Elle leva les yeux. « Ils ? Qui ça, ils ? *Ils* ne savent rien de moi. Ni de toi, en l'occurrence. Maintenant arrête, avec ce truc. »

Il alla dans la pièce du fond, joua et rejoua des gammes jusqu'au dîner.

Le jour de la Victoire, tard dans l'après-midi, il se rendit au coin de Lexington Avenue et de la Quatre-vingt-sixième Rue — le centre du quartier, avec un kiosque à journaux à chaque angle pour fournir les flots de personnes qui s'engouffraient dans la station de l'IRT ou s'en déversaient. Cinq cinémas, des restaurants (Nedick pour les hot-dogs, Prexy pour les hamburgers), des cafés, des débits de tabac, des magasins de chaussures Florsheim, des tavernes, des boutiques de vêtements, des drugstores, le tout brillamment éclairé à l'approche du crépuscule. Le mot VICTOIRE s'étalait en lettres géantes sur l'auvent du cinéma RKO. Des milliers de personnes s'étaient rassemblées sur les trottoirs, débordant sur la chaussée où taxis et camions avançaient au pas. À l'entrée du McCabe's Bar, un écriteau offrait : BIÈRE GRATUITE À TOUS LES MILITAIRES EN UNIFORME, et une douzaine de jeunes soldats se tenaient là, les uns dansant avec des jeunes filles, d'autres chantant pour les accompagner.

« Nous allons à Times Square », cria un soldat à une femme qui essayait de se frayer un chemin en se protégeant derrière son sac d'épicerie. Il tenta de l'enlacer. « Vous venez ?

— Non, merci, l'entendit répondre Claude. Mais vous avez droit à un baiser ! » Elle se pencha vers le soldat, l'embrassa à pleine bouche sous les acclamations de la foule puis s'échappa. Le marin leva les bras au ciel et tournoya sur lui-même pour saluer les applaudisseurs.

Au bas de la rue, dans la lumière brillante qui se déversait du Loew's Orpheum, un petit orchestre de l'Armée du Salut jouait *America The Beautiful*, et les passants jetaient de la monnaie sur une couverture étalée devant lui — une pluie continuelle de pièces étincelant dans l'air du soir. Partout les gens souriaient, riaient, s'envoyaient des tapes dans le dos. Claude remarqua un vieil homme assis sur un pare-chocs de voiture, les joues ruisselantes de larmes. Un chien échappé courait dans la foule, traînant sa laisse derrière lui. De temps à autre, il se dressait sur ses pattes arrière.

Étourdi par l'excitation générale, Claude roula son bras autour d'un réverbère et continua à regarder, tournant la tête à droite et à gauche pour ne rien perdre du spectacle. Un drapeau américain avait été déployé à la fenêtre du second étage d'une salle de billard. Un homme, avec une barbe grise qui lui arrivait au milieu de la poitrine, était juché sur une caisse devant une épicerie et hurlait des mots que Claude ne comprenait pas, en agitant les bras de façon saccadée comme s'ils étaient mus par des ficelles. Des Klaxon retentissaient sur la chaussée. Sous la terre, le métro grondait.

Claude comprit que tous ces inconnus étaient entraînés dans quelque chose de commun, qu'une force invisible avait balayé toutes leurs différences. Ils ne faisaient qu'un, ils étaient unis. Et tandis qu'il se cramponnait encore plus fort au réverbère, il sentit ses propres larmes couler, parce qu'il était absolument seul, entièrement à part, et qu'il savait que rien ne pourrait jamais changer cela.

CHAPITRE 2

Avec un *nickel* qu'il avait volé la veille dans le distributeur de monnaie de sa mère — enfoncer la touche d'un geste preste, le cœur battant à se rompre, pendant qu'elle regardait dans le réfrigérateur — il alla à l'Optime du coin de Lexington Avenue et de la Quatre-vingt-sixième Rue, acheta un paquet de chewing-gum Beeman à la pepsine. Il partagea une plaquette en deux, mit une moitié dans sa bouche et ressortit dans le soleil brillant. Il fallait mâcher long-temps, bien après que le goût s'en fut allé, avant d'obtenir la bonne consistance. Il s'assit sur une borne d'incendie en cuivre et inspecta la rue. Pour l'instant, aucun autre gamin ne travaillait sur les grilles du métro, et c'était tant mieux, car ils étaient invaria-blement grands, et généralement costauds. Rien n'était plus humiliant que de se faire déloger. Il en brûlait de honte pendant des heures, haïssant ses bras fluets, sa faiblesse.

Lorsque la gomme fut suffisamment collante, il s'approcha du bord du trottoir et s'allongea sur la grille du métro, la main en visière sur les sourcils pour scruter l'obscurité en bas. Suie, bouts de papier, emballages de bonbons, mégots, détritus anonymes... Il glissa lentement sur le ventre, concentré, guettant l'éclat des pièces. Des piétons allaient et venaient autour de lui, il fut à peine conscient de l'énorme pneu d'autobus qui s'arrêta à quelques centimètres de sa tête, dans un chuintement de portes pneumatiques. Lorsqu'un train s'approchait sous terre, provoquant un appel d'air, il fermait simplement les yeux, attendait qu'il s'éloigne et se remettait à ramper. Il repéra une *dime* luisant dans la pénombre et se mit à genoux. Il sortit de sa poche un morceau de ficelle, un bout de bois d'environ la taille et la forme d'un petit cigare. Il attacha la ficelle à l'une des extrémités du bois, enleva le chewing-gum de sa bouche, le plaqua soigneusement à l'autre bout. Il étudia la grille un moment, choisit le carré par lequel il ferait descendre le bloc, se remit à plat ventre, laissa la ficelle filer très lentement à travers la grille, s'efforçant de maintenir le morceau de bois aussi stable que possible au cours de la descente. Il eut de la chance, il avait choisi le bon carré du premier coup. Le morceau de bois se plaça directement, et précisément, sur la *dime*. Contrôlant la tension de la ficelle du bout des doigts, il laissa peser presque tout le poids du bloc sur la pièce. Retenant son souffle, il remonta progressivement la ficelle, le bois, la gomme, la *dime*. Une précision absolue était nécessaire à la fin pour faire glisser l'ensemble à travers le carré sans le moindre à-coup. Il se remit alors à genoux et décolla la pièce.

Il lui fallut environ deux heures — laissant parfois le morceau de bois, sans chewing-gum, se balancer d'avant en arrière parmi les détritus afin de découvrir des pièces cachées — pour récolter trente-deux cents. À ce moment-là, un grand type s'était installé sur la grille de l'autre côté de la rue, jetant de temps à autre un coup d'œil autour de lui. Claude décida de s'en aller pour éviter un affrontement.

Un jour, un homme bien habillé s'arrêta pour le regarder. C'était insolite car les adultes ne faisaient pas attention à lui et semblaient ne jamais le voir, même lorsqu'ils l'enjambaient de leurs corps lourds, pressés par quelque urgence mystérieuse.

« Que fais-tu là ?

— Je pêche des pièces. »

L'homme s'approcha de la grille, plongea les yeux dans le noir. « Tu pêches ? »

Il sortit de sa poche une pièce de vingt-cinq cents, l'envoya en l'air d'une chiquenaude de son pouce. La pièce alla tinter contre le métal puis disparut dans le trou. « Peux-tu la pêcher ? »

Elle avait atterri sur une corniche à mi-hauteur et était facile à récupérer. L'homme s'accroupit à côté de Claude — qui perçut l'odeur légèrement épicée de son corps —, observa toute la manœuvre. Claude décolla la pièce de la gomme et la lui tendit.

« Elle est à toi, fit l'homme en se redressant. Garde-la. » Il se tapota les lèvres de l'index un moment comme s'il réfléchissait à quelque chose, puis se détourna brusquement et s'éloigna.

Claude regarda la pièce. Elle n'avait pas l'aspect magique de celles qu'il découvrait réellement, celles qui semblaient prendre vie sous ses yeux, jaillies du néant, les pièces orphelines, mais c'était beaucoup d'argent. Il alla chez Nedick, s'acheta un hot dog et un petit jus d'orange. Il reçut dix cents de monnaie, qu'il décida d'économiser. Il aimait avoir toujours une ou deux pièces de monnaie dans sa poche. C'était rassurant.

Le piano représentait une énigme. Pourquoi y avait-il des touches noires, et pourquoi étaient-elles disposées ainsi, par groupes de deux et de trois ?

Comment se faisait-il, lorsqu'on jouait les touches blanches de do à do (encore qu'il ne sût pas le nom des notes, ni même le fait qu'elles en eussent un), que cela sonnait juste, mais que, si l'on jouait les touches blanches de mi à mi, cela sonnait faux ? Il s'asseyait sur la banquette, jouait et rejouait la gamme de *do* — une octave, deux octaves, montant, descendant, dans les graves et dans les aigus, éprouvant un curieux sentiment de satisfaction. Le son lui-même semblait l'envelopper d'une sorte de grande cape protectrice, l'enclore dans une bulle d'énergie invisible.

Il lui arrivait parfois, lorsqu'il était allongé, par exemple, dans son lit, la radio éteinte, ou bien assis sur le sol, immobile, les yeux dans le vague, de prendre brusquement conscience de sa propre existence et du fait qu'il était seul. L'appartement en sous-sol était toujours vide, sa mère au travail, ou à ses discussions de groupe, ou terrée dans sa chambre. Le sentiment de solitude le submergeait, provoquant moins la peur que du malaise. Il allait au piano, faisait du bruit, se glissait dans la bulle protectrice, s'oubliait. Plusieurs mois passèrent ainsi.

Un jour qu'il s'amusait avec une seule note — la jouant tantôt fort, tantôt le plus doucement possible, tantôt quelque part au milieu — il se demanda soudain ce qu'il y avait dans le piano. Il se mit debout et examina l'instrument. Il débarrassa le haut de la caisse des piles de vieux journaux, des fiches de taxi et des magazines qui l'encombraient, ouvrit le couvercle pivotant, plongea les yeux au fond de la caisse. Impression de densité, d'ordre. Les cordes s'enfonçaient en oblique vers les ténèbres. Il tendit le bras, tourna le premier loquet de bois, puis le second, rattrapant de justesse le panneau revêtu du miroir qui recouvrait l'avant lorsqu'il tomba vers lui par surprise. À présent, il pouvait voir les marteaux de feutre, les chevilles, les leviers, les minuscules lanières de cuir de la mécanique.

Il se rassit sur la banquette, rejoua la note, observant la façon dont le marteau se propulsait à toute vitesse pour frapper la corde. Il se haussa jusqu'à mettre pratiquement le nez contre elle, appuya de nouveau sur la touche, recommença plusieurs fois, s'efforçant de comprendre les forces mises en jeu entre la touche et le marteau. Encoches. Petites chevilles de cuivre. Patins de feutre. Fines tringles. Un mécanisme discontinu, extrêmement compliqué, avec des ressorts et des vis minuscules dont il ne saisissait pas le rôle. Mais au bout d'un moment, appuyant tantôt fort, tantôt doucement, il finit par se faire une idée approximative de la façon dont l'ensemble fonctionnait. Fasciné, il appuya sur les touches les unes après les autres. Il effleura les cordes et les sentit vibrer.

Dans le tiroir de la banquette, il trouva des partitions. Les lignes et les symboles mystérieux étaient empreints d'une netteté qui évoquait l'intérieur du piano. Il y avait une relation, sûrement — et il savait où aller pour trouver exactement laquelle.

Tintement cristallin de la cloche lorsqu'il entra. Le magasin était vide de clients mais plein d'instruments de musique accrochés aux murs, exposés dans les vitrines, alignés — guitares, trombones, clarinettes, trompettes, accordéons, hautbois, violons, ukulélés, saxophones, tous disposés avec un soin méticuleux. Monsieur Weisfeld, un petit homme rond avec des yeux noirs pénétrants et une moustache fine, était assis derrière un comptoir.

« Ainsi, tu as fini par entrer, dit-il. Je t'ai vu dehors,

le nez collé à la vitrine. » Il plia son journal et le mit de côté. « Que puis-je faire pour toi ? »

Claude posa la partition sur le comptoir. « Qu'est-ce que c'est ? Je l'ai trouvé dans le piano.

— Tu as un piano ? Tu es donc riche. » Weisfeld ouvrit la musique. « Tu n'as pas l'air d'être riche.

— Un piano blanc. Avec un miroir. Il est dans ma chambre.

— Eh bien... c'est parfait. Un piano est une bonne chose à avoir dans sa chambre. » Il tambourina sur le comptoir. « Ceci est la partition de *Honeysuckle Rose*, un morceau de Fats Waller. »

Claude pointa le doigt sur la musique. « Mais ça ? Qu'est-ce que c'est que ça ? Ces choses-là ?

— Ces choses-là ? Ce sont des notes. Ces choses-là sont des notes. » Il regarda Claude qui, soudain, tourna la partition vers lui et l'examina en fronçant légèrement les sourcils. Weisfeld se leva, contourna une grande vitrine pleine d'harmonicas. Il prit la partition. « Viens. Je vais te montrer. » Il se dirigea vers le fond de la pièce, où se trouvait un piano droit.

« Il est grand, dit Claude. Bien plus grand que celui de ma chambre.

— C'est un Steinway. Vieux, mais bon. » Il s'assit sur la banquette, installa la musique sur le pupitre. « Tu vois cette note imprimée, là ? Celle avec la ligne au travers ? C'est le do du milieu. Ce nom lui va très bien parce qu'elle est au milieu, entre la clef de *sol* qui monte, et la clef de *fa* qui descend. Lorsqu'on descend les aigus, on rencontre le do du milieu. Lorsqu'on monte les graves, on rencontre le do du milieu. Tu vois ? C'est très important. C'est la même note — le do du milieu — bien que l'une soit imprimée plus bas que l'autre. La même. » Il regarda Claude. « Tu comprends ?

— Oui. Alors pourquoi les ont-ils mises à des endroits différents, si c'est la même ?

— Excellente question. Il faut remonter à l'ancien temps. Ils n'avaient pas de clefs, dans l'ancien temps, seulement dix, douze, ou seize lignes. Mais ils ont découvert qu'on les lirait plus facilement si on les partageait. Alors ils les ont partagées, cinq au-dessus, cinq au-dessous, et ils les ont imprimées de cette façon, en clefs. » Il leva l'index et joua une note sur le piano. « Voici le do du milieu, sur le clavier. Cette touche-là. Cette note-là. Tu vois, juste au milieu du clavier. » Il la rejoua. « Ainsi, ceci — de sa main libre il désigna son index gauche, qui tenait toujours la touche — est ce que cela — il pointa vers la note imprimée sur la musique — signifie. Ces notes correspondent à ces touches. En fait, elles sont des symboles. »

Claude regarda la partition, les touches, puis de nouveau la partition.

« OK, fit monsieur Weisfeld. Je commence depuis le début. Tu vois ? Ceci est la première mesure du morceau, qui est à quatre temps dans ce cas. Je vais jouer les touches qui correspondent exactement aux notes imprimées. » Il se mit à jouer la mélodie des deux mains, à un rythme modéré, ses doigts se mouvant apparemment sans effort sur le clavier. « *When I'm taking sips*, chanta-t-il d'une voix éraillée, *from your tasty lips, I'm in heaven goodness knows. Honeysuckle Rose.* » Le son du piano remplit le magasin. Monsieur Weisfeld laissa le dernier accord s'évanouir dans l'air, puis remua légèrement sur son siège.

« Alors... ça dit tout », chuchota Claude. Leurs têtes étaient exactement à la même hauteur, à quelques centimètres seulement l'une de l'autre.

« Oui. » Weisfeld contempla avec curiosité les yeux bruns, énormes, de l'enfant. « Oui. Ça dit tout. »

Claude pressa une touche, la garda tenue jusqu'à ce que le son disparaisse. Il se sentait bizarre, tout à coup, c'était comme s'il avait déjà vécu cela, qu'il était sorti du temps sans savoir comment, qu'il était à la fois dans son corps et dehors, qu'il flottait quelque part, se regardait d'en haut. La pièce s'assombrit, ses genoux se dérobèrent sous lui. Soudain, il sentit les mains de Weisfeld sur ses épaules, qui le soutenaient d'une poigne ferme.

« Qu'y a-t-il ? demanda Weisfeld. Tu n'es pas bien ?

— Ce n'est rien. » Claude recula d'un pas. Tout cela n'avait aucune importance. À présent, son cerveau tourbillonnait autour de la signification de ce que Weisfeld venait de révéler.

« Tu es sûr ? Cela t'arrive souvent ?

— Comment puis-je apprendre ? » souffla Claude en montrant le piano d'un signe de tête. « À faire ça, comme vous l'avez fait. »

Weisfeld dévisagea l'enfant un moment pour s'assurer qu'il était vraiment redevenu normal. « Comment se fait-il que tu sois si maigre ? Manges-tu assez ? Quand as-tu mangé pour la dernière fois ?

— Je dois apprendre à faire cela avec la musique.

— Tu dois ? » Le regard de Weisfeld se fit lointain. « Il doit ? » Son intonation n'était pas railleuse mais songeuse, comme s'il essayait de se pénétrer de la gravité de l'enfant.

« Je vous en prie. »

Weisfeld écouta le dernier mot se perdre dans le silence, comme Claude avait écouté la dernière note s'évanouir. Il se leva, abaissa les yeux vers l'enfant. « Bien sûr », dit-il.

Revenu derrière le comptoir, Weisfeld tira d'une étagère un livre mince à la couverture de papier. « Il se trouve que j'ai là un exemplaire usagé du *Livre bleu pour débutants*. Soldé à trente cents.

— Je n'ai qu'une *dime*, murmura Claude. Mais je peux en avoir plus. »

Weisfeld examina la question, ses doigts potelés manipulant le manuel. Les yeux de Claude demeuraient rivés au cahier. « Considérant le fait que nous sommes voisins, déclara Weisfeld, nous pouvons peut-être trouver un arrangement. Disons que tu vas me donner une *dime* aujourd'hui, une *dime* dans une semaine, une autre dans quinze jours.

— Très bien. C'est d'accord. » Claude sortit sa *dime* et tendit la main vers le manuel. « Quel jour sommes-nous ?

— Lundi. » Weisfeld arqua les sourcils. « Le premier jour de la semaine de classe. Tu ne vas pas à l'école ?

— De temps en temps.

— Sais-tu lire ? Les mots, je veux dire. Tu ne pourras rien faire de bon, avec ce manuel, si tu ne sais pas lire.

— Je sais lire. Je lis tout le temps.

— Tout le temps, répéta Weisfeld. C'est très bien. Alors, dis-moi, que lis-tu ?

— Des journaux. Parfois, elle apporte *Life* ou le *Reader's Digest*. Je lis aussi des livres,

— Des livres ! Excellent. » Weisfeld lui tendit le *Livre bleu pour débutants*. « Si tu accroches quelque part, viens me voir. Sinon, à lundi prochain. » Il avança la main par-dessus le comptoir pour lui dire au revoir.

« Je savais lire à quatre ans », dit Claude.

Il commença à guetter les bouteilles. On récupérait deux cents de consigne pour les petites, cinq pour les grandes. Il explora tout le quartier, arpentant la Troisième Avenue, les rues transversales, vérifiant poubelles, ruelles, caniveaux. Dès qu'il voyait quelqu'un assis sur un perron en train de boire un Coke, il rôdait discrètement de l'autre côté de la rue. Il était presque toujours déçu. Le quartier était pauvre, les gens près de leurs sous.

Il finit par abandonner son voisinage habituel, prospecta vers l'ouest, de l'autre côté de Lexington, Park et Madison Avenue. Là, les rues étaient propres, les immeubles très hauts, gardés par les portiers en uniforme, les piétons relativement peu nombreux et bien habillés. Les gens sortaient de gros taxis De Soto jaunes, traversaient le trottoir sous des auvents et disparaissaient à l'intérieur des immeubles. Il n'y avait pas de grille de métro, aucune pagaille visible, et, au départ, cela sembla sans espoir. Mais un jour, il remarqua un garçon livreur épicier, qui arrêtait son tricycle près de la petite porte latérale de l'un des immeubles les plus cossus d'un certain pâté de maisons. Le garçon ouvrit le grand caisson de bois placé entre les roues avant, retira un carton d'épicerie, ferma et verrouilla son coffre, entra dans l'immeuble. Lorsque Claude s'approcha de l'entrée, il aperçut un panneau discret portant les mots : ENTRÉE DE SERVICE. Des marches descendaient vers une porte. Claude recula, attendit une dizaine de minutes que le garçon livreur reparût et s'en allât. Il descendit l'escalier, hésita un moment, puis poussa la porte.

Un labyrinthe de tuyaux — de grands tubes épais suspendus au plafond qui se dirigeaient dans toutes les directions, des colonnes montantes émaillées de soupapes, de joints coudés, de raccords... Il avança prudemment dans l'obscurité, se guidant aux rares ampoules électriques qui dispensaient un faible halo de lumière au-dessus d'une chaudière, d'une boîte à fusibles, d'un jeu de manomètres, d'une ouverture. Le cliquetis soudain et gémissant d'une machinerie le fit sursauter lorsqu'il passa devant les portes closes de l'ascenseur de service. Il s'engagea nerveusement dans un couloir qui semblait repartir dans la direction d'où il venait. Il tourna plusieurs fois à gauche, à droite, réalisa qu'il s'était perdu. Il franchit un seuil, heurta aussitôt une poubelle énorme — il était entouré de poubelles. Une faible lueur, au-dessus d'une autre porte, semblait lui faire signe. Il se fraya un chemin parmi les poubelles et risqua un œil dans la pièce.

Un grand Noir en maillot de corps actionnait les cordes d'un vide-ordures, la nuque luisante de sueur. Il tirait alternativement d'une main puis de l'autre, jusqu'à ce que l'on entendît un bruit sourd. Alors, il tendait les bras dans la pénombre et soulevait une poubelle qu'il vidait dans une poubelle encore plus grande. Toutes les fois qu'il entendait le cliquetis d'une bouteille, il la récupérait et la plaçait sur le sol contre le mur. Il y en avait déjà plus d'une douzaine, alignées là. Et tandis que Claude regardait, le Noir y ajouta deux grandes bouteilles de Canada Dry.

Dans l'obscurité, Claude se faufila derrière une pile de cageots de bois, marcha sur le couvercle d'une poubelle, se figea sur place. Le Noir se retourna et se tint immobile un moment, aux aguets, l'oreille dressée. Il tendit la main vers sa poche arrière et en sortit un petit revolver brillant. Le tenant mollement devant lui, visant le sol, il avança lentement. Claude sentit une vague de chaleur l'inonder. Le Noir s'approcha des cageots, les contourna et brusquement toisa l'enfant de toute sa hauteur.

« Debout ! ordonna-t-il. Sors de là ! »

Claude obéit et se montra en pleine lumière. Ses yeux passaient alternativement du visage étroit de renard de l'homme, au revolver qu'il avait au côté.

« J'connais chaque gosse de c't immeuble », gronda l'homme en remettant le revolver dans sa poche. « Et t'es aucun d'eux.

— Je suis juste descendu, j'ai vu le garçon épicier, j'ai pensé que j'allais voir si je pouvais, alors j'ai perdu...

— Minute, minute. Pas si vite. » Le Noir s'accroupit, passa deux doigts sous la boucle de la ceinture de Claude, tira l'enfant jusqu'à lui. À présent, leurs visages n'étaient plus qu'à quelques centimètres. « Qu'est-ce que tu fous ici ?

— Les bouteilles. Je cherche des bouteilles. Pour le magasin. »

Au bout d'un moment, l'homme libéra Claude, mais ni l'un ni l'autre ne bougea. Claude sentait ses jambes trembler sous lui.

« Tu dis que tu es ici pour chercher des bouteilles consignées ? Dans *mon* immeuble ? *Mes* bouteilles ?

— Je suis désolé. Je ne savais pas.

— Savais pas quoi ? » Les yeux noirs étaient inflexibles.

« Je veux dire vos bouteilles... je pensais juste... » Claude se surprit à bâiller, un grand bâillement plein de frissons.

« T'es coincé, mon bonhomme. T'as pas trouvé la sortie, et maintenant t'es coincé. C'est ça, hein ? »

Claude fit oui avec la tête.

L'homme sembla étudier le visage de Claude. Au bout d'un moment il poussa un grand soupir et se mit debout. « C'est bon. On va causer.

— Où est la sortie ?

— J'ai dit : on va causer. » Il s'éloigna, repassa la porte en direction du vide-ordures. Claude le suivit. Le grand type désigna sa collecte. « Mes bouteilles, annonça-t-il. Y en a pour soixante-quatre cents.

— Puis-je m'en aller ?

— Si tu peux t'en aller ? » La voix de l'homme s'éleva dans un arc d'incrédulité. « T'en aller ? » Il laissa sa voix suspendue un moment, puis regarda le sol et secoua la tête. « Et le délit, alors ? prononça-t-il d'un ton lugubre. Et la violation de domicile ?

— Je ne sais pas, bredouilla Claude. Je ne connais pas ces choses-là.

— J'compte bien, qu'tu les connais pas. » L'homme eut un signe de tête approbateur. « Alors, je vais te donner une chance. P't-être même qu'ce s'ra une aubaine, pour toi.

— Où est la sortie ? »

Le grand type tourna soudain la tête et regarda l'obscurité vers le fond du conduit du vide-ordures. Il mit un doigt sur ses lèvres pour réclamer le silence en même temps qu'il sortait son revolver. Il éleva l'arme à hauteur de son visage, canon pointé vers le haut, déplia très lentement son bras nu jusqu'à le tendre complètement, visa le puits sombre, demeura immobile plusieurs secondes, telle une statue de bronze, puis tira.

Claude ressentit l'explosion dans ses oreilles et sur la peau de son visage. Involontairement, il sauta en arrière. Au même instant, un rat jaillit du puits, comme éjecté par un ressort, puis retomba en se convulsant sur le sol de ciment. L'homme avança d'un pas, examina l'animal, le cueillit par la queue, l'envoya dans la poubelle. Il rempocha le revolver et se tourna vers Claude.

« Faut être tout près, grommela-t-il. C'est pas comme ces conneries qu'ils montrent dans les films. » Il se gratta la tête, recommença à examiner les bouteilles. « R'garde ici. J'te propose une affaire. J'suis un homme très occupé. L'immeuble est grand, y a beaucoup d'boulot, j'ai pas l'temps d'faire toutes les p'tites choses. Alors, tu vas m'porter ces bouteilles chez A & P et m'récupérer les soixante-quatre cents. Compris ?

— Oui, dit Claude.

— Puis, illico, tu m'ramènes c't'argent. Compris ?

— Oui.

— À présent, dès qu't'auras en main ces soixante-quatre cents, y a une p'tite voix dans ta tête qui va t'dire d'garder c't'argent pour toi. » Claude ouvrit la bouche pour parler mais l'homme l'interrompit. « Non, non. J'sais d'quoi j'parle. Juste un moment, tu vas t'dire, j'ai pas besoin de retourner chez ce négro timbré avec son flingue. Mais tu vas r'venir. Tu sais pourquoi ? Parc'que quand tu r'viendras, j'te donnerai vingt-quatre cents. » Il sourit, son visage mince sembla s'élargir. « Et le meilleur de tout, tu l'connais pas ? C'est qu'on pourra continuer. Chaque semaine ou à peu près, j'te donnerai d'autres bouteilles qu'tu porteras à l'A & P et t'auras encore du fric. Tu vois c'que j'veux dire ? Une proposition d'affaire. »

Claude regarda les bouteilles et fit oui avec la tête.

Le grand type disparut dans l'obscurité et revint en poussant devant lui un énorme landau. Il claqua d'un coup sec l'armature de chrome pour rabattre la capote. « Mets les bouteilles là-d'dans, je vais t'montrer la sortie. »

Claude coucha soigneusement les bouteilles dans la poussette. Puis il suivit le Noir le long d'un itinéraire compliqué, vers un système de grandes portes coulissantes. Le soleil était presque aveuglant lorsqu'elles s'ouvrirent.

« Tu sais où qu'c'est, A & P ?

— Oui.

— Tu vas dans l'fond et tu d'mandes après George. Dis-lui qu'c'est Al qui t'envoie, y te donn'ra l'fric. »

Claude poussa le landau dans la lumière le long de

la rampe, jusqu'au trottoir. Il éprouvait une certaine excitation, une certaine fierté, même. La voiture était lourde, avec des flancs pourpres, des roues à rayons et des pneus. Il imaginait que les gens pensaient peut-être qu'il y avait un bébé à l'intérieur.

Lorsqu'il revint avec la poussette et l'argent, Al roulait des poubelles dans l'allée.

« La prochaine fois, dit-il en comptant la part de Claude pièce par pièce, viens d'c'côté-ci et appuie sur la sonnette si les portes sont fermées. J'préfère que tu évites les portiers. Des fois, y boivent sur le d'vant d'l'immeuble et y sont méchants. Viens par ici, j's'rai là et tu s'ras tranquille.

— George parle d'une drôle de façon, dit Claude.

— Ouais, fit Al, aux prises avec une poubelle. Il a attrapé la maladie du sommeil, en bas, dans l'Sud. Il est lent mais pas abruti. »

Claude considéra l'idée exotique de la maladie du sommeil. « Je déteste dormir », dit-il.

Al s'essuya le sourcil avec le dos de sa main et regarda l'enfant. « Pas possible ? »

— Elle dort tout le temps, dit Claude. Je déteste ça. »

Le *Livre bleu pour débutants* était organisé selon des principes logiques que Claude comprit immédiatement — une série de leçons numérotées de un à vingt, faciles au début, plus difficiles au fur et à mesure que l'on avançait. Le premier soir, il le lut et le relut dans son lit, sautant les mots qu'il ne comprenait pas, s'efforçant de discerner le plan d'ensemble. De temps à autre, le texte était écrit en lettres majuscules, ce qui l'impressionnait beaucoup. NE SAUTEZ PAS DE LEÇONS. RESPECTEZ L'ORDRE DES LEÇONS. UNE LEÇON N'EST TERMINÉE QUE LORSQUE

TOUS LES EXERCICES DONNÉS À LA FIN SONT MAÎTRISÉS. NE REMPLACEZ PAS LE DOIGTÉ INDIQUÉ PAR VOTRE DOIGTÉ PERSONNEL. Le ton sévère et grave de ces recommandations le faisait frissonner. Il suggérait que l'auteur du livre connaissait Claude et était en mesure de prévoir les endroits où, dans son impatience, Claude pourrait aller trop vite, devenir négligent. Claude faisait confiance à cette voix, il était persuadé qu'elle possédait une sagesse que lui-même pourrait partager un jour. Il y avait là une sorte d'intimité qu'il n'avait jamais éprouvée à l'occasion de ses autres lectures. Il dormit avec le livre sous son oreiller.

À présent, lorsqu'il allait dans la pièce du fond après le dîner et refermait la porte sur lui, c'était dans un but précis. Chaque fois, il commençait à la première page, rejouait le tout depuis le début, récapitulait les exercices et les gammes, et chaque fois il allait de plus en plus vite, jusqu'à atteindre l'endroit où il en était. Mais il ne bâclait jamais. Bien qu'il sût désormais les premiers exercices à l'endroit et à l'envers, qu'il pût les jouer sans consulter le manuel, il prenait plaisir à les exécuter à un rythme mesuré, à se concentrer, à écouter les sons. Lorsqu'une leçon était achevée d'une manière qu'il jugeait satisfaisante — parfois après de nombreuses heures — il ne commençait pas immédiatement la leçon suivante mais créait de petites variations d'un genre ou d'un autre sur celle qu'il venait d'apprendre. Il la jouait vite, puis lentement, fort, puis doucement, ou rajoutait des notes, des phrases qui sonnaient bien.

Ses mains lui posaient relativement peu de problèmes, encore que le doigté indiqué semblât parfois rendre les choses plus compliquées que nécessaire. Il le respectait néanmoins religieusement. La mesure était une autre affaire et, à mi-chemin du livre, il comprit qu'il se trompait.

Un soir, à son étonnement, sa mère entra dans la pièce. « Non, non, non, dit-elle. C'est censé être *dada-dada dum dum.* » Elle se pencha lourdement au-dessus de l'épaule de Claude et souleva son bras puissant. « Frère Jacques, frère Jacques », chanta-t-elle d'une voix claire, belle, « Dormez-vous, dormez-vous ? » Elle montrait les notes du doigt. « *Dada-dada dum dum. Dada-dada dum dum.* » Claude fut tellement stupéfié par la beauté inattendue de sa voix qu'il mit un moment à comprendre ce qu'elle disait. « *Dada-dada dum dum*, répéta-t-elle. Il faut compter. Est-ce que tu comptes.

— Oui, mais parfois je…

— Lorsque tu comptes, interrompit-elle, il faut compter un *et* deux *et* trois *et* quatre. » Elle tapota la partition en marquant les temps. « Un *et* deux *et* trois *et* quatre. Comme ça. » Elle tourna les talons et quitta la pièce.

Lorsqu'il fut revenu de sa surprise, il retourna à la musique et compta comme elle avait suggéré. Cela rendait vraiment les choses plus simples, et il passa les deux heures suivantes à revoir tout ce qu'il avait joué, correctement, mais sans savoir réellement ce qu'il faisait. Il y avait toujours la tentation de se fier à son oreille, mais à présent, il vérifiait ce que cette oreille disait, et c'était grisant.

Plus tard, couché dans son lit, la lumière éteinte, la musique continua à danser dans sa tête. C'était presque comme d'écouter la radio, sauf que c'était meilleur, parce qu'il pouvait contrôler les sons — ajouter des cordes, ou des cuivres, ou les enlever. Il pouvait entendre deux lignes à la fois, les mettre en harmonie, écouter les choses en arrière ou à l'envers. Il pouvait créer des canons simples à partir de phrases du *Livre bleu* et les entendre aussi clairement que si quelqu'un d'autre les jouait dans la pièce. Son esprit brûlait de musique. Il fut incapable de penser à autre chose tant que cette fièvre ne se calma pas.

Glissant dans le sommeil, il songea à la mystérieuse beauté de sa voix. On eût dit qu'elle venait d'ailleurs, qu'elle la traversait simplement, comme la musique de Mozart traversait sa radio de carton. Et comment se faisait-il qu'elle sût compter ? Elle avait donné un bon tuyau, mais la chose l'inquiétait. La musique était à lui. Il effleura le *Livre bleu* sous sa tête... Il ne voulait pas qu'elle la lui prenne, d'une façon ou d'une autre. Sous les couvertures, ses genoux remontèrent progressivement jusqu'à sa poitrine, il s'endormit.

Dans le magasin de musique Weisfeld, il posa la *dime* sur le comptoir, tendit le *Livre bleu*. « J'ai fini, dit-il.

— Ça demande de la patience, dit Weisfeld, levant les yeux des papiers auxquels il travaillait. Tu aurais dû venir me voir. Montre-moi où tu as calé.

— Je n'ai pas calé. J'ai tout appris. »

Weisfeld posa doucement son stylo sur le comptoir. Il prit la *dime* et la lança dans le tiroir ouvert de la caisse enregistreuse. « J'espère que tu n'en prendras pas ombrage, si je te dis que c'est un peu difficile à croire.

— Qu'est-ce que ça veut dire, "ombrage" ?

— Offense. J'espère que tu ne te sentiras pas offensé. Que tu ne seras pas fâché.

— Puis-je vous montrer ? »

Weisfeld descendit de son tabouret, contourna la vitrine, se dirigea vers le piano. « Fais comme chez toi », fit-il avec un geste large de la main.

Claude installa le *Livre bleu* sur le pupitre, l'ouvrit à la première leçon, plaça ses doigts sur les touches. « Je n'en suis pas complètement sûr, mais je pense que j'ai tout fait comme il faut. » Il commença, passant rapidement sur les premières leçons et exercices, tournant les pages avec sa main gauche. Lorsqu'il joua des deux mains, Weisfeld fit un pas en avant et tourna les pages pour lui. Il observait attentivement les doigts de Claude et jetait de temps à autre un coup d'œil rapide sur la musique. Son visage n'exprimait rien. Vers le milieu du livre, Claude demanda : « Est-ce que c'est juste ? Est-ce que je le fais juste ?

— Oui, dit Weisfeld. Continue. »

Le dernier morceau était en contrepoint, vingt-cinq mesures des *Inventions II* de Bach. Claude hésita un moment. La musique avait été difficile à déchiffrer. Délicate pour ce qui était de la mesure, et il l'avait jouée de manière incorrecte pendant deux jours, se sentant mal à l'aise. Finalement, il s'était obligé à tout recompter, sans toucher le piano. Un *et* deux *et* trois *et* quatre, jusqu'à ce que tout eût l'air de se mettre en place. Alors seulement, il s'était autorisé à la jouer, encore et encore, et espérait à présent que sa mesure avait été correcte. Il compta mentalement pour prendre le départ et commença à jouer.

« Arrête, arrête, interrompit Weisfeld. C'est beaucoup trop vite. Joue-le plus lentement. »

Une fois encore, Claude compta en silence, lentement cette fois, et joua. C'était plus difficile, en un sens, de garder le contrôle au ralenti et, à mi-parcours, il fit une erreur. Il leva les mains du clavier.

« Je reprends depuis le début.

— Non, non, continue, fit rapidement Weisfeld. Lorsque tu joues un morceau d'un bout à l'autre et que tu sais que tu as fais une erreur, continue.

Ne recommence pas depuis le début. Tu pourras te corriger la fois suivante. » Il tapota la page avec son doigt. « Reprends ici et n'arrête pas, quoi qu'il arrive. »

Claude fit comme on lui disait et joua le morceau jusqu'à la fin, sans erreur dont il fût conscient. Il referma le cahier et le contempla en silence.

« Est-ce que c'était juste ? » demanda-t-il finalement en se retournant.

Weisfeld semblait absorbé dans ses pensées, son visage rond orienté vers le plafond, les yeux rivés au mur.

« Est-ce que c'était juste ? répéta Claude.

— Oui », répondit Weisfeld.

La cloche cristalline annonça l'arrivée d'un client. Weisfeld marmonna un mot dans une langue étrangère, se frotta les joues des deux mains et se détourna.

« Une minute », fit-il à Claude en s'éloignant.

Claude retira le *Livre bleu* du pupitre du piano et revint au comptoir. À l'avant du magasin, Weisfeld discutait avec une grosse dame, qui lui montrait quelque chose dans la vitrine. Au bout d'un moment, la dame s'en alla, Weisfeld revint. Il contourna le comptoir, arrangea en une pile ordonnée les papiers sur lesquels il travaillait — des papiers couverts de notes de musique écrites à la main.

« Qu'est-ce que c'est ? demanda Claude en y jetant un coup d'œil.

— Les partitions d'un quatuor à cordes que je recopie pour un client.

« Les notes sont terriblement petites. » Claude posa le *Livre bleu* sur le comptoir.

« Je te dois des excuses », dit Weisfeld, se tiraillant la moustache entre le pouce et le majeur. « Je suis très surpris que tu aies pu faire cela tout seul, et encore plus surpris que tu aies pu le faire si rapidement. Tu as dû travailler dur.

— Oh, c'était amusant ! J'aime ça. » Claude rouvrit le *Livre bleu*, le feuilleta pour retrouver la fin de la première leçon. « Vous avez dit que je l'avais jouée juste.

— En effet. Tu l'as jouée juste.

— Vous voyez, à la fin de chaque leçon, il y a un endroit où le professeur doit signer.

— Oui.

— Je n'ai pas de professeur, mais vous pourriez signer, peut-être.

— J'en serai ravi. » Weisfeld prit son stylo.

« Et il y a un endroit pour mettre une étoile. Ils disent qu'on peut avoir une étoile bleue, une étoile d'argent, ou une étoile d'or. Avez-vous les étoiles ? Ainsi, tout serait rempli, je veux dire ce serait terminé, rempli. » Il leva les yeux et, une fois encore, Weisfeld frissonna légèrement à l'intensité des yeux bruns. « Je sais que j'ai fait une erreur à la dernière leçon », murmura Claude.

Weisfeld hésita un moment. Il fit glisser un ou deux tiroirs, finit par trouver les petites boîtes d'étoiles adhésives, les posa sur le comptoir. Une pour les bleues, une pour les argentées, une pour les dorées. « Très bien », fit-il. Il prit le livre, signa à la fin de la première leçon, colla soigneusement une étoile d'or à l'endroit indiqué. Sous le regard attentif de Claude, il tourna les pages l'une après l'autre et signa, mettant chaque fois une étoile d'or. À la dernière leçon, il signa puis regarda la boîte. « Tu as mentionné l'erreur.

— C'était difficile, de le jouer si lentement.

— Je comprends. » La main de Weisfeld erra au-dessus des boîtes. « Normalement, ce serait une étoile d'argent. Mais je fais une exception parce que

48

tu as travaillé sans professeur. Tu mérites certainement une étoile d'or. » Il en prit une et la colla. Puis il referma le livre, le tendit à Claude. « Bon travail.

— Merci », dit Claude.

De sa place, Weisfeld atteignit un tabouret de bois, le passa haut en l'air au-dessus du comptoir et le tendit à l'enfant. Il lui fit signe de s'asseoir. La lumière de la fin d'après-midi pénétrait à flots par les vitrines du devant, flèches d'ambre faisant rutiler les instruments. Tout le magasin vibrait imperceptiblement chaque fois qu'une rame du métro aérien passait à toute vitesse au-dessus de leurs têtes. Weisfeld croisa les bras sur le comptoir.

« Parle-moi de toi, dit-il d'un ton calme, uni. Prends ton temps, dis-moi tout de toi. »

Et Claude le fit.

CHAPITRE 3

C'était l'hiver, Claude en était à mi-chemin de la méthode de piano John Thompson. Un matin, sortant de la pièce du fond, il eut la surprise de trouver sa mère assise dans le grand fauteuil, une tasse de café à la main.

« Que fais-tu ici ? » Il se frotta les yeux. La lumière avait quelque chose de bizarre — une pâleur fragile, une impression sous-marine — et il jeta un coup d'œil à la fenêtre. Effet translucide gris nacré, comme si on l'avait peinte durant la nuit.

« Deux pieds de neige, voilà ce que je fais ici, grommela-t-elle. Je dois dégager le taxi. Mange quelque chose et allons-y. »

Il se prépara un bol de céréales au ralenti. Il dormait généralement d'un sommeil très profond et mettait du temps à se réveiller. Le léger sentiment d'irréalité qu'il éprouvait ce matin-là n'était qu'une variante de ce qu'il ressentait d'habitude de toute façon. À la moitié de son bol de céréales, il parla.

« Pourquoi ne pas le laisser là, simplement ?

— C'est ce qu'ils vont tous faire. J'ai mis les chaînes hier. J'ferai du fric, aujourd'hui. »

Il entendit le murmure bas des voix qui sortaient de la radio en forme de cathédrale posée sur la table à côté d'elle. À la position du cadran, il vit qu'elle était réglée sur WEAF.

« Les riches sont généralement radins, continua-t-elle, je me demande bien pourquoi, vu qu'ils vivent du travail des autres. » Elle renifla, s'essuya le nez avec le revers de sa main. Le fauteuil craqua lorsqu'elle posa sa tasse de café. « Mais quand les taxis se font rares, ils brandissent leurs dollars ! Ha ! ha !

— On n'a pas de pelle, fit-il.

— J'en ai pris deux dans la chaufferie. » Elle mit les mains sur les accoudoirs et se hissa sur ses jambes. Elle portait des godillots montants des surplus de l'armée, des pantalons de travail, un chandail, un blouson Eisenhower. Claude finit son bol et retourna dans sa chambre. Il s'habilla, mit un deuxième pantalon, une deuxième chemise. Il avait deux paires de baskets et choisit la plus usée. Il boutonna son manteau jusqu'au cou.

Il franchit la porte à la suite de sa mère, prit la petite pelle à charbon appuyée contre le mur, lui emboîta le pas dans l'escalier. L'air était vaporeux mais très vif. Claude fut saisi par la perfection du silence, l'impossible blancheur de la neige là où elle s'étalait, intacte, contre les immeubles, s'amoncelait en courbes moelleuses sur les voitures en stationnement. Lorsqu'ils arrivèrent près du taxi, il resta immobile un moment, regardant autour de lui, s'imprégnant du spectacle.

« C'est merveilleux », murmura-t-il.

Elle était déjà au travail avec la pelle qui avait le manche le plus long, envoyant à un rythme régulier de larges pelletées de neige sur la route embourbée. Claude resta sur le trottoir, ne sachant par où commencer.

« La roue avant, là. Juste devant toi », fit-elle, son haleine visible dans l'air.

51

Au début, ce fut très facile. La neige était légère, poudreuse, il s'amusait à en soulever de larges tranches avec la lame de la pelle pour les lancer sur le côté. Mais, très vite, la pelle se fit lourde, il se mit à transpirer. Il continua, conscient que sa mère allait trois fois plus vite. De temps en temps, il changeait de position, glissait, se rattrapait, les pieds déjà trempés et si froids qu'il les sentait à peine. Il s'arrêta un moment pour reprendre son souffle et la regarda. Se courber, creuser, se redresser, lancer. Se courber, creuser, se redresser, lancer. Son grand corps était fermement planté, ses bras se balançaient régulièrement, un cône de neige de plus en plus élevé se déployait derrière elle, dans la rue labourée. Elle allait de l'avant à l'arrière du taxi, solide, inexorable, comme si elle pouvait continuer à jamais. Elle ne leva la tête que lorsque son côté fut entièrement déblayé. Ses joues rondes étaient enflammées, ses yeux étincelaient.

« Devant, à présent », fit-elle.

Ils travaillèrent directement face à face dans l'espace qui séparait l'avant du taxi de la voiture voisine. Le contraste entre sa force à elle et sa faiblesse à lui devint particulièrement évident, et aussi gelé, trempé, misérable fût-il, il sentit la colère monter en lui — l'exaspération devant son corps chétif, son impuissance, l'ensemble de la situation. Ignorant ses lèvres desséchées, son cœur qui battait à se rompre, il creusa avec fureur, sifflant entre ses dents serrées, s'efforçant d'égaler son rythme bien que le manche de la pelle lui tournât entre les mains. Elle semblait ne rien remarquer. Finalement, leurs lames tintèrent l'une contre l'autre, ses jambes se dérobèrent sous lui, il tomba dans la neige. Il se releva aussitôt, paralysé de honte.

« Ça devrait aller. » Elle balaya le capot avec le

manche de la pelle, nettoya le pare-brise de son bras. Elle ouvrit la portière, s'assit au volant et, après deux tentatives, fit partir le moteur.

« Par ici ! » cria-t-elle.

Il contourna le taxi pour la rejoindre du côté du chauffeur.

« Garde le pied sur l'accélérateur pendant que ça chauffe. » Elle sortit, il entra dans la voiture, le moteur manquant étouffer pendant la permutation. Il appuya trop fort, l'engin s'emballa. « Pas si fort, dit-elle. Pas si fort ! » Il diminua la pression, elle retourna à l'escalier et descendit vers l'appartement avec les pelles.

Il s'assit au bord du siège, l'orteil sur le champignon, les mains sur le volant. Le taxi sentait le moisi, quelque chose qui ressemblait à l'odeur de la grille du métro. Derrière, le dossier était affaissé, creusé comme par un énorme coup de poing. L'effet cumulé du poids de son corps l'avait façonné ainsi.

Elle reparut avec son écritoire de bord et son distributeur de monnaie, ils changèrent de place une fois de plus. Tandis qu'il reculait sur le trottoir, elle passa la vitesse, fit deux manœuvres, s'engagea dans la rue en faisant une embardée. Elle continua sur sa lancée et disparut dans un nuage de gaz d'échappement.

Il tomba malade l'après-midi. Au début, des nausées, une sensation de faiblesse. La tête lui tournait trop pour qu'il pût s'asseoir au piano, il avait les bras et les mains mous comme ceux d'une poupée de chiffon — sensation nouvelle, qui eût pu être intéressante s'il n'avait été occupé à vomir dans les toilettes. Il finit par se mettre au lit. Des heures durant, il flotta entre veille et sommeil, l'esprit dérivant à la limite de la conscience. Finalement la fièvre s'abattit sur lui avec la soudaineté d'un coup de tonnerre. Frissons et sueurs se succédaient tandis qu'il se tournait et retournait dans son lit, rejetant les couvertures, les remontant jusqu'au cou. L'ampoule électrique suspendue au plafond semblait trop brillante, et la pièce entière, avec ses objets familiers, à la fois inoffensive et étrangement menaçante. La chaise avec la radio était bien la chaise avec la radio, mais, lorsqu'il la regardait, elle ressemblait à un oiseau préhistorique fantastique sur le point de frapper. Le piano était le piano, mais aussi la projection à trois dimensions d'une machine à torturer invisible à quatre dimensions, d'une complexité et d'une profondeur inouïes, capable de l'aspirer directement du lit jusque dans ses mâchoires. Où qu'il posât les yeux, quelque chose clochait. Le verre d'eau semblait énorme, beaucoup trop grand, ou trop petit, ou, paradoxalement, trop grand et trop petit à la fois. Tout se désarticulait d'une manière ou d'une autre, tout se doublait en son contraire. Il s'évanouit, le corps raide comme une bûche.

Lorsqu'elle revint à la maison, elle lui fit de la soupe, posa un grand pichet d'eau sur le plancher près de son lit.

« Bois le plus possible, dit-elle. N'arrête pas de boire. »

Il perdit la notion du temps. Parfois il faisait jour lorsqu'il s'éveillait, parfois il faisait nuit. Parfois il l'entendait marcher de l'autre côté de l'appartement, parfois non. Les trajets vers la salle de bains étaient longs, épuisants, effectués comme au ralenti. S'il entendait un bruit extérieur — un Klaxon, des cris d'enfants, le cliquetis du charbon glissant dans un déversoir — il se rappelait brutalement un instant que le monde, qui semblait si lointain, continuait comme d'habitude. Dans ces moments-là, il savait que le temps passait. Il savait qu'il était malade mais il n'y pensait pas ainsi que l'eût fait un adulte, comme à une période anormale à endurer jusqu'au retour de la santé. Il avait tout oublié de la normalité, vivait une succession d'instants entièrement définis par les sensations vertigineuses de sa maladie. Il flottait.

Un bourdonnement fort l'éveilla. À l'instant où il ouvrit les yeux, il sut qu'il était guéri. Il s'assit, bâilla, s'étira, savourant un agréable sentiment d'espace, comme quelqu'un qui émerge d'une grotte. Chaque mouvement lui procurait une sensation de bien-être, une douce euphorie. Le bourdonnement recommença, plus pressant, mieux localisé, et, au bout d'un moment, il réalisa qu'on sonnait à la porte. Il était incapable de se rappeler la dernière fois qu'il avait entendu ce bruit — personne ne venait jamais chez eux. Il s'habilla à toute vitesse et alla ouvrir.

Monsieur Weisfeld était sur le seuil, en pardessus noir, une écharpe autour du cou, un béret noir aplati sur la tête.

« Claude, dit-il. Puis-je entrer ? »

Surpris, l'enfant ne bougea pas, hésitant à ouvrir entièrement la porte, répugnant instinctivement à le laisser voir l'appartement.

Weisfeld insista avec douceur et entra. Il enleva son béret. « Je me suis inquiété. Je ne t'ai pas vu de la semaine. » Ses yeux ne quittaient pas l'enfant.

« J'ai été malade. »

Weisfeld jeta alors un coup d'œil dans la pièce sombre. Bouteilles de bière. Vaisselle sale. Journaux éparpillés sur le fauteuil, sur le sol un peu partout. Un pneu de secours contre le mur. Des piles de fiches de taxi entassées çà et là. Des cancrelats. Son visage demeura impassible. « Puis-je m'asseoir ? »

Claude débarrassa le fauteuil des journaux qui l'encombraient. Weisfeld dégrafa son manteau mais ne l'enleva pas. Claude jeta un coup d'œil vers le soupirail.

« Quelle heure est-il ? »

Weisfeld s'assit. « Environ dix-sept heures trente.

— Je viens de me réveiller.

— Je vois.

— J'ai été malade. Quel jour sommes-nous ? »

Weisfeld hésita une fraction de seconde. « Samedi. »

L'euphorie commençait à se dissiper, Claude s'assit, l'esprit clair mais le corps un peu chancelant. « Comment avez-vous trouvé, comment avez-vous su où..., commença-t-il.

— Je me suis renseigné, dit Weisfeld.

— Ha !

— Je suis content que tu ailles mieux.

— C'était le jour de la neige. D'abord j'ai vomi, ensuite je me suis senti mal. Alors, je me suis mis au lit.

— Très raisonnable, en de telles circonstances. » Weisfeld regarda autour de lui. « Où est le piano ?

— Au fond. »

Claude passa devant, ils traversèrent la cuisine et se retrouvèrent devant la porte de la chambre. « C'est un peu en désordre, je veux dire, je viens juste de me lever, je n'ai pas eu le temps de...

— Bien sûr. Je comprends. »

Ils se dirigèrent vers le piano blanc. Claude s'assit du côté des graves tandis que Weisfeld, debout, jouait une gamme et plaquait quelques accords avec la main droite. « C'est ce qu'on appelle un piano de boîte de nuit, expliqua-t-il. Soixante-six touches. La sonorité n'est pas mauvaise, en vérité. » Il plaqua une quinte. « Désaccordé, comme tu le sais, j'en suis sûr. » Il remarqua que les touches blanches étaient noires de crasse, sauf aux espaces blancs, ovoïdes, où le bout des doigts de l'enfant les faisait briller en jouant. « Il semble que tu aies passé un certain temps sur cet instrument.

— J'aime jouer.

— Ma foi, il le fallait, pour faire ce que tu as fait. » Il jeta un coup d'œil à la partition posée sur le pupitre. « Tu en es là ? »

Claude fit oui avec la tête. «J'avais presque fini la leçon.

— Attends un jour ou deux. Laisse tes forces revenir.

— Oh, je peux jouer dès maintenant, fit l'enfant très vite.

— J'en suis certain. Mais c'est une question de concentration. Donne-toi un jour ou deux. L'exercice ne sert à rien, comme je te l'ai souvent dit, si tu ne te concentres pas sur ce que tu fais.

— OK.

— Tu as faim ?

— Oui.

— Mets tes chaussures et ton manteau. Nous allons au coin de la rue, chez Prexy, manger un hamburger. Tu aimes les hamburgers ? »

Claude fut étonné de trouver les rues vides de neige. Dans l'avenue, la lumière des magasins se déversait sur les trottoirs encore humides de pluie. Il commençait à faire sombre. Des nuages de vapeur se soulevaient en vagues autour des puits d'aérage.

Ils s'installèrent sur des tabourets au comptoir, dans le fond, où il y avait moins de monde. Weisfeld passa la commande. Claude avait tellement faim que l'odeur de la nourriture le fit trembler. Lorsque le hamburger arriva, il se jeta dessus et y mordit à pleines dents.

« Mange lentement, conseilla Weisfeld. Mâche bien. » Lui-même souleva délicatement son hamburger. « Crois-moi, j'en connais un rayon, là-dessus. Une fois, je suis resté trois jours sans manger.

— Pourquoi ?

— Parce que je n'avais rien à manger, pardi. C'était la guerre.

— Je connais la guerre.

— Oui. Enfin, là-bas, c'était un peu différent. »

Claude mangea en silence. Puis : « Mon père a fait la guerre.

— C'est ce que tu m'as dit. Je suis désolé.

— Croyez-vous qu'il soit mort de faim ? »

Weisfeld le considéra un instant. « Peu probable, dit-il. Les soldats étaient toujours bien nourris. Il est sans doute mort à la bataille, en combattant les nazis. »

Dehors, dans le noir, ils marchèrent jusqu'au carrefour. Claude s'arrêta soudain.

« Qu'y a-t-il ? demanda Weisfeld.

— Elle gare le taxi. » Il regardait fixement l'extrémité de la rue.

« Ta mère ? Tant mieux, je voudrais la rencontrer. » Il se remit à marcher puis jeta un coup d'œil derrière lui. « Allez, viens. »

Claude le suivit avec réticence.

Ils se rencontrèrent en haut des marches de fer.

« Alors, tu es debout, fit-elle. Qui est-ce ? »

Weisfeld enleva son béret et s'inclina légèrement. « Aaron Weisfeld. Peut-être Claude vous a-t-il parlé de moi. Le magasin de musique ?

— Les leçons, ajouta Claude.

— Bien sûr, dit-elle.

— Je me demandais si vous pouviez me consacrer un moment.

— Vous *consacrer* un moment ? s'exclama-t-elle, scandant les mots. Vous voulez dire, comme madame Roosevelt ? Ou Gloria Vanderbilt ? Qui consacrent des moments, de-ci de-là ? De cette façon-là ? »

Déconcerté, Weisfeld tritura son béret, lança un coup d'œil à Claude, qui regardait le trottoir.

« Bien sûr, fit-elle. Entrez. On va prendre une bière. » Elle passa la première.

À l'intérieur, elle s'effondra pesamment dans le grand fauteuil et désigna d'un geste le réfrigérateur à Claude. « Longue journée. » Elle délaça ses godillots.

« Oui, dit Weisfeld. Je suis heureux de vous rencontrer enfin, madame Rawlings. Claude est un enfant remarquable.

— Il s'y est vite mis, hein ?

— Très vite. Plus vite que n'importe qui de ma connaissance. »

Elle prit la Pabst Ruban Bleu que lui tendait Claude, le regarda en placer une devant Weisfeld. « Va chercher les chopes », fit-elle. Claude retourna à la cuisine, revint avec deux chopes de l'Exposition universelle. Elle vida la sienne d'un trait, la remplit aussitôt.

Claude alla derrière le comptoir et s'assit sur le tabouret, le visage détourné.

« C'est un don, commenta-t-elle. Comme la bosse des maths ou les échecs.

— Absolument, approuva Weisfeld. Un don de Dieu. » Il se versa un doigt de bière.

« Dieu n'a rien à voir là-dedans, aboya-t-elle.

— Excusez-moi. C'est une façon de parler, vous savez. » Il avala avec application une petite gorgée de bière.

« Claude. Il y a une pinte de whisky sous l'évier. »

L'enfant alla chercher le whisky puis retourna à son tabouret. Elle enleva le bouchon, but une rasade au goulot, tendit la bouteille à Weisfeld.

« Non, merci. »

Elle sourit. « Sûr ?

— Non, merci. »

Elle calma le feu du whisky par une longue goulée de Pabst Ruban Bleu. « J'étais chanteuse, autrefois.

— Vraiment.

— Avant guerre. J'ai encore ma carte.

— Eh bien ! tout s'explique, dit Weisfeld. La musique tient souvent de famille.

— Ils ont envoyé un type, une fois. Assistant social, qu'il se prétendait être. Une espèce de petite pédale. Je lui ai réglé son compte. » Sa main était si grande que la bouteille d'un litre sembla rétrécir à la taille ordinaire lorsqu'elle la prit pour la vider dans sa chope.

« Vous n'êtes pas pédé, n'est-ce pas, monsieur Weisberg ?

— Weis*feld*, madame Rawlings. Non, je ne le suis pas. J'ai été père de famille, autrefois. »

L'alcool commençait à lui faire briller les yeux. « Non que j'aie quelque chose contre les pédés, comprenez-moi bien. C'est juste que c'est un bel enfant. » Weisfeld vit le dos de Claude se raidir à cette description, presque comme si on l'avait frappé. Elle se pencha en avant, se hissa hors de son fauteuil. « *Zat dat de dah...* », fredonna-t-elle à voix basse. Elle esquissa, en chaussettes, un pas de music-hall. Le plancher gémit sous son poids. « *Zat dat da-da de dah...* » Elle s'arrêta et alla dans la cuisine. « Une revue. Je devais avoir quatorze ans. Les tournées Loew. Mais j'ai grossi. » Elle se pencha pour prendre une autre bouteille dans le réfrigérateur.

Claude tourna la tête, Weisfeld le regarda bien en face. L'enfant semblait au bord des larmes. Weisfeld fit un petit mouvement et tapota l'air d'un geste apaisant. Il garda les yeux sur Claude tout le temps qu'il parla avec la femme, invisible derrière le comptoir. « J'ai donné des leçons à Claude, comme vous savez. » Tintement de bouteilles. Les grands yeux de Claude étaient calmes, à présent. « Je crois qu'il a du talent. Un talent spécial. Un talent rare. Je peux me tromper, bien sûr, mais je ne le pense pas. » Elle se tenait à présent debout derrière le comptoir, la bière posée devant elle, et enlevait la capsule. « Je voudrais le presser un peu pour vérifier ses limites. C'est le bon moment, je crois qu'il peut le faire.

— Hum, hum...., marmonna-t-elle prudemment.

— Cela impliquera énormément de travail. Beaucoup de temps.

— Bon, dans ce cas, laissez tomber. J'ai pas les moyens. J'ai des traites à payer pour le taxi, les pièces sont chères au marché noir, je bosse quatorze heures par jour pour m'en sortir. Allez donner des cours aux capitalistes de Park Avenue. Aux petites débutantes. » Elle eut un rire, bref, qui tenait de l'aboiement. « Des leçons de musique ! Vous plaisantez, sans doute !

— Vous m'avez mal compris, madame Rawlings. Claude et moi avons mis au point les modalités financières de la question. Il paie ses leçons lui-même. »

Elle lança un coup d'œil à l'enfant, revint aussitôt à Weisfeld. « Vraiment ? Et combien ?

— Vingt-cinq cents.

— Vingt-cinq cents la leçon ? s'exclama-t-elle d'un ton incrédule.

— Vingt-cinq cents la semaine. Le tarif n'augmentera pas même s'il en fait plus. Ceci avec votre accord, naturellement. »

Elle revint s'asseoir, considéra longuement Weisfeld. « Alors pourquoi me parlez-vous ? »

Il sentit une flambée de colère l'envahir, une poussée de forces s'embrasant dans sa tête qui cherchaient à se libérer. Il respira profondément, lissa sa moustache pour regagner son sang-froid. « Toute sa vie va changer, prononça-t-il finalement. Il va jouer trois ou quatre heures par jour. Très vite, des dispositions devront être prises afin qu'il puisse travailler sur un instrument de taille convenable. Ce qui signifie beaucoup de temps passé hors de la maison. Il sera sous pression. Une pression considérable, pour un enfant. Il connaîtra des périodes de frustration, de colère. Des moments de doute. Des hauts et des bas. De la joie, peut-être, parfois. » Il s'arrêta, serra son béret entre ses genoux, en fit rouler l'ourlet entre ses doigts. « Voilà pourquoi je vous parle,

— Mon... mon..., murmura-t-elle. Miséricorde !

— Je peux le faire », chuchota Claude, comme pour lui-même.

« Je suppose que vous n'avez pas d'objection ? » En dépit de sa colère, Weisfeld sentait que cette espèce de géante saugrenue n'était pas aussi simple qu'elle voulait manifestement le lui faire croire. Il y avait quelque chose de légèrement spectaculaire dans sa vulgarité, un soupçon de théâtralité dans l'insouciance exagérée avec laquelle elle sifflait sa bière et son whisky.

Elle haussa les épaules. « Hé, c'est OK, pour ce qui est de moi. Il se débrouille déjà plus ou moins seul, de toute façon.

— Très bien. C'est donc réglé. » Du coin de l'œil, il vit l'enfant esquisser un sourire, baisser promptement la tête. « Je lui donnerai aussi des livres à lire.

De manière continue. » Ceci à l'intention de Claude, dans l'espoir d'un engagement tacite. « Jouer est une chose, la musique en est une autre. Nous travaillerons les deux.

— Je lis beaucoup, personnellement. Depuis que je suis dans mon groupe.

— Vraiment, fit Weisfeld. Un club de lecture ?

— Non, non. » Elle agita le bras. « Économie. Politique. Toute une éducation. Ça vous ouvre les yeux. »

Weisfeld se leva et tendit la main. « J'ai été très heureux de vous rencontrer, madame Rawlings. »

Elle rota tranquillement. « Appelez-moi Emma. » Elle-même ne se leva pas.

« Très bien, alors. Je m'en vais. »

Claude avança, ouvrit la porte, ils grimpèrent ensemble les marches jusqu'au trottoir.

« Rentre maintenant, dit Weisfeld. Il fait froid. Ne recommence pas à travailler avant d'avoir retrouvé tes forces. Je te verrai au magasin.

— Oui, m'sieur.

— Va, à présent. »

L'enfant dévala les marches, Weisfeld entendit la porte claquer.

La porte rectangulaire de la chaudière était grande ouverte. Al chargeait le charbon, donnant une poussée supplémentaire, avec une rapide torsion du poignet, à la fin de chaque jet pour étaler uniformément les fragments noirs sur le lit de braises jaunes et rouges. Claude regardait l'air vibrer à l'intérieur du foyer et clignait des paupières sous l'effet du rayonnement. C'était un monde à part, ici, perpétuellement fascinant. Al s'arrêta un instant, alluma une cigarette, tendit à Claude la boîte d'allumettes vide.

« Lance-la, dit Al. Ne va pas trop près. »

Claude s'approcha, sentant la chaleur lui presser le visage. Il lança la boîte, manqua son coup. Al récupéra le carton avec la pelle, l'écrasa entre ses doigts et le rendit à Claude.

« Essaie encore. »

Un jet parfait, cette fois. La boîte plana au-dessus du brasier et explosa en flammes. Un éclair, puis plus rien. Claude était ravi. Al fit pivoter la porte avec la pelle, l'ajusta dans ses charnières, laissa retomber le lourd loquet de fonte. Il y avait quelque chose de profondément satisfaisant dans le spectacle de la puissance du feu ainsi maîtrisée, cette énergie impressionnante enfermée, cadenassée, par quelques gestes habiles. Al accrocha la pelle à sa place.

« C'est bon. On y va. » Il s'éloigna de quelques pas. « Y a quelque chose qui va pas, mon gars ?

— Rien.

— Hé ! J't'oblige pas à l'faire. T'ai-je pas dit tout l'temps qu't'étais pas obligé d'le faire ?

— Si.

— La barbe, quoi ! J'irais moi-même, si j'pouvais. » Il tapota un manomètre puis quitta la chaufferie. Claude lui emboîta le pas à travers le labyrinthe de couloirs sombres qui menait au local sud des poubelles. Ils s'assirent à une vieille table de jeu, Al sortit de sa poche un morceau de papier.

« J'suis allé là-haut l'hiver dernier réparer un radiateur. Y a une porte là — il pointa l'index sur son croquis —, près du frigo. C'est là. V'là le placard.

— Et si... commença Claude.

— J'me tue à t'le dire. Y sont partis pour une semaine. J'ai entendu les portiers en parler. De toute façon, écoute c'que j'dis. Si jamais t'entends quoi que ce soit, t'entres pas. C'est simple, non ? »

Claude regarda le papier.

« Y a un tas de trucs, là-bas, un tas de trucs ! T'embarque pas avec un gros machin. T'embarque pas non plus avec quelque chose qui fait partie d'un ensemble, tu saisis ? Tu r'gardes les cendriers, doit y en avoir une série, tous différents, en argent, d'après c'que j'pense, alors t'en prends un ou deux. Deux s'y en a beaucoup, autrement un seul, et s'y sont pas assez petits pour aller dans ta poche, tu laisses tomber. Tu saisis ?

— Oui.

— Bon. V'là le tournevis. »

Ils se levèrent et se dirigèrent vers le vide-ordures. Al nettoya légèrement le fond de la caisse avec la main puis empoigna les cordes.

Claude rentra la tête entre les épaules, grimpa dans la minuscule enceinte, genoux remontés jusqu'au menton, la main sur le nez et la bouche à cause de l'odeur. Sa tête touchait le plafond.

« T'es prêt ? »

Claude fit signe que oui.

Al tira doucement sur les cordes et l'enfant commença à s'élever. Il regarda au-dessous de lui les bras et les mains d'Al jusqu'à ce qu'ils disparussent pour se confondre avec les murs et l'obscurité du conduit. Il entendait les craquements légers du bois, le chuchotement des cordes à l'extérieur du caisson. Il avait parfaitement conscience de son corps dans le noir, entendait sa respiration, les battements sourds de son cœur. L'ascension était lente, presque silencieuse, d'une douceur quasi magique. Il effleura le plâtre rugueux du bout des doigts, le sentit glisser. Des filets de lumière dessinèrent au passage la porte du premier étage. Au deuxième, il entendit un murmure de voix. Bien qu'il sût que sa vitesse était constante, il avait l'impression de mettre de plus en plus de temps pour passer d'un étage à l'autre. Faible lueur au quatrième. Avancée lente jusqu'au cinquième. Une éternité avant de stopper au sixième.

Il retint son souffle, colla son oreille contre la fente, écouta. Rien. Respirant doucement par la bouche, il resta un long moment aux aguets puis inséra délicatement la pointe du tournevis dans le loquet rudimentaire. La porte s'entrouvrit de quelques millimètres. Claude demeura immobile dans la pénombre, écouta encore. Finalement satisfait, il poussa lentement, prudemment, la porte, risqua un coup d'œil dans la cuisine — pièce blanche, silencieuse, soudainement surgie sous ses yeux. Il attendit un moment puis se laissa glisser hors du caisson, atterrit sur le sol carrelé.

Silence. À présent, il sentait sur sa nuque le courant d'air léger soufflant du conduit du vide-ordures derrière lui. Il sut immédiatement que l'appartement était réellement vide. La cuisine était immense — plus vaste que le logement qu'il occupait avec sa mère — et très propre. Il se dirigea vers le placard, ouvrit la porte, alluma la lumière intérieure, fut saisi par l'étincellement du cristal qui flottait, tel un halo irisé, le lustre de la porcelaine des théières et des plats, l'éclat dur de l'argenterie. Il y avait des gobelets, des coupes, des carafes, des soupières, des plateaux, des shakers à cocktails, des assiettes, des tasses, des chandeliers, des saucières, des seaux à glace, des salières, des beurriers, des louches, des cuillers... Et dans un coin, tout au fond, des piles de cendriers d'argent de tailles diverses. Il entra dans cette splendeur, prit deux cendriers, recula, éteignit la lumière, referma la porte. Les cendriers pouvaient aller dans sa poche.

Traversant la pièce pour retourner au vide-ordures, il remarqua un grand bocal en forme de gros homme pansu, sur un comptoir, près du fourneau. Au bas du tablier de l'obèse, des caractères en relief indiquaient : BISCUITS. Claude ouvrit la jarre, glissa la main à l'intérieur. À sa surprise, il sentit un froissement de papiers, sortit une liasse de billets — des coupures d'un dollar, quelques-unes de cinq, une de dix. Il les regarda fixement un instant puis les remit en place, referma la jarre et s'éloigna.

Au moment de grimper dans le vide-ordures, il glissa un œil à travers la fente de quelques millimètres qui séparait le bord du conduit du caisson lui-même. En bas, tout au fond, très loin, il aperçut une faible lueur — un carré incroyablement petit au cœur de ténèbres sans limites. Il se courba pour entrer dans la boîte, tira la porte derrière lui, vérifia qu'elle était bien fermée, passa sa main menue le long de l'arête du caisson, trouva les deux cordes, y imprima une forte secousse. Presque immédiatement, la lente descente commença, Al manœuvrant soigneusement en bas.

Deux événements se produisirent en même temps. Tout d'abord une sonnerie — retentissante, perçante — qui le fit sursauter si fort qu'il se cogna la tête contre le plafond. Il savait ce que c'était, le signal que les gens utilisaient pour appeler le vide-ordures lorsqu'ils avaient manqué la collecte du matin. Puis, une lumière s'alluma au-dessous de lui, il put voir ses genoux, ses mains, le mur qui filait. La lumière se fit plus forte. Soudain, il sentit qu'il descendait à toute allure, presque en chute libre.

En passant devant la porte ouverte du troisième étage, il fut, pendant une fraction de seconde, baigné de lumière. Il aperçut une cuisine identique à celle qu'il venait de quitter. Le réfrigérateur était différent mais au même endroit. La porte du placard était là aussi, sauf qu'elle était verte au lieu d'être blanche. Une Noire se tenait devant le fourneau, la main tendue vers une cafetière. Son visage commença à pivoter lentement en direction de Claude. Soudain, il n'y eut plus que le flou du mur du conduit.

Il atterrit dans un choc. Al lui tendit une main pour l'aider à sortir de la boîte tout en gesticulant de l'autre.

« Al ! parvint une voix d'en haut. C'est toi ? »

Al plongea la tête dans le conduit pour répondre. Claude s'assit sur le sol et se frictionna l'arrière du crâne.

« J'suis là ! hurla Al.

— Je crois qu'elle m'a vu », murmura Claude.

Les yeux d'Al s'abaissèrent vivement. « Quoi ?

— Je crois qu'elle...

— Bon, elle t'a vu ou elle t'a pas vu ? fit Al. Réponds vite !

— Je ne sais pas. C'était trop rapide. »

La femme appela des hauteurs. « Qu'est-ce qu'y's'passe, en bas ? »

Al regarda dans le conduit et ne dit rien pendant un moment. Puis il cria : « Ça veut dire quoi, qu'est-ce qui se passe ?

— Tu m'as entendue sonner ? »

Claude vit le soulagement s'inscrire sur le visage d'Al. « Sûr, que j't'ai entendue.

— Bon, c'est pas c'truc qui vient d'filer, là, comme un métro ?

— C'étaient les cordes. Les cordes qui se sont emmêlées. Minute, j'arrive. » Il commença à tirer, une main après l'autre, tout en chuchotant à Claude : « C'est Madge. Elle a rien vu du tout.

— J'veux plus faire ça. »

Al se mit à rire. « Ben, fit-il en haletant légèrement. J'm'en rends compte. »

Un jour, en rentrant chez lui, il trouva un téléphone, qui avait été installé. Il était placé à côté de la radio. Claude se sentit plein de curiosité et d'excitation. L'appareil, noir et luisant, était d'un modernisme provocant dans l'appartement minable et suggérait, au centre de cette pièce sombre où tous les objets, d'aussi loin que Claude se souvenait, étaient restés plus ou moins les mêmes, la possibilité du changement. Un téléphone ! Il l'examina attentivement. Le numéro inscrit sur l'étiquette ronde insérée au centre du cadran était AT 9-6058. Il souleva le récepteur, écouta la ligne bourdonner, replaça l'objet sur son support.

« Ne joue pas avec, dit sa mère en sortant de sa chambre. Laisse-le tranquille.

— Mais c'est pour quoi faire ? » Il remarqua un annuaire épais posé sur le plancher. « Je veux dire, qui vas-tu appeler ? »

Elle hésita, le regarda fixement. Il commençait à craindre d'avoir dit par inadvertance quelque chose de mal mais elle s'éloigna soudain. « Te tracasse pas pour ça », grommela-t-elle.

Des jours et des jours, le téléphone se contenta d'être là. Il ne sonnait jamais dans la journée et, le soir, elle ne l'utilisait pas. Feuilletant les pages jaunes, Claude tomba sur la section MAGASINS DE MUSIQUE, l'œil attiré par les illustrations représentant divers instruments. Ce fut un ravissement que de découvrir le nom de Weisfeld au milieu de toute une liste. Après quelques erreurs, il finit par l'obtenir.

« Allô !

— C'est Claude.

— Claude ! s'exclama monsieur Weisfeld. Quelle bonne surprise.

— On a un téléphone. » Il regarda l'appareil, effleura le socle du bout des doigts. « Il est là, à côté de la radio.

— C'est très bien. Je suis ravi de l'apprendre. »

Une longue pause. « J'aime le boogie-woogie.

— Je me doutais que tu l'aimerais. Pas plus d'une demi-heure d'affilée, cependant. Cela peut être mauvais pour la main gauche.

— OK. » Claude écouta la friture sur la ligne. Il ne savait plus quoi dire, c'était une drôle d'impression. « Au revoir.

— Au revoir, Claude. À demain. »

Puis une fois, au beau milieu de la nuit, le téléphone sonna. Claude se dressa sur son séant, entendit sa mère sortir de sa chambre pour répondre. Elle prononça quelques paroles puis reposa le combiné sur la table, tandis que Claude risquait un œil furtif par une fente de la porte. Elle prit un papier, un crayon, retourna au téléphone. « C'est bon, je suis prête », l'entendit-il dire doucement. Elle inscrivit quelque chose, raccrocha. Il courut dans son lit et s'enfouit sous les couvertures.

Soudain, la lumière se fit. Elle se tenait dans l'encadrement de la porte, nue, et la vue de son grand corps blanc rendit brusquement à Claude toute sa vigilance.

« Habille-toi, dit-elle. Nous sortons.

— Maintenant ?

— Fais vite. » Elle se détourna. « Et prends une couverture. »

Il obéit, lui emboîta le pas dans les marches de fer, se retrouva à sa suite dans la nuit noire et silencieuse. Comme ils approchaient du taxi, il demanda : « Que se passe-t-il ? »

Elle ouvrit la portière arrière. « Monte et continue à dormir. Je ne peux pas conduire en pleine nuit avec le compteur libre. » Il s'engouffra à l'intérieur, elle contourna le véhicule et s'installa au volant.

Ils quittèrent le bord du trottoir et s'engagèrent sur la Troisième Avenue. Il regarda le paysage, familier et pourtant, transformé par le silence et l'obscurité, devenu étrangement menaçant. Sa mère se dirigea vers le bas de la ville. Au bout d'un moment, il perdit toute notion de l'endroit où ils se trouvaient. Il s'assoupit, la tête roulant légèrement sur le dossier.

Il se réveilla tandis qu'elle se garait sur une voie à grande circulation, à l'angle d'une avenue. Elle éteignit les phares et le moteur, mais laissa le compteur tourner.

« Où sommes-nous ?

— En bas de la ville, dit-elle. Je dois charger deux clients importants. Nous allons les attendre. Nous sommes en avance. Lorsque le premier arrivera, tu viendras t'asseoir devant, à côté de moi. » Il perçut une tension subtile dans sa voix, une agitation contrôlée.

Toutes les trois minutes, le compteur cliquetait lorsque le cylindre tournait, cinq cents à chaque fois. Un dollar dix. Un dollar quinze. Claude laissa son esprit vagabonder. Un dollar soixante-cinq. Un dollar soixante-dix. Ils demeuraient assis en silence.

« Oh, merde ! » murmura-t-elle. Il se redressa.

Trois formes surgissaient de l'avenue et se dirigeaient vers le taxi. Deux jeunes gens en smoking, avec des pardessus noirs ouverts, une femme en robe longue et étole de fourrure. Le plus grand des jeunes gens héla le taxi en gesticulant de manière exagérée, son manteau flottant autour de lui.

« Ne bouge pas, ne dis rien », chuchota sa mère. Elle baissa la vitre de sa fenêtre. « C'est pas libre », annonça-t-elle, tandis que le jeune homme tendait la main vers la porte arrière.

« Je ne vois pas... » Claude distingua la face empourprée, les cheveux blond-roux qui retombaient sur le front de l'homme lorsque celui-ci se pencha pour regarder à l'intérieur du taxi. « Oh... Oui.

— Désolée », fit-elle, et elle commença a remonter la vitre.

« C'est occupé », fit l'homme en se tournant vers ses compagnons. En même temps, il plaça sa main sur la vitre pour l'empêcher de monter. « Une femme taxi ! C'est extraordinaire. Peut-être pourriez-vous nous conduire juste sur la Soixante-neuvième Rue. Il y a beaucoup de place, là derrière. Dix dollars ? »

La femme à l'étole rit à quelque chose que lui disait le petit. Ce dernier trébucha sur le pare-chocs avant.

« Désolée, répéta la mère de Claude, sa main droite se crispant et se décrispant sur le volant. C'est le règlement. Bureau des taxis. »

Le grand coinçait toujours la vitre. « J'ai proposé dix dollars », annonça-t-il à ses amis d'un ton chagrin.

Le petit avança en titubant. Son visage s'encadra dans la fenêtre. « Vingt ! Vingt sacs et c'est enlevé ! » Ses lèvres humides brillaient à la lueur faible du réverbère. Le grand avait retiré sa main, Emma tournait à présent la poignée d'un geste brutal pour finir de remonter la vitre.

Le grand type et la femme se déportèrent sur l'avenue mais le petit resta debout près du pare-chocs avant et regarda à travers le pare-brise. La mère de Claude serra le volant des deux mains. L'homme recula, ouvrit sa braguette, commença a pisser sur la roue avant.

Claude entendit une sorte de *han* sortir des profondeurs de la gorge de sa mère, comme si on l'avait frappée. « Arrête-le, murmura-t-il, arrête-le.

— Je ne peux rien faire maintenant », chuchota-t-elle.

L'homme finit de pisser, secoua son pénis — sans cesser de regarder à l'intérieur du taxi —, sourit, referma sa braguette et s'éloigna.

Il y eut un craquement sec, comme le claquement d'un fouet.

« Quoi ? C'est quoi ? sursauta Claude.

— Nom de Dieu, murmura-t-elle. J'ai cassé le volant. » Elle se pencha, laissa ses doigts courir sur la ligne de fracture et l'examina. « Ça va. Je peux encore conduire.

— Pourquoi a-t-il fait ça ?

— Oh, bon Dieu ! » Elle s'affaissa sur son siège, imprimant une légère secousse à tout le taxi.

Un quart d'heure plus tard, le compteur marquait deux dollars trente. Une petite silhouette trapue en caban bleu marine déboucha à l'angle de l'avenue, Claude perçut la vigilance soudaine de sa mère. L'homme marcha directement vers le taxi. Elle abaissa la vitre.

« C'est pris, dit-elle.

— Premier Mai ? » fit-il. Il portait de drôles de lunettes, parfaitement rondes, cerclées de fer.

« Montez, je vous prie. Claude, viens devant. »

Claude prit sa couverture et alla s'asseoir auprès de sa mère. L'homme s'installa derrière. Elle quitta le trottoir, remonta l'avenue en direction de la haute ville. Claude remarqua que l'homme se tordait le cou pour regarder par la lunette arrière.

« Ne vous inquiétez pas, monsieur, dit-elle. Je m'en occupe. » Elle jeta un regard sur son rétroviseur latéral, un autre sur celui de l'avant. «Je fais attention.

— Bien sûr », dit l'homme.

Claude fut surpris de l'entendre l'appeler monsieur. Il ne se rappelait pas l'avoir jamais entendue appeler quelqu'un monsieur.

« C'est ridicule, fit l'homme, avec un accent étranger. Mélodramatique. Mais nous devons faire attention.

— Oui.

— Nous vous sommes très reconnaissants. Nous savons que vous travaillez dur, que vos journées sont longues.

— C'est un honneur, monsieur. »

Ils parcoururent la ville sombre, les rues presque vides, prenant deux blocs vers le nord, un bloc vers l'ouest, deux blocs vers le nord, un vers l'ouest, et ainsi de suite, de manière à attraper tous les feux.

« Un bon truc », remarqua l'homme, et, Claude reconnut son accent, l'accent allemand qu'il entendait souvent à Yorkville. « Je ne connaissais pas ce truc. »

Elle se gara contre le trottoir, à l'angle de Madison et de la Quatre-vingt-douzième. « Nous sommes à l'heure », dit-elle.

Ils attendirent en silence, le compteur cliquetant près de la tête de Claude. Au bout d'un moment, un homme en pardessus brun clair sortit d'un immeuble et s'approcha du taxi.

« C'est lui », fit l'Allemand. Il ouvrit la porte au nouveau venu, qui se glissa dans le taxi.

« Gerhardt.

— C'est complètement idiot, marmonna l'Allemand.

— Bon, ils allaient se rencontrer de toute façon. J'ai pensé qu'ils devaient vous voir. »

Elle fit demi-tour dans Madison Avenue, reprit vers le bas de la ville.

« Vous savez où aller ? » demanda le nouvel arrivant. Il était américain.

« Oui. » Elle jeta un coup d'œil dans le rétroviseur.

« Je ne vois pas ce que vous espérez obtenir, fit l'Allemand.

— De l'argent, d'une part, répliqua l'Américain. Ça coûte cher, la cavale. Plus on en a, mieux c'est. Et il y a d'autres raisons, que nous n'avons pas à approfondir. »

L'Allemand soupira lourdement.

« Laissez-moi m'en occuper, c'est tout, reprit l'Américain. Ces gens-là sont presque tous des taupes. Complètement indisciplinés. Ils vont déblatérer toute la nuit sur Browder, chauvinisme blanc, et Dieu sait quoi encore, si on les laisse faire. De véritables gosses.

— Je peux l'imaginer. Je me demande pourquoi vous supportez ça.

— Je n'ai manifestement pas tellement le choix. »

Elle se gara près de l'East River. Claude contempla les enseignes électriques qui s'allumaient et s'éteignaient sur l'autre rive comme si elles flottaient dans les ténèbres.

« La maison doit être à deux blocs d'ici », dit-elle.

Les hommes sortirent et traversèrent la rue.

Elle baissa les yeux vers Claude. « Enveloppe-toi dans la couverture et dors. On en a pour un bout de temps. »

Il s'allongea sur le côté, mit les mains sous sa tête et se laissa dériver.

Un après-midi clair et venteux. Weisfeld avait fermé le magasin plus tôt que d'habitude et à présent, après avoir bu un thé chaud et mangé des *donuts* au snack à l'angle de la Troisième et de la Quatre-vingt-quatrième, ils se dirigeaient vers Park Avenue.

« C'est un piano à queue de concert, dit Weisfeld. Neuf pieds. Un Bechstein. Le maestro Kimmel l'avait amené avec lui par bateau, il y a des années de cela. Un instrument fabuleux. Mais le maestro ne peut plus jouer.

— Pourquoi ? demanda Claude.

— C'est un vieux monsieur, il a une sorte de maladie des muscles. Mais il écrit toujours. » Il effleura légèrement les manuscrits qu'il serrait sous son bras. « Il compose une musique merveilleuse.

— Comment peut-il la faire, s'il ne quitte jamais sa chambre ? S'il ne peut pas la jouer, comment peut-il savoir à quoi elle ressemble ? »

Weisfeld rit. « C'est dans sa tête, mon garçon. Il l'entend dans sa tête. Les cordes, les cuivres, les timbales, tout. De toute façon, il n'écrit pas pour le piano.

— Et ils la jouent à la radio ?

— Oh, oui ! Oui, ils la jouent. Les trucs anciens. »

Ils prirent Park Avenue en direction du sud. Le vent fouettait les haies de buissons rigides des îlots de sécurité qui séparaient les deux parties de l'avenue. Au loin, les nuages roulaient derrière la grande Gare centrale, créant l'illusion que c'était l'immeuble lui-même qui bougeait.

« Nous y sommes. »

Claude freina sec. L'immeuble d'Al !

« Qu'y a-t-il ?

— Rien, dit Claude.

— Tu n'as aucune raison d'être nerveux. Tu ne verras même pas le monsieur. »

Un moment, il sembla à Claude que la coïncidence

était simplement trop énorme, que Weisfeld, d'une façon ou d'une autre, avait tout découvert sur Al et les voyages dans le vide-ordures, qu'un règlement de comptes se préparait. Mais un coup d'œil au visage sérieux et ouvert de Weisfeld le rassura. La simple idée que Weisfeld eût pu découvrir quelque chose le faisait défaillir, comme si un rocher lui écrasait la poitrine.

Le portier porta deux doigts à sa casquette lorsqu'ils entrèrent. Marbre luisant, bois sombre, odeur d'encaustique. L'ascenseur était tapissé de miroirs, avec une petite banquette capitonnée. Ils y pénétrèrent, suivis par le préposé, qui referma les portes et la grille de sécurité derrière eux. Claude regarda les numéros défiler dans le petit panneau jusqu'au dixième. Il se sentit soulagé — il n'était jamais allé aussi haut pour Al.

À la porte de l'appartement, Weisfeld enleva son béret et appuya sur la sonnette. « Tu m'attendras à côté du piano. Je ne serai pas long. »

Au bout d'un moment, la lourde porte richement sculptée s'ouvrit. Un homme d'un certain âge, mince, le dos déformé par une voussure prononcée, les dévisagea par-dessus ses lunettes. Sa pomme d'Adam était si grosse qu'on eût dit un os planté en travers de la gorge. Weisfeld poussa Claude en avant. d'une petite bourrade dans le dos.

« Franz, dit-il.

— Herr Weisfeld. Et voici le *Wunderkind* ?

— Exactement. Serre la main de Franz, Claude. C'est lui qui s'occupera de toi. »

Claude obéit.

« Comment se porte le maestro ?

— Bien. Il a travaillé toute la matinée, il est donc un peu fatigué. Mais il va bien.

— Attends-moi ici, Claude. » Weisfeld désigna le

salon, derrière un jeu de portes coulissantes à demi ouvertes. «J'en ai pour une minute. »

Claude se glissa dans une grande pièce. Tapis d'Orient, lourdes tentures, un mur entier couvert de livres, des canapés, un fauteuil à oreilles près de la cheminée, des tabourets pour les pieds, des centaines de tableaux et de photographies encadrés accrochés aux murs, posés sur les guéridons ; et là-bas, à l'autre extrémité de la pièce, seul au milieu d'un grand espace vide, un énorme piano noir. Claude s'approcha sans bruit, aperçut sa propre silhouette sur le flanc luisant de l'instrument. Il s'assit sur la banquette, souleva le couvercle, regarda les touches. Il demeura immobile jusqu'au moment où Franz, voûté et claudiquant légèrement, reparut, traversant la pièce pour ouvrir une porte latérale.

« Il y a une petite salle de bains ici », annonça Franz. Il referma la porte, s'approcha de l'enfant. « Si jamais vous aviez besoin de nous appeler, Helga ou moi, lorsque nous sommes de l'autre côté, tirez simplement sur ceci. » Il imprima un coup sec à un ruban de drap épais qui pendait par-dessus les tentures. « Doucement. Sans secouer.

— Qui est Helga ?

— Helga est ma femme. La cuisinière. » Il jeta un coup d'œil par-dessus son épaule vers le fond de la pièce. « Les grandes portes seront fermées pendant que vous travaillerez. »

Monsieur Weisfeld reparut comme Franz disait ceci. Il se frottait les mains. « Alors, Claude. As-tu des questions à poser ? Franz t'a-t-il tout expliqué ? Parfait.

— Et les hommes qui sont à la porte, en bas ? murmura Claude.

— On leur donnera des instructions, dit Franz.

— Ne t'inquiète pas, le rassura Weisfeld. Tu

viendras après l'école à quinze heures trente, tu repartiras à dix-huit heures. Le lundi, le mercredi, le vendredi. Ils en seront informés. Voilà tout. »

Les deux hommes regardèrent l'enfant.

« Pourquoi ne l'essaierais-tu pas avant de partir ? » suggéra Weisfeld.

Claude rougit. « Que vais-je jouer, je n'ai pas, je n'ai pris aucune...

— Essaie la petite pièce de Schubert. Tu n'as pas besoin de partition, pour celle-là. La petite, celle que tu jouais au magasin. »

Claude leva les bras, ouvrit les mains, commença à jouer, s'adaptant instantanément au fait que les touches semblaient s'enfoncer sans résistance, ou juste assez pour qu'il pût les sentir toutes de manière égale. Il avait la sensation de jouer presque sans effort — comme si le piano jouait seul, que Claude remuait simplement les doigts pour le suivre. Lorsqu'il eut terminé, il leva les yeux.

« C'est différent. Très différent. »

Franz opina, un léger sourire sur le visage.

« Bien sûr, dit Weisfeld. Je te l'avais dit.

— Je l'aime, dit Claude.

— Eh bien ! s'il t'aime aussi, peut-être t'apprendra-t-il, fit Weisfeld. Nous verrons. »

Parfois, le téléphone sonnait deux ou trois fois par semaine, puis il y avait de longues périodes — un mois et plus — où Claude oubliait presque jusqu'à son existence. La sonnerie stridente le tirait du sommeil, il se levait, s'habillait comme un automate, la suivait en haut de l'escalier jusque dans le taxi, se rendormait presque instantanément.

C'était toujours le petit homme trapu avec les lunettes rondes, parfois seul, parfois avec d'autres

personnes et les chargements et transferts se faisaient toujours à un carrefour. Les gens surgissaient
de la nuit puis replongeaient dans la nuit comme
dans un long rêve entrecoupé. L'Allemand parlait
très peu mais était invariablement courtois avec la
mère de Claude et offrait parfois des bonbons à l'enfant (des pastilles à la réglisse, fortes et âcres). Il arrivait que Claude, somnolant ou se retournant dans
son sommeil, les pieds butant contre les cuisses
dures, énormes, de sa mère, surprît une conversation
à l'arrière.

« Ils n'ont pas d'instructions pour nous ? Ils ne
savent pas ce qui se passe ? »

Gerhardt : « Pas d'instructions. Plus tard, peut-
être.

— Plus tard, ce sera trop tard. Je n'arrive pas à
y croire ! »

Le plus souvent, les autres voix étaient anxieuses
et agitées (sans doute la raison pour laquelle Claude
les percevait un instant), mais Gerhardt était toujours calme, et soupirait fréquemment.

De nombreux mois passèrent avant que Claude
n'osât, pour ainsi dire, lever les yeux du piano ou
s'autoriser à s'interroger au sujet du maestro. L'enfant était si amoureux du Bechstein, tellement désireux de préserver les conditions qui lui permettaient
d'y jouer qu'instinctivement, il se faisait tout petit,
presque invisible, vidait pratiquement son cerveau
de toute pensée lorsqu'il appuyait sur la sonnette
et que Franz l'introduisait. Il ne disait à peu près
rien, se glissait dans la grande pièce la tête basse,
marchait d'un trait vers l'instrument. Le silence, la
pénombre, l'immobilité paisible du lieu, produisaient sur lui un effet bizarre — il n'avait pas peur

de jouer mais presque peur de respirer, comme si le fait trivial d'être en vie pouvait, inexplicablement, déranger les objets. (Bien qu'il continuât à collecter les bouteilles au sous-sol une fois par semaine en entrant par la porte de service, il n'avait pas soufflé mot à Al des événements qui se déroulaient aux étages supérieurs, de la façon dont les portiers le connaissaient bien maintenant ; comment Franz et Helga disposaient un verre de lait et deux biscuits aux amandes sur la petite table à côté du piano, en guise de bonjour silencieux tous les lundis, mercredis et vendredis ; et il ne pensait pas qu'il dût jamais le dire. Il n'avait pas pris cette décision consciemment, la chose s'était ainsi faite.) Mais un après-midi, six mois plus tard environ, il se retrouva à contempler les photographies encadrées — identifiant le maestro au simple fait qu'on le voyait plus souvent que les autres sur les clichés. Il en éprouva un léger choc, ainsi qu'un vague sentiment de culpabilité, comme s'il n'était pas présumé regarder.

Il y avait des villes — dont il reconnut certaines pour les avoir vues en photo dans le magazine *Life*. Deux hommes et une femme devant un café, la pointe de la tour Eiffel se découpant dans le lointain. Un cliché de Piccadilly Circus, des bus à deux étages embouteillés au milieu d'une place ronde, des chapeaux melons, des militaires, des enseignes, des affiches. Mais la plupart des images montraient une ville inconnue, avec de vieux immeubles ornés de sculptures rococo, des arcs en fer forgé arachnéens enjambant des rues étroites, une rivière, une falaise, un château en haut de la falaise. Une ville étrange, avec très peu d'enseignes, écrites dans un alphabet incompréhensible fait de drôles de lettres. Tout le monde portait des vêtements sombres ; et, surplombant les autres de sa haute taille, un homme — une sorte d'ours, souvent coiffé d'une toque de fourrure, souvent muni d'une canne : le maestro, ou celui que Claude supposait être le maestro puisqu'il ne l'avait jamais vu. Sa stature, sa grande barbe, ses yeux exceptionnellement pénétrants, tout contribuait à créer un sentiment presque palpable de puissance. Il dominait chacune des photographies où il se trouvait. Une fois, il parut — illusion d'optique — bouger imperceptiblement dans son cadre. Claude fit un bond en arrière comme sous le coup d'une réprimande et retourna au piano.

Weisfeld contrôlait sans cesse les réactions de Claude pour ce qui était des gammes. Tous les deux ou trois mois, il vérifiait — cela devenait-il trop ennuyeux, trop fastidieux ? Réussissait-il à maintenir sa concentration, rêvassait-il ? Claude le rassurait. Il aimait les gammes. C'était agréable. Cela procurait un sentiment de progrès. En plus de l'entraînement traditionnel, Weisfeld lui donnait des exercices de sa propre conception. Mouvements contraires, trois octaves dans les deux sens, monter en chromatique. Monter en tierces, en quartes, en quintes. Gammes décalées — la main gauche entrant la première, la droite trois notes plus tard, descendre en tons entiers. Inverser le processus. Claude aimait particulièrement les sensations produites par le fait de jouer simultanément des gammes différentes — *fa* majeur de la main droite, *ré* bémol majeur de la gauche, par exemple — non tant pour les sonorités, encore qu'il fût amusant de fractionner son esprit et d'écouter séparément les deux gammes à la fois, ou de les entendre converger et diverger harmoniquement, que pour les sensations physiques éprouvées par ses mains, l'impression de vagues lentes qui émergeaient des divers motifs — des vagues dont la forme variait selon les gammes juxtaposées.

La perception de ces vagues, de leurs points d'intersection — qui donnaient à ses mains une série de départs complètement différents des toniques — le conduisit à réaliser qu'il existait des milliers de gammes passionnantes, peut-être dix mille, attendant d'être jouées. Ainsi, la réalité finie des quatre-vingt-huit touches du Bechstein recelait-elle un nombre probablement infini de vagues différentes. Claude s'amusait à attraper les vagues, à les enfourcher. C'était tout simplement magnifique.

Il remarqua que Franz laissait parfois les grandes portes coulissantes entrouvertes. Un oubli? Ou bien quelqu'un écoutait-il? Finalement, elles restèrent presque toujours à demi ouvertes.

Puis un jour, tandis que Claude les franchissait pour aller dans le vestibule et s'en aller, Franz apparut dans le corridor sombre. « Si vous pouviez attendre un petit moment, dit-il. Si vous pouviez vous tenir debout à cet endroit, je vous prie. » Il indiqua un point précis sur le parquet et s'éloigna vers le fond du couloir.

Au bout de quelques instants, l'enfant discerna un mouvement au loin dans la pénombre — des formes, une apparition basse, sombre, glissant de l'une des chambres vers le vestibule. Un fauteuil roulant? Des voix basses. Franz reparut. « Le maestro souhaite jeter un coup d'œil sur vous. Veuillez lever les mains comme ceci s'il vous plaît. » Claude leva les mains, les paumes vers l'avant. « Oui, c'est cela, dit Franz. À présent, ouvrez-les toutes grandes. Excellent. »

Était-ce une tête? Une épaule? Claude s'efforçait de distinguer.

« Combien pesez-vous? demanda Franz.

— Je ne sais pas.

— Vous pouvez baisser les mains, à présent.

Merci. » Franz le reconduisit avec douceur jusqu'à la porte. « À lundi, alors. »

Un après-midi, Claude était dans sa chambre au piano blanc et travaillait *The Choo-Choo Boogie*, l'un des nombreux airs de blues et de boogie qu'il avait trouvés dans la banquette. Sa main gauche martelait des quintes répétées ainsi qu'un petit motif avec le majeur, tandis que sa main droite montait et descendait, se livrant à quelques variations compliquées, mais entièrement symétriques, sur la mélodie de base. Le rythme était aussi puissant et implacable que la locomotive qui illustrait la première page de la partition. Il avait presque utilisé sa demi-heure lorsque sa mère entra.

« Claude ! » cria-t-elle. Il s'arrêta immédiatement. « J'ai besoin de toi. »

Il se leva, la suivit à travers l'appartement, gravit l'escalier de fer. «Je l'avais presque, fit-il en montant à l'arrière du taxi.

— Quoi ?

— Le truc difficile, là où on dirait que ça s'enroule.

— De quoi parles-tu ?

— Là où ça revient en *fa*. Cet endroit-là.

— Nous allons le chercher et le conduire au port », fit-elle, s'éloignant du trottoir.

Il attendait à l'angle de la Douzième Rue, en costume et cravate, avec un pardessus flambant neuf. Il portait une petite valise de cuir, qu'il posa sur le plancher du taxi lorsqu'il s'assit auprès de Claude.

« Monsieur Eisler, c'est tout ce que vous prenez ? s'étonna-t-elle.

— C'est plus que je n'avais à mon arrivée.

— C'est donc décidé.

— Je n'ai pas le choix. »

Ils traversèrent la ville en silence. Lorsqu'elle

arriva sur la jetée, un flic lui fit signe de passer les grilles vers la zone d'embarquement. Elle se gara derrière un autre taxi.

Le navire était énorme, un mur gris, avec des hublots très hauts surplombant tout le reste. Claude pressa son visage contre la vitre et leva les yeux pour contempler les alignements de rambardes, la passerelle, l'imposante cheminée, la flèche de la grue qui soulevait de grands filets de cordages chargés de marchandises. La jetée fourmillait de dockers, de matelots, de flics, d'officiers de marine, d'ouvriers manutentionnant des caisses, de chariots élévateurs, de gens qui criaient des ordres ou faisaient signe à d'autres personnes déjà à bord. Sensation d'excitation, de détermination... Ici, l'idée de destination était concentrée dans une image unique, gigantesque, grouillante, celle des passagers s'écoulant le long de la passerelle escarpée pour s'engouffrer dans le bateau, le *SS Batory*. Claude contempla la superstructure brillante scintillant au soleil, les mouettes qui tournoyaient, et fut pris d'une nostalgie si puissante qu'il se sentit presque malade — la même que celle qu'il avait éprouvée naguère, cramponné au réverbère, le jour de la Victoire.

« Prenez ceci. » Eisler se pencha et lui tendit un billet de cent dollars,

« Je ne peux pas », fit-elle.

Il agita le billet d'un geste impatient. « Prenez, prenez. »

Elle prit.

« À présent, écoutez-moi, femme. Si vous avez un brin de bon sens, vous cesserez tout contact avec votre groupe. Complètement. N'allez plus à aucune réunion. Ne répondez pas si l'on tente de communiquer avec vous. Oubliez que vous ayez eu quoi que ce soit à faire avec qui que ce soit. Effacez tout cela de votre mémoire. »

L'eût-il frappée qu'il ne lui eût causé plus grand choc. Elle le dévisagea bouche bée.

« Ce sont des amateurs. Des rêveurs. Ils sont incapables de se protéger eux-mêmes, ils ne pourront pas vous protéger. Me comprenez-vous ?

— Oui, mais...

— C'est un château de cartes. Tout va s'effondrer. »

Claude, stupéfait, vit qu'elle avait les yeux pleins de larmes. « Mais ce sont mes amis.

— De faux amis. Ils sont indisciplinés, ils vont, comment dites-vous, euh, capoter. » Il sortit du taxi. « Adieu, camarade, et merci pour votre aide. » Il marcha vers la passerelle la plus proche et embarqua sans regarder en arrière.

Claude, dérouté, fixa le dos de sa mère, mais comprit que ce n'était pas le moment de poser des questions.

Ils restèrent silencieux, les yeux levés vers le grand navire. Finalement elle mît le moteur en marche, tourna le volant et démarra.

« Le maestro aimerait vous voir prendre du poids, dit Franz. Un peu plus de force dans le haut du corps, hum...? »

Claude montra du doigt l'une des photographies. « C'est lui ?

— Prise il y a très longtemps.

— Il est grand.

— Les pompes sont un bon exercice pour les pianistes. Savez-vous faire les pompes ? »

Claude dit non avec la tête. Franz s'allongea sur le tapis persan et lui fit une démonstration.

« Rien ne doit toucher le sol, sauf les orteils, les

mains et le nez. Ouille... Je n'y arrive plus. Mais il faut rester bien droit et garder le popo en l'air. À vous, maintenant. »

Claude réussit à en faire trois. Ils demeurèrent allongés sur le sol, côte à côte, soufflant fort.

« Il suggère que vous les fassiez après vos exercices de piano. Cela viendra vite, parce que vous êtes jeune. Vous serez surpris.

— Je vais essayer. » C'était drôle d'être couché à côté de Franz. Claude glissa un œil en gros plan sur la pomme d'Adam, qui s'agitait chaque fois que Franz avalait sa salive ou cherchait son souffle. Le vieil homme se releva lentement, d'abord sur les genoux puis, s'agrippant à la banquette, sur les pieds. Il passa ses doigts à travers sa longue chevelure blanche, de chaque côté de la tête.

« Il suggère aussi que vous dîniez ici après vos exercices. À dix-huit heures trente, dans la salle à manger. Cela vous convient-il ? »

Claude se mit debout. « Oui. Merci.

— Bien. Venez à présent, nous allons parler avec Helga. »

Ils traversèrent la pièce, franchirent les grandes portes, le vestibule, la salle à manger, les portes battantes de la cuisine. Odeurs de cannelle, de café, de citron. Helga portait un tablier blanc, et un petit bonnet, blanc également, sur ses cheveux grisonnants.

« Alors, s'exclama-t-elle en lui serrant la main. Nous devons vous faire grossir, *ja* ? »

Claude regarda le sol, elle lui caressa les cheveux d'un geste rapide. Il n'aimait pas que l'on parle de son corps, parce qu'il détestait son corps. Il n'éprouvait que rancune à l'égard des otalgies récurrentes de son oreille gauche — la douleur aiguë, les bourdonnements, les croûtes jaunâtres qu'il en extrayait avec le doigt, les engelures qu'il endurait par temps froid, les démangeaisons de son cuir chevelu par temps chaud, les écorchures de ses genoux, de ses coudes — il y avait toujours quelque chose qui n'allait pas. Récemment encore, il avait découvert, tout à fait par hasard, que son prépuce adhérait d'un côté à l'extrémité de son pénis. Et tous les soirs, grimaçant de douleur, il s'efforçait de le décoller un peu, ignorant les gouttes de sang, espérant qu'il finirait par se détacher. Il était chétif, faible, et, tout au fond de son cœur, il ne croyait pas que rien pût jamais y changer quoi que ce fût. Mais il était d'accord pour faire les pompes, d'accord pour manger, d'accord pour faire semblant, d'accord pour tout ce qu'ils voulaient. Il était humilié, mais reconnaissait leurs bonnes intentions. Ça rendait les choses un peu plus faciles. Ils n'utilisaient pas sa honte contre lui, comme faisait parfois sa mère.

« Qu'aimez-vous manger ? » demanda Helga.

La question le laissa coi. Il ne se l'était jamais posée. Presque tout venait des boîtes de conserve. Était-ce ce qu'elle voulait dire. ? « Je crois... Je ne sais pas. Tout, je pense.

— Tout. C'est très bien.

— J'aime les hot dogs, ajouta-t-il. Ceux de Prexy. » Elle se tourna vers Franz. « Qui c'est, ce Prexy ?

— Hamburgers, expliqua Franz.

— J'aime le lait.

— *Ja*. Le lait, c'est bon. » Elle se frotta les mains et sourit à Franz. « Je vais faire quelque chose de spécial pour vendredi. »

Et c'est ainsi que tout commença. À la fin de la séance suivante, Claude tira le cordon de la sonnette d'un geste ferme, Franz vint le regarder faire ses pompes. Après s'être lavé les mains, l'enfant le suivit dans la salle à manger. Le couvert avait été dressé à l'extrémité de la table. Claude hésita, intimidé par l'ordonnancement compliqué, les plats, l'argenterie étincelante.

« Asseyez-vous, dit Franz.

— Qu'est-ce que tout, comment puis-je, quelle...

— Détendez-vous, s'il vous plaît. Il veut que vous appreniez cela aussi. Il y a différents plats. C'est très simple. Sortez la serviette de son rond, étalez-la sur vos genoux. Très bien. À présent, je sers la soupe. »

Franz lui versa une louchée de liquide vert pâle. Claude, parfaitement immobile, ne perdait aucun des gestes adroits du vieil homme par-dessus son épaule. La soupe sentait bon.

« Crème d'asperges. Utilisez la cuiller extérieure. Voici du pain et du beurre. Ceci est un couteau à beurre. On le pose sur cette petite assiette. Vous pouvez commencer. » À la surprise de Claude, Franz se retira et traversa la porte battante pour retourner à la cuisine. Au bout d'un moment, Claude entendit le murmure léger de leurs voix. Bruits de vaisselle, chaises que l'on déplace.

Il prit la cuiller indiquée, avala une gorgée de soupe. Claude ignorait le goût des asperges, n'avait jamais mangé de soupe faite à la maison, et n'était absolument pas préparé aux exquises petites explosions de plaisir qui, à présent, jaillissaient sous son crâne. (La crème d'asperges devait devenir, sa vie durant, sa soupe préférée, encore qu'il ne retrouverait jamais l'équivalent du mélange inspiré d'Helga, au parfum d'ambroisie — consommé, pointes d'asperges, fines herbes et crème fraîche. Et ne saurait pas, non plus, qu'il avait bénéficié d'une expérience acquise dans les cuisines royales, perdues, de l'Empire austro-hongrois.) Il mangea comme dans un rêve.

Franz reparut, enleva le bol de consommé, le remplaça par une assiette contenant une escalope viennoise décorée d'une fine rondelle de citron, entourée de croquettes de pommes de terre dorées au beurre et d'un mélange vernissé de haricots verts et de lamelles de piments. « Pour un dîner de cérémonie, expliqua-t-il, chacun de ces plats serait passé autour de la table, et, bien sûr, vous ne commenceriez à manger que lorsque l'hôte ou l'hôtesse eux-mêmes auraient donné le signal.

— OK. »

Franz retourna dans la cuisine, Claude prit son couteau et sa fourchette. Le rêve continuait — il entendait à peine les rires légers en provenance de la cuisine, le carillon de l'horloge de grand-père dans le vestibule, les craquements de la chaise capitonnée sur laquelle il était assis. Il était pris dans un tourbillon de textures, de couleurs, de goûts. Il mangea lentement, fermant parfois les yeux.

Franz considéra l'assiette vide. Même la rondelle de citron avait disparu. « Le dessert », annonça-t-il, retirant l'assiette, disposant à sa place une coupe de banane à la crème saupoudrée de sucre candi. « Deux desserts. » Une soucoupe avec une tranche de feuilleté aux pommes encore tiède du four. « C'est une bonne cuisinière, Helga. Qu'en pensez-vous ? »

Claude était sans voix. Il ne put qu'opiner.

Sa mère, qui avait plus ou moins cessé de boire à l'époque des randonnées nocturnes, s'y était remise, mélangeant bière et whisky avec désinvolture. Elle parlait seule, errait de sa chambre à la pièce du devant, marmonnant des imprécations, interpellant parfois un interlocuteur invisible, agitant les bras. Claude, qui pressentait un dangereux mélange de désarroi et de colère, évitait de se mettre sur son chemin.

Il fut secrètement soulagé lorsqu'en revenant à la maison, il la trouva inconsciente dans son fauteuil. Elle ronflait légèrement, la tête sur le côté, entourée d'un nombre impressionnant de journaux. Il en prit un doucement sur ses genoux et aperçut avec stupeur la photographie de l'homme au visage rond et aux lunettes cerclées de fer.

EISLER PASSAGER CLANDESTIN
ARRESTATION DEMANDÉE EN GRANDE-BRETAGNE

Un homme, qui s'est identifié comme étant Gerhardt Eisler, d'origine allemande, a fui les États-Unis à destination de Gdynia, à bord du paquebot transatlantique américain le Batory, *a-t-on appris hier. Le fugitif qui jouit d'une liberté sous caution d'un montant de 23 500 dollars, est soupçonné être l'ancien agent Komintern désigné comme le communiste américain numéro un par la Commission des activités antiaméricaines de la chambre des Représentants. Il fuirait une peine d'un an de prison, ainsi que d'autres sanctions pénales.*

Le fugitif est en route pour Gdynia, mais le navire fera escale à Southampton samedi prochain. Afin d'éviter que les communistes polonais qui se trouvent à bord n'entravent la restitution d'Eisler, le Département d'État, à la requête du ministère de la Justice, a demandé à Scotland Yard l'intervention de policiers de haut rang pour appréhender le suspect dès l'arrivée du navire dans le port britannique.

S'il se révélait qu'Eisler est un agent communiste en fuite, la caution serait perdue, même si les autorités anglaises l'extradaient, affirme-t-on à l'Administration fédérale.

La confiscation d'une caution de 23 500 dollars serait un coup dur porté au Congrès des droits civils

et au Comité américain pour la protection des étran-
gers. Car une bonne partie de ces fonds a été réunie
grâce aux sacrifices des ouvriers et des sympathisants
communistes. Les deux organismes ont porté l'une
des affaires le concernant jusqu'à la Cour suprême.

Claude leva les yeux. Sa mère le regardait.

« Il voyageait en première », éructa-t-elle, tendant
la main vers la Pabst Ruban Bleu. « J'ai bien fait
d'accepter son fric.

— Pourquoi a-t-il fait cela ? C'était un espion ? »

Elle haussa les épaules. « Qui sait ? » Elle se pencha, agita furieusement l'index en direction du journal. « Ils disent qu'il a fait de fausses déclarations.
Qu'il n'a pas mentionné mille huit cents dollars
d'impôts sur le revenu. Qu'il leur doit mille cent
quatre-vingt-onze dollars. Qu'est-ce que c'est que ces
foutaises ?

— C'est un espion nazi ?

— Un communiste, bon Dieu ! Les communistes
combattent les nazis ! Ils les combattent plus que
n'importe qui ! »

Claude sentit qu'il ne comprendrait pas, et que si
sa mère comprenait, elle n'avait pas l'intention de lui
dire quoi que ce fût. La lecture attentive des journaux
lui apprit qu'Eisler était marié, qu'il avait laissé sa
femme derrière lui, qu'il avait une sœur, qu'elle
l'avait dénoncé. Mais Claude ne trouva nulle part une
explication claire de ce que le type avait réellement
fait. C'était décevant, l'affaire eût été passionnante
s'il avait été braqueur de banque ou, mieux encore,
assassin — un méchant, comme dans les émissions
de radio. Le Frelon Vert, ou Jack Armstrong. Mais
bien que le méchant en question demeurât cruelle-
ment vague, Claude suivit les nouvelles avec un intérêt prodigieux. Il y avait là quelque chose de réel, une

chose à laquelle lui-même était lié, et dont tous les gens qui allaient et venaient derrière la fenêtre en forme d'éventail ne savaient rien. Il pouvait rôder autour du kiosque à journaux sur Lexington Avenue en sentant, si temporairement que ce fût, l'importance de sa propre existence.

Il fut tout excité lorsqu'il vit une photographie montrant les agents britanniques portant Eisler hors du *Batory* en le tenant par les bras et les jambes. Claude suivit du mieux qu'il put les comptes rendus des procédures légales qui s'ensuivirent, éprouvant des sentiments mitigés à la lecture des titres à la une annonçant que les Britanniques ne le rendraient pas aux États-Unis. Claude en fut heureux pour Eisler qui, après tout, l'avait traité avec bonté et lui avait donné des pastilles à la réglisse, mais triste à l'idée que l'histoire s'arrêtait là et qu'il ne pourrait plus jouir de son sentiment secret de supériorité devant le kiosque à journaux.

Le maestro mourut à la fin du printemps. Un matin, selon Franz, il ne s'éveilla pas. Claude avait bien travaillé ses gammes, et Bach, Chopin, Schubert, Mozart, Bartók, et Gershwin. Les pompes, très lentement, semblaient fortifier la partie supérieure de son corps. Franz avait dit qu'à la puberté les progrès seraient plus rapides. Weisfeld lui avait donné deux petites balles de caoutchouc noires à malaxer pour aider à la construction de ses mains et lui avait dit, lorsque Claude s'était plaint de leur petite extension, que le temps y porterait remède. En attendant, il lui avait montré comment rouler de larges intervalles. L'effet était différent de celui de l'unisson mais permettait au moins de jouer sans perdre de notes.

Il avait bien mangé et, quoique toujours menu, avait largement profité d'une bonne poussée de croissance. Ragoût de bœuf au paprika avec des nouilles. Poulet à la crème et à l'estragon. Jambon avec haricots et salade de pommes de terre tièdes. Gigot d'agneau. Lentilles aux saucisses. Gâteau de chocolat. Crème fraîche. Glace au chocolat fondant. Feuilletés aux pommes. Éclairs. Franz avait poussé l'éducation de Claude des bonnes manières à table à quelques rudiments de rapports sociaux. « Évitez les extrêmes », lui avait-il dit un jour qu'il était en veine d'épanchement. « Ni la raideur germanique, ni le formalisme suédois, ni la regrettable tendance des Américains à une familiarité excessive. Le modèle serait le gentleman d'Europe centrale — courtois, attentif aux autres, et cependant parfaitement détendu, accommodant. Ne soyez pas gentil au point d'embarrasser les gens. » Claude n'avait pas la moindre idée de ce dont Franz parlait mais enregistrait. Il en était venu à admirer Franz, non seulement en raison des liens d'affection qu'il sentait entre Weisfeld et lui, mais aussi pour sa douceur foncière, sa dignité tranquille, en dépit de l'absurde pomme d'Adam.

« Claude, dit Weisfeld à la fin de la leçon, le maestro est mort cette nuit.

— Oh ! » Il jeta un coup d'œil autour de lui dans le magasin, puis regarda Weisfeld, espérant une indication sur la manière dont il était censé réagir. « C'est très dommage.

— C'était un vieil ami, mais nous savions que cela devait arriver. Il est parti tranquillement dans son sommeil. Franz n'a pu le réveiller, ce matin.

— Alors il n'a pas eu mal.

— Non. Je ne crois pas. »

Ils demeurèrent un moment silencieux.

« Franz et Helga sont bouleversés, naturellement, reprit Weisfeld. Ils l'accompagnent depuis si longtemps. Ils s'installeront en Floride dès que tout sera réglé. Si bien que je crains que ce ne soit la fin de notre arrangement. »

Claude sursauta. « Vous voulez dire, plus de leçons ?

— Non, non. Je veux dire plus de Bechstein. Plus de *Sauerbraten*.

— Mais nous deux... on continue ? Vous et moi ? »

Weisfeld se leva brusquement, tourna le dos à l'enfant. « Bien sûr, fit-il, faisant un petit geste en l'air. Bien sûr. On continue. » L'oreille fine de Claude perçut un rien d'enrouement dans sa voix.

CHAPITRE 4

Claude, sa mère et Weisfeld étaient assis dans la salle d'attente du cabinet d'avocats Larkin, Larkin & Swift. Lampes de cuivre, gravures de chasse, bibliothèques en chêne, dix étages au-dessus de Madison Avenue.

« Tu ne l'as même pas rencontré, fit-elle.

— Je l'ai presque vu, mais il faisait trop sombre.

— Les vieux peuvent être bizarres. Comme des enfants, parfois, soupira-t-elle, C'est ta chance. »

Weisfeld se lissa la moustache et regarda par la fenêtre.

Monsieur Larkin était un homme distingué, avec un nez droit, un menton énergique, des yeux bleu pâle. Il les introduisit d'un geste souple et rapide dans son cabinet, leur indiqua des sièges, s'assit derrière son bureau. Sur la surface polie du meuble, il n'y avait qu'un seul dossier, qu'il ouvrit et étudia un moment. Lorsqu'il leva la tête, son regard alla directement vers l'enfant. « Puis-je vous appeler Claude ?

— Oui. Bien sûr.

— Très bien. Je crois savoir que monsieur Weisfeld vous a informé du fait que vous avez été couché sur le testament.

— Le piano, oui, dit Claude.

— Parfait. » Il dirigea ses yeux vers Emma Rawlings. « J'ai pensé qu'il était utile d'organiser cette brève réunion afin que je puisse vous expliquer les termes du testament et répondre aux questions que vous pourriez vous poser. Merci d'être venue.

— Je suis garée à la borne, prévint-elle.

— Cela ne sera pas long. Claude, vous êtes mineur. Selon l'usage en de telles circonstances, et conformément à mon conseil, un fidéicommis a été mis en place en votre faveur. Monsieur Weisfeld a accepté d'en être l'administrateur. Lorsque vous aurez vingt et un ans, le fidéicommis sera dissous et le titre de propriété du piano vous reviendra intégralement, sans aucune restriction. Comprenez-vous ?

— Puis-je m'en servir en attendant ?

— Certainement. » Larkin sourit et fit un signe de tête à Weisfeld.

« Le piano est à toi, Claude, expliqua Weisfeld. Tu en disposeras immédiatement. Ceci n'est que la procédure légale, telle qu'elle doit être suivie.

— Combien ça vaut ? » demanda-t-elle.

Larkin consulta le dossier. « Il a été estimé à cinq mille dollars.

— Trois licences.

— Pardon ?

— On peut s'payer trois licences de taxi avec ce fric.

— Vraiment ? fit Larkin. Ma foi, cela ne me surprend pas. C'est un instrument de grande valeur, madame Rawlings.

— Ça me surprend, moi, fit-elle en pinçant les lèvres.

— Avez-vous des questions à poser ? » Larkin, marqua une pause puis continua. « Il serait utile, madame Rawlings, que nous ayons une copie de l'acte de naissance de Claude. Peut-être auriez-vous l'obligeance de nous la faire parvenir par courrier ? »

Un long moment, personne ne bougea. Claude regarda sa mère, qui avait rejeté sa grosse tête en arrière et fixait le plafond. « J'en ai pas, dit-elle finalement.

— Parfait, s'empressa Larkin. Cela arrive tout le temps. Si vous pouviez juste me donner le nom de l'hôpital et la date, je suis sûr que nous...

— Pas d'hôpital. »

Claude ne pouvait détacher ses yeux du visage de sa mère, et il était certain qu'elle était consciente qu'il écoutait. Tout ceci avait été zone interdite.

« Je vois. À la maison. Eh bien !.Peut-être le médecin pourrait-il...

— Pas de médecin, coupa-t-elle de nouveau, baissant la tête pour fixer Larkin.

— Une sage-femme ? » risqua Larkin.

Elle secoua la tête. Il y eut encore un long silence.

Weisfeld se tortilla sur sa chaise. « Ce certificat est-il absolument nécessaire ? N'y a-t-il aucune autre manière de procéder ? »

Larkin réfléchit. « En fait, n'importe quel document ferait l'affaire, je suppose. Un certificat de baptême, continua-t-il sans tenir compte du grognement de dégoût clairement audible d'Emma. Un dossier médical, des vaccinations, ce genre de choses.

— Pas de dossier, proféra-t-elle. Il n'y a que lui. Là, devant vous. »

Larkin se rejeta dans son fauteuil et croisa les bras. Il lança un coup d'œil rapide à Weisfeld, qui haussa imperceptiblement les épaules. Larkin tendit la main vers son tiroir, sortit un bloc de papier et un crayon, les fit glisser de l'autre côté du bureau. « Madame Rawlings, si vous notiez le jour et l'année de naissance de Claude, nous préparerions une déclaration sur l'honneur que vous signerez. Cela devrait suffire. »

Elle se pencha, griffonna quelque chose sur la feuille.

« Merci », dit Larkin, reprenant le bloc sans y jeter un coup d'œil. Il détacha le feuillet et le glissa dans le dossier. « Le testament comprend un second codicille, continua-t-il, plus rapidement à présent, qui prévoit des fonds destinés à faire face aux frais raisonnables occasionnés par la formation de Claude Rawlings comme pianiste. Ces fonds se limitent au paiement de leçons de piano jusqu'à l'âge de dix-huit ans. L'administrateur en sera monsieur Weisfeld et, au cas où ce dernier viendrait à décéder, moi-même. Je crois que cela pare à toute éventualité. » Monsieur Larkin se leva, fit le tour de la table, serra la main des personnes présentes. À Claude, il dit : « Bon courage dans vos études. Une chance vous est donnée, je suis certain que vous saurez en profiter.

— J'essaierai », murmura l'enfant.

Sur le trottoir, elle lui donna un *nickel*. « Prends le bus pour rentrer. Moi, je vais au boulot. » Elle salua Weisfeld d'un signe de tête et se dirigea vers le taxi. Claude courut après elle, la rattrapa au moment où elle ouvrait la portière.

« Eh bien ! alors... où je suis né ? balbutia-t-il, j'ai bien dû naître quelque part.

— Quelle différence ça fait ? » Elle monta dans la voiture.

Il resta debout à la fenêtre et la regarda. Finalement, elle soupira. « Tu es né dans une église, dans la haute ville. J'avais un boulot de chanteuse.

— Dans une église ?

— Oui. Baptiste. Je t'ai ramené à la maison le soir même. Voilà, tu sais maintenant, et quelle différence ça fait ?

— Je ne sais pas... murmura-t-il.

— J'allais pas raconter ma vie à ce snobinard d'avocat ! Ça ne le regarde pas. Ça ne regarde personne. » Elle mit le moteur en marche et démarra.

À l'arrêt du bus, il dit à Weisfeld : « Elle dit que je suis né dans une église. Au fond d'une église.

— Ce sont des choses qui arrivent, répondit-il. Tu es probablement arrivé plus tôt que prévu. Pressé de venir, de joindre la comédie.

— Mais pourquoi ne le lui a-t-elle pas dit, simplement ? Je ne comprends pas. Elle aurait pu le lui dire. Et pourquoi ne me l'a-t-elle jamais dit, à moi ?

— Je ne sais pas. » Il mit la main sur l'épaule de l'enfant. « Ta mère est une femme compliquée. »

Comme le bus se mettait à rouler, Claude dit : « Je ne veux pas aller à la maison. Je n'ai pas envie d'y aller tout de suite.

— Viens avec moi au magasin. Tu m'aideras à installer les partitions. Elles viennent juste d'être livrées. »

Claude était assis sur le perron devant sa maison en attendant le camion. Mâchonnant un cornichon à l'aneth, il regardait la rue, les passants, les femmes accoudées aux fenêtres des appartements. Une bouteille de Pepsi était posée près de lui, il en buvait une gorgée de temps en temps. Trois petites filles sautaient à la corde sur le trottoir d'en face. C'étaient des sœurs, des Italiennes, elles ne lui parlaient jamais, détournaient immédiatement les yeux s'ils se rencontraient par hasard au *candy store* ou à l'épicerie. L'aînée avait à peu près le même âge que lui et il la trouvait jolie — des yeux noirs, les cheveux coiffés en longues anglaises brunes. Elle s'appelait Rosa mais il savait qu'elle ne connaissait pas son nom à lui.

Il regardait distraitement la rue, réchauffé par le

soleil et la perspective de l'arrivée du piano. Quelque part dans sa tête, dans une zone séparée, presque clôturée, de sa conscience, il jouait à un jeu avec le rythme de la corde à sauter qui claquait sur le ciment.

> *Pepsi-Cola hits the spot,*
> *Twelve full ances that's a lot,*
> *Twice as much for a nickel too,*
> *Pepsi-Cola is the drink for you.*

Il entendit une variation, un embellissement en huit notes, puis une ligne d'accompagnement de basse. L'air continua à trotter dans sa tête après que les fillettes se furent arrêtées de sauter — la musique était là, simplement, sans qu'il y pense, sans qu'il se concentre sur elle. Il n'en était pas plus conscient que de sa propre respiration. Il n'avait pas l'impression qu'il la faisait mais qu'elle existait indépendamment de lui, circulant dans un coin de son cerveau. La sensation était celle de la capter, comme une personne écoute une conversation, peut-être lointaine, dans une pièce bruyante. Il se surprenait souvent à jouer à ce jeu. Lorsqu'il marchait, par exemple, qu'il devait faire un petit saut pour syncoper la mélodie. Ou qu'il roulait en métro, avec le claquement des roues — et que, au milieu du tumulte général, il entendait la présence d'orchestres fantomatiques jouant avec emportement.

Le camion était rouge et brillant. Il avança lentement le long du bloc et s'arrêta juste devant Claude. PINSKY — DÉMÉNAGEMENTS DE PIANOS, lisait-on sur les flancs. Trois costauds sortirent de la cabine et, lorsque la porte arrière du camion s'ouvrit, un quatrième sauta avec légèreté sur l'asphalte. Il portait un uniforme gris et propre, se dirigea vers le perron.

« Rawlings, c'est ici ? » Il examina la façade, recula d'un pas.

« Oui, dit Claude. Nous sommes au sous-sol. »

Les trois malabars commencèrent à faire descendre le piano emmitouflé dans des couvertures brunes matelassées sur un grand chariot plat.

« Vous avez la clef ? demanda le premier déménageur. Je vais jeter un coup d'œil. »

Ils se dirigèrent vers l'escalier de fer.

« Oh ! oh !... » siffla le déménageur en regardant vers le bas.

Ils descendirent, Claude ouvrit la porte. Le déménageur n'entra pas, se contenta d'étudier l'embrasure. « Ça ne me dit rien qui vaille.

— Que voulez-vous dire ?

— On ne peut rien faire par là. Y a-t-il une autre entrée ? »

Claude ferma la porte, ils remontèrent. Le piano était à présent sur le trottoir, couché sur le flanc, surveillé par les trois costauds. Il paraissait plus long que dans l'appartement du maestro. Le premier déménageur escalada d'un bond les marches du perron et disparut à l'intérieur de l'immeuble. Quelques passants s'attroupèrent. Un certain nombre de vieilles dames apparurent aux fenêtres voisines. Un petit chien marron renifla la couverture mais l'un des types le fit décamper. Le premier déménageur redescendit les marches.

« Y a-t-il d'autres ouvertures ? »

Le cœur défaillant, Claude pointa le doigt vers la fenêtre en forme d'éventail.

« Et derrière ?

— Deux. Mais les mêmes.

— Ben ça ira pas, annonça le gars. Même si on démontait l'escalier, ça passerait pas. »

Claude lança : « Pouvez-vous attendre une minute.

Je vais chercher monsieur Weisfeld. Je reviens tout de suite.

— Qui c'est, celui-là ? Superman ? »

Claude descendit la rue en courant, tourna le coin, slaloma parmi les piétons et arriva au magasin hors d'haleine.

Monsieur Weisfeld était sur le trottoir, remontant l'auvent avec une longue tringle de fer.

« Il est trop grand ! cria Claude. Ils ne peuvent pas le faire entrer. Ça n'ira pas !

— J'aurais dû m'en douter. » Weisfeld replaça la tringle sur son support, la fixa. « Je mets l'écriteau. »

Lorsqu'ils arrivèrent devant l'immeuble de Claude, la foule avait augmenté — une douzaine de personnes environ étaient là, à regarder. Les déménageurs buvaient des sodas.

« Je suis Aaron Weisfeld. C'est moi qui ai signé l'ordre de livraison. »

Le premier déménageur hocha la tête. « Ça n'ira pas. » Il jeta un coup d'œil à la façade de l'immeuble. « Là-haut, on aurait pu utiliser une poulie, un appareil de levage à partir du toit et le faire passer par une fenêtre. On l'a fait des tas de fois. Mais au sous-sol, c'est une autre histoire. Faudrait balancer le mur.

— Balançons le mur, supplia Claude.

— On ne peut pas faire ça, Claude, dit Weisfeld. Mais ne t'inquiète pas. Nous trouverons une solution.

— Et alors ? s'enquit le déménageur.

— Reprenez-le », fit Weisfeld.

Dans le sous-sol de l'immeuble sur Park Avenue, Al alluma l'ampoule électrique de la cave B. Le Bechstein, toujours emmitouflé, avait été partiellement remonté et se tenait sur ses pieds.

« Mais pourquoi qu'tu m'as rien dit ? demanda Al.

— Je ne savais pas que ça durerait si longtemps.

— Ben dis donc!... J'avais entendu parler d'cette histoire l'an dernier. Un gosse qui montait là-haut pour des leçons.

— Pas des leçons, seulement des exercices, précisa Claude.

— Et c'était toi? » Al hocha la tête. « Elle est bien bonne, celle-là!

— Les pédales ne sont pas mises. »

Al tira la banquette, se baissa, étudia le dessous du piano. La cage des pédales, une structure de bois allongée avec des tringles de métal, gisait près de lui. Il la prit, la fit glisser sans effort dans son emplacement, frappa sur les taquets de bois du plat de la main. « R'garde voir », fit-il.

Claude s'installa sur la banquette et appuya sur les pédales. Ça avait l'air d'aller. Il plia la couverture, souleva le couvercle, plaqua un accord. Le son était assourdi mais clair.

« Les déménageurs m'ont dit que ça valait un tas de fric, dit Al. Bien plus qu'une vieille casserole ordinaire. Tu vas l'vendre?

— Non. C'est un fidéicommis.

— Un quoi?

— Un fidéicommis. Je ne peux pas le vendre avant d'avoir vingt et un ans. Mais je ne le vendrais pas de toute façon, même si je les avais. Il m'a fait confiance. » Il joua quelques gammes rapides, puis du Bach, regardant ses mains voler comme elles ne pouvaient pas le faire sur le piano de la maison.

« Merde, alors, murmura Al lorsqu'il eut terminé.

— C'est vraiment un bon piano. » Claude joua un boogie-woogie, s'y donnant à fond, faisant de l'épate.

« Eh! où qu't'as appris à jouer c'truc, mec? C'est du Meade Lux Lewis!

— J'ai la partition à la maison.

— Tu veux dire que tu le lis sur le papier ? Comment qu't'as appris ça ?

— C'est monsieur Weisfeld qui m'a appris. Mon professeur. »

Al s'assit sur une vieille malle, posa les bras sur ses cuisses et hocha lentement la tête.

« Alors c'est d'accord si je viens jouer ? Monsieur Weisfeld dit qu'il va trouver un endroit où l'installer mais que ça peut prendre du temps et j'ai envie de continuer à faire des gammes. Je peux jouer ici.

— Ouais, c'est d'accord, fit Al. Tu fais ce qu'tu veux, c'est mon territoire. Personne n'a rien à dire. T'as b'soin de jouer, alors tu viens, tu joues. »

Une semaine plus tard, dans le sous-sol du magasin de musique Weisfeld, Claude tenait le bout d'un mètre-ruban tandis que Weisfeld se déplaçait derrière des piles de cartons et de caisses, des meubles, des livres, des fichiers, des vieilles malles.

« Soulève-le, cria Weisfeld. Tiens-le bien haut. »

Claude obéit. Son professeur fureta partout puis reparut, roulant le dévidoir du mètre-ruban.

« Il y a de la place, dit-il. On peut faire de la place.

— Ils vont pouvoir le descendre ? demanda Claude.

— Par le monte-charge, sous les plaques sur le trottoir. J'ai mesuré. De justesse. » Il s'assit sur une vieille vitrine et regarda autour de lui. « De toute façon, presque tout est à bazarder. C'est incroyable, ce que l'on peut entasser. Je prendrai les dossiers chez moi, là-haut. Madame Keller, la voisine, dit qu'elle peut me laisser un peu de place dans sa cave pour le reste. Ça devrait aller.

— Je peux travailler ici.

— L'acoustique sera peut-être étrange, mais le piano en sécurité. Un endroit idéal, en vérité. Humidité régulière, changements de température progressifs. Et pas de voisins pour se plaindre du bruit. À présent, nous ferions mieux de monter. Il y a peut-être un client. »

La veille du jour où le piano devait être déménagé, Claude retourna sur Park Avenue pour jouer une dernière fois dans la cave B. Il passa par la porte arrière et, à sa surprise, trouva Al installé à la vieille table de bridge avec un autre type, un Noir trapu, bien fringué, qui fumait le cigare.

« Claude, voici monsieur Oliver. Un vieux pote à moi. »

Claude salua d'un signe de tête. Monsieur Oliver eut un geste de bienvenue, son cigare laissa une traînée de fumée dans l'air. « Al et, moi, on a fait le voyage de Géorgie ensemble — ça fait un bail, maintenant —, expliqua-t-il, dans un fourgon à bestiaux de première classe !

— Y a rien d'plus vrai, confirma Al . Et r'garde-toi, à présent. »

Un rire silencieux secoua les épaules de monsieur Oliver.

« J'voudrais lui montrer le piano, ajouta Al.

— Bien sûr. »

Ils allèrent dans la cave. « Il est emballé, dit Claude en soulevant le couvercle. La sonorité est bien meilleure lorsqu'il est ouvert. » Il plaqua quelques accords dans les graves, joua une petite fugue qu'il connaissait par cœur, puis un air nommé *Sugar*, qu'il avait trouvé sur les étagères chez Weisfeld.

« Dis donc, ça sonne pas mal du tout, apprécia monsieur Oliver. Tu m'as l'air d'avoir pris de l'avance, non ?

— Monsieur Oliver joue, expliqua Al. Il a enregistré des disques. »

Claude se leva immédiatement.

Monsieur Oliver chercha des yeux un endroit où

poser son cigare. Al le prit et dit : « T'as fini ? » Sur un signe de tête affirmatif de son ami, il jeta le cigare sur le sol et l'écrasa du pied.

Monsieur Oliver s'assit, considéra les touches un moment, retroussa les manches de sa chemise et commença à jouer, laissant échapper un grommellement étouffé du fond de sa gorge, mâchonnant sa lèvre inférieure comme un homme dans la souffrance. Il joua sans interruption des *strides* et des boogies pendant plus d'une demi-heure, les mains martelant, les bras pompant, la tête et le torse immobiles. Une sueur légère perla à son front au bout d'un moment. Ce fut une tempête de notes et Claude, fasciné, regarda les bras de l'homme se croiser et se décroiser, se déplacer ensemble et séparément, et ses doigts, fonctionnant à une vitesse incroyable, arracher des thèmes limpides à une lame de fond presque irrésistible de musique.

« On dirait un orchestre, souffla Claude lorsque Monsieur Oliver s'arrêta.

— Tu crois ? » Oliver sourit.

« C'est comme à la radio.

— Ben, approche. Al dit qu'tu joues l'blues. Pourquoi qu'tu t'assiérais pas là — il tapota sur la banquette du côté des aigus. J'vais t'montrer un ou deux trucs. »

Ils ne s'étaient pas assis. Le plus âgé se tenait sous le soupirail, les mains derrière le dos. Les deux plus jeunes, élégants avec leurs costumes foncés et leurs cravates sombres, l'encadraient à distance respectueuse du fauteuil. Elle n'avait même pas eu le temps d'avaler une bière.

« C'est pas possible à cette heure-ci, déclara-t-elle. J'peux pas laisser l'enfant seul à la maison. »

Claude se demanda s'ils savaient que c'était à hurler de rire.

Le plus vieux concéda : « L'agent Burdick restera ici jusqu'à ce que nous vous ramenions après l'entretien.

— C'est ça », dit l'agent Burdick — coupe à la brosse, vaguement militaire. Il fit un petit clin d'œil à Claude.

« Si vous avez des questions à me poser, reprit-elle, pourquoi ne pas y aller carrément tout de suite ?

— Je crains qu'on ne puisse pas faire ça, madame Rawlings, répondit le plus âgé. Les entretiens ont lieu au bureau central. C'est la politique.

— Êtes-vous en train de m'arrêter ?

— Certainement pas. Pourquoi vous arrêterait-on ? » L'homme parlait d'une voix presque parfaitement monocorde. « C'est juste qu'on a l'impression que vous pouvez nous aider. Il y a un monsieur de Washington, au bureau, qui pense que vous pouvez nous venir en aide. On vous serait très reconnaissants. »

Claude sut qu'elle avait peur. Il n'eût pu dire ni pourquoi ni comment, mais il en fut certain. Il avança d'un pas. « C'est pour le piano ? » demanda-t-il.

Le vieux tourna légèrement la tête vers lui. « Non, fiston », grommela-t-il au bout d'un moment. Puis il regarda de nouveau Emma. « Alors ? »

Finalement elle se leva. « Autant y aller.

— À la bonne heure, fit-il s'éloignant de la fenêtre. La voiture est garée juste devant. »

CHAPITRE 5

Claude aurait voulu savoir ce qui se passait mais elle ne disait rien. Ce soir-là, il avait essayé un moment de faire parler l'agent Burdick.

« Qu'est-ce que ça veut dire "Agent" ? Il vous a appelé "Agent Burdick".

— Exact. C'est mon titre. Je travaille pour le FBI.

— De quoi veulent-ils lui parler ?

— J'en sais rien, fiston. Ils ne me racontent pas ces choses-là.

— Il a dit "questions". Quelles questions ? »

Burdick sourit et haussa les épaules. Plus de deux heures s'écoulèrent avant que la mère de Claude ne revînt. Elle alla directement dans sa chambre. Le lendemain, elle ne répondit pas à ses questions, le rembarra d'un ton sec, sortit travailler.

Au cours des semaines suivantes, elle sembla se murer. Elle allait et venait sans desserrer les dents, nerveuse, absente. Elle cessa complètement de boire. Il y avait de la bière et du whisky à la maison mais elle n'y touchait pas. Le téléphone fut enlevé puis, quelque temps plus tard, mystérieusement réinstallé.

Un jour, en fin d'après-midi, après une longue leçon sur le Bechstein dans le sous-sol chez Weisfeld, il revint à la maison et trouva l'appartement complètement transformé, les quelques meubles disposés autrement, la cuisine nettoyée, le sol balayé, les vitres lavées. Ahuri, il la découvrit dans la salle de bains, à quatre pattes, qui récurait le sol. Sa stupéfaction fut telle qu'il ne posa aucune question. Lorsqu'elle tourna la tête vers lui, il vit qu'elle avait peur. Elle s'accroupit et s'adossa à la cabine de douche.

« Ils sont venus, ils ont tout fouillé, murmura-t-elle. Il y en avait partout. Ils sont restés des heures. Ils ont pris mes fiches de taxi, un tas de livres. Ils cherchaient des lettres, mais je n'en ai pas. Ils ont pris des caisses pleines de trucs. Des machins dans ta chambre, aussi, des vieux papiers, que sais-je encore.

— Pourquoi ? Pourquoi ont-ils fait cela ? »

Elle fixa la cuvette des W.-C. « Alors j'me suis dit, au diable ! J'en profite pour nettoyer. » Un changement effrayant s'opéra progressivement sur sa grande figure ronde, une sorte de plissement, ses traits semblèrent se déplacer vers le centre, son nez, ses yeux et sa bouche se rejoindre. Il réalisa qu'elle était sur le point de pleurer et ne sut que faire. « Ils me tiennent, bredouilla-t-elle. Ils peuvent m'enlever ma licence quand ça leur chante. » Son visage reprit un aspect normal. Un spasme, ça n'avait duré qu'une seconde. « Aimables comme des portes de prison, les mecs.

— Que veux-tu dire, ils te tiennent ? Que peuvent-ils...

— Laisse tomber. » Elle agita le bras. « C'est trop compliqué.

— Tout ce que tu as fait, c'était de le conduire », murmura Claude.

Elle souleva l'énorme masse de son corps, lança le chiffon dans le lavabo et quitta la pièce.

À présent, lorsque le téléphone sonnait la nuit, c'étaient eux, pour lui dire de venir immédiatement au quartier général (ce n'était pas très loin, la Soixante-neuvième Rue), ou bien le lendemain, à telle heure précise. Les mois s'écoulant, cela devint systématique. Des appels plus nombreux, mais un scénario identique à l'ancien. Elle ne racontait rien à Claude, les quelques mots prononcés dans la salle de bains furent les seuls jamais dits à ce sujet.

Il se rendait compte qu'elle changeait, et à une vitesse qui le rendait nerveux. C'était comme si elle devenait une inconnue. Elle cessa de boire, ne prenait apparemment plus jamais de petit déjeuner, commença à perdre du poids — encore qu'elle traînât toujours une quantité considérable de graisse tenace. Elle ne parlait pratiquement pas, n'écoutait plus la radio, ne lisait plus les journaux. Elle semblait vidée de tout, traversait les journées comme un automate, passait de longues heures à conduire le taxi. Souvent, Claude ne la voyait pas plusieurs jours de suite.

Il avait travaillé durant les tièdes soirées estivales, au coin sud-est de Lexington et de la Quatre-vingt-sixième, une période de cinq à six semaines. Al avait déniché au sous-sol une chaise pliante rembourrée, Claude avait acheté la boîte, avec son repose-pied de cuivre, à un autre gamin. Son emplacement était proche du kiosque à journaux, et la plupart de ses clients s'asseyaient pour lire la dernière édition tandis qu'il s'escrimait sur leurs chaussures. Il n'avait pas besoin de faire l'article, les gens se laissaient dériver tandis qu'ils feuilletaient les pages et se retrouvaient assis sur la chaise rembourrée pratiquement sans l'avoir regardé.

En premier, liquide de nettoyage, brossage, essuyage. Ensuite, deux applications de cirage — noir, brun ou neutre. Second brossage vigoureux.

Touche finale, au chiffon doux. Ils lui donnaient vingt-cinq cents et lui disaient de garder la monnaie. Ils le disaient toujours ainsi : « Garde la monnaie. » Et Claude percevait une certaine satisfaction amusée dans leur voix. Presque tous les soirs, il se faisait trois ou quatre dollars. Il allait à la cafétéria, avec son propre journal. Le spécial était généralement à quatre-vingts cents, quatre-vingt-dix avec dessert. Puis il rentrait à la maison, jouait au piano ou lisait.

Au milieu de l'été, une puissante vague de chaleur s'abattit sur la ville, les journaux en firent leurs gros titres. Semaine après semaine, le soleil cogna, les nuits étaient parfaitement immobiles, sans un brin d'air. Claude sentait sur ses joues la chaleur réfractée par les murs, lorsqu'il marchait le long des immeubles. L'asphalte des rues devint mou, un calme bizarre s'abattit sur le quartier.

Dans la torpeur générale, des bruits spécifiques prenaient du relief — le sifflement asthmatique d'un bus, la course cliquetante du métro aérien, des cris de colère s'échappant d'un appartement, le fracas d'une grille de devanture —, des sons compacts, qui se détachaient avec une clarté sinistre sur le silence anormal. Dans la rue désertée, il regardait ses pieds, comme pour s'assurer qu'il ne rêvait pas. Il essuyait la sueur sur son visage avec le revers de sa main, puis regardait sa main. Il avait souvent le vertige.

Lorsqu'il passait sous l'auvent du RKO de la Quatre-vingt-sixième Rue, il sentait parfois une bouffée d'air frais, si jamais quelqu'un ouvrait l'une des portes du hall. AIR CLIMATISÉ lisait-on sur un panneau accroché au-dessus du bureau de location, en lettres ayant la forme de glaçons dégoulinants. Un jour particulièrement chaud, il se joignit à une file d'enfants qui attendaient au guichet, acheta un billet pour vingt cents, et entra dans le hall. Soulagé par le confort et la légèreté de l'air, il traversa le sol dallé de marbre, passa devant le kiosque à bonbons illuminé de couleurs brillantes, se retrouva dans l'obscurité de la salle. Une matrone vêtue de blanc braqua une petite lampe de poche dans l'allée latérale en direction de la section pour enfants. Il s'assit sur un siège, leva les yeux vers les rideaux de théâtre qui se dressaient devant lui, menaçants dans la pénombre.

Autour de lui, garçons et filles s'agitaient, piaillant, gesticulant, changeant de place, gloussant, se renvoyant mutuellement acheter des bonbons, sifflant, dans leur impatience de voir le spectacle commencer. Lorsque les choses devenaient trop bruyantes, la matrone pointait sa lampe vers eux, les gosses se calmaient aussitôt. Claude les observait avec un certain détachement. Il n'en avait plus peur, comme au début, lorsqu'il avait commencé à aller à l'école. Ce n'étaient, réalisait-il, que des gamins, mais quelque chose en eux — leur spontanéité facile, leur insouciance, leur égoïsme presque maladif, la façon dont ils semblaient totalement absorbés dans l'instant présent — le mettait mal à l'aise. Pas une seconde, il ne lui venait à l'idée de se considérer comme l'un des leurs. Il était assis avec eux uniquement parce que le règlement l'exigeait. Curieusement, il avait l'impression d'être un imposteur.

Il y eut une prodigieuse explosion de musique, une lumière jaillit de la lointaine cabine de projection, et une image, très déformée, du drapeau américain apparut — distendu, roulé, écrasé, flou, gonflé, sans contours — sur les plis épais des rideaux. Lorsque ceux-ci s'écartèrent, l'image s'élargit jusqu'aux marges de l'écran, vive, brillante, parfaitement nette. Bannière étoilée se détachant sur le ciel. Tout le monde se leva et entonna l'hymne national en suivant la balle qui sautillait au pied de l'écran. Claude fut particulièrement fasciné par la balle. On eût dit une petite personne qui bondissait avec agilité de syllabe en syllabe. La musique était forte, satisfaisante.

Dessins animés... Suivis d'actualités — la voix du speaker, à la fois pressante et solennelle, résonnant sur le flash des images. Puis, le premier long métrage, l'histoire d'un marin brutal qui se marie avec une bibliothécaire mais ne prend la vie au sérieux qu'à la naissance de leur bébé. Le second film décrivait les aventures d'un enfant qui parlait avec les chevaux. Claude les regarda tous avec une attention absolue et fut tellement captivé qu'il éprouva un choc lorsque les films s'achevèrent. C'était comme si son âme avait voleté tout ce temps dans l'obscurité et qu'elle retombait brutalement dans son corps. Dehors, le silence anormal et la chaleur implacable semblèrent reprendre possession de lui, éteindre les émotions vif-argent allumées par les films, le rabaisser au niveau de la contemplation de la réalité terne, indifférente de la rue, de sa grisaille permanente, de sa banalité. Quitter le RKO, c'était dégringoler... Il courut d'une traite jusqu'à la maison, vers la sécurité et la compagnie du piano.

Mais en cette journée brûlante, il avait découvert, par hasard, les yeux levés vers la luminosité éthérée de l'écran, une force qui presserait doucement sur lui sa clarté légère tout au long de ses années d'adolescence, et deviendrait finalement une partie de lui-même, comme s'il portait la mémoire de milliers de vies qu'il n'avait pas vécues, que personne, certes, n'avait vécues, mais qui semblaient néanmoins réelles.

Weisfeld s'asseyait sur un tabouret haut derrière l'épaule droite de Claude, de manière à voir à la fois la partition et les mains de l'enfant. La plupart des séances obéissaient à une structure souple. Révision de matières anciennes. Révision de la dernière leçon. Nouvelle leçon et, finalement, déchiffrage direct (ou aussi proche du direct que l'enfant y parvenait) de différentes partitions sélectionnées par Weisfeld, et que Claude n'avait jamais lues. Cette partie était la plus amusante — la récompense, en quelque sorte, après le travail plus lent. Parfois, la voix de l'invisible Weisfeld — qui, en dépit de sa proximité et de sa familiarité, se faisait de plus en plus désincarnée au fur et à mesure que la leçon progressait — posait brusquement une série de questions. Claude levait les mains du clavier et répondait en regardant droit devant.

« Relatif mineur de *sol* majeur ?

— *Mi*.

— Relatif mineur de *mi* majeur ?

— *Do* dièse.

— Relatif majeur de *do* mineur ?

— *Mi* bémol. » Claude souriait lorsqu'il savait que Weisfeld posait des questions faciles.

« Sous-dominante de *ré* ?

— *Sol*.

— Dominante de *la* ?

— *Mi*.

— *La* majeur ou *la* mineur ?

— Les deux.

— Quatre bémols, c'est..

— *La* bémol majeur ou *fa* mineur.

— Cinq dièses, c'est...

— *Si* majeur ou *sol* dièse mineur.

— Bien, disait Weisfeld, dont le bras apparaissait au-dessus de l'épaule de Claude pour tapoter la partition du doigt. Rejoue-moi ceci s'il te plaît, et fais attention au doigté de la cinquième mesure.

— Il était faux ?

— Bien sûr, qu'il était faux. Comme tout le monde, tu essaies d'éviter ton quatrième doigt.

— Je le déteste. On dirait une saucisse ! »

Weisfeld rit. « Elle est bonne ! Splendide. Tu sais, Schumann a construit cette ridicule machine avec des ficelles et des poulies pour renforcer son quatrième doigt. Lorsqu'il jouait, le doigt devait tirer sur le poids et faire un effort supplémentaire pour frapper les touches. Pauvre bonhomme !

— Qu'est-il arrivé ?

— Ça s'est terminé plus mal que ça n'avait commencé. Avec un doigt gros comme une saucisse. Eh oui, il n'y a pas de raccourcis, mon ami. » Weisfeld posa une série de manuscrits sur le piano. Claude prit le premier, l'ouvrit, l'installa sur le pupitre, vérifia rapidement l'armure, la mesure, le feuilleta pour repérer les altérations, les changements de clef, les notations particulières. Alors seulement, il revint au début et commença à jouer.

À l'insu de Claude, Weisfeld consacrait beaucoup de temps au choix du morceau qu'il sélectionnait pour cette partie de la leçon. Entraient en considération le degré de difficulté d'exécution, les différentes variétés de styles, d'ambiance, d'époque. Il embrassait une période allant du seizième siècle à Tin Pan Alley et au jazz. Il incluait, mais rarement, de la musique atonale (que Claude n'aimait pas tellement), pour former l'enfant à déchiffrer une écriture dont la tournure ne lui était pas familière, développer son aptitude à entendre la musique écrite sur la page. Il composait des petits morceaux dans lesquels il glissait des facéties, des barbarismes musicaux, des satires de compositeurs célèbres, des variations sur des airs de musique populaire, et se délectait invariablement du plaisir que Claude prenait à les jouer. L'enfant était terriblement subtil à cet égard, et riait parfois si fort, de manière si explosive, qu'il devait s'arrêter de jouer. Il en réclamait d'autres, les recopiait de sa laborieuse écriture enfantine pour les prendre chez lui. (Plaisir silencieux de Weisfeld, légèrement teinté de culpabilité, à constater que l'écriture de l'enfant évoluait de la tentative d'imiter les notes imprimées vers un écho de la propre écriture de son maître.)

Un jour que Claude s'escrimait sur un morceau de Beethoven ne présentant aucune difficulté particulière, Weisfeld réfléchit une fois de plus au fait surprenant que le déchiffrage fût une chose difficile pour l'enfant, et ses progrès plus lents que la moyenne. Sa propre fille, morte à présent, avait avancé deux fois plus vite, alors qu'elle était plus jeune. La chose l'intriguait.

« C'est une blanche pointée, interrompit-il. Pourquoi la tiens-tu si longtemps ?

— Je suis désolé.

— Tu le fais souvent, tu sais. Tenir, ou alors interrompre le flot. »

L'enfant regarda ses genoux.

« En es-tu conscient ?

— Je crois que oui. » Il hésita. « Mais d'habitude, c'est après. Je veux dire après, quand il est trop tard. »

Weisfeld se lissa la moustache. « Après quoi ?

— Après... » Claude regarda au-delà du piano. « Après que j'ai entendu le son. »

Weisfeld opina en silence.

« Je ne peux pas entendre les accords aussi vite, continua Claude. Lorsqu'il s'agit de notes qui se suivent, comme dans une mélodie ou un truc du genre, ça va, mais les accords, ils sont tous si différents, ils sonnent de manière si différente, c'est comme, c'est comme... »

Weisfeld acquiesça de nouveau. « Intéressant. Continue, s'il te plaît. Essaie de m'expliquer. » L'anxiété de l'enfant était aussi perceptible qu'un parfum dans l'air, mais quelque chose lui disait de le presser un peu. Weisfeld ne se faisait pas d'illusion sur ce qu'il considérait comme ses limites en tant que professeur. Il préparait l'enfant, simplement, l'instruisait avant de le confier à d'autres, qui auraient à traiter de questions d'ordre supérieur — interprétation, technique, voix intermédiaires, nuances, et le reste. Mais le déchiffrage était une partie fondamentale de cette préparation. Les professeurs importants ne l'accepteraient jamais sans cela. Et aussi, le problème intriguait véritablement Weisfeld.

L'enfant gonfla les joues, souffla fort, plaqua soudain l'un des accords du morceau de Beethoven. Il le laissa résonner une seconde, puis parla au-dessus.

« Vous entendez ? Il bouge. » Les mains immobiles sur les touches, il se tourna vers Weisfeld. « Vous l'entendez bouger ?

— Oui. »

Claude joua un autre accord, plus compliqué. « Et celui-là... » Il le laissa sonner. « Il bouge encore plus. Il bouge beaucoup. Vous voyez ce que je veux dire ? Dedans, dehors, il va partout.

— Je comprends.

— Alors, je crois que je veux entendre ça avant de le laisser partir.

— Ce que tu dis est très utile, fit Weisfeld. Nous devons pouvoir aborder la chose.

— Qu'est-ce que c'est ? demanda l'enfant. Pourquoi est-ce que ça fait cela ? »

Weisfeld abandonna son tabouret, se mit à arpenter la pièce. Il jeta un regard circulaire dans le sous-sol encombré. « Nous aurons besoin d'un tableau noir. » Il revint au piano, enleva la partition, souleva le couvercle. Pendant qu'il plaçait la tringle de bois pour le maintenir ouvert, il demanda : « Où en es-tu en calcul ? Fais-tu beaucoup d'arithmétique en classe ?

— Oui, oui », fit Claude rapidement, pressé de revenir à la question des accords. « J'entends le son, puis j'entends des trucs à l'intérieur, comme d'autres notes qui vont et viennent.

— Rapproche-toi et tiens-toi près des cordes. » L'enfant obéit. Weisfeld se mit au clavier.

« Je vais jouer un accord, dit-il. Mets ta tête à l'intérieur du piano et écoute. »

L'accord fut plaqué, Weisfeld appuya sur la pédale de prolongation. Tandis que le son résonnait, Weisfeld demanda : « À présent, le son secondaire que tu entends... est-ce celui-ci ? » Très doucement, il joua une note plus aiguë.

« Oui, oui !

— À présent, viens ici. » Lorsque l'enfant put voir le clavier, Weisfeld rejoua l'accord, puis la note plus aiguë.

« Elle n'est pas dans l'accord ! s'exclama l'enfant avec étonnement. La note aiguë n'est pas dans l'accord !

— Exactement.

— Alors, pourquoi est-ce que je, comment se fait-il que, pourquoi c'est...

— Harmoniques ! prononça Weisfeld. Gammes naturelles ! Tout à fait logique, aucun mystère là-dedans. Mais nous devrons travailler beaucoup pour que tu comprennes comment cela fonctionne. Cela peut prendre du temps.

— Vous ne pouvez pas me le dire maintenant ? » Claude joua la note aiguë, magique, plusieurs fois, comme si le bout de son doigt pouvait, sans trop savoir comment, lui donner l'information.

« Il faut commencer par le début. Sois patient »,
conclut Weisfeld.

Elle était dans son fauteuil, les yeux levés vers le
soupirail, lorsqu'il rentra à la maison après avoir ciré
les chaussures et mangé du hachis de corned-beef à
la cafétéria. Le robinet de la cuisine gouttait à intervalles longs et réguliers.

« Ils m'envoient à Washington, fit-elle d'une voix
atone.

— Pourquoi ?

— Je ne sais pas vraiment. Je ne suis pas censée
m'inquiéter. Je serai dans un bon hôtel. Ils me don-
neront vingt dollars par jour.

— C'est bien. »

Elle soupira, changea de position dans le fauteuil.
« Des réunions, des audiences, des trucs de ce genre.
Ils n'ont pas expliqué grand-chose. Ils disent que tout
ce que j'aurai à faire, ce sera de regarder.

— Regarder quoi ?

— J'en sais rien. Ils mentent, probablement. »

Cette remarque laissa Claude pensif. Au cinéma
— et il y allait toutes les fois qu'il pouvait — les
agents du FBI étaient clairement des gentils, ils ne
mentaient jamais. Les autorités étaient une force
bienveillante. Peut-être avait-elle recommencé à
boire — mais il ne sentait rien, il n'y avait aucune
bouteille. Il avait rencontré l'agent Burdick plusieurs
fois à présent et ne pensait pas que le type fût un
menteur. Il aimait bien Burdick.

« Je ne serai absente que quelques jours, mar-
monna-t-elle.

— D'accord. » Il alla dans sa chambre.

Il s'allongea sur le lit et contempla le plafond. Elle
avait des ennuis — un certain type d'ennuis. Pour la

première fois, il commença vaguement à mettre les choses bout à bout. Les journaux parlaient de Communisme, de Menace Rouge, de Russie, de Staline, d'espions, de choses qu'ils appelaient « compagnons de route » (expression dont la signification n'était pas très claire, mais il savait que ce n'était pas une bonne chose). Il y avait tout un vocabulaire — dupes, gauchos, radicaux, agitateurs, intellectuels, subversifs, membres de cellules, bolcheviks, etc. — utilisé pour décrire ce qu'il comprenait être un grand combat entre les forces du Bien et du Mal. (Il avait appris à repérer certains de ces mots en lisant les articles sur Eisler.) Mais la grandeur, l'énormité même de cette lutte — comme certaines batailles au contexte mythique — lui interdisait de jamais la relier à sa mère. À première vue, l'idée en soi semblait invraisemblable. Néanmoins, il commençait à envisager la possibilité qu'une erreur eût été commise, il ne savait trop comment. Il se dressa sur son séant, prêt à aller en discuter avec elle. Mais il s'en empêcha, réalisant qu'en vérité, il ne saurait que demander ni par où commencer. Sachant aussi qu'elle n'expliquerait rien d'elle-même.

Une sorte d'instinct le retint de raconter quoi que ce fût à monsieur Weisfeld — le même qui l'avait poussé à ne pas le laisser entrer, à ne pas le laisser voir, lorsqu'il avait sonné à la porte —, encore qu'en cette occasion les choses eussent bien tourné.

Elle fut absente une semaine, plus longtemps que prévu, mais Claude s'en aperçut à peine. On eût pu croire qu'il l'avait quasi oubliée, tant il était absorbé par ses occupations de la journée. Et le soir, assis au comptoir de la cuisine, il réfléchissait aux conséquences des harmoniques, dessinait des diagrammes, s'escrimait à calculer.

Ç'avait été un véritable choc, au début, d'apprendre que le bel ordonnancement du clavier et de l'harmonie, si rassurant, qu'il avait étudié jusqu'alors, était impur — un compromis avec la nature. Tempérer, mais c'était altérer! Le *la* du diapason vibrait quatre cent quarante fois par seconde, huit cent quatre-vingts fois une octave au-dessus, n'était-ce pas clair? Weisfeld allait au tableau noir, expliquait, vérifiait que Claude avait compris chaque exemple avant de l'effacer et d'en inscrire un autre. Ils eurent un certain nombre de séances pendant lesquelles l'enfant écouta avec une application extrême, mais très nerveuse, comme s'il résistait inconsciemment à l'idée dans son ensemble.

« Ainsi, vous voulez dire que même si un demi-ton est appelé demi-ton, il n'est pas forcément la moitié d'un ton?

— Exact, disait Weisfeld. Pas dans la gamme naturelle. Les tons entiers peuvent être différents, aussi, lorsqu'on les compare aux tons tempérés.

— Et donc, au lieu de laisser l'erreur se produire une seule fois, on la répartit en quelque sorte sur l'ensemble? » Légère acceptation maussade.

« Oui. C'est une bonne façon de l'exprimer. » Weisfeld se lissa la moustache, y laissant des traces de craie. « Je n'utiliserais peut-être pas le terme "erreur", mais je vois ce que tu veux dire. »

Soudain, un après-midi, tout vint d'un seul coup. Weisfeld avait tracé deux diagrammes correspondant aux tons naturels et aux tons tempérés, un cercle et une spirale. Il inscrivit les dièses, les bémols, les doubles dièses, les doubles bémols, vérifia les notes, recula. Ils contemplèrent le tableau en silence.

« Tu vois? » Weisfeld indiqua le cercle. « Ceci en fait réellement un cercle. Tout revient. Si l'on monte les dièses dans le cycle des quintes, on retrouve le point de départ. Si l'on tourne dans l'autre sens avec les bémols dans le cycle des quartes, on s'y retrouve également. On peut tourner, tourner.

— C'est merveilleux », murmura Claude, savourant cette beauté nette, précise. « Je comprends. Ils *devaient* le faire.

— Hum... » Weisfeld s'absorba dans la contemplation du tableau. Au bout d'un moment il tapota la spirale. « Et cela vaut qu'on y réfléchisse, qu'on s'en souvienne. Lorsqu'on tourne avec les dièses, la note est plus aiguë que celle du départ. Et si l'on tourne douze fois avec les bémols, elle devient trop basse pour l'oreille humaine. Ainsi, en un sens, la nature réelle des gammes change lorsqu'on se déplace. » Il se retourna vers Claude. « Cela vaut qu'on s'en souvienne, philosophiquement parlant. » Il écarta les bras. « La nature comprend un nombre infini de gammes. » Il ramena ses mains, paumes face à face, comme s'il tenait un invisible petit pain. « Et nous travaillons dans cette zone minuscule. Cette partie du spectre. »

À son retour, elle se remit à boire, enflammée et furieuse dans son fauteuil, tenant des propos incohérents pendant des heures. Elle était incapable de garder un sujet plus de quelques minutes, retournait au passé, se lançait dans des diatribes sur quelque personnage public, sur la classe ouvrière. Mais il finit par reconstituer ce qui s'était passé à Washington.

Au début, ils l'avaient installée dans la salle d'attente d'un petit bureau. Tout ce qu'elle avait à faire, c'était de rester assise sur le canapé et de lire des magazines. Jour après jour, des personnes étaient introduites dans la salle d'attente, passaient devant elle, entraient dans le bureau. Elle entendait le bour-

123

donnement de leurs voix à travers la porte. Certains la regardaient en sortant, elle en reconnut plusieurs mais n'en laissa rien paraître.

Ensuite, elle fut conduite dans une grande salle publique où se tenaient des audiences. Micros, photographes, spectateurs, assis ou debout le long des murs. On la plaça dans la première rangée d'une section latérale spéciale de manière à être visible de ceux qui passaient au banc des témoins. Une fois de plus, tout ce qu'elle eut à faire fut de rester assise et de garder le silence. Alors un soir, elle avait avalé quelques bières et, sans prévenir personne, était allée à la gare, avait repris le train pour New York.

« Qu'ils aillent tous se faire foutre », criait-elle de son fauteuil, levant son verre de bourbon en un toast moqueur. « Les feds, les poulets, tous ces nobles connards et leurs précieuses *Honneurs* — qu'ils aillent tous se faire foutre ! »

Le lendemain, elle reçut une lettre recommandée l'informant que sa licence de taxi avait été suspendue pour soixante jours, avec effet immédiat. Elle amena Claude avec elle au Bureau des taxis. Ils prirent le métro pour le bas de la ville et se retrouvèrent, ballottés, sur les sièges de paille, parmi les grondements et le silence. Claude regardait les poignées de cuir se balancer d'avant en arrière et comptait les stations qui passaient comme l'éclair.

Le Bureau des taxis était situé dans l'angle d'un énorme bâtiment municipal. Sous des fenêtres longues et étroites, noires de suie, les gens circulaient à l'intérieur d'un certain périmètre, stationnaient ou faisaient la queue devant des guichets grillagés, des portes conduisant à un labyrinthe de bureaux et de boxes. La lumière, haute, se propageait en oblique dans l'air enfumé et créait une atmosphère sépulcrale. La mère de Claude s'approcha du guichet approprié et tendit la lettre recommandée.

« Qui dois-je voir pour cela ? »

L'employée, une femme d'un certain âge qui ressemblait à un oiseau, avec ses barbillons épais et ses grosses lunettes, examina le papier.

« C'est une suspension. » Elle leva les yeux. « C'est vous ? Vous êtes chauffeur ?

— Oui, c'est moi. À présent, qui dois-je voir ?

— Fichtre ! » Elle regarda Claude, revint à Emma. « Écoutez, vous feriez mieux d'attendre. Allez là-bas. » Elle se tourna, appela une autre employée, lui tendit le papier, marmonna quelque chose.

Claude et sa mère trouvèrent des places sur un long banc de bois. Un flot constant de personnes circulant dans les deux sens passait devant eux. Presque toutes tenaient à la main des papiers ou des formulaires d'un genre ou d'un autre. Certaines s'arrêtaient pour les lire d'un air intrigué puis faisaient demi-tour et rebroussaient chemin. Un flic passait de temps en temps. Deux vieilles femmes s'installèrent sur le banc, à côté d'eux. Au bout d'une heure, Emma retourna au guichet, revint s'asseoir. L'une des vieilles mangea une pomme. Claude se sentit à la fois fasciné et révulsé par les poils blancs épars qu'elle avait sur le menton.

Une heure passa encore avant que l'employée derrière la grille ne leur fît signe avec l'index d'approcher. Elle disparut un moment, ouvrit une porte, leur fit de nouveau signe. Claude et sa mère pénétrèrent dans l'impressionnante salle intérieure, où une centaine de téléphones semblaient sonner en même temps, produisant une cacophonie continue et diffuse, ponctuée par le cliquetis des machines à écrire, des voix qui criaient, des portes qui claquaient. La femme-oiseau les fit tourner de-ci de-là puis franchir une porte basse pour les introduire dans un box où se tenait un jeune homme replet aux joues vermeilles, en chemise blanche et cravate à carreaux.

« Monsieur Simpson », annonça l'employée avant de se retirer.

Simpson farfouilla dans les papiers qui se trouvaient sur son bureau et retrouva la lettre recommandée. Emma s'assit en face de lui, Claude resta à l'arrière, non loin de la porte basse. Simpson étudia le document sur les deux faces, tendit la main pour prendre un dossier, le lut attentivement pendant plusieurs minutes, leva finalement les yeux.

« Je ne peux pas tenir soixante jours, dit Emma. J'ai un gosse à nourrir. » Elle désigna l'enfant d'un geste large.

Une fois de plus, Claude éprouva quelque chose qui ressemblait à de l'admiration devant l'effronterie de ses mensonges. Il se nourrissait seul depuis pas mal de temps, les baskets qu'il portait avaient été achetées chez Thom McAn avec son propre argent.

« C'est une épreuve, reconnut Simpson. Je peux certainement l'imaginer. » Il parlait d'une voix précise et flûtée.

« Je n'ai jamais entendu dire que quelqu'un ait écopé de soixante jours », fit-elle.

Il sortit une petite brochure de son tiroir, la fit glisser avec deux doigts sur la surface du bureau. Elle y jeta un coup d'œil mais ne la prit pas.

« Il entre tout à fait dans les prérogatives de...

— Je n'ai rien fait », interrompit-elle.

Le visage de Simpson laissa percer une pointe d'irritation — une tension minuscule au niveau des commissures des lèvres. Il retourna la lettre et la tapota au verso. « Code G. Transport de passagers le drapeau levé.

126

« — Je n'ai jamais fait cela. Pas une seule fois. Pas une seule fois en toutes ces années. »

Il consulta le dossier, le tenant de telle sorte qu'elle ne pût voir ce qu'il lisait. Il feuilleta plusieurs pages. « *C'est* surprenant, en effet. Votre dossier était irréprochable jusqu'à ce jour. Pas même une infraction à la circulation. Remarquable. » Il soupira. « Néanmoins, un inspecteur vous a vue sur la Transversale Soixante-dix-neuf, le drapeau levé, transportant un passager à l'arrière de votre véhicule, le 2 juillet à seize heures quinze de l'après-midi. »

Elle se pencha en avant. « Je veux voir ça. Quel inspecteur ? C'est un pur mensonge, nom de Dieu ! »

Il plaqua le dossier contre sa poitrine. « L'identité de l'inspecteur est une information confidentielle.

— Je veux qu'il me le dise en face !

— J'ai les mains liées, madame Rawlings, je suis désolé. Et comme vous l'avez sans doute remarqué, d'autres cases sont cochées. Case A pour escroquerie sur la monnaie rendue sur un billet de cinq dollars. Case K pour tenue vestimentaire incorrecte. Case M pour attitude irrespectueuse envers les clients, utilisation de langage ordurier. Tout cela émane de plaintes du public.

— Des bobards, chuchota-t-elle. Tout ça est fabriqué, monté de toutes pièces.

— Il existe des procédures d'appel », suggéra-t-il, levant la tête, soutenant son regard.

« Comment ? Quoi ?

— Remplissez le formulaire 1219-ws, saisissez le Bureau, une audience sera tenue. Vous avez le droit de consulter un avocat et de présenter des témoins à décharge.

— Et ça prend combien de temps ? »

Il ajusta sa cravate. « Eh bien... J'ignore évidemment le temps qu'il vous faudra pour préparer votre...

— Non, non, coupa-t-elle. Je veux dire, combien de temps pour que le Bureau des taxis tienne l'audience ? »

Il fouilla encore dans son tiroir, en sortit un petit livret qu'il feuilleta, laissa son doigt courir au bas d'une page, annonça : « Quatre-vingt-dix jours. » Était-ce l'ombre d'un sourire, imperceptible, sur son visage affable ? « Ils ont jusqu'à quatre-vingt-dix jours. Bien sûr, ça peut prendre moins.

— Quatre-vingt-dix jours pour agir sur une suspension de soixante jours ?

— Oui, je sais. Les règlements paraissent parfois...

— Vous appelez ça de la justice ? fit-elle, haussant le ton.

— Je n'appelle ça rien du tout, madame Rawlings.

— Des accusations anonymes ? Vous appelez ça de la justice ? Comment suis-je censée me défendre ? » Elle claqua sa main épaisse contre la surface du bureau.

Il regarda la main, reprit le dossier, le feuilleta lentement.

« Pourquoi ? articula-t-elle. Pourquoi laisserais-je le drapeau levé ? Le taxi m'appartient. Je possède la licence. Suis-je censée me voler moi-même ?

— Peut-être l'avez-vous simplement oublié. Mais le règlement est le règlement. »

Elle émit un petit sifflement entre ses dents. Claude glissa insensiblement vers la porte. Emma demeura silencieuse un certain temps, puis se leva. Elle était sur le point de rejoindre Claude lorsque monsieur Simpson parla.

« Il y a quelque chose, là, dans votre dossier... »

Elle se figea sur place, les yeux soudain rivés sur Claude.

« Une note, continua-t-il. En cas de problème, vous devez appeler un certain... monsieur Burdick ? »

Brusquement, ses yeux eurent l'air de passer à travers Claude. Il vit un flot rouge refluer de son cou vers son visage. Elle retroussa la lèvre supérieure, montra les dents, tournoya sur elle-même.

Simpson demeura momentanément paralysé lorsqu'il la vit foncer sur lui. Le temps de lever les bras pour se protéger, il était trop tard. Elle s'était penchée par-dessus le bureau et l'agrippait d'une main par le haut de ses pantalons, de l'autre par le nœud de sa cravate à carreaux. Elle le souleva en l'air, la tête fermement maintenue sous son aisselle, et balaya le bureau avec le postérieur de Simpson, envoyant dossiers, papiers, crayons, trombones, corbeilles, téléphone et gobelets à café s'égailler dans toutes les directions.

Simpson commença à crier, agita les bras autour du grand corps d'Emma, puis essaya de s'y cramponner.

L'un après l'autre, deux policiers franchirent le seuil de la porte, à temps pour la voir lancer Simpson contre la cloison du box. Il y eut un craquement, le mur s'inclina lentement vers l'arrière pour former un angle de quarante-cinq degrés avec le sol. Les visages surpris de deux femmes apparurent dans le box voisin, tandis qu'elles reculaient.

Les flics l'entourèrent des deux côtés, le premier la ceintura par la taille, le second s'efforça de lui cravater le cou avec son bras. Elle tituba mais réussit à saisir le second par l'épaule et l'envoya cul par-dessus tête atterrir sur le bureau. Il se releva, sauta de tout son poids sur les épaules d'Emma. Ils s'effondrèrent lourdement sur le plancher. Un troisième flic apparut en brandissant une paire de menottes, tandis que celui qui avait sauté du bureau appuyait son genou sur le cou d'Emma. Simpson commença à ramper vers la porte. À l'exception des grognements et des bruits sourds, toute la scène se jouait en silence.

Lorsque Claude entendit claquer la première menotte, il obliqua furtivement vers la sortie, la franchit en sens inverse parmi les curieux qui s'attroupaient, s'enfuit, courant comme l'éclair à travers le labyrinthe. Il découvrit enfin une issue sur le couloir extérieur et se retrouva dans la rue.

Monsieur Burdick la ramena à la maison deux jours plus tard. C'était le milieu de la matinée, il tendit à Claude un *donut* qu'il sortit d'un sachet, une Thermos de café à Emma. « Enfin, je suis content que ça ait marché, dit-il. Désolé que vous ayez dû passer deux nuits là-bas.

— Où ça ? » demanda Claude.

Sa mère le regarda. « En taule. Voilà ce qu'il veut dire.

— Le fait est, madame Rawlings, que l'employé a eu l'épaule démise. » Burdick buvait son café à petites gorgées. Soudain, il partit d'un grand rire. « Il n'était pas averti des périls de la fonction publique, dirais-je. Pris par surprise, aucun doute. Mais il a fini par entendre raison. La plainte a été retirée.

— Lui avez-vous parlé ? interrogea-t-elle.

— Non. Les gens de Washington.

— Le FBI ? »

Burdick acquiesça. Il posa sa tasse sur la table, s'assit, mit les coudes sur ses genoux, croisa les mains. « Je sais que vous ne m'avez pas demandé mon avis, madame Rawlings, et même si je ne suis qu'un émissaire dans cette affaire, j'espère que vous écouterez mes paroles. » Il parlait d'un ton ferme et tranquille, en la regardant droit dans les yeux. « Ne vous frottez pas à ces gens-là. Ils sont puissants. Ils ont leurs enquêteurs, leurs dossiers, leurs sources. Ne prenez pas le risque de les provoquer une seconde fois. De vous à moi, je n'approuve pas leurs méthodes, mais le fait est là. Ils peuvent écraser les gens. Ils le font tous les jours.

— Que voulez-vous dire ? » Elle semblait étonnée.

« Je dis qu'ils sont dangereux.

— Alors vous n'êtes pas avec eux ? interrompit Claude.

— Ils font des trucs comme ça, et s'en sortent, tout simplement ? » Elle hochait lentement la tête.

« Ceci n'est rien. » Burdick se leva et se dirigea vers la porte. « Au moins ont-ils levé la suspension. Vous pouvez retourner travailler. La prochaine fois, ça ne se passera pas comme ça. » Il ouvrit la porte, rentra vivement la tête dans les épaules et disparut.

« Le déchiffrage, avait dit Weisfeld, n'est pas une grosse affaire. C'est mécanique. Une question de coordination entre les yeux et les mains. Cela ne demande aucune réflexion, aucune émotion, aucune sensibilité. C'est comme faire de la dactylographie. Taper à la machine. Un singe pourrait pratiquement y arriver. Un chimpanzé. » Il avait secoué la tête. « Aussi, voici comment nous allons procéder : nous allons séparer les choses. N'écoute pas ce que tu joues, contente-toi de le jouer. Tu l'écouteras plus tard. Nous remettrons les choses ensemble par la suite, tu vois ce que je veux dire ?

— Je crois que oui, avait répondu Claude.

— Ne t'implique pas, voilà ce que je veux dire. Joue sans penser a ce que tu joues.

— Même si c'est...

— Oui ! Oui ! interrompit Weisfeld. Surtout si c'est... Spécialement si c'est... Parce que alors, tu t'impliques. Joue comme une machine. Ne t'arrête pas, ne réfléchis pas, ne sens rien. Joue. Joue les notes.

— Vraiment ? »

Weisfeld fit un signe de tête affirmatif.

« Ce n'est pas amusant.

— L'amusement ne te conduira pas plus loin. » Il hésita, se caressa la moustache. « Il y a des plaisirs plus profonds que l'amusement. Il est bon de s'amuser, cela fait avancer certaines choses, aide à en oublier d'autres. Mais ce n'est pas tout. »

Claude s'était donc mis au travail, et, les premiers mois, son incapacité à faire de ses mains les esclaves de ses yeux — exclusivement de ses yeux — avait ralenti son rythme, provoqué des explosions de colère. Assis au piano blanc, dans sa chambre, n'en pouvant plus de frustration, il envoyait valser la partition, jouait des boogie-woogies jusqu'à en avoir mal aux mains. Debout devant le clavier, il martyrisait le piano, se noyait dans les sons, dans les rythmes. Puis il sortait, faisait le tour du pâté de maisons, revenait, essayait encore.

Un jour, pris d'une impulsion subite, il alluma la radio, mit un programme d'informations, monta le volume, s'assit au piano et se mit à déchiffrer l'une des sections de jeunesse de l'*Art de la fugue* de Bach. Presque aussitôt, il réalisa qu'il venait de faire une découverte importante. Il était capable de détourner une grande partie de son oreille vers la radio tout en en conservant suffisamment pour contrôler le piano. L'écoute ainsi fragmentée, il était beaucoup plus facile de suivre les instructions de Weisfeld. Dès lors, ses progrès en déchiffrage s'accélérèrent rapidement, et six mois plus tard il n'utilisait plus que rarement la radio.

L'âge critique, pour ce qui était des spectateurs de cinéma, était douze ans. À douze ans, on était supposé payer plein tarif, mais on n'était plus obligé de s'asseoir dans la section pour enfants. Cette pratique valait pour tous les cinémas rassemblés dans la Quatre-vingt-sixième Rue : le RKO, le Loew's Orpheum, le Loew's Quatre-vingt-six, le Grande (qui donnait des films étrangers et n'avait pas réellement de section pour enfants). Claude exploitait sa petite taille et son visage de bébé au bureau de location, mais une fois à l'intérieur, il s'asseyait où il voulait. Les bavardages et l'agitation constante de la section des enfants étaient devenus insupportables car pour lui, l'important était de trouver un siège tranquille dans l'obscurité et de s'enfoncer complètement, absolument, dans le rêve.

Il s'oubliait, lorsqu'il pénétrait dans d'autres mondes, des mondes où il n'entrait pas en tant que personnage mais comme un élément — la brousse où les chariots avançaient, l'océan qui portait le navire des pirates, les rayons du soleil sur le flanc d'une maison blanche. Il devenait l'air, le ciel, la lumière où se passaient les drames. Il n'avait pas de limites, lorsqu'il regardait les gens dans les films. Débarrassé de son corps, au cœur de la cathédrale sombre, il absorbait les paraboles du Bien et du Mal qui reliaient tous les films — arc grandiose où se retrouvaient pêle-mêle cow-boys, gangsters, flics, pères et mères, usines, armées, amants, voleurs, anges, villes et cités, animaux, rois et reines, chauffeurs de taxis, joueurs, prêtres, détectives, et le diable (Claude Rains : « Que fait cette chose en mon domaine ? » — l'enfant étant la seule personne à rire dans la salle), belles et bêtes, comiques et fantômes. Ce n'était rien moins que l'histoire infinie de la vie, et il y participait.

S'il n'était rien, ou presque rien, s'il n'avait pas la moindre idée d'où il venait ni où il allait, ni pourquoi il vivait, ni ce qu'il était censé faire (le piano n'étant qu'une allusion incertaine), s'il était, de surcroît, ballotté par des forces qu'il ne savait nommer mais qui étaient la solitude, la tristesse, la nostalgie, la colère, la peur, la nausée spirituelle — pourquoi ne prendrait-il pas sa part, intensément, de l'histoire infinie de la vie ? Pourquoi ne paierait-il pas les foutus vingt-cinq cents qui lui permettaient d'entrer dans la cathédrale, et de voir la lumière ?

CHAPITRE 6

Il n'avait plus les doigts noircis par le cirage. Il ne faisait plus la collecte des bouteilles — encore qu'il retournât parfois dans l'immeuble sur Park Avenue pour faire une partie de gin-rummy avec Al. Il portait une chemise blanche, une cravate, des Florsheim, noires, et travaillait désormais dans le magasin de musique. Weisfeld le payait à l'heure, ce qui suffisait pour sa nourriture, le cinéma, quelques faux frais.

Ils étaient assis sur des tabourets, côte à côte, derrière le grand comptoir. Weisfeld lisait un journal en allemand, soigneusement plié en trois comme faisaient les gens dans le métro. Claude venait de balayer et polissait à présent, avec un linge doux, une trompette Cohn qu'il avait retirée de la vitrine.

« Enlève les pistons », dit Weisfeld.

Claude, manipulant l'instrument avec délicatesse, l'examina.

« Sous les boutons, indiqua Weisfeld. Dévisse les bagues, retire-les. »

Claude fit comme on lui disait et posa chaque pièce sur le comptoir. Les pistons mesuraient environ sept centimètres de long et luisaient sous une pellicule d'huile fine. Trois tubes d'acier, avec des trous à intervalles irréguliers. Chacun d'eux fit un petit clic, si bien que Claude saurait lequel allait où, lorsqu'il les remonterait.

« Les instruments de cuivre sont tous les mêmes, en réalité. » Weisfeld abaissa son journal. « À partir de l'embouchure, un flot d'air en vibration. L'air passe le long du tube — son doigt suivit les lignes courbes — et ressort par le pavillon. Deux facteurs influent sur la hauteur du son. La puissance du souffle, qui permet de monter les séries harmoniques, et la longueur du tube, qui permet de les décomposer en tons et demi-tons. Les instruments de cuivre fonctionnent tous selon ce principe. » Tandis que Claude examinait la trompette, Weisfeld quitta son tabouret, alla décrocher du mur un vieux trombone passablement cabossé. Il étira complètement la coulisse, souffla une note grave puis, sans modifier la longueur du tube, une note une octave plus haut, une autre quatre octaves plus haut. « Tu vois ? Ceci par le souffle. Comment vais-je m'y prendre pour obtenir les notes qui sont entre les deux ?

— Agir sur la longueur ?

— Exactement. Si je ramène la coulisse, que devient la longueur ?

— Plus courte. Le tube devient plus court.

— Donc plus aigu. » Gardant la coulisse pleinement étirée, il souffla puis, la ramenant progressivement, il joua une gamme complète. Soudain, il étendit le tube d'un seul coup et dégringola sur la note initiale. Claude éclata de rire. Weisfeld remit le trombone en place. « Ainsi, demanda-t-il par-dessus son épaule, comment fonctionne la trompette ? Regarde bien. »

Claude posa l'instrument sur le comptoir, sous les pistons. Il suivit des yeux le tracé du tube, retourna les pistons, examina les orifices. Deux secondes plus tard, il disait : « Ce doit être... je pense...

— Oui ? Quoi ?

— Lorsqu'on appuie sur la touche, l'air peut passer par différents orifices et, de là, dans un autre tube. C'est comme s'il y avait trois tubes : ce petit, celui-ci, cet autre-là. Grâce aux trous. Ils doivent être alignés ainsi à l'intérieur.

— Mets ton doigt, vérifie. »

L'enfant obéit. « C'est cela ! dit-il. C'est formidable.

— Il est bon de savoir ces choses, conclut Weisfeld. Tous les instruments sont similaires. Une longue corde pour le piano, une longue colonne d'air pour un instrument à vent. Vibrations. Séries harmoniques. Arrêts. Clefs. Touches, claviers. Ils se ressemblent tous. » D'un geste large, il désigna l'ensemble du magasin. « Les instruments qui se trouvent dans cette pièce sont des variations sur une seule et même idée. À présent, mets un peu d'huile partout où tes doigts ont touché le métal. »

Claude rassembla la trompette, la coucha dans le creux tapissé de feutre de son étui, l'installa dans la vitrine, le couvercle ouvert. Tandis qu'il se redressait, il remarqua une limousine noire qui se garait devant le magasin. La portière arrière s'ouvrit et une fillette, ses souliers vernis noirs captant les reflets du soleil, les boutons de son manteau bleu brillant comme des pièces de monnaie, en descendit. Lorsqu'elle leva la tête, il éprouva un choc. (Pas aussi violent, mais curieusement similaire, à celui qu'il avait ressenti un jour, dans le bus de Madison Avenue, lorsque, levant les yeux de son livre, il avait aperçu un soldat au visage atrocement couturé assis en face de lui.) Cheveux noirs, peau blanche, un soupçon de rose aux pommettes. Des yeux immenses, le nez et la bouche exquis, comme sculptés dans le marbre.

À présent, il vit celle qui ne pouvait être que sa mère avancer dans son sillage. Toutes deux se dirigèrent vers le magasin, et il commença à reculer. Lorsque la cloche tinta, il était accroupi derrière un rayonnage, s'apprêtant à se retirer vers le fond du magasin. Là, il manipula nerveusement une partition, sans trop savoir ce qu'il faisait.

« Madame Fisk ! s'exclama Weisfeld. Quel plaisir de vous revoir ! En quoi puis-je vous être utile ? »

Légers murmures. Monsieur Weisfeld appela. « Claude, veux-tu apporter une chaise à madame Fisk, s'il te plaît ? »

Weisfeld avait quitté sa place derrière le comptoir et se tenait dans l'allée près de la dame. La fillette, invisible, était quelque part à l'avant du magasin. Claude déplia la chaise de bois, Weisfeld sortit son mouchoir, épousseta le siège deux fois. La dame s'assit, la main de Weisfeld à son coude, et Claude réalisa soudain que quelque chose n'allait pas chez elle. Un tremblement léger, continu, affectait la partie supérieure de son corps — ses mains, ses bras, sa tête vibraient lentement. Elle était extrêmement mince, avec un visage beau mais très pâle, des lèvres contractées, légèrement déformées. Ses yeux, qu'elle posa sur lui un bref instant, brûlaient d'un tel feu qu'il tressaillit comme si elle l'avait touché.

« Je voudrais voir les flûtes », dit-elle. Weisfeld s'inclina légèrement.

Claude retourna au fond du magasin et s'assit au Steinway, les mains serrées entre les genoux. Lorsqu'il entendit un léger bruissement derrière lui, il se pencha en avant et se mit à feuilleter la partition, comme s'il cherchait quelque chose. Dans un halo bleu, la fillette s'était rapprochée et faisait négligemment tourner le carrousel de partitions de musiques de films et de chansons. À moins d'un mètre de lui, elle ne lui lança même pas un regard. Il demeura immobile, les yeux rivés sur le couvercle du piano, soudain conscient de la présence d'un parfum vague, une senteur tiède, mystérieuse, qui ne ressemblait à rien qu'il pût nommer. Ses mains restaient bloquées sur le pupitre. Le présentoir grinçait de temps en temps.

Elle prit une partition et la lui tendit, toujours sans le regarder. « Jouez ceci. » Il vit son cou, ses lèvres, l'aile noire, lisse et courbe, de ses cheveux, juste sous la mâchoire, l'arc incisif de ses cils. Il prit la musique, la mit sur le piano, se mit à Jouer. *Mi* bémol mineur. Une ballade, appelée *Tendrement*. Le temps d'arriver à la seconde reprise, elle avait déjà choisi autre chose.

« Insipide », fit-elle lorsqu'il eut terminé. Sa voix était légère, avec des inflexions encore enfantines, une diction claire comme le cristal. « Ceci. »

Lorsqu'il referma les doigts sur la musique, elle lui lança un regard bref, dénué d'expression. Un morceau intitulé *Cow Cow Boogie*. Il le parcourut joyeusement, le rejoua une seconde fois en y rajoutant quelques figures décoratives de son cru.

« Barbare », articula-t-elle.

Le troisième morceau était *Love for Sale*, de Cole Porter, dans un arrangement passablement compliqué. Il faillit s'arrêter de jouer au choc de sa proximité, lorsqu'elle s'inclina sur son épaule gauche pour tourner les pages.

« Je prendrai celui-ci », dit-elle lorsqu'il eut terminé. Il sentit un ridicule frisson de plaisir à l'idée qu'il avait enfin réussi à lui plaire. Elle s'éloigna aussi brusquement qu'elle était venue. Il roula la partition et la suivit au comptoir. Madame Fisk remplissait un chèque sur ses genoux. Claude tendit la musique à monsieur Weisfeld.

« Déchiffre-t-il Mozart ? interrogea madame Fisk.

— Oui, répondit Weisfeld.

— Catherine, dit-elle, prends la flûte, s'il te plaît. »

La fillette reçut la longue boîte noire des mains de Weisfeld. Sur un signe de ce dernier, Claude s'avança pour aider madame Fisk à se relever, mais elle ne lui tendit pas le bras, de sorte qu'il se contenta de tourner autour d'elle. Weisfeld les escorta jusqu'à la porte, la cloche tinta, elles étaient parties.

« Qui sont-elles ?

— D'anciennes clientes. De bonnes clientes, fit Weisfeld. De riches clientes. Elle veut que Catherine essaie la flûte, alors qu'achète-t-elle ? Une Cohn, une Selmer ? Non. Une Zabretti en argent massif ancienne, cent ans d'âge, mille six cents dollars.

— Quoi ? » s'exclama Claude, abasourdi.

Weisfeld agita le chèque. « Elle vient d'acheter l'instrument le plus coûteux de notre inventaire. » Il fit sonner la caisse enregistreuse, glissa le chèque dans le tiroir. « En fait, elle en a obtenu un bon prix.

— Elle sait jouer ? Catherine ? »

Weisfeld haussa les épaules. « Elle a commencé la flûte à bec il y a quelques années. Madame Fisk et son fils jouent du violon. Je ne sais combien d'instruments j'ai vendus à cette famille.

— Où habitent-ils ? »

Weisfeld lui lança un regard bref « Elle est très jolie, n'est-ce pas, cette petite, murmura-t-il comme pour lui-même. Ils habitent sur la Cinquième Avenue. Un hôtel particulier. Madame Fisk est la fille du sénateur Barnes.

— Qu'a-t-elle ? Pourquoi tremble-t-elle ainsi ?

— C'est bien triste. Sa sœur et elle étaient des beautés célèbres. On parlait tout le temps d'elles, dans les chroniques mondaines, lorsque je suis arrivé ici. Une famille très importante. »

Claude décela une légère touche d'ironie dans la voix de Weisfeld, ce qui le laissa perplexe.

« Après la fermeture, déclara Weisfeld, je t'invite à dîner chez Rathskeller. Une petite fête.

— Pourrais-je avoir une escalope viennoise ?

— Absolument. »

Depuis les étoiles d'or du *Livre bleu pour débutants*, Claude avait considéré monsieur Weisfeld comme son professeur, son véritable maître, celui qui se tenait derrière tous ceux avec lesquels il avait successivement étudié. Weisfeld, avec l'approbation de l'avocat Larkin, l'avait envoyé à diverses personnes. Et bien qu'il ne discutât jamais de questions pédagogiques avec l'enfant — et semblât, en fait, presque laconique à propos de ce que les professeurs lui demandaient — il contrôlait néanmoins ses progrès, descendait au sous-sol une ou deux fois par semaine, s'asseyait sur une chaise, pliante et écoutait. Et c'était lui qui décidait, après un minimum de discussion avec Claude, s'il était temps de quitter un professeur pour un autre. Cela avait pour effet de créer une certaine distance, entre l'enfant et ceux qui l'instruisaient. À des degrés divers, il n'était pas aussi désireux de leur plaire qu'il désirait plaire à Weisfeld à travers eux.

Le premier, alors que Claude était encore tout petit, avait été le professeur Menti, un homme mince, avec un grand nez, de grosses lèvres, un front haut et prématurément dégarni. Claude prenait le bus de la Quatre-vingt-sixième Rue pour Riverside Drive puis marchait en ville jusqu'à l'appartement chichement meublé de Menti, au rez-de-chaussée d'un vieil hôtel particulier subdivisé. L'homme lui ouvrait toujours la porte dans un état de distraction tel qu'il lui fallait un certain temps pour reconnaître son élève et l'introduire finalement dans son intérieur obscur, vers le Steinway. Là, il plaçait un siège surélevé spécial sur la banquette du piano afin d'obliger Claude à jouer en position beaucoup plus haute qu'il n'en avait l'habitude.

Ils avaient commencé avec une gamme de *do*, jouée de la main droite.

« Bon, avait murmuré Menti. Tout est faux. » Il parlait d'une voix douce, avec un accent italien et une pointe de tristesse. « Préparez-vous à la rejouer. Je vais vous montrer. »

Claude posa les doigts sur les touches, Menti fouilla dans la poche de sa robe de chambre dépenaillée et en extirpa un penny qu'il plaça sur le dos de la main de l'enfant. À son signal, Claude commença. Do avec le pouce, ré avec l'index, mi avec le troisième doigt. Au moment de passer le pouce sous la paume pour aller vers le fa, la pièce glissa.

« *Eccolà* », chuchota Menti.

Claude s'était attendu que la pièce tombât, bien qu'il eût essayé de la maintenir en place. Il n'avait pas la moindre idée de la raison pour laquelle il était important de la garder là mais ne posa aucune question, de crainte de se montrer impertinent. Tout le temps qu'il travailla avec le professeur Menti, il fit simplement ce qu'on lui disait de faire.

« Tenez votre main ainsi. » Le poignet haut, la main cambrée, la dernière phalange bien droite. « Appuyez sur les touches comme cela. » Lever le doigt très haut, garder le reste de la main immobile, frapper droit, presser la touche.

C'était une drôle d'impression. On eût dit que chaque doigt existait séparément, qu'ils étaient isolés les uns des autres — comme des soldats de plomb qui sautillaient à tour de rôle. Les premières semaines, il fut incapable de jouer ainsi plus de cinq minutes. Ses mains et ses poignets se crispaient, se raidissaient, subordonnés qu'ils étaient à ses doigts. Et lorsqu'il se fatiguait, il déplaçait inconsciemment les poignets, et même les bras.

Un jour, Menti amena un dispositif bizarre — deux longues barres de métal, avec des ressorts, des vis, des plaques à chaque extrémité. Il le fixa au Steinway de manière que les tringles fussent suspendues horizontalement au-dessus du clavier.

« Placez vos poignets sur la barre du bas », suggéra Menti.

L'enfant obéit.

Menti s'agenouilla, regarda les mains de Claude, évalua les distances, se livra à quelques réglages sur les barres.

« Jouez la gamme de *do*. Des deux mains. Mouvements contraires. »

Claude obéit. Ses poignets glissèrent le long de la barre sans perdre le contact avec elle. Ses doigts montaient et descendaient comme des pistons.

« À présent, la gamme en *si* bémol majeur. »

Cette fois, les poignets perdirent le contact avec la baguette. Menti, toujours à genoux, s'en aperçut immédiatement.

« Ah ! ah ! » proféra-t-il. Il abaissa la seconde barre sur les poignets de l'enfant. À présent, Claude ne pouvait plus ni lever, ni baisser, ni tordre les poignets. Il pouvait seulement les glisser de côté.

« C'est ainsi, dit Menti, que vous ferez vos exercices de gammes. Deux heures par jour. Prenez l'appareil et montez-le-sur votre piano. Toutes les gammes. »

Claude installa le dispositif, qui était ajustable, sur le petit piano blanc de sa chambre, et joua les gammes comme indiqué, dans la douleur. Menti lui donna également divers exercices courts — trilles, mordants, arpèges, gruppetti, phrases — à faire et à refaire, encore et encore, cinquante fois, cent fois de suite. Menti savait que ces exercices devenaient vite fastidieux, lui conseilla de mettre un livre ou un magazine sur le piano et de lire pendant que ses doigts travaillaient, mais Claude préférait écouter, ou rêvasser.

Un jour que Claude faisait un exercice sur le Bechstein au sous-sol du magasin de musique, Weisfeld, qui était descendu pour une raison quelconque, s'arrêta. « Qu'est-ce que c'est ?

— Il faut tenir cinq notes, expliqua Claude, et les garder tenues pendant qu'on joue les autres à tour de rôle, sans bouger la main. » Il fit une démonstration, joua do, ré, mi, fa, sol, puis do dièse, ré dièse, mi dièse, fa dièse, sol dièse, puis ré, mi, fa dièse, sol, la. « C'est dur.

— Surtout le quatrième, hein ? » Weisfeld remonta sans autre commentaire.

Il s'écoula un certain temps avant que Claude ne fût autorisé à passer plus de temps sur de la musique véritable. Le professeur Menti n'ignorait pas que l'enfant était capable de jouer des morceaux plus avancés que ceux qu'il lui donnait, Claude savait que Menti s'en tenait à des pièces simples pour qu'il ne recommençât pas à utiliser ses poignets et ses bras. Menti parlait rarement d'interprétation, il était entendu que la technique primait tout. En un sens, c'était comme si la musique n'était que l'occasion de tester la virtuosité développée par des centaines d'heures de gammes et d'exercices.

Claude joua des pièces faciles de Bach, Couperin, Mozart. Vers la fin, il étudia par cœur *la Sonate opus 2* de Clementi, la *Sonate en ré majeur nᵒ 8* de Mozart. Jouant pour Menti, il apprit à masquer ses émotions, à ne pas bouger, à se concentrer sur une exécution propre. Mais dans le sous-sol du magasin de musique, c'était différent. Il fermait les yeux afin de mieux percevoir le bain de couleurs, oubliait ses mains, s'oubliait lui-même, écoutait les structures, les lignes entrelacées. Il jouait sans se préoccuper des erreurs, tout à son désir de sentir l'exaltation spéciale qui montait en lui lorsque la musique prenait les commandes, une émotion si intense que les larmes lui venaient parfois aux yeux.

Il fut soulagé lorsque Weisfeld décida qu'il était temps de quitter Menti. Les exercices incessants, l'appartement sombre qui, avec le temps, devenait de plus en plus sombre, l'odeur d'amande amère de Menti dans sa robe de chambre — il était content de laisser tout cela derrière lui.

« Je pense qu'il est temps de commencer *Le Clavecin bien tempéré*, avait dit Weisfeld. Pour cela, tu verras Herr Sturm. Il habite le quartier. »

Herr Sturm était petit, il avait une grosse tête carrée, une expression féroce sur le visage que Claude trouvait perturbante (le type semblait constamment sur le point d'exploser de fureur) et ne pouvait parler sans arpenter la pièce en gesticulant violemment.

« Savez-vous ce que c'est ? » cria-t-il, pressant le Livre I du *Clavecin bien tempéré* sur la poitrine de l'enfant.

« Eh bien... J'ai joué un... J'ai regardé quelques... » Claude recouvrit la partition de ses deux mains.

« Des préludes et des fugues dans tous les tons ! hurla Herr Sturm. Dans tous les tons ! Pouvez-vous jouer dans tous les tons ?

— Je crois, enfin peut-être que je ne sais pas, mais je...

— Assis ! Assis ! jouez-moi quelque chose. Jouez n'importe quoi. »

Claude, qui avait alors dix ans, s'était senti plus que nerveux en présence de cet homme électrique, encore que Weisfeld l'eût averti (« Il crie, il s'arrache les cheveux, il fait des bonds dans tous les sens, mais cela ne signifie rien, il ne peut s'en empêcher »), cependant il décida instantanément de jouer l'*Invention VII* de Bach pour montrer les différents trilles et mordants qu'il adorait exécuter.

Herr Sturm erra à travers la pièce, les mains jointes sur le ventre, les projetant parfois en avant pour marquer la mesure, fléchissant les genoux, inclinant la tête, allant et venant, en proie à une agitation constante.

« Bien, bien », s'exclama-t-il lorsque Claude eut terminé. Il farfouilla dans une masse de partitions entassées sur une étagère, en extirpa un folio, tourna les pages si violemment que Claude craignit qu'il ne les déchirât. « Peut-être un peu sec, non ? Pas froid, mais légèrement frisquet, non ? » Il se plaça derrière l'épaule de Claude, désigna la partition d'un doigt épais et velu. « Ici. Aux mesures onze et douze, là où cette affaire commence — *da-da da-da da-da da-da da-dum, dah* —, vous n'aviez pas l'air très sûr. Vous l'avez joué simplement pour aller jusqu'au bout. »

Bien que les notes eussent été jouées correctement, Herr Sturm avait entendu, quelque part, que Claude n'avait pas réellement senti la ligne. L'enfant en fut émerveillé. C'était magique. Jamais Menti n'eût fait cela. « C'est la seizième note avant la barre de mesure, je crois, murmura-t-il.

— Non. Le trille précédent. Ne pensez pas au trille ! Laissez la seizième note s'ajuster à celle de votre main gauche. Pensez-y. Essayez à présent. »

Claude essaya.

« Bien. Travaillez-le à la maison. Ensuite, là — ce point d'orgue sur le si, lié pendant toutes ces mesures. Pressez-le fort. Je ne dis pas jouez fort, je dis appuyez fort une fois que vous l'avez joué.

Faites-le durer. Pressez-le. Gardez vos doigts sur les touches, utilisez vos *poignets* pour le phrasé. Poignets souples ! » Il fit un moulinet avec le bras, assena une claque formidable sur le flanc du piano, un coup sec du plat de la main. « C'est un piano, pas un clavecin ! Défoncez-le ! Faites-le chanter ! »

Au cours des mois suivants, Claude sentit s'effacer le souvenir de Menti tandis qu'il était aux prises avec Sturm, lequel était parfois terrifiant mais infiniment plus drôle. Entreprendre une leçon était parfois comme entrer dans un ouragan, mais l'enfant ne tarda pas à comprendre qu'il était encouragé à jouer de la façon qu'il aimait le mieux — avec sentiment. Le travail des gammes continuait, et aussi les *Études* de C. P. E. Bach, de Cramer, mais pas plus d'une heure par jour. Sturm voulait que Claude passât l'essentiel de son temps sur des pièces importantes de grande musique.

« Travaillez, travaillez cette partie ici, disait-il, et il tournait les pages, cette section-là, et ce développement-ci. » Les pages volaient de plus belle. « Ensuite ceci, qui ressemble à de la bouillie pour chat, tel que vous le jouez. Pour jeudi, entendez-vous ? »

Il saisissait le folio de J. S. Bach, l'agitait très haut en l'air. « Le travail ! Le travail ! Tout est là ! Tout est absolument là ! » Il amenait sa grosse tête à quelques centimètres du visage de l'enfant. « C'est comme ça que j'ai appris à jouer, et vous, vous devez travailler encore plus dur !

— Pourquoi ?

— Parce que vous n'êtes pas costaud ! Moi j'étais fort ! Ça m'aidait ! »

Parfois, à la fin d'une leçon, Herr Sturm offrait une surprise. « Jouez ces cinq notes dans les basses, disait-il, se penchant pour jouer une petite figure avec sa main épaisse, et improvisez avec la main droite.

— Improviser?

— Oui. Vous disposez d'un instrument? Jouez-en. Sortez-en quelque chose.

— Mais quel est le thème?

— Il n'y a pas de thème.

— Mais comment dois-je, où devrait...

— Très bien, très bien, coupait Sturm, agacé. Les basses suggèrent peut-être une gamme. Plusieurs gammes. Choisissez n'importe laquelle. Le thème, si vous devez vous accrocher à cette idée, le thème consiste à prendre les notes de cette gamme dans n'importe quel ordre. »

Claude regarda le clavier. « Vous plaisantez. » L'idée semblait grisante. Il comprit très vite et rit aux motifs surprenants que ses doigts semblaient trouver d'eux-mêmes.

« Quinze ou vingt minutes par jour, commanda Sturm. Les véritables musiciens savent improviser. »

Mais le plus souvent, Claude travaillait au *Clavecin bien tem*péré. Il lui fallut plus d'une année pour terminer le Livre I. Il était aux deux tiers du Livre II lorsque Herr Sturm s'en alla en Amérique du Sud pour une vaste tournée.

« Terminé », fut le mot de Sturm à la fin de la dernière leçon. « Vous pouvez finir tout seul. »

À ce moment-là, poignets raides, mains immobiles, avant-bras rigides et autres diktats de Menti avaient été jetés aux oubliettes. Tout ce que Claude avait retenu de l'Italien, c'était la force dans les doigts. Et ce qu'il avait appris de Herr Sturm, c'était comment utiliser cette force pour entrer dans Bach.

Il leur avait fallu six mois pour obtenir tout ce qu'ils voulaient d'Emma Rawlings. Elle avait signé des déclarations sous serment, s'était soumise à de longs et souvent mystérieux interrogatoires, avait révélé le nom de toutes les personnes qu'elle eût jamais rencontrées (à sa souvenance) au cours de réunions politiques ou à des clubs de lecture, répété la moindre bribe de conversation surprise en présence de Gerhardt Eisler — et régulièrement nié avoir jamais été membre du parti communiste. Tout ce temps, elle reçut cent dollars chaque semaine, par la poste, du Comité pour les valeurs américaines — dont elle n'avait, à sa connaissance, jamais rencontré le moindre membre — et fut constamment menacée par tous ceux qui l'interrogeaient de l'éventualité de témoigner en séances publiques. En fin de compte, elle ne fut jamais appelée à la barre, ni en cour de justice, ni en séance du Congrès. L'argent cessa d'arriver, les convocations aussi, l'affaire sembla close. La dernière personne qu'elle vit fut Burdick, qui déclara : « C'est terminé. Oubliez tout. Vous avez eu de la chance. »

Claude, qui travaillait cinq heures par jour à l'époque et ne pensait pratiquement qu'à la musique, ne quittait pas sa chambre lorsqu'il était à la maison. Il finit malgré tout par se rendre compte qu'elle avait repris ses vieilles habitudes — conduire le taxi le jour, boire la nuit, joncher la pièce de journaux et de magazines. Il constata également qu'elle avait atteint un niveau de colère généralisée, permanente, plus profonde que tout ce qu'il avait connu jusqu'alors.

« Regarde-moi ce type ! éclatait-elle, agitant un journal sous le nez de Claude. Ce minable ! Ce corrompu, ce connard de maquereau, bouffeur de fric ! »

Claude voyait un homme sur une estrade, la tête rejetée en arrière, une main levée et qui, apparemment, faisait un discours. « Qui est-ce ?

« — Le maire ! Le maire ! Ce type prend son fric chez les gangsters, et il est le maire de la ville de New York !

— La Guardia ? » Il avait lâché le nom comme ça.

« Non, non, cria-t-elle. Celui-là était bien, mais il n'est plus là depuis longtemps. À présent, on a cette ordure. » Elle lança le journal sur le sol. « La Guardia était un type honnête, mais il n'a rien laissé. Pas de parti, pas d'organisation. Rien que cette andouille de Park Avenue, Newbold Morris. Alors les requins ont rappliqué ! »

Claude considéra la grande tête, plus enflammée qu'à l'ordinaire, les yeux légèrement exorbités qui fixaient la fenêtre, la bouche au dessin dur. Comme si elle sentait quelque chose, elle se tourna. « Quoi ?

— Rien », murmura-t-il.

Mais en réalité, d'étranges pensées lui avaient traversé l'esprit. Peut-être parce qu'il l'avait si peu regardée ces derniers temps, il la vit soudain — non comme un élément du cadre général de la vie dans l'appartement au sous-sol mais comme une grande femme en colère, prisonnière d'un discours perpétuel qui semblait se nourrir de lui-même. Qu'avait-elle à voir avec tous ces noms écrits dans les journaux ? Il s'avisa soudain qu'elle trouverait toujours des motifs de colère, alors ce qu'elle pouvait dire, quelle différence ? Il se sentit malheureux pour elle et cela lui fit peur.

La nuit, elle s'asseyait sur le plancher, une grande paire de ciseaux brillants à la main et découpait des articles, griffonnait des notes sur des feuilles volantes, rangeait le tout dans une demi-douzaine de classeurs en carton éparpillés autour d'elle. Elle travaillait très vite, marmonnait, s'adressait parfois à un compagnon invisible : « Tu vois ? Qu'est-ce que je disais ? » aboyait-elle en tailladant furieusement. Le matin, il y avait des papiers partout.

Elle acheta une machine à écrire d'occasion au clou. « Tout doit être dactylographié, sinon ils ne lisent pas, expliqua-t-elle. Si on écrit à la main, ils vous prennent pour un idiot.

— Qui ?

— Tout le monde, disait-elle. Toute la bande. »

En l'affaire de quelques semaines, elle apprit à taper. La nuit, il jouait sur le piano blanc dans sa chambre et, entre deux morceaux, entendait le cliquetis *staccato* de la machine de l'autre côté de la porte fermée, le tintement syncopé de la petite clochette, les percussions du retour du chariot.

Peu après son treizième anniversaire, Claude commença à étudier avec monsieur Fredericks. Réveillé à cinq heures trente par le nouveau réveille-matin en forme de Big Ben que lui avait donné monsieur Weisfeld, il avala son petit déjeuner, parcourut les rues encore sombres jusqu'au métro, prit la ligne rapide pour la Gare centrale, Là, il monta dans un train en direction du nord à six heures quarante-cinq, lut pendant le trajet les histoires du dernier numéro d'*Astounding Tales*, « Magazine de Science-Fiction », descendit à une petite gare nommée Frank's Landing à sept heures vingt.

Se guidant sur le plan dessiné au dos d'une enveloppe par Weisfeld, il traversa le village en direction de l'Hudson, mal à l'aise dans cet environnement exotique. Haies. Arbres. Pelouses. Maisons de bois situées en retrait sur des rues désertes. Pas un chat, en dehors du laitier et d'un livreur de journaux à bicyclette. Dans le silence irréel, il entendit le bruissement du vent dans les arbres. C'était comme au cinéma.

Monsieur Fredericks habitait un château, un énorme édifice de pierre avec des tourelles crénelées surplombant une loge de gardien, un garage, une allée en demi-cercle. Le gravier crissa sous les pieds de Claude tandis qu'il s'approchait de l'entrée principale. Il tira sur la chaîne de la cloche, attendit devant les lourdes portes de chêne.

Au bout d'un certain temps, elles s'ouvrirent, un Noir d'un certain âge le dévisagea. « Maître Rawlings ? »

Déconcerté par le terme honorifique que personne ne lui avait conféré jusqu'alors, il opina néanmoins.

«Très bien, fit le vieil homme. Veuillez me suivre, s'il vous plaît. »

Sol dallé de marbre blanc. Escaliers jumeaux s'incurvant de part et d'autre. Lustre de cristal suspendu très haut. Ils traversèrent une porte capitonnée, s'engagèrent dans un vestibule, tournèrent à droite le long d'un corridor plus large tapissé de moquette, s'arrêtèrent devant une seconde porte capitonnée de cuir. Le vieil homme l'ouvrit et s'effaça. « Si vous voulez bien attendre dans la bibliothèque. Monsieur Fredericks ne va pas tarder. »

Claude entra, la porte fut refermée sur lui. Une paire de grandes fenêtres laissait pénétrer de larges flots de soleil. Des rayonnages s'élevaient jusqu'au plafond de chaque côté d'une grande cheminée devant laquelle étaient rassemblés un canapé de cuir noir, un fauteuil à oreilles, un tête-à-tête, une table basse portant des piles nettes de livres et de partitions musicales. Claude s'assit à l'extrémité du tête-à-tête. La pièce était parfaitement silencieuse, à l'exception du tic-tac infime de la grande horloge de porcelaine posée sur la cheminée. Il était huit heures moins cinq. Une demi-douzaine de portraits sombres, représentant divers personnages ayant tous la même pose et vêtus à la mode ancienne, couvraient le mur du fond.

À huit heures précises, au moment où le minuscule carillon de l'horloge commençait à tinter, une porte double s'ouvrit à l'autre bout de la pièce et un homme entra. Il était petit — pas beaucoup plus grand que Claude — et svelte, avec une tête étroite, des cheveux bouclés, un menton allongé. « Bonjour », fit-il en s'inclinant légèrement, tandis que Claude se levait d'un bond. « Merci pour votre ponctualité. Avec moi, les choses marchent à l'horloge. » Il se dirigea vers le fauteuil à oreilles, s'assit, croisa les jambes, observa l'enfant en silence pendant un certain temps. « Asseyez-vous, je vous prie, dit-il finalement. Puis-je vous appeler Claude ?

— Oui. Bien sûr.

— Parfait. » Ses petites mains fines retombaient de chaque côté des accoudoirs. Il portait un blazer bleu, des pantalons blancs, des pantoufles vernies noires. Un carré de soie bleu clair était noué à la perfection autour de son cou, un mouchoir blanc niché sous le poignet de sa manche gauche. « Vous avez joué surtout du Bach, ai-je cru comprendre. Mozart ?

— Pas beaucoup. À peine. La *Sonate en* ré *majeur*.

— Très bien. Une ardoise vierge, pour ainsi dire. Quels exercices ?

— Des gammes, des arpèges, des tierces, des sixtes et des octaves. » Claude ne lisait pas grand-chose sur le visage légèrement impérieux de l'homme, hormis un sentiment d'assurance, que l'enfant, d'une façon ou d'une autre, trouva sécurisant. « C. P. E. Bach. Cramer. »

Monsieur Fredericks approuva, leva l'index sans

153

bouger le bras de l'accoudoir. « Pas plus de trois heures de travail par jour. À partir d'aujourd'hui »

Claude aimait les exercices. Un moment, il envisagea de le dire.

« Trois heures de travail totalement concentré, dit Fredericks, suffiront. En faire davantage pourrait vous porter préjudice.

— Oui, monsieur. » Dans un coin de sa tête, Claude se dit qu'il pourrait toujours jouer du jazz, s'il en voulait plus.

« Bien. » Fredericks se leva d'un mouvement délicat. « Allons-y. »

Une pièce longue, lumineuse, avec de grandes portes-fenêtres donnant sur l'Hudson. Deux pianos à queue de concert placés côte à côte à l'une des extrémités. Tandis qu'il avançait derrière Fredericks sur l'épaisse moquette, Claude sentit le silence peser doucement sur lui. Aucun bruit d'arrière-plan — pas le moindre bourdonnement de machine, pas de radiateur qui fuyait, de boiserie qui craquait. La pièce entière semblait sous l'effet d'un sortilège. Fredericks s'assit à l'un des pianos et désigna l'autre à Claude. Une partition était posée sur celui de Claude, l'*Invention VI* de Bach en *mi* majeur. Le pupitre de Fredericks était replié, les couvercles des deux instruments levés.

« Jouez la première section, je vous prie. Ignorez la reprise. »

Claude parcourut des yeux les vingt mesures, qu'il connaissait bien, mit les mains sur les touches, respira profondément et commença à jouer. Au bout de cinq ou six mesures, Fredericks l'arrêta : « Attendez. Arrêtez. Je voudrais l'entendre *non legato*. Voyez si vous pouvez le jouer *non legato*. »

Claude réfléchit une minute puis recommença en se concentrant sur la valeur des notes, relevant inconsciemment les épaules, inclinant la tête vers le clavier. Il joua avec un soin extrême, presque sans respirer. Lorsqu'il pressa puis relâcha la dernière note grave, il eut peur de lever les yeux.

« C'est bien, dit Fredericks. Vous *reliez* les notes. Nul n'est autorisé à utiliser le *legato* s'il ne sait relier les notes au départ sans cela. Comprenez-vous ? »

Claude fit signe que oui.

« En réalité, peu importe, probablement, que vous le compreniez. Il semble que vous le fassiez naturellement, ce qui est beaucoup mieux. Chantez-vous ?

— Non.

— Il est bon d'écouter les chanteurs pour cela. Les meilleurs, bien sûr. »

Fredericks se redressa, releva le menton, joua le même morceau. Claude ne savait à quoi s'attendre et fut un moment déconcerté lorsque Fredericks joua en mettant environ la moitié du volume que Claude avait donné. Au premier abord, cela semblait trop doux, et Claude se demanda s'il s'agissait d'un procédé pédagogique particulier. Mais soudain, tandis que les lignes s'écoulaient, Claude perçut le contrôle exquis avec lequel Fredericks libérait la musique dans l'air. C'était surnaturel. Le piano sembla disparaître, seules les lignes emplirent la conscience de l'enfant, l'architecture de la musique éclairée dans ses moindres détails, l'annonce entière scellée, flottant, se repliant sur elle-même. Puis le silence. Claude souffrit devant une telle beauté. Il eût voulu quitter son corps, suivre la musique là où elle s'en était allée, dans l'hyperespace, quel qu'il fût, qui l'avait avalée. Fredericks tourna la tête, l'enfant plongea ses yeux dans les siens et demeura immobile, le souffle coupé, comme si son regard pouvait ramener la musique.

Au bout d'un moment, un très léger sourire apparut sur les lèvres de Fredericks. « Vous voyez ? dit-il. Tranquillement, tranquillement... »

Claude voulut parler mais en fut incapable. Un calme étrange s'installait au fond de lui — encore que son cerveau galopât autour des conséquences de ce qui venait de se produire. Il avait joué ces vingt mesures des centaines de fois, écouté Menti, Sturm, et même Weisfeld les jouer, et pourtant, il savait qu'il venait de les entendre et de les comprendre pour la première fois. Il se sentit au bord de quelque chose, il eut l'impression que chaque atome de son corps subissait une transformation subtile, un réajustement minuscule, le préparant à entrer dans un autre monde. Il se sentit vivant.

« À présent, dit doucement Fredericks, si nous nous mettions au travail ? »

Dans le train qui le ramenait en ville, Claude s'assit près d'une fenêtre et contempla le ciel. Les poteaux télégraphiques passaient en fouettant la vitre avec une précision métronomique mais il les voyait à peine. Sa tête était pleine des instructions de Fredericks. Jouer les touches noires avec les doigts longs, reconsidérer le doigté de tout manuscrit ne respectant pas ce principe. Maintenir une ligne aussi droite que possible entre le coude, le poignet, le doigt et la touche. Déplacer les bras latéralement le long du clavier. Garder le poignet détendu, passer souplement d'une position de la main à l'autre. Garder le *legato* en changeant de position. Ne jamais tourner la main lors du passage du pouce (Menti !). Garder la main cambrée avec souplesse. Ces questions techniques étaient claires, Claude avait déjà senti dans son corps, durant cette première séance, où Fredericks voulait en venir, et savait être en mesure d'y parvenir. Mais la question des nuances — ce qui était doux, ce qui était fort, ce qu'il y avait entre les deux semblait infiniment plus délicate. L'enfant se rendait compte qu'entre toutes les raisons qui donnaient à Fredericks les moyens de produire une musique si magiquement pure, les nuances représentaient un élément fondamental. Claude n'avait pas la moindre idée de la capacité de ses doigts, ou de son oreille, à en faire autant.

« Il y a des degrés de *forte*, certainement, avait expliqué Fredericks — et il avait plaqué des deux mains, au milieu du clavier, un accord si puissant que les joues de Claude en avaient vibré — comme, j'en suis sûr, l'admirable Herr Sturm vous l'a démontré. » Il sortit le mouchoir de sa manche d'un coup sec, toussa discrètement, le replaça. « Mais considérez ceci : plus le son est fort, moins le pouvoir séparateur de l'oreille est important. Est-il vraiment utile, après tout, de faire la différence entre un triple et un quadruple *forte* ? Pas tellement. À ce stade, on peut simplement frapper si fort que les cordes commencent à se casser. Non. C'est l'autre extrémité qui mérite notre attention particulière. Plus l'on joue doucement, plus le pouvoir de séparation augmente. L'oreille humaine peut très facilement discerner la différence entre un triple et un quadruple *pianissimo. N'est-ce pas*[1] ?*

— Pardon ?

— Oh, excusez-moi. Mon élève de huit heures était mademoiselle Rockefeller, nous parlions parfois français... Lorsqu'un manuscrit indique différents degrés de *pianissimo*, le problème est que cela ne représente qu'une indication rudimentaire. Pour

1. Tous les mots ou expressions en italique et suivis de l'astérisque sont en français dans le texte *(N.d.T.)*.

nous — et il avait une fois de plus levé le doigt — il existe dix mille degrés *de pianissimo*. »

Assis dans le train, Claude s'inquiétait. Fredericks avait-il exagéré pour mieux se faire comprendre, ou pensait-il réellement ce qu'il disait ? Sil était sérieux, Claude allait devoir réapprendre à jouer du piano depuis le début.

La pièce se remplit peu à peu de dossiers et de paquets de journaux. Elle empilait les journaux en les classant par mois — un mois *du Daily News*, un mois du *Wall Street Journal*, du *Post*, du *Herald Tribune*, du *New York Times*, du *Brooklyn Eagle*, plus la demi-douzaine d'autres qu'elle achetait chaque jour —, les attachait avec de la ficelle, les entassait contre les murs. Lorsqu'il n'y eut plus de place, elle amoncela les tas un peu partout. Finalement, on ne put circuler qu'en suivant un plan compliqué de chemins enchevêtrés. Elle travaillait assise sur le canapé, la machine à écrire posée sur la table basse en face d'elle, cernée de classeurs, de papiers, de timbres, d'enveloppes, de lettres, de coupures de journaux, de rapports divers, de documents d'allure officielle. Le matin, elle n'allait plus au travail directement mais attendait l'arrivée du courrier et triait tout avant de sortir.

Ébahi, Claude examinait les enveloppes blanches et beiges qui arrivaient du bureau du maire, du ministère du Budget, du secrétariat d'État au Commerce, du syndicat des ouvriers municipaux, du ministère de l'Éducation nationale, du bureau de l'avocat de la Ville, de l'inspecteur des impôts, etc. Des lettres émanant de comités, d'organisations diverses, de conseillers municipaux, d'autres encore. Il comprenait qu'il s'agissait de réponses à des correspondances qu'elle-même avait adressées, mais que diable avait-elle à voir avec l'administration des parcs?

Chère Emma Rawlings,

En réponse à votre lettre du quatorze courant, j'ai l'honneur de vous faire savoir que toutes les questions concernant le ramassage des ordures dans Central Park doivent être adressées au bureau approprié au ministère de la Santé.

L'information concernant le budget du zoo du Bronx peut être trouvée dans le rapport fiscal annuel de la ville de New York.

Sincèrement vôtre,

SHEILA MAHONEY
Information publique
Administration des Parcs

Et pourquoi, lorsqu'elle avait reçu cette réponse, l'avait-elle froissée et lancée d'un geste rageur dans la cuisine (où il l'avait récupérée plus tard)? « Foutaises! Foutaises! » glapissait-elle. Il n'y comprenait, rien.

Un matin, au château, après une année de leçons, Claude jouait l'*Adagio en* si *mineur* de Mozart sur lequel il travaillait depuis deux semaines. Fredericks secoua la tête. « Allons, allons! » Puis il le joua lui-même. L'enfant s'agita.

« Quoi? dit Fredericks, feignant d'être alarmé. Ce n'était pas bien?

— C'était très beau. Je voudrais seulement que mes doigts puissent, je veux dire, lorsque j'essaie de les contrôler à ce point, je ne peux sentir que... et après je n'y arrive plus. Le toucher. Je parle du toucher. Arrivé à un certain point, je frappe un mur.

— C'est très bien.

— Comment ? Mais c'est horrible. C'est une sensation horrible. Je n'y peux rien. »

Fredericks quitta le piano. « Allons dans la bibliothèque. » À la surprise de l'enfant, il lui prit doucement le bras. « C'est très bien, reprit-il, tandis qu'ils traversaient la grande pièce lumineuse, parce que très peu de musiciens parviennent au point où ils réalisent qu'il y a un mur. »

L'intimité physique soudaine fit rougir le garçon. Fredericks était un homme difficile, et ce geste, si peu dans son caractère, semblait suggérer que Claude avait atteint un statut nouveau, plus élevé. « Il y *a* donc un mur.

— Bien sûr, dit Fredericks. Pour nous tous. »

Dans la bibliothèque, Claude se tint près des portes-fenêtres, tandis que Fredericks allait à son bureau. Claude regarda le fleuve brillant. Soudain, il perçut un mouvement à l'extérieur, sur le balcon en contrebas. Une jeune femme petite, mince, brune, vêtue d'un peignoir de bain rouge, marcha jusqu'à la balustrade et s'y arrêta. Elle porta la main à ses lèvres, tira une bouffée d'un petit cigare fin. La fumée bleue dériva sur le parapet de pierre.

« Venez, dit Fredericks. Placez-vous là. » Il tenait quelque chose à la main.

Claude traversa la pièce et se mit en face de lui. Fredericks lui tendit une bille de verre d'environ la taille d'un noyau de pêche, attachée par une ficelle.

« Tenez-la ainsi. » Fredericks en avait une aussi. Il serrait la ficelle entre le pouce et l'index et la laissait pendre, immobile, devant lui. Claude fit comme lui.

« Vous allez découvrir qu'il existe une attraction entre ces deux billes, dit Fredericks. Une sorte de force magnétique, bien qu'elles soient en verre. »

Fredericks imprima un mouvement à la bille de Claude de manière à lui faire décrire un cercle. « Ne bougez ni la main ni les doigts. Restez absolument immobile, laissez la bille tourner. D'elle-même. »

Claude obéit et regarda sa bille tourner.

Alors, très doucement, Fredericks fit décrire à sa propre bille un cercle qui arrivait à quelques centimètres du chemin de celui de Claude.

« À présent ne bougez plus et regardez. »

Lorsque au bout d'un moment, les orbites des deux morceaux de verre les rapprochèrent l'un de l'autre, Claude vit, et sentit en même temps, sa bille se déplacer légèrement, sortir de son orbite et s'écarter vers l'autre. Ce fut tout à fait distinct. Un petit saut.

« Vous voyez ? dit Fredericks. Vous la teniez parfaitement immobile, n'est-ce pas ?

— Oui, fit Claude, ébahi. Magique. Est-ce magique ? »

Fredericks prit les billes et les remit dans son bureau. « Certains pourraient vous le faire croire, mais il n'en est rien. Cela paraît magique, voilà tout.

— Mais de quoi s'agit-il ? Qui lui a fait faire cela ?

— Vous.

— Non, je n'ai pas bougé. Pas même un peu. De toute façon, je l'ai bien senti. J'ai senti la petite secousse lorsque la bille a sauté.

— Vous avez cru que les morceaux de verre étaient attirés l'un vers l'autre.

— Mais vous l'aviez dit, je veux dire, je ne savais pas réellement s'ils...

— Écoutez, Claude, dit Fredericks. C'est important. C'est *parce que* vous y avez cru.

— Mais c'est de la magie. Vous avez dit que...

— Je dis que *vous* l'avez fait. Vous l'avez fait sans le savoir. Par de minuscules micromouvements de la pulpe de votre pouce de votre index. Des mouvements infimes situés au-dessous du niveau de votre conscience physique, amplifiés par la longueur de la ficelle, qui ont fait sauter la bille. »

Le regard de Claude se perdit au loin. Il fixa le vide un certain temps. « En êtes-vous sûr ? demanda-t-il enfin.

— Absolument. Formel. » Fredericks, s'éloigna et s'assit sur un coin du bureau.

Claude retourna sa main, contempla ses doigts. Il pressa son pouce contre son index.

« Comprenez-vous ce que cela signifie ? demanda Fredericks.

— Je n'en suis pas certain. » Claude continua à remuer les doigts. « Cela paraît si étrange.

— C'est l'autre côté du mur. »

Claude leva les yeux.

« Je vous ai simplement montré que vos doigts pouvaient faire plus de choses que vous ne les sentez physiquement le faire. » Il dessina avec sa main un petit arc en l'air. « L'autre côté du mur. »

Claude réfléchit. « Oui... mais comment ? Comment faites-vous ? »

Fredericks quitta le bureau et vint se placer devant Claude. « Vous devez imaginer la musique dans votre tête. L'imaginer, avec la forme et l'équilibre que vous voulez lui donner. La porter dans votre tête, puis y croire. Concentrez-vous, croyez-y, vos doigts la feront.

— Mon Dieu..., chuchota Claude.

— Tout ce que vous imaginerez clairement, vous le jouerez. Voilà le grand secret.

— Alors, c'est au-delà du corps..., souffla Claude.

— Exactement. »

« Comment est l'escalope viennoise ? demanda Weisfeld.

— Bonne. » Claude coupa un morceau de viande, y pressa une goutte de citron, le mit dans sa bouche. « Presque aussi bonne que celle d'Helga. »

Weisfeld posa sa chope de bière. Ils étaient installés dans une loggia de chez Rathskeller, sous une énorme fausse tête de sanglier accrochée au mur. « J'ai reçu une carte postale. Ils ont ouvert un kiosque à *donuts* dans une petite ville qui s'appelle Boca Raton. Ils nagent dans l'océan tous les matins.

— Ils ne sont pas trop vieux pour cela ? »

Weisfeld haussa les épaules et commanda une autre bière. « Pas si vieux, en vérité. Et puis il fait chaud, en Floride.

— Là là... Que c'était bon ! Après, elle me demandait toujours comment j'avais trouvé, si c'était assez croustillant...

— Oui. J'ai fait quelques merveilleux dîners, là-bas.

— Monsieur Fredericks dit qu'il connaissait le maestro.

— Bien sûr.

— Il dit que j'ai eu de la chance, pour l'argent du fidéicommis, parce qu'il est un professeur très cher. »

Weisfeld reçut sa bière. « Le plus cher. » Il effleura sa moustache avec une serviette. « Monsieur Larkin a été plutôt éberlué lorsque je lui ai donné ses tarifs. Mais Fredericks est le meilleur, ai-je dit. Le meilleur du pays.

— Je me demande ce que j'aurais fait sans lui, murmura Claude. Je veux dire, maintenant, je ne peux même pas imaginer ce que j'aurais, comment j'aurais pu... »

— Il t'a fait gagner beaucoup de temps, convint Weisfeld. Et lorsqu'il reçoit un élève avec autant de musique que tu en as en toi, il le respecte. Cela n'arrive pas souvent, tu sais. C'est très rare. »

Claude finit son escalope, posa son couteau et sa fourchette dans son assiette, pointes vers le bas. « Je n'arrive pas à jouer comme lui.

— Tu n'es pas censé le faire. C'est la dernière chose qu'il souhaite.

— Je sais. Il peut même dire quand je le... Il m'arrête.

— C'est très bien, fit Weisfeld avec un signe de tête approbateur.

— Il dit que nous avons presque fini. »

Weisfeld but une gorgée de bière. Il était légèrement congestionné. « Et comment te sens-tu, à cette idée ?

— Ça peut aller. » En réalité, la perspective inquiétait Claude. Depuis plus de deux ans, le rituel hebdomadaire et sa préparation — interrompus seulement les rares fois où Fredericks allait en voyage, ou donnait un concert — avaient été le principe directeur fondamental de sa vie. La régularité des leçons avec Fredericks, le travail, les exercices au magasin de musique, avaient été sa sauvegarde. « Ça va.

— Tu pourras le voir toutes les fois que tu voudras. Si tu as besoin de lui faire écouter quelque chose, d'avoir son opinion, ou autre chose. »

Claude fit oui avec la tête.

Weisfeld se pencha en avant, « Mais à présent, il faut commencer à penser à l'école. Une école régulière. Les choses ne peuvent continuer ainsi. Tu dois fréquenter un bon lycée. »

Immédiatement, Claude eut peur. Dans son esprit, les énormes institutions municipales dont il avait entendu parler étaient des machines impersonnelles, malveillantes, des prisons lugubres où la moindre faiblesse attirerait sur lui d'immenses forces qui le réduiraient à néant. Les élèves le battraient. Les professeurs le considéreraient comme un numéro parmi les autres. Il serait seul, il se perdrait.

« Pourquoi ? Pourquoi suis-je obligé d'y aller ? » Il perçut la peur dans sa voix, ce qui ne fit que l'accroître, tenta de la dissimuler en buvant de l'eau.

« Pour un tas de raisons, dit Weisfeld. Premièrement, monsieur Larkin s'inquiète à ce sujet.

— Il ne me connaît même pas.

— Il te connaît plus que tu ne penses. C'est un homme très bien, vraiment remarquable. Il n'a que ton intérêt en tête. Crois-moi. »

Claude baissa les yeux sur son assiette vide.

« Tu as besoin d'être avec d'autres enfants, tu as besoin... »

Claude claqua involontairement la langue en signe d'impatience, de refus.

Surpris, Weisfeld rejeta la tête en arrière. Pendant plusieurs instants — extrêmement inconfortables pour l'enfant, qui n'avait pas souhaité en révéler autant — il garda le silence. « Je suppose que tu n'es pas d'accord ? dit-il finalement.

— Je suis désolé.

— Non, non. Je comprends. L'ensemble de la chose te fait peur, sans que tu saches pourquoi. C'est en partie pour cela.

— Je veux dire, les autres enfants..., commença Claude. Ce ne sont que des gosses, ils ne font que, ils ne font que... je ne sais pas. »

Weisfeld attendit un moment, comme pour se pénétrer de la difficulté de l'enfant à exprimer pleinement sa pensée. Puis il soupira. « Claude, tu n'es pas le premier enfant musicien dans cette situation. »

Soudain, l'enfant l'écoutait de toutes ses oreilles. « C'est une vieille histoire. Beaucoup de gens y ont réfléchi. Nous avons déjà parlé de cela. Tu souhaites recevoir une instruction solide, équilibrée. Tu voudrais aller à l'université, découvrir le plus de choses possible — l'art, la philosophie, les sciences, le Bien et le Mal, tout cela... L'histoire de la pensée humaine, Claude. Cela te rendra fort. » Il but d'un trait son verre de kirsch. Ses yeux brillaient. « Et tu vas en avoir besoin.

— Comment ? » Il découvrait un Weisfeld inconnu. L'usage de la menace implicite était une nouveauté chez lui. « Que voulez vous dire ?

— Nous avons tous besoin de force. » Weisfeld hocha la tête comme pour se conforter lui-même. « La vie est pleine de surprises. »

Sentant que c'était une façon de battre en retraite, Claude essaya de le pousser dans ses retranchements. « Je pense que je suis assez fort, mentit-il. Je n'ai pas peur des surprises.

— Tu devrais », répliqua Weisfeld. Il s'agita brusquement sur son siège et regarda autour de lui. « Je me surprends beaucoup — je veux dire, si je prends du recul — je me surprends énormément moi-même à me retrouver là, m'enivrant dans un restaurant allemand. » Il eut un rire bref, qui tenait du glapissement. « Avec de la bière allemande.

— Vous n'êtes pas ivre. J'ai vu ma mère.

— Oui, tu as raison. Pas tout à fait. » Il repoussa les différents verres de l'autre côté de la table. « Il est temps d'arrêter. »

CHAPITRE 7

« Il faudra porter une veste et une cravate, avait dit Weisfeld. Sois poli, mais ne propose pas de faire autre chose. Ils t'engagent pour jouer du piano exactement comme ils recrutent du personnel pour conduire leurs voitures ou servir le caviar.

— Le caviar ?

— Des œufs de poisson. De la laitance. Considéré comme un mets raffiné. On ne t'en donnera pas.

— Ça ne fait rien. »

Ainsi, âgé de quinze ans, un mètre soixante-dix, soixante-douze kilos et demi, vêtu d'une veste de laine, de pantalons gris, d'une chemise blanche et d'une cravate bleue achetés dans le sous-sol de Bloomingdale's, Claude Rawlings se trouvait à l'angle de la Cinquième Avenue et de la Quatre-vingt-huitième Rue, à quatre heures de l'après-midi, et considérait l'hôtel particulier des Fisk.

Entouré d'immeubles très hauts, c'était une anomalie architecturale — un édifice à trois niveaux, en pierre grise, situé en retrait de la rue, avec un toit d'ardoise, des fenêtres à meneaux, une porte flanquée de colonnes doriques. Une courte allée s'incurvait entre l'avenue et la Quatre-vingt-huitième Rue. Claude s'engagea sur les pavés, passa devant une limousine noire vide, dont la plaque minéralogique lui accrocha le regard. Numéro 57, avec plusieurs insignes et écussons en métal épais fixés au bord supérieur. Weisfeld lui avait expliqué que Dewman Fisk était un gros bonnet dans la municipalité de New York et que, entre autres fonctions, il était adjoint au maire. Claude gravit les deux marches du perron et appuya sur la sonnette.

Une bonne en uniforme ouvrit la porte. « Oui ? » Elle était très jeune. Portoricaine, peut-être, se dit Claude.

« Je devais me présenter ici à quatre heures.

— Oui, oui. Entrez. » Elle tourna les talons.

Un nœud blanc était noué au creux de ses reins et les deux rubans qui en retombaient se déplaçaient en même temps que ses hanches étroites, tandis qu'elle traversait le vestibule pour se rendre dans une grande salle au plafond haut, où des meubles anciens, délicats, étaient dispersés çà et là autour de tables basses brillantes. Il y avait des fleurs partout — des quantités de vases, grands et petits, dont la couleur était assortie à celle des bouquets. Rouge, rose, saumon, blanc... Et à l'autre extrémité, près de la cheminée, une profusion de bleus variés, dans du cristal et de la porcelaine. Toutes sortes de fleurs, qui explosaient, s'élançaient, jaillissaient d'un tapis de fougères vertes. «Je les change tous les matins, expliqua la bonne. Cela me prend deux heures. »

Elle se dirigea vers le côté opposé à la cheminée et grimpa trois marches de bois menant à une estrade étroite incurvée. Elle disparut derrière des rideaux, qui recouvraient tout le mur. Au bout d'un moment, les rideaux se séparèrent, Claude réalisa qu'il regardait une scène complètement équipée, y compris la rampe lumineuse. Il emboîta le pas au nœud du tablier. Lorsque les rideaux furent totalement ouverts, il vit un piano à queue, quelques chaises et des pupitres sur la gauche de la scène. La bonne émergea des coulisses, lui montra la banquette du piano. « Attendez ici. Ils ne vont pas tarder. »

Il s'assit dans la pénombre et la regarda descendre, se frayer un chemin à travers la pièce débordante de fleurs, disparaître par l'une des nombreuses portes. De l'endroit où il se trouvait, derrière le piano, il pouvait voir en partie dans une autre salle, qui donnait sur la première. Bibliothèques. Une longue table couverte de magazines. Fauteuils de cuir noir. Lampadaires de cuivre, avec abat-jour en opaline verte. Il entendait des voix, bien qu'il ne vît personne.

Il jeta un coup d'œil à la musique posée sur le piano. Un mélange d'extraits, de transcriptions, de réductions de morceaux choisis, principalement du Mozart, mais aussi quelques Mendelssohn, du Schubert. Il ne put mettre la main sur une partition complète, prit soin de tout remettre dans l'ordre qu'il avait trouvé. Il inclina la tête, approcha son oreille droite du clavier, essaya un accord discret. La mécanique était si dure qu'il obtint à peine un son. Il mit la sourdine et joua doucement quelques gammes. Puis il posa les mains sur ses genoux et attendit.

Il attendit un long moment. Des bribes de voix aiguës, des fragments de rire, des murmures lui parvenaient de l'autre pièce. Il commençait à se demander si la bonne avait prévenu quelqu'un de son arrivée lorsque madame Fisk parut, suivie d'un garçonnet d'allure bizarre, âgé d'environ sept ou huit ans. Sa tête, couverte de boucles blondes, était beaucoup trop grosse pour son corps et dodelinait toutes les fois qu'il bougeait, comme si elle était trop lourde pour le cou ténu. Ses yeux, agrandis par des lunettes épaisses, se déplaçaient paresseusement comme ceux d'un gros poisson tropical bleu. Ses bras étaient courts, son torse très long. Il était vêtu d'un costume de velours brun avec une collerette de dentelle blanche, et tenait à la main une petite boîte à violon.

« Bonjour, Rawlings, dit madame Fisk en montant lentement sur l'estrade. Je vois que vous avez trouvé le piano. » Elle effleura un interrupteur mural, la pièce explosa soudain de lumière. « Voici mon fils, Peter Fisk. »

L'enfant marcha vers Claude et lui tendit la main. Claude la saisit — elle était froide et molle comme de la gélatine. L'enfant recula avec raideur, se dirigea vers le pupitre, sortit un violon trois-quarts et le glissa sous son menton. « Donnez-moi un la », fit-il d'une voix grave, inattendue, une sorte de mezzo-soprano.

Claude joua un la.

Madame Fisk s'assit sur l'une des chaises pliantes. « Peter joue depuis l'âge de quatre ans. » Peter accorda rapidement son instrument, effleurant les cordes avec son archet. Claude, qui avait beaucoup espéré jouer avec Catherine, vit sa déception s'atténuer devant la curiosité que suscitait en lui l'étrange créature, qui le regardait à présent.

« Le Mozart en *si* bémol ? demanda Peter.

— Oui. Il est ici, en haut de la pile. »

Peter ouvrit sa musique. « Très bien. Quatre-quatre. Prêt ? Un, deux, trois, quatre. »

Les mains de Claude se projetèrent sur les touches comme des éclairs, plaquèrent l'accord d'ouverture, et ils étaient lancés. C'était une pièce simple, une transcription des *Sonatines viennoises*, et Claude la joua facilement, presque machinalement, concentrant toute son attention sur le violon, et première-ment pour connaître la raison pour laquelle il sonnait de manière si bizarre. L'enfant savait jouer — il était certainement en train de jouer les notes, avec un son ténu et pratiquement pas de vibrato — et cependant le résultat était complètement mécanique. Le rythme était correct mais les notes ne formaient pas une ligne continue. Elles tombaient l'une après l'autre, uniformément.

« Ravissant », s'exclama madame Fisk lorsqu'ils eurent terminé.

Claude demeura perplexe. L'enfant n'avait fait aucune erreur, il avait même respecté les indications de nuances, quoique de manière rudimentaire, et, de toute évidence, consacré des centaines d'heures à l'instrument. Mais pourquoi, et comment, avait-il pu se livrer à un tel travail sans le moindre sentiment musical ? Claude dévisagea le garçonnet, immobile, telle une machine attendant d'être mise en marche, entendit les applaudissements délicats de madame Fisk. Et soudain, dans un éclair qui le glaça, il comprit. L'enfant jouait simplement parce qu'on lui avait dit de le faire. Sa réussite était à peine moins étonnante que celle d'un sourd qui eût, de manière inexplicable, et bien que toutes les chances eussent été contre lui, appris à jouer par les sens de la vue et du toucher.

C'était pitoyable. Claude éprouva un mélange de répulsion, de respect, et, à sa propre surprise, l'envie de protéger cet enfant-robot vêtu de velours, aussi pâle que la chair d'une orchidée. Claude se demanda si Peter sortait jamais dans la rue. Les gens devaient certainement le dévisager.

« Qu'allez-vous jouer maintenant » demanda madame Fisk.

Ils exécutèrent ainsi plusieurs morceaux à la suite, Claude adaptant son jeu de manière à donner le plus de soutien possible à l'enfant. De temps à autre, lorsque l'occasion s'en présentait — quelques mesures de piano solo —, il mettait un peu de sentiment dans l'espoir de susciter plus de souplesse chez Peter, mais l'enfant semblait ne rien entendre. La dernière pièce, un Schubert très simplifié, comportait un passage à l'unisson. Claude le joua rubato pour faire ressortir la forme de la ligne.

L'enfant fronça les sourcils, leva son archet à mi-course. « Pardon? Je ne vois rien, fit-il en scrutant sa partition. Ne sommes-nous pas censés être ensemble, ici? »

La mère et l'enfant fixèrent Claude — Peter authentiquement perplexe, madame Fisk en alerte, le visage impassible. Un moment, Claude fut tenté de dire la vérité, mais lorsqu'il ouvrit la bouche pour parler, il sut que l'enfant ne comprendrait pas, que la mère recruterait sans doute quelqu'un d'autre pour l'accompagner. « Désolé, murmura-t-il, j'ai fait une erreur. Reprenons au début de la page. »

Pendant qu'ils jouaient, Claude entendit un bruit de voix, la porte d'entrée claqua. Soudain, du coin de l'œil, il vit Catherine entrer dans la salle, jeter un regard vers la scène, continuer vers la bibliothèque. Un homme très grand arriva une minute plus tard, s'arrêta au salon, s'assit dans un fauteuil, croisa les jambes et fit un petit signe de la main à madame Fisk. À la fin du morceau, il se joignit à elle pour quelques applaudissements brefs.

« Bien joué, Peter », cria-t-il de son fauteuil. Dewman Fisk avait le teint vermeil, des cheveux fins et sombres, grisonnants aux tempes, des oreilles dont les lobes pendaient, des yeux pâles et furtifs, de grandes mains à présent croisées sur ses genoux.

« Merci », dit Peter en desserrant la mèche de son archet.

Madame Fisk se leva et, se déplaçant avec lenteur, descendit de scène pour rejoindre son mari.

« Comment était la répétition ? demanda-t-elle.

— Splendide. » Il se leva. « Balanchine dit qu'ils sont prêts. »

Ensemble, ils se dirigèrent vers la bibliothèque.

Peter replaça l'instrument dans sa boîte.

« Est-ce que votre professeur..., commença Claude. Avez-vous eu des difficultés à apprendre à déchiffrer ? »

L'enfant leva les yeux. « Non. Ai-je fait des fausses notes ?

— Je n'en ai pas entendu.

— C'est parce qu'il n'y en avait pas, dit l'enfant en refermant la boîte. Lorsque j'ai joué un morceau deux ou trois fois, je ne fais plus d'erreurs.

— Vous jouez très bien.

— Merci. »

Il y eut un silence embarrassé, ils descendirent de scène. Peter alla dans la bibliothèque et Claude, ne sachant que faire, le suivit. Il entra dans la pièce d'un pas prudent. La bonne servait le thé. Madame Fisk était assise dans un fauteuil à oreilles, monsieur Fisk et Catherine sur le canapé, Peter agenouillé sur un petit coussin rayé près de la table basse.

« Il a dit que je pouvais aller au studio et assister aux répétitions, disait Catherine d'une voix ardente. Le duo où elle doit s'enfuir, et où il veut partir avec elle.

— C'est gentil à lui. » Madame Fisk souleva sa tasse de thé des deux mains.

Soudain, Catherine leva les yeux et aperçut Claude, immobile dans l'encadrement de la porte. Au bout d'un moment elle eut un petit rire. « Regardez sa cravate ! »

Madame Fisk chuchota quelque chose que Claude n'entendit pas et la fillette reporta son attention vers un plateau de petits sandwichs. Elle laissa sa main errer un moment au-dessus du plat puis en choisit un et y planta ses dents très blanches avec un petit mouvement de tête agacé. Dewman Fisk semblait lire le journal du soir, le visage lisse et sans expression. Madame Fisk posa sa tasse de thé, se tourna à demi dans son fauteuil puis, sans vraiment regarder Claude, dit, son corps tremblant placé de trois quarts : « C'était très bien. La même heure vous conviendrait-elle la semaine prochaine ?

— Oui. » Claude était encore sous le feu de la remarque de Catherine. Il cherchait une réponse cinglante, quelque chose qui lui ferait perdre son assurance — mais, en réalité, sa colère était purement superficielle. Au fond de lui-même, il savait qu'elle était si belle qu'elle avait manifestement le droit de dire ce qu'elle voulait. Au fond de lui-même, il était ravi qu'elle eût remarqué un détail le concernant. C'était une sensation singulière.

« Très bien, alors, dit madame Fisk. Peter, veux-tu raccompagner Rawlings, s'il te plaît ? »

L'enfant se leva immédiatement.

Dans le vestibule, Claude hésita légèrement. « Qu'est-ce qu'elle a ?

— Quoi ?

— Ma cravate. Votre sœur ne l'aime pas.

— Oh, elle dit tout le temps des choses comme ça. Elle essaie de copier les grandes personnes. De toute façon, elle n'est que ma demi-sœur. Son père est mort il y a longtemps. »

Claude enregistra ces informations. Il résista au désir d'en demander davantage, conscient que Peter, blasé par l'habitude, ne s'intéressait pas vraiment à elle. Et aussi, il ne voulait pas révéler à quel point elle le fascinait. Elle s'en amuserait très certainement et utiliserait la chose contre lui d'une manière ou d'une autre.

À la porte, comme Claude s'apprêtait à sortir, Peter jeta un coup d'œil à la cravate en question. Les yeux bleus dérivèrent vers le haut.

« Peut-être est-elle trop brillante, suggéra-t-il. Les cravates de mon père ne brillent pas autant. »

Claude savait que les films n'étaient pas des choses réelles. Ils étaient fabriqués, délicieusement concoctés, façonnés, modelés, en vue d'obtenir un effet. La vie, elle, arrivait sans préparation. Les films étaient des métaphores destinées à évoquer diverses réalités hors de sa portée et lui donnaient le sentiment exaltant d'être arraché de son environnement personnel étroit et mesquin. Il n'y allait pas pour apprendre, mais, inévitablement, les leçons d'Hollywood s'infiltrèrent jusqu'à la moelle de ses os.

Westerns. Ne pas s'approcher d'un bivouac sans s'annoncer de loin. Ne pas faire le fanfaron, ne pas se conduire comme une brute, ne pas mentir. Ne pas tirer sur un homme désarmé, ne pas tirer dans le dos, ne pas voler un cheval. Être respectueux envers les femmes quelle que fût leur condition sociale.

Films de guerre. La démocratie vaut qu'on meure pour elle. Les Allemands sont intelligents, arrogants, impitoyables et sadiques. Les japonais sont traîtres, lâches, fanatiques, sans individualité. Les Russes sont courageux, émotifs, frustes. Les Chinois sont simples, casaniers, doux, gardiens d'une sagesse antique. Les Italiens sont puérils, les Français faibles, les Britanniques courageux et nobles. La guerre peut être conduite de manière civilisée. Les soldats américains sont les meilleurs parce qu'ils obéissent à l'autorité sans sacrifier pour autant l'initiative individuelle et le courage.

Films de gangsters. Le crime ne paie pas. Les petits

criminels sont stupides et brutaux, les grands criminels cupides, ils se rebellent inconsidérément contre les forces bienfaisantes de la société organisée. La police est bonne, à moins qu'elle ne soit corrompue, en bas par l'argent, en haut par le pouvoir politique. Les femmes sont faibles, vénales, décoratives, inconséquentes. Revolvers, grosses bagnoles, consommation tapageuse dans les lieux publics, usage ordinaire de la terreur, sont de puissants symboles du pouvoir véritable.

Films d'horreur. La mort est obscène. L'inconnu est dangereux. Des forces destructrices cernent le monde visible, la protection est fournie par la religion, la pureté morale, la lumière, l'union. La chance est un facteur important. Le courage est une chose téméraire.

Films policiers. L'individu est isolé dans un monde hostile. N'importe qui peut tuer n'importe qui dans le dos n'importe quand. Tout le monde ment. La cupidité prévaut. Une prudence extrême est constamment nécessaire.

Dessins animés. Le faible peut l'emporter sur le fort grâce à l'intelligence. L'humiliation est intrinsèquement comique.

Claude y allait au moins trois fois par semaine, chaque séance comportant deux longs métrages. Les salles étaient immenses, avec des plafonds en forme de voûte, deux balcons, des écrans géants. Des centaines de personnes s'éparpillaient dans l'obscurité. En soirée, surtout le vendredi et le samedi, il était parfois difficile de trouver une bonne place au milieu d'un public dépassant le millier d'individus. Claude préférait la seconde matinée et le frisson, entré en plein jour, de ressortir la nuit, comme si le monde avait authentifié les périples émotionnels condensés, accélérés, qu'il venait de vivre, et se fût transformé en conséquence. Il aimait les films traditionnels, variations sur des thèmes tacitement convenus, mais se délectait particulièrement de ceux qui essayaient de sortir de ces normes. Ces films étranges passaient une ou deux fois par semaine.

Au balcon, enfoncé dans un fauteuil, les pieds surélevés, il regardait entre ses genoux et pénétrait des mondes fabuleux où, le plus souvent, la vertu était récompensée, et l'amour, l'amour délirant, l'amour tout-puissant, sacré et profane à la fois, conquérait tout. L'amour romantique était profondément intéressant en ce sens que non seulement il promettait la fin de la solitude, mais suggérait un niveau supérieur de l'existence, une transcendance. Parfois, quand les amants s'embrassaient à l'écran, cela ne signifiait pas grand-chose pour lui. Mais, parfois, lorsque les héros, l'histoire, la musique, tout était bon, il avait l'impression que son cœur allait défaillir. Conscient des huées et des sifflements qui provenaient de la lointaine section enfantine, des ronflements du gros bonhomme endormi dans la rangée d'à côté, il planait néanmoins, sortait de lui-même pour s'envoler vers la beauté insoutenable du baiser. Et lorsque les images s'effaçaient, il se couvrait le visage avec les mains comme pour les retenir un peu plus longtemps.

Sortant du Loew's Orpheum, il retrouva l'animation de début de soirée de la Quatre-vingt-sixième Rue. Sur le trottoir, les gens marchaient vite, lignes ondoyantes jouant des épaules pour se glisser à travers la circulation. Il se joignit à la lisière du flot et se dirigea vers Lexington Avenue, sentant les odeurs de bière, de choucroute et de viande de la plaque chauffante devant le bar allemand, entendant les accents orientaux de Rosemary Clooney dans *Come On-a My House* qui s'échappaient du magasin de musique de la galerie marchande, traversant la flaque de lumière brillante qui se déversait de l'intérieur blanc de Fannie Farmer Candies. Une bise aigre soufflait, les hommes retenaient leur chapeau Des papiers tournoyaient dans les caniveaux.

Il vira à l'Automatique, poussa la porte-tambour. Sa monnaie en main, il fit glisser un plateau le long des barres de chrome, examina les compartiments. Hot dog et haricots dans un plat ovale. Il laissa tomber une pièce de vingt-cinq cents, tourna la poignée, le portillon jaillit. Avant de se diriger vers le fond de la salle, il acheta un petit pain, un verre de lait, un cake dans un moule en papier, Quelqu'un avait laissé un *New York Post* sur une table vide, il marcha vite dans cette direction pour le récupérer et posa son plateau au centre afin d'établir ses droits territoriaux. Il mangea sans se presser, tournant les pages du journal de la main gauche.

Il portait une fourchette de haricots à sa bouche lorsqu'il vit un jeune homme mince, vêtu d'un pardessus noir boutonné jusqu'au cou, s'approcher de la table. L'homme tenait un étui de saxophone et marchait penché en avant, comme sur le point de tomber. Il tira une chaise, s'y effondra, le regard lointain. Il avait un long visage pâle, des paupières bouffies, des cheveux noirs coiffés en un pompon qui retombait sur son front et lissés à la brillantine sur les côtés dans le style appelé queue-de-canard. Le type poussa un profond soupir et se tourna pour regarder l'autre homme, plus âgé, également vêtu d'un pardessus noir, qui le suivait en portant deux tasses de café. Le vieux prit une chaise à la table voisine.

« Bois ça, nom de Dieu », grommela le vieux.

Ils s'étaient assis en face de Claude.

« J'arrive pas à y croire, Vinnie. » Le vieux parlait

d'une voix peinée. « Qu'est-ce que tu vas fabriquer ? Ronfler, sur cette fichue estrade ?

— Ça ira, t'occupe », marmonna Vinnie. Il posa son étui sur ses genoux. « Polka. Poum-pa-pa, Poum-pa-pa. Tu vois ? » Il laissa échapper une sorte de gloussement lent. « J'peux le faire.

— Bois ce café. On a besoin de ce boulot. Faut qu'on ait l'air au poil. Le proprio est pas une andouille.

— Avoir l'air au poil, se sentir au poil, être au poil. » Vinnie souleva sa tasse et but. « Bang.

— Ah, quelle merde. » Le vieux regarda le plancher. « Tu t'en sortais si bien, là-bas.

— Te fous pas en rogne, dit Vinnie.

— J'suis pas en rogne. »

Vinnie médita ces paroles puis déclara : « OK. »

Le vieux avança la seconde tasse de café. « Celle-là aussi.

— J'ai pas encore fini la première, protesta Vinnie. Me bouscule pas. »

Au cours du long silence qui suivit, le vieux dévisagea Vinnie, vérifia l'heure sur sa montre-bracelet. Ni l'un ni l'autre n'avait regardé Claude, qui commençait à peler soigneusement son petit cake.

« Ça va ? demanda le vieux à Vinnie.

— Sûr. J'vais casser la baraque. »

Le vieux sembla réfléchir un moment puis se décida. « OK. Reste ici, bois ton café. Je reviendrai te chercher. D'accord ? T'as pigé ?

— T'es un chic type, fit Vinnie. J't'adore. »

Le vieux s'en alla.

Claude mangea son cake et but son lait en faisant le moins de gestes possible. Au bout d'un moment, Vinnie avala un peu de café, frissonna, se rejeta en arrière sur sa chaise.

« J'adore l'Automatique, commença-t-il, comme si

179

son ami était toujours là. Toutes ces choses à manger, si différentes, chacune nichée dans son petit compartiment personnel. Comme la petite purée de maïs, si confortablement installée dans le compartiment de purée de maïs, qui attend là, simplement. Et si quelqu'un la sort, une autre petite purée de maïs vient s'installer à sa place. Comme c'est agréable... » Il étendit le bras paresseusement, se gratta la mâchoire. Il se mit à fredonner doucement. Claude avait fini de manger mais il demeura immobile. « Et tout ce cuivre qui brille, continua Vinnie. C'est agréable, chaud, joyeux. Tous ces gens heureux qui mangent leur nourriture sans ennuyer personne. Tout est moelleux, tout est lisse... » Son corps eut un sursaut presque imperceptible, ses yeux s'élargirent une seconde. Il baissa la tête pour boire son café. Lorsqu'il eut vidé la tasse, il dégrafa son pardessus. Il était vêtu d'un smoking. Il entreprit de fouiller ses poches, se pencha d'un côté et de l'autre avec des gestes lents, étudiés, finit par extraire quelques pièces de monnaie qu'il contempla un instant dans la paume de sa main. Il choisit un *nickel*, le posa au centre de la table, près du plateau de Claude.

« Écoutez, chuchota Vinnie, rendez-moi service, allez me la remplir, voulez-vous ? J'suis un peu dans les vapes, là. » Ses yeux mirent un certain temps à se fixer sur Claude. Il avait l'air doux, il grimaça un sourire du coin des lèvres à l'intention de Claude.

Claude prit la pièce, la tasse vide, et se dirigea vers le distributeur à café. Il tira sur le levier, le liquide noir et chaud jaillit de la gueule du dauphin de cuivre. Claude ramena la tasse, la posa sur la table devant Vinnie et se rassit.

« Alors, qu'est-ce que tu racontes ? demanda Vinnie. T'es italien ? T'as l'air d'être italien.

— Non.

— C'est comme ça que je suis entré dans le syndicat. Parce que j'suis italien. J'étais qu'un gosse, j'ai raté le test, mais il m'a donné une chance. Cher vieux mentor. » Il recommença à fouiller dans ses poches, répétant tous ses mouvements antérieurs. Il trouva ce qu'il cherchait dans sa poche de poitrine, un inhalateur pharmaceutique. Il le renifla deux fois, rapidement. « Ha... », puis il secoua la tête comme pour s'éclaircir les idées et posa le tube sur la table. « Tu habites par là ? »

Claude hocha la tête affirmativement.

« J'suis de Brooklyn, reprit Vinnie. On joue dans cette boîte allemande à deux blocs d'ici. J'peux te faire entrer. Tu aimes la musique ?

— Oui. Mais je dois retourner chez moi.

— Tu joues ?

— Du piano.

— Classique, dit Vinnie. J'parie que tu joues du classique. Ça m'aurait plu, à moi aussi. C'est plein de trucs intéressants. Mais j'ai choisi le mauvais biniou.

— J'aime aussi le boogie-woogie.

— Ah ouais ? Ben, c'est du blues... Et le blues, mon vieux, tout part de là. » Il reprit l'inhalateur, saisit la base du tube d'une main, l'extrémité de l'autre, les sépara en faisant une grimace. « Tu joues probablement fa, si bémol, fa, do, si bémol et fa. J'me trompe ? » Il examina le tube cassé, la bourre de coton jaune à présent révélée.

« Je le joue surtout en *do*, dit Claude.

— Ouais, *do*, c'est OK. » Il retira soigneusement le coton jaune avec deux doigts. « Mais *fa*, c'est la clef du blues. » Il plongea le coton dans son café et remua avec la cuiller.

Claude sentit qu'il valait mieux demeurer silencieux quant à cet acte étrange. Tous deux se comportaient comme si de rien n'était. Vinnie sirota le café, y rajouta un peu de sucre, remua de nouveau. Il pressa le coton contre la paroi de la tasse avec la cuiller, relâcha, pressa, relâcha. Il but encore.

« Tu connais les *Bird's changes*[1] du blues ? »

Claude n'en avait pas la moindre idée. « *Bird-changes* ? Non.

— Les changements pour le be-bop. »

Be-bop ? Il secoua la tête.

Vinnie tira le *New York Post* au travers de la table « T'as un crayon ? »

Claude se tâta les poches. « Non.

— Va en chercher. »

Claude alla vers l'un des guichets du kiosque à monnaie central et demanda un crayon à la dame. Elle lui en donna un contre la promesse qu'il le rapporterait.

En dépit de ses propos étranges, Vinnie semblait plus normal lorsque Claude revint. Ses yeux n'avaient plus ce regard somnolent, ses gestes étaient plus vifs. Il prit le crayon, griffonna quelque chose dans l'une des marges du journal, déchira la page, la plia, la tendit à Claude. « Mets ça dans ta poche. »

Claude obéit.

« Jettes-y un coup d'œil la prochaine fois que tu joueras. » Il but le reste de son café, replaça la tasse sur la soucoupe avec un soin exagéré. « Avoir l'air au poil, se sentir au poil, être au poil, marmonna-t-il. Bang !

— Je ferais mieux d'y aller, dit Claude.

— Ouais, sûr. Attends une minute. Une minute. Tony va pas tarder. » Son visage semblait plus pâle, à présent. « Que veux-tu que je te dise ? N'oublie pas

---

1. En référence aux modulations typiques du musicien Charlie Parker *(N.d.T.)*.

d'écouter Art Tatum. Il va vite, vite, vite, et il swingue. Des mains comme des serpents, tu vois ? Elles s'ouvrent grandes comme ça, comme un serpent qui écarquille la gueule, tu sais, large, encore plus large, tellement large que c'est impossible. » Il se mit à tambouriner sur la boîte de son saxophone posée sur ses genoux. «Va chez Minton et écoute... » Il s'arrêta subitement, la bouche ouverte.

La vision périphérique de Claude sembla se rétrécir jusqu'à ne plus voir que le visage figé de l'homme.

« Ah ! Ah ! Ah ! » Les mains de Vinnie s'élevèrent à sa poitrine.

Claude ne comprenait pas ce qui se passait mais ses cheveux se dressèrent sur sa tête. Les yeux de Vinnie étaient bloqués, rivés aux siens, et l'enfant vit le changement, la transformation brusque au moment où la vie les quittait. Avant même que l'homme ne tombât en avant, sa tête envoyant la cuiller faire un tête-à-queue sur le sol, avant que l'étui du saxophone ne glissât sur le côté, avant l'odeur vague, âcre, de la merde dans l'air, Claude sut qu'il était mort. Incroyablement, mais entièrement mort.

Il y eut un silence complet bien que tout continuât comme avant — les gens mangeaient, allaient chercher de la monnaie, portaient leurs plateaux. Une femme avec une assiette de tarte passa près de la table sans rien remarquer.

Claude comprit qu'il venait d'être témoin d'un événement d'une importance capitale, dépassant totalement l'échelle de son expérience ou de sa compétence personnelles, mais, pour une raison inexplicable, il fut incapable de se concentrer. Son cerveau semblait nager sans but, tournoyer dans le silence. Lorsqu'il se mit debout, il trébucha et se retint à la chaise. Il regarda Vinnie — dont la peau était grise, à présent, couleur de ciment, et le corps immobile au-delà de l'immobilité — et recula de quelques pas.

Soudain, comme si un commutateur eût été tourné, il entendit de nouveau les bruits de la vaste salle aérée. Le murmure bas de centaines de voix, le cliquetis des plats, le glissement des pièces de monnaie dans les toboggans au guichet de la caisse. Il aperçut le crayon jaune à côté de la main de Vinnie, avança pour le récupérer, se dirigea vers le kiosque.

Il posa le crayon sur le comptoir.

« Cet homme vient de mourir », dit-il à la femme. Il montra la table. « Il est mort. »

La femme regarda Claude, la table, de nouveau Claude. « Ivre mort, dit-elle. Je l'ai vu entrer.

— Non. Vraiment. »

Elle déchira un rouleau de pièces de dix cents en le frappant sur le bord du comptoir et en chargea le distributeur de monnaie. « Je m'en occupe. »

L'enfant attendit. La nonchalance exaspérante de la femme suggérait que quelque chose s'enfuyait. Dans ses contacts avec les adultes, il avait pris l'habitude d'être à peine visible, de se situer au-dessous du niveau de leur attention — c'était comme ça —, mais cette situation était sûrement différente. L'ampleur même de l'événement aurait dû l'assurer d'être pris au sérieux. Mais, en vérité, le peu de pouvoir ou de dignité qu'il eût pu gagner à avoir été le témoin de la mort de Vinnie s'envolait de seconde en seconde. Il se sentit floué.

« Vous pouvez partir, répéta-t-elle. Je m'en occupe. »

Il marcha vers la porte-tambour. Un policier entra, enlevant sa casquette. Claude lui montra la table du doigt.

« Cet homme, là, dit-il. J'étais assis là-bas, et il est

mort. Il est tombé comme ça. Je l'ai dit à la femme de la caisse mais elle ne m'a pas cru. »

Le flic ne répondit rien, pour commencer. Il était corpulent, avec un visage carré et haut en couleur. Ses sourcils grisonnants s'élevèrent et redescendirent lorsqu'il regarda à l'autre bout de la salle. « OK. Attends ici. »

Tandis qu'il observait le flic se diriger vers Vinnie, Claude sentit les premières crampes de la peur. Très vite, il ne se soucia pas d'être pris au sérieux. Le flic s'agenouilla à demi devant la table, tendit la main pour prendre le pouls de Vinnie, tourna doucement la tête du mort. Claude vit les yeux fixes, le flic qui les fermait l'un après l'autre avec son pouce. Lorsque le policier se redressa et regarda dans sa direction, l'enfant sentit soudain une vague de chaleur le submerger et entendit au fond de ses oreilles un bruit qui ressemblait à celui de l'océan. Il recula vers la porte-tambour. Le flic leva le bras pour lui faire signe d'approcher mais Claude fit demi-tour, poussa la barre de cuivre et se précipita dans la rue.

Le pardessus noir était là, juste devant lui. Immense. De plus en plus grand. Impossible, le mort s'apprêtait à l'envelopper dans les ténèbres. Claude vira, rebondit sur sa hanche.

« Hé ! Du calme, cria Tony. Y a pas l'feu ! »

Claude continua à courir, slalomant entre les passants qui ressemblaient à des mannequins pétrifiés sur le trottoir. Ce qu'il avait entendu le pardessus lui dire, c'était : *Viens, Claude, viens, Claude,* d'une voix douce, insinuante, persuasive.

Lorsqu'il atteignit l'angle nord-est de Lexington, le matelas protecteur de la foule lui rendit le contrôle de lui-même. Il s'engouffra dans la galerie du métro, s'assit à l'embrasure de la porte d'une boutique inoccupée et attendit que la tempête se calmât dans son corps. Il savait que la voix qu'il avait entendue était à la fois réelle, parce qu'il l'avait entendue, et irréelle, parce que c'était manifestement impossible. Ce n'était pas la voix de Vinnie mais celle d'une autorité pure, émanant d'un autre royaume. Quelle que fût la menace qu'elle eût pu contenir, elle avait à présent disparu. Un moment, il s'était retrouvé au seuil d'un vide immense, noir, pendant que la voix l'appelait, mais cela n'avait duré qu'un instant. C'était fini.

Le vent avait repris. Il soufflait à travers la galerie avec un gémissement creux et le tirait par les manches de son blouson des surplus de l'armée. Claude entendit l'express de Lexington Avenue s'arrêter en grinçant au-dessous de lui. Lorsque les gens montèrent l'escalier, il se leva et sortit avec eux. Évitant les bus, les voitures, les taxis, un camion de livraison de journaux qui fonçait sur lui dans un bruit de ferraille, il traversa le carrefour en direction de l'angle sud-est. Un petit attroupement s'était formé à l'endroit où il cirait les chaussures jadis.

Sa mère, juchée sur une caisse, le dos au mur, haranguait la foule. Elle avait une épaisse liasse de tracts sous le bras et les distribuait en parlant. Il vit sa grande mâchoire bouger, l'éclat de ses dents, mais le vent l'empêcha d'entendre ce qu'elle disait. Il joua des coudes pour se rapprocher d'elle.

« ... saigné par la corruption. Oh, bien sûr, les inspecteurs du bâtiment, les inspecteurs de la lutte contre l'incendie, les flics, les services de voirie, nous savons tous ce que c'est. Il faudrait être sourd, muet, aveugle pour ne pas le savoir. » Son visage était marbré de différentes nuances de rouge, ses yeux étaient exorbités. Elle parlait d'une voix forte, en postillonnant. « Mais la municipalité marche main dans la main avec le syndicat du crime. Le maire est un escroc, un arriviste. Voici les faits, les noms, les dates, les lieux d'à peine quelques-uns des scandales les plus récents. » Elle tendait les feuilles de papier. Une ou deux personnes en prirent, un homme qui passait à grandes enjambées sans même y jeter un coup d'œil, mais la plupart se détournaient. Quelques feuilles s'échappèrent et s'élevèrent en spirales tourbillonnant de plus en plus haut sur l'avenue. « Pots-de-vin des vendeurs de bitume. Appels d'offres illégaux envoyés à des compagnies favorisées. Dessous-de-table fournis par le jeu et la prostitution allant droit dans le bureau du maire. Tout est là. » La pluie se mit à tomber, une rafale soudaine, lourde. Les gens se dispersèrent. « Tripatouillage des urnes dans quatre circonscriptions électorales, et ça c'est dans le *Herald Tribune*, cria-t-elle. Les juges achetés, payés, partout dans cette ville ! Des contrats mis aux enchères dans les clubs politiques ! Tout est ici ! » Elle brandissait les tracts, mais les gens étaient partis, et ceux qui passaient, le col relevé, couraient presque. Elle était trempée, les cheveux plaqués par la pluie, l'eau ruisselait sur son visage. Elle tendit un feuillet flasque à Claude. « Tout est ici. Prenez. »

Claude fit un pas en avant. « C'est moi. »

Elle le regarda mais ne le vit pas. Comme la fois où elle s'était retournée contre l'homme du Bureau des taxis. « À moins que les gens n'agissent pour arrêter...

— C'est moi ! hurla-t-il. Moi ! »

Elle le vit alors, regarda furtivement à droite et à gauche, descendit de la caisse, la souleva. « Prends le drapeau. »

Un petit drapeau américain bon marché était appuyé contre le mur derrière elle. La peinture dorée de la flèche de la hampe commençait à couler. Il le ramassa. « Qu'est-ce que c'est ? Où l'as-tu trouvé ?

— Arrêté municipal, dit-elle. Il faut un drapeau. »

Elle marmonnait pour elle-même tandis qu'ils

avançaient sous la pluie battante. Il offrit de porter les tracts mais elle les serra contre sa poitrine. Son comportement était devenu de plus en plus étrange au cours de ces derniers mois. Mais là, en ce moment précis, la vision qu'elle offrait — une femme grande, forte, complètement absorbée dans sa folle mission vouée à l'échec, et cependant puissante dans son obstination — le calma. Elle paraissait indestructible.

« De la benzédrine, déclara monsieur Weisfeld. J'en ai parlé avec monsieur Kaminsky, le pharmacien de chez Whelan. C'est ce que contiennent certains de ces inhalateurs. Si l'on en met dans du café et qu'on avale tout d'un seul coup, cela peut provoquer un arrêt cardiaque. Le cœur s'arrête net. C'était un accident.

— Mais pourquoi, l'a-t-il fait ? Pourquoi l'a-t-il bu ?

— Il pensait que ça le réveillerait. La benzédrine est un stimulant. Il avait probablement le cœur en mauvais état. »

Claude avait été terriblement inquiet pendant plusieurs jours après sa fuite des lieux de l'accident. Il était resté caché dans la chambre du fond, persuadé que la police le recherchait, peut-être de concert avec le FBI (monsieur Burdick savait tout de lui), se sentant tellement coupable, tellement angoissé, qu'il ne pouvait jouer, ni dormir, mangeait à peine. Il finit par se confesser auprès de monsieur Weisfeld.

« Écoute », disait à présent Weisfeld, tandis qu'ils étaient assis au comptoir, triant des boîtes en cellophane contenant des cordes de guitares. « Je les ai appelés, je leur ai parlé.

— À qui ?

— Au commissariat de la quatre-vingt-troisième

188

section. La police. Le sergent Boyle, un brave type très compréhensif. Ils n'ont pas besoin de t'entendre. Ils ne te recherchent pas. Je leur ai expliqué que tu avais eu peur et que tu t'étais enfui, tout simplement. Sais-tu ce qu'il m'a répondu ? Que dans tes chaussures, il en aurait fait autant. Un mort, ça fait peur. »

Claude se sentit envahi d'un flot de soulagement tiède, comme si des soupapes cachées au fond de son corps avaient été soudain ouvertes en même temps, le ramenant à la douce normalité. « Je n'ai pas eu peur de lui.

— Ils disent qu'il était drogué.

— Ce n'était pas de lui... Il était mort, c'est tout, et ça ne faisait pas peur comme dans les films, lorsqu'ils... Il s'est arrêté, c'est tout. » Claude s'interrompit. « Comme une marionnette, quand on coupe les fils et qu'elle tombe. C'est après, lorsque je regardais de la porte, que tout est devenu drôle. Je ne sais pas... »

Weisfeld hocha la tête. « Tu étais en état de choc. Cela s'est passé si vite qu'il t'a fallu un petit moment pour te rendre compte, je sais ce que c'est. » Il marqua une pause, rejeta la tête en arrière, ferma les yeux. « Quelqu'un meurt. Nous voulons croire que cela signifie quelque chose. Nous insistons pour donner une signification à cet acte. Mais par essence, il n'y en a pas. Il n'y a aucun sens, c'est un mystère qui n'a aucun sens. Tu l'as très bien dit. Les ficelles sont coupées. C'est tout. La fin.

— Il était en plein milieu d'une phrase.

— Paroles prononcées sur le lit de mort dans les romans. La soprano met son âme a nu et s'écroule sur le divan. *Citizen Kane* et sa *Rosebud*. Voilà ce que nous souhaitons, je suppose. Un message, une signification exprimée dans les derniers instants. Quel meilleur moment pour donner du sens que la scène finale ? Mais il n'y a aucun sens. » Il ouvrit les yeux. « Les derniers moments sont des moments comme les autres. Ils ne contiennent aucune sagesse spéciale. » Il regarda Claude avec un faible sourire. « C'est ce que tu as vu à l'Automatique.

— Lorsque j'essaie de me souvenir à quoi ça ressemblait, c'était... c'est devenu tout noir, mais c'est moi qui l'avais fait, en réalité. Ça venait de moi. Le sentiment bizarre.

— Bien sûr, approuva Weisfeld.

— Donc, il est seulement mort, c'est tout ce que l'on peut dire.

— Exactement.

— Il n'aurait pas dû mettre ce truc dans son café. » Dans un moment d'audace Claude ajouta : « Vous avez vu des gens mourir ?

— Oui. Un certain nombre. Mais nous parlerons de cela une autre fois. Qu'a dit ta mère ?

— J'allais le lui raconter. J'ai commencé mais elle était en colère après quelque chose. Elle est vraiment bizarre. On dirait qu'elle n'entend pas ce qu'on lui dit, on dirait qu'elle entend autre chose.

— Voilà qui est intéressant. » Il se caressa la moustache. « Donne-moi un exemple. »

Il n'avait pas vu monsieur Fredericks depuis plusieurs mois lorsqu'il reçut une lettre d'invitation (adressée aux bons soins du magasin de musique Weisfeld) pour la soirée du quinze. C'était la première fois qu'il recevait du courrier. Une grande enveloppe carrée, en un lourd papier crème, contenant un feuillet unique plié en deux sur lequel Fredericks avait écrit avec un stylo à plume épaisse. Claude devait mettre son meilleur costume et attendre devant le magasin qu'on vînt le prendre à dix-neuf heures pour « une soirée d'aventures ».

Claude se posta quinze minutes à l'avance, les mains dans les poches, faisant passer le poids de son corps d'une jambe sur l'autre pour tromper son impatience. Les colonnes du métro aérien lui cachaient la vue sur l'avenue, si bien que les voitures et les taxis surgissaient brusquement, lumières allumées, et passaient devant lui. Monsieur Bergman fermait et vérifiait les grilles de sa boutique de prêteur sur gages, les secouant pour s'assurer qu'elles étaient bien verrouillées. C'était un vieux monsieur plié par l'asthme, il venait parfois bavarder avec Weisfeld ou lui demander son avis sur un instrument.

« Que se passe-t-il ? fit-il en apercevant Claude. Ce ne peut être pour un enterrement, à cette heure. Peut-être le Stork Club ?

— Je ne sais pas où je vais.

— Épatant, en tout cas !

— On m'emmène quelque part. »

Soufflant bruyamment, le vieil homme jeta un coup d'œil vers les fenêtres au-dessus du magasin de musique, où Weisfeld vivait dans un appartement que Claude n'avait jamais vu.

« Aaron ?

— Non. L'un de mes autres professeurs.

— Aaron devrait sortir plus souvent. Il est encore jeune. Ce n'est pas bon pour la santé. » Il s'éloigna.

Un chat blanc jaillit de l'obscurité sous les colonnes du métro aérien et disparut dans une pile de cageots de chez Agostino, le magasin de fruits et légumes.

Soudain la voiture fut là, contre le trottoir. En dépit de ses dimensions — largeur, longueur, phares énormes, une calandre massive surmontée d'une Victoire ailée —, elle était arrivée sans un bruit. Le chauffeur émergea, contourna l'avant du véhicule, effleura la visière de sa casquette.

« Bonsoir, Maître Rawlings.

— C'est vous.

— Oui. Je suis chauffeur, d'ordinaire. » Il ouvrit la portière arrière de la voiture. Claude monta. Dès que la porte se fut refermée avec un déclic doux, il fut enveloppé de silence, de senteurs de cuir, de tabac, de parfums. Le compartiment était si large qu'on eût dit une pièce. Monsieur Fredericks et la dame du balcon étaient enfoncés dans le siège arrière, vêtus de manière identique, quelque chose qui ressemblait aux smokings des hommes de l'Automatique mais en plus simple. Fredericks fit un signe de tête, Claude s'assit sur la banquette en tapisserie en face d'eux.

« Claude, dit Fredericks, voici ma très chère amie, Anson Roeg. Elle est écrivain. » Son bras était allongé sur le dossier, il laissa sa main pendre pour effleurer l'épaule de la jeune femme. « Voici Claude Rawlings, ma chère, le meilleur élève que j'aie jamais eu. *Un enfant, mais quant à la musique il a une connaissance extraordinaire**. »

Claude sentit un flot de plaisir à l'éloge de Fredericks. La femme se pencha en avant, son long visage pâle apparut en pleine lumière, serein et beau. Lorsqu'elle tendit le bras, il crut qu'elle voulait lui serrer la main et s'inclina vers elle, la main tendue, mais elle retourna son poignet et lui présenta sa paume. Machinalement, il copia son geste et leurs mains se joignirent, paume contre paume, doigts contre doigts.

« Nous avons la même taille », dit-elle, puis elle brisa le contact, se rejeta en arrière. Il sentit que la voiture commençait à rouler. La main avait été douce, le geste lui-même d'une intimité brutale.

« Je suis ravi que vous ayez pu venir, dit Fredericks. Vous m'avez manqué. Mon élève de huit heures, à présent un certain monsieur Du Pont, joue comme on tape à la machine. Une bien triste façon de commencer la journée, croyez-moi.

— Cet exercice pour les sauts de main, ça marche vraiment, dit Claude. Je voulais vous le dire.

— Quel exercice ? demanda-t-elle.

— Prendre n'importe quel contrepoint à deux voix de Bach, dit Claude, et le jouer sur deux octaves, des deux mains.

— Au tempo d'origine, ajouta Fredericks. Vous continuez la théorie et l'harmonie avec monsieur Weisfeld, je suppose ? Faites-lui mes amitiés.

— La composition aussi, dit Claude.

— Ah, la composition. Oui, bien sûr. »

Des rais de lumière traversaient le plafond de la voiture, éclairant parfois brièvement de traits obliques l'un d'eux sur le siège arrière. Claude regarda par la vitre et vit qu'ils descendaient la Cinquième Avenue. « Où allons-nous ?

— À Carnegie Hall », répondit Fredericks.

Sur la Cinquante-septième Rue, ils se placèrent derrière une file de limousines et de taxis qui avançaient au ralenti, se rangèrent finalement le long du trottoir devant l'entrée. Le chauffeur descendit.

« Je sais que Wolff est bon, dit Anson Roeg, mais la musique ? Que va-t-il jouer de bien ?

— La *Hammerklavier* », répondit Fredericks.

La portière s'ouvrit. Soudain tout fut brillant, bruyant. Claude sauta sur le trottoir. Les gens surgissaient de la nuit et se dirigeaient vers les larges marches du perron, des revendeurs de billets criaient, des petits groupes d'hommes et de femmes élégamment vêtus se pressaient autour des piliers en regardant, à la lumière des projecteurs, la foule qui convergeait vers la salle. Anson Roeg sortit de la voiture, suivie de monsieur Fredericks, qui dit quelque chose au chauffeur puis se dirigea rapidement, presque au pas de course, vers l'entrée. Instantanément, Claude remarqua que les gens regardaient Fredericks, se retournaient sur son passage. Une grande femme en cape et diadème donna un coup de coude à son compagnon. Quelqu'un agita la main. Deux ou trois personnes entreprirent même de l'approcher, mais Fredericks fut plus rapide et marcha directement vers les portes centrales, Roeg sur ses talons. Affolé, Claude courut derrière eux et ne les rattrapa qu'à l'intérieur, une fois passé le contrôleur de billets, qui lui fit un signe de tête au passage.

Un vacarme énorme. Des gens qui riaient, s'interpellaient. Quelques femmes surexcitées, à la voix haut perchée, hurlant presque. L'atmosphère était désagréablement chaude et confinée. La foule sembla s'écarter juste assez pour laisser passer Fredericks. Toujours très rapide, il gravit les marches, écarta la placeuse d'un geste de la main. Claude saisit au vol le programme offert et les suivit dans la pénombre tranquille de la loge.

« Fermez la porte », dit Fredericks, sortant le mouchoir de sa manche et s'en effleurant le front. Claude obéit.

Il y avait quatre sièges. Fredericks s'installa à l'arrière. « Vous deux, mettez-vous devant. »

Claude perçut une légère hésitation chez Anson Roeg. Il attendit qu'elle eût choisi un siège, s'assit sur l'autre. Il posa les mains sur la balustrade de velours rouge et respira profondément. Son cœur battait si fort qu'il en percevait les pulsations sous son menton. De Roeg, toute proche, émanait une odeur de citronnelle et de tabac.

La scène était vide, à l'exception d'un long piano

à queue noir étincelant. Contrastant avec son obscurité, les fauteuils d'orchestre n'étaient que couleurs et mouvements, rangées après rangées de femmes en tenues brillantes de toutes teintes, de toutes textures, scintillement bleu pâle des bijoux, éclat nacré des bras et des gorges. On eût dit un gigantesque tableau impressionniste émaillé par les points noirs des hommes en smoking, fixes comme des taches d'encre dans un vaste tourbillon de couleurs.

« Où avez-vous déniché ce costume ? » demanda Roeg en rapprochant sa tête de celle de Claude.

Un moment, Claude fut incapable de s'en souvenir. « Chez Bloomingdale.

— Il me plaît, dit-elle. Et à vous ?

— Oui, assez. J'ai juste demandé un costume. C'était au sous-sol, ils n'avaient pas grand choix. Le type l'a sorti lui-même.

— Je vois. » Elle hocha la tête. « *Trouvé**. »

Claude fut tenté de vérifier l'étiquette mais, décida de ne pas s'y risquer : « C'est cela. *Trouvé** », répéta-t-il.

Les lumières de la salle s'atténuèrent, les bruits de la foule implosèrent en un silence tendu. Du côté gauche de la scène —, le côté opposé de la loge où se trouvait Claude — une silhouette apparut, qui marcha à grands pas vers le piano sans tenir compte de la vague d'applaudissements qui salua son entrée. Des cheveux ternes et blonds retombaient sur ses épaules, ses yeux brillaient d'un éclat anormal. L'homme s'assit, envoyant vers l'arrière les pans de son habit, regarda le clavier. Une toux féminine réprimée resta suspendue brièvement en l'air, quelque part dans la salle. Victor Wolff oscilla doucement sur la banquette pendant plusieurs instants, leva les mains en l'air comme des serres puis fondit sur le clavier, et les premiers grands accords de la sonate emplirent la salle.

Claude entra instantanément dans la musique, entendant sa clarté, suivant chaque nouveau fil aussitôt introduit et entrelacé dans la structure qui s'élaborait, dense et lumineuse. Son attention était fractionnée — la plus grande part occupée par la tension propulsive de la musique elle-même, son urgence passionnée. Mais en même temps, il regardait le musicien, ses cheveux qui volaient lorsqu'il rejetait la tête en arrière, les expressions de souffrance, d'euphorie, de colère, de douceur, qui se succédaient sur le visage de Wolff à une vitesse stupéfiante. Il contemplait le corps qui s'affaissait, le visage qui disparaissait derrière un rideau de cheveux, le roulis, la gîte, le tangage des épaules. Il entendait les sifflements, les gémissements, les grognements qui lui échappaient par moments. C'était terrifiant.

Pendant le long mouvement lent, atténué de manière presque insoutenable, Anson Roeg pencha de nouveau la tête comme pour chuchoter quelque chose à l'oreille de Claude. Il leva la main si brusquement qu'il faillit la frapper. « Je vais perdre le fil, perdre le fil ! »

Elle se rejeta en arrière.

Au bout de quarante minutes, la construction fut parachevée, la fugue célébratoire finale déferla sur lui telle une pluie bienfaisante. Cette libération provoqua en lui un sentiment d'exaltation si puissant qu'il ne put faire autre chose que rester assis sur son siège. Les applaudissements commencèrent, il se leva, frappant des mains vite et fort.

En souriant, il se tourna vers Fredericks, qui avait déplacé sa chaise vers le fond de la loge et s'était assis de côté, sans regarder la scène. Fredericks fixait le plafond, se mordillant la lèvre inférieure et hochant la tête comme en manière d'assentiment. Lorsqu'il se rendit compte que Claude l'observait, il sourit et se leva.

Victor Wolff quittait la scène. Lorsqu'il atteignit les coulisses, il trébucha, la foule eut un sursaut collectif en le voyant se retenir au rideau une seconde. De l'angle de leur loge, Claude, Fredericks et Anson Roeg le virent avancer dans la pénombre, derrière le rideau, puis s'effondrer en tournoyant dans les bras de deux hommes et d'une femme qui l'attendaient là. L'un des hommes laissa tomber le verre d'eau préparé à l'intention du maître.

« Oh, vraiment, s'exclama Anson Roeg. Il s'y est remis.

— Que se passe-t-il ? chuchota Claude, se tournant vers Fredericks.

— Ne vous inquiétez pas, dit Fredericks en tapotant l'épaule de Claude. Ce n'est rien. Il est surmené. Je fais un saut dans les coulisses pour le réconforter. Sucre et cognac. À tout de suite. »

Claude se rassit et regarda le groupe s'éloigner. Wolff, à présent, marchait les bras passés sur les épaules des deux hommes. La porte de la loge se referma avec un petit clic lorsque Fredericks sortit.

« Il est malade, ou quoi ? »

Anson Roeg s'assit sur l'un des sièges arrière. « J'ai toujours pensé qu'il en rajoutait, mais apparemment il n'y est pour rien. Il s'est passé quelque chose pendant qu'il jouait.

— Son visage. Son visage était...

— Je sais, coupa-t-elle. Venez, enlevez cette veste. Je voudrais la voir. »

Claude recula vers le fond de la loge, à l'abri de la lumière. Roeg tendit le bras et agita les doigts. « Donnez. »

Il fit glisser sa veste et la lui passa. Elle examina le tissu, la doublure, se leva, enleva sa propre veste, la fourra entre les mains de Claude. « Celle-ci vient de Paris. Elle coûte très très cher. »

Claude ne sut quoi dire. « Elle est très douce », réussit-il à articuler.

« Avez-vous un frac ? demanda-t-elle.

— Quoi ?

— Un smoking. Un habit de soirée. Non ? Eh bien, de toute évidence, il va vous en falloir un. Je vais vous donner le mien. Échange standard. Mais sur-le-champ. » Elle enleva son nœud papillon, entreprit de déboutonner sa chemise. « Tout le tralala, mais illico... »

Claude resta bouche bée. Un moment, il crut qu'elle était devenue folle, une sorte d'accès causé par l'excitation générale. Mais, en fait, elle avait l'air très calme en enlevant son chemisier, révélant une large bande rose, qu'on eût dit élastique, qui lui encerclait le corps au niveau de la poitrine. Claude lançait vers la salle des regards nerveux.

« Ne vous inquiétez pas, chuchota-t-elle en dégrafant ses pantalons. Personne ne peut nous voir. Dépêchez-vous. »

Il commença à enlever sa chemise.

Elle glissa hors de ses chaussures, enjamba ses pantalons, se retrouva en culotte. « Allez. » Elle rit. « Grouillez-vous. »

Il se déshabilla, conscient que son corps heurtait le sien tandis qu'ils échangeaient des pièces de vêtement. Il sentit sa chaleur résiduelle lorsqu'il passa le pantalon, son odeur de citronnelle et de tabac en enfilant la chemise. Les chaussures lui allaient parfaitement.

« La cravate », fit-elle en se mettant sur la pointe des pieds pour fixer son propre nœud papillon au cou de Claude. Elle souriait, proche, les joues enflammées. « C'est amusant, non ? » chuchota-t-elle.

Tout s'était passé si vite qu'il en avait le vertige. « Je crois.

— Allons-y. » Elle ouvrit la porte, apparut en pleine lumière. Lorsqu'il lui emboîta le pas, il prit conscience du confort de ses nouveaux vêtements — à la fois près du corps et pourtant amples, ne pesant apparemment rien, lisses contre la peau. Elle lui saisit le bras, ils parcoururent deux fois, d'un pas tranquille, le corridor en arc de cercle. Une promenade à travers la foule.

« Les gens nous regardent, dit Claude.

— Oui », répondit-elle, et il perçut de la satisfaction dans sa voix.

Lorsqu'ils retournèrent dans la loge, Fredericks était revenu. Il ne montra aucune surprise en les voyant.

« Travail rapide, fit-il à Roeg avec un pâle sourire.

— Comment est-il ? » demanda Claude. Au même moment, un rugissement emplit la salle. Wolff avançait à larges enjambées vers le piano.

Une fois de plus, on l'eût dit électrique, plus grand que nature. Lorsqu'il joua, ce fut avec une assurance telle qu'il semblât impossible que les choses puissent mal tourner. Et rien ne tourna mal. La *Sonate en si mineur* de Franz Liszt escalada les modulations enharmoniques comme un couteau une motte de beurre. Pendant une succession d'octaves extraordinairement rapides, Fredericks se pencha et chuchota : « On dit qu'il secoue ses manches pour les faire tomber. »

Claude rit. C'était exactement cela. Une musique violente et sombre, et Wolff, les cheveux en arrière, s'y plongeait, coudes déployés. À la fin du morceau, le public sembla exploser et se mit à tanguer, à hurler.

Lorsqu'il joua Scriabine, on eût dit un fou, titubant dans un abandon euphorique. Claude garda la tête suffisamment froide pour noter que la musique elle-même était néanmoins exécutée avec clarté, les lignes résonnant avec un relief parfait. Wolff salua, les femmes débordèrent sur les allées et s'agglutinèrent au pied de la scène, lançant des fleurs, battant des mains haut au-dessus de leurs têtes, riant, hurlant son nom. Il joua deux bis rapides, éblouissants, puis, après plusieurs minutes passées dans les coulisses à écouter l'ovation en s'épongeant la nuque avec une serviette, il ressortit, marcha de côté vers le piano les bras levés, se rassit, joua un arrangement brillant de *Stars and Stripes Forever*.

Tohu-bohu. Wolff s'abîma dans une profonde révérence finale. Sur le chemin des coulisses — les femmes glissant avec lui, au-dessous de lui, comme un banc de poissons épais et onduleux — il se baissa, ramassa un bouquet tombé sur le sol. Avec un sourire bref, il le lança dans leur direction puis s'esquiva.

Une douzaine de paires de bras s'élevèrent. Claude suivit des yeux la trajectoire des fleurs, qui naviguèrent sur la tête des femmes des fauteuils du premier rang — jusqu'à être arrachées de haute lutte par une silhouette qu'il reconnut avec un choc délicieux. Catherine. C'était *elle*, là, riant de plaisir, montrant son trophée à Dewman Fisk, lequel feignit de se rejeter en arrière comme si le bouquet était une bombe.

« De quoi as-tu envie ? demanda Fredericks à Anson Roeg.

— Grignoter... » fit-elle.

Le serveur attendait à l'extrémité de la banquette, son crayon en équilibre sur le bloc.

« Veuve-Clicquot, commanda Fredericks. Du bortsch. » Il eut un petit geste circulaire du doigt pour indiquer la table. « Un plateau de petits riens — champignons, radis noirs râpés, blinis. Quelques grains de caviar. Je m'en remets à vous.

— Bien, monsieur. » Le serveur s'inclina légèrement.

« Suffisamment pour satisfaire les appétits de la jeunesse.

— Sûrement, monsieur. » Le serveur s'éloigna.

Le restaurant était, bondé et bruyant, plein d'habitués qui s'y déversaient, encore surexcités par le concert. La salle était longue, étroite, brillamment éclairée. La table réservée par Fredericks avait l'avantage d'être dans une encoignure, à l'abri de la cohue, mais tout en permettant de voir. Anson Roeg, les yeux vifs comme des flèches, notait les personnes présentes, les signalant parfois à Fredericks.

« N'est-ce pas Kirsten Flagstad ? Tiens, voilà Rubinstein. » Elle parlait tranquillement. « Phoebe Saltonstall. Le juge Foote.

— Comment avez-vous trouvé le Liszt ? demanda Fredericks à Claude.

— Extraordinaire. Ces doubles tierces, tous ces sauts, ces croisements... Il jouait cela comme si de rien n'était.

— Je parlais de la musique. La sonate.

— Il y en avait tant. Je ne l'avais jamais entendue. J'aimerais la réentendre.

— Vous ne l'aviez jamais entendue ? » Incrédule.

« Je veux dire, à la radio. Ils ne l'ont jamais passée.

— Vous n'avez pas d'électrophone ?

— Henny et Constance », continuait Roeg, toute à son occupation.

« Non. Juste la radio. »

Fredericks secoua la tête en dépliant sa serviette. « Je dirai à Weisfeld d'en parler à Larkin. Aujourd'hui, il existe des microsillons. Tout à fait remarquables. À votre âge, vous devriez tout écouter. Tout. »

Roeg regarda soudain Claude. « Vous savez, lorsque j'étais jeune, j'entendais mieux, je comprenais mieux, ou plus vite, ou je ne sais quoi. Les choses vous imprègnent, simplement. Il faut tout écouter. De manière systématique. »

« Le smoking vous va bien », remarqua Fredericks. Il se tourna vers *Roeg*. « *Et toi, ma chère. Qu'est-ce que c'est que ça ? La nostalgie de la boue ? Une gamine de New York ? Enfin, tu es adorable**.

— *Je m'amuse*, fit-elle comme le champagne arrivait. *Voilà monsieur Fisk et sa belle jeune fille**. »

Claude ne comprenait rien, mais il les avait déjà repérés, qui avançaient au milieu de l'allée. Catherine tenait son bouquet, Fisk saluait de la tête, agitait le bras, s'arrêtait parfois pour serrer des mains. Il semblait connaître beaucoup de monde.

Claude retint son souffle, espérant qu'ils allaient continuer jusqu'au fond de la salle, mais ils choisirent une table au centre. Lorsque Catherine s'assit, elle jeta un coup d'œil dans sa direction mais rien n'indiqua qu'elle l'eût reconnu.

« N'avalez pas comme ça, conseilla doucement Roeg. C'est un vin de qualité.

— Pardon. » Son cerveau bouillonnait. Il eût souhaité que Catherine le vît en cette splendide compagnie, dans son nouveau smoking, avec le nœud papillon approprié. Il envisagea d'aller aux toilettes mais elles étaient dans la mauvaise direction. Peut-être pourrait-il simplement s'approcher de leur table ? Non, il ne saurait quoi dire et se rendrait

202

ridicule. Il avait compris que chez elle, le mépris — par les gestes, les mots — était pratiquement une seconde nature, et bien qu'il sût dans le même temps, que la chose était purement superficielle (comment eût-il pu en être autrement quand la beauté de son âme illuminait à ce point son visage ?), il la craignait néanmoins. Il mangea sa nourriture sans la goûter, contemplant Catherine, ne voyant qu'elle.

Lorsqu'ils s'en allèrent, après avoir pris seulement un verre, il se rejeta en arrière et soupira involontairement.

« Oui, dit Roeg, prenant l'exhalation pour l'expression de la satisfaction. La nourriture est merveilleuse, ici. »

Dans la Rolls, ils roulèrent dans un long silence tranquille.

« Je vous ai invité pour deux raisons, dit Fredericks comme ils quittaient Park Avenue pour la Soixante-dix-neuvième Rue. Wolff est probablement le meilleur pianiste vivant, et pas seulement sur le plan technique. » Il se pencha en avant. « Et ce, en *dépit* de son côté théâtral. En dépit. Comprenez-vous ?

— Oui.

— Il est tellement bon qu'il s'arrange pour jouer mieux que personne malgré toutes ces bouffonneries. » Il se renfonça dans son siège. « Ne vous autorisez jamais de telles stupidités. Jamais.

— Non. » Claude se sentit légèrement stupide lui-même, car, à la vérité, le personnage de Wolff, cette espèce de vampire fou au clavier, l'avait fait frissonner jusqu'à la moelle des os. « Je ne le ferai pas. »

CHAPITRE 8

« Voyez ceci. Claude tendit à Weisfeld l'épais carnet à spirale. La couverture était épaisse, d'un bleu brillant, avec les mots ÉCOLE BENTLEY écrits en petites lettres grises dans un angle.

« Où l'as-tu trouvé ? demanda Weisfeld, l'ouvrant.

— Sous mon siège, au Grande. Il a dû le laisser tomber.

— Qu'est-ce qu'on jouait ? » Weisfeld changea de position sur son tabouret.

« Greta Garbo et Melvyn Douglas dans *Ninotchka*, puis un film anglais appelé *Green for Danger*.

— Écriture intelligente, remarqua Weisfeld, feuilletant les pages. Un carnet de notes. Ivan Andrews. De jolis graphiques, là.

— Je l'ai lu. Des trucs sur la mythologie. Un long paragraphe en français que je n'ai pas pu déchiffrer. Un passage sur la poésie japonaise. De la biologie, avec des schémas et des courbes. C'est intéressant.

— On dit que c'est une excellente école.

— Privée. Très chère, j'imagine. »

Weisfeld referma le cahier, tambourina sur la couverture en regardant Claude. « Sans doute. » Il se redressa. « Il y a là beaucoup de travail. Pourquoi n'irais-tu pas le lui rendre? Et faire un tour là-bas, voir ce que tu en penses. »

Claude reprit le carnet. « Il faut commander des ukulélés, dit-il. Il n'en reste qu'un. Je me demande pourquoi les gens en achètent, les sonorités sont si laides.

— Je ferai une note. Merci. » Weisfeld attendit une réaction de Claude, qui se contenta de se détourner et d'aller vers le fond du magasin.

Mais quelques jours plus tard, sous le coup d'une impulsion, Claude marcha jusqu'à la Quatre-vingt-quatrième et l'East River, où l'annuaire téléphonique indiquait que se trouvait l'école Bentley. C'était une grande bâtisse en brique rouge à quatre étages, dont une façade donnait sur la rivière. Il resta sur le trottoir un moment, regarda les croisées blanches et brillantes, les drapeaux suspendus à de courtes hampes qui saillaient de part et d'autre de l'entrée. La rue, une impasse, était paisible, sans circulation. Il gravit les marches du perron et entra.

Un homme en uniforme presque militaire était assis derrière un grand bureau, lisant un journal. Il avait une moustache blanche en guidon de vélo, d'épais sourcils gris broussailleux. Il leva les yeux puis posa son journal. « Puis-je vous être utile?

— Je cherche Ivan Andrews. Je pense qu'il fréquente cette école.

— Puis-je savoir ce que vous lui voulez?

— C'est pour ce carnet. Il l'a perdu au cinéma. »

Les yeux de l'homme toisèrent Claude une fraction de seconde, enregistrèrent les baskets avachies, les genoux nus. « Vous pouvez me le confier. Je le lui ferai remettre. » Il tendit la main.

Claude fut tenté d'accepter, mais quelque chose — peut-être un soupçon de dédain dans les manières de l'homme — l'arrêta. « Je préfère le lui donner moi-même.

— Je vois. » L'homme hocha légèrement la tête d'un air entendu. « Vous voulez un pourboire, je suppose. » Il se leva.

« Supposez ce que vous voulez. Allez le chercher, c'est tout. »

L'homme recula avec surprise.

Claude avait rougi de colère. Il se détourna, se dirigea vers un banc contre le mur et s'assit, les yeux rivés sur le sol de marbre.

L'homme contourna la table, fit la moitié du chemin jusqu'au banc, s'arrêta, considéra Claude d'un air furieux. « Comment osez-vous, bredouilla-t-il, comment osez-vous entrer ici et... »

Claude leva la tête, regarda l'homme dans les yeux sans rien dire, sans bouger, sans ciller. Au bout d'un moment, le type tourna les talons, repassa devant le bureau et disparut derrière une encoignure. Claude entendit le bruit de ses pas dans l'escalier.

Lorsqu'il se fut calmé, Claude regarda autour de lui, non sans une certaine curiosité. Il se leva, traversa le vestibule, descendit une marche conduisant à une pièce lambrissée, où il y avait des fauteuils de cuir vert sombre, des bibliothèques, des vitrines pleines de trophées d'argent, un casier avec des journaux suspendus à de minces tringles de bois. On ne se serait pas cru dans une école. Il marcha vers les longues fenêtres et regarda dans la rue. Une femme d'un certain âge avançait lentement sur le trottoir d'en face, au bras d'une infirmière grisonnante. Elle entra dans une *brownstone*.

Une toux discrète l'alerta. Il se retourna et vit un jeune homme en costume de tweed, avec un visage rond, le teint fleuri, des cheveux bruns bouclés plutôt longs, des yeux bleu vif extraordinairement brillants.

« Je cherche un étudiant nommé Ivan Andrews, dit Claude.

— Vous l'avez trouvé. » Le jeune homme sourit. « Je sais ce que vous pensez. Trop vieux. » Il avait un léger accent britannique. « C'était la guerre. Bombes volantes. Expédié à la campagne et le reste. Une interruption. » Il aperçut le carnet sous le bras de Claude.

« Ceci est donc à vous. » Claude le lui tendit.

Ivan avança d'un pas, prit le carnet, feuilleta les pages, poussa un soupir de soulagement. « Merveilleux. Je ne sais comment vous remercier.

— Quel genre d'endroit est-ce ? À quoi cela ressemble-t-il ? » demanda Claude.

Ivan lui lança un regard aigu. « Accepterez-vous une tasse de café ? » Il jeta un coup d'œil à sa montre. « C'est le moins que je puisse faire.

— Bien sûr. D'accord.

— Superbe. Allons en salle des profs. Avec un peu de chance, il n'y aura personne, à cette heure-ci. »

Ils passèrent devant l'homme au bureau, qui ne leva pas les yeux, et montèrent l'escalier.

« Cela paraît très tranquille, pour une école, remarqua Claude.

— Attendez que la cloche sonne. »

Ivan montra le chemin jusqu'à la salle et ouvrit la porte. La pièce était vide, en effet, et parsemée de journaux, de cendriers débordants. Ils remplirent des tasses au distributeur de café et s'assirent près de la fenêtre.

« Si vous êtes étudiant, comment se fait-il que vous soyez ici ?

— Mon statut est unique, expliqua Ivan. En fait, j'enseigne aussi. Initiation au grec. Le vieux professeur Ashmead a eu la main un peu lourde avec le sherry, un de ces après-midi, et il s'est cassé la hanche. Ils n'avaient personne pour le remplacer. J'avais fait quelques années de grec en Grande-Bretagne, j'ai donc... » Il haussa les épaules. « À présent, et vous ? En quelle classe êtes-vous ?

— Neuvième. Mais je n'y vais pas régulièrement. Je ne sais pas grand-chose de l'école. »

Les sourcils bouclés d'Ivan s'arquèrent. « Comment ? Quel âge avez-vous ?

— Quinze ans. Et vous ?

— Dix-neuf. Mais à quoi pensez-vous, mon vieux ? Il faut y aller.

— C'est ce que l'on me dit. Aimez-vous cet endroit ?

— Ici ? » Ivan s'éclaircit la gorge. « Ici ? La Bentley ?

— Qu'en pensez-vous ?

— Eh bien... C'est de tout premier ordre, bien sûr. L'école est célèbre. Elle est très bonne, ajouta-t-il rapidement. Et... euh, très chère.

— Mon professeur m'a dit quelque chose au sujet de bourses d'études. Donnez-vous des bourses ?

— Votre professeur ? Je croyais que...

— Mon professeur de piano, précisa Claude. Quelque chose au sujet des bourses. On n'a pas à payer, si on a une bourse.

— Exact. » Ivan remua son café et regarda sa tasse un moment. « Quelques-unes. Très difficiles à obtenir. Vous savez, réservées à des étudiants particuliers, des cracks en maths, des fils d'anciens élèves morts à la guerre, ce genre de chose. »

La porte s'ouvrit, un type long, maigre, voûté, avec des lunettes à monture d'écaille, entra. Il se dirigea à grands pas vers le distributeur de café. « Bonjour, Andrews, fit-il avec un signe de tête.

— Bonjour, monsieur, répondit Ivan.

— Et qui donc se trouve là, parmi nous ? » ajouta l'homme sans lever les yeux.

Ivan ouvrit la bouche, hésita une seconde, regarda Claude.

« Claude Rawlings, dit Claude.

— Il voulait des renseignements au sujet des bourses, ajouta Ivan.

— Vraiment ? » Le grand type alluma une cigarette, prit son café, s'assit à demi sur le bord de la fenêtre en balançant lentement une jambe. Ses yeux se posèrent sur Claude pour la première fois.

« N'êtes-vous pas dans la commission, monsieur ? » demanda Ivan.

Le grand type ne répondit pas et continua à examiner Claude.

« Les bourses sont réservées à des personnes possédant un don ou un talent particulier. » Il but une gorgée de café. « Possédez-vous un don ou un talent particulier ?

— Oui », dit Claude.

La jambe cessa de se balancer. « Tel que ? »

Claude regarda Ivan, qui s'immobilisa, la tasse en l'air. Puis il tourna les yeux vers le type à la haute stature. « Le piano », dit-il.

Il y eut un long silence. L'homme soupira, éteignit sa cigarette. « Très bien, Andrevs. Vous m'avez pris au bon moment. Allons à l'auditorium, voyons de quoi il retourne. »

Andrews s'empourpra.

Dans l'escalier, tandis qu'ils suivaient le professeur, Claude se pencha vers Ivan et chuchota : « Ne vous inquiétez pas. On va s'amuser. »

La cloche sonna au moment où ils atteignaient le sous-sol et les élèves firent irruption dans les galeries avec leurs livres et leurs cahiers. Ils sortaient des classes en riant et en discutant, mais sans désordre. Ils portaient tous des vestes et des cravates, et quelques-uns dévisagèrent Claude avec ses baskets, ses pantalons avachis, son maillot de corps, son blouson Eisenhower trop grand pour lui. « Un voyou, entendit-il chuchoter. Andrews a ramassé un voyou. »

L'auditorium était petit, une centaine de sièges peut-être, mais il y avait une scène plus grande que celle de l'hôtel particulier des Fisk et même un balcon étroit en forme de U. Le piano, un Knabe quart de queue passablement malmené, était en bas de la scène. Le long type leva le bras pour désigner l'instrument.

« Un voyou ? demanda Claude à Ivan.

— Je vous expliquerai plus tard », fit Ivan.

Claude s'assit sur la banquette et regarda le clavier. Si familier, ce motif noir et blanc. Il sentit un frisson doux, agréable. Aussi singulier ou mystérieux que fût l'environnement — le sous-sol confortable du magasin de musique Weisfeld, le salon terrifiant du maestro Kimmel, le chaos glauque de sa chambre, la splendeur fragile des Fisk —, où qu'il se trouvât, dès qu'il s'asseyait au piano, le monde qui l'entourait n'avait simplement plus d'importance. Sa relation physique avec le piano était immuable. Tout le reste était transitoire. Ses *repères* étaient là.

L'idée de jouer quelque chose de brillant lui effleura l'esprit. Le dernier mouvement de la *Sonate* de Chopin *en* si *bémol mineur*, par exemple, sans doute la chose la plus rapide qu'il eût jamais jouée. Mais cela lui parut trop démonstratif. Et il aurait eu besoin de la partition. Il se retrouva donc à jouer la petite *Fugue en* sol *mineur* de Bach, une pièce sans difficultés techniques, mais forte et solide. À la troisième entrée du motif en trois notes revenant dans la tonique, il s'autorisa à ajouter un peu de feu, comme Herr Sturm l'eût fait, et même un très léger, très doux *accelerando*. Il garda la tension jusqu'à la fin puis abaissa les mains.

Ivan, qui n'avait cessé de fixer le plancher du regard, leva la tête en souriant.

Le long type s'exclama : « Qui êtes-vous ? » Puis il se tourna vers Ivan : « Andrews, est-ce une farce ? Où avez-vous déniché ce gamin ?

— Je ne l'avais jamais vu avant ce jour, monsieur. J'ai perdu un carnet et il me l'a rapporté ici il y a moins d'une demi-heure.

— Quoi ? » L'homme avait l'air presque fâché. « Vous voulez dire qu'il est entré ici tout seul ?

— Oui, monsieur. »

Claude expliqua : « Je voulais me renseigner au sujet des bourses. »

Le long type resta momentanément sans voix. Ivan attendit. Personne n'ayant l'air de savoir quoi faire, Claude joua l'*Étude* de Chopin *n° 5, opus 10*, tranquillement, comme monsieur Fredericks le lui avait appris.

Il se révéla que le long type était le professeur Morris, docteur en histoire, qui chargea Ivan de guider Claude tout au long de deux journées de tests.

Pour commencer, répétition de l'interprétation du Bach et du Chopin pour le professeur Satterthwaite, directeur du département de musique, un homme lugubre et trapu, la quarantaine environ, dont le visage carré demeura totalement inexpressif tout le temps que Claude joua. C'était sur un autre piano, cette fois, un Steinway droit, dans la salle de classe de Satterthwaite. À la fin, Satterthwaite se tourna vers le professeur Morris.

« Que voulez-vous savoir ?

— Votre opinion, naturellement.

— À quel sujet ?

— Oh ! arrêtez, George, s'exclama Morris avec une moue d'impatience. Son jeu. Son jeu. À quel point joue-t-il bien ?

— Nous n'avons jamais eu personne approchant son niveau. » Satterthwaite se dirigea vers la porte. « Il joue infiniment mieux que moi. Bien mieux que je ne pourrai jamais espérer le faire. » Il ouvrit la porte et s'en alla.

« Bon Dieu, explosa Ivan. On pourrait s'attendre qu'il lui serre la main, dise un mot, quelque chose. Pose une question.

— Andrews ! réprimanda Morris.

— Excusez-moi, monsieur », fit Ivan.

Plus tard, devant la porte du petit bureau où Claude serait laissé seul avec le Stanford-Binet, une série de tests d'aptitude et d'exercices, Ivan prodigua quelques conseils. « Ces trucs-là sont des idioties en réalité, alors ne te laisse pas impressionner. Regarde vite les questions à choix multiple, réponds aux plus simples. Reviens ensuite aux difficiles. Laisse celles qui sont impossibles pour la fin et coche au hasard.

— Quoi ?

— Tu n'es pas pénalisé pour les mauvaises réponses, alors autant mettre quelque chose — A, B, C ou D. Tu peux avoir de la chance.

— Oh, je vois. » Claude hocha la tête. « Merci.

— On se retrouve à seize heures. » Ivan lui tapota l'épaule.

Le lendemain, une femme aux cheveux gris lui montra une série de taches d'encre aux formes compliquées sur des planches en carton et lui demanda ce qu'il y voyait. Claude prit plaisir à le faire — la dame avait des façons calmes, rassurantes. « Bien », disait-elle, ou « C'est parfait », ou « Très bien », comme pour le récompenser de ses efforts, alors que ce qu'il faisait était aussi simple que de respirer. Lorsqu'il eut parcouru toute la pile, elle lui tendit un carton vierge et un crayon. « À présent, j'aimerais que vous me dessiniez un bonhomme. »

Il regarda le carton vide, ne prit pas le crayon.

« Dessinez-moi un personnage, s'il vous plaît.

— Je ne sais pas dessiner, dit-il.

— Cela n'a pas d'importance. La manière dont vous dessinez ne compte pas. Je vous en prie, essayez. »

Il savait que tout ce qu'il ferait paraîtrait idiot. Puéril. « Je préfère ne pas le faire, si vous voulez bien. »

Elle attendit un moment puis reprit le panneau. « Très bien. D'accord. C'est terminé. »

Ivan attendait dans le vestibule. « Comment ça a marché ?

— Pas mal, je crois. J'ai vu un tas de chauves-souris.

— Des chauves-souris ? Oh ! la ! la ! » Voyant Claude froncer les sourcils, il s'empressa d'ajouter : « Je plaisante, je plaisante. Moi, j'ai vu des papillons.

— Tu as fait ce test ?

— Bien sûr, répondit Ivan. Ils le donnent à tout le monde. » Il eut un petit grognement rieur. « Pour éliminer les cinglés.

— Les cinglés ?

— Les fous. Ni toi ni moi ne sommes concernés, vieux. »

Une semaine plus tard, après un bref entretien avec le professeur Phelps, le très vieux directeur paralysé, Claude fut admis à la Bentley, avec une bourse d'études complète, et un subside pour acheter les manuels scolaires.

Al s'accroupit sur le trottoir et examina le pneu à plat du taxi. Il resserra le capuchon de la valve.

« T'as la clef ? »

Claude la prit dans sa poche et la lui tendit. « Le flic m'a dit qu'il était garé ici depuis plus d'un mois. Il me connaît. Il dit que la ville peut le faire remorquer au bout de trente jours, qu'on ferait mieux de le déplacer.

— Hum... hum... » Al alla vers la malle, l'ouvrit, se mit à farfouiller à l'intérieur. « Alors comme ça, ta maman, elle a arrêté d'bosser ?

— Je crois.

— Dommage. Un bon taxi comme ça.... Une bonne licence. » Avec un grognement, il extirpa la roue de secours. « Elle est OK. » La roue rebondit sur l'asphalte. « Tiens-la pendant que je sors le cric. Qu'est-ce qu'elle a, ta maman ? Elle est malade ?

— Non. » Claude soupesa le pneu avec satisfaction.

« Quoi, alors ?

— Je ne sais pas. On dirait qu'elle a un genre de folie. Elle découpe les journaux. Elle écrit des lettres. Elle distribue des brochures, des trucs.

— Elle est dans la religion ? J'ai d'jà vu ça.

— Non. Dans la politique. Mais ça n'a pas de sens. Je veux dire, des fois ça en a, mais je ne comprends pas pourquoi elle le fait.

— Hum... hum... » Il glissa le cric sous la voiture, pompa quelques coups jusqu'à le caler, retourna desserrer les boulons de la roue. Il constata qu'ils étaient tous coincés lorsqu'il frappa sur la clef du plat de la main. « C'te roue a pas été changée depuis *très très* longtemps. Va voir derrière, si ta mère a de l'huile. Une burette, p'têtre bien ? »

Sous un tas de chiffons, Claude découvrit une caisse en bois avec des outils, de vieilles pièces de rechange, un bidon de cuivre plein d'huile. Al en appliqua quelques gouttes sur chaque vis et réussit à enlever la roue. Il installa l'autre, rabaissa le taxi. Il dévissa le capuchon de la valve, étala un peu de salive sur le bout de son index, en effleura la pointe de la valve.

« C'est pourquoi ? demanda Claude.

— Si ça fuit, la salive fera une bulle. » Il attendit un moment. « Ça fuit pas. » Il revissa le capuchon.

Ils remirent les outils dans la malle et s'assirent sur le siège avant. Al mit le contact, régla le starter, essaya de faire partir le moteur. L'engin répondit à peine, Al stoppa aussitôt. « La batterie est à plat. Merde.

— Ben, on peut le laisser. » Claude regarda Al, qui contemplait la rue à travers le pare-brise en tambourinant sur le volant.

« La rue est légèrement en pente, dit Al finalement. Au diable, on va essayer. »

Ensemble, Claude derrière, les genoux contre le pare-chocs, Al du côté du chauffeur, poussant le cadre de la portière d'une main et maniant le volant de l'autre, ils firent rouler le taxi au milieu de la rue. Après la résistance initiale, ce fut étonnamment facile. Al était mince mais costaud. Il sauta derrière le volant, claqua la portière.

« OK... Pousse ! » cria-t-il.

Claude poussa, penché en avant, les bras tendus à fond. La voiture commença à rouler plus vite. Au moment précis où Claude allait devoir courir, Al passa la vitesse, Claude buta contre la malle. Le moteur pétarada, toussa, démarra. Al fila un certain temps puis se rangea contre le trottoir, feux arrière clignotant, le pied sur le champignon. Claude courut derrière la voiture et se glissa sur le siège avant.

« Formidable ! cria-t-il.

— Le truc, c'est d'passer en seconde tout de suite, fit Al en pompant sur l'accélérateur. En première, ça accroche pas.

— Et maintenant ?

— On va rouler un peu. Pour r'charger la batterie. » Al continua dans la rue. « On f'rait aussi bien d'aller vers l'nord, faire réparer cette roue pour pas cher. »

Au carrefour, ils tournèrent à gauche, prirent la file du milieu sur la Troisième Avenue sous le métro aérien.

« T'as d'jà parlé de moi à ta maman ? demanda Al.

— Bien sûr que oui.

— Ce truc du vide-ordures, dans le temps, quand t'étais gosse. T'en as parlé ?

— Bien sûr que non. Je lui ai raconté que tu avais gardé le piano, que tu m'avais aidé pour le truc de cireur. Que tu m'avais appris à jouer aux cartes. Des choses du genre.

— Et qu'est-ce qu'elle a dit ?

— Ce qu'elle a dit ? Rien du tout, fit Claude, un peu étonné. Qu'aurait-elle pu dire ?

— Rien, grommela Al. C'est bon, alors, c'est bon. »

À la Quatre-vingt- seizième Rue, une femme héla le taxi.

« Si on baissait le drapeau ? suggéra Claude.

— Pourquoi pas ? » Al sortit le bras, baissa le drapeau. Le compteur commença son tic-tac.

À présent, ils étaient dans l'est de Harlem. Les rues étaient pleines de monde, en cette fin d'après-midi. Des hommes étaient assis sur les perrons, des gosses jouaient au base-ball avec des manches à balai dans les rues latérales, des femmes se penchaient aux fenêtres, l'air était plein de cris, de bribes de jazz, de gospel, parfois du rythme vif et chaud d'une samba. Une énergie charnelle, décontractée, se dégageait des avenues, une sorte d'électricité sociale qui jaillissait des groupes réunis aux carrefours, debout devant les épiceries, adossés aux voitures. Les types lançaient des pièces de monnaie en l'air, buvaient, discutaient, riaient.

Al roula vers East River, dépassa des entrepôts et un grand terrain vague excavé derrière une clôture de grillage. Il se gara à l'ombre d'une passerelle.

C'était une petite décharge, avec une ou deux carcasses de voiture, une cuve de lave-linge à laquelle il manquait un pied, des tas de vieux pneus, de la ferraille, un petit appentis fait de planches et d'enseignes métalliques fixées avec des clous. Un Noir obèse, assis sur une boîte aux lettres, contemplait un générateur automobile démonté dont les pièces gisaient sur le trottoir devant lui. Il en ramassa une et entreprit de la gratter avec son ongle.

Al porta le pneu et le posa à côté du générateur démonté. « Vous avez l'temps pour ça ? »

L'obèse se leva et alla dans la remise.

Al et Claude s'assirent sur un siège de voiture défoncé adossé à l'appentis. Al alluma une cigarette. Au-dessus de leurs têtes, sur l'autoroute, les voitures passaient en coup de vent.

Le type ressortit du hangar avec quelques outils et un grand maillet de caoutchouc. Il examina la chape du pneu en le faisant rouler, le laissa retomber. Il introduisit un levier entre la jante et le pneu, cassa le bourrelet, tapota délicatement sur l'outil en suivant le cercle. Il était rapide et travaillait avec une grande économie de gestes.

« Ça fait combien de temps qu'elle s'conduit comme ça ? reprit Al.

— Un bon moment, je pense. Elle n'a pas payé le loyer depuis trois mois. J'ai vu ça sur une lettre qu'elle venait de jeter à la poubelle.

— C'est pas bon, c'truc-là.

— Ils ont mis une sorte d'avis à la porte. Elle l'a déchiré. »

Al fuma en silence, puis, d'une chiquenaude, envoya son mégot dans la rue. L'obèse s'approcha avec la chambre à air, lui montra une entaille entre ses deux mains. « Petite coupure. Du verre, probablement.

— Vous avez d'la rustine à chaud ? » Al effleura la coupure avec son doigt.

« Pas besoin de rustine à chaud. À froid, ça suffit quand c'est bien fait. » Il frotta la chambre à air sur son bleu crasseux et retourna dans l'abri.

« Elle reçoit des secours ? demanda Al.

— Je ne crois pas. Mais je ne sais pas.

— Merde, quoi, vieux. Tu lui causes donc jamais ? »

Claude sortit un peu de bourre du siège. « Pas tellement, je suppose. Je ne suis pas là. »

Ils se turent un certain temps. Le ciel, sur Harlem, virait au pourpre.

« Je vais à l'école, maintenant, murmura Claude. Je vais dans cette école très chic.

— Pas possible ?

— J'aime cette école.

— C'est bon, alors. » Al se gratta le menton. « Tu t'défends, quoi. »

Le pansu présenta le pneu réparé. « Cinquante cents », marmonna-t-il. Al paya, ils retournèrent vers le taxi, dont le moteur n'avait cessé de tourner.

« Allons la voir », proposa Al.

Claude fut surpris mais ne dit rien. Ils roulèrent vers le bas de la ville.

Ils descendirent les marches de fer. Claude hésita, la clé dans la serrure. « C'est un peu... » Il se tourna à demi, leva les yeux vers Al. « Je veux dire, à l'intérieur. C'est... c'est...

— Ouvre la porte. »

Claude ouvrit, ils entrèrent. Dans la pénombre ils distinguèrent les tas de journaux, les caisses de dossiers, les piles de livres pris à la bibliothèque. Un terrier, avec des sentiers jonchés de vieux magazines, d'enveloppes, de papiers de toute sorte. L'air sentait le moisi comme dans une caverne. Emma était assise au comptoir de la cuisine, sous une ampoule électrique coiffée d'un abat-jour de plastique en forme de collerette hollandaise. Une paire de ciseaux brillants à la main, elle découpait le *Daily News*. Elle ne leva les yeux que lorsque Claude fut devant elle. Claude posa la clef sur le comptoir.

« Al a réparé le taxi. »

Elle déplaça son regard. « Al », fit-elle sans expression. À présent, il lui arrivait de parler d'une voix plate, atone, comme si elle s'exprimait sans l'intervention de sa volonté. D'autres fois, elle hurlait, ou débitait des mots à une allure incroyable, comme dans un film à vitesse accélérée. « Ouais, Al, dit-elle. D'accord. »

L'homme inclina sa mince silhouette et la regarda.

« J'ai été très, très occupée. » Elle posa les ciseaux.

« Hum... hum... » Il tira un tabouret, s'assit en face d'elle, les bras sur le comptoir, les mains croisées.

« C'est dur, de mettre de l'ordre dans tout ça, reprit-elle. Faut faire gaffe à tout. La plupart du temps, ce sont des mensonges, un tas de mensonges compliqués qu'ils mettent bout à bout. Mais si on s'accroche, on finit par voir le dessin. Les gens ne comprennent pas.

— Je comprends, dit Al.

— La plupart s'en foutent.

— C'est un fait, dit-il. Y s'en foutent. »

Un silence spécial s'installa. Claude sentit une absence de tension, tandis que sa mère et Al restaient là, comme deux vieilles personnes assises sur un banc dans un parc, qui peuvent parler aussi bien que se taire. Quelque chose sembla se ralentir, une curieuse impression de paix s'installa.

« Le taxi marche au poil, fit Al.

— Ils m'ont collé une suspension, il y a quelque temps. Un coup monté. De la politique. De la politique et des mensonges.

— Claude m'a dit que vous avez arrêté d'travailler. »

Elle regarda le garçon, et, une fois de plus, Claude eut la sensation étrange qu'elle ne le voyait pas vraiment. « Sûr, qu'il sait jouer. Vous l'avez entendu ?

— Oui, m'dame. Je l'ai entendu.

— Appelez-moi Emma.

— Très bien.

— Il l'a en lui, reprit-elle. Ils l'aident parce qu'ils le savent.

— Ouais. Mais... bon, il aura toujours besoin de sa maman. »

Claude s'empourpra.

Emma eut un sourire imperceptible et hocha la tête. Claude ne sut comment interpréter ce geste. Ce pouvait être une dénégation, mais aussi une stupéfiante acceptation. Il regarda Al, dont les yeux ne quittaient pas le visage de la femme. « Vous avez des problèmes », dit Al.

Elle était immobile, les yeux rivés sur le comptoir.

Au bout d'un long moment, Al dit : « Comment allez-vous vous en sortir, Emma ? »

La question demeura en suspens. Claude était sidéré par l'ensemble de la situation — le franc-parler de Al, le silence de sa mère, la façon dont ces deux étrangers se comportaient comme s'ils se connaissaient depuis des années. Il se sentait comme un enfant. En même temps, il éprouvait une curiosité telle qu'à la vérité, il en retenait son souffle.

Il vit les larmes rouler sur le visage immobile de sa mère, s'écraser sur le comptoir. Son étonnement fit place à quelque chose qui ressemblait à de l'incrédulité lorsqu'elle tendit le bras pour poser sa main sur celle de Al. Elle gardait les yeux baissés. Claude vit qu'à présent, elle tremblait légèrement.

« Claude, dit Al, ta maman et moi, on va causer un peu. Pourquoi qu't'irais pas au coin de la rue un moment, t'payer un Coca, hein ? T'es d'accord ? »

Abasourdi au-delà de toute expression, Claude se contenta de hocher la tête. Un instant plus tard, il traversait la pièce, ouvrait la porte et sortait.

CHAPITRE 9

La bonne portoricaine s'appelait Isidra. Elle apporta le grand plateau à thé et le plaça sur la table basse devant Catherine, qui était assise sur le sofa.

« Où sont les toasts à la cannelle ? demanda Catherine. J'avais expressément commandé des toasts à la cannelle. »

Isidra haussa imperceptiblement les épaules.

« Eh bien ? » La voix de Catherine était cinglante.

« Je ne sais pas faire ces toasts. » Elle parlait à contrecœur, son visage habituellement gracieux empreint d'une expression maussade.

Claude, installé sur le sol en face de Catherine, intervint sans réfléchir. « Ça ne fait rien. » Il regarda Peter, qui était assis par terre lui aussi, à l'autre bout de la table, pour avoir son soutien.

« Hum... » marmonna Peter, dodelinant de la tête.

Catherine lança à Claude un regard furieux. « Ne vous mêlez pas de cela. Vous êtes un invité. Vous êtes *à peine* un invité. » Elle se tourna vers Isidra qui, toujours impassible, fixait la cheminée. « Apportez-nous des gâteaux secs, alors. Les biscuits anglais, ceux de la grande boîte marron. »

Isidra sortit.

« Quelle insolence, dit Catherine en soulevant

la théière. De l'insolence pure ! Elle n'oserait pas faire ça si Dewman était là. » Avec des gestes lents, presque étudiés, elle servit Peter, Claude, se servit elle-même. Puis, elle se rejeta en arrière sur le sofa et but pensivement une petite gorgée de thé. Elle était vêtue d'un chemisier de coton blanc simple à manches courtes et d'une jupe écossaise de couleur foncée. Claude ne pouvait en détacher les yeux — la perfection soyeuse comme celle de la porcelaine de ses bras, la légère touche de rose aux pommettes (colère ?), les cheveux si noirs qu'on les eût dits mouillés et, par-dessus tout, les yeux sombres. Il ne savait pas — il ne savait toujours pas si elle était consciente de l'intensité avec laquelle il l'observait. Depuis plus de six mois, il attendait en vain le plus infime signe de reconnaissance.

« Je vais donner une *soirée* », annonça-t-elle.

Peter aspira bruyamment son thé. « Qu'est-ce que c'est ?

— Une réception avec divertissement. De la musique. Un petit intermède théâtral sur scène. Un *tableau vivant**. Rawlings et toi commencerez.

— Je t'ai dit que je laissais tomber, protesta Peter. Je n'ai plus envie de jouer. Ça m'ennuie.

— Juste une fois. Pour moi. » Elle sirota encore un peu de thé, déplaça son regard vers Claude sur le rebord de sa tasse. « Pensez-vous qu'il doive abandonner le violon ? »

Claude hésita, se demandant si c'était une question piège. Il était parfaitement disposé à mentir pour lui donner la réponse qu'elle souhaitait mais ne savait pas quelle réponse elle souhaitait. « Pourquoi jouerait-il, s'il n'aime pas cela ? »

Isidra entra avec une assiette de gâteaux secs. Elle la posa sur le plateau et se retira.

Catherine en prit un. « S'il arrête de jouer, vous ne viendrez plus dans cette maison. » Elle imprima sur le gâteau une morsure nette.

« Oh si, il viendra, interrompit Peter. *Je* l'inviterai. »

Claude, en fait, était au supplice, précisément à ce sujet. Il avait fait de son mieux pour amuser Peter, s'ingéniant à lui préparer des petits morceaux (à la Weisfeld, dans le temps), des airs à la mode, des bribes de jazz, de la musique folklorique, mais l'enfant semblait incapable d'y prendre le moindre plaisir. Tout était abordé de manière superficielle. *Turkey in the Straw*, *Combien pour ce chien dans la vitrine ?*, le *Clair de lune*, le *Boléro*, étaient moulus avec la même précision indifférente. Au fur et à mesure que Claude s'attachait à l'enfant précoce, il sentait grandir sa culpabilité à l'utiliser ainsi. Mais aussi, ce n'était pas souvent que Catherine lui adressait ne serait-ce qu'un bonjour. Elle semblait constamment préoccupée. Tout, dans son attitude, suggérait que des questions d'ordre supérieur, plus importantes, plus adultes, réclamaient en priorité son temps et son attention.

« Donc, continua-t-elle, cinq minutes de musique pour préparer l'ambiance. Rawlings choisira quelque chose.

— Et... quelle sera l'ambiance ? » demanda Claude.

Une minuscule miette de gâteau s'était collée sur la lèvre inférieure de Catherine. Claude, la regardant, sentit son corps s'animer — une sensation de picotement —, le sang gronda à ses oreilles, il imagina qu'il prenait doucement la lèvre de Catherine entre ses dents, décollait la miette avec la pointe de sa langue, sentait la tiédeur du visage de Catherine sur le sien, respirait son parfum — le tout en une fraction de seconde si intense qu'il en eut le vertige. « L'ambiance », annonça-t-elle, rattrapant elle-même le fragment de biscuit de sa langue rouge, rapide comme un serpent — paralysant le cœur de Claude —, « sera mélancolique. Simple. Naturelle. Presque triste. Elle introduira le mythe d'Apollon et Daphné. J'aurai besoin de votre aide sur scène, mais ne vous inquiétez pas, vous n'aurez rien à réciter.

— Je n'ai pas envie de faire ça, gémit Peter.

— Je sais. Mais tu dois.

— C'est pour quand ?

— Ils vont donner un dîner. »

Claude, émergeant de son rêve, n'entendit que la dernière phrase. Il s'étonna de l'assurance de Catherine car madame Fisk était malade depuis plusieurs semaines et confinée dans sa chambre. Des infirmières en blouse blanche se relayaient jour et nuit à son chevet, le médecin lui-même avait traversé le salon pendant une séance de musique. Peter avait expliqué que sa mère s'était ainsi retirée pour des semaines entières d'aussi loin qu'il se souvenait.

« Qu'est-ce qu'elle a ? avait demandé, Claude.

— Avant, c'était la tuberculose. On n'avait pas le droit d'aller dans cette partie de la maison, les infirmières portaient des masques. Maintenant, c'est qu'elle est délicate. » La façon dont il avait dit « délicate » indiquait clairement qu'il répétait le mot sans le comprendre, comme il faisait avec la musique. « Je ne me souviens pas bien de la tuberculose. J'étais trop petit. »

Tout en sirotant son thé, Claude eut une idée. « Si nous organisions un trio ? Piano, violon et flûte ? » La responsabilité des répétitions lui incomberait, bien sûr, et l'idée d'avoir cette bribe d'autorité sur elle était grisante. Il serait doux mais ferme.

Elle lui lança un regard aigu, vigilant — exactement comme si elle lisait dans ses pensées. « J'y réfléchirai », fit-elle d'un ton tranchant.

Weisfeld et Ivan étaient assis face à face de chaque côté du comptoir, près de la vitrine des harmonicas, tandis que Claude servait un client à l'avant du magasin.

« Dites-moi, demanda Weisfeld à mi-voix, comment les choses se passent-elles pour lui, là-bas ?

— Je dirais extrêmement bien. Il a de bonnes notes dans toutes les matières, apparemment. Il semble qu'il ait beaucoup lu.

— Je veux dire, avec les élèves. Sur le plan social. »

Ivan fronça les sourcils un moment, réfléchissant. « Il est un peu distant. Comment dites-vous, en américain ? *A loner*. Un solitaire. Mais les gens respectent ça. En fait, certains semblent même légèrement impressionnés.

— Il ne me dit pas grand-chose là-dessus, continua Weisfeld.

— Oh, tout va bien. Vraiment.

— Qu'est-ce que c'est que cette histoire de voyou ? Il m'en a parlé au début. Il voulait savoir ce que le mot signifiait exactement. J'ai dû lui arracher l'endroit où il l'avait entendu dire.

— Euh... c'est ainsi qu'ils appellent les gamins un peu durs qui traînent autour des Première et Deuxième Avenues. » Ivan eut un sourire rapide, légèrement triste, comme pour s'excuser. « C'est une très vieille école. Une persistance, je suppose. Un vestige du dix-neuvième siècle.

— Ils ne font... Ils ne feraient... » La voix de Weisfeld se perdit.

« Non, non, fit Ivan très vite. Absolument pas. Je

veux dire, il est un peu exotique pour la plupart
d'entre eux, bien sûr, mais il est très intelligent et les
types le savent. Et puis il y a la musique. Il ne le fait
presque jamais, mais il lui suffit de s'asseoir et de
se mettre à jouer — aussitôt vingt personnes sont là
pour écouter.

— A-t-il besoin de quelque chose ?

— Je ne crois pas.

— Et ses vêtements ? Est-il vêtu comme il
convient ? » Weisfeld se tiraillait nerveusement la
moustache.

« Monsieur Weisfeld, déclara Ivan. Croyez-moi.
Tout va bien.

— Bon, bon. » Weisfeld hocha la tête. « Je suis
heureux de vous l'entendre dire. Vous êtes un brave
garçon. Il a eu de la chance de vous rencontrer.

— Pas autant que moi », dit Ivan.

Weisfeld observa Ivan un moment. « C'est bien »,
approuva-t-il.

Claude revint enregistrer une vente. « Cette folie
de l'ukulélé, fit-il. Je ne la comprends pas. »

Weisfeld haussa les épaules.

« Arthur Godfrey ? suggéra Ivan.

— Conduis ton ami au sous-sol, dit Weisfeld à
Claude. Montre-lui ton studio. » Il y avait une légère
pointe d'humour, dans la façon dont il avait prononcé le mot « studio », perceptible au seul Claude.

Claude montra le chemin, ils descendirent au
sous-sol. « C'est drôle. Ma chambre, à la maison, est
toujours un véritable fouillis. » Il appuya sur l'interrupteur électrique au bas de l'escalier. « Mais ici, je
tiens tout en ordre. »

L'endroit avait évolué au fil des années. Seule la
petite partie de l'espace à l'arrière de la salle, où ils se
tenaient actuellement, était utilisée pour le stockage.
Le reste, en effet, était devenu une sorte de studio,

bien que sans lumière naturelle. Les murs avaient été badigeonnés à la chaux, le sol de ciment recouvert d'une moquette beige bon marché pour absorber les sons (« Fin de série, avait précisé Weisfeld. Un type, à Brooklyn, qui fermait boutique, me l'a pratiquement donnée »). Des étagères en bois de pin, bourrées de partitions, longeaient le mur du fond. Des lampes fluorescentes étaient suspendues au plafond. Tout était propre, ordonné.

« Ici, expliqua Claude en allant vers la première table de travail, je lis les partitions. » Une chaise de bois au dossier droit. Un électrophone Zenith. Des piles nettes de microsillons, des partitions rangées avec soin — piano, orchestre, musique de chambre. Il se dirigea vers la table voisine. « Là, j'écris. » Crayons, stylos, encre de Chine. Un manuscrit en cours, à demi-ouvert. Il traversa la pièce en direction du Bechstein étincelant, fit légèrement reluire la caisse avec sa manche. « Et là, je joue. »

Ivan se promena partout, effleurant doucement les objets. « C'est merveilleux, dit-il.

— Je vis pratiquement ici, continua Claude. C'est dur de partir, parfois. »

Ivan acquiesça.

« Même lorsque je recopie de la musique — tu sais, mettre au propre des partitions pour des clients — il m'arrive de perdre la notion du temps. C'est incroyable. » Il désigna le tableau noir installé dans un angle. « Monsieur Weisfeld m'a appris l'harmonie là-dessus. La théorie, et d'autres trucs.

— Et... c'est ainsi depuis combien de temps ?

— Oh, Seigneur. Des années. » Claude s'assit en oblique sur la banquette du piano. « Je ne sais même plus l'âge que j'avais.

— Et il t'a simplement donné tout ça ?

— Oui.

228

— C'est remarquable.

— Le piano m'a été légué par testament par le maestro Kimmel, le compositeur hongrois. J'allais m'exercer dans son salon quand j'étais gosse. »

Ivan alla vers les étagères. Il poussa un petit soupir. « Je t'envie. Tu sais ce que tu veux et tu t'y tiens. Moi, j'ai l'impression de ne faire que des bêtises. Je m'enthousiasme pour une chose, puis, quelques mois plus tard, je m'excite pour autre chose. Je ne fais que papillonner. Typiquement britannique, je suppose. La vérité est que je ne sais pas ce que je veux. »

Claude regarda le sol un moment. Soudain, il se tourna vers le piano. « J'ai envie de te montrer un truc. C'est vraiment formidable. Est-ce que tu lis la musique ? » Il s'assit sur la banquette du côté des graves, laissant de la place à Ivan près de lui.

« J'ai pris des leçons de flûte à bec dans le temps, dit Ivan.

— Très bien. C'est à la portée d'un enfant. » Il montra du doigt de la musique qu'il avait recopiée. « C'est juste cette phrase, qui se répète, sauf qu'ici c'est un mi, et là un mi bémol. » Il joua rapidement les douze mesures. « Tu vois ? Ça s'appelle *Blues in the Closet*. »

Ivan joua en hésitant mais correctement. « Que signifient ces drôles de signes, en bas ?

— C'est la façon de noter le jazz. Ils n'écrivent pas tout, seulement ceci. Il n'y a que des septièmes. À présent, reprends la mélodie, moi je t'accompagne avec les accords traditionnels du blues. »

Ivan trébucha au début puis s'y retrouva. Claude plaqua de simples accords de septième de dominante, trois, répartis sur les douze mesures.

« C'est amusant, dit Ivan. Recommençons. »

Lorsqu'ils eurent terminé, Claude désigna les signes du doigt. « Un musicien de jazz que j'ai rencontré un jour me les a donnés. Ils ont été inventés par un saxophoniste nommé Charlie Parker. À présent, rejoue encore la mélodie et écoute la différence. »

Cette fois, Claude joua une série d'accords de substitution, un motif de septième majeure descendant vers la sous-dominante, puis un cycle de quintes partant du mineur et revenant vers la tonique. Bien qu'il eût joué deux accords par mesure, soit vingt-quatre au lieu des trois traditionnels, tout s'ajustait parfaitement à la mélodie, produisant une harmonie riche, pleine de couleurs variées, d'énergie propulsive.

« Seigneur ! s'écria Ivan. Comment fais-tu ? C'est merveilleux. Recommence. »

Ils rejouèrent ensemble. « Tu vois comme ça colle ? fit Claude.

— C'est magique, dit Ivan.

— Le plus étonnant, c'est que ça marche avec toutes les lignes de blues. Toutes. Les plus simples et les plus compliquées. » Il joua les accords de Parker sur une mélodie de blues non répétitive appelée *The Swinging Shepard Blues*, puis sur une mélodie plutôt difficile, de Parker lui-même. « Ça marche à tous les coups, répéta-t-il. Au lieu d'attendre sur la tonique pendant quatre mesures avant d'aller à la sous-dominante, il nous trace le chemin, il nous *porte* là-bas. Et j'adore le changement du majeur au mineur. Ils appellent ça be-bop.

— J'en ai entendu parler. C'était censé être sauvage — de la musique sauvage. »

Claude éclata de rire. « Oh, ils ont un tas de ficelles avec les instruments, et il y a beaucoup de changements dans les harmoniques et le reste. Mais, en réalité, ça vient tout droit de Bach. Je veux dire, Bach aurait pu facilement écrire les accords du blues.

— Tu plaisantes.

— Je suis sérieux. En fait, je me demande pourquoi ça a pris tout ce temps. Quelqu'un aurait pu découvrir cela il y a cinquante ans. Mais il faut dire que Parker est incroyablement créatif. Ses trucs sont pleins de contrepoints, de cycles. C'est du baroque, vraiment. »

Ivan se leva, examina l'électrophone. « Tu n'as pas encore eu le professeur Satterthwaite, n'est-ce pas ?

— Non. Je dois suivre tous les cours obligatoires. Il m'est impossible d'assister à une classe de musique pour l'instant.

— Tu pourrais avoir quelques discussions intéressantes avec lui. Je l'ai entendu parler de jazz, une fois, en salle des professeurs. Il pense que c'est de la musique barbare. Que c'est seulement du bruit. »

Claude réfléchit un instant. « C'est étrange. Bien sûr, que c'est de la musique. Je me demande pourquoi il dit ça.

— Il est un peu snob, fit Ivan. Réfrigérant, tu sais — avec une façon de pincer les lèvres, comme s'il était constamment furax. » Il examina une pile de disques. « Tu as du be-bop, là-dedans ? J'aimerais en écouter. »

Claude bondit. « Bien sûr. J'ai quelques soixante-dix-huit tours de Parker. Je vais t'en mettre un. Tu vas adorer. »

La plupart des meubles du salon des Fisk avaient été enlevés, et six grandes tables rondes, recouvertes de nappes blanches, portant chacune le couvert pour douze personnes, installées à l'extrémité de la pièce, près de la scène. Les hommes étaient en smoking, les femmes en robes du soir, l'air bourdonnait de voix, de rires, du tintement de l'argenterie, de la porcelaine et des cristaux. La lumière des chandelles rosissait les visages, faisait briller les yeux. Des bonnes en uniforme noir, avec des petits tabliers blancs, allaient et venaient constamment, chargées de plateaux, de coupes, de grands plats de nourriture. Deux hommes en noir plus placides, servaient le vin par-dessus les épaules des invités.

Claude, ayant revêtu, suivant les instructions, son smoking (celui-là même qui avait appartenu jadis à Anson Roeg), était assis à une table plus petite, à la périphérie de la salle, avec Peter et deux gaillards nommés Dennis et Pat, les gardes du corps du maire. Ces deux-là mangeaient sans arrêt et ne faisaient aucun effort de conversation envers les deux garçons. Leurs yeux scrutaient la salle, revenant sans cesse à la table centrale où madame Fisk était assise avec le maire, son père le sénateur Barnes, et d'autres personnes. Dewman se trouvait à la table voisine avec Balanchine, quelques étoiles de la compagnie de ballets, et Nelson Rockefeller. Peter les avait montrés du doigt à Claude.

« Et tu vois cette fille en gris, là-bas, continua-t-il, pointant avec sa fourchette. C'est Betsy Lafarge. Le nom mais pas de fric. Elle va à Brearley avec Catherine. Dicky ne lui prête pas la moindre attention.

— Qui est Dicky ?

— Dicky Aldridge. Bête comme ses pieds, mais il est à Princeton. » Peter baissa sa tête contre son assiette, en scruta le contenu à travers ses lunettes et découpa un petit morceau de son bœuf Wellington. « Il va certainement se saouler. Il le fait presque toujours.

— C'est pas mauvais, ce truc, dit Pat à Dennis.

— Ça peut aller, fit Dennis. Mais y a pas de jus.

— Y en a jamais, quand c'est en croûte et le reste », expliqua Pat.

À travers le brouhaha, Claude entendit soudain le

rire aigu de Catherine. Elle était assise entre Dewman et Rockefeller, un verre de vin rouge à la main,
la tête rejetée en arrière. Tandis qu'elle s'inclinait
davantage, souriante, Claude aperçut le creux de sa
gorge, plus nacré que les perles qui l'entouraient. À
présent elle parlait très vite, en faisant des gestes
avec sa main libre, comme si elle s'adressait à l'ensemble de la table. Quelques hommes se penchèrent
vers elle, attentifs, prévenants. Claude sentit un
pincement de jalousie.

« Je voudrais être plus vieux, soupira-t-il.

— Pas moi, dit Peter. Ça ne fera qu'empirer les
choses.

— Ça, tu peux le dire », approuva Pat à leur
surprise.

Claude attendait l'occasion de parler aux deux
types. « Ma mère dit que le maire est un escroc. C'est
vrai ? C'est un escroc ? »

Dennis, une pomme de terre rôtie à mi-chemin
vers la bouche, s'arrêta, arqua les sourcils, acheva
son geste. « Ta mère, c'est celle qui est assise à côté
de lui ? demanda-t-il en mastiquant. Celle qui cause
si bien ? Qui donne cette belle soirée ?

— Celle-là, c'est la *mienne*, informa Peter.

— Ouais, je vois », fit Dennis, avec un geste du
menton vers Claude. « Et la tienne, alors, où elle est ?

— Elle n'est pas ici mais elle dit que c'est un
escroc.

— C'est d'la politique. » Dennis s'effleura la
bouche avec sa serviette et n'en dit pas plus.

« Vous n'avez pas répondu », insista Claude.

Dennis soupira, regarda au loin, mais Pat se pencha à travers la table et souffla : « Naturellement, que
c'est un escroc, jeune homme. Il est le maire de la
ville de New York ! » Les deux hommes s'esclaffèrent.

Claude baissa les yeux, empourpré.

« Y a quand même un type honnête à cette table, reprit Pat. C'est le sénateur Barnes. Et voyez comme Son Honneur fayote auprès de lui.

— C'est mon grand-père, dit Peter.

— Ah ouais ? » Pat aspira quelque chose entre ses dents. « Ben tu peux être fier.

— Si c'est un escroc, reprit Claude sans réfléchir, comment pouvez-vous travailler pour lui ? »

Pat leva son verre, feignant de porter un toast. « La réponse à cette question est : on bosse pas beaucoup. » Les deux hommes rirent encore et, cette fois, Peter rit avec eux. Claude laissa tomber.

Il vit Catherine voleter vers la table de sa mère puis revenir à celle de son beau-père. Sa gaieté avait quelque chose de bizarre, une certaine fragilité, elle semblait tendue comme si elle portait un corset trop serré, ses yeux et ses dents étincelaient à la lumière des chandelles. Son regard rencontra celui de Claude, elle lui désigna la scène d'un petit mouvement de tête.

« C'est le moment, chuchota Claude.

— Je n'ai pas fini ma glace. » Peter plongea sa cuiller dans sa coupe de parfait.

« D'accord, mais dépêche-toi. »

À présent, une escouade de bonnes se démenait pour débarrasser les tables tandis qu'une autre servait le café. Il semblait qu'il y eût autant de domestiques que d'invités. Les sommeliers circulaient gravement, servant le champagne. Un chariot chargé de bouteilles de formes diverses — cognacs, liqueurs — fut amené de la bibliothèque. Claude et Peter se dirigèrent vers la scène, les toasts commencèrent.

Dewman Fisk se leva pour porter un toast à son beau-père, le sénateur Barnes, père dévoué de trois filles ravissantes, avocat distingué, et, en dépit de sa retraite, « conscience permanente du Sénat ».

George Balanchine se leva et associa dans son toast le maire et Dewman Fisk pour leurs efforts nobles et éclairés en vue de soutenir le City Center et les Ballets de la Ville, soulignant que cette coopération entre philanthropie privée et appui municipal serait un exemple pour le reste du pays. Nelson Rockefeller se leva pour porter un toast à l'hôtesse. D'autres parlèrent encore, mais Claude cessa d'écouter lorsqu'il atteignit le piano. Il installa la musique de Peter sur le pupitre pendant que l'enfant ouvrait sa boîte à violon.

Claude n'avait pas réussi à convaincre Catherine de jouer de la flûte. « Je serai trop occupée », avait-elle affirmé. Il avait dû masquer sa déception. Après mûres réflexions, et considérant les limites expressives du jeu de Peter, il avait choisi une pièce extrêmement simple et, pensait-il, élégante, de Purcell, appelée *Music for a While*. Il avait transcrit la mélodie haute-contre pour Peter, et lui avait demandé de jouer sans vibrato, de manière à se rapprocher de la sonorité des violons liés de l'époque. Dès la première répétition, Claude avait réalisé la sagesse de son choix. C'était une musique ancienne, antérieure à Bach, cyclique, de style contrapuntique. Il suffisait de la jouer avec netteté et précision, de la faire battre comme une montre suisse, et sa structure délicate, son lyrisme froid, se révélaient d'eux-mêmes. Aucune interprétation n'était nécessaire.

Claude et Peter s'assirent côte à côte sur la banquette du piano et attendirent, observant la scène brillamment éclairée. Après les toasts, tout le monde eut l'air de se mettre à parler en même temps. La fumée bleue des cigarettes s'étala comme un cirrus au-dessus des invités. Catherine sortit de son côté et referma la porte sur elle.

« C'est drôle, comme ils ont l'air loin, quand on les voit d'ici, remarqua Peter.

— Tu as le trac ? demanda Claude.

— Non. » Il paraissait très calme, en fait. « Je t'avais dit que Dicky allait se saouler. Regarde, il a renversé quelque chose. Il est allé à la même école que toi, tu sais. Il joue à la crosse. Quel imbécile ! Il a le béguin pour Catherine mais elle ne lui parle même pas.

— Et à qui parle-t-elle ?

— Pas aux garçons, en tout cas », dit Peter. Claude se sentit soulagé. « Tu sais comme elle est snob.

— Oui. Je sais. »

Dewman Fisk se mit debout et tapota sur son verre pour réclamer le silence. « À présent, annonça-t-il, un petit intermède organisé par les enfants. » Applaudissements épars. Tintements de verres approbateurs. « Tout d'abord, mon fils Peter va jouer du violon. Puis Catherine présentera un petit *tableau vivant** inspiré de la mythologie classique. » Applaudissements fournis, surtout de la part des danseurs. « Peter, tu peux commencer. »

Avec un soupir, Peter se leva, se mit en position dans la courbe du piano, ajusta la musique sur son pupitre, glissa son violon sous son menton et l'accorda rapidement au la discret de Claude. L'enfant avait l'oreille juste, au moins, ce dont Claude lui était reconnaissant. Pointant son archet vers l'assistance, Peter annonça d'une voix forte : « *Music for a While*, de Henry Purcell. » La salle se fit totalement silencieuse, à l'exception de bruits lointains provenant de la cuisine.

Dès l'instant où il posa les doigts sur les touches, Claude oublia tout ce qui l'entourait, ne retenant que la présence de Peter, dont il fixait les yeux agrandis par les lunettes. Le toucher des notes, leur topographie — si familière, si constante — le plongeaient dans l'extase, comme un enfant au sein de sa mère, ou le croyant sincère au moment de la communion. Il marqua une pause, imagina la musique dans sa tête, commença à jouer. Quatre mesures d'introduction, un signe de tête à Peter, et ils étaient lancés, le motif majestueux des notes graves s'élevant en souplesse, la ligne du piano s'ajustant à la mélodie déliée du violon, les voix médianes se mouvant sans effort, l'ensemble tournoyant dans l'air languissant. Peter jouait avec assurance, sans se préoccuper de la musique. Claude, dans sa tête, entendait les paroles douces amères de la mélodie :

> *Musique,*
> *Musique,*
> *Pour un temps*
> *Apaise nos tourments,*
> *Pour un temps*
> *Pour un temps, pour un temps,*
> *Apaise nos tourments.*

Ça marchait si bien que Claude introduisit un très léger *rallentando* comme ils approchaient de la cadence. Peter le suivit avec une souplesse inhabituelle et lui lança un sourire en coin pendant qu'ils tenaient le dernier accord. « Épatant », chuchota Claude à la fin.

Peter posa son violon sur le piano et se tourna vers le public afin de remercier pour les applaudissements. Il mit son bras en travers de sa poitrine, s'inclina deux fois avec raideur, recula, désigna Claude d'un bras large. Ce geste cérémonieux provoqua quelques petits rires dans l'assistance, tandis que Claude se soulevait à demi sur la banquette et saluait à son tour. Madame Fisk s'avança vers le bas de la scène pour accueillir Peter. Lorsqu'il descendit, elle l'enveloppa de son bras, l'embrassa sur le sommet du crâne, le guida vers sa table en exerçant de petites pressions qui lui firent rentrer la tête dans les épaules.

Soudain les lumières de la scène s'éteignirent. Claude s'assit dans l'obscurité et regarda les lampes s'allumer de l'autre côté de la salle. Catherine, pieds nus, vêtue d'une toge blanche qui lui arrivait aux genoux et d'une cape verte, jaillit des coulisses, sauta sur une table basse devant la cheminée.

« Écoutez ! » cria-t-elle, et toutes les têtes se tournèrent vers elle. « Écoutez l'histoire d'Apollon et de Daphné ! » Elle écarta les bras, sa voix résonna avec force. « Je suis Daphné et mon père est Pénée, le dieu de la rivière. Il me laisse libre de courir dans les bois profonds, mes cheveux pleins de feuilles, mes bras et mes jambes griffés par la ronce et l'épine, le cœur sauvage lorsque je chasse, telle Diane. Je suis libre ! » Elle sauta gracieusement sur le sol, courut de l'autre côté de la salle, mima le geste de tirer des flèches, dans la direction approximative de Central Park. Soudain elle se figea et regarda le public. « Qu'entends-je ? » Du couloir de la cuisine parvint le bruit d'un pas de course. (Claude savait que c'était Charles, le chauffeur, qui piétinait au signal.) « Apollon ! Il me poursuit ! » s'écria-t-elle, et elle s'enfuit en zigzaguant parmi les tables.

« Ne crains rien, fit la voix assourdie de Charles. Arrête-toi, découvre qui je suis. Ni paysan rustique, ni berger, je suis le Seigneur de Delphes. Je t'aime ! »

— Je sais », reprit Catherine, s'adressant au public tandis qu'elle traversait la salle à grandes enjambées, les yeux scintillants, « je sais le message des nymphes à Prométhée. Puissiez-vous ne jamais, ô jamais, me surprendre à partager la couche d'un dieu. Qu'aucun hôte des cieux ne m'approche jamais. Qu'un tel amour, ainsi que les dieux éminents le savent — ceux dont on ne peut fuir le regard — ne soit jamais le mien. Combattre un dieu-amant n'est pas lutter, c'est désespérer ! » À présent, elle courait parmi les tables, les jambes brillantes, se frayant un chemin vers la scène. À l'office, Charles accéléra le rythme. C'était le signal pour Claude d'aller dans les coulisses, ce qu'il fit. Isidra était là, à genoux, tenant de la main droite le manche fixé à l'un des deux longs morceaux de carton bleu pâle découpés en forme de vagues qui couraient au fond de la scène vers la coulisse opposée, où une autre bonne était dans une posture identique. Elle leva vers lui un visage dénué d'expression. Claude fit un signe de tête.

« Si léger que soit mon pied, lui est un dieu, et il me rattrapera tôt ou tard », se lamenta Catherine en gravissant les marches et en se plaçant sur le bord de la scène. Elle poussa soudain un cri perçant qui donna à Claude la chair de poule. « Aidez-moi, Père, aidez-moi ! » Elle tendit les bras vers le décor de location, qui représentait une rivière. Isidra se mit à tirer et à pousser le manche du carton, les deux grands panneaux bougèrent de droite à gauche dans des directions contraires, créant l'illusion de l'eau mouvante. « Mon père est au fond de la rivière, il n'entend pas mes cris. » À présent, les mouvements de Catherine, au centre de la scène, devenaient lents, stylisés. « Une torpeur m'envahit. » Elle s'arrêta, contempla le public. « Mes pieds plongent des racines dans la terre sablonneuse. L'écorce m'enclôt. Des feuilles germent en moi. Je me transforme en arbre. Je deviens un laurier ! »

Elle saisit les bords de sa cape et leva lentement les bras. De fines branches de laurier avaient été cousues dans le tissu. « Apollon contemple la métamorphose avec douleur, prononça Catherine, "Ô, la plus aimable des jeunes filles, tu es perdue pour moi, pleure-t-il. Mais désormais, tes feuilles couronneront le front de mes vainqueurs. Tu auras ta part dans tous mes triomphes. Apollon et son laurier seront unis à jamais, où que l'on chante des chansons, où que l'on conte des histoires." »

C'était le signal pour Claude, mais il lui fallut un certain temps pour réagir, tant l'image de Catherine le fascinait. Elle avait déclamé les vers avec une manière d'insolence, d'abandon, qui semblaient à présent lui infuser de l'énergie. Son petit visage, pâle sous les lumières, irradiait une sorte de courage farouche, impalpable. Lorsqu'elle tourna la tête vers lui, son regard était si intense, si concentré, qu'il le reçut comme un coup. Effrayé, il chercha à ses pieds, trouva la couronne, la ramassa, avança sur scène. Il s'approcha lentement de Catherine, la couronne à bout de bras, la présenta à ses mains tendues. Lorsqu'elle la saisit, il vit les gouttes de sueur étinceler sur ses tempes, ses joues enflammées, ses lèvres légèrement enflées.

« Ainsi, la couronne », cria-t-elle, les yeux sombres, sauvages, presque furieux, « est portée au champion. »

Il y eut un bourdonnement dans le public tandis que Claude descendait les marches et se dirigeait, la couronne toujours à bout de bras, devant les premières tables, vers Dewman Fisk. L'homme tirait une tronche encore plus longue et plus morne qu'à l'ordinaire, semblait-il, on l'eût dit pressé dans quelque énorme étau. Son regard était terne, vague, et lorsque Claude plaça la couronne sur la tête de Fisk, il crut voir quelques larmes jaillir de ses yeux.

Les applaudissements commencèrent, Claude se rappela qu'il devait s'écarter pour laisser la vue libre à Catherine. « Je veux le regarder, avait-elle dit. Et vous, observez sa lèvre inférieure. Voyez si elle tremble. » Elle ne tremblait pas.

Catherine recula, les rideaux se refermèrent par saccades, centimètre après centimètre, jusqu'à se joindre dans une oscillation finale.

Claude ne parla plus à Catherine ce soir-là. Lorsqu'elle retrouva la réception, toujours vêtue de la toge et de la cape verte (les feuilles de laurier avaient été enlevées), chaussée à présent de sandales dorées, un essaim d'hommes l'entoura, la pressant d'accepter champagne, compliments, et il n'eut aucun moyen de l'approcher.

Madame Fisk et Peter se retirèrent, probablement pour aller se coucher. Le sénateur Barnes, grand, les cheveux blancs, les yeux bleus très clairs, émigra vers la bibliothèque en compagnie de Dewman, du maire, de Nelson Rockefeller et d'une douzaine de personnalités. Les danseurs de ballet, les autres invités, Catherine et sa cour, envahirent le salon. Claude essaya de rencontrer le regard de Catherine pour la saluer de loin, mais elle bougeait constamment, parlait et riait avec beaucoup d'animation, pivotant d'un visage à l'autre.

Les bougies commencèrent à couler, le personnel se mit discrètement à débarrasser. Claude alla au vestiaire pour prendre son manteau. Balanchine était là, il se regardait dans un miroir et lissait ses cheveux derrière ses oreilles. Il aperçut Claude dans la glace.

« C'était très bien, jeune homme, dit-il. Très professionnel.

— Merci, monsieur. » Claude sortit, traversa le vestibule, se glissa à l'extérieur par la porte principale. Il boutonna son manteau jusqu'au cou et marcha vers l'appartement.

CHAPITRE 10

Cet hiver, Claude vit un film qui s'appelait *Une place au soleil*, avec Elizabeth Taylor et Montgomery Clift, et en fut complètement transporté. Il tomba amoureux de Taylor, et, sans le savoir, de Clift. L'histoire — un jeune homme pauvre aime une fille riche et belle, mais cette relation est vouée à l'échec en raison de sa liaison antérieure avec une ouvrière pauvre, enceinte (Shelley Winters) — l'avait frappé par sa profondeur et son caractère tragique. Son cœur se tordait toutes les fois qu'il regardait les deux jeunes gens — avant que les choses ne devinssent compliquées — flirter au-dessus d'une table de billard, faire du ski nautique sur un lac brillant, galoper à travers les bois, danser, s'embrasser. Sans cesse, ses pas le ramenaient vers le Loew's Orpheum, et il fut bientôt en mesure de se passer entièrement le film dans sa tête, de la première à la dernière image. (Un seul hic, la bande-son : des cordes sentimentales arrangées sans imagination, un thème d'amour à l'eau de rose, mélodie insipide à deux temps qui ne menait à rien. Au bout d'un moment il ne l'entendait même plus.) Il ne lui vint pas à l'esprit qu'il y eût une relation entre le film, qui avait le pouvoir de lui faire les genoux en coton, et Catherine, qui disposait exactement du même pouvoir. Ni que son désir adolescent pour Taylor pût se mêler de nostalgie pour le monde riche, solide, civilisé, tendre, où évoluaient le personnage de Taylor et sa famille. Ce monde-là, imaginait-il, était le monde véritable, le monde tel qu'il devait être — sûr, imprégné d'amour et de bienveillance. Il y avait une beauté presque insoutenable dans l'image d'une Taylor languissante et triste, assise un plaid sur les genoux dans l'alcôve d'une fenêtre, les feuilles d'automne tourbillonnant dans l'air derrière elle, tandis qu'elle rêvait à son amant enfermé dans sa cellule de prison. Claude fut également très ému par la sollicitude délicate du père de la jeune fille.

Lorsque le film traversa la rue vers le Loew's Quatre-vingt-six pour une seconde série de représentations, Claude y amena Ivan, renonçant au balcon pour s'asseoir en bas, le plus près possible de l'écran — dans lequel il se serait volontiers enveloppé s'il l'avait pu.

À la sortie, sur le trottoir, Claude étant encore profondément sous le charme du film, Ivan préféra ne rien dire pendant un certain temps. Ils se dirigèrent vers Prexy's.

« Qu'en penses-tu ? demanda finalement Claude.

— Ça m'a beaucoup plu. Le scénario était intelligent. Bonne mise en scène, bons acteurs.

— Elle est belle, n'est-ce pas ? Avant, je trouvais que Jean Simmons — tu l'as vue dans *La Lagune bleue* ? Incroyablement jolie, tout simplement... Mais à présent, je ne sais plus. » Il eut un petit rire d'excuse. « Je ne peux pas me sortir ce film de la tête. C'est la quatrième fois que je le vois.

— C'est très romantique, commenta Ivan. Bien plus que le livre. Dreiser est intéressant — sans doute l'écrivain le plus maladroit qui ait jamais trempé sa plume dans l'encre quant au style — détestable, pour le moins. Mais les idées et la structure sont extraordinaires. Il y a un passage, lorsqu'il travaille dans un grand hôtel chic... Ce n'est pas dans le film. L'hôtel finit par devenir le symbole de la ville et de toute la hiérarchie du système capitaliste. C'est merveilleux. Tu aimerais ça. Pas de la même façon que le film, bien sûr.

— Je sais que ça n'est pas réel, murmura Claude. Mais ça me touche beaucoup.

— Les films peuvent faire cela. »

Claude était rarement à la maison, mais il devint clair qu'Al était devenu un habitué des lieux. Si l'intensité de la première rencontre entre Al et la mère de Claude avait été un mystère, non moins curieuse était la manière dont il semblait lui venir en aide et la guider, avec une patience infinie, vers quelque chose qui ressemblait à la normalité. Il ne lui avait pas fallu plus de deux semaines pour la persuader de recommencer à conduire le taxi, au moins une partie de la journée — réservant les fins d'après-midi et les soirées à ce qu'ils appelaient désormais son « projet ».

Un soir, revenant à la maison, il les trouva assis au comptoir de la cuisine, qui buvaient de la bière (elle n'apportait plus de whisky dans l'appartement) et travaillaient, crayons et papier en main, à établir un budget.

« Il est pas si mauvais qu'd'autres que j'connais », disait Al, parlant de monsieur Skouras, le propriétaire. « Maintenant que vous gagnez au moins d'quoi payer le loyer, il a enlevé tous ces papiers d'expulsion. Vous allez grignoter cet arriéré à raison de vingt dollars par mois, j'parie qu'y s'ra d'accord. Qu'y vous donnera l'temps.

— Oui, peut-être bien, fit-elle. Mais ça veut dire, recommencer à conduire le taxi dix ou douze heures par jour. Faudrait que j'abandonne le projet. »

Al eut l'air pensif.

« Je tiens le bon bout, avec ces escrocs. Je ne veux pas arrêter maintenant.

— J'peux le comprendre. » Il hocha la tête, frotta son pouce contre le flanc de la bouteille de Pabst Ruban Bleu. « Vous avez mis beaucoup de boulot, là-d'ssus. »

Claude avait senti que raconter à sa mère qu'il s'était retrouvé effectivement dans la même pièce que le maire, avait discuté avec ses gardes du corps, ne ferait que l'énerver inutilement, la replongerait peut-être dans quelque spirale maniaque. L'idée qu'elle pût faire irruption à l'hôtel particulier des Fisk en hurlant des accusations et en réclamant justice lui glaçait le sang.

« Vous savez quoi, déclara Al. Pourquoi ne prendriez-vous pas un autre chauffeur ? Faire travailler c'taxi, gagner du fric avec deux équipes ?

— Oh, bien sûr ! Et où vais-je trouver un chauffeur honnête ? Je vais me faire escroquer. Et vu la façon dont ils conduisent, ils vont esquinter mon taxi.

— J'ai fait le taxi, dans l'temps, fit Al tranquillement. J'ai toujours mon permis. J'l'ai gardé, j'sais pas pourquoi. »

Elle posa sa bière, regarda fixement le visage de renard. « Vous voulez dire, *vous* ? Vous feriez ça ?

— Bien sûr. Un moment. Le temps que vous vous en sortiez. Quatre ou cinq heures par nuit. Le doublage habituel, quoi.

« — Ben... ce serait formidable. » Elle sourit. « Formidable.

— Alors c'est réglé, conclut Al. Reprenons ces calculs, voyons comment ça tombe, à présent. »

Claude s'était tellement habitué aux piles démesurées de journaux, de magazines, de dossiers et de cartons de correspondance, qu'il mit un certain temps à réaliser qu'elles avaient l'air de diminuer, les chemins entre les tas s'élargir. Il interrompit Al et Emma un après-midi alors qu'ils étaient assis par terre, Emma un registre à la main, Al travaillant méthodiquement à un énorme tas de papiers répandus entre eux. Al prenait les feuilles par cinq ou six à la fois, les parcourait des yeux, les tendait à Emma un par un.

« Ça, c'est les contrats pour le ciment », disait Al.

Elle prenait le papier, se tournait, le lançait dans l'un des grands cartons numérotés qui étaient derrière elle.

« Ces deux-là, c'est le ramassage des ordures. »

Elle répétait son geste, envoyait le feuillet dans un carton différent.

« Que se passe-t-il ? demanda Claude.

— Ces trucs sont complètement mélangés, expliqua Al. On est en train de les mettre en ordre.

— Pour les archives », dit sa mère, une nuance de satisfaction dans la voix.

« Les quoi ?

— Les archives, répéta-t-elle. C'est l'idée d'Al.

— Bien sûr, confirma Al. Y a des trucs importants là-dedans. Faut garder tout ça pour l'avenir. » Il leva les yeux vers Claude. « Tu sais. L'Histoire. »

Soudain, Claude comprit. Il savait parfaitement, pour en avoir discuté antérieurement avec Al, que ce dernier considérait l'accumulation de cette paperasse comme l'une des expressions de l'état mental perturbé d'Emma. « Faut lui faire oublier, avait-il expliqué, comme un camé sa dope. » Claude fut ému par la patience apparemment inépuisable de cet homme, qui lisait des milliers de pages imprimées de sottises comme s'il s'agissait de choses importantes. Al regarda Claude intensément. Le moment était délicat, une invite à passer sur le mensonge nécessaire, à traiter Emma, temporairement du moins, comme une enfant, une enfant malade de surcroît. Le visage d'Al ne trahissait qu'une attention extrême. Claude hocha imperceptiblement la tête.

« On va tout déménager dans mon immeuble, reprit Al, de nouveau affairé. Y a un endroit où tout sera en sécurité.

— Mes archives... — Emma eut un petit rire — sur Park Avenue.

— J'les prends par deux ou trois cartons à la fois dans le taxi. C'est numéroté. Emma a tout inscrit dans le livre.

— Puis-je vous aider ?

— Non, non, fit très vite Emma. Nous avons un système. »

Le bureau de Satterthwaite était un petit box attenant à la salle de musique. L'homme lui-même, à présent que Claude le regardait bien, avait une allure bizarre, et ressemblait, avec la peau blanc bleuâtre, tendue et brillante, de son visage — si tendue que Claude imaginait quelqu'un dans son dos, un genou posé sur sa colonne vertébrale, qui la tirait vers l'arrière —, ses yeux légèrement globuleux, ses lèvres violettes, à un gros poisson.

« Le règlement dit qu'avant d'assister à la classe de composition, je dois suivre le cours d'harmonie, dit Claude.

— Exact. » Zézaiement imperceptible.

« J'ai déjà beaucoup travaillé l'harmonie. Et la théorie.

— Avec qui ?

— Monsieur Weisfeld. Connaissez-vous le magasin de musique Weisfeld sur la Troisième Avenue ? Il me fait travailler depuis des années.

— Et le très célèbre monsieur Fredericks ? Un peu aussi, peut-être ? »

Le ton était si plat, si neutre, que Claude eût été incapable de dire s'il contenait ou non de l'ironie. En eût-il eu la certitude, il se fût levé immédiatement et eût quitté la pièce. Au bout d'un moment il répondit : « Eh bien, cela arrivait souvent. Mais il supposait que je connaissais l'harmonie, nous travaillions surtout l'interprétation.

— La connaissez-vous ?

— Quoi ?

— Connaissez-vous l'harmonie ?

— Eh bien oui... Il me semble que oui. Je veux dire, je suis sûr de ne pas tout savoir, mais...

— Disposez-vous d'une heure ? Là, tout de suite ? » Satterthwaite se leva et alla vers un classeur à dossiers.

« Sans doute. Bien sûr. »

Satterthwaite levait ses bras courts pour ouvrir un tiroir et son corps lui-même évoqua alors celui d'un poisson. Ses pieds chaussés de noir, talons joints, les orteils formant un angle ouvert, ressemblaient à des nageoires. Avec son torse large décrivant une courbe qui s'achevait sur des épaules étroites, et sa tête pratiquement sans cou, on eût dit un dauphin debout sur la queue. Il sortît quelques papiers d'un dossier et les tendit à Claude. « Ceci est l'examen final de la classe d'harmonie de l'année dernière. Installez-vous dans la salle à côté. » Il jeta un coup d'œil à sa montre. « Vous avez une heure.

— Très bien. Cela me paraît juste. » Claude prit les feuilles d'examen.

« Juste ? » dit Satterthwaite. Il se détourna, croisa les mains dans le creux de ses reins, regarda par la fenêtre. « La justice n'a rien à voir dans cela, monsieur Rawlings. C'est une question de *règlement*. »

Claude alla dans l'autre pièce, s'assit à un bureau proche du piano, se mit au travail. La première série de questions demandait d'identifier une longue liste de termes musicaux relatifs aux gammes, aux modes et à leurs propriétés harmoniques. Il les parcourut rapidement. Ensuite, il y eut une série d'accords à reconnaître dans le contexte de différentes armatures, y compris les deuxième et troisième renversements. Puis, il dut analyser quelques séries de modulations de Mozart, Bach et Haydn. Seul un accord, dans le Mozart, lui parut quelque peu ambigu en raison de l'absence de note fondamentale, mais l'accord antérieur étant clairement un do, il le désigna comme un sol, avec une neuvième.

La dernière question le fit sourire. « La musique occidentale utilise douze tons. Il y a douze tons dans le piano — ni onze, ni treize, ni quatorze. Pourquoi ? » Il se souvint du moment précis, dans le sous-sol du magasin de musique où il y avait si longtemps, Weisfeld le lui avait expliqué. Aujourd'hui, jetant un coup d'œil à l'horloge murale et constatant qu'il n'avait utilisé qu'un quart d'heure, il décida d'essayer d'impressionner Satterthwaite.

La série de notes harmoniques, écrivit-il, également appelée marche d'harmonie, est déterminée par la nature. La corde du piano vibre soixante-quatre fois par seconde pour le do grave, mais, dans, le même temps, des segments de cette corde vibrent séparément, la hauteur du son s'élevant en fonction de la longueur du segment — deux moitiés, trois tiers, quatre quarts, jusqu'à ce qu'ils deviennent trop petits pour être pris en considération. Une demi-longueur de la corde du do grave vibre cent vingt-huit fois par seconde, soit une octave plus haut. C'est la première note harmonique. Un tiers de la longueur du do grave crée un sol au-dessus du second do. C'est la deuxième note harmonique, et l'intervalle entre les deux est une quinte. Les notes harmoniques continuent de monter, mais la seule qui soit déterminante est le sol, parce qu'elle est la plus forte et la plus proche de la tonique do. La nature nous dit donc que pour toute note prise comme tonique, sa relative la plus proche est une quinte au-dessus, la note fondamentale de la tonique en question.

Lorsque l'on va en droite ligne de la tonique à la dominante, et que l'on transforme la dominante en une nouvelle tonique allant vers *sa* dominante, et ainsi de suite, sur un *piano tempéré* (il se plut à écrire ces mots, et même à les souligner), on obtient do, sol, ré, la, mi, si, fa, do dièse, sol dièse, ré dièse, la dièse, fa, et de nouveau do. Ce qui fait douze tons avant de retrouver le do. C'est la raison pour laquelle il y a douze tons (et pas un autre nombre).

Il alla rendre les feuillets à Satterthwaite et les posa sur le bureau, n'ayant utilisé que la moitié du temps imparti. Satterthwaite leva les yeux de son livre. « Terminé ? Voyez votre casier demain.

— Oui, monsieur.

— Vous avez fait Fuchs, je suppose ? Autrefois, dans les temps anciens ?

— Oui, monsieur.

— Parfait. » Il reprit sa lecture.

Ils allaient souvent au snack de la Première Avenue et achetaient des gobelets de café et des *donuts*, qu'ils mangeaient assis sur un banc, en face de l'East River. Ivan parlait sans cesse, et il était tellement absorbé dans ses réflexions que Claude devait parfois le guider comme un aveugle pour lui éviter de buter contre une bouche d'incendie ou une poubelle.

« Alors bien sûr, ça se préparait depuis un certain temps, disait Ivan. Mais, soudain, il y a cinquante ans, tout a changé. Comme ça ! » Il claqua des doigts. « Et cinquante ans, ce n'est rien, historiquement parlant. Un clin d'œil. La plupart des gens ne savent même pas que c'est arrivé.

— Ils savent, pour la bombe atomique, hasarda Claude.

— Ils savent que ça a marché. Ils ont vaguement entendu parler d'une certaine relation entre la masse et l'énergie. Mais il ne s'agit que d'une bombe. Moi, je te parle de l'ensemble, du grand panorama. Et bien sûr, une fois qu'on y met le doigt, il faut bouquiner dans des douzaines de directions — physique, cosmologie, histoire de la science, philosophie, des trucs comme l'optique. C'est fascinant, mais je continue à avoir l'impression de sauter d'une chose à l'autre. Récemment, j'ai découvert qu'en termes de dimensions, l'homme est apparemment au centre exact de l'univers observable.

— Que veux-tu dire ? Attention où tu mets le pied !

— Le plus grand des objets connus est la géante rouge. Le plus petit, l'électron. Nous nous situons entre les deux — exactement autant de fois plus grands que l'élection que l'étoile géante rouge est plus grande que nous.

— Hé ! Copernic aurait aimé cela.

— Oui, sans doute. Moi, *je* n'aime pas particulièrement. Cela me paraît une telle coïncidence. »

Claude poussa la porte du snack. « Ainsi, c'est une coïncidence. N'as-tu pas dit que c'était une coïncidence, que la lune ait exactement la dimension qu'il faut pour recouvrir le soleil lors d'une éclipse ? »

Ils s'assirent sur des tabourets, commandèrent du café et des *donuts* à emporter. Un petit vieux maigrichon prépara les gobelets devant eux.

« Oui, eh bien, c'est une bizarrerie, mais elle ne mène nulle part. Cette question... » — il eut un petit grognement, comme il en avait parfois pour écarter une pensée — « Écoute, on descend, on descend, il y a l'atome, protons, électrons, peu importe leur nature — phénomène corpusculaire ou ondulatoire, etc. Heisenberg s'amène, et on ne peut aller plus loin parce que le rayon de notre brillant projecteur malmènerait la petite chose, la transformerait, ou une autre astuce. Donc, à cette extrémité, on est arrêté. »

Le vieux maigrichon avait fini de préparer la commande mais demeurait immobile, les yeux fixés sur Ivan.

« À l'autre bout, nous avons la géante rouge. Mais d'où l'observons-nous ? De la Terre, n'est-ce pas ? Guettant l'univers visible, voyant toutes les choses s'éloigner à grande vitesse — laquelle vitesse augmente en fonction de la distance. La notion d'échelle peut-elle intervenir ? Supposons que, d'une façon ou d'une autre, nous devenions si grands que nous puissions *sortir* de l'univers — oublions un instant la courbure de l'espace —, que nous puissions nous extraire, regarder en arrière, ou en bas. Que verrions-nous ? Mais de ce côté-ci aussi nous sommes dépassés. »

Le vieux posa sur le comptoir les gobelets de café, surmontés d'une serviette en papier et d'un *donut*.

« Peut-être, continua Ivan en tendant la main pour prendre le sien, chaque chose est-elle au centre, de son propre point de vue. Peut-être le centre n'existe-t-il pas. »

Ils avaient franchi la porte et étaient sur le trottoir lorsque Claude s'écria : « Hé ! on ne l'a pas payé ! » Il rebroussa chemin, donna cinquante cents au vieil homme. « Excusez-nous. »

Le vieux hocha la tête. « Dites, je voudrais savoir. Vous comprenez quelque chose à ce qu'il raconte ? » Il avait l'air authentiquement curieux.

« Pas toujours. En général, je saisis les grandes lignes.

— Ce doit être cette école où vous allez, les mecs. Y en a plein qui viennent ici, mais celui-là décroche le pompon. » Il se détourna en hochant la tête.

« Il pense que tu es cinglé », taquina Claude, tandis qu'ils retournaient vers la rivière.

« Sûr, qu'il le pense. Il pense aussi qu'un boulet de canon de dix livres tombe plus vite qu'une bille. Il en mettrait sa main à couper. » Ivan accéléra le pas. « Il y a trois siècles et demi qu'on a démontré que toutes les choses tombaient à la même vitesse et ce type ne le sait pas encore. Mais si l'on va par là, Newton lui-même, le plus élégant des penseurs — non, je retire, le deuxième plus élégant des penseurs —, Newton lui-même, bien qu'il ne l'ait pas ignoré, n'a su qu'en faire. Tu connais son explication ?

— Non.

— Il a simplement éludé le problème. Il avait sacrément bien combiné le reste. Le principe d'inertie, les trois lois de la mécanique, c'était magnifique. Mais sa loi de la gravitation ? Le boulet de canon et la bille ? Je viens d'en relire l'énoncé. Voyons, comment est-ce que ça commence ? » Il s'arrêta au milieu de la rue, regarda le ciel, récita de mémoire : « "La force mystérieuse par laquelle un corps matériel attire un autre corps augmente avec la masse du corps qu'elle attire. Si le corps est petit, son inertie est petite, mais la force que la gravité exerce sur lui est également petite. Si le corps est grand, son inertie est grande, mais la force que la gravité exerce sur lui est également grande. D'où, la gravité est toujours exercée avec le degré exact nécessaire pour vaincre l'inertie du corps en question. C'est pourquoi tous les corps tombent à la même vitesse, quelle que soit leur masse inerte." Lincoln Barnett.

— Tu veux dire que tu le sais par cœur? s'écria Claude interloqué. Que tu t'en souviens mot pour mot? »

Ivan se remit à marcher. « Non, non, fit-il avec impatience, c'est juste un truc. Je revois la page dans ma tête. C'est comme si je la lisais. Ça peut être utile mais ça ne signifie rien.

— Ouah...

— Mais tu te rends compte de la façon dont il a escamoté la chose? C'est quand même une drôle de coïncidence que la gravité s'ajuste exactement à l'inertie! Pas d'expérimentation pour le vérifier! Et que dire d'une force qui s'exerce instantanément à des millions de kilomètres — l'inverse de la distance, néanmoins. Instantanément? Comme rien d'autre dans la nature? Einstein n'y a pas cru.

— C'est pour cela qu'il...

— Pour cela, et pour un tas d'autres raisons. Une série de petites impasses, de contradictions, diverses énigmes, comme le mouvement absolu. Disons qu'une chose se déplace à mille kilomètres à l'heure, mais qu'en est-il si la chose sur laquelle cette chose se déplace va à mille kilomètres à l'heure dans une direction différente?

— Soustraire? suggéra Claude.

— Et le système solaire se déplace, la galaxie se déplace, l'univers est en expansion... Il n'y a aucun point fixe. Aucune référence à partir de quoi mesurer. Tu vois le problème? »

Ils atteignirent l'esplanade et s'assirent sur leur banc habituel. La journée était vive, brillante, la rivière scintillait au soleil. Ils mangèrent et burent en silence, contemplant le paysage. Ils entendaient les cris des joueurs de basket-ball, de l'autre côté des hautes clôtures grillagées de la cour de récréation de l'école Bentley.

« Einstein n'avait que six ans de plus que moi lorsqu'il a vu le nouveau système, reprit Ivan. Et moi, j'ai besoin de toute ma substance pour essayer simplement de le comprendre.

— Ne t'inquiète pas, plaisanta Claude en se léchant les doigts. Tu devrais écouter certains morceaux que Mozart a écrits alors qu'il n'avait que six ou sept ans.

— L'ennui, c'est que nous soyons si profondément conditionnés par ce que nous voyons. » Il montra le panorama d'un geste large. « Les berges de la rivière. La rivière. Ce remorqueur, les péniches qui remontent le courant. La lumière du soleil. Les nuages. C'est notre petit système. Difficile de pousser l'imagination au-delà.

— Et alors, qu'a-t-il dit de la gravité ?

— C'est pareil que l'inertie. Tu sais, quand on est dans un ascenseur rapide ? Qu'il accélère, que l'estomac fait *bloup* ! Eh bien, tout, dans cet ascenseur est attiré de manière égale vers le bas, quel que soit son poids. Ton estomac, la monnaie dans la poche — aucune différence.

— Mais ça ne va pas ! En Chine, ils marchent sens dessus dessous. La Terre ne peut accélérer dans deux directions différentes.

— En fait elle le peut, mais ce n'est pas significatif. L'image de l'ascenseur est ce qu'il appelle une pensée expérimentale. Cela devient ensuite très compliqué. Je travaille là-dessus, mais il y a des bidules incroyables. Tout est lié. La matière n'est que de l'énergie condensée. L'énergie — la lumière, les radiations, etc. — n'est que, euh... de la masse libérée. L'espace lui-même est affecté par la masse qu'il contient. Il se courbe, en quelque sorte, autour d'un truc lourd, et par conséquent la lumière se courbe aussi.

— Que veux-tu dire ? L'espace ? Le vide ? Le vide se courbe ?

— Oui, je sais. C'est difficile à imaginer parce qu'on ne peut le visualiser. Mais le fait est qu'une seule chose est constante et ne change jamais dans l'univers — la vitesse de la lumière. Elle est la même partout, que la source approche ou s'éloigne. Elle est toujours de 299 792,458 kilomètres par seconde. Cela m'aide, de penser — non pas à la vitesse de la lumière, mais... qu'elle *est*. Je veux dire que la lumière *est*.

— Tu m'as perdu », avoua Claude.

Lorsque Claude était allé chercher dans son casier le résultat de son examen d'harmonie, il avait été surpris de constater que les feuillets ne portaient aucune correction à l'exception d'une note au bas de la dernière page : *accepté en classe de composition*, de l'écriture penchée, sévère, de Satterthwaite. Et aussi, de ce qu'aucune mention n'eût été faite à ce propos depuis. Fait d'autant plus remarquable, se disait Claude, qu'ils n'étaient que deux élèves à suivre ce cours, lui-même et un crack en maths, maussade et renfermé, du nom de Platt. Deux fois par semaine ils s'asseyaient, à un siège l'un de l'autre, dans la première rangée de la salle de musique, et regardaient Satterthwaite naviguer de long en large devant le tableau noir, zézayant, remplissant l'air d'atomes de craie tandis qu'il effaçait par saccades rapides.

Puis un jour — le grand jour, devait penser Claude par la suite — la foudroyante nouvelle fut révélée. Satterthwaite écrivit : $I\, x\, V\, I$, au tableau noir.

« Ceci, dit-il, tapotant avec la craie, représente la musique de la période classique et de presque toute la période romantique. I établit la tonique ; x développe l'harmonie aussi longtemps que vous voulez ; conduisant à V la dominante ; et revenant à I, la tonique, et puis : fin. La musique tonale. Elle a régné pendant plus de trois siècles et fait l'objet des petits exercices auxquels vous vous êtes livrés jusqu'à présent. » Il se dirigea vers son bureau, s'assit sur un angle. « Mais comme vous l'avez sans doute remarqué dans mes analyses quotidiennes sur les romantiques, une pression de plus en plus vigoureuse s'exerce contre les limites de la tonalité, et ce, depuis la fin du dix-neuvième siècle. Un nombre de plus en plus considérable d'œuvres se situent à la périphérie du système. Me suivez-vous ?

— Oui, affirma Platt. Parfaitement. »

Claude hocha la tête.

« Ainsi, les choses ont-elles évolué en silence. Soudain, il y a environ cinquante ans, tout a changé. » Il claqua des doigts, exactement comme l'avait fait Ivan. « Comme ça ! » Il sourit, son visage tendu se fit presque inquiétant. « Schönberg ! »

Silence. Satterthwaite leva les mains, les joignit comme en prière, se toucha le bout du nez, répéta à voix presque basse cette fois : « Schönberg ! »

Et donc, pendant les cours suivants, l'histoire fut révélée. Les premières œuvres traditionnelles de Schönberg. Son saut courageux dans la tonalité, la longue période durant laquelle il fut confronté à ses implications théoriques, lesquelles culminèrent finalement avec le système de composition dodéca-phonique. Le plus formidable, le plus passionnant progrès de l'histoire de la musique, à en croire Sat-terthwaite.

« Vous devez comprendre que la tonalité n'est rien de plus que la manière dont nous avons été formés à entendre. Assonances et dissonances ne sont, en un sens, qu'une question de mode. Rien de plus. Nous avons été conditionnés à la tonalité, la nouvelle musique peut nous en déconditionner. Un jour, lors-qu'une musique plus large, plus pure, aura ouvert nos oreilles, nous entendrons différemment. Compre-nez-vous le sens de mes paroles ? Nous *entendrons* différemment. Et tel sera, messieurs, le thème de ce cours. Je vous guiderai hors de vos préjugés tonaux, vers un monde entièrement nouveau. Le monde de l'avenir. »

Fascinés, les deux jeunes gens observaient le chan-gement qui s'était opéré chez leur professeur, trans-formant un personnage distant et sarcastique en un être quasi sous l'empire d'une vision. Ils entrevirent une sorte de prophète messianique derrière la façade froide, et, un instant, en furent effrayés, tant la chose paraissait brutale, puissante. Mais, comme par un effort de volonté, le feu s'éteignit soudain des yeux de Satterthwaite, il reprit sa vieille peau et marcha vers le tableau.

« Donc, commençons. Et en premier lieu, utili-sons un vocabulaire nouveau. Le mot série, par exemple. »

Il pleuvait, ils paressaient donc en salle des pro-fesseurs, assis face à face sur les canapés, les pieds posés sur la table basse devant eux.

« Répète, s'il te plaît », demanda Ivan en tirant sur

son sourcil droit pour essayer de voir les poils, ce qui le faisait loucher.

« Qu'est-ce que tu fais ? » Claude claqua la langue, exaspéré.

« Je t'écoute, je t'écoute. Répète.

— Eh bien, reprit Claude, tu écris ce qu'il appelle une série. Tu utilises les douze notes dans l'ordre qui te plaît, mais aucune ne doit apparaître plus d'une fois.

— Et pourquoi ?

— Si tu utilises une note plus d'une fois, cela peut suggérer une tonalité. Disons, voici la tonique. Le problème est d'éviter *quoi que ce soit* qui suggère la tonalité.

— Ha ! Je vois vaguement.

— Et alors, tiens-toi bien. Au fur et à mesure que tu avances, tu peux utiliser la série telle que tu l'as écrite, ou bien la renverser, la rétrograder, rétrograder le renversement.

— Ça ressemble un peu à Bach, on dirait.

— Seulement sur ce point, fit Claude. Et de toute façon, le truc du système de Bach était de concilier chromatisme et tonalité. Il y avait une raison, à ses prétendues règles.

— Pourquoi "prétendues" ?

— Parce qu'il les violait tout le temps. Chaque fois qu'il le désirait. Celles-ci sont strictes.

— Du moins sont-elles simples.

— Pas tant que cela, fit Claude. Une fois que tu as créé une série, tu as le droit de la faire commencer par n'importe laquelle des douze notes.

— Hum !

— Tu peux la transposer verticalement, en accords, ou horizontalement, selon une ligne bizarre. La chose se complique. Mais le problème, c'est que je ne vois pas la grande affaire, dans tout cela. Je ne comprends pas la raison d'être de ces règles, sinon d'éviter la tonalité.

— Une *raison** négative.

— Qu'est-ce que je déteste quand tu parles français, qu'est-ce que ça...

— Pardon, pardon. Une raison négative. Éviter la tonalité, être introduit de force dans la nouvelle façon d'entendre dont tu parlais. Peut-être *est*-ce une grande affaire. Peut-être pensent-ils qu'une nouvelle hyperharmonie en émergera. Cela paraît très idéaliste. Comme Marx annonçant le déclin des États-Unis.

— C'est seulement que, d'une façon ou d'une autre, tout cela me paraît faux, murmura Claude. Tout le truc. »

L'emploi du temps quotidien de Claude était extrêmement structuré, à l'époque. La chose s'était faite naturellement, lui donnant un sentiment de sécurité. Les interruptions, les événements inattendus, les obligations imprévues, avaient le pouvoir de le rendre nerveux. Il s'éveillait dans son lit pliant à cinq heures trente — au son du réveille-matin en forme de Big Ben que lui avait donné Weisfeld, autrefois, pour prendre le train de Frank's Landing —, mangeait ses céréales dans la cuisine sombre et silencieuse, remontait la Troisième Avenue jusqu'au magasin de musique, ouvrait avec son propre trousseau de clefs, descendait au sous-sol, travaillait deux heures sur le Bechstein. Gammes. Exercices d'échauffement, assouplissement des doigts, mouvements en douceur des bras et des épaules. (« Ce ne sont pas seulement des exercices pour les doigts, avait dit Fredericks. Ils sont beaux, ils peuvent être joués admirablement. » Claude avait découvert la vérité de ces paroles.) Puis, environ une heure de déchiffrage. À droite du pupitre, il y avait une grande pile de partitions constamment renouvelée — Claude aussi bien que Weisfeld y lançaient toutes sortes de manuscrits. Claude en prenait un au hasard, le jouait, le plaçait sur la pile de gauche une fois terminé. Ensuite, quarante-cinq minutes à une heure d'effort concentré sur le morceau particulier auquel il travaillait. À huit heures trente, Weisfeld ouvrait la porte en haut de l'escalier en criant : « Bonjour, bonjour ! » Claude, qui avait fini, montait prendre le café que Weisfeld descendait de chez lui dans de grandes tasses. Ils s'asseyaient habituellement sur les tabourets près de la caisse enregistreuse, mais parfois à l'avant du magasin pour regarder dans la rue. À neuf heures, Claude était à l'école. À l'exception des moments passés avec Ivan, il utilisait toutes les minutes disponibles — heures d'étude, repas, cours de gymnastique, rassemblements — pour lire, préparer les cours, faire ses devoirs. Les autres élèves, pour la plupart décontractés, enjoués, prêts à rire à la moindre occasion, semblaient néanmoins respecter son intimité et ne le taquinaient pas. En vérité, lorsqu'ils passaient près de lui alors qu'il travaillait dans quelque recoin ou assis sur les marches de l'escalier, ils baissaient le ton, le saluaient parfois d'un signe de tête. Il en connaissait quelques-uns par leur prénom mais la plupart seulement par le nom de famille, comme on les appelait en classe : Baldridge, Keller, Wilson, Abernathy, Cooper, Garcez, Peabody.

À seize heures, il était de retour au magasin et attendait les clients en mettant de l'ordre dans le stock, balayant, faisant ce qu'il y avait à faire. Weisfeld sortait parfois un court instant et revenait avec un livre, des provisions. De temps en temps, il ouvrait la porte donnant sur le premier et montait faire une petite sieste. Claude entendait le plancher craquer, lorsqu'il se déplaçait là-haut.

Il dînait généralement au Wright, à l'Automatique, ou dans l'une des cafétérias de la Quatre-vingt-sixième Rue. Il avait un plat favori dans chacun de ces établissements. Puis il revenait au magasin — Weisfeld s'était retiré, le plus souvent, sa journée terminée —, descendait au sous-sol pour écouter des disques, copier des partitions, jouer du piano, composer (au piano et à la table de travail), lire des manuscrits, des livres. À vingt-trois heures, il retournait à la maison; un quart d'heure plus tard, il dormait, dans son lit d'enfant. Il y avait quelques interruptions — le cinéma, les pérégrinations de week-end avec Ivan. Parfois, il faisait un saut pour rendre visite à Al et Emma, qui dînaient tard, quand Al revenait de son tour de taxi.

Claude avait remarqué que la cuisine était désormais scrupuleusement propre, ordonnée, qu'il y avait même quelques nouveaux ustensiles de cuisine. Il se révéla qu'Al était excellent cuisinier.

« Je ne sais pas comment tu peux t'en sortir dans cet espace minuscule, remarqua Emma un soir.

— Question d'organisation », fit Al en haussant les épaules. Il secoua une poêle à frire, tourna un bouton, scruta l'intérieur d'une marmite, commença à disposer les assiettes. « Tu te laisses tenter ? demanda-t-il à Claude.

— Bien sûr. »

Al tourna le dos et se remit au travail.

Emma, une bouteille de bière de taille normale à la main, était d'humeur enjouée. « On a bien travaillé, aujourd'hui. On a eu tous les deux des courses à Idlewild, Al a dégoté deux caisses de bidons d'huile, dans le haut de la ville, à moitié prix.

— Tu t'souviens d'ce type sous la passerelle ? fit Al. Il est tombé sur huit caisses j'sais pas comment. » Il eut un petit rire. « Il est au poil, ce mec. On peut lui faire faire des trucs sur le taxi. Ça peut servir.

— Comment va monsieur Weisfeld ? demanda Emma. Je l'ai vu dans la rue. Il a l'air toujours si pâle.

— Il va bien. Il ne sort pas beaucoup, c'est tout.

— Eh bien, envoie-lui mes amitiés. Remercie-le encore pour tout ce qu'il fait. Je n'arrive toujours pas à croire que tu sois dans cette école si chic. »

Al se tourna et leur présenta la nourriture. Tranches de jambon avec jus de rôti, légumes verts au beurre, pommes rissolées, rondelles d'oignon, poivre vert. Ils s'y mirent tous.

« Zut ! c'est bon », fit Emma.

Al donna ensuite des biscuits, tiédis à la casserole sur la plaque chauffante. « J'ai fait des biscuits à la casserole. J'regardais ma maman faire ça, dans l'temps.

— Où est ta maman ? demanda Claude tout en savourant une bouchée de jambon.

— Oh ! elle est morte. Mon papa aussi. Y a long-temps. » Il mastiqua minutieusement, accordant toute son attention à la nourriture pendant quelques instants, avala une gorgée de bière. « C'est toute une histoire, reprit-il en posant sa bouteille. Comme dans les livres.

— Que s'est-il passé ? »

Il continua à manger, le regard perdu au loin. « Y z'étaient dehors, dans les champs, à couper le coton. Le ciel dev'nait tout noir et le chef était debout dans l'vent, à sentir quelques gouttes de pluie par-ci par-là. Alors l'vlà qu'y devient dingue, qu'y s'met à dire à tout le monde de travailler plus vite. Voyez-vous, y voulait faire le quota et rentrer à la maison. Il avait à la main cette petite badine de cuir et y s'frappait la paume avec tout l'temps, vous savez? Pas un vrai fouet, plutôt une cravache de dame. Y commence alors à avancer entre les rangées en frappant les gens sur les pieds et sur les chevilles, y leur crie qu'y doivent se grouiller, qu'il a pas de chapeau.

— Mon Dieu, murmura Emma en se redressant.

— Bon, v'là qu'ce chef s'met à frapper les pieds de ma maman et y sait pas que mon papa, il est dans la rangée d'à côté. Maint'nant faut qu'j'vous dise, mon papa il était grand, et quand j'dis grand, c'est grand. On l'appelait l'Ours. Son nom c'était Sam, mais tout le monde disait l'Ours. Y s'redresse, y dit au chef d'arrêter de frapper ma maman. Le chef le traite de négro d'rien du tout et le frappe en pleine figure avec c'te cravache de cuir. » Al s'arrêta, avala un peu de nourriture, regarda tour à tour Emma et Claude. « Maint'nant, faut vous rapp'ler que mon papa il est debout, là, avec le couteau à coton en plein dans sa main. Le chef, il a pas eu le temps de tout dégrafer et d'sortir son pistolet. Y peut rien faire sans que mon papa y bouge. Maint'nant, les gens y sont autour et y r'gardent pour voir c'qui va arriver. Il pleut. Mon papa, y jette son couteau par terre. Le chef essaie de sortir son pistolet mais mon papa, en un éclair, il est sur lui, y s'met à cogner d'ssus avec ses deux poings, qui sont gros et grands comme des jambons fumés. Y donne une raclée terrible à c't homme, y patauge dans la boue, dans la pluie, y l'envoie rouler par terre... Ma maman, elle lui crie d'arrêter, elle le tire par sa ceinture de corde aussi fort qu'elle peut, elle essaie de lui faire lâcher c'Blanc... » Il but encore une gorgée de bière, regarda fixement la bouteille. « Alors, toutes ces criailleries font v'nir un autre chef, qui arrive de l'autre côté du champ pour voir c'qui s'passe. Maint'nant, çui-là il a son pistolet *à la main*. Y le lève et le pointe droit sur mon papa. Mon papa, il est juste là, avec ma maman, à genoux derrière lui, qui gémit. Tout le monde attend qu'il appuie sur la détente. Et y va le faire, quand, soudain, un éclair de foudre sort du ciel, avec un coup de tonnerre, comme si c'était la fin du monde... Et cet éclair, *y va droit sur le pistolet*. Ça alors ! Y va droit sur le pistolet, comme s'il l'avait visé. Bien sûr, en réalité c'était à cause du fer, mais quoi qu'il en soit, ce deuxième chef tombe raide mort. »

Claude et Emma en oubliaient de manger et se tenaient raides comme des statues.

« Et alors ? chuchota Claude. Je veux dire, et tes parents ?

— Le Klan les a chopés deux nuits plus tard. Y z'ont été pendus près de la rivière. »

Il y eut un silence complet. Claude et Emma regardèrent Al pendant ce qui sembla être une éternité. Finalement, un sourire imperceptible se dessina sur les lèvres du Noir. Emma éclata immédiatement de rire, manquant tomber de son tabouret.

« Quoi ? Quoi ? » cria Claude.

À présent, Al riait aussi, secouant la tête.

« Oh, tu m'as eue, gémit-elle en écrasant des larmes. Tu m'as bien eue.

— Quoi ? répéta Claude.

— Histoire de rigoler, les enfants, grommela doucement Al. Un peu de distraction. Histoire de passer le temps.

— Tu veux dire...

— Ma maman, elle est morte du diabète. Mon papa, c'était un ivrogne et y s'est cassé le crâne un soir contre la cuvette des toilettes au fond d'un bar. Voilà comme c'était vraiment. »

Claude avait refoulé (mais, bien sûr, pas complètement étouffé) les souvenirs de sa petite enfance —

la nausée imprécise, la solitude, la faiblesse, la vulnérabilité. La peur de ces vieux fantômes l'amenait
inconsciemment à dépendre d'un rituel, d'un mode
de vie extrêmement compartimenté. Si quelque
chose pouvait vaguement évoquer un centre dans
son existence, c'était Weisfeld, et le studio au-dessous du magasin. Mais sa mère était dissociée, l'école
entièrement distincte, son amour pour Catherine à la
fois caché et dissocié, les films représentaient un
monde en soi — et c'était comme si lui-même était
une personne légèrement différente dans chacun de
ces cadres. Son intuition lui soufflait que ce compartimentage était une bonne chose, qu'il lui permettait
de protéger la source la plus précieuse, la plus intime
de la seule force qu'il possédât, la musique. Ce n'était
qu'avec la musique, baigné en elle, qu'il se sentait
vraiment en sécurité. Elle seule avait le pouvoir de
le sortir de lui-même, de le soulager de son propre
fardeau. Il y avait les moments avec Catherine, les
moments avec les films, ceux où il lisait, poursui-
vait des idées avec Ivan, des moments de silence, en
la présence mystérieusement apaisante, réconfor-
tante de Weisfeld — mais ils n'étaient que l'écho fugitif, éphémère, de ce qu'il tirait directement de la
musique.

À l'école, il faisait presque tous ses devoirs sur
place. Il arrivait plus tôt, restait plus tard si nécessaire, réglait son programme de manière à maintenir
le compartimentage. Ses bonnes notes semblaient
confirmer le bien-fondé de cette stratégie.

C'est pourquoi il se sentit très mal à l'aise lorsque
la remise en question provoquée par la musique
sérielle de Satterthwaite commença à infiltrer le
compartiment de l'école pour envahir le reste de sa
vie. Il se surprit à jouer du Schönberg sur le Bech-

stein, à écouter du Schönberg sur l'électrophone, à étudier des partitions de Schönberg, le tout dans un état croissant de tension et de frustration légèrement teintée de peur. Il comprenait la nature mathématique et structurelle de l'œuvre, mais rien de plus. Il n'apprenait pas à entendre d'une autre façon, et si la chose contenait de la musique, celle-ci lui échappait totalement. Il ne dit rien à ce sujet pendant plusieurs mois, jusqu'au matin où Weisfeld lui posa une question bénigne sur l'école.

« J'aurais dû laisser tomber le cours 3 de Satterthwaite, répondit-il.

— Vraiment ? » Weisfeld haussa les sourcils. « Pourquoi ?

— Il n'y est question que de musique sérielle. » Claude baissa les yeux. « L'autre type est un crack en maths, il adore ça, il n'en a jamais assez. Mais moi je déteste. Ça me rend fou.

— Pourquoi ?

— Il semble que l'on ne doive pas chercher à savoir à quoi ça ressemble. Je veux dire, les types n'ont pas l'air de s'en soucier. On ne parle que de structure. Je ne me tracasse pas à jouer les trucs que je rends, je les écris en salle d'étude et je n'essaie même pas de les écouter dans ma tête.

— Ce qui serait difficile, n'importe comment, fit remarquer Weisfeld. Satterthwaite admire Schönberg ?

— Schönberg est Dieu.

— Pas mal de discours sur la pureté ?

— Tout le temps. Et le mot "libre", qu'il utilise sans arrêt, qui semble l'électriser.

— Je vois. » Weisfeld considéra Claude un moment, regarda le plafond en se caressant lentement la moustache, comme il le faisait inconsciemment chaque fois qu'il réfléchissait. Claude savait rester silencieux. En l'occurrence, les réflexions de Weisfeld se prolongèrent un temps inhabituellement long. Finalement, il se leva et dit : « Descendons. »

Lorsqu'ils atteignirent le sous-sol, Weisfeld se tourna vers Claude avec un sourire. « Tu te souviens de Fuchs ? Le contrepoint, quand tu n'étais qu'un petit moustique ?

— C'était drôle.

— Tu étais en rogne — je me le rappelle, tu étais devenu tout rouge parce que tu n'avais pas le droit d'utiliser de quintes parallèles. Oh la la ! Tu étais furieux ! "Pourquoi ? Pourquoi ?" criais-tu. Tu adorais leurs sonorités.

— Mais vous me l'avez expliqué. Cela avait un sens. Abandonne ces sonorités, les lignes seront plus fluides, tu obtiendras d'autres timbres.

— Montre-moi l'une des pièces de musique sérielle que tu as composées. » Weisfeld se dirigea vers le piano.

Claude alla à sa table de travail, farfouilla quelque peu, revint avec un feuillet. « C'est affreux », prévint-il.

Weisfeld prit le papier et l'étudia plusieurs minutes. Il suivit chaque mesure du doigt, hochant parfois la tête, laissant échapper un petit grognement. Puis il posa le feuillet sur le pupitre, l'observa encore un certain temps. « Ce n'est pas affreux. Cette petite figure rythmique dans la seconde mesure, la façon dont tu t'en amuses ici, dont tu la déploies ensuite. Puis à rebours. C'est intelligent, de faire cela avec les rythmes aussi bien qu'avec les notes. Quel est le tempo ? Tu ne l'as pas indiqué.

— Je ne sais pas. *Allegro*, je pense. »

Weisfeld se pencha, mit les mains sur le clavier, se lança dans le morceau en le jouant de mains fermes.

Tandis que le motif se développait, des dissonances jaillissaient de droite et de gauche, denses comme des pétards de Nouvel An chinois, et la pièce progressa, exempte de tonalité centrale, sans base clairement identifiable, laissant Claude vaguement nauséeux. Tout ce qui en ressortit, une fois que Weisfeld eut terminé le morceau, fut un rythme bizarre, une sorte d'hybride entre la valse et la marche. Pour l'oreille de Claude, elle ne s'acheva pas réellement mais s'arrêta.

« Ma foi.... dit Weisfeld. Ce n'est pas mal. Ça finit un peu comme si tu tombais en panne d'essence, pour ainsi dire... Mais ce n'est pas mal du tout. »

Claude tira la chaise de son bureau et s'y laissa choir. « Je n'y comprends rien.

— C'est inventif. Tu n'as qu'à appliquer les règles, Toi, tu réfléchis.

— Mais ça ne ressemble à rien ! » La voix de Claude était comme celle d'un gosse sur le point de pleurer. « C'est chaotique. Je ne peux pas le contrôler. Je ne suis pas *autorisé* à le contrôler. » Il s'effondra en avant, se prit la tête entre les mains.

« Ahhh ! » soupira Weisfeld, comme si Claude avait révélé quelque chose d'important.

« Que voulez-vous dire, ahhh ? fit Claude d'un ton las. Je ne vois pas.

— C'est très bien. » Weisfeld se leva. « Va à l'école maintenant, sans quoi tu seras en retard. Laisse-moi réfléchir. Ce soir, nous aurons une conversation. Nous fermerons plus tôt et nous irons nous promener dans le parc. D'accord ? »

Claude acquiesça.

Le simple fait d'en avoir parlé à Weisfeld permit à Claude de se sentir mieux. À l'école, ce jour-là — c'était jeudi, il n'avait pas Satterthwaite —, il fit même une plaisanterie en cours d'histoire de l'Amérique. Un calembour lancé d'un ton espiègle sur *seamen* et *semen*[1], que chacun comprit immédiatement et qui arracha même un sourire au professeur.

Weisfeld surprit Claude en fermant le magasin presque dès son retour. Il était incapable de se souvenir de la dernière fois où Weisfeld avait fermé si tôt. Ils se dirigèrent vers le parc dans un silence tranquille, suivirent l'allée de gravier qui longeait le bassin de retenue.

« Tu n'es plus un gamin, commença Weisfeld, avançant lentement les mains derrière le dos. Tu es en passe de devenir un jeune homme instruit. Nous abordons ici des problèmes compliqués. Et je ne peux plus simplement te *dire* les choses, tu comprends ? Je vais donc parler à bâtons rompus. Te livrer mes pensées. Peut-être sont-elles justes, peut-être sont-elles fausses. Peut-être sont-elles utiles, peut-être ne le sont-elles pas. J'ai réfléchi au problème toute la journée, sachant combien cette musique te met mal à l'aise. Elle te fait même un peu peur, peut-être. C'est compréhensible, mais vraiment inutile. Inutile. »

Quelques personnes passèrent à cheval dans l'allée cavalière. Une jeune femme, vêtue comme pour une chasse au renard dans un film anglais les dépassa, tenant sa monture par la bride. De temps à autre, elle tournait la tête vers l'animal et lui parlait avec colère.

« Satterthwaite dit que c'est l'avenir de la musique, dit Claude.

— Avec tout le respect qui lui est dû, répliqua Weisfeld, nul ne peut se targuer de connaître l'avenir. Celui de la musique pas plus qu'un autre. Tout ce que

1. *Seamen* : marins ; *semen* : sperme *(N.d.T.)*.

nous pouvons faire, c'est émettre des hypothèses. Crois-moi. » Il contempla l'eau à travers le grillage de la clôture, ses petits pieds faisant crisser doucement le gravier tandis qu'il marchait.

« Les hommes sont attirés par les systèmes. Telle est leur nature. Ils cherchent toujours à en fabriquer. Ils les traquent, les combinent. Pas seulement pour la musique, pour tout le reste. Parfois ces systèmes sont bons. Parfois ils le sont moins.

— Par exemple ?

— As-tu entendu parler de Karl Marx ?

— Le communisme.

— Exact. Mais au départ, ce n'était pas cela. Karl Marx était un homme brillant, il avait tout lu — économie, histoire, anthropologie, philosophie. Par ailleurs, c'était un homme moral, qui voulait améliorer les choses. Il a donc créé un système. Je veux dire un système intellectuel, analytique, une sorte d'outil à la portée de tous, et qui englobait tout. Il expliquait tout par l'économie. Il suffisait de le consulter. Les hommes ont donc commencé à s'en servir, ils l'ont développé, etc. Et à quoi a-t-on abouti ? Où s'est-on retrouvé ? » Il s'arrêta, lança à Claude un regard aigu. « À Staline. Tel a été le résultat. L'un des plus grands monstres de tous les temps.

— Mais n'a-t-il pas aidé à battre Hitler ?

— Et alors ? Combat de monstres — sans compter qu'au départ ils s'étaient fait du pied. Mais revenons à la question des systèmes. C'est sur ce point que je voudrais te faire réfléchir. Le besoin d'en fabriquer. Monsieur Schönberg n'est pas le seul, crois-moi.

— Mais son système est-il bon ou mauvais ? demanda Claude.

— Attends. Ce n'est pas si simple. Si ça l'était, crois-tu que je ne te le dirais pas tout de suite ?

— Excusez-moi.

— À présent, prenons un exemple de bon système : l'évolution de la méthode scientifique. T'en a-t-on parlé en classe ? De la méthode scientifique ?

— Un peu, fit Claude, regrettant qu'Ivan ne fût pas là.

— Une belle affaire. On fait une expérience, il faut la contrôler. On obtient le rasoir d'Ockham — de deux réponses, on choisit la plus simple. C'est un autre type de système, mais qui marche. Du coup, le savoir humain en matière scientifique se développe si rapidement qu'il explose littéralement... Si bien que cela ressemble à un bon système. On n'aboutit pas à Hitler ou à Staline, on découvre la pénicilline.

— Mais la musique *a* un système, dit Claude. Vous me l'avez appris. Elle *a* un système. »

Weisfeld hocha la tête. « Très bien. Un bon point. » Il agita un doigt en l'air, remit les mains derrière son dos. « Presque toujours, un nouveau système prend la place d'un ancien. Autrefois, on pensait terre, air, feu, eau, tout était là. Mais cela n'a pas tenu, si bien qu'en fin de compte il y a eu le carbone, l'oxygène, l'hydrogène, etc. : la chimie. Autrefois, on pensait que Dieu avait fabriqué le monde en sept jours une fois pour toutes. L'homme et les animaux étaient établis à jamais, immuables. Mais cela n'a pas tenu non plus : il y a eu Darwin, l'évolution, la survie du plus fort. Tu comprends ?

— Newton n'a pas pu tenir, dit Claude, il y a eu la relativité. »

Weisfeld s'arrêta de marcher. « Exactement ! Ceci tu l'as appris, je présume, de ton ami Ivan.

— Il essaie de comprendre. La courbure de l'espace. Le temps fonction de la vitesse, ce genre de trucs.

— Oui, il en a parlé. » Weisfeld se remit en

marche. « C'est un jeune homme sympathique. Un esprit très vif. »

Claude sentit un petit pincement coupable de jalousie, mais juste une fraction de seconde — après tout, Ivan ne jouait pas du piano. D'ailleurs, Claude était fier d'Ivan, fier de l'avoir comme ami, et, par conséquent, fier de ce que Weisfeld eût une bonne opinion de lui. Tandis qu'ils atteignaient la rive nord du bassin de retenue, Claude sentit monter en lui une vague d'amour pour Weisfeld, une sorte de sensation fondante dans la poitrine. Il se rapprocha, et Weisfeld, sans changer d'allure, de la façon la plus naturelle, lui prit le bras.

« La tonalité peut-elle tenir ? continua Weisfeld. Il y a là matière à réflexion. Est-elle vraiment une prison, ou laisse-t-elle place à la création ? Schönberg a-t-il pris le départ trop tôt ? Le nouveau système est-il vraiment plus large, meilleur, ou se révélera-t-il plus étroit, pire ? Mènera-t-il quelque part ? Telles sont les questions que l'on peut se poser.

— Mais *vous*, qu'en pensez-vous ? C'est ce que je veux savoir.

— Ce que je pense n'a pas tellement d'importance. Ce n'est pas moi qui suis confronté à ce problème, mais toi. La nouvelle génération. Tu devras trouver les réponses en toi-même. Et ne te hâte pas. Souviens-toi, presque tous les jeunes compositeurs écrivent de la musique sérielle. Presque tous. »

Ils avancèrent en silence quelques instants, Claude réfléchissait. « Peut-être sont-ils simplement en train de l'essayer, dit-il finalement.

— Peut-être. Et peut-être n'est-ce pas une si mauvaise idée.

— Vous voulez dire...

— Ne te laisse pas effrayer par cette musique. Apprends-la. Travailles-y dur, sérieusement. Essaie

273

d'en tirer ce que tu peux. Garde l'esprit ouvert. Et si pour finir, tu décides de l'abandonner, ce sera en connaissance de cause.

— Oh! Seigneur, soupira Claude.

— Je suis certain d'une chose. *Joue les morceaux.* Joue au piano ce que tu écris, écoute à fond. Ainsi c'est étrange... Mais qui s'en soucie? Écoute aussi fort que tu peux, même si tu penses que tu ne le contrôles pas — ce qui semble te tracasser beaucoup. Concentre-toi. Tu finiras peut-être par entendre plus... — il chercha le mot — largement. Peut-être, si fine ton oreille soit-elle — qui sait? Sous la pression — entendras-tu un peu plus profondément? Est-ce possible? »

Claude regarda devant lui et constata avec surprise qu'ils avaient fait le tour du bassin. Weisfeld s'arrêta à l'entrée du sentier par lequel ils étaient arrivés. « D'accord? » demanda-t-il.

— D'accord. » Claude hocha la tête, frappant lentement du pied sur un caillou. « Mais ce ne sera pas facile.

— Bon et alors? Quoi de nouveau? dit Weisfeld. Tu veux la facilité? Joue de l'ukulélé. »

En fait, presque immédiatement cela devint moins difficile. Grâce aux paroles de Weisfeld, Claude cessa de se battre contre lui-même. La certitude messianique de Satterthwaite ne lui sembla plus menaçante, seulement excentrique. Claude, qui s'était jadis inquiété de ce que la musique sérielle fût ce vers quoi il devait *aller*, comprenait désormais que c'était ce par quoi il fallait *passer*. Toute la différence était là. Il fit un effort sur lui-même, travailla tard dans la nuit, motivé par l'idée que, une fois le système exploré à fond, il serait libre d'aller au-delà.

C'était un acte de foi, étant donné qu'il ne savait pas ce qu'il y avait au-delà, à condition qu'il y eût quelque chose. Il se découvrit un intérêt croissant pour la structure, se rendit compte des possibilités de plus en plus larges, quasi illimitées, dont il disposait en ce domaine. Il écrivit pièce après pièce, essayant chaque fois de nouvelles architectures, de nouvelles formes, légèrement obsédé par les effets métriques et rythmiques, imbriquant les indications de mesure, les rythmes de jazz, les rythmes syncopés sud-américains, utilisant les silences. En l'absence d'harmonie, il reporta toute son attention sur la texture de l'abstrait, créa des motifs avec des nuances, des cordes pincées à la main, le jeu des pédales, tout ce qui lui venait à l'esprit.

Et il écouta. Il composait le plus souvent à la table de travail, faisait de temps à autre un saut au Bechstein pour voir si la chose était concrètement jouable, vérifier un thème, une figure de rythme. Puis, lorsque la pièce était écrite d'une manière qu'il jugeait satisfaisante, il allait au piano et la jouait — au début très lentement, si lentement que c'était souvent hors tempo — en l'écoutant avec toute la concentration dont il était capable. Il se sentait curieusement passif, entendait son œuvre comme de loin — des sons étranges, qui progressaient sans relations tonales, des accords bizarres, denses comme des pierres noires dans un jardin zen, des notes jaillissant dans toutes les directions. Tout flottait dans l'air, sans filet.

Parfois, même dans un morceau purement atonal, il lui arrivait d'entendre les fragments d'une musique non écrite, hallucinatoire, une sorte de sous-structure tonale qui circulait au-dessous, comme jouée par une section fantôme de cordes. Lorsque cela se produisait — et c'était toujours par hasard, au-delà

275

de son contrôle —, il s'enthousiasmait, transporté d'un plaisir que n'entachait qu'une très légère culpabilité. Un jour, il joua un tel passage à Satterthwaite et lui demanda s'il entendait quelque chose au-delà des notes jouées.

« Quoi, par exemple ?

— Oh, je ne sais pas, fit Claude. Parfois, j'entends des accords, alors qu'il n'y en a pas. Dans ma tête, je veux dire. Comme ici, dans les mesures vingt-trois à vingt-six.

— Jouez-les », dit Satterthwaite, inclinant la tête, se prenant le front à deux mains pour écouter.

Claude joua les quatre mesures.

Satterthwaite releva son visage luisant. « Je n'entends que les notes.

— Très bien.

— Si vous entendez quelque chose d'autre, ajouta Satterthwaite d'un ton hésitant, c'est probablement que votre cerveau essaie de revenir à la tonalité. N'en tenez aucun compte. Vous faites de l'excellent travail, jeune homme. Très pur, très expert. Demeurez sur cette ligne de crête. Ne vous laissez pas tirer vers le bas, même dans votre tête.

— Oui, monsieur », répondit Claude, sachant parfaitement que s'il s'agissait là d'impuretés, il en redemanderait volontiers.

Un jour, en fin d'après-midi, tandis qu'il rêvassait dans le magasin de musique en astiquant la vitrine des harmonicas, une pensée bizarre lui traversa l'esprit. Jusqu'où Satterthwaite pouvait-il entendre ? Claude s'aperçut qu'il avait supposé, parce que Weisfeld et Fredericks étaient capables de tout entendre, que Satterthwaite pouvait en faire autant. Fredericks avait appris à Claude à ne pas s'effrayer des notes omises ou fausses, lui faisant remarquer qu'il s'en glisserait toujours à un moment ou à un autre et qu'il existait des sujets de préoccupation plus importants. Mais, dans le même temps, il ne manquait jamais de les entendre. Que Claude omît la moindre appoggiature dans un morceau de bravoure exigeant une grande vélocité, et Fredericks l'entendait aussitôt. Même chose avec Weisfeld. Claude frotta la vitre jusqu'à la rendre pratiquement invisible. Une idée subversive germait dans son esprit. Il replaçait les harmonicas sur les étagères lorsque Weisfeld parut dans l'allée.

« Qu'y a-t-il ?

— Rien, fit Claude.

— Tu ressembles au chat qui a avalé le canari. » Weisfeld continua jusqu'au fond du magasin.

Claude n'était pas sûr que ce qu'il avait en tête fut réalisable, mais, lorsque Weisfeld ferma le magasin, il descendit au sous-sol pour en avoir le cœur net.

« Je vais à la cafétéria avec monsieur Bergman, cria Weisfeld. Veux-tu nous accompagner ?

— Non, merci. J'ai envie de faire quelque chose. J'ai une idée.

— D'accord. Si tu sors, n'oublie pas de fermer à clef. »

En bas, Claude tira le tabouret et alluma la lampe de son bureau. Il traîna le vieux tableau noir, l'installa de manière à le voir facilement de sa place. Il retrouva quelques graphiques et diagrammes qu'il avait précédemment établis, les recopia à la craie sur la gauche du tableau, inscrivit de mémoire une série d'accords sur douze mesures dans le premier puis dans le second renversement, s'assit sur le tabouret, disposa en ordre net une feuille de papier à musique, un crayon à mine tendre, une gomme en caoutchouc d'Inde, contempla le tableau, se mit à réfléchir.

Il n'écrivit rien pendant une bonne demi-heure. Soudain, il saisit une feuille de brouillon, y griffonna quelque chose, la mit de côté, regarda de nouveau le tableau. Il se pencha encore, inscrivit quelques notes sur les portées. Il travaillait lentement, levant la tête pour consulter les schémas, tapotant parfois un motif avec le crayon, sur le bureau — ou demeurait simplement immobile, les yeux dans le vague, calculant mentalement.

Il effaçait souvent. De temps à autre, il barrait deux ou trois mesures à grands traits irrités, tournait le papier, recommençait, jetait tout à la poubelle, reprenait une nouvelle feuille. Il était totalement concentré sur son travail, inconscient des petits bruits qui lui échappaient — soupirs, claquements de langue impatients, légers hum... de plaisir, sifflements imperceptibles. À un moment donné, il entendit Weisfeld revenir mais continua sur sa lancée.

Peu à peu, fragments et motifs se dessinèrent, en quantité suffisante pour permettre d'entrevoir la forme générale de quatre mesures comportant les douze notes d'une série sans unisson ni répétition. Il l'avait élaborée de manière à y inclure un certain motif de quatre notes, qu'il connaissait bien. Lorsqu'elle fut complète, il vérifia ses calculs, commença à explorer les renversements et les formes rétrogrades.

À un certain point, il faillit perdre courage. Il s'était mis dans une impasse. Il semblait impossible d'utiliser la série rétrograde sans qu'un certain nombre d'effets tonaux assez importants ne s'introduisissent dans la série d'origine. Il s'ingénia à chercher une douzaine d'autres voies. Mais à peine avait-il extirpé un effet tonal d'un endroit qu'un autre s'infiltrait ailleurs. C'était comme essayer de ramasser du mercure avec les doigts. Tout à coup, il vit quelque chose. S'il fragmentait la série en deux parties — impureté modeste, même compte tenu des normes de Satterthwaite — et utilisait la seconde partie dans la forme renversée, les intervalles tonaux étaient évités.

Il prit une nouvelle feuille, recopia la pièce en la perfectionnant. Son excitation s'accrut lorsqu'il vit que la première partie de l'expérience — à savoir, l'écriture, précisément, de cette pièce sérielle — allait réussir. Il se força à se lever, s'étira, respira profondément plusieurs fois. Il savait que lorsqu'il était excité il commettait des erreurs, et pour que son idée pût prouver quelque chose, il fallait que le morceau fût parfait, ou presque. Il pencha la tête, reprit son papier et son crayon, continua.

Lorsqu'il eut terminé, il mit la pièce à l'épreuve — seconde partie de l'expérience — et sauta en l'air avec un cri de joie. Il arpenta la salle un moment puis grimpa les marches quatre à quatre, courut à la porte qui donnait sur le logement de Weisfeld, cogna bruyamment. Pas de réponse. Il frappa plus fort. Un bruit sourd se fit soudain entendre, suivi d'un son de verre qui se brise, comme si un objet était tombé sur le sol. D'autres chocs se succédèrent. Soudain la porte s'ouvrit brutalement.

Claude sauta en arrière. Weisfeld, en chemise de nuit, les mains tremblantes, les yeux exorbités, le regard vague, le visage dégoulinant de sueur, la poitrine haletante, s'écroula vers lui. « Ils arrivent », cria-t-il. Avec une force étonnante, il souleva Claude et se précipita vers le fond du magasin.

« Monsieur Weisfeld ! Monsieur Weisfeld ! »

Arrivé au mur de derrière, Weisfeld lâcha Claude et entreprit d'écarter quelques caisses de carton. « La porte ! Où est la porte ? Ils ne nous verront pas. » Il semblait possédé, profondément plongé dans un cauchemar. Claude en fut terrifié.

« Monsieur Weisfeld ! » hurla-t-il.

Finalement, les mains plaquées sur le plâtre blanc et nu, Weisfeld se redressa.

« C'est moi... Ce n'est que moi, Claude. »

Weisfeld frissonna des pieds à la tête, se tourna, pâle comme la cire, sembla voir Claude pour la première fois.

Claude sentit les larmes déborder sur ses joues. « Je suis désolé, je suis désolé, je travaillais, je voulais seulement vous faire écouter, j'ai oublié où j'étais, je suis désolé, j'ai oublié, je suis désolé. »

Weisfeld regarda alentour d'un air égaré. Au bout d'un moment il baissa la tête, frappa du pied l'une des caisses en carton. Claude recula. Weisfeld se frotta la tête à deux mains et poussa un profond soupir. « Tout va bien, murmura-t-il. Tout va parfaitement bien maintenant. Je suis désolé de t'avoir effrayé.

— J'avais oublié... Je n'aurais jamais dû.

— Chhhuut..., souffla doucement Weisfeld avec un geste apaisant de la main. Calme-toi. Ne t'affole pas. Quelle heure est-il ?

— Je ne sais pas, bredouilla Claude, désignant du doigt la montre de Weisfeld.

— Oh oui. Il est quatre heures du matin. Que fais-tu ici ? Quelque chose ne va pas ?

— Non, non. Je travaillais en bas. J'ai perdu la notion du temps. Je suis désolé. Je pars immédiatement. » Claude se détourna.

« Attends une seconde. Une seconde. » Weisfeld avança, effleura la joue de Claude puis son épaule. « Quelque chose d'important, oui ? Qu'est-ce que c'est ? »

Claude n'était que remords. « J'ai écrit une chose, murmura-t-il. J'ai réussi... » Il hésita, secoua la tête. « Ça n'a pas d'importance.

— Bien sûr que ça en a. C'est de la musique. Descendons. » Il fit un pas, s'arrêta. « Quelle allure, avec cette chemise de nuit. » Il lissa ses manches, regarda de nouveau la porte par laquelle il venait de sortir, puis le mur. Il demeura immobile plusieurs minutes.

« Monsieur Weisfeld ? »

Weisfeld secoua doucement la tête. « Extraordinaire », murmura-t-il, et il montra le mur avec son doigt. « À la ferme, la porte était là. La porte secrète. » Il laissa retomber son bras. « Extraordinaire. »

Sur le chemin du sous-sol, Weisfeld demanda : « Alors, de quoi s'agit-il ? Tu n'as pas frappé à ma porte pour rien. Quelque chose de merveilleux ?

— Je ne sais pas, fit Claude. Ça a été difficile. C'est probablement fou.

— Je suis tout ouïe. »

Weisfeld s'assit à la table de travail en face du piano et Claude joua le morceau. C'était une musique extrêmement structurée, avec un son limpide, des colorations pastel, l'éclat bref de quelques dissonances.

« Rejoue-le », demanda Weisfeld, et il se mit debout derrière Claude pour lire le manuscrit. « Très intéressant, fit-il à la fin de la dernière mesure. Je vois que c'est de la musique sérielle. Mais quelque part elle a une saveur... » il hésita, se tiraille la moustache. « Une certaine qualité, un je-ne-sais-quoi. On dirait que c'est entre les deux. Je ne vois pas d'où ça vient. Il faut que je l'écoute plusieurs fois... Je n'arrive pas à mettre le doigt dessus. C'est admirablement cohérent, sur le plan structurel. Très clair. » Il se pencha, joua une ou deux mesures de la main droite. « C'est là. Très bon. Complexe, mais clair. » Il se redressa, toujours pensif.

« D'accord. Encore une chose. » Claude se leva. Weisfeld le suivit vers l'électrophone, qui était allumé, un disque posé sur la platine. Claude régla le bouton du volume et dit : « Lorsque je retournerai au piano, placez l'aiguille au début du disque. J'entrerai à la vingt-cinquième mesure.

— Quel est ce disque ?

— Charlie Parker. Le musicien de be-bop dont je vous ai parlé. »

Weisfeld leva le bras de lecture. « J'y suis. »

Claude retourna au Bechstein, Weisfeld abaissa l'aiguille. Le son vif du saxo alto de Parker déchira l'air d'une ligne de blues syncopée, qui se répétait au bout de douze mesures. À la vingt-cinquième mesure, deux choses se produisirent : premièrement, le pianiste du disque commença à jouer le cycle de quintes fondé sur les changements du be-bop de Parker que Claude avait reçu à l'Automatique ; deuxièmement, Claude joua la composition de musique sérielle à laquelle il avait travaillé toute la nuit.

En quelques secondes, Weisfeld comprit et bondit de sa chaise. Les deux choses s'accordaient parfaitement : on eût dit que le be-bop était l'accompagnement de la musique sérielle et vice versa. La surprise le laissa sans voix.

Claude joua la pièce deux fois, puis se leva, éteignit l'électrophone. « Le fait est, dit-il, que ça suit les règles de la musique sérielle. Mais j'ai composé la série à partir des notes fondamentales des accords du disque. Surtout des quintes, septièmes et neuvièmes. Parfois, j'ai dû aller plus loin. Je les ai mélangées, bien sûr, mais, en réalité, tout est fondé sur l'harmonie. Croyez-vous qu'il l'entendra ? »

Weisfeld s'esclaffa bruyamment. Il se pencha, se frappa les rotules, laissa échapper quelques hop là !, puis il reprit le contrôle de lui-même.

Claude eut un rire nerveux. « Alors, c'est tonal ou atonal ?

— C'est merveilleux, voilà ce que c'est, s'exclama Weisfeld en se frottant les mains. Quel dommage que le Maestro ne soit pas là ! Il aurait été... » Il s'interrompit, repartit d'un ton plus sérieux. « Écoute, Claude. C'est brillant. Je ne plaisante pas. Brillant. D'où t'est venue cette idée ? »

Claude rougit. « J'étais curieux de voir si c'était faisable. Et si ça l'était, si monsieur Satterthwaite pourrait l'entendre. Vous savez, s'il suspecterait quelque chose, comme vous l'avez fait.

— Ha ! ha ! Eh bien montre-le-lui. Joue-le-lui. Fais-le-*lui* jouer.

— Vous croyez que je peux le... Seulement lui montrer, sans rien dire sur... » Il fit un geste vers l'électrophone.

« Si tu peux ? » Weisfeld rit encore. « C'est une idée formidable ! Raconte-moi ce qu'il dira. »

« Excellent, déclara Satterthwaite, levant les mains du clavier. Monsieur Platt ? Quelque chose vous a-t-il frappé ? »

Platt, qui avait démarré très fort au début du semestre, ne semblait plus particulièrement intéressé par la musique. Les échecs étaient devenus sa passion, il avait l'air préoccupé d'une personne qui combine constamment des parties dans sa tête. « Euh... non, monsieur. Ça sonne bien. »

Claude se tortilla nerveusement sur sa chaise.

« Il n'a pas entendu », soupira Satterthwaite.

Claude attendit.

« Monsieur Platt. Il a fragmenté la série en deux parties pour le développement. Une hérésie bénigne, et non sans précédent. Berg, par exemple. Vous auriez dû le remarquer.

— Excusez-moi, monsieur.

— Monsieur Rawlings ? Vous procédez à des expériences ?

— Oui, monsieur. » Claude se détendit.

« Très bien. Une certaine proportion de jeu est certainement autorisée.

— Merci, monsieur. » À présent qu'il avait réussi, Claude se sentait mal à l'aise et souhaitait presque ne pas l'avoir fait.

Après la classe, Satterthwaite l'appela dans son bureau.

« Le semestre est presque terminé, dit Satterthwaite en s'asseyant derrière le meuble immaculé. Vous avez progressé à une vitesse étonnante, franchement. Je pense que vous avez devant vous un avenir prometteur de compositeur. Très prometteur, nul doute. » Il regarda Claude, les yeux élargis. « Je suis prêt à continuer avec vous, en dehors de la classe, sur une base non officielle. Des cours particuliers — et, bien sûr, vous n'auriez rien à payer. Vous êtes exactement le genre de jeune musicien capable de faire avancer la musique, de continuer à construire sur les fondations établies pour nous par le Maître, d'ouvrir les oreilles de la prochaine génération. C'est une responsabilité passionnante, importante, monsieur Rawlings. »

Claude eût souhaité être au cinéma, ou occupé à trier des anches de saxophone au magasin, ou travailler des doubles tierces au clavier. Il eût souhaité être n'importe où ailleurs qu'ici. Il avala péniblement sa salive et se demanda ce qu'il allait répondre. Le visage étiré de Satterthwaite, ses yeux humides, son sourire effilé, semblaient s'agrandir comme dans un zoom ralenti en gros plan, au RKO.

« Je suis très... » Claude s'éclaircit la gorge. « Je suis très flatté, monsieur. Il m'importe beaucoup que vous pensiez que je peux avoir du talent.

« — Oh ! vous en avez.

— Oui, monsieur. Merci. » Claude considéra brièvement l'éventualité de dire la vérité. La tonalité était une chose naturelle, vivante, le moyen d'exprimer une quantité infinie d'émotions variées. Le dodécaphonisme n'était qu'une idée — une idée négative de surcroît. Une chimère. Claude savait qu'il pouvait se tromper, mais tel était son sentiment. Le dodécaphonisme le rendait positivement claustrophobe et n'avait, jusqu'ici, jamais réussi à toucher son âme. Mais la foi calme et bienveillante de Satterthwaite était sans doute la seule chose que l'homme possédât, Claude ne put se résoudre à la remettre en question.

« J'aimerais beaucoup, dit Claude. C'était fascinant. J'aimerais énormément. Mais je dois travailler mon répertoire. J'ai pris beaucoup de retard. »

Hormis la disparition du mince sourire, aucun muscle ne bougea sur le visage de Satterthwaite. « Votre répertoire ?

— Oui, monsieur. C'est ainsi que j'envisage de gagner ma vie. »

Satterthwaite se leva, alla vers la fenêtre, se pencha et regarda dehors, les doigts sur le rebord.

Après quelques instants de silence, Claude reprit : « Je suis vraiment désolé. Je souhaite...

— Merci, monsieur Rawlings, dit Satterthwaite. Je comprends. Ce sera tout. »

Il ne se tourna pas lorsque Claude s'éclipsa.

Dévalant l'escalier, Claude sentit son souci pour Satterthwaite — la sensation nouvelle d'avoir à s'inquiéter pour lui —, l'abandonner rapidement, comme s'il se débarrassait d'un manteau lourd et inconfortable. Le temps de pousser la porte et de gagner la rue, il était de nouveau léger, ragaillardi par un sentiment soudain de liberté sucré comme une pomme d'hiver. Le soleil brillait, le monde était plein de promesses.

CHAPITRE 11

« Mais tu *dois* venir, insistait Ivan tandis qu'ils entraient dans le hall. C'était très amusant l'année dernière.

— J'ai du travail, fit Claude.

— Oh, vraiment. Trouve-toi le temps.

— Et je ne sais pas danser.

— N'importe quel nigaud peut danser. Il suffit de remuer les pieds dans un carré. »

Claude fut surpris de trouver une lettre dans son casier — une vraie, qui venait de l'extérieur de l'école. Il la prit et la retourna. Lorsqu'il vit le nom, il faillit laisser tomber l'enveloppe. Il lui fallut un moment pour trouver le courage de l'ouvrir.

Cher Rawlings,

Accompagnez-moi au bal. Soyez à la maison à dix-neuf heures trente. Charles nous y conduira en Packard.

CATHERINE

« Qu'est-ce que c'est ? » demanda Ivan.

Claude lui tendit la lettre.

« Hum... fit Ivan en lisant. Un peu impérieux, non ? Qui est ?

— Une fille.

— Je m'en serais douté. Catherine qui ?

— J'avais oublié qu'elle allait à Brearley. En quelque sorte, je ne l'associe pas à...

— Tu ne veux pas dire... Catherine Marsh ? La petite-fille du sénateur Barnes ? C'est elle qui t'envoie ça ? » Ivan était sidéré.

Claude lui lança un regard aigu. « Tu la connais ?

— En fait non, pas vraiment. » Son visage poupin se plissa. « J'en ai *entendu* parler. Bon Dieu, Claude, c'est une beauté célèbre, elle traîne tous les cœurs d'adolescents ! Elle ne donnerait l'heure à personne et voilà qu'elle t'écrit pour te demander d'être son cavalier ! »

Claude étudia de nouveau la lettre, admirant l'écriture fluide, vaguement sensuelle. « Je crois que j'irai. »

Ivan aboya une sorte de rire. « J'espère bien. Tu vas être un héros. Maintenant, au nom du ciel, comment tu l'as connue ? »

Devant l'hôtel particulier, tandis qu'il traversait l'allée incurvée, il commença à se sentir inquiet pour l'heure. N'était-il pas trop en avance ? Et aussi, n'avait-elle pas trouvé sa carte postale impertinente ? Il avait fait une douzaine de brouillons de lettre qui lui avaient paru tous plus idiots et insipides les uns que les autres puis les avait jetés à la poubelle et envoyé une carte postale sur laquelle il avait seulement mis : *19h30*, avec sa signature. Mieux valait pécher par excès de simplicité, avait-il pensé, que se rendre ridicule.

Isidra ouvrit la porte. Lorsqu'il entra, elle posa la

main sur son bras et lui montra une petite croix de bois sombre d'environ deux centimètres de long, qu'elle éleva au niveau de son visage, sans cesser de le regarder intensément.

« Prenez ceci », dit-elle en glissant la croix dans la poche de poitrine de Claude. « Elle vous protégera. »

Ahuri, Claude bafouilla un merci, se rendant compte à l'expression d'Isidra qu'il ne s'agissait pas d'un geste badin. « Cela éloigne les maléfices », ajouta-t-elle.

Les maléfices ? De quoi parlait-elle ? Il mit la main sur sa poche. Elle se détourna et s'éloigna.

Peter était au salon. Il n'avait apparemment pas grandi d'un pouce ni grossi d'une livre, depuis la dernière fois que Claude l'avait vu. « Viens, s'exclama-t-il, tirant Claude par la manche. Il faut que tu voies cela. »

Ils s'engagèrent dans un long corridor. « Où m'emmènes-tu ?

— Dans ma salle de jeux. » L'enfant entra dans une pièce, alluma les lumières. « Mes trains électriques étaient installés ici, avant. »

Une immense table basse, éclairée de manière spéciale, occupait quasi tout l'espace. Claude s'avança et contempla la carte multicolore qui en constituait le plateau — l'Afrique du Nord, du Maroc à l'ouest jusqu'au Caire à l'est, avec l'île de Malte, orangé clair, au milieu du bleu-vert de la Méditerranée, qui s'étirait jusqu'à l'autre bout de la table. Des coffrets de bois alignés autour contenaient des soldats de plomb, des tanks, des bateaux, des avions, une artillerie de campagne, tous de couleurs différentes.

« Rommel est noir. Les Italiens placés sous son commandement sont jaunes, parce qu'ils l'étaient, expliqua Peter. Les Britanniques sont bleus, les Américains blancs. On peut jouer à toutes les campagnes, mais je préfère celle de l'été 42. On a fini d'installer ça hier soir, il nous a fallu trois jours. C'est pourquoi le plateau est vide, à présent. On n'a pas encore décidé quoi faire.

— Tu joues avec Catherine ?

— Non, idiot. Avec ma mère. Elle est rudement bonne, pour les bouquins. Dewman nous a même obtenu des trucs secrets du ministère de la Défense. Ces classeurs, là-bas. » L'enfant tira une chaise de cuisine et s'assit devant Casablanca. « Je suis toujours le général Rommel. » Il se pencha sous la table, ramena une casquette d'officier allemand dont il se coiffa. Claude trouva qu'elle était à peine trop grande pour lui.

« Elle est vraie ? demanda-t-il.

— Bien sûr. Et tous ces trucs aussi. »

Claude alla vers les étagères. Des livres, des dossiers en carton gris-vert, des cartes, une baïonnette, un masque à gaz, un Luger, diverses médailles, un casque allemand. Un médaillon en argent, représentant une tête de mort, sur un petit morceau de velours.

« Rommel était un génie. Il allait foncer tout droit et prendre Le Caire. Après ça, le sud, et assez de carburant pour continuer jusqu'au bout. Ça aurait dû marcher, ça aurait vraiment dû marcher. »

Claude revint, regarda la table en réfléchissant. « Et pourquoi ça n'a pas marché ? » demanda-t-il, essayant de gagner du temps.

« Malte. » Peter montra l'île du doigt. « Les Britanniques. Il avait dit à Hitler de la prendre, et il avait raison. Mais Hitler s'inquiétait du front russe. Il a tout gâché. Il était bon au début. Mais ensuite, il est devenu stupide ou cinglé, ou un truc du genre. »

Claude remarqua un drapeau, ou un pavillon,

accroché à un vieux lampadaire derrière la chaise de Peter. « Peter, que sais-tu de la guerre ? »

Les yeux énormes de l'enfant pivotèrent avec surprise derrière leurs lentilles. « Je sais tout sur cette partie, dit-il vivement. Je connais les campagnes, le service du matériel, le planning des opérations, les mouvements de troupes pratiquement au niveau de la patrouille. L'intendance, la chaîne de commandement, la stratégie. Je sais tout. On l'a jouée ici même. »

Claude alla vers le lampadaire. « Je veux dire, de la chose en général. » Il tendit le bras vers la lisière inférieure de l'étoffe. « As-tu entendu parler des camps de concentration ? Des chambres à gaz ?

— Des chambres à gaz ? Pour quoi faire ? Tu veux dire, pour stocker le carburant ? »

Lentement Claude souleva le tissu, révélant un petit drapeau avec une croix gammée noire en son centre.

« Peter ! » La voix de madame Fisk leur parvint brusquement de l'embrasure de la porte. « Je croyais t'avoir dit de recevoir Rawlings dans la bibliothèque. Je suis tout à fait certaine de te l'avoir dit.

— Je voulais seulement lui montrer... »

Elle l'interrompit. « Rawlings est beaucoup trop âgé pour jouer aux soldats de plomb, mon chéri. Viens, à présent.

— Oui, mère. » Il se leva, elle quitta l'embrasure de la porte, non sans avoir éteint la lumière. « Oh ! zut ! fit Peter en avançant dans l'obscurité. En tout cas, c'est bien plus amusant que les trains électriques. »

Claude le suivit, l'esprit en ébullition. La croix gammée avait été un choc, elle lui avait sauté au visage comme une chose vivante. Mais, pour Peter, elle n'avait manifestement pas grande importance.

Elle n'était que l'un des nombreux accessoires d'un jeu compliqué. D'un autre côté, madame Fisk avait semblé pressée de le voir quitter la pièce. Et pourquoi n'avait-elle pas dit la vérité à Peter ? Pensait-elle qu'il était trop jeune pour être informé d'un mal aussi monstrueux ? Dans ce cas, pourquoi le laissait-elle s'entourer des emblèmes de ce mal ? C'était incompréhensible.

Comme ils entraient au salon, Catherine apparut en haut de l'escalier, vêtue d'une robe de velours bleu sombre garnie de dentelle. Lorsqu'elle tendit le bras vers la rampe, la lumière capta un mince bracelet d'or à son poignet. Elle descendit lentement, suivie par Dewman Fisk, quelques marches derrière elle.

« Vous êtes là, Rawlings, dit-elle.

— Bonsoir.

— Prêt à *défoncer le plancher* ? » Elle appuya sur les trois derniers mots, fit un petit mouvement circulaire en l'air avec l'index et éclata de rire.

Madame Fisk s'affaira autour de quelques fleurs. Peter se laissa tomber dans un grand fauteuil en remontant les genoux jusqu'au menton. Dewman s'approcha et serra la main de Claude avec une gravité feinte. Soudain, tout le monde sembla se pétrifier. Il y eut un silence, une curieuse tension dans l'air. Claude entendit le bruissement doux des fleurs que madame Fisk déplaçait.

« Allons-y », lança Catherine.

La Packard attendait dans l'allée. Charles ouvrit la portière, ils montèrent. Catherine se pelotonna en oblique dans l'angle, fit glisser ses escarpins noirs et replia les jambes sous elle. Elle regarda par la fenêtre tandis qu'ils descendaient la Cinquième Avenue.

« Je ne suis jamais allé dans un truc de ce genre, fit Claude au bout d'un long moment.

— Vous êtes à Bentley. Cela en fait partie.

« — Je n'avais pas l'intention d'y aller avant de recevoir votre lettre. » Il leva le bras et saisit la lanière de cuir, derrière sa fenêtre. « Vous êtes très jolie.

— Vous trouvez ? Dans cette robe ridicule ? Je ressemble à une petite fille sortie d'un roman des sœurs Brontë. »

Sous le col de dentelle, il distingua le renflement de ses seins. « Alors pourquoi l'avez-vous mise ? »

Au lieu de répondre, elle déplia une jambe et posa son pied nu sur les genoux de Claude. Il le regarda ce pied puis lança un coup d'œil vers la nuque de Charles, derrière la vitre qui séparait les deux compartiments.

« Ne vous inquiétez pas, dit-elle. Il ne peut pas nous entendre. À présent dites-moi si mon pied est joli. »

À son propre étonnement, il lui enveloppa le talon d'une main. De l'autre, il lui enserra doucement la cheville. Incapable de parler, il leva les yeux vers elle. L'expression de Catherine était attentive, curieuse, comme si elle observait une expérience de chimie en classe. Claude retourna son attention vers le pied, lequel semblait parfaitement ordinaire, un rien potelé. Il se demanda si elle sentait son érection en dessous — il se demanda si elle pouvait ne pas la sentir.

Très lentement, elle fit bouger son gros orteil. « Vous pouvez le mettre dans votre bouche, si vous voulez. »

Au milieu du rugissement doux du sang chaud qui l'inondait, de sa tête qui enflait, de sa gorge qui se nouait, une partie de son cerveau continuait néanmoins à fonctionner avec une lucidité particulièrement aiguë. La suggestion de Catherine semblait incompréhensible, grotesque, insensée, effrayante — en même temps qu'intime et, pour des raisons qu'il pouvait sentir mais non élucider, abominablement érotique, merveilleuse. Une fraction de seconde, il envisagea de pencher la tête.

« Non », fit-il, groggy. Puis, follement : « Pas maintenant. »

Il reposa le pied. Elle le retira lentement, soigneusement, considéra Claude un moment puis regarda par la fenêtre.

« Il y en a, dit-elle, qui donneraient n'importe quoi pour une occasion pareille. Qui se traîneraient littéralement à genoux. Le croiriez-vous ? » Sa voix était calme, pensive.

« Je le crois, acquiesça Claude. J'en suis sûr. »

Charles avança la Packard le long de la courbe, à la fin de la rue, et l'arrêta devant le River Club. Il commença à sortir mais Catherine avait déjà ouvert sa portière et sauté sur le trottoir. Claude la suivit.

D'autres couples descendaient l'avenue et franchissaient les portes de verre pour entrer dans le vestibule bondé. Les voyant s'agglutiner autour de la table des chaperons à l'entrée de la salle de bal, Catherine tendit le bras en arrière et saisit celui de Claude. Elle l'entraîna vers la droite, en direction d'une clôture de fer au-delà de laquelle on apercevait la rivière, noire comme de l'huile. Elle contempla l'eau quelques instants, les mains sur le grillage. Ils entendaient des rires, des salutations, des voix surexcitées derrière eux.

« Vous savez ce que c'est, n'est-ce pas ? demanda-t-elle.

— Ça ? C'est un bal.

— Une foire au mariage pour classes supérieures, idiot ! Ils commencent tôt, quand on n'est encore que des gamins, et ça continue année après année.

Leçons de danse, soirées, bals pour débutantes — tout pour que les gens se marient dans leur classe. Je trouve cela très vulgaire, en vérité. Extrêmement hypocrite. Ils ne m'auront pas.

— Je n'ai jamais pris de leçons de danse, fit observer Claude, comme vous ne tarderez pas à vous en apercevoir.

— Au moins jouez-vous du piano. La plupart de ces crétins ne savent rien faire, excepté danser et blinder le punch. »

Cela lui parut un moment extraordinairement important. Un compliment. Un compliment, librement jailli de ces lèvres parfaitement modelées. Un compliment, enfin, aussi infime fût-il. Si précieux que Claude bougea immédiatement pour le cacher et continua comme si de rien n'était — de peur qu'on ne le lui reprît.

« Je ne sais pas, enchaîna-t-il. J'ai rencontré quelques personnes vraiment intelligentes à Bentley. Un type, en particulier, est...

— J'ai dit *la plupart*. Pas tous. Il y a des exceptions, sûrement. »

Dans le silence, il savourait à présent le signe de reconnaissance, en entendait l'écho comme la vibration prolongée d'un bel accord. La regardant de profil — le cou blanc, gracile, l'aile noire des cheveux sur la pommette, la ligne pure du front —, il tomba dans une sorte d'extase, s'accrocha à cet instant, essaya de l'enfoncer au plus profond de lui-même. Elle tourna la tête et le dévisagea, d'abord avec une expression de légère contrariété puis, soudain radoucie, avec un soupçon de pitié. « Allons-y », fit-elle.

Lorsqu'ils s'approchèrent de la table des chaperons pour donner leurs noms, il fut conscient de l'attention qu'ils suscitaient dans la salle bondée. Une musique de danse rapide, jouée par un petit orchestre, pétillait dans l'air. Des couples glissaient sur le plancher avec une douceur invraisemblable, comme sur des patins à roulettes. Les visages se tournèrent vers Catherine et Claude, un groupe d'étudiants de dernière année, rassemblés autour de la coupe de punch, sembla se pétrifier un instant. Brusquement, tous se précipitèrent.

« Lester Lanin, annonça Catherine. Ce cher vieux, ce fidèle Lester.

— Qui est-ce ?

— Le chef d'orchestre. Le petit maigrichon qui sautille là-bas. »

Claude chercha Ivan des yeux. « Je me demande si mon ami... » commença-t-il. Mais Catherine avait été entraînée sur la piste de danse par l'un des étudiants, qui la tenait serrée avec une grâce presque violente et la conduisait en dansant parmi la foule, de l'autre côté de la salle. Claude, qui s'était imaginé la garder à ses côtés toute la soirée, se sentit foudroyé.

« C'est comme ça que ça marche, s'exclama Ivan, surgissant derrière lui et lui tapotant l'épaule. Tu ne *la* verras plus pendant un bon moment.

— Mais nous venions juste, je veux dire... il n'y avait que deux secondes, je n'ai même pas eu...

— Le punch ! coupa Ivan. C'est l'heure du punch. Suis-moi. »

Une immense coupe de cristal taillé était à demi pleine d'un liquide rose sur lequel flottait un bloc de glace. Ivan remplit deux coupes avec la louche d'argent, en tendit une à Claude. Ils burent à petites gorgées.

« Est-il blindé ? demanda Claude.

— Je ne pense pas. » Ivan fit claquer ses lèvres. « Pas encore. »

Claude mangea un biscuit, cherchant Catherine du regard. La plupart des personnes qui étaient sur la piste dansaient de manière experte, mais Claude aperçut avec soulagement quelques couples à la périphérie qui se trémoussaient avec raideur. Il reconnut Platt, le crack en maths, qui piétinait inlassablement le même quadrilatère, hors tempo, tenant à bout de bras une grande bringue osseuse qui regardait stoïquement au-dessus de la tête de Platt. Catherine et son partenaire reparurent brièvement. Claude éprouva une légère appréhension en constatant la vitesse avec laquelle elle se déplaçait. D'ordinaire, son maintien était empreint d'une certaine autorité, de réserve, et cette attitude imprudente ne lui ressemblait pas. Il sentait qu'elle se forçait.

« Elle danse bien », fit Ivan.

Claude et Ivan allèrent vers l'orchestre et regardèrent les musiciens. Ils étaient sept — une section rythmique et quatre cuivres, avec Lester Lanin qui annonçait le nom des morceaux, lesquels se succédaient sans interruption. « Ils n'ont pas de partitions, observa Claude. Et vois la façon dont il leur indique l'armure. Regarde ça ! Trois doigts en bas, trois bémols. » Ils écoutèrent et regardèrent jusqu'à la fin du morceau. « Tu vois ? Un doigt en haut. Un dièse. Sol majeur. » Le morceau suivant commença, saxophones, trompette et trombone se fondant harmonieusement.

« Ils sont rudement bons, fit Claude d'un ton surpris. Ils jouent ensemble, au moins.

— Ils ont du pep, approuva Ivan. Très dynamiques, comme d'habitude.

— Tu les as déjà entendus ?

— Ils font tous ces genres de trucs. Le Bottin mondain. » Ivan vida son punch.

« Le Bottin mondain ?

— Tiens, voilà Bitsy Ingalls, fit Ivan en s'éloignant. Je crois que je vais l'inviter. »

Claude, intimidé, retourna vers la coupe de punch et mit un temps démesurément long à se servir. Lorsqu'il regarda de nouveau la piste, il constata que Catherine dansait avec un autre type. Un troisième surgit alors, qui s'interposa et prit la place du deuxième, entraînant Catherine dans une valse. Claude, portant sa coupe avec précaution, se fraya un chemin vers le mur et s'assit sur une chaise, dans une rangée vide. Le punch était étonnamment bon, âpre et légèrement pétillant.

« Je sais qui vous êtes. » Une fille boulotte, avec des cheveux roux et des taches de rousseur, s'assit à côté de lui en balayant d'un large geste du bras sa jupe sous ses genoux. « Vous êtes Rawlings. Catherine m'a parlé de vous. » Elle avait des manières de garçon — au point qu'il sentit, d'une façon ou d'une autre, son manque de confort à être vêtue de falbalas — et était résolument gaie.

« Oh ! oui », répondit-il, s'efforçant de dissimuler son plaisir à la pensée que Catherine avait effectivement parlé de lui à quelqu'un. « Salut.

— Brigett McMann. Allez-vous jouer du piano ? » L'idée ne l'en avait même pas effleuré. Une seconde il s'autorisa le fantasme — le réconfort familier du clavier, le brusque afflux d'assurance qu'il sentirait à se défoncer... disons avec *Rhapsody in Blue*, à les voir tous bouche bée —, mais il le réprima rapidement. « Heu.... non.

— Eh bien, dansons, alors. » Il se retrouva debout avant de savoir ce qui lui arrivait, la main de la fille sur son épaule droite.

Il se sentait nerveux. Et pourtant un coin de sa tête lui disait qu'il devrait danser avec Catherine au moins une fois, et ferait aussi bien de voir à quoi ça ressemblait avec cette fille, dont il étreignait la main à présent. L'orchestre jouait *I've Got You Under My Skin* à un rythme assez rapide.

Au bout d'un moment elle demanda : « Quelque chose de spécial ?

— Que voulez-vous dire ?

— Eh bien, nous sommes debout, là.

— Oh ! » Il baissa les yeux une seconde. « Non, j'essaie de comprendre, j'essaie d'attraper le...

— Mettez votre pied droit devant. » Brigett l'attira vers elle d'une pression douce. « À présent, sur le côté. Puis derrière. C'est cela. » Elle sourit largement. « Recommencez. Ouais. C'est ça ! »

Ils commencèrent à danser. Répondant aux indications qu'elle lui communiquait avec ses mains, il attrapa le coup et accéléra le mouvement jusqu'à trouver le rythme.

« Épatant », jubila-t-elle en se rapprochant un peu. Beaucoup d'air séparait encore leurs corps, mais il tournait plus facilement. Il s'émerveilla de son adresse, de la façon dont elle anticipait les petites variations qu'il commençait à introduire. Elle paraissait magique.

« Épatant, répéta-t-elle. Ne vous occupez pas de moi. Faites ce que vous voulez, je vous suis. Vrai de vrai.

— Sûr ?

— Absolument. Je sais ce que je fais. »

Étourdi, il essaya un tour entier. Ils y arrivèrent sans manquer une mesure. Il eut peine à y croire, en fit immédiatement un autre en sens inverse.

« Ouah... ! fit-elle doucement, légère comme une plume. C'est amusant, non ? »

Ils se sourirent. Il éprouva soudain un élan de gratitude envers elle. Une parfaite étrangère, Brigett, l'avait guidé à travers ce rituel redoutable avec facilité et confort, comme si ce n'était rien du tout.

« J'adore danser », expliqua-t-elle, après l'avoir

observé de manière à le mener sans qu'il s'en rendît compte à travers une figure particulièrement formidable. On eût dit qu'elle savait par avance ce qu'il allait faire et s'y rendit avant lui. « On dit que je suis la meilleure danseuse de Brearley. » Elle éclata de rire à sa propre audace.

Claude était enivré par le fait qu'il fût réellement en train de danser, pas seulement de faire des mouvements mais de danser, comme dans les films. Ils enchaînèrent morceau après morceau, et il lui sembla qu'il faisait assez bonne figure. Finalement la musique s'arrêta, elle lui tapota l'épaule.

« Je dois aller aux toilettes, dit-elle. Refaisons-le une autre fois.

— Sans faute, dit-il, empourpré. Merci. »

Elle s'éloigna, redevenue une fille ordinaire, une rouquine boulotte.

Dans les petites toilettes pour hommes, il contourna un groupe d'étudiants qui traînaient autour du lavabo de marbre en buvant à de petites flasques incurvées en argent ciselé. L'un d'eux lui tendit la sienne. « Scotch ? »

Claude accepta et fit semblant de boire. Quelque gouttes roulèrent dans sa bouche, il faillit tousser. « Merci. » Il rendit le flacon, se dirigea vers l'urinoir.

« Je crois que je suis amoureux, disait l'un des garçons, touché en plein cœur, comme Roméo sur la piazza.

— Sur la piazza ? interrogea une voix. Était-ce la piazza ?

— N'importe où. »

Une troisième voix, épaissie par le whisky : « Oh, ce ne sont que des nichons. Elles me fatiguent, avec leurs précieux nichons.

« — Jenkins, tu es un animal, reprit la première voix d'un ton bonhomme.

— Un animal ivre, ajouta quelqu'un d'autre.

— Je n'ai pas l'intention de me laisser mener par le bout du nez, dit Jenkins.

— Ah..., soupira la première voix. Si seulement elle voulait bien me toucher le nez. » Rire géneral. « Je la suivrais n'importe où. Oh oui, oui, prends-moi par le bout du nez ! »

Claude remonta sa fermeture Éclair et retourna dans la salle. Il s'assit au bord de l'estrade et écouta le joueur de trombone qui se livrait à des improvisations subtiles. La musique était plus lente à présent, il y avait moins de monde sur la piste.

« Il est temps de remplir vos obligations. » La voix de Catherine, surgissant à son épaule, le fit sursauter.

Il se mit debout instantanément. Sans le regarder, elle se glissa dans ses bras, ils se mirent à danser. La soudaineté de sa proximité le réduisit au silence. Contrairement à la danse avec l'autre fille, celle-ci paraissait intime, et le contact du corps de Catherine submergeait tous ses sens. La main sur sa taille, il éprouvait la courbure de sa hanche, et, lorsque le velours bleu bougea d'un millimètre sous la pression légère de ses doigts, il sentit sa peau, sa chair lisse, cachée. Échauffée par la danse, elle exhalait une senteur légère, une odeur qui faisait penser à la pêche tiède. Elle se rapprocha, appuya ses seins contre lui. En commençant un tour, il sentit, durant un bref instant de délire, l'intégralité de son corps contre le sien.

« Vous savez danser », constata-t-elle. Ils étaient de la même taille, leurs visages étaient très proches l'un de l'autre. Pourtant, elle ne le regardait pas.

« J'apprends, réussit-il à articuler.

— Eh bien, je crois que je suis déçue, fit-elle.

J'imaginais que ce serait comme à l'école, quand j'étais petite. Vous savez, un, deux, trois. Des pas de bébé pour des pieds de bébé. »

Cette remarque le laissa perplexe.

« Oh, vous êtes très bien », reprit-elle, comme si elle sentait sa confusion. Elle regarda quelque chose derrière lui, il sentit qu'on lui tapotait le dos.

« Non, dit Catherine.

— On coupe ! fit une voix.

— J'ai dit non, Bobby. » Elle posa sa joue contre celle de Claude. « Décampe. »

Son souffle lui explosa à l'oreille. Doucement, tout en continuant à danser, elle chuchota : « Quel crétin ! » Au bout d'un moment, elle éloigna sa joue.

Il constata avec surprise qu'elle ne dansait pas aussi bien que Brigett. Ivan avait fait un compliment sur Catherine lorsqu'ils l'avaient vue entraînée avec tant de fermeté par le long jeune homme aux cheveux lisses, mais Claude découvrait à présent qu'avec un danseur hésitant comme lui elle n'était pas aussi légère sur ses jambes. Plutôt que d'anticiper ses mouvements, elle le suivait, avec une fraction de seconde de retard. Il y avait quelque chose de superficiel dans sa manière de danser — qui lui rappela la façon dont son demi-frère jouait du violon — et il fut certain qu'elle n'y prenait aucun plaisir particulier. Pour ce qui était de lui, rien ne l'intéressait, hormis la possibilité de la tenir dans ses bras, de la serrer contre lui et il se sentait coupable, comme s'il profitait de la situation.

Lorsque la musique s'arrêta, il chercha Ivan des yeux pour lui présenter Catherine autour d'un dernier verre de punch. Après quelques banalités, Catherine dit à Ivan : « J'aime l'Angleterre. À vrai dire, je n'y suis jamais allée, mais cela me plairait.

— C'est froid et humide, le soleil se couche à

quatre heures de l'après-midi, mais j'aime ce pays, moi aussi, répliqua-t-il.

— Était-ce vrai, pour les bombes volantes ? Aussi longtemps que l'on entend le bourdonnement, ça va, mais dès qu'il s'arrête, il faut se précipiter sous un banc de parc ou n'importe quoi ?

— C'est ce que l'on dit. Je n'en ai pas vraiment fait l'expérience. En réalité, j'étais plutôt loin de Londres. »

Elle rit. « C'est amusant, la façon dont vous dites "en réalité". »

Ivan sourit. « Il est agréable d'amuser quelqu'un sans faire le moindre effort. Juste en étant soi-même, pour ainsi dire. »

Il y eut un silence bref. Claude, mal à l'aise, laissa échapper une question qu'il avait pourtant décidé de taire.

« Ne trouvez-vous pas curieux, dit-il, essayant de capter le regard de Catherine, ces jeux de guerre auxquels Peter se livre avec votre mère ? »

Elle le regarda avec un soupçon de dureté. « Des soldats de plomb, fit-elle.

— Mais la croix gammée. Les trucs qu'il raconte sur Hitler.

— Oh, ne soyez pas si bourgeois. Ce n'est qu'un gosse. »

Ne sachant pas exactement ce qu'elle entendait par bourgeois, Claude préféra se taire.

« J'ai été très heureux de vous rencontrer, dit Ivan. À tout à l'heure, Claude. » Il s'éloigna.

« C'est celui que vous trouvez intelligent ? observa Catherine.

— Oui.

— Vous avez probablement raison. Quittons cet endroit. »

Dans la pénombre de la Packard, son visage était pâle et lumineux. « Où doit-on vous déposer ? »

Il n'avait pas envie de la quitter mais ne voulait pas non plus qu'elle vît l'endroit où il habitait. « Avez-vous faim ? Nous pourrions prendre un hamburger chez Prexy.

— Une autre fois, peut-être, répondit-elle. On m'attend à la maison. Mon grand-père y sera. Ils vont tous au théâtre, il est censé être déçu si je ne les accompagne pas.

— Oh ! » Son cerveau tournait à vide.

« Que dois-je dire à Charles ?

— Quatre-vingt-sixième et Lexington. Je meurs de faim. »

Elle se pencha vers l'avant et descendit la vitre de séparation de quelques centimètres. « Quatre-vingt-sixième et Lexington, Charles.

— Bien, mademoiselle. Faudra-t-il garer ?

— Non. Je rentre à la maison.

— Bien, mademoiselle. »

En remontant la vitre, elle se tourna pour regarder Claude, la tête un peu inclinée, un léger sourire sur les lèvres. « Votre premier bal. Vous ne l'oublierez jamais.

— Je ne crois pas, dit-il. Je ne crois pas que je l'oublierai.

— Vous avez été parfaitement charmant. Vous vous en êtes très bien sorti. Merci de m'avoir accompagnée. » Elle se rejeta en arrière et croisa les mains sur ses genoux.

Ils roulèrent en silence vers la haute ville. Lugubre, il comptait les blocs — quatre-vingt-trois, quatre-vingt-quatre, quatre-vingt-cinq —, chacun le rapprochant du moment où il sortirait de la voiture, où elle s'en irait simplement, comme après avoir jeté par-dessus bord, en même temps que lui-même, le souvenir d'une soirée insignifiante.

« Juste une chose... » commença-t-il, tandis que la voiture s'approchait du trottoir. Il se prit le bas du visage dans la main en un geste de concentration nerveuse, se recouvrit la bouche.

« Quoi ? »

Il retira sa main. « Pourquoi m'avez-vous demandé de vous accompagner ?

— Oh, je ne sais pas. Un caprice, je suppose », fit-elle, un peu trop vite, un peu trop désinvolte pour qu'il la crût.

« Il doit bien y avoir une raison », insista-t-il, fixant des yeux le plancher de la voiture. Il demeura parfaitement immobile, comme pour lui donner largement le temps de répondre.

« Eh bien, fit-elle au bout d'un moment, je n'appartiens certainement pas à ce monde. Je n'appartiens pas à ces choses-là, mais j'y vais parfois, pour faire semblant. Je vous ai choisi parce que vous n'en faites pas partie non plus. Vous ne venez de nulle part, vous n'avez pas d'argent. Nous sommes tous les deux différents — une touche de colère passa dans sa voix — pour des raisons différentes. Cela vous suffit-il ? »

Il était sur un terrain dangereux. Il n'eût su dire pourquoi mais il le sentait — quelque chose de violent, d'électrique, dans la franchise de Catherine, de rapide et de menaçant dans ses manières, comme si, à tout moment, elle pouvait le réduire au statut de petit garçon, d'enfant semblable à Peter, dont les jeux nazis n'avaient aucune importance au regard de sa jeunesse, de son ignorance, de son innocence. Claude se cramponna vite à lui-même, à la signification de son désir, à sa connaissance des forces sublimes qui se trouvaient de l'autre côté du mur, à la chaleur de son propre corps. Weisfeld et Fredericks le fortifièrent comme des anges posés sur son épaule. Il parvint à hocher la tête lentement, calmement, à lui serrer la main, ce qui la désarçonna, à sortir de la voiture.

Le surlendemain soir, il se retrouvait au balcon du Loew's Orpheum à draguer deux filles du Sacré-Cœur. L'une d'elles fumait une cigarette, et, dès qu'il se pencha par-dessus la rangée pour demander une allumette, tous trois surent de quoi il retournait. Les filles chuchotèrent, gloussèrent, une boîte d'allumettes fut tendue par-dessus une épaule.

D'ordinaire, il eût été infiniment plus circonspect et progressif dans son approche, il eût attendu une ou deux allusions encourageantes, mais il était dans un état de grande tension, quelque chose proche du désespoir, et cela le rendait imprudent. Il sauta donc par-dessus la rangée de sièges et s'assit à côté de celle qui fumait.

L'autre sursauta. « Tu le laisses faire ?

— On est dans un pays libre. » La fille à la cigarette avait quinze ou seize ans, des cheveux bouclés, des oreilles petites, des taches de rousseur, le nez légèrement camus. Elle regardait l'écran droit devant elle.

Il mit son pied gauche sur le siège vide au-dessous de lui, son bras droit sur le dossier de celui de la fille, lui effleura légèrement l'épaule.

« Vous êtes du genre culotté », constata-t-elle en soufflant un mince flot de fumée entre ses lèvres pincées. Elle se tourna soudain vers lui et le regarda brièvement. Elle avait des joues potelées.

« Mary, que fais-tu ? fit l'autre d'une voix de crécelle. Que va dire la sœur ? »

Mary contempla de nouveau l'écran, tira sur sa cigarette et répondit : « La sœur, je l'emmerde. »

Claude sentit à la fois un flot immense de soulagement l'envahir — une impression de dilatation, de légèreté, comme s'il s'élevait dans les airs après s'être délesté d'un poids mystérieux — et le choc palpitant d'une énergie sexuelle si puissante qu'il sentit ses jambes trembler et même, un bref instant, la peau de son visage.

« Eh bien, je m'en vais, fit l'autre. Je vais regarder la fin du film en bas. Je l'avais bien dit ! On n'aurait jamais dû venir ici.

— OK. » Mary était calme. « À tout à l'heure. »

Ils la regardèrent descendre l'allée avec raideur et disparaître.

« Sainte-nitouche, va, fit Mary. Êtes-vous à Saint-Ignace ? »

Elle se tourna encore pour le regarder.

« Oui, mentit-il.

— Je m'en doutais. »

Il pencha lentement la tête vers elle et l'embrassa. Sa bouche était chaude, il sentit bientôt sa langue agile et la pression de sa main sur sa nuque.

Il avait déjà flirté au cinéma, de longues séances de tendresse négociée, d'insistances douces, de retraits délicats, mais Mary était différente. Elle était violente, et il se retrouva lui-même en proie à une sauvagerie croissante, découvrant à chaque niveau plus de force en elle pour accueillir l'emportement de sa passion. Ils se meurtrirent les lèvres, se mordirent, luttèrent, cramponnés l'un à l'autre dans une frénésie de désir. Finalement, la main de Claude se retrouva dans le sexe glissant de la fille. Ils se repurent pendant des heures, complètement étourdis. Elle se détacha, épuisée.

« Viens, pressa-t-il. Viens avec moi quelque part où nous pourrons...

— Non, non. Je ne ferai pas ça.

— On pourrait aller dans une loge.

— Je ne ferai pas ça, répéta-t-elle. Je dois partir.

— Mon Dieu, ne pars pas. D'accord, restons ici. Ne pars pas. »

Elle se rajustait, se levait.

« Attends, cria-t-il. Quand te reverrai-je ? Où pouvons-nous... »

Mais elle s'en allait, avançant rapidement dans l'allée, descendant les marches. Elle était partie.

CHAPITRE 12

Claude, tournant le coin de la rue un après-midi de printemps, la veste sur l'épaule, aperçut avec surprise la Rolls-Royce de monsieur Fredericks garée devant le magasin de musique. Il accéléra le pas et traversa l'avenue en oblique, saluant au passage le chauffeur noir assis derrière le volant. La petite cloche tinta lorsque Claude entra dans le magasin, mais ni Weisfeld ni Fredericks, profondément absorbés dans une conversation, près de la caisse enregistreuse, ne levèrent les yeux avant qu'il ne fût quasi sur eux.

« Ah, le voilà », dit Fredericks, tendant la main pour effleurer la joue de Claude, ce qui le fit rougir.

« Je suis heureux de vous revoir, monsieur.

— Vous voyez ? fit Weisfeld derrière le comptoir. On grandit, On prend du poids. Bientôt, il nous faudra un rasoir, Vitalis, tout le *mishegaas*.

— "Car le temps, qui ne connaît pas le repos, mène l'été à l'hiver et l'abandonne là", cita Fredericks.

— Messieurs, je suis confus, balbutia Claude.

— Bon, bon, fit Weisfeld rapidement. Va au sous-sol. Monsieur Fredericks veut te parler.

— Je vous rejoins dans un moment », dit Fredericks.

Claude dévala les marches, se demandant ce qui se passait, de quoi ils pouvaient bien parler qu'ils ne voulaient pas qu'il entendît. Au nombre de mégots qu'il avait remarqués dans le cendrier — la marque spéciale de Fredericks, des cigarettes turques —, il devina qu'ils discutaient déjà depuis un certain temps. Il se dirigea vers sa table de travail et se mit à la ranger, déplaçant inutilement les objets jusqu'à l'arrivée de Fredericks.

« Le célèbre Bechstein », fit celui-ci, jetant un regard circulaire autour de lui puis se rapprochant du piano. « J'y ai souvent joué, dans son salon. » Il s'assit de biais sur la banquette, en face de Claude. « Que travaillez-vous en ce moment ?

— J'ai commencé *La Cathédrale engloutie* la semaine dernière, et j'ai lu du Debussy. Et aussi la *Sonate en* si *bémol mineur* de Chopin, depuis pas mal de temps à présent.

— Bien. Autre chose ?

— Eh bien, fit Claude, changeant de position. J'ai essayé de jouer du jazz. Improvisé sur un motif d'accords d'un musicien que j'aime bien, Art Tatum.

— Oui, je le connais, dit Fredericks. Rachmaninov a dit un jour qu'il souhaiterait jouer aussi bien que Tatum.

— J'ai transcrit quelques-uns de ses traits en exercices. »

Fredericks eut un signe de tête approbateur. Puis il se pencha en avant et serra les mains entre ses genoux. « Je discutais avec monsieur Weisfeld au sujet d'une idée que j'ai eue. » Il marqua une pause. « Vous savez, de toute la musique que nous avons travaillée ensemble, vous et moi, le *Concerto pour deux pianos* de Mozart semble se détacher avec un relief particulier dans ma mémoire.

— *K. 365 en* mi *bémol majeur.*

— Oui. Je pense que nous sommes allés assez loin, avec ce morceau, en un laps de temps remarquablement court. Quelque chose de très agréable s'était produit. Quel souvenir en avez-vous gardé ?

— Oh oui, fit Claude, se sentant soudain tout excité, c'était merveilleux. La façon dont c'était si fort, puis soudain si drôle, et tout à coup ça partait en mineur... J'ai adoré ça. Je le joue toujours. Seul, bien sûr.

— Parfait. À présent, je dois vous donner quelques informations. Certains de mes amis organisent un festival de musique cet été dans le Massachusetts. L'idée est de faire jouer un orchestre d'étudiants avec des chefs professionnels, de monter des ateliers, des classes instrumentales, des séminaires de composition, d'orchestration, ce genre de choses. Tout ceci sans formalisme. Des prestations plus ou moins continues d'un genre ou d'un autre au cours de l'été. Voyez-vous de quoi il s'agit ?

— Oui, monsieur. »

Fredericks leva imperceptiblement la tête et plongea les yeux dans ceux de Claude. « J'ai accepté de donner un gala à leur profit en juin. Je pense que nous pourrions jouer le *Concerto pour deux pianos* de Mozart avec l'orchestre d'étudiants. » Il soutint le regard de Claude. « Nous, c'est-à-dire vous et moi. »

Claude prit peu à peu conscience que sa bouche était restée ouverte. Il la referma et avala sa salive. Fredericks resta silencieux, mais Claude fut incapable d'articuler un mot. Les paroles de Fredericks résonnaient interminablement dans sa tête, si fort qu'elles noyaient toute pensée. Il déglutit encore.

« Qu'en pensez-vous ? demanda Fredericks.

— Je peux le faire, balbutia Claude. Oui. Oh, bien sûr, oui.

— J'en suis ravi. » Léger sourire. « C'est donc réglé. À présent, comme je vous l'ai dit, tout ceci se fera sans formalisme, mais nous voulons rendre justice à la musique. »

Claude acquiesça.

« Il serait agréable d'avoir plus de temps, poursuivit Fredericks, brossant un atome de poussière sur sa manche, mais nous devrons faire avec ce dont nous disposons. Nous utiliserons l'édition Breitkopf et Härtel, et je suggère que vous regardiez très attentivement la partie orchestrale avec monsieur Weisfeld. Nous ne l'avions pas tellement fait, à l'époque, et c'est important. Étudiez-la.

— Oui, monsieur.

— Je peux organiser quatre séances au piano avec vous. Je vous en communiquerai les dates. La première sera consacrée aux vingt-deux mesures après l'entrée. Bon, je sais que vous allez probablement jouer la chose jour et nuit, mais souvenez-vous, nous commencerons par creuser ces vingt-deux mesures. Une fois qu'elles seront au point, le reste suivra.

— Je comprends.

— Excellent. » Fredericks se leva, Claude bondit, ils se serrèrent la main. « Je me réjouis par avance, dit Fredericks. C'est une pièce si élégante. »

Au rez-de-chaussée, ils trouvèrent Weisfeld à l'avant du magasin, qui regardait la rue à travers la vitrine. « Il fait beau aujourd'hui », murmura-t-il, comme si, inexplicablement, la chose le surprenait.

« Tout est arrangé. » Fredericks ouvrit la, porte, la cloche tinta. Il leva les yeux vers elle. « Mi bémol ! Jolie coïncidence ! »

De l'intérieur, ils le regardèrent monter dans la Rolls, qui s'éloigna du trottoir comme un grand vaisseau noir luisant au soleil.

« Eh bien, fit Weisfeld, tandis qu'ils se tenaient debout, épaule contre épaule. Quel coup de théâtre.

— Je peux le faire. Je peux le faire.

— Bien sûr, que tu peux le faire. Il le sait, sans quoi il ne te l'aurait pas proposé.

— Avec un *orchestre*, chuchota Claude.

— Avec Fredericks ! rappela Weisfeld. Sans doute le meilleur interprète vivant de Mozart.

— Je n'arrive pas à y croire, dit Claude. Je veux dire, juste comme ça ? Juste... » Sa voix se perdit.

« C'est ainsi que les choses arrivent, parfois. »

Pendant plusieurs minutes, ils demeurèrent silencieux, contemplant la rue. Soudain, Claude sentit une brève décharge électrique lui parcourir le corps, les poils de ses bras se hérissèrent. « Oh, mon Dieu ! s'écria-t-il, pris de panique.

— Quoi ?

— J'ai oublié de lui demander quelle partie je dois jouer, la une ou la deux.

— Nous en avons discuté, le rassura Weisfeld. La deuxième. La basse. »

Claude gonfla les joues et souffla. « Ouf ! D'accord. Très bien.

— Celle que Mozart jouait », dit Weisfeld.

Il leur fallut bien une journée pour se pénétrer de la chose. Le lendemain soir, Claude et Weisfeld discutèrent après la fermeture du magasin. Il y avait le Mozart, la nécessité de tout laisser tomber pour s'y consacrer — la partition d'orchestre, la structure du concerto en lui-même, l'analyse des deux parties de piano, le travail dévoreur de temps consistant à prendre la musique dans ses mains, à la mémoriser physiquement afin d'être préparé aux problèmes subtils d'interprétation pendant les séances avec Fredericks. Mais il y avait aussi l'école, la fin de l'année scolaire, avec sa charge d'examens, de paperasserie, etc. Claude était un excellent élève, en dépit de quelques lacunes, et Weisfeld insistait pour que rien ne vînt perturber ses progrès. Il fit remarquer que l'école primait quasi le reste, que Claude aurait besoin à la fois de bonnes notes en classe et du piano pour obtenir la bourse qui lui permettait de faire face aux frais d'inscription d'une institution de premier ordre. « Je sais que tu ne le ressens probablement pas ainsi, avait dit Weisfeld, mais c'est vraiment plus important que le concert. Il y aura d'autres concerts. » Secrètement, Claude se sentit soulagé de l'entendre parler ainsi, non qu'il fût nécessairement d'accord au sujet de l'école, mais parce que cela diminuait un peu la pression du Mozart. Weisfeld serait satisfait si Claude s'en sortait convenablement, pour peu qu'il réussît bien en classe.

Crayon, papier et règle en main, ils organisèrent le nouvel emploi du temps quotidien et hebdomadaire de Claude — document qui se révéla passablement compliqué — et, se déplaçant à travers les diverses tranches de temps, ils établirent le genre de travail qui devait y être fait. Un plan finit par se dessiner, Claude souhaita alors y inclure une heure supplémentaire, tôt le matin, au Bechstein. Weisfeld demeurait réticent, inquiet quant aux répercussions possibles du manque de sommeil. Il finit par accepter à contrecœur une période d'essai, se réservant le droit d'y mettre fin s'il pensait que cela affectait la résistance de Claude. Ils établirent deux copies du programme, Claude rentra chez lui.

Depuis quelque temps, son réveille-matin posé sur le plancher près du lit désormais réglé à quatre heures trente, Claude avait découvert qu'il s'éveillait spontanément une minute exactement avant le déclenchement de la sonnerie. Il se tournait, appuyait à tâtons sur le bouton du réveil, allumait la lumière en tendant la main vers l'interrupteur mural.

Sans bruit, il s'habilla, éteignit la lampe, ouvrit doucement la porte, alla dans la cuisine. Il se prépara des céréales et s'assit pour les manger dans la pénombre, contemplant la fenêtre en forme d'éventail au-delà de laquelle, lorsqu'il eut terminé, l'aube pointait. Il posa sa cuiller et demeura assis, immobile, l'esprit vide, tandis que la lumière grise filtrait lentement dans la pièce.

Soudain, il entendit un léger déclic, qu'il reconnut immédiatement pour être le loquet de la porte de la chambre de sa mère, invisible dans un renfoncement. Au bout d'un moment, une silhouette apparut, complètement vêtue, qui se dirigea sur la pointe des pieds vers la porte d'entrée, une casquette à la main. C'était Al.

Claude s'arrêta de respirer. S'il avait pu ordonner à son cœur de cesser de battre, il l'eût fait immédiatement, tant il était désireux qu'Al franchît la porte sans remarquer sa présence. Mais, comme averti par un sixième sens, Al tourna la tête, aperçut Claude, se figea sur place.

Ni l'un ni l'autre ne bougea. Ce fut un moment étrange, comme dans un film, lorsque l'image s'arrête, stoppant l'illusion de la vie. Puis Al regarda le sol, poussa un petit soupir et se dirigea vers le comptoir. Il posa sa casquette, s'assit sur un tabouret. Il mit un doigt sur ses lèvres et fit un petit signe de tête en direction de la chambre d'Emma.

« Bonjour, fit-il très doucement.

— Bonjour, répondit Claude sur le même ton.

— Ben j'ui avais dit : "S'il le sait pas encore on d'vrait lui dire." Mais elle arrivait pas à s'décider. » Ses doigts tambourinèrent sur le comptoir. « Ça n'a plus d'importance, à présent. » Il regarda Claude dans les yeux.

Claude savait qu'il devait dire quelque chose, mais se demanda quoi, précipité qu'il était, tête la première, dans ces affaires d'adultes. Il se mit à réfléchir. Que lui demandait-on ?

« Je dois me lever à quatre heures trente, maintenant, commença-t-il. Ça me donne une heure de plus pour le Mozart.

— C'est très bien, fit Al.

— Je veux dire, c'est pour cela que...

— Claude, dit Al. Tu sais que j'tiens beaucoup à elle. Énormément. Tu l'sais, ça ? »

Claude acquiesça.

« C'est une femme bien. » Il continua dans un murmure. « Elle a été solitaire.

— Elle a dû arrêter ces discussions de groupe, fit Claude. Cet homme, cet Eisler, l'avait prévenue, et je crois qu'il avait raison, parce que c'est à ce moment-là qu'il y a eu tous ces problèmes. C'est là qu'elle a commencé à devenir folle.

— Elle m'l'a raconté.

— Elle n'avait rien fait, à part le conduire. Elle n'était dans aucune conspiration communiste. Toute l'affaire était ridicule.

— J'sais ça. » Il se pencha en avant. « Elle a été solitaire, voilà tout. Dans les beaux quartiers, elle s'rait probablement allée à l'église, elle aurait trouvé d'la force parmi les frères et sœurs. Mais ici, c'est pas les beaux quartiers, et elle a pas d'sœur.

— Je pense qu'elle va beaucoup mieux depuis qu'elle t'a rencontré, dit Claude.

— J'l'espère. J'crois qu'elle va mieux. » Al hésita.

« On a parlé, tu comprends. On a parlé cœur à cœur. »

Soudain, pour une raison indéfinissable, Claude sentit une vague de tristesse — une tristesse parfaitement abstraite, pure, une tristesse élémentaire — le submerger. En même temps, il éprouva une sensation précise mais mystérieuse de soulagement, comme si un poids, jusqu'ici insoupçonné, lui était enlevé, ne révélant sa présence que par sa disparition. Il fut totalement dérouté. Finalement, il regagna le contrôle de lui-même. « C'est bien. C'est très bien », dit-il.

Al l'observa un long moment puis hocha la tête. « L'problème, c'est qu'y faut être prudents. Les gens aiment pas les mélanges.

— Je comprends.

— On pourrait penser qu'on s'défile mais c'est pas l'cas. C'est juste qu'y faut être prudents.

— Je ne dirai rien.

— Non, non. » Sa voix s'éleva légèrement. « J'pensais pas à toi. Tu peux l'dire à qui tu veux, ça s'rait p't-êt'même une bonne chose, d'parler à quelqu'un — dans la mesure où tu lui fais confiance. Non, j'pensais aux voisins, au proprio, au Bureau des taxis, des trucs comme ça. C'est c'que j'voulais dire.

— OK. »

Ils restèrent assis dans la lumière grise comme s'ils attendaient quelque chose, tacitement d'accord sur le fait que davantage de mots eussent été nécessaires, et cependant les mots ne venaient pas. Au bout d'un long moment, Claude se leva.

« Je dois partir », chuchota-t-il.

Le front étroit d'Al se fronça, mais la ride s'effaça très vite. « Ouais. Il est temps d'aller bosser. À plus tard. »

Claude marcha dans les rues paisibles jusqu'au

magasin de musique. Le silence le rasséréna, et le rythme de son pas, par sa familiarité même, semblait suggérer qu'il valait mieux pour l'instant sortir Al et sa mère de son esprit. Il palpa les clefs dans sa poche, pressé d'arriver au magasin, pressé de descendre vers l'ordre et la clarté du studio, où le Bechstein, avec une patience infinie, éternelle, l'attendait.

Avec les beaux jours, Claude et Ivan reprirent leur vieille habitude de manger parfois sur le banc près de la rivière. Ivan venait de terminer le long récit de la découverte par Schliemann de la ville ensevelie de Troie, ville présumée mythique. Il agitait sa bouteille de Coca-Cola avec enthousiasme pour expliquer comment le grand homme, relativement un amateur, avait eu l'audace de prendre les sources de la poésie classique à la lettre, ce qui l'avait mené directement sur les lieux.

« J'adore quand un type vient de l'extérieur et confond les experts, conclut-il. C'est vraiment délicieux.

— Hum. » Claude mordit dans son sandwich — saucisse de Bologne et fromage.

« Eh, vieux frère, tu m'as paru plutôt silencieux ces deux dernières semaines. Un peu étiolé, non ? Tout va bien ?

— Ah bon ? fit Claude, surpris. J'ai travaillé, c'est tout. Je vais très bien. » Spontanément, il décida de partager son secret. « Je vais jouer le *Concerto pour deux pianos* de Mozart en juin.

— Oh, formidable, commenta négligemment Ivan.

— Non. Je veux dire que je vais le jouer en concert, avec un orchestre et un public. Au festival de musique de Longmeadow.

— Juste ciel! s'exclama Ivan, comprenant à présent.

— Avec Fredericks », ajouta Claude. Il se tourna pour jeter les restes de son repas dans la poubelle.

« Tes débuts. Et avec lui!

— Oui.

— Je vois, je vois, je vois. Écoute, c'est fantastique. Je suis si heureux pour toi. » Son visage poupin était éclairé d'un sourire radieux.

« Oui, c'est une grande chance. » Claude marqua une pause. « Ne le dis à personne, n'est-ce pas? Je ne veux pas encore en parler.

— Et quand cela, en juin?

— Le 10, je pense.

— Flûte! Flûte et double flûte! Je prends le bateau pour l'Angleterre le 7. » Il se leva, se mit à aller et venir à grandes enjambées. « Peut-être pourrais-je changer la date. L'ennui, c'est que je voyage avec mon oncle, mais peut-être pourrais-je...

— Ne te tracasse pas, dit Claude. Ce n'est pas une grande affaire. Un orchestre d'étudiants, quelque part dans un trou perdu.

— Ha! ha! Raconte-toi cette histoire à toi-même, si tu en éprouves le besoin. Mais ne t'attends pas à ce que moi, *j'y* croie. Je sais très bien de quoi il retourne. »

Claude se leva à son tour, ils reprirent le chemin de l'école. « Ne vends pas la mèche, hein », répéta Claude.

Si la tension montait en Claude — crampes d'estomac, petits épisodes diarrhéiques, une tendance à casser les crayons qu'il tournicotait habituellement autour des doigts de sa main droite, une certaine exaspération lorsqu'il devait attendre ou faire la queue, de brusques maux de tête, un tic sous l'œil gauche qui se déclenchait tard la nuit —, il en était à peine conscient, et, en tout cas, la chose semblait sans importance. Mais tout cela disparaissait dès qu'il travaillait avec Weisfeld. C'était comme au bon vieux temps. Comme s'ils avaient l'éternité devant eux.

Ils s'asseyaient côte à côte au Bechstein, les yeux fixés sur l'édition intégrale Breitkopf et Härtel. « Nul ne prétendrait, avait dit Weisfeld au début, qu'il s'agit d'une musique formidablement grave, profonde, destinée à ébranler la terre. L'esprit est davantage celui du jeu. Je ne parle pas de frivolité, bien sûr. Je veux dire un jeu élégant, subtil, qui, de temps à autre, devient un peu sérieux. Presque malgré lui, peut-être. Mais si tu manques l'amusement, eh bien... » Il haussa les épaules, « On dit qu'il l'a écrit pour le jouer avec sa sœur.

— Est-ce pour cela qu'il jouait la seconde partie ?

— Il n'y a pas grande différence. Peut-être préférait-il les sonorités graves. Souviens-toi, il ne jouait pas sur un piano aux dimensions actuelles. Les aigus sonnaient peut-être de manière plus féminine. Qui sait ? Mais nul doute qu'un plaisir de très haut niveau circule ici. Entre l'orchestre et les pianos, entre les deux pianos, entre les musiciens et le public. Un éblouissement. »

Ils avaient passé plus d'une semaine à décortiquer chacune des trois parties du concerto, une autre à les reconstituer. Weisfeld se concentrait sur la partition orchestrale, identifiant les thèmes et les lignes qui se couleraient dans les parties de piano, notant celles qui étaient purement de soutien.

« Là, par exemple. » Weisfeld montra du doigt la quatre-vingt-seizième mesure de l'allégro d'ouverture. « Les altos, avec ces rondes soutenues — le fa —

puis les violons qui s'y ajoutent, comme si chacun retenait son souffle, si bien qu'ici... — il déplaça son doigt vers la droite — tu as le crescendo, et alors, c'est de la joie pure, simplement. Tu joues avec joie, ici. Tu vois ce que je veux dire ? Les cordes aident à la donner. »

Au cours d'une autre séance, il s'arrêta à la cinquante-quatrième mesure de l'andante. « Regarde ce hautbois ! Le do tenu ! Il est spécial, parce que tu vas vers cette section spéciale, là. Là, c'est pratiquement de l'opéra. Le second hautbois arrive deux mesures après le premier, avec un ré une septième plus bas, puis c'est la résolution en *si* bémol, tu vois ? Le choc douloureux contre ton *si* bémol en appoggiature ? Merveilleux. Joue la partie de Fredericks, je jouerai la tienne. » Il compta à contretemps, chanta le do de sa voix douce et ténue, ils jouèrent les huit mesures jusqu'au changement de gamme. Avançant très vite dans un passage techniquement difficile, Claude manqua une ou deux notes mais Weisfeld ne les releva pas. « C'est vraiment l'un des points culminants du concerto, selon moi. Mais vois ce que Fredericks dira. »

À présent, au Bechstein, ils examinaient les mesures d'ouverture de l'orchestre. « Tu vas te sentir excité, expliquait Weisfeld. L'orchestre sonnera si fort autour de toi que tu n'y croiras pas, si fort que tu devras te rappeler que tu es là pour faire un certain travail. Alors tu te concentreras, tu les écouteras, tu te centreras sur eux.

— OK.

— Je vais te dire ce qu'il faudra écouter. Lorsque tu te retrouveras là et que tu t'assiéras, que tout ira si vite, je voudrais que tu te rappelles d'écouter ce qu'ils font avec *cette* note. » Il pointa sur une note d'agrément à la cinquième mesure. « Celle-ci. » Il joua les quatrième, cinquième et sixième mesures. « Di-di-di da-da-da *dou*-da da-da.

— OK. Le *si* bémol. Je vois.

— La raison, c'est qu'ils peuvent la jouer de différentes façons — brève ou longue. En l'écoutant, tu auras une indication sur la façon dont le chef veut aborder ces formes. Longue, cela donne une certaine impulsion, brève une autre. Plus tôt tu le sauras, mieux ce sera.

— D'accord. Je m'en souviendrai.

— Cela ne veut pas dire que tu doives faire la même chose lorsque *toi* tu joueras. Mais tu sauras de quoi il retourne. »

Claude joua les trois mesures plusieurs fois, effleurant le *si* bémol d'une façon puis de l'autre.

« Tu vois ? demanda Weisfeld.

— Oui, dit Claude avec un sourire de plaisir. Juste là. Juste au début.

— Très bien. À présent, je veux te montrer quelque chose dans le rondo. »

Dans le train, Claude lut avec une attention passionnée *Le Rouge et le Noir* de Stendhal, dont la lecture était au programme d'un cours sur les romans essentiels, à Bentley. L'histoire de Julien Sorel et de son ascension depuis la compagnie de ses lourdauds de frères, dans une scierie provinciale, jusqu'aux salons des riches et des puissants, ne le fascina pas moins que ne l'eût fait la tête large et ailée d'un cobra oscillant à environ la même distance de son visage que le livre qu'il tenait des deux mains à hauteur de ses yeux. Il faillit rater l'arrêt à Frank's Landing.

Tout lui paraissait plus petit — la ville, les arbres, les haies, les maisons. Le chemin vers le manoir de Fredericks ne semblait pas aussi long. Le soleil, capturé par la vitre d'une fenêtre de la plus haute tourelle, brillait plus qu'une torche, le gravier de l'allée crissa une fois de plus sous ses pas. Il se sentait bien préparé.

La grande pièce silencieuse, avec les portes-fenêtres à la française et les pianos, n'avait pas changé. Seule la lumière du jour, plus avancée, obliquait en rayons opulents et veloutés sur les instruments polis.

« L'entrée, dit Fredericks de son piano. Le la. Les trilles. Pas forts, mais fermes. » Il joua les trilles de sa partie, utilisant les deux mains. « Allez-y. »

Claude joua.

« Nous voulons, dit Fredericks, un son égal. Arrondi. Qui roule avec souplesse. Faisons-le ensemble. »

Lorsque les trilles à l'unisson furent satisfaisants, Fredericks attira l'attention de Claude sur les deux notes d'agrément suivantes. « Plus douces, mais distinctes. Claires. C'est la première indication de direction, alors soyez précis, pour rouler vers le grand *mi* bémol à l'unisson. » Il joua le passage entier trois fois, puis écouta Claude. « Bien. Ceci me rappelle combien vous avez d'instinct. Très bien. » Ils jouèrent ensemble, articulant le *mi* bémol avec netteté.

« Oui, dit Fredericks, regardant la musique. C'est l'annonce grandiose de la tonique. Une annonce solennelle, que nul ne peut manquer. Je songe à un long personnage emperruqué, poudré, ébouriffé, qui frappe avec son grand bâton à la porte de la salle de bal. "Mi bémol!" crie-t-il. »

Claude rit.

Fredericks le regarda. « Bien sûr, nous ne sommes pas censés penser en images, n'est-ce pas », fit-il avec un éclair rapide et malicieux, « comme une paire de gros bourgeois. Je retire cela.

— Trop tard, fit Claude. Je suis impur. Je ne pourrai plus me l'enlever de l'esprit.

« — C'est ce que nous verrons. À présent, ces doubles-croches, ce trait rapide. Il n'est pas facile car nous devons le jouer ensemble en le phrasant. Toute la chose descend, mais essayons d'accentuer légèrement les notes les plus hautes. Voyons si nous pouvons phraser ensemble. »

Ils passèrent presque une heure sur les quatre premières mesures. Claude sentait qu'il s'en pénétrait, et était reconnaissant à Fredericks de continuer néanmoins à les travailler jusqu'à ce que rien ne les distinguât l'un de l'autre. Claude avait l'illusion qu'il pourrait les reproduire à volonté, même seul, une fois retourné au sous-sol.

« À présent cette mélodie, dit Fredericks. Je commence. Didi-di da-da-da *dou*-da da-da. » Il la joua rapidement. « Attention au *si* bémol en appoggiature sur le la.

— Monsieur Weisfeld m'a dit de l'écouter dans l'orchestre, à la cinquième mesure.

— Monsieur Weisfeld a raison, comme d'habitude. Je l'écouterai aussi. Mais vous devrez prêter un peu plus d'attention à ce que j'en fais, car il vous faudra le répéter dix ou onze mesures plus tard. Vous répondez à mon annonce, immédiatement, quoi que vous fassiez d'autre.

— D'accord », fit Claude. Il était extrêmement concentré, tendu, mais de manière euphorique, avec un sentiment de douce plénitude qui ressemblait à ce qu'il éprouvait après un repas particulièrement bon.

« Mais revenons en arrière. » Fredericks joua la première variation, qui commençait par les trois mêmes noires *staccato*, mais une octave plus haut. « Voyez comme il joue de nos attentes ? Pas de *dou*-da, cette fois. Il se contente d'aller tout droit, da-da da-da da, jusqu'à la blanche, le do, puis cette hésitation délicieuse, et alors, c'est l'ornement, notre vieil ami le *mi* bémol. Quelle ruse, quelle habileté ! » Un instant, Fredericks sembla oublier la présence de Claude. Il joua les deux séquences à la suite. « Beaucoup de soin pour la première..., murmura-t-il. Et la seconde est une invite à plus de fantaisie, d'expressivité. L'entendez-vous ?

— Oui. Il y a de la place. Il y a de l'espace.

— Exactement. Je vais jouer de là jusqu'à votre entrée. Ensuite, nous avancerons vers le tutti. »

Fredericks joua, puis Claude, puis Fredericks, puis Claude jusqu'à la fin de la partie solo.

« Bien, dit Fredericks. Dans ces échanges, nous voulons préserver l'identité de chaque pianiste. Vous avez manifesté un certain — comment dire ? — empressement vers la fin. Vous pouvez l'amplifier très légèrement. Nous sommes désireux de les rejoindre, *n'est-ce pas* ?* Mon trille, votre trille, et puis *boum* ! les voilà qui raclent à tous crins. Vous êtes plus proche, donc un peu plus ardent, peut-être. Reprenons depuis le début. Le la. »

Ils se rencontrèrent un jour sur deux, pour un total de quatre séances. Fredericks semblait oublier son programme, et par deux fois Anson Roeg dut entrer dans la pièce pour lui rappeler qu'il était attendu quelque part. Il se montrait de plus en plus exigeant envers Claude, bien que jamais impatient.

« Nous devons nous entendre sur la façon de jouer ces accords de la main gauche. Ils ne doivent pas sonner de manière compacte. »

Ou : « Insistez sur la note la plus grave dans ces mordants descendant. »

Ou : « Ici, nous devons laisser couler. Toute cette page. Ces tierces doivent couler comme une seule note. Reprenons ! »

Ou : « Ici, c'est très dramatique. Presque orchestral. Essayez d'y mettre de la puissance. Plus fort. Allez-y à fond. »

Les notations de Claude commencèrent à remplir les espaces blancs de sa partition. Il en griffonna tant qu'il dut souligner, introduire des points d'exclamation pour différencier leur degré d'importance.

« Ces mesures de dixièmes parallèles. Elles sonneraient mieux si nous avantagions mon piano un brin, juste une ombre. »

Ou, vers la fin de la section du milieu : « Le jeu ici consiste à donner l'impression qu'il n'y a qu'un seul piano. L'atmosphère est malicieuse, nous devons nous passer et repasser la balle sans que le public sache où elle est. Vous comprenez ? Comme un tour de magie. »

Claude fut particulièrement impressionné lorsque Fredericks lança une remarque fortuite sur une note d'agrément basse dans la partie de Claude, cinq mesures avant la fin de l'andante. « Ici, il recherchait la sonorité. C'était la note la plus grave de son piano. La touche du fond. Un son vaste, sonore, spacieux, qui traversait tout le clavier. » On eût dit que Mozart était vivant, qu'il était peut-être là, dans la pièce à côté. Et Claude, à son tour, se sentait le dépositaire de secrets importants, de mystères essentiels, transmis à travers le temps, inchangés, toujours vivants. Lorsqu'il quittait la grande demeure, il avait besoin de se récupérer, de se rappeler de s'arrêter aux carrefours, de regarder où il mettait les pieds, d'essayer de se souvenir quel était le chemin le plus court pour aller à la gare.

L'année scolaire se terminait, et, lorsqu'il montra ses notes excellentes à monsieur Weisfeld, il se sentit enveloppé d'une étreinte brève mais exubérante.

« Je suis fier de toi, dit Weisfeld, les yeux brillants, en le tenant par les épaules à bout de bras. Je sais que ça a été dur, mais crois-moi, ça en valait la peine. Un bulletin parfait à Bentley ! Ça ne leur échappera pas, ça ne leur échappera pas !

— Vraiment, ce n'était pas aussi difficile que lorsque j'y suis allé pour la première fois, fit Claude. C'est un coup à prendre. Ivan m'a beaucoup aidé, c'est sûr. »

Weisfeld se frottait littéralement les mains. « Ainsi à présent, tu as, quoi, une semaine et demie avant d'aller là-bas ? Tu peux jouer autant que tu veux. C'est fantastique. Dormir davantage.

— Je ne m'en priverai pas.

— Te détendre un peu. On va s'offrir une escalope viennoise, peut-être. Voir un film un de ces soirs ? »

Claude, agréablement surpris, décida instantanément qu'ils s'installeraient à l'orchestre, loin de ce qui se passait au balcon. « Formidable », dit-il.

L'organisation du concert lui avait été expliquée dans la bibliothèque du manoir par Anson Roeg, laquelle lui avait également donné ses billets de chemin de fer. Claude prendrait le train mardi pour Springfield, Massachusetts, où il serait attendu et conduit à Longmeadow à temps pour le dîner. Mercredi, il répéterait avec l'orchestre d'étudiants. Jeudi, Fredericks arriverait de Boston pour une seule et unique répétition générale, et vendredi, à quinze heures, le concert aurait lieu sous la grande tente. Fredericks prendrait le train pour venir de Boston, Anson Roeg, Weisfeld, et toute autre personne que Claude souhaitait inviter seraient conduits en Rolls le vendredi matin et rentreraient le soir même.

Claude avait soulevé le problème avec sa mère.

« Je ne peux pas y aller, dit-elle. Je sais que c'est important, Claude, mais ne m'oblige pas à le faire.

— OK, fit Claude. C'est d'accord.

— Je charge souvent des huiles, à Carnegie Hall. J'saurais pas quoi dire. Laisse-moi ici avec Al, tu me raconteras. Tu nous raconteras à tous les deux. »

Malgré quelques encouragements discrets de la part d'Al, elle demeura inflexible. « Et par-dessus le marché, je suis trop grande. Je trônerais là-bas comme le nez au milieu de la figure.

— De quoi qu'tu parles, s'esclaffa Al. T'as jamais vu les chanteuses d'opéra ?

— Et toi, t'as jamais vu Kate Smith ? Ça ne fait rien. Je n'ai pas l'intention de bouger. Claude comprend. »

Et donc, quelques jours plus tard, dans le sous-sol du magasin de musique, Claude repoussa les partitions qui encombraient sa table de travail et composa une lettre à l'intention de Catherine Marsh. Il rédigea deux projets sur un cahier de brouillon avant de recopier son texte sur le lourd papier à lettres qu'il avait acheté à Woolworth's.

Chère Catherine,

Le trente juin à quinze heures, je vais jouer le Concerto pour deux pianos en *mi* bémol majeur *de Mozart avec Charles Fredericks, au Festival de Musique de Long Meadow, Massachusetts. Je dois préciser que ce sera avec un orchestre complet. Je suis certain que vous savez que beaucoup de personnes considèrent Monsieur Fredericks comme le meilleur interprète de Mozart. Meilleur, même, que Victor Wolff. De plus, il n'a pas joué en concert depuis longtemps, ce sera donc un événement. Pour moi, c'en est certainement un !*

J'aimerais vous inviter. Si vous pouviez venir, le chauffeur de Monsieur Fredericks viendrait vous chercher dans la Rolls-Royce le vendredi matin chez vous (je serai déjà au Festival). Mais nous pourrions revenir ensemble vendredi soir. J'espère vraiment que vous viendrez. Veuillez m'appeler au magasin de musique Weisfeld, AT 9-0418. Si je suis absent, laissez-moi un message, je vous prie. J'espère que vous me répondrez rapidement afin que je puisse tout organiser pour la Rolls-Royce.

Sincèrement,

CLAUDE RAWLINGS

Il cacheta l'enveloppe, monta au magasin, prit un timbre à trois cents dans le tiroir de la caisse enregistreuse, le colla soigneusement, posta la lettre à la boîte du coin. Elle serait distribuée, il le savait, le lendemain matin au plus tôt, l'après-midi en tout cas.

Cinq jours plus tard, Claude s'apprêtait à aller à Bentley faire ses adieux à Ivan lorsque Weisfeld prit la lettre sous le comptoir et la lui tendit. L'adresse avait été biffée d'un trait à l'encre bleue, quelqu'un avait écrit *Retour à l'Expéditeur*. Claude tourna et retourna l'enveloppe plusieurs fois. Elle semblait ne pas avoir été ouverte.

« Qu'est-ce que ça veut dire ?

— Je ne sais pas, dit Weisfeld.

— Est-ce elle qui a fait cela ?

— Je ne sais pas.

— Je ne peux pas croire qu'elle ne l'ait même pas lue. » Claude continuait à regarder l'enveloppe, la rature bleue, l'écriture inconnue. « C'est étrange », dit-il finalement, glissant la lettre dans sa poche arrière. Weisfeld haussa les épaules.

Claude marcha jusqu'à l'école Bentley. À mi-chemin, il s'arrêta à un carrefour, sortit la lettre, l'examina une fois de plus, la remit dans sa poche, traversa la rue. Il avait attendu la réponse depuis des jours, sursautant chaque fois que le téléphone sonnait. À présent, il se rendait à l'évidence qu'il avait attendu pour rien. En passant devant un kiosque, il réprima l'envie de donner un coup de pied à l'étalage et d'envoyer promener tous les journaux.

Ivan l'attendait en salle des professeurs. Il lui versa un petit verre de sherry. « C'est le directeur qui me l'a donné. Il prétend que si je dois aller à Cambridge, autant me faire à leurs usages. À la tienne.

— À la tienne », fit Claude, et il but une gorgée. « Eh bien, Dieu sait quand nous nous reverrons. Peut-être jamais. » Il s'assit sur le canapé de cuir, les jambes étalées. « Mais ça a été formidable.

— Je ne t'ai jamais vraiment remercié pour toute l'aide... » Claude alla vers la fenêtre.

« Tu travailles dur sur le Mozart ?

— Je... je... » Il inspira profondément. « J'ai invité Catherine Marsh au concert mais la lettre m'est revenue, non ouverte, et je me demande pourquoi. » Il examina la rue, prenant peu à peu conscience du silence qui s'était établi derrière lui. Il se tourna vers son ami. « Qu'y a-t-il ?

— Tu n'es pas au courant ? » Ivan toussota légèrement derrière sa main.

« De quoi ?

— Tout le monde ne parle que de cela depuis des jours. Je croyais que tu savais. C'est très théâtral. Il paraît qu'elle s'est enfuie en Australie avec un type de l'école de commerce de Harvard. Comme ça ! Sans même prévenir sa famille. Envolée. »

(Des années plus tard, dans les coulisses d'un théâtre à Cleveland, Claude recevrait sur la tête un panneau de bois mal accroché. Le coup le laisserait à demi inconscient. Affaissé sur les genoux, il n'éprouverait aucune douleur, mais la sensation que le temps s'était arrêté, que lui-même en était sorti puis, *clic*, re-rentré, mal à l'aise, sans savoir où il se retrouvait. Plus tard, il ferait le rapprochement entre ce moment et celui qu'il vivait à présent, en salle des professeurs.)

« Tu en es sûr ?

— Personne ne semble savoir grand-chose sur ce type, sauf que son père possède une compagnie d'aluminium. Ce qui explique l'Australie. La bauxite. John Dogge, je crois que c'est, son nom — avec deux *g* et un *e*.

— Quand..., commença Claude. Depuis combien de temps ?

— Je ne sais pas. D'après ce qu'on dit, ils ont pris le train pour San Francisco, puis un paquebot des lignes Matson. Le capitaine les aurait mariés à bord le premier jour en mer. » Il avala un peu de sherry en regardant Claude. « Ça ressemble à un mauvais feuilleton, non ?

— Mon Dieu. » Claude s'effondra dans un fauteuil.

« Je sais que tu avais un petit béguin pour elle, dit Ivan. Je suis désolé.

— Elle n'a que dix-sept ans.

— Ben, c'est suffisant, mon vieux. Elles grandissent plus vite que nous. » Il se leva, s'approcha avec la bouteille, remplit le verre de Claude à ras bord. « Bois ça. »

Claude obéit. Ivan remplit encore le verre. « Ça suffit, fit Claude.

— Et maintenant, ne sois pas si abattu pour notre dernière rencontre, dit Ivan. La vie est longue, et riche. Nous sommes jeunes, il y aura des tas d'autres filles. Je sais que cela peut te paraître, dur, mais c'est la vérité.

— Oui. Bien sûr. »

Ils parlèrent d'autre chose.

Le break, un Ford ancien, mais bien entretenu, avec les mots AUBERGE DU RENARD BLANC gravés dans les boiseries sous les vitres latérales, était stationné près de la gare. Tandis que Claude s'en approchait, le chauffeur, un petit vieux ratatiné en bleu de travail, scrutait la foule, se passant un cure-dents d'un côté de la bouche à l'autre. Claude marcha vers lui.

« C'est vous, Rawlings ? demanda le vieux.

— Oui.

— Je vous aurais cru plus âgé. » Il enleva le cure-dents et se pencha pour prendre la petite valise de Claude. « Sautez là-dedans. »

Ils quittèrent Springfield et roulèrent à travers les collines dans le doux soleil de la fin d'après-midi. Claude vit les champs, les fermes, les vaches, les murets de pierres sèches. Il les examina avec attention car c'était la première fois qu'il quittait New York et ses environs.

« La raison pour laquelle je vous aurais cru plus âgé, expliqua le vieux, c'est que vous logez à l'auberge, avec les huiles. Les gosses habitent dans les vieilles maisons, sur Perkin's Road. Le bus de l'école va les chercher. Vous êtes quelqu'un d'important, j'imagine.

— J'imagine », dit Claude.

Ils firent le reste du trajet en silence. L'Auberge du Renard Blanc était une grande bâtisse à trois étages, avec une large véranda de bois qui courait sur presque toute la façade. Des gens y paressaient à l'ombre, discutant, lisant des journaux, jouant même aux cartes, à des tables de bridge. Nul ne sembla remarquer Claude et le chauffeur lorsqu'ils gravirent les marches conduisant au perron. Ils franchirent le seuil et entrèrent dans le hall.

Au bureau de réception, un autre homme âgé — qui aurait pu être le frère du chauffeur tant ils se ressemblaient — palpa son nœud papillon et tourna le registre des entrées vers Claude. Le hall sentait la pomme et le vinaigre.

« Rawlings, annonça le chauffeur. Un bagage. » Il posa la valise sur le sol, tourna les talons et s'en alla.

« Veuillez signer ici, je vous prie, fit l'employé. Vous avez la 203. C'est de l'autre côté du couloir, juste devant Monsieur Fredericks. Montez à l'étage, tournez à gauche. Le groom aide son frère à rattraper une vache. »

Claude signa.

« Le dîner est à dix-huit heures trente. » Il fit un signe de tête vers la salle à manger, dans le fond. « Je pense que vous n'ignorez pas que tout est payé d'avance.

— Merci.

— Savez-vous comment on va à la ferme ? » Devant l'air perplexe de Claude, il ajouta. « Là où se déroule le festival ?

— Non.

— Très bien. Une fois dehors, prenez à gauche et tournez à droite à la première rue, c'est-à-dire Perkin's Road. C'est à environ quatre cents mètres. »

La chambre était haute de plafond, avec deux fenêtres donnant sur une pelouse, un bouquet de grands arbres, un lac à l'arrière-plan. Il y avait un immense lit double recouvert d'un dessus-de-lit blanc garni de glands, une commode, un bureau. Il découvrit un petit placard, une salle de bains avec une baignoire énorme posée sur des pieds de fonte. Il revint dans la chambre et s'étendit sur le lit.

Il inspira profondément plusieurs fois, ferma les yeux. Son corps ressentait encore les vibrations du train et du break. Il était à la fois fatigué et tendu, le cerveau en ébullition. Il se dit qu'il pourrait aller au festival après le dîner, voir s'il pouvait trouver un piano quelque part, s'enfermer et jouer. Il n'avait pratiquement fait que cela depuis sa rencontre avec Ivan.

Une impulsion subite le conduisit à la salle de bains. À grands bruits d'eau et de cliquetis métalliques, il emplit la vaste baignoire de l'eau la plus chaude qu'il crut pouvoir supporter. Il se déshabilla, s'y trempa centimètre par centimère, le souffle coupé par l'exquise brûlure. La baignoire était si grande qu'on pouvait s'y étendre entièrement, la nuque contre la porcelaine, avec de l'eau jusqu'au menton. La chaleur s'infiltra dans son corps, de plus en plus profondément, son cerveau s'apaisa, hypnotisé par le goutte-à-goutte lent et régulier qui perlait du robinet.

Au bout d'un moment, le bruit d'égouttement se transforma en tempo, il entendit dans sa tête la voix haute et claire d'Alfred Deller. *Musique, musique, pour un temps, apaise nos tourments.* Claude tapota les notes de l'accompagnement sur le fond de la baignoire.

Il dîna seul dans la salle à manger presque vide, servi par une femme avec des cheveux gris maintenus par un filet et des chaussettes blanches roulées aux chevilles. Le repas était bon — fines tranches de rôti en cocotte avec du jus, purée de pommes de terre, carottes glacées, petits pois, thé froid. Il mangea avec appétit, surpris de constater combien il avait faim. Après avoir débarrassé la table, la femme aux chaussettes roulées lui apporta un morceau de tarte aux cerises *à la mode*. « Goûtez ça, dit-elle. C'est moi qui l'ai faite. »

La tarte était excellente, aigrelette et fruitée, avec une pâte fine.

Il remonta dans sa chambre, s'allongea pour ce

qu'il pensait être quelques minutes et s'endormit. Il se réveilla au milieu de la nuit, se déshabilla, se glissa entre les draps, et se rendormit comme une souche.

Tôt le lendemain, il se retrouva devant le bâtiment de l'administration — une grande ferme transformée en espace-bureau, avec ateliers, bibliothèque, logements, salles de classe. L'assistante du directeur, une femme mince comme un fil, qui s'appelait madame Chatfield, le salua avec un soulagement manifeste sans cesser de lancer des instructions vers l'avant de la salle, de répondre au téléphone, de remuer les tiroirs de son bureau.

« Merveilleux, cria-t-elle. Vous êtes là. Un, problème de moins. » Elle lui lança un bref sourire d'excuse, lui tendit un classeur à trois anneaux bourré de feuillets polycopiés. « Tout y est. Les plans. Les programmes. L'ensemble des manifestations. Felix va vous montrer les lieux. Felix ! » cria-t-elle.

Debout dans la lumière du soleil, Felix, un jeune homme efféminé d'environ vingt ans, tendit un bras languissant et débita à toute vitesse : « Trois cent cinquante-six acres. Douze bâtiments. Le grand espace où se déroulent les concerts est derrière nous, près du lac. Une sorte d'amphithéâtre naturel. Les répétitions principales ont lieu dans la vieille grange, là-bas. Je me présenterais tôt si j'étais vous.

— OK.

— Voulez-vous que je vous accompagne ? J'ai un séminaire de composition dans quarante-cinq minutes mais j'ai le temps.

— Merci. Je vais simplement aller à l'aventure.

— Parfait. » Felix retourna dans le bâtiment.

Claude avança sur le sentier principal en direction d'un orme immense et solitaire. Il y avait au-dessous un banc rustique, sur lequel il s'assit et ouvrit le classeur aux trois anneaux. Il ne parvenait pas à se débarrasser d'un sentiment d'irréalité — le chant des oiseaux au-dessus de sa tête, le ciel immense, incroyablement bleu, l'odeur d'herbe fraîchement coupée, le bruissement des feuilles, l'arrière-plan de silence profond, l'impression d'espace. Le classeur semblait contenir l'antidote : faits, listes, horaires, description des activités. Il se mit à lire lentement.

Au début ce fut déroutant. Quelle différence y avait-il entre une classe et un séminaire, une répétition et la préparation d'une représentation, une conférence et une démonstration ? Il connaissait presque tous les morceaux de musique dont il était question, sinon directement du moins par le nom du compositeur, mais qui était Christian Sinding ? Qu'était le *Caprice* de Jacques Ibert ? Le Thuille Sextet ? Quelles étaient les auditions en cours ? Auditions de quoi ?

Les journées étaient bourrées de classes, de réunions, de répétitions. Peu à peu, il apparut qu'une grande partie de ce qui se passait visait les représentations de l'après-midi et de la soirée. Des concerts d'un genre ou d'un autre semblaient se dérouler presque continûment dans divers lieux et cadres. Il feuilleta les pages cinq minutes avant de découvrir que l'orchestre d'étudiants avait travaillé le *Concerto pour deux pianos* de Mozart sous la direction d'un certain Vladimir Popkin, une heure par jour, ce qui lui sembla peu. Mais, en recoupant les informations, il constata qu'ils travaillaient également sur pas mal d'autres pièces.

Lorsqu'il leva la tête, il découvrit avec surprise que le paysage, vide jusqu'alors, s'était animé. Un jeune homme courait lourdement, une pile épaisse de manuscrits sur les bras. Deux femmes portant des boîtes à violon avançaient à grands pas. Des groupes allaient tranquillement dans toutes les directions, devisant, riant, discutant, marchant sur l'herbe. Non loin, une jeune femme allongée sur le dos offrait son visage au soleil. Tout le monde semblait vêtu de blanc — jupes, pantalons, chemises, avec même quelques chapeaux de diverses nuances claires. Deux jeunes gens en pantalons crème identiques étaient assis sur une barrière, les manches de leurs chemises blanches retroussées. Ils balançaient les jambes en parlant et l'un d'eux chanta une phrase musicale en traçant la forme de la mélodie dans l'air avec son index.

Claude commença à se sentir mal à l'aise dans son costume bleu, sa cravate verte, ses lourdes Florsheim noires. Il enleva la veste et la cravate. Au moins la chemise était-elle blanche, et flambant neuve. Il roula les manches jusqu'aux coudes, comme les types sur la barrière.

Après une heure de marche dans le parc, il tomba sur l'amphithéâtre, qui était vide. Une scène close, des rangées de bancs sous une grande toile kaki des surplus de l'armée, une prairie d'herbe tondue s'élevant en pente douce à flanc de coteau. Tandis qu'il regardait vers le bas, une volée de grands oiseaux noirs s'éleva silencieusement au-dessus de sa tête et se dirigea vers le lac, au-delà de la scène. Ce serait comme de jouer en plein air, pensa-t-il, se demandant dans quelle mesure il serait capable d'entendre.

Un jour, il avait demandé à Weisfeld pourquoi après avoir joué environ une heure, le Bechstein semblait parfois s'animer, et même devenir « chaud », plus sensible, plus réactif, plus facile à jouer. Avec un violon ou un cuivre, la chose avait un sens, mais le piano était énorme, il pesait plus d'une demi-tonne, et la transmission, après tout, était mécanique. Weisfeld avait réfléchi un instant, ses yeux noirs profondément enfoncés dans leurs orbites fixant le plafond. « Je ne crois pas que ce soit le piano qui change, avait-il dit. Je pense que c'est toi. Il y a beaucoup d'échos, ici. Des différences d'humidité, des choses de ce genre. Tu dois probablement te concentrer parfois de manière plus précise sur l'acoustique, et la chose se répercute sur tes doigts. Je parie que c'est cela. »

Il longea un chemin qui serpentait parmi un groupe de petites constructions (« remises » sur le plan) et entendit le son d'un piano. Il localisa la remise en question et, la porte étant ouverte, y entra. Il constata avec surprise qu'elle consistait en une pièce unique. Des pupitres, des gongs, des cloches, un xylophone, un ensemble de timbales et des chaises pliantes étaient alignés le long des murs. Il y avait un piano à queue devant la fenêtre, et un jeune homme blond, dégingandé, la tête et les épaules pris dans un rayon de soleil, jouait avec une ardeur exceptionnelle. Il s'agitait, se balançait, levait de temps à autre ses bras en arcs spectaculaires. (« Absurdités », avait dit Fredericks d'un tel brassage d'air. « *Showbiz.* ») Au soleil, ses cheveux blonds paraissaient blancs. Il s'interrompit brutalement à l'arrivée de Claude.

« Bon, que voulez-vous ? s'exclama-t-il. Un triangle ? Des baguettes de tambour ? Quoi que ce soit, prenez-le et laissez-moi tranquille. Je n'ai pas beaucoup de temps. » Il se passa la main dans les cheveux. Même ses sourcils semblaient blancs.

« Je suis désolé, dit Claude en reculant. Je n'avais pas l'intention de vous interrompre.

— Oh, ça va, fit l'autre avec un soupir. Qui êtes-vous, de toute façon ? Je ne vous ai pas encore vu.

— Je viens d'arriver. Claude Rawlings.

— Écoutez, je suis désolé d'être... Minute. Rawlings ? Celui qui doit jouer avec Fredericks ?

— Oui. Le double concerto. »

Instantanément, l'homme changea d'attitude. Il quitta le piano, avança vers Claude la main tendue, le visage éclairé d'un large sourire qui révélait des dents aussi blanches et régulières que des plaquettes de Chiclets. « Dick Denby », fit-il. Ils se serrèrent la main. « Bien, bien.

— C'était Beethoven ? demanda Claude.

— Le *Quintette opus 16*. Nous le jouons ce soir dans la grange sud. »

Claude examina la partition. « Je l'ai entendu mais je ne l'ai jamais joué.

— Il est assez facile, commenta Denby. Pas comme ce qu'il a écrit par la suite. Il faut tout de même faire gaffe, au moment du rondo. Ça va assez vite.

— Eh bien, je vous laisse y retourner, fit Claude.

— Non, non, s'écria Denby, effleurant légèrement l'épaule de Claude. J'allais justement m'arrêter. Nous faisons un pique-nique. Les instruments à vent, je veux dire. Joignez-vous à nous, je vous en prie. Ils seront ravis. »

Claude hésita. Il y avait quelque chose de forcé dans la cordialité du type ; et son genre de beauté, une blondeur affable, rendait son visage difficile à déchiffrer. Par ailleurs, Claude avait faim.

« Formidable », s'écria Denby, prenant son silence pour un acquiescement. « Claudia apporte de l'excellent pâté. »

Un moment plus tard, Claude se retrouvait donc assis autour d'une grande couverture écossaise étalée dans l'ombre pommelée à la lisière de la cuvette de l'amphithéâtre. Dick Denby était allongé sur l'herbe, les jambes croisées au niveau des genoux, la tête dans le giron de Claudia, une fille avec des yeux et des cheveux noirs, qui était vêtue d'une robe blanche et jouait apparemment du hautbois. Elle était très grande, fit glisser ses sandales et remua ses orteils, révélant ses ongles peints en rouge.

« Alors, comment vont les anches, mon cœur ? interrogea Dick. Tout va bien ?

— Cesse de te moquer, rétorqua Claudia. Tu n'as pas à fabriquer les notes. Tu ne sais pas ce que c'est.

— Ça tu peux le dire », fit Jerry, le joueur de basson, tout en coudes et en genoux, le menton en galoche, les yeux légèrement exorbités — un jeune Ichabod Crane. « Soit dit sans vous offenser, Claude, c'est la vérité. Les pianistes ne peuvent imaginer la tyrannie des anches. Ça peut vous rendre dingue.

— Je sais, fit Claude, remontant les genoux jusqu'à la poitrine. Je travaille dans un magasin de musique et j'ai eu quelques clients très difficiles, pour ce qui est des anches. »

Marty, le clarinettiste, et Roger, un corniste corpulent au teint fleuri, ouvrirent le panier d'osier et commencèrent à disposer les provisions sur la couverture. Ils avaient quatre ou cinq ans de plus que Claude, et étudiaient tous à l'institut de musique Curtis de Philadelphie durant l'hiver.

« Du pâté, annonça Roger. Un camembert. Du céleri. Des olives.

— Des poires, continua Marty. Des pommes. Du vin. Du pain.

— Oh, super ! » Claudia écarta la tête de Dick sans cérémonie et prit une assiette de carton.

Tous s'y mirent, bavardant, se passant la nourriture, tendant leurs gobelets pour le vin. Jerry en offrit à Claude. « Un peu de chablis ?

— Merci, mais je m'en passerai. J'ai une répétition dans quelques instants.

— Très sage. » Jerry acquiesça.

« J'adore te regarder manger, déclara Dick à Claudia d'un ton rêveur. Ces grosses bouchées romantiques.

— Fais gaffe, mec, répliqua-t-elle.

— Ce petit muscle qui travaille sous ta pommette, dans l'ombre changeante. Ces doigts délicats d'hautboïste qui tiennent cette olive comme une fabuleuse perle noire. C'est très beau. » Il prit une poire, l'examina de près, y planta les dents.

Claudia l'ignora. « Goûtez le pâté, offrit-elle à Claude. Il y a des truffes.

— Je n'ouvre pas la deuxième bouteille, annonça Jerry. Nous devons jouer. »

Grognements de Marty, Roger et Dick.

« Homme sage ! » rit Claudia.

Tel un énorme grillon, Jerry redisposa ses membres et se tourna vers Claude. « D'accord, vous n'avez passé aucun concours, vous n'allez pas à Juilliard, alors comment êtes-vous arrivé ici ?

— Il me l'a demandé.

— Fredericks ? Mais comment êtes-vous arrivé à Fredericks ?

— J'ai étudié avec lui. »

Il y eut une pause. Marty finit un sandwich et dit : « Je croyais qu'il ne prenait que les riches...

— Marty ! interrompit Roger. Tu as du camembert plein le menton !

— Vraiment ? fit l'autre décontenancé en s'essuyant le visage. Et comment, reprit Jerry, êtes-vous arrivé à Fredericks ?

— Oh, ça, c'était monsieur Weisfeld. » Claude les regarda. « C'était mon premier professeur. Le propriétaire du magasin de musique.

« — Vous voulez dire, là où vous travaillez ? demanda Dick.

— Oui. Sur la Quatre-vingt-quatrième et la Troisième. ».

Claude les regarda le regarder comme s'ils en attendaient davantage, puis se regarder entre eux, déconcertés qu'il n'en fît rien. Claudia eut un petit rire aigu.

« C'est tout ? demanda Dick.

— Eh bien oui, plus ou moins », dit Claude. Il n'avait pas envie de parler du Maestro, de monsieur Larkin, du studio et du reste. « Pourquoi ? Quelque chose ne va pas ? »

Jerry regarda le sol. Dick choisit un autre fruit. Marty et Roger commencèrent à ranger les restes du repas dans le panier d'osier.

« Rien, dit finalement Claudia. Les gens seront curieux, c'est tout. Un festival comme celui-ci... » Elle soupira. « Enfin, il y a beaucoup de musiciens très ambitieux ici. Toutes sortes de commérages. Et Fredericks est célèbre. C'est une sacrée affaire. » Elle montra du bras le flanc du coteau, l'amphithéâtre lointain. « Il y aura des milliers de personnes. L'endroit sera bondé. Émaillé de quelques grosses légumes, vous pouvez en être sûr. »

Claude se rendit compte qu'ils recommençaient à l'examiner. « Par ambitieux, vous voulez dire...

— Boulots, carrières, les gens qu'on connaît, fit-elle très vite. L'ordre des préséances. Voilà de quoi les gens parlent.

— Oh, coupa Dick, je n'irais pas jusque-là.

— Ha ! ha ! » ricana Roger.

Claude demeura pensif. « Je ne sais que vous dire. C'est ce qui m'est arrivé. »

À présent ils le réconfortaient, parlant tous en même temps.

Tandis qu'ils pliaient la couverture, Claudia reprit : « Venez nous entendre ce soir à la grange nord. Musique de chambre. Un public restreint. Ça devrait être bien.

— Oui, venez », insistèrent les autres, comme s'ils avaient un peu honte d'eux-mêmes et voulaient se faire pardonner.

Claude arriva dans la resserre où avait lieu la répétition au moment de la pause. Les gens étaient massés sur la pelouse autour de l'entrée, et il fut conscient qu'on le regardait lorsqu'il entra à l'intérieur. L'abri était divisé en deux parties, moitié scène, moitié espace libre, dans lequel les musiciens devisaient, certains avec leur instrument, jouant parfois de petits traits, esquissant des phrases musicales. Claude se fraya un chemin jusqu'à la scène. Vladimir Popkin, la cinquantaine environ, des cheveux blancs ébouriffés, était penché sur le pupitre et examinait une partition. Lorsqu'il leva les yeux, ses bajoues — qui évoquaient celles de l'acteur S. Z. Zakkles — oscillèrent comme des caroncules pourpres. « Vous êtes certainement Rawlingz, s'écria-t-il avec un fort accent. Z'est za ?

— Oui, monsieur. » Au déjeuner, il avait appris que Popkin était le chef de pupitre de l'orchestre symphonique de Chicago.

« Bien, bien. » Popkin tapota la partition d'un doigt épais. « Nous y voilà. Dites-moi ze qu'il veut ? »

Claude fit un pas en avant, ouvrit sa propre partition, la cala sur le bord inférieur du pupitre. Popkin, qui sentait la sueur et le clou de girofle, pressa son épaule contre celle de Claude. « OK, nous tournons les pages. Dites-moi le tempo — là où il ralentit, là où il va vite. Dites-moi les nuanzes. Ha! ha!... Je vois que vous avez des notes comme za! Eguezélent! Mais donc tant de notes que je ne peux aperzevoir la muzique! »

Ils parcoururent la partition à toute allure, tandis que Popkin laissait échapper des exclamations, des grognements, des bruits de succion. Les commentaires rapides de Claude étaient accompagnés des bruissements de Popkin tournant les pages. « Bon, fit-il à la fin. Rien de radical. Il joue comme z'est. Z'est za?

— Oui, monsieur. Il insiste beaucoup sur le phrasé.

— Z'est zûr. » Popkin se tourna et cria d'une voix sonore. « Allez les zenfants. Allez, allez. Au travail. »

Un assez grand nombre de personnes montèrent sur scène, retrouvèrent leurs chaises, installèrent leurs partitions. L'orchestre n'était pas complet mais il y avait quand même du monde.

« Je ne vois qu'un seul piano », s'étonna Claude.

Popkin n'eut pas l'air de comprendre.

« Je veux dire, qui va jouer *sa* partie? demanda Claude. Où est l'autre piano? »

Popkin s'épongea le front avec la manche de sa chemise. « Il y a autre piano. Je peux l'apporter et conduire de l'autre piano zi vous voulez. Pas zi bon que za. Je penze vous jouez les deux parties, hein? » Il arqua ses sourcils broussailleux d'un air interrogateur.

Claude baissa les yeux sur sa partition, parcourut mentalement la musique. Il devrait réduire certaines choses. Il y aurait un contrepoint terriblement épineux.

« Vous laizer tomber ze qui est impozible, suggéra Popkin.

— OK, fit Claude. Je vais essayer. » Il se dirigea vers le piano, trébuchant sur un pupitre. « Désolé.

— Ce n'est rien. »

Claude distingua vaguement une fille avec des yeux verts qui lui souriait, son violon sur les genoux.

« OK, les zenfants », cria Popkin, frappant d'un coup vif sur le pupitre avec sa baguette. « Monzieur Rawlingz, donnez un la je vous prie. »

Lorsqu'ils eurent terminé, Claude constata avec surprise que plus d'une heure s'était écoulée. Le son des mesures d'ouverture l'avait électrisé. La puissance de l'orchestre, la texture du son, sa densité, ses couleurs, la clarté des différentes voix, tout s'était combiné pour produire sur lui un effet si énorme que la chose avait paru, les premiers instants, presque brutale. Il avait joué par réflexe, oubliant complètement la trente-deuxième note de la cinquième mesure des solos, celle dont Weisfeld et Fredericks lui avaient parlé, se laissant simplement entraîner jusqu'au premier crescendo, à la douzième mesure, où il avait enfin pu se récupérer et se concentrer sur ce qu'il faisait. La sensation avait été celle d'être emporté par mégarde dans un escalier mécanique. Mais une fois repris, il avait joué avec confiance et s'était senti déçu lorsque Popkin l'avait interrompu au moment du solo.

« Les cors ! cria Popkin. Z'est Mozart, pas monzieur John Philip Zouza ! Gardez-le léger, léger comme la lumière du zoleil, léger comme un bon muzcadet ! Les cordes, articulez les ztaccatos ! On reprend. *Et* un *et* deux... »

Il apparut clairement que la répétition concernait l'orchestre. À plusieurs reprises, Popkin coupa Claude après quelques mesures de piano, ou ne le fit commencer que juste avant les tutti. Il ne lui donna aucune directive, adressa toutes ses remarques à l'ensemble. La répétition s'acheva sans qu'ils eussent joué la pièce une seule fois en entier. Claude eut envie de protester. Plusieurs fragments de piano et d'orchestre nécessitaient davantage de travail, selon lui, et il était certain que Fredericks eût été de cet avis.

Tandis que les musiciens se dispersaient pour la pause — chaises claquées, partitions froissées — Claude marcha vers le pupitre.

« Cette partie dans l'allégro, dit-il, feuilletant les pages, ici dans le rondo, et cet endroit-là. Nous devrions les travailler.

— Oui, oui. Popkin acquiesça. Pas de temps aujourd'hui. Ils doivent faire Brahmz maintenant, et puis une chose... » Il regarda une pile de partitions. « Une autre chose, qui est là-dedans. Où est-elle ? » Son regard se perdit puis revint à Claude, comme surpris de le trouver encore là. « Répétition demain avec Frederigz, fit-il. On le fera alors. »

Légèrement exaspéré, Claude hocha la tête et tourna les talons. La violoniste aux yeux verts était devant lui.

« Comment trouvez-vous notre sonorité ? demanda-t-elle avec un petit hochement de tête.

— Super, répondit Claude. Très bonne. Vraiment.

— Nous avons travaillé ce morceau plus que tout le reste. » Un semis de taches de rousseur s'éparpillait sur le bout de son nez.

« Eh bien, je suppose... » commença-t-il. La jeune fille avait l'air simple, direct, quelque chose de frais dans le regard qui l'intimida. « À cause de Fredericks, je pense, suggéra-t-il.

— Et comment ! Nous avons pratiquement défailli lorsque le professeur Popkin nous a prévenus. Est-ce que Fredericks est dur ? Vous savez, une teigne ? Comme certains ?

— Oh non, il est très aimable, dit Claude. Parfois

un peu exigeant, mais il ne vous fait jamais vous sentir mal.

— Eh bien, c'est agréable à entendre », lança-t-elle en s'éloignant. Au moment de descendre les marches elle ajouta : « J'ai vu que vous aviez encore envie de jouer. À votre nuque. »

Claude avait acheté des tennis blanches et deux paires de chaussettes, blanches également, au magasin général de Longmeadow. Ils n'avaient pas de pantalons — ç'avait été une déception. Il réfléchit au problème à l'auberge pendant le dîner — hachis de porc farci de pruneaux, carottes primeurs, croquettes de pommes de terre — et en parla à la dame au filet lorsqu'elle lui apporta la tarte (myrtilles).

« J'ai besoin d'une paire de pantalons blancs, dit-il.

— Pour quoi faire, seigneur ? s'enquit-elle. Ça ne fait que montrer la saleté.

— Ils en portent tous.

— À la ferme ? Ben, ils ont dû les ramener de la ville. Vous ne trouverez pas de pantalons blancs à Longmeadow.

— Je sais », soupira Claude.

Elle secoua la tête et laissa échapper un petit gloussement. « Vous êtes très bien. Mangez votre tarte. » Elle s'éloigna.

Le crépuscule s'était installé lorsqu'il arriva à la grange nord. La marche après dîner l'avait rafraîchi, ses nouvelles chaussures lui donnaient la sensation d'être plus léger. Il les examina, satisfait de leur blancheur. Les gens s'engouffraient dans l'intérieur obscur, il les rejoignit et chercha immédiatement les toilettes.

Lorsqu'il voulut ouvrir la porte, une voix aiguë de

femme cria de l'intérieur : « C'est occupé ! » Il aperçut le visage enflammé de Claudia, puis tous les autres membres du quintette massés derrière elle dans l'espace exigu. « Oh, dit-elle, c'est vous. » Elle lui fit signe d'entrer. Ils étaient groupés autour de Dick Denby, lequel était assis par terre, adossé au mur, le visage blême. Apparemment, il venait de vomir dans les toilettes et s'essuyait la bouche du revers de la main. Ses yeux étaient vitreux. Tout le monde parlait en même temps. Claude remarqua que les mains de Denby tremblaient.

« Je ne peux pas, bredouillait Denby, sans s'adresser à personne en particulier. Je ne peux pas.

— Mais si, tu peux », fit Jerry le bassoniste. Il inclina sa charpente dégingandée, mit un genou à terre. « Tu l'as fait des douzaines de fois, et devant un public beaucoup plus nombreux. Certainement, tu peux.

— C'est dans sa tête, dit Marty le clarinettiste avec un rire nerveux.

— Il n'y a pas de quoi rire ! » Roger agita furieusement son cor d'harmonie. « Kribbs, de l'orchestre symphonique de Chicago, est ici. McTaggart de Cleveland ! Grimes de Boston ! As-tu perdu la tête ? C'est une catastrophe !

— Dick, insista doucement Jerry, dis-nous ce qui se passe. Laisse-nous t'aider.

— Je ne peux pas. Tout résonne de manière bizarre, tout a l'air bizarre. Je crois que je deviens fou.

— Tu n'es qu'un minable, tu n'as aucun caractère ! glapit Claudia.

— C'est à nous dans dix minutes, les gars, annonça Marty.

— Tu n'es qu'un sac de merde, complètement nul ! » Elle se pencha vers Denby pour lui crier au visage, essayant de l'obliger à la regarder en face.

« Ce n'est pas très aidant, observa Marty en hochant la tête.

— C'est cuit, quoi, soupira Marty. Je prends mes cliques et mes claques, je me tire.

— Je veux rentrer à la maison, prononça Dick d'une voix mécanique, atone. Je veux prendre un bain chaud.

— Dick, reprit Roger, réfléchis. Si tu te laisses aller, il y aura des dégâts psychologiques. Reprends-toi immédiatement. Sans quoi, avant chaque concert, avant chaque représentation...

— Je veux rentrer à la maison », répéta Dick.

Claudia se redressa, inspira profondément. « Oui, fous le camp. Passe le reste de ta vie à jouer au tennis au Cricket Club de Merion. Tu n'es bon qu'à ça. » Elle rafla la partition coincée sous les jambes de Dick. Soudain, elle la fourra entre les mains de Claude. « C'est bon. Vous allez le faire. Une urgence. Vous allez le faire. »

Marty s'écria : « Écoute... Une seconde !

— Sans répétition ? s'exclama Roger. Il va juste le déchiffrer ? Tu veux rire ? Mieux vaut renoncer. »

Claudia plongea ses yeux dans ceux de Claude et le regarda intensément. « Non. Il est bon. Il doit être bon.

— Je n'en sais rien... » murmura Marty.

Claude prit la partition, détourna ses yeux de ceux de Claudia, examina la musique. Quelques mouchetures de vomi salissaient la couverture. Il alla dans les toilettes, prit un peu de papier, nettoya les taches. Une indéniable sensation d'excitation commençait à agiter un coin de son cerveau.

« Ça risque d'être affreux, proféra Robert. Comment savoir ?

— C'est une urgence, répéta Claudia. Nous ferons une annonce. Les gens comprendront. »

Claude n'avait besoin que de cela. « D'accord, dit-il.

— Seigneur, gémit Roger.

— Ouille !... » fit Marty.

Claudia mit sa main sur l'épaule de Jerry. Le bassoniste leva les yeux vers elle. « Qu'en dis-tu ? murmura-t-elle. Faisons-le. »

Il y eut un moment de silence, Jerry regarda Claude en se mordillant la lèvre inférieure. Très lentement, une trace de sourire se dessina sur les commissures de ses lèvres. « Au diable ! Advienne que pourra ! »

Ainsi, les choses furent organisées. On persuada le quatuor à cordes qui devait exécuter Bartók en seconde partie, de jouer en premier. Pendant ce temps, Claude étudia la partition comportant les annotations incomplètes de Dick Denby, assis sur le siège avant de la Studebaker de Roger. Les dix dernières minutes, Jerry s'assit près de lui et ils vérifièrent ensemble tempos et phrasés.

« Ce que nous faisons est insensé, déclara Jerry en tendant le bras pour éteindre le plafonnier.

— Je sais », répondit Claude. Ils éclatèrent de rire.

Dans le silence soudain qui suivit la volée brusque de notes terminant le morceau, la première chose que Claude entendit fut la voix intimidée de la fille aux yeux verts, à son oreille gauche. « Ouah ! » chuchota-t-elle. Elle s'était proposée lorsque Claudia avait demandé un volontaire pour tourner les pages.

À présent, les applaudissements commençaient. Claude jeta un regard vers les autres musiciens. Tous souriaient, Jerry leva le pouce, Claudia lui envoya un baiser. Lorsqu'il quitta la banquette pour se joindre à eux, il se rendit compte que les quelque soixante ou soixante-dix personnes qui formaient le public applaudissaient avec beaucoup de fougue, lançaient même çà et là quelques hourras. Claude contourna le piano, ils s'inclinèrent ensemble, plus ou moins simultanément. L'assistance, à présent debout, continuait d'applaudir.

« Incroyable ! murmura Jerry du coin des lèvres. On l'a fait !

— Merci, Seigneur, fit Marty.

— Extraordinaire », chuchota Roger.

Face au public, Claude éprouva une sensation de soulagement. Il avait manqué une douzaine de notes, en avait joué plusieurs fausses, avait accéléré le tempo de la troisième partie par pure nervosité, n'avait pas tout à fait suivi le phrasé des cors à diverses reprises. Mais la pièce, en tant que telle, avait été exécutée avec clarté, sa structure tracée sans équivoque. Certaines parties avaient même été belles et, au souvenir de ces instants, il s'autorisa à se laisser emporter par l'enthousiasme général.

Seconde révérence.

« Je le savais, murmura Claudia. Je l'avais senti. »

Troisième et dernier salut.

« Où est Dick ? » demanda Claude tandis qu'ils le remerciaient avant d'aller rejoindre leurs amis dans la foule. Nul ne le savait. « En route pour Philadelphie, j'espère », marmonna Claudia.

Un certain nombre de personnes vinrent complimenter Claude. « Vous ne l'aviez vraiment jamais joué auparavant ? » demanda un homme courtaud, avec une barbe blanche.

Claude se fraya un chemin vers la sortie, aspira plusieurs goulées de l'air embaumé. Un croissant de lune parfaitement nu était suspendu au-dessus des arbres. Le ciel sombre scintillait d'un nombre infini d'étoiles, plus qu'il n'en avait jamais vu. Il se sentait extraordinairement vivant, purifié d'une certaine façon, le corps léger et frémissant. Il se sentait frais.

Des silhouettes sombres s'égaillaient dans toutes les directions. Derrière la grange, les moteurs démarraient, les faisceaux des phares trouaient les ténèbres à droite et à gauche comme une panoplie de bras. Une forme solitaire se dirigea vers lui.

« Tenez. » C'était la fille aux yeux verts. « N'oubliez pas cela. » Elle lui tendit la partition.

« Merci. » Il mit la musique sous son bras. « Et merci d'avoir tourné les pages. Votre timing était parfait.

— Un plaisir, dit-elle. C'était quelque chose à voir. »

Un silence tranquille s'installa. Il percevait la sphère pâle de son visage, mais la nuit était trop sombre pour qu'il pût distinguer son expression.

« Eh bien, je ferais mieux de rentrer à l'auberge, dit-il.

— Êtes-vous en voiture ?

— Non, à pied.

— Moi aussi. Je vais marcher avec vous.

— OK. Bien sûr. » Il respira sa senteur légère de citronnelle lorsqu'elle se rapprocha de lui, proche, si proche qu'on eût dit qu'elle allait lui prendre le bras.

Un chemin longeait la route, et toutes les fois qu'il se resserrait, l'épaule de la fille touchait le bras de Claude. Claude se sentait aérien, la tête lui tournait presque. Tout ce qu'il regardait — les arbres, les étoiles, le pont de bois sur le ruisseau — le ravissait d'une façon simple, mystérieuse. En même temps, et bien qu'aucune parole n'eût été échangée, il sentait une tension tacite s'installer entre eux. Ils avaient l'air de parler sans articuler de mots, et aussi étrange que cela parût, c'était naturel, inévitable.

Il éprouva presque un choc lorsqu'en tournant à

l'angle avant d'arriver à l'auberge, elle prononça : « Je m'appelle Eva.

— Claude, fit-il. Enchanté. » Il se sentit un peu ridicule et tourna la tête vers elle avec un sourire. Elle posa la main sur son bras, ils s'arrêtèrent au milieu du trottoir.

« Nous pourrions prendre un café ou autre chose ? suggéra-t-elle.

— Je parie que oui. » Soudain, il se pencha, comme les acteurs de la grande scène sur l'écran, et avec ce même sentiment étrange et débonnaire d'inévitabilité, il l'embrassa. Les lèvres d'Eva étaient chaudes. Il ferma les yeux, perdu dans la sensation.

Elle sourit, lui prit le bras, ils se remirent à marcher.

Le hall de l'auberge était parfaitement désert, y compris le bureau de réception. La salle à manger était fermée et sombre derrière ses portes de verre. Il resta debout, percevant la chaleur de la fille à ses côtés, ne sachant trop que faire.

« Je crois... je crois...

— Ça ne fait rien, dit-elle.

— Nous pourrions monter », suggéra-t-il, confondu par sa propre audace. On eût dit que les paroles passaient à travers lui par l'entremise d'une puissance mystérieuse, qu'il était sous l'effet d'un sortilège. Il retint son souffle.

« Oui, fit-elle. Montons. »

Ils grimpèrent l'escalier et entrèrent dans la chambre. Elle ne le quitta qu'aux lueurs de l'aube.

« On dirait que vous en avez besoin », remarqua la serveuse au filet, au petit déjeuner, tandis qu'elle lui versait le café. « Vous avez fait la bombe ou quoi, la nuit dernière ? »

Une seconde, il crut qu'elle savait, puis il comprit qu'elle faisait allusion à une éventuelle gueule de bois. Il fit non de la tête et baissa les yeux sur son assiette. « Non, dit-il en étalant sa serviette sur ses genoux. À vrai dire... À vrai dire je me sens très bien. En pleine forme.

— Ah bon ? » fit-elle.

C'était la vérité. Il avait passé la moitié de la nuit à faire l'amour avec Eva, et le monde semblait tout neuf. Tout paraissait fraîchement refait — les salières, les poivrières, le soleil qui entrait par la fenêtre derrière lui, les cliquetis de la cuisine, ses mains à lui, sveltes. Il était si bien qu'il imaginait que son bonheur irradiait au-delà des limites de son corps et s'émerveillait de ce que la serveuse ne semblât pas le remarquer. Et le Beethoven ! Il sentait encore en lui la musique. Le Beethoven ! Il dut se concentrer pour avaler son petit déjeuner.

Lorsqu'elle débarrassa, elle annonça : « Le chef peut vous prêter des pantalons. Mais ils n'iront pas, je pense. »

Il sortit de sa rêverie. « Pardon ?

— Les pantalons blancs que vous vouliez. »

C'était un souvenir vieux de plusieurs semaines. « Oh, oui. Les pantalons. Merci de les avoir demandés. Je veux dire, merci de vous être donné tout ce mal.

— Ils n'iront pas.

— C'est très bien. Je n'en ai plus besoin. En fait... Je suis... Tout va bien, bafouilla-t-il.

— Bon, bon..., fit-elle. On m'a dit de vous dire que vous avez un message à la réception. »

Il alla vers le bureau, vaguement agité, divers scénarios déplaisants lui traversant l'esprit. Le vieil homme leva vers lui ses yeux d'un bleu laiteux, vifs et calmes.

« Bonjour, dit-il.

— Bonjour.

— Vous devez passer à l'administration. Vous avez reçu des télégrammes.

— Ah bon, fit Claude, instantanément soulagé. Merci beaucoup.

— Le petit déjeuner vous a plu ?

— Absolument. De premier ordre. Délicieux.

— Nos petits déjeuners sont bons.

— C'est sûr. La nourriture est formidable, confirma Claude. Le dîner aussi. Simplement formidable.

— Nous essayons de faire plaisir. » Le vieux prit un cure-dents dans un verre et le glissa entre ses lèvres. Il poussa le verre en avant. « Vous en voulez ? Menthe. Ils sont parfumés à la menthe. »

Claude accepta et s'en alla. À présent que tout danger était écarté, il se demanda quels pouvaient être ces télégrammes.

Sur le chemin de la ferme, il leva les yeux vers le ciel — de grandes vagues de nuages blancs étaient suspendues, immobiles, sous le bleu — et, sans raison aucune, il se mit à courir, se délectant de sentir l'air contre son visage. Ses nouvelles chaussures de tennis blanches adhéraient à la surface du chemin, il volait sans effort, giflant de temps à autre le feuillage au passage.

Il atteignit le bâtiment de l'administration hors d'haleine. Madame Chatfield portait un pull différent, mais le même rang de perles et les mêmes lunettes demi-lune à cheval sur son nez fin, que la veille. Les téléphones sonnaient, des gens allaient et venaient, des feuilles de papiers à la main. Elle-même avait un crayon en oblique dans la bouche et fourrageait parmi ses tiroirs.

« *Voilà**. » Elle lui tendit deux enveloppes jaunes à fenêtres. Il ouvrit la première :

Retenu par contretemps inévitable. Informez Popkin. Montrez-lui ce que nous voulons. Me réjouis de jouer demain avec vous.

FREDERICKS

Claude devrait donc faire la seconde répétition seul. Il frémit en réalisant l'ampleur de ses responsabilités. Mais aussi, il se souvenait exactement des endroits qu'il avait indiqués à Popkin, si bien qu'il saurait au moins par où commencer.

« Fredericks ne pourra pas venir à la répétition aujourd'hui, dit Claude à madame Chatfield.

— Ces choses-là arrivent tout le temps, soupirat-elle. Je suis sûre que ça marchera. »

Il trouva une chaise contre le mur, s'assit, ouvrit le second télégramme.

Ai choisi le bon moment pour attraper la grippe. Médecin insiste pour que je garde le lit. Penserai à toi demain. Joue très fort. J'entendrai peut-être.

WEISFELD

Claude regarda longuement le papier. Ses yeux revenaient sans cesse aux bandes enregistreuses sur lesquelles les mots étaient imprimés. Il ne pensait à rien, il était seulement conscient de la déception — une sorte de ralentissement au fond de lui-même.

« Quelque chose ne va pas ? demanda madame Chatfield.

— Mon maître a la grippe. Il ne pourra pas venir.

— Fredericks ? » s'écria-t-elle, alarmée, se soulevant à demi, ses lunettes retenues par une cordelette noire glissant sur sa poitrine.

« Non, non. Mon maître, mon vrai maître. Monsieur Weisfeld. »

Elle se rassit. « Je suis désolée, fit-elle d'une voix soulagée. C'est dommage.

— Puis-je l'appeler au téléphone ? » Il se leva et s'approcha du bureau. Il inscrivit le numéro sur un bout de papier et le lui tendit.

« Eh bien, je ne suis pas censée..., murmura-t-elle en prenant le combiné, mais s'il n'est pas bien... »

Elle lut le numéro à l'opératrice longue distance, donna l'appareil à Claude. Au bout d'un moment, il entendit le léger bourdonnement de la sonnerie à l'autre bout. Puis une voix de femme. « Allô ? »

Claude fut déconcerté. « Bonjour. Monsieur Weisfeld est-il là, s'il vous plaît ? C'est Claude.

— Il dort, Claude. J'étais sur le point de sortir. C'est madame Keller, la voisine.

— Oh bonjour. Bonjour, madame Keller. » Ça paraissait drôle de lui parler, drôle de l'imaginer dans le magasin de musique. « Il va bien ? J'ai reçu le télégramme, il dit seulement qu'il a la grippe. »,

Il y eut un bref silence. « C'est exact. Le docteur est venu. Il doit seulement se reposer et tout ira bien, expliqua-t-elle. Rien de sérieux. Quand revenez-vous ? Il dit que vous êtes quelque part à la campagne.

— Demain. Demain soir. » Il colla le combiné sur l'autre oreille. « Mais il va bien ?

— Je suis sûre qu'il sera sur pied lorsque vous reviendrez.

— Bon, fit Claude. D'accord. Merci beaucoup, madame Keller.

— De rien. »

Claude raccrocha, remercia madame Chatfield et

sortit. Il descendit le chemin et s'assit sur le même banc que la veille sous le grand arbre. Weisfeld ne viendrait pas, il ne serait pas avec lui dans les coulisses. Claude se sentit glisser, dériver légèrement de guingois.

« C'est la première fois ? avait demandé Eva au lit.
— Oui.
— Pas moi », avait-elle dit gaiement, et elle l'avait embrassé.

Il ne s'interrogea pas sur le fait qu'il ressentît si peu de curiosité à son égard. Il savait qu'elle allait retourner à San Francisco, à son conservatoire, à ses parents, à son chien couleur d'or, qu'il ne la reverrait jamais. Il savait aussi que c'était sa bonne période du mois pour faire l'amour parce qu'elle le lui avait dit. Elle non plus ne l'avait pas tellement questionné sur lui-même.

Depuis le début — leur marche silencieuse, le baiser sur le trottoir, le sentiment partagé, délicieux, d'enfreindre les règles, lorsqu'ils étaient montés dans la chambre (elle avait même pouffé dans sa main tandis qu'il tâtonnait avec la clef) — il savait parfaitement que tout ceci n'avait rien à voir avec ce qu'il avait lu dans *Roméo et Juliette*, ou dans les sonnets, ou dans les romans, ou vu dans les films. Cela n'avait rien de transcendant. Mais elle lui plaisait infiniment. Elle était bonne, généreuse et, par son courage, avait été l'agent de sa libération. Elle ne saurait jamais ce que signifiait pour lui le fait d'être délivré de sa virginité, et il ne pourrait jamais le lui dire, car, en vérité, ce qui s'était passé était beaucoup plus important pour lui que pour elle. Si bien qu'ils avaient échangé très peu de mots, au cours de leur longue et voluptueuse nuit d'intimité physique. À

certains moments, ils avaient été tendres et langoureux, à d'autres ils s'étaient cramponnés férocement
l'un à l'autre, comme deux gosses dans les mon-
tagnes russes. Il ne la connaissait pas vraiment, il
sentait seulement qu'il lui devait le monde.

Lorsqu'il tomba sur elle dans l'abri de la répétition, il éprouva un choc au simple fait de la voir —
une décharge de plaisir le long de l'échine. Cela le
prit complètement au dépourvu.

Elle sourit. « Asseyons-nous une seconde. »

Les musiciens grouillaient alentour mais nul ne
semblait faire particulièrement attention à eux. Popkin s'agitait au pupitre.

« Recommençons, dit-il, ce soir.

— Oh, tu es gourmand, Claude.

— Oui. Oui, je le suis. » Il ne pouvait détacher les
yeux de sa bouche. « Dieu sait que je le suis.

— Nous verrons. Tu as de beaux yeux sombres, tu
sais.

— Tant mieux.

— Mais, — elle changea de ton — ici c'est une
autre affaire. Je vais t'oublier et tu vas m'oublier. La
seule chose qui compte, c'est la musique.

— Comment vais-je pouvoir? Tu vas être assise
juste derrière-moi et regarder ma nuque. » Il se sentait suffisamment d'audace pour la taquiner.

« Je ne te regarderai pas. » Elle se pencha légèrement vers lui. « Claude, je suis sérieuse. Je te jure que
je ne te regarderai pas. C'est très sérieux. On ne peut
foutre en l'air le concert. Nous devons être professionnels. » Elle baissa les yeux, secoua la tête. « Je
ne me le pardonnerais jamais », fit-elle d'une voix
sincèrement effrayée.

« C'est d'accord, dit Claude. Vraiment d'accord.
Lorsque j'arrive au piano, quelque chose se passe en
moi que je suis incapable de décrire. C'est comme si

j'étais là et qu'en même temps je n'y étais pas. J'entre dans une sorte d'espace, de zone... Ça m'arrive chaque fois, alors ne t'inquiète pas. C'est promis.

— Oublie complètement que je suis là — *spécialement* demain après-midi.

— Monsieur Rawlingz ! cria Popkin. Venez, z'il vous plaît. Nous devons parler ! — Alors, continua-t-il lorsque Claude l'eut rejoint, il dit que vous zavez ze qu'il veut. Qu'est-ze qu'il veut ? »

Claude perçut une certaine dose d'irritation dans la voix de Popkin, aussi pesa-t-il soigneusement ses paroles. « Je ne sais certainement pas tout ce qu'il veut, commença-t-il, mais si vous voulez bien venir au piano, je pourrais vous montrer quelques-uns des phrasés. »

Ils se dirigèrent vers le piano à queue. Claude ouvrit sa partition, Popkin se pencha sur son épaule droite. Commençant au début, guidé par ses notes copieuses, Claude indiqua les cinq ou six endroits qu'il avait repérés la veille comme vraisemblablement susceptibles de tracasser Fredericks.

« Cette note ne doit pas être trop brève, commença-t-il. Il m'a dit d'y faire attention. Il cherche la forme la plus lisse possible, avec un léger *legato*. » Il joua la phrase, Popkin grognonna. « Ici, continua Claude, ce forte ne devrait pas être si *forte*. Plus dense, en quelque sorte. » Il tourna les pages. « Ceci sonnait un peu mou, hier. Il le veut hardi. Il a utilisé le terme "viril". » Il continua à tourner les pages, examinant le matériau, jouant lorsque cela était nécessaire. Popkin lui fit répéter quelques sections ici et là. Claude entendait les musiciens s'installer autour d'eux, bavardant à mi-voix, jetant parfois un coup d'œil dans leur direction.

« On ezaie », soupira Popkin, et il retourna au

pupitre. « Tout le monde est izi ? Bon. Du début. » Il leva sa baguette, donna le tempo.

De nouveau, le son fut électrisant, mais cette fois Claude se força à écouter attentivement. Popkin les laissa jouer quatre mesures puis arrêta tout. Il fit un signe de tête à Claude, qui comprit, joua le fragment avec ce qu'il pensait être le phrasé correct.

« Vous voyez ? indiqua Popkin. Plus rond. Pas zi bref pour l'appoggiature. Je veux l'entendre comme une vraie note. »

L'orchestre joua.

« Les cordes, les cordes ! coupa Popkin. Faites-le comme les cors ! Ils ont pris le coup ! Écoutez-les. Les cors ! Juste les cors, maintenant. *Et* un. » Les cors jouèrent. « Bon, bon, dit Popkin. À présent, les cordes zeules. » Les cordes jouèrent. « Z'est mieux. À présent enzemble. *Et* un. »

Ils progressèrent à travers le morceau, jouant par à-coups et fragments isolés, reprenant, revenant. C'était un travail épuisant, qui demandait énormément de concentration, une vigilance totale. La salle commença à être désagréablement surchauffée. La chemise de Popkin se tacha de sueur, la transpiration dégoulina sur ses bajoues. Certaines touches du piano devinrent glissantes.

Au bout d'une heure environ, tandis qu'ils travaillaient une partie de la section du milieu, Claude s'interrompit soudain. Déconcerté, l'orchestre s'arrêta. Popkin leva vers Claude des yeux interrogateurs. « Quelque chose... ?

— C'est juste que, c'est juste que... » Claude se tortilla, exaspéré. « Ce n'est pas clair. Ce n'est pas concentré. Nous répétons une chose cinq fois et elle reste floue. Que se passe-t-il ? »

Il y eut un moment de silence, Claude entendit des pieds racler le sol, quelques sifflets discrets, un hou! ou deux parmi les étudiants qui assistaient à la répétition.

« Dix minutes! » annonça Popkin, et il fit signe à Claude de le suivre derrière la toile de tente. Claude eut l'impression qu'on l'avait frappé à l'estomac. Il avait reçu les sifflets et les hou! comme des coups bas, d'autant plus violents qu'ils étaient complètement inattendus. Il se tourna vers Eva, la vit seulement de dos, qui s'éloignait.

Dans la pénombre, derrière une paroi de la scène, Popkin mit son bras autour des épaules de Claude. Le type ne sentait plus le clou de girofle. « Écoutez, dit-il. Vous jouez pour la première fois avec grand groupe, n'est-ze pas? »

Claude fit signe que oui.

« Beaucoup, beaucoup de gens, soupira Popkin. Chacun une perzonne zéparée. Pas zemblable à un piano, deux pianos, tout prézis, notes déjà fabriquées, zeulement appuyer sur les touches.

— Je suis désolé, murmura Claude.

— Non, non. Compréhenzible. Abzolument, déclara Popkin. Mais z'est bonne chose, parze que vous apprenez. Apprenez séanze tenante. Aujourd'hui même. Tout de zuite. » Il ôta son bras de l'épaule de Claude et s'épongea le front avec. « Orcheztre, chose différente. Grande bête, bête lente, bête puizante. Pazienze est nécezaire. Grande pazienze pour contrôler énorme animal. » Il découvrit une chaise pliante et s'y laissa tomber. « Affaire diffizile. On fait un peu là, un peu là, puis un peu là-bas. Petit à petit, vous comprenez? Et za va mieux. Z'est pas parfait, mais il z'améliore, croyez-moi. Frederigz zait zela, ne vous inquiétez pas. » Il mit ses coudes sur ses genoux et se prit le menton dans la main. « Vous connaissez pieuvre?

— La pieuvre? Bien sûr.

— Comment appeler les longs objets ? Les longs bras comme zerpents ?

— Tentacules.

— OK. Tentacules. Zertains tentacules jouent violons, zertains jouent différents cors, différentes anches, gros tambour, petit tambour. Tous tentacules s'agitent, jouent de toutes leurs forzes, ezaient de ne pas ze tamponner. Vous comprenez ? C'est magique. Un miracle, elles jouent musique ! Donc, on va très douzement avec pieuvre. Grand animal muet travaille très dur, il ne faut pas le déranger, ne pas le fâcher. Faire attention. Nous disons pieuvre agréable. Parfois, nous disons belle pieuvre. Parfois au public nous disons, voilà ma chère, ma très chère amie pieuvre, veuillez applaudir la pieuvre. Vous comprenez ? »

Claude se sentait honteux. « Oui. Je comprends. Cela ne se reproduira plus.

— Z'est naturel, conclut Popkin en se mettant debout. Allons travailler. »

Claude retourna à sa place, tête basse. Au moment de s'asseoir il se tourna vers l'orchestre. « Je suis désolé, dit-il, je ne voulais pas... »

Popkin l'interrompit du pupitre. « Frederigz n'est pas là. Imaginez la prezion zur ze jeune homme. Pas fazile. Maintenant nous jouons. Nous sommes enzemble, nous sommes tous enzemble pour za. Nous le ferons. »

Claude eût été incapable de savoir ce que son cerveau avait enregistré de l'affaire, mais le reste de la répétition — toujours fragmentée — se passa mieux. Dès qu'il eut cessé d'attendre des réponses rapides, il commença à entendre la façon dont le phrasé s'infiltrait peu à peu dans la sonorité de l'orchestre, comme des formes se solidifiant dans le brouillard. Il se sentit reconnaissant envers Popkin et mit un point d'honneur à lui serrer la main à la fin de la répétition.

« Ils doivent me haïr, c'est sûr, soupira Claude. Eh bien, soit. » Sa tête était de travers contre le dosseret du lit, Eva allongée près de lui, sa joue sur l'épaule de Claude. Lorsqu'elle parlait, il sentait son haleine chaude lui caresser la poitrine.

« Je ne dirais pas cela, répliqua-t-elle. Ils croyaient que tu avais l'habitude. Je veux dire, avec ton jeu, le fait que Fredericks t'a choisi. Lorsque tu es parti, Popkin leur a expliqué que tu n'avais encore jamais joué avec un orchestre. Certains se sont sentis très mal à l'aise après cela.

— Je suis heureux que tu sois venue. Je n'y croyais pas.

— La musique est la musique, mais ça — elle lui embrassa le mamelon — c'est ça. Et c'est notre dernière nuit.

— Oui. Je pars demain. » Il était surpris par la vitesse avec laquelle il s'était habitué à se trouver nu dans un lit, avec une fille nue. Il lui semblait avoir fait ça toute sa vie, tant ça paraissait naturel. Ils avaient fait l'amour deux fois en deux heures, avec moins d'urgence, mais autant de passion que la veille. Le corps de Claude, qui avait ressemblé, pendant l'acte, à une poupée de chiffon dans la main d'un géant, flottait à présent dans l'obscurité, tranquille, tiède, serein. Il dérivait.

Plus tard, ils furent réveillés par un bruit de voix dans le couloir. Heurts de bagages. Clefs dans la serrure. Paroles assourdies, directives, chut ! rappelant le silence.

« Ils sont arrivés », chuchota Claude.

Eva s'assit. « Fredericks ?

— Et Anson Roeg. »

Elle glissa hors du lit, courut à la porte, se mit à genoux pour regarder par le trou de la serrure.

« Que fais-tu ? » souffla Claude.

Elle agita la main en l'air derrière elle. Elle resta devant la porte plusieurs minutes. Lorsque les bruits cessèrent, elle revint vers le lit sur la pointe des pieds.

« Encore », fit-elle, piquetant de baisers rapides la poitrine de Claude. « Encore. »

« Il faut manger légèrement avant un concert », dit Fredericks. Le repas avait été roulé dans leur suite sur un petit chariot. La jeune serveuse drapa une nappe sur la table et mit le couvert pour trois. « J'ai pris la liberté de passer la commande », continua-t-il. « Consommé, sandwichs toastés au fromage, eau minérale. Cela vous suffira-t-il, ma chère ? demanda-t-il à Anson Roeg.

— Bien sûr. »

Ils s'installèrent, déployant leurs serviettes.

« La nourriture est très bonne », dit Claude.

Fredericks avala une petite gorgée de soupe. « Du citron, demanda-t-il à la serveuse. Quelques tranches de citron.

— Bien, monsieur. » Elle fit une demi-révérence et quitta la pièce.

« C'est mignon, dit Anson Roeg.

— Quoi ? » Fredericks leva les yeux.

« Sa petite révérence. On se croirait en Autriche.

— En Autriche avant guerre. » Il s'effleura les lèvres de sa serviette. « Soyez sûr qu'ils ne font plus de révérences, aujourd'hui. Pas à nous, en tout cas. » Il mangeait avec un soin méticuleux. « Ainsi, Claude, le séjour vous a plu ?

— Oui, en effet. » Claude hocha la tête, s'efforçant de ne pas sourire.

« Excusez-moi pour hier. C'était inévitable. Que pensez-vous de l'orchestre ?

— Je crois que ça ira. Le professeur Popkin les a fait énormément travailler. Il m'est difficile de juger.

— Très juste ! approuva Fredericks. Nous avons entendu parler du Beethoven ce matin. Il n'est question que de cela dans le festival.

— Très courageux de votre part », fit Roeg avec une trace de malice.

Claude rougit. « Oh, je me suis dit, et puis, flûte !

— Vraiment, dit-elle.

— Je veux dire, *il* ne pouvait certainement pas le faire. Il tremblait.

— Avez-vous eu un peu de temps pour vous préparer ? demanda Fredericks.

— Quarante-cinq minutes. Je me suis assis dans une voiture avec la partition, puis j'ai passé environ dix minutes avec le bassoniste. Un type épatant.

— Parfait dit Fredericks. On dit que vous vous en êtes très bien sorti.

— J'étais un peu paniqué, mais c'était amusant. »

Anson Roeg se pencha légèrement et le dévisagea. « Vous êtes différent, fit-elle.

— Ma chère ? » interrogea Fredericks.

Claude la regarda dans ses yeux gris, s'efforçant de ne pas dévoiler ses sentiments, à savoir qu'il était d'accord avec elle.

« Quelque chose, murmura-t-elle. Quelque chose est différent. Il a un certain air, un certain.... je-ne-sais-quoi. Mais il est différent. »

La serveuse reparut avec les tranches de citron.

« Le Beethoven, suggéra Fredericks. L'épreuve du feu.

— Peut-être, dit Roeg.

— Vous sentez-vous différent, Claude ? demanda Fredericks.

— Je crois que oui. Je peux dire cela. Ces deux journées ont été fabuleuses. J'ai eu l'impression qu'elles avaient duré des semaines. » Il se rendit compte qu'il mangeait trop vite et modéra son allure.

Fredericks posa sa serviette sur la table, regarda par la fenêtre. « Un bel après-midi d'été, serein et ensoleillé. Une belle journée pour jouer Mozart.

— J'espère que monsieur Weisfeld va bien. J'ai essayé deux fois de l'appeler, dit Claude.

— C'est seulement la grippe, dit Roeg. Il va se remettre, vous ne devez pas vous inquiéter. » Elle tendit soudain le bras, saisit le menton de Claude, l'examina de plus près. « Mais qu'est-ce que *c'est* ? » fit-elle pour elle-même, exaspérée.

Claude fut incapable d'arrêter le sourire qu'il sentait se dessiner lentement sur ses lèvres légèrement enflées. Les yeux de Roeg quittèrent la bouche de Claude, il perçut alors le choc de la reconnaissance. Elle eut un léger recul. « Oh ! fit-elle en retirant la main.

— Quoi donc ? demanda Fredericks.

— Rien, dit-elle.

— Vous avez relu Yeats, dit-il.

— Ce doit être cela, murmura-t-elle en terminant son eau minérale. Oui, c'est cela. »

Lentement, ils roulèrent vers l'amphithéâtre. Claude aperçut le flanc de la colline grouillant d'une multitude éparpillée sur toute l'étendue herbeuse, avec des couvertures, des parasols, des chaises pliantes, des oreillers, des paniers d'osier à pique-nique. Près de la scène, la foule était plus dense, les rangées de bancs entièrement occupées.

« Bonne participation, constata Roeg.

— Hum. » Fredericks lisait un journal.

La Rolls glissa silencieusement vers l'aire de stationnement — des centaines de voitures nettement alignées sur le pré — et alla se garer derrière la coquille. Un employé se précipita pour ouvrir la portière, un autre les précéda à la porte de derrière du bâtiment.

Anson Roeg sortit la première, suivie de Claude, puis de Fredericks, qui s'étira et prit deux inspirations profondes avant d'entrer à l'intérieur.

Madame Chatfield et ses assistants saluèrent Fredericks avec effusion. Il fut conduit jusqu'au foyer, où Popkin et un certain nombre d'autres personnes l'entourèrent immédiatement. Claude sentit qu'Anson Roeg le prenait par le coude et le dirigeait vers une zone déserte, dans un angle. Un canapé, une table, quelques sièges. Ils s'assirent.

« Il va s'en débarrasser dans quelques minutes », fit-elle, sortant un boîtier d'argent de son sac. Elle prit un petit cigare brun, tendit à Claude un briquet d'argent. Il le saisit, l'examina un moment pour en découvrir le fonctionnement. Les flashes crépitaient. Claude alluma le cigare de Roeg.

« Merci », fit-elle en reprenant le briquet. Elle se carra au fond du canapé et envoya un mince panache de fumée bleue vers le plafond.

« C'est toujours comme cela ? demanda Claude.

— Ceci n'est rien », fit-elle tranquillement.

Finalement, un timbre électrique retentit, la salle commença à se vider. Fredericks revint, Popkin à son coude. « Vous commencez donc par le Brahms. C'est dans, euh... quinze minutes ?

— À peu près, fit Popkin. Il y aura deux zonneries, alors vous venez. » Sans quitter Fredericks des yeux, il tira par la manche un jeune homme en veste blanche. « Voulez-vous boire quelque chose ? Du café ? Du thé ? Peut-être madame ? Quelque chose ?

— Un pichet d'eau et trois verres », demanda Fredericks.

Popkin fit un signe de tête au jeune homme, qui disparut aussitôt. « Bon, s'exclama-t-il. Je vous vois là-bas. » Il lança un regard à Claude. « Vous bien travailler. »

Claude eût été incapable de dire si c'était une prédiction ou une instruction, mais il remercia tout de même, effleurant machinalement la croix de bois sur sa poitrine, sous la chemise.

Finalement ils se retrouvèrent seuls, tous trois autour de la table, leurs verres d'eau en face d'eux. Fredericks croisa les jambes l'une sur l'autre, tandis que les premiers accents du Brahms leur parvenaient de loin.

« Vous savez, ces actions dont il m'a parlé, dit Fredericks. La société d'aliments pour animaux de compagnie ? Elles ont chuté de quatre points. »

Anson Roeg fit glisser un peu de cendre dans le cendrier. « Le bruit a dû courir que vous en aviez acheté.

— Exactement. » Il eut un petit rire. « Si je veux les voir monter, sans doute devrai-je vendre. »

Claude commença à parcourir mentalement le Mozart, répétant plusieurs fois la première phrase. Il ferma les yeux et s'abandonna à la mémoire de la musique, à ses sonorités, au toucher des notes, au changement de position de ses mains. Il avait déjà revu une centaine de mesures lorsqu'il perdit soudain le fil. Il rouvrit brutalement les yeux, se leva, se mit à arpenter la pièce en fredonnant intérieurement pour retrouver l'endroit où il avait trébuché.

« Claude, dit Fredericks, asseyez-vous.

— Quoi ?

— Revenez vous asseoir. »

Claude obéit. Il remarqua qu'Anson Roeg fouillait

de nouveau dans son sac. Qu'était-ce ? Un jeu de cartes ?

« Arrêtez de penser à la musique, dit Fredericks. N'y pensez plus avant d'y être. C'est trop tard. Il n'y a plus rien à gagner, cela ne ferait que vous rendre nerveux. »

Anson Roeg battait les cartes.

« Savez-vous jouer au gin ? demanda Fredericks.

— Oui. » Al lui avait appris.

« Très bien. Nous jouons un demi-cent le point. Vous pouvez servir, ma chère.

— Vous me devez deux dollars, rappela Roeg.

— Je sais. À présent, faites une colonne pour Claude. »

Ils jouèrent au gin-rummy en silence, à l'exception d'une remarque çà et là. Pendant que Claude battait les cartes — un son doux, curieusement rassurant — quelqu'un ouvrit la porte, jeta un œil furtif, la referma aussitôt. Claude distribua.

Lorsque le timbre retentit, Fredericks dit : « Une minute. Finissons ceci, nous sommes tout près. » Il jeta un quatre de cœur. Roeg le ramassa, réarrangea sa main, se débarrassa d'un sept de trèfle.

Claude ramassa le sept. « Deux points », dit-il, étalant ses cartes en éventail sur la table.

« Une couleur à trèfle ? » Fredericks abaissa ses cartes. « Mais vous avez jeté le valet ! »

Le jeune homme en veste blanche ouvrit la porte, entra, la maintint ouverte. « Messieurs », fit-il.

Fredericks et Claude se levèrent.

« Je serai dans les coulisses, dit Anson Roeg. Je fais le total des points. »

Fredericks et Claude suivirent le jeune homme dans le couloir.

« Pourquoi avez-vous jeté le valet ? demanda Fredericks.

— Eh bien, la dame était morte.

— Ah bon ?

— Seconde ou troisième levée, dit Claude.

— Vraiment. J'aurais dû m'en souvenir. »

Il faisait clair, à l'extrémité du couloir. Ils s'arrêtèrent un moment.

La scène était inondée par la lumière qui arrivait en oblique du sommet de la colline. Les musiciens de l'orchestre, et Popkin, étaient en bras de chemise.

« Enlevez votre veste, Claude. » Fredericks retira la sienne et la laissa tomber sur le sol sans la regarder. Claude fit comme lui. Ils entrèrent sur scène.

Claude jeta un coup d'œil bref au public — ce qui lui parut être des milliers de personnes faisant des petits gestes saccadés qu'il finit par identifier comme étant des applaudissements — et trouva le piano. Avec une sorte de vision en tunnel, il regarda l'instrument, qui grandit, grandit, au fur et à mesure qu'il s'en approchait, jusqu'à emplir toute sa conscience au moment où il s'asseyait sur la banquette. Alors, presque dans un déclic, il vit Popkin, Fredericks, l'orchestre, Eva fixant le sol. Ses oreilles s'ouvrirent aux applaudissements qui allaient en s'affaiblissant. Il inspira profondément, une sorte de soupir, et la musique commença, occupant instantanément tout l'espace, telle une fleur géante s'épanouissant à partir du néant en une fraction de seconde pour devenir aussi grande qu'une maison. L'air était dense de musique.

Après les accords *staccato* des tutti, après le silence, aussi bref qu'un battement de cœur, après que Fredericks et lui eurent posé leurs doubles trilles comme d'une seule et même main, modelé les notes d'agrément, annoncé le mi bémol à l'unisson d'une touche ferme identique, après la mesure et demie de doubles-croches qui s'écoulèrent comme les grains d'un sablier, Claude leva les mains, écouta Fredericks jouer les onze mesures suivantes. C'était clair, fougueux, apparemment facile. Claude s'entendit lui répondre une octave plus bas, avec une concentration réfléchie, contrôlant délibérément le sentiment d'euphorie qu'il sentait monter dans sa poitrine. C'était parti, ça leur échappait, c'était libre. Ils voguèrent jusqu'à la fin du morceau, comme un grand voilier roulant sous le vent.

Tout le temps qu'il dialogua avec Fredericks, il se sentit pratiquement hors de lui, écoutant le flot magique, les changements de couleurs, entendant la pulsation, regardant ses mains accomplir leur travail étonnant. Pendant qu'il façonnait la musique dans sa tête et la jouait, il sentait que Fredericks la façonnait et la jouait en accord avec lui, leurs âmes jointes dans une entreprise harmonieuse, comme de vieux amis qui peuvent se parler sans mots, se communiquer une pensée avant même qu'elle n'émerge totalement, parce que la même pensée naît dans l'âme de l'autre. Claude savait qu'il était sur scène, au piano, à Longmeadow, Massachusetts, mais, en même temps, il était quelque part ailleurs, en un lieu qu'il eût été incapable de décrire, y compris à lui-même — non qu'il en éprouvât le moindre besoin, tant ce lieu paraissait céleste. Regarde ! Regarde ! Écoute ! Concentre-toi ! Ça arrive. C'est là. *Ça !*

Ils saluèrent en regardant le soleil en face. Claude observait Fredericks du coin de l'œil et copiait ses mouvements. Les applaudissements déferlaient des bancs et de la colline, telle une pluie crépitante. Derrière, les musiciens de l'orchestre frappaient sur leurs pupitres. Popkin étreignit Fredericks, puis Claude, les deux pianistes se retirèrent dans les coulisses.

Anson Roeg attendait, une serviette dans chaque main. Elle en donna une à Fredericks, tendit l'autre à Claude. « Tu es trempé, murmura-t-elle à Fredericks. Il doit faire au moins cent degrés, là-bas.

— Merci, ma chère. » Il s'épongea le visage et le cou, dégrafa deux boutons de sa chemise, regarda Claude. « Je m'en suis à peine aperçu, ça se passait si bien, je pense. Et vous ?

— J'aurais voulu que cela ne finisse jamais, murmura Claude.

— C'était exquis, dit Roeg. Il n'y a pas d'autre mot.

— Je me demande s'il y a une douche dans la salle de bains du foyer. » Fredericks souleva le plastron de sa chemise avec deux doigts et le secoua.

« Non, répondit Roeg. Il faut attendre de retourner à l'auberge.

— Bon. Dans ce cas, finissons-en au plus vite. J'ai horreur de rencontrer des personnes dans cet état. »

Ils parcoururent le couloir. Les gens se plaquaient contre les murs à leur passage, applaudissaient. Fredericks saluait, agitait la main. Quelqu'un effleura le dos de Claude et dit : « Bravo. »

Crépitement des flashes lorsqu'ils entrèrent dans le foyer. On leur tendait des programmes à signer. Claude suivit l'exemple de Fredericks et griffonna sa signature sur une douzaine.

« Où est Popkin ? demanda Fredericks.

— Il arrive », dit Roeg.

Le petit homme à la barbe blanche qui avait interrogé Claude à propos du Beethoven, sortit de la foule et vint serrer la main de Fredericks. Leurs têtes se rapprochèrent et ils discutèrent un moment, mais Claude n'entendit que la fin de leur conversation, lorsque Fredericks invita l'homme à retourner avec eux à l'auberge.

Soudain Popkin apparut, bajoues enflammées, les yeux brillants. « Merveilleux, cria-t-il à Fredericks. Une joie ! Je n'ai jamais entendu mieux. J'ezpère que les zenfants ne vous ont pas entravé.

— Ils s'en sont très bien sortis, déclara Fredericks. Tous mes remerciements, et transmettez-leur mes paroles.

— Et voilà le *Wunderkind* ! » Popkin serra Claude sur son cœur. « Très bon, très bon. Il m'a aussi aidé à préparer l'orcheztre. Mais vous avez joué comme un ange !

— Merci, monsieur. » Claude refréna l'envie de se dégager, fut finalement libéré. « Je n'oublierai pas, pour la pieuvre.

— Il est temps d'y aller », fit Roeg.

Ils se frayèrent lentement un chemin à travers la foule, signant encore des programmes. Ils sortirent par la porte de derrière. Un petit groupe applaudit à leur apparition et s'écarta pour les laisser avancer jusqu'à la Rolls.

Soudain, un sifflet étonnamment puissant, suraigu, déchira l'air. Claude tourna la tête et aperçut Eva qui ôtait les doigts des coins de sa bouche, debout sur la marche la plus basse d'un bus scolaire orangé à une vingtaine de mètres de là. Elle mit une main sur le cadre de la portière, leva la hanche à la manière d'une vamp et lui envoya un baiser. Rougissant et riant, Claude lui retourna le geste. Eva sourit et disparut

« Mystère résolu », chuchota Roeg tandis qu'ils montaient dans la Rolls.

Il faisait merveilleusement calme à l'intérieur de l'énorme automobile. Claude et le monsieur à la barbe blanche s'assirent sur les strapontins. « Claude, dit Fredericks, voici mon imprésario, Otto Levits.

— Monsieur », fit Claude, tandis qu'ils se serraient la main.

« Peut-être, si vous aviez quelques minutes, commença Levits, après que vous vous serez rafraîchi. J'aimerais discuter avec vous. »

CHAPITRE 13

Sur le trottoir, devant le magasin de musique, Weisfeld contempla le ciel gris sombre. « Ça se couvre. Il faudrait peut-être baisser le store. » Il tendit la main vers la perche métallique.

« Laissez-moi le faire », dit Claude. Il prit la perche, la mit en place, déroula l'auvent.

« Bien, dit Weisfeld. J'ai nettoyé les vitres il y a juste deux jours. » Il retourna d'une pichenette l'écriteau accroché à la porte, qui disait JE REVIENS TOUT DE SUITE, et vérifia le loquet. « Alors, dit-il en se tournant vers Claude, c'est sûr ? Tu es décidé ?

— Oui.

— Je ne t'ai influencé en rien ? C'est ta vie, après tout. » Il plaça son béret.

« C'est ce que j'ai envie de faire. C'est logique. » Claude aperçut le taxi avant d'entendre le bref coup de Klaxon. « La voilà. »

Emma Rawlings se gara le long du trottoir et ils montèrent à l'arrière.

« Bonjour, madame Rawlings, dit Weisfeld. Je suis heureux de vous voir.

— Moi aussi, fit Emma. Je baisse le drapeau, mais ne vous inquiétez pas, ça ne compte pas.

— Comme vous voudrez.

— Al n'a pas pu venir ? demanda Claude.

— Nan. Ils soudent une chaudière dans son immeuble, il devait être là-bas. »

Elle descendit Madison Avenue ouest, tourna à gauche, roula vers le centre-ville. La station de taxi devant l'immeuble du bureau était vide, elle s'y gara. « Exactement comme la dernière fois », commenta-t-elle. Il se mettait à pleuvoir et, sur le trottoir, les gens se rapprochèrent des immeubles, se contournant mutuellement pour avancer. Weisfeld, Emma et Claude sortirent du taxi et s'engouffrèrent dans le hall.

Pendant que l'ascenseur montait, Emma, ignorant l'opérateur, demanda à Weisfeld : « Ce doit être agréable, non ?

— Pardon ?

— Ben... vous aviez raison pour lui. Le truc qu'il a fait à la campagne... Vous aviez raison, depuis pratiquement dix ans. Ce doit être une sensation agréable.

— Hé, fit Claude. Je suis là.

— C'est agréable. » Weisfeld inclina la tête avec un petit sourire.

« Vous le méritez », dit-elle.

Claude fut soulagé lorsque l'opérateur ouvrit les portes.

Rien n'avait changé. Les yeux de monsieur Larkin étaient toujours clairs et bleus, il n'avait pas vieilli du tout. Dans la pièce, tout était exactement comme autrefois. Otto Levits quitta sa chaise à la table de conférence pour être présenté à Emma, chacun s'assit.

« Claude, commença Larkin, je voudrais d'abord vous complimenter pour ce que l'on m'a dit avoir été une prestation brillante.

— Merci. »

Larkin marqua une pause, arrangea quelques papiers. « Nous sommes ici, comme vous le savez, pour formaliser l'accord établissant monsieur Levits — il fit un signe de tête en direction de l'homme barbu — comme imprésario et agent musical de monsieur Rawlings. » Autre signe de tête. « J'ai cru comprendre, d'après ce que m'en ont dit le maestro Fredericks, monsieur Weisfeld et monsieur Levits, qu'un certain nombre de discussions concernant l'avenir de Claude s'étaient déroulées, et que disons... une rencontre d'esprits s'était produite. Est-ce exact, Claude ?

— Oui, monsieur.

— Je tiens pour acquis que vous-même avez longuement, et soigneusement, réfléchi à ces problèmes.

— Depuis... », Claude s'interrompit. « J'allais dire depuis le concert, mais en réalité nous en parlons depuis très longtemps. » Il regarda monsieur Weisfeld. « Je veux dire, depuis vraiment très longtemps, lorsque je vois les choses avec du recul.

— Oui, dit Weisfeld.

— Parfait. » Larkin eut un sourire engageant. « Il semble que l'occasion soit bien choisie, Claude, pour nous faire partager vos réflexions, puisque nous sommes tous réunis. J'admets y porter un certain intérêt personnel. Très simplement, si vous le voulez bien. »

La pièce se fit silencieuse. Chacun regarda Claude, même sa mère. Il réprima l'impulsion nerveuse de commencer à parler immédiatement et regarda la pluie tomber un moment par la fenêtre pour rassembler ses idées.

« La musique est ce qui compte le plus au monde pour moi, commença-t-il. Plus je fais de musique, plus cela me paraît évident. Je voudrais jouer, je voudrais composer. La musique ne s'épuisera jamais. Elle ne disparaîtra jamais. Je voudrais donc lui consacrer ma vie. » Il sentit une petite boule se nouer dans sa gorge, toussa dans sa main. « Mais je pense aussi, continua-t-il plus vite, que pour devenir le meilleur musicien possible, je dois faire d'autres choses en plus de la musique. Je préférerais aller à l'université plutôt qu'au conservatoire, si cela était possible. Je voudrais lire, découvrir des trucs, des tas de trucs. » Ses yeux rencontrèrent ceux de Weisfeld. « Ce n'est pas que je craigne de devenir un monstre, si je ne faisais que jouer — je ne crois pas que je serais un monstre, en réalité... je veux dire —, je sais que cela peut arriver, pourtant je ne crois pas que cela m'arriverait. Mais je pense à Ivan, vous savez, et combien c'était formidable... Peut-être quelque chose de semblable se produira-t-il à l'université.

— Ivan ? interrogea Larkin.

— Un ami, à l'école, dit Claude.

— Un jeune homme extrêmement brillant, approuva Weisfeld. Actuellement à Cambridge, je le crains... *Cambridge* Cambridge.

— Je vois, fit Larkin.

— Je voudrais donc faire les deux, si c'est possible », conclut Claude.

Otto Levits s'éclaircit la gorge. « De mon point de vue, ça l'est. En fait, c'est même souhaitable. Je pense au long terme avec mes artistes, monsieur Larkin. Tout le monde sait cela.

— Parfaitement exact, confirma Weisfeld. Nous parlons donc de proportions. Apparitions programmées durant l'année scolaire et soigneusement réparties. Pas trop de tournées, jamais en période d'examens. Ainsi, il pourra gagner de quoi subvenir à ses dépenses. L'été, peut-être davantage. Nous pouvons organiser cela.

— Est-ce faisable, monsieur Levits ? demanda Larkin.

— Certainement. C'est ce que souhaite Fredericks, et il nous aidera si nécessaire.

— Qu'en sera-t-il des concours ? »

Levits et Weisfeld secouèrent la tête d'un même
geste.

« Il n'a pas besoin de cette folie, dit Weisfeld. Il a
déjà un parraineur.

— Entre nous, ajouta Levits, nous avons toutes
les relations nécessaires. Les concours sont pour les
gens du Nebraska qui ne connaissent personne. Je
suis d'accord avec Aaron. »

Larkin opina. « Bien. Madame Rawlings, le document requiert votre signature, Claude n'étant pas
encore majeur. Avez-vous des questions à poser ?

— Allez-vous lui trouver des boulots ? demanda-
t-elle à Levits.

— Oui.

— Allez-vous continuer à veiller sur lui ? »
demanda-t-elle à Weisfeld. « Écoutez, j'étais dans le
music-hall dans le temps, mais j'connais rien à ce truc.

— Oui, dit Weisfeld. Soyez rassurée.

— Alors, si Claude est d'accord, je suis d'accord. »

Larkin disposa les documents autour de la table
de manière que tous signent, y compris Weisfeld
comme témoin.

« Pourra-t-il gagner assez pour payer l'université ? » demanda Emma.

Weisfeld rendit à Larkin son stylo à encre. « Cela
devrait s'équilibrer. Nous allons essayer d'obtenir des
bourses. Il a été excellent à Bentley, après tout.

— C'est une bonne question, madame Rawlings,
fit Larkin. Je vous remercie de l'avoir soulevée.
Avez-vous pensé à l'endroit où vous aimeriez aller,
Claude ?

— Euh... non. Je pensais en discuter avec quelqu'un à Bentley. Il y a là-bas une personne avec

laquelle on est censé parler de ces choses. Je n'en ai pas encore eu le temps.

— Harvard, dit Weisfeld.

— Columbia est bien, ajouta Levits.

— Je ne suis pas très informé », fit Claude.

Larkin était debout derrière son fauteuil, les bras sur le dossier. Claude remarqua avec envie la longueur de ses mains. D'aussi grandes mains pouvaient jouer de larges dixièmes. « Parlez-en avec votre conseiller, dit Larkin. Et peut-être pourriez-vous prendre en considération certaines des meilleures universités plus petites. »

Claude vit que monsieur Weisfeld écoutait d'une oreille soudain plus attentive, penché en avant. « Que voulez-vous dire?

— On y trouve parfois plus de souplesse, une attention plus personnalisée à l'égard des étudiants en tant qu'individus, si vous voyez ce que je veux dire. Dans un endroit comme l'université de Cadbury, par exemple, le cursus peut être adapté pratiquement sur mesure.

— Je n'en ai jamais entendu parler, fit Levits.

— Cadbury? » Weisfeld regarda le plafond. « N'est-ce pas en Pennsylvanie?

— Oui, entre Philadelphie et Princeton. Une petite institution quaker qui compte environ quatre cents étudiants actuellement. Une université de premier ordre. Je suis membre de son conseil d'administration, pour dire la vérité.

— Je vois, dit Weisfeld.

— Oui. » Larkin joignit les mains. « Et comme c'est du domaine public, peut-être devrais-je mentionner que je suis également membre de son comité des bourses.

— Oh », fit Weisfeld. Et Claude remarqua qu'il souriait.

Deuxième partie

CHAPITRE 14

Quatre ans et demi plus tard, Claude lisait le *Déclin* de Gibbon dans son box à la bibliothèque Boyd de l'université de Cadbury, lorsqu'il s'avisa de la présence d'une jeune fille non loin de lui, parmi les rayonnages. Elle cherchait un livre. Son profil le frappa aussitôt — une ossature fine, aristocratique, vaguement familière — et lorsqu'elle se tourna, il se sentit légèrement désappointé. Elle n'était pas aussi jolie qu'il l'avait imaginé. Néanmoins, il ne pouvait en détacher les yeux.

« Que se passe-t-il avec les GS sept cent? demanda-t-elle. Ça s'arrête juste aux six cent quatre-vingt-dix.

— De l'autre côté? suggéra-t-il en désignant le rayon opposé.

— Non. » Une voix magnifique enveloppée d'un souffle un peu râpeux, une diction parfaite. Elle portait une jupe écossaise et un chandail de cachemire.

« Ah. » Il referma son livre et se leva. « Peut-être les étagères latérales. Ça commence ici. »

Bien que Cadbury fût un établissement masculin, il n'était pas rare d'y voir des jeunes filles de l'université voisine, Hollifield, sur le campus. Hollifield était une institution religieuse prestigieuse, réputée supérieure à Cadbury, mais cela n'empêchait pas les jeunes filles de suivre à Cadbury certains cours avancés, ou de donner des rendez-vous aux garçons. Les établissements jouissaient de ce que l'on appelait une relation privilégiée.

« Voilà », fit-elle, s'agenouillant pour lire les numéros. Le geste émut Claude, sans qu'il sût pourquoi, un mélange de confiance — elle n'était qu'à quelques centimètres de lui —, de vulnérabilité et d'assurance gracieuse. « Je l'ai. » Elle sortit un volume, leva les yeux vers lui. « Marvell. L'avez-vous lu ? »

Il opina. « Plutôt excitant. » Elle avait de grands yeux brun clair, largement écartés, une expression à la fois douce et alerte.

« C'est très beau, dit-elle simplement.

— Êtes-vous à Hollifield ? Désolé de parler comme dans les films, mais il me semble vous avoir vue quelque part.

— Vraiment ? » Elle eut un rire léger. « Oh, je ne suis presque jamais là le week-end. Vous devez me confondre avec quelqu'un d'autre.

— Sans doute. »

Ils restèrent debout un moment sans bouger ni l'un ni l'autre.

« Je me disais que je descendrais bien prendre un café à la coop, fit-il.

— C'est une bonne idée. »

Les premières années à Cadbury, Claude avait invité plusieurs jeunes filles de Hollifield. Mais rares, parmi ces relations, avaient été celles qui avaient duré plus d'un mois ou deux. L'une des filles avait été découragée par le sérieux général de Claude, son incapacité à s'abandonner à la frivolité communautaire d'une grande sortie de week-end ou d'un match de football. Une autre — une étudiante boursière, sensible et intelligente, issue d'un quartier ouvrier de

Philadelphie — l'avait intrigué, aussi bien avant qu'après la révélation sidérante qu'elle était lesbienne. Claude avait eu besoin d'un moment pour y croire, d'un autre pour absorber le choc. Il savait qu'en lui confiant son secret, compte tenu des mœurs conformistes de l'époque, elle faisait une chose dangereuse, ce qui ne l'en avait rendue que plus attrayante. Mais même l'aveuglement de son désir n'empêcha pas Claude de conclure en fin de compte que l'amour avec une personne de sexe masculin était, pour elle, tout à fait impossible. Deux autres filles s'étaient simplement jouées de lui, ce que, en raison de sa naïveté et de sa fierté, il avait mis plus de temps à reconnaître qu'il n'eût dû — il ne comprenait toujours pas pourquoi elles s'étaient donné cette peine. En cette dernière année d'études, il avait complètement cessé d'aller à Hollifield. Son invitation impulsive le surprit lui-même.

Dans la coop désertée, ils prirent des cafés et des petits pains au lait collants, s'installèrent près d'une fenêtre. Ils bavardèrent sur l'université, un film qu'ils avaient vu tous les deux, les poètes métaphysiques, le président Eisenhower, la pratique quaker de la réunion du cinquième jour, plusieurs autres sujets anodins. Claude était de plus en plus conscient de la beauté de la jeune fille, de sa vivacité d'esprit — une intelligence légère, qui n'appelait pas l'attention sur elle — elle semblait plutôt encline à la masquer, par modestie ou désir de tester son interlocuteur, il n'eût su le dire. Il fit en sorte de lui faire comprendre qu'il l'avait remarquée et d'établir que lui-même n'était pas dépourvu d'une certaine agilité mentale. Il la fit rire à plusieurs reprises.

Lorsqu'ils quittèrent la coop et se dirigèrent en flânant à travers la pelouse vers le support à vélos, il était clair, pour tous les deux, qu'ils allaient se revoir.

Pourtant, ce ne fut qu'alors qu'ils échangèrent leurs noms. Le sien était Priscilla Powers.

« Mais tout le monde m'appelle Lady, fit-elle. Depuis que je suis gamine. »

Au cours de cette heure, ils n'avaient parlé de rien de particulièrement important, ne s'étaient posé aucune question personnelle, avaient plus ou moins évité toute référence à leur vie en dehors de l'école. Cela convenait parfaitement à Claude, qui s'était glissé facilement, et avec reconnaissance, dans la société égalitaire de Cadbury, où il n'était pas important de savoir qui venait d'où. Un idéalisme tranquille rayonnait sur le petit monde protégé de ces deux campus — îlots d'optimisme au sein de la sécurité plus grande qu'offrait l'Amérique calme et prospère d'après-guerre.

Comme elle enfourchait son vélo, Claude demanda : « Dans quel dortoir êtes-vous ?

— Chesterton, répondit-elle.

— Puis-je vous donner un coup de fil ?

— Ce serait sympa. » Elle dévala le chemin, pédalant vivement, sa chevelure brune plaquée par le vent.

Ces deux dernières années, l'université avait fait une entorse à son règlement et autorisé Claude à habiter à l'extérieur du campus. Il disposait de deux pièces au-dessus d'une petite laverie automatique, juste de l'autre côté de la rue, au-delà des grands piliers de marbre qui marquaient l'entrée du parc de l'université. Il avait expliqué qu'il avait besoin de la proximité immédiate et constante de son piano pour s'exercer, travailler son répertoire, préparer les récitals, les accompagnements et les concerts de musique de chambre auxquels il participait environ une fois par mois. Le doyen y avait consenti à contre-cœur et, en quaker intègre, s'était fait un devoir d'avertir Claude des dangers insidieux de la vie de bohème.

En fait, Claude était plutôt traité d'ours par ses camarades. Il avait gardé l'habitude de se lever tôt et, le plus souvent, avait déjà travaillé deux ou trois heures sur le Chickering à queue de location au moment où les machines commençaient à ronronner en bas, lorsque la laverie automatique ouvrait. Ses journées étaient minutieusement programmées, un équilibre soigneux entre ses études musicales et universitaires, la composition, le jazz, un enthousiasme discret pour le basket-ball. Il prenait la plupart de ses repas au Founder's Hall, avec les autres étudiants.

Mais lorsqu'il commença à voir Lady de plus en plus régulièrement, les choses changèrent. Ils faisaient de longues promenades dans le grand parc bucolique de Cadbury, étudiaient ensemble dans l'immense bibliothèque au plafond en forme de voûte de Hollifield, allaient parfois voir un film, se rencontraient pour manger des hamburgers dans le petit restaurant local. La première fois qu'elle était venue dans sa chambre prendre le thé l'après-midi (une pratique très hollifieldienne), elle avait regardé le piano avec surprise.

« Seigneur. Qu'est-ce que c'est ? » Elle s'avança, mit les mains sur le couvercle. « Ça prend la moitié de la place ! »

Il lui avait très peu parlé de lui-même, n'avait mentionné la musique qu'en passant, sans faire allusion à la place qu'elle tenait dans sa vie. « Je joue, dit-il simplement. Je suis musicien.

— Je croyais que tu étudiais l'anglais ?

— Oui, oui. »

Autour d'une tasse d'Earl Grey, il lui parla de Weisfeld, de Fredericks, de Larkin, de ses projets.

« Tu veux dire que tu as étudié avec Fredericks ? s'exclama-t-elle, stupéfaite. *Le* Fredericks ?

— Oh oui, assez longtemps.

— Quel cachottier tu fais ! » Lady souleva sa tasse. « Ne rien dire tout ce temps-là. » Elle semblait satisfaite.

Ce qu'il apprit d'elle vint par fragments et bribes, émaillés sur plusieurs semaines. Elle était de New York, avait étudié à Spence, jouissait, à Hollifield, d'une sorte de célébrité en tant qu'étudiante brillante, corédactrice du journal de l'école, *Horizons*, présidente du conseil des étudiants, capitaine de l'équipe de hockey. À Cadbury, personne ne semblait savoir grand-chose sur elle, Claude était le premier garçon avec lequel elle fût sortie. Mais l'admiration presque palpable que lui vouaient continûment les filles de Hollifield lorsqu'elles s'adressaient à elle (incapables de masquer leur surprise et leur curiosité à la présence de Claude) lui montrait bien que les choses étaient différentes, là-bas. Elle considérait son statut avec une sorte de modestie patricienne, comme si la chose était sans importance. Il remarqua combien elle était généreuse avec les gens, avec quelle attention elle les écoutait.

« Pourquoi rentres-tu chez toi chaque week-end ? demanda-t-il un jour.

— Oh... ma famille, fit-elle.

— Qu'ont-ils donc ?

— Ils aiment que je sois à la maison », lança-t-elle d'un ton léger, et elle changea de sujet.

Le soir, ils rentraient à vélo à Chesterton, son dortoir, bien avant l'extinction des feux à vingt-trois heures, lorsque le veilleur de nuit fermait les grilles. Sous une voûte, ou derrière un arbre, ou dans n'importe quel lieu sombre protégé, ils plaquaient leurs corps l'un contre l'autre et s'abandonnaient à la chaleur voluptueuse de leurs bouches. Elle était légèrement plus grande que Claude et, se haussant parfois sur la pointe des pieds, les bras autour du cou de Claude, prenait possession de lui. En dépit de son avidité — l'exquise brûlure de son corps —, il ne fit jamais pression sur elle. Il sentit la douceur de ses seins pour la première fois lorsqu'elle lui guida la main, sa cuisse musclée entre les jambes de Claude, la bouche sur son front. « Mmm, fredonnait-elle, Mmm. »

À demi délirant, noyé dans la sensation, Claude ne retrouvait ses esprits qu'au cri rituel du veilleur de nuit : « On ferme, mesdemoiselles, messieurs. On ferme. » Un dernier baiser, ils marchaient vers la grille, vaguement conscients de la présence d'autres couples émergeant des ténèbres.

« À demain, disait Lady en franchissant le portail.

— À demain. » Tremblant, il s'éloignait, ne sachant jamais où il avait laissé son vélo, le sang rugissant à ses oreilles, l'aine endolorie comme s'il avait reçu un coup.

Les deux premières années qui avaient suivi le départ de Catherine, Claude, instinctivement, sans décision délibérée, avait effacé son image de sa mémoire. Ce ne fut qu'après de longs mois qu'il put supporter de laisser filtrer dans sa conscience quelques pensées fugitives la concernant, comme un homme qui absorbe par gorgées minuscules un élixir potentiellement dangereux. Des fragments de souvenirs remontaient — un geste figé, une bribe de conversation, la frange d'une émotion lointaine — mais ils ne duraient jamais plus d'une seconde et s'envolaient très vite. La chose pouvait survenir au milieu d'une phrase, pendant qu'il discutait avec quelqu'un. Ou qu'il essayait des chaussures, qu'il faisait des gammes, passait un examen. Finalement, ces bribes elles-mêmes se vidèrent de tout substrat physique et se transformèrent en émotion pure et simple, des tiraillements si fugaces qu'il les remarquait à peine.

Mais un jour, deux mois après avoir rencontré Lady, tandis qu'il déjeunait dans le chahut du Founder's Hall, riant à une plaisanterie d'un de ses camarades, il se sentit brusquement submergé par la conscience totale d'elle, de Catherine, par la sensation dense, lourde, de sa réalité, de sa *Catherineté*, éclatant dans son âme comme le tourbillon rapide de lumière noire qui se déplace au centre d'une bombe atomique lorsqu'elle explose sur un écran de cinéma. Le couteau et la fourchette lui tombèrent des mains.

« Hé, Claude ? Ça va ? interrogea son ami Charley.

— Tu es bien, vieux ? » Le visage d'un autre ami, Dan, se dessina devant lui comme un ballon.

« Ce n'est rien, réussit-il finalement à articuler. Rien. Je me suis juste rappelé quelque chose.

— Inquiétant ! s'exclama Charley.

— Passe-moi le thon », fit Dan.

Après le déjeuner, ils, allèrent sur la pelouse pour jouer au volant. Claude se jeta dans la partie avec ferveur — courir, saisir, bondir — s'oubliant lui-même, pour se retrouver.

Plus tard, incapable de trouver le sommeil à une heure du matin, il contemplait le ciel à travers les vitres carrées de la fenêtre qui était au pied de son lit lorsqu'il aperçut une étoile qui bougeait dans le firmament. Elle avançait très nettement, sur la toile de fond fixe des autres étoiles. Il se sentit prodigieusement excité. Quelque lointain vaisseau spatial, comme dans *Astounding Tales* ? (Sa collection était toujours dans la chambre du fond de l'appartement du sous-sol, chez Emma et Al, empilée sur le piano blanc.) Une soucoupe volante, qui cheminait lentement ? Le fait même de distinguer ce point lumineux à l'œil nu semblait le rapprocher. Soudain, la chose obliqua, et Claude se dressa sur son séant, persuadé d'être le témoin d'un phénomène que nul n'avait observé jusqu'alors. Il en était convaincu. Un téléphone était placé près de son fit, il forma précipitamment le numéro de monsieur Greene, son professeur d'astronomie.

« Allô ? » Voix lente, endormie, circonspecte.

« Professeur Greene, c'est Claude Rawlings. Je suis désolé de vous déranger, mais quelque chose avance, dans le ciel. Je le vois de ma fenêtre. Ça bouge vraiment. En oblique, même. »

Trente secondes de silence.

« Professeur Greene ? »

Soupir bref, léger mais indubitable. « Très bien. Dans quelle direction votre fenêtre est-elle orientée ?

— L'ouest. Droit vers l'ouest.

— Je vois. L'objet avance-t-il rapidement ?

— Non, il est toujours là. Je le vois encore.

— Se déplace-t-il en ce moment ?

— Je n'en suis pas sûr, hésita Claude. Mais il se déplaçait tout à l'heure. Je l'ai vu.

— Veuillez, je vous prie, me décrire votre fenêtre.

— Ce n'est qu'une vieille fenêtre ordinaire, fit Claude d'un ton impatient, avec des petites vitres, quatre en haut et quatre en bas, comme un quadrillage.

— Avez-vous du papier et un crayon à portée de main ?

— Bien sûr. » En dépit de son excitation intense, il se sentait intrigué. Pourquoi le professeur Greene

391

ne se levait-il pas pour aller regarder la chose de ses propres yeux?

« Bien. Premièrement, mesurez la distance qui sépare l'endroit où se trouvait votre tête de celui où est située la fenêtre. Deuxièmement, calculez l'angle, en degrés, sous lequel vous avez vu l'objet, en traçant une ligne imaginaire allant de votre oreiller à la vitre de la fenêtre, contre la ligne horizontale du sol. Vous y êtes?

— Oui, monsieur. » Claude rassembla les données, refroidi par l'explication que semblait suggérer le professeur Greene. Travaillant ensemble au téléphone, ils se livrèrent à tous les calculs, y compris la mesure de la distance approximative parcourue par l'objet depuis que Claude l'avait remarqué. La chose, à présent, était dans la vitre du dessous, lorsqu'on la regardait du lit, peut-être à quelques centimètres du barreau de bois. Pas à pas — angles, distances, rotation de la Terre, orbite solaire — ils établirent l'inexorable, et prosaïque, vérité.

« Vous regardez la planète Mars, conclut le professeur Greene.

— Oh mon Dieu, marmonna Claude. Mais comment se fait-il qu'elle ait bougé en oblique, je veux dire je l'ai vue avancer en oblique, insista-t-il.

— Une bulle, ou une imperfection dans le verre de la vitre », suggéra le professeur Greene.

Son ultime espoir envolé, Claude s'agenouilla sur le sol et colla son front contre la table de nuit. « Je suis terriblement, terriblement désolé, monsieur. J'ai l'impression d'être le type le plus stupide de la Terre.

— C'est très bien, monsieur Rawlings », interrompit le professeur Greene, un homme d'un certain âge un peu compassé. « N'est-il pas intéressant de constater combien nos calculs sont corrects, en dépit du manque d'instruments de mesure? Cela montre tout ce que l'on peut faire avec un crayon et du papier. À demain, en classe. »

Mortifié, Claude murmura bonsoir et raccrocha.

Allongé dans son lit, il se surprit à penser à Catherine. Se livrant à un examen rétrospectif, il réalisa que ce qu'il avait ressenti, après le choc initial de sa disparition, était de l'humiliation. En fait, depuis des années, il vivait avec un sentiment chronique, à demi enfoui en lui, qui n'était pas si différent de celui dont il venait de faire l'expérience avec le professeur Greene. La mortification. Comment avait-il pu se leurrer à ce point ? Le snobisme, le dédain de Catherine s'étalaient au grand jour, et cependant, stupidement, il avait cru pouvoir les vaincre. Il se tordit dans son lit. Son excitation, son désir de croire aux miracles, avaient déformé sa perception. Il avait vu un vaisseau spatial là où il n'y avait que la planète Mars, la fin de la solitude là où il n'y avait qu'une jeune fille frivole et prétentieuse. Ainsi, se dit-il, rien ne s'était vraiment passé. Tout n'avait été qu'illusion. Il n'était plus un enfant, il allait se débarrasser de ces souvenirs inutiles comme il s'était débarrassé de beaucoup d'autres. Il ferma les yeux, pensa à Lady et s'endormit.

Habiter à l'extérieur du campus n'avait pas conduit Claude à la vie de bohème, encore qu'il ne fût pas vraiment sûr de ce que le type eût voulu dire. Bougies fichées dans des bouteilles de chianti ? Horaires fantaisistes ? Prendre de l'opium, comme Coleridge ? (À l'exception de deux ou trois personnes en anthropologie, nul n'avait jamais entendu parler de marijuana à Cadbury.) Laisser-aller général ? À la vérité, Claude avait travaillé beaucoup plus dur ces deux dernières années que les précédentes. Mais à présent, à quelques semaines de la remise des diplômes, ces arrangements *extra-muros* avaient peut-être accéléré les choses en ce qui concernait Lady. Il était étrange de l'envisager ainsi, mais c'était l'impression de Claude.

Un grand canapé bleu à demi défoncé, dont il avait hérité du précédent locataire, était installé entre le piano et la fenêtre. Au départ, il s'y asseyait pour lire ses partitions pendant que l'électrophone tournait. Finalement, les visites de Lady l'après-midi se faisant plus fréquentes, ils prirent l'habitude de s'y allonger tous les deux.

« Muffy s'est fiancée avec Harry », annonça-t-elle un jour, le menton sur la poitrine de Claude. Ils se reposaient, après une longue séance de flirt.

« C'est bien, fit-il. Ils sont ensemble depuis longtemps. »

Rester fidèle à son petit ami, ou sa petite amie, était très bien vu à Cadbury et Hollifield. « Hum, fit-elle, on dirait que tout le monde va se marier, après la remise des diplômes. »

Il ouvrit les yeux, la regarda, mais elle avait l'air naturel. « Qu'en penses-tu ? Un quart de la classe ?

— Plutôt un tiers, à Hollifield », dit-elle.

Enfants de leur époque, ni l'un ni l'autre ne trouvait à redire à ces statistiques. Ces chiffres suggéraient plutôt que leurs amis et copains de classe étaient bien les personnes responsables et de bon aloi que Claude et Lady les supposaient être. En théorie, le mariage était non seulement incroyablement romantique mais la preuve d'un comportement adulte. Une chose sérieuse, un engagement plein de foi et d'optimisme, dans la noble tradition enseignée par leurs maîtres.

Le canapé bleu les mit à l'épreuve pendant plus d'un mois. Ils gardaient leurs vêtements, mais leurs mains et leurs bouches n'ignoraient rien de l'autre. Claude parvenait à se contrôler mais l'effort le rendait fou. Lorsqu'il atteignait le point de saturation — le corps tendu à la limite, les lèvres sensibles, gorgées de sang, le pelvis endolori, le pénis gourd et dur comme du bois, le cœur battant à coups redoublés dans sa poitrine — il se jetait en arrière et roulait sur le sol, loin d'elle.

Puis un soir, alors qu'elle était allongée avec lui sur le canapé bleu, sa chevelure brune se balançant librement sur les tempes de Claude tandis qu'elle lui mordillait la bouche, elle releva soudain sa jupe, dégrafa le jeans, prit le sexe de Claude dans sa main, écarta son slip, se coula en lui dans un gémissement tremblant. Il s'épanouit dans sa chaleur moelleuse.

« Ne jouis pas, chuchota-t-elle, ne jouis pas, ne jouis pas... » tout en se mouvant de haut en bas avec une lenteur atroce. Cela s'était passé si vite — tout à coup il était en elle — que le cerveau de Claude eut besoin d'un moment pour rattraper son corps. Il se contrôla aussi longtemps qu'il put puis repoussa très vite ses hanches du plat de la main et éjacula en l'air. Elle retomba, cramponnée à lui de toutes ses forces. Étourdis, ils restèrent étendus en silence un long moment.

Le lendemain, ils reprenaient les séances de pelotage avec limites. Elle n'enleva pas ses vêtements, n'alla pas au lit avec lui, insista pour retourner sur le canapé bleu comme si rien ne s'était passé. Les semaines s'écoulant, il apparut clairement à Claude que même sa bonne période du mois n'y changerait rien et il commença à la presser doucement. Mais elle refusait d'en parler. Elle ne discutait pas, se contentait de rester muette, détournait son attention par des baisers. Claude pouvait sentir à quel point elle était fascinée par l'effervescence qu'elle provoquait en lui, une curiosité presque expérimentale devant les forces qu'elle avait le pouvoir de déchaîner. Il lisait l'émerveillement dans ses yeux. Finalement, ils firent l'amour selon une sorte de schéma, une convention tacite. Ils se caressaient pendant des heures, et, lorsqu'il n'en pouvait plus, elle le prenait dans sa main, dans sa bouche, et il jouissait. La chose calmait son corps mais lui laissait une sensation de vide bizarre, d'irritation, un mélange confus de satiété et d'inassouvissement, de gratitude et de ressentiment secret.

Un certain nombre d'événements s'étaient ligués pour mettre Claude en retard. Très en retard. La partie de basket-ball avait commencé une demi-heure après l'horaire prévu et s'était terminée par des doubles prolongations. Claude était le joueur le plus petit de l'équipe senior universitaire, mais il était le meneur de jeu, le stratège, le troisième meilleur buteur, et, de ce fait, irremplaçable dans cette partie de championnat contre les cadets. Vers la fin du match, espérant accélérer l'allure, il attaqua de manière imprudente, se faufila entre les joueurs les plus grands, effectua une série de crochets, de lobs du bout des doigts, de rebonds de la main gauche, dans l'espoir de prendre la défense par surprise. Ses coéquipiers le chahutèrent et le taquinèrent gentiment lorsqu'il rata son coup. Ils continuèrent néanmoins à le servir. Le signal retentit enfin, les seniors menant par deux points. Bonne humeur. Chahut dans les douches. Consommation illégale de bière de contrebande derrière les vestiaires.

Lorsqu'il arriva chez lui pour se changer, le téléphone sonnait. Otto Levits avait choisi ce moment pour examiner le programme de Claude du mois prochain — deux concerts à Philadelphie, un à Princeton — et lui décrire en détail les petites manies humaines et musicales des personnes avec lesquelles il jouerait. Pour la troisième fois, Levits demanda si Claude était d'accord pour un engagement important empiétant sur la cérémonie de remise des diplômes, et, pour la troisième fois, Claude le rassura. Finalement, le vieux raccrocha.

Pédalant dur sur le chemin de Hollifield, debout pour aller plus vite, Claude sentit le revers de ses pantalons kaki fraîchement nettoyés se prendre dans la chaîne du vélo, juste avant d'aller s'écraser contre une haie. Il lui fallut un certain temps pour se dégager, remettre les choses en ordre, le tout en poussant bon nombre de jurons.

Rouge, échevelé, il arriva sur la grande pelouse qui s'étendait derrière la bibliothèque de Hollifield, cala sa bicyclette contre un arbre. Sous une énorme tente rayée, plusieurs centaines de personnes étaient assises sur des chaises pliantes, les yeux levés vers la tribune où les dernières des diplômées attendaient en rang de recevoir leur diplôme. Lorsqu'un nom était lu dans le haut-parleur, un petit groupe bondissait dans l'assistance, applaudissait, poussait parfois quelques hourras, puis se calmait. C'était une belle journée de printemps, paisible et lumineuse.

Claude s'approcha, se fraya un chemin à la lisière de la tente vers l'avant, où un groupe de jeunes filles en toges et en toques universitaires se pressaient. Il aperçut Lady. Elle était entourée de camarades et leur parlait avec animation, se tournant chaque fois pour regarder leurs visages. Il éprouva une vague de fierté et de possessivité. C'était une personne belle, bonne, sérieuse, et tout le monde le savait. Elle rayonnait, parmi ses amies. Il attendit à quelque distance qu'elle remarquât sa présence. Elle brisa alors le cercle en riant et vint à lui, lui prit la main en souriant, se pressa contre lui.

« As-tu aimé mon discours ?

— Je viens juste d'arriver, fit-il, montrant le revers effiloché de son pantalon. J'allais trop vite. Je suis tombé de vélo. »

Elle remarqua les égratignures sur son poignet. « Mon Dieu. Tu vas bien ? » La magie de sa voix rauque fonctionna, il en eut presque le vertige.

« Oui, oui. Je suis désolé.

— Oh, ça ne fait rien. Mais les filles m'ont fait une grande ovation, c'était formidable. » Elle leva le bras pour se protéger les yeux et regarda vers la tribune. « Au moins, tu entendras celui de Grand-Père. »

Il avait oublié. Lady était la troisième génération de sa famille à fréquenter Hollifield. Sa grand-mère était morte, mais son grand-père, qui avait apparemment donné beaucoup d'argent à l'université, devait prononcer un discours.

« Où sont tes parents ? » demanda Claude. Il était curieux car Lady n'en parlait presque jamais.

« Quelque part dans la foule. De l'autre côté, je pense. Ah, voilà. Le président Hunter va le présenter. » D'une légère pression sur le bras, elle l'entraîna vers la tribune, ils s'assirent sur la pelouse. Des enfants couraient çà et là, l'un d'eux fit tomber un programme. Claude le ramassa pour le lui rendre mais l'enfant était déjà loin. Tandis que la voix légèrement éraillée du professeur Hunter leur parvenait, amplifiée par les haut-parleurs, Claude étala le programme sur le sol entre ses genoux et le parcourut négligemment des yeux, jusqu'au moment où un nom lui accrocha le regard. Une seconde, son esprit tournoya à vide. Alors, il leva la tête et vit le sénateur Barnes s'approcher du micro. Lady applaudissait, les mains haut en l'air. Elle se tourna en souriant vers

Claude et se figea lorsqu'elle aperçut son visage. « Qu'y a-t-il ? Quoi ?

— Ton grand-père est le sénateur Barnes ?

— Oui. C'est lui, là-bas. » Elle fronça les sourcils. « J'ai dû te le dire.

— Non, répondit-il. Je m'en serais souvenu. » Il parlait d'un ton calme, léger, s'efforçant instinctivement de dissimuler le désordre teinté d'effroi qui s'installait en lui — Catherine qui, si récemment encore, l'avait hanté de l'intérieur, le faisait à présent indirectement de l'extérieur, menaçant, d'une façon ou d'une autre, d'exposer son humiliation. Lady, finit-il par comprendre, était la cousine germaine de Catherine. Une coïncidence, incroyable à première vue, et cependant, quelque part, au-dessous du niveau de la raison, atrocement cohérente. Il regarda Lady à la dérobée, éprouvant un sentiment d'irréalité à discerner la ressemblance légère, familiale, dans les yeux, le front. Qui le glaça et l'attira à la fois. Il voulut entendre la voix de Lady, son souffle râpeux particulier, si manifestement personnel. « Tu as fait tes bagages ? demanda-t-il.

— Tout est pratiquement dans le break. » Il y eut des rires, des applaudissements à quelque chose que le sénateur Barnes avait dit. « Il est merveilleux, n'est-ce pas ? On prétend qu'il était le meilleur orateur du Sénat. »

Claude avait entendu la plaisanterie mais était incapable d'y mettre un sens. Il se rejeta en arrière et s'appuya sur les coudes, parcourant la foule d'un regard aveugle, se demandant combien de temps il pourrait tenir en sécurité sans dire à Lady qu'il avait déjà rencontré son grand-père, qu'il connaissait bien l'hôtel particulier Fisk et ses occupants. Pas très longtemps, décida-t-il, mais peut-être le sénateur réglerait-il lui-même la question.

Le sénateur n'en fit rien. Son discours terminé, il se dirigea vers Lady, se pencha, les bras largement écartés, et l'embrassa. Elle posa ses mains sur le dos voûté du vieux monsieur. « Félicitations, ma chérie, fit-il, sa joue contre celle de Lady. Je suis fier de toi. Fier comme Artaban, dirait Hubert. » Ses yeux effleurèrent brièvement le visage de Claude, se fermèrent pour le dernier moment de l'étreinte.

« Voici mon ami Claude Rawlings », dit Lady.

Le sénateur Barnes lui serra la main. De toute évidence, il ne se souvenait de rien. « De l'équipe Cadbury, hein ? Excellente université. J'ai parlé là-bas, il y a quelques années. »

Claude décida de plonger tête la première. « Je crois que nous nous sommes déjà rencontrés, monsieur. Très brièvement, il y a des années, chez les Fisk.

— Chez Dewman ? » Le vieux monsieur rejeta la tête en arrière et examina Claude à travers la partie inférieure de ses lunettes.

Lady regarda Claude d'un air étonné.

« Oui, continua Claude avec légèreté. J'accompagnais Peter au piano lorsqu'il a joué du violon pour une grande réception. Balanchine était invité, ainsi que le maire.

— Mince alors ! s'écria Barnes. Le soir où Catherine a surpris Dewman en le couronnant avec une poignée de mauvaise herbe ! Le diable en personne, cette petite ! » Il se tourna vers Lady. « Où est-elle ? Toujours en Australie ?

— Je ne sais pas. Ils n'en parlent jamais. » Elle continuait à regarder Claude. « C'est étrange.

— En effet. » Claude haussa les épaules. « Il y a longtemps de cela. »

Le sénateur Barnes prit Lady par le bras. « Retrouvons papa-maman, Lady, avant que ces dames aux cheveux bleus ne mettent le grappin sur moi. Je sens que la chose se trame. »

Les sourcils froncés, Lady les conduisit à travers la pelouse.

Ted et Linda Powers formaient un beau couple. Ils étaient debout à la lisière de la tente, sous un grand orme. Linda Powers était petite, soignée, avec des traits délicats et une coiffure qui lui donnait vaguement l'air d'une gamine, malgré ses cheveux gris. Elle sourit en apercevant son père et sa fille. Ted Powers était grand, solide, avec une mâchoire carrée — une sorte de version en plus sombre de Randolph Scott, se dit Claude, mais sans la mobilité des traits, ce qui lui donnait l'air froid. Il portait un costume trois-pièces et une cravate à rayures.

« Vous avez été merveilleux tous les deux. » Linda avança, leur piqua à chacun un petit baiser sur la joue et se glissa entre eux. Ted fit un signe de tête et regarda la foule.

Lady tenta de présenter Claude mais en fut empêchée par quelques personnes qui désiraient serrer la main du sénateur Barnes. Claude sentit les yeux de Ted et de Linda Powers se river sur les siens un instant, le plus bref possible. Linda se tourna pour parler avec une dame d'un certain âge. Ted sortit sa montre de gousset et calcula le temps du trajet de retour.

« Allons-y, chuchota Lady à l'oreille de Claude. Je veux récupérer ce tableau dans ma chambre avant qu'on ne me le pique. »

Tandis qu'ils se dirigeaient vers Chesterton, Claude s'attendait à des questions de la part de Lady, mais elle n'en fit rien.

« Hollifield va me manquer, dit-elle. Beaucoup.

— De tels endroits sont des paradis sur Terre, répliqua Claude. Nous avons eu de la chance. » Soudain, il fit une roue sur la pelouse, brossa l'herbe collée à ses paumes. « Mais le monde nous attend.

— Toi, peut-être. Tu sais ce que tu veux faire.

— Toi aussi. Ça viendra. »

Elle soupira. « Je sais ce que je ne veux *pas* faire — retourner dans la Soixante-treizième Rue avec mes parents. C'est pourtant ce que je fais.

— Viens vivre dans une mansarde avec moi, fit-il, si l'idée d'écouter quatre heures de piano par jour ne te fait pas peur. »

Elle s'arrêta, le dévisagea. « Tu le ferais, toi aussi.

— Bien sûr. » Il sourit. « Pourquoi pas ? »

Ils continuèrent à marcher. Pendant un moment épouvantable, il se considéra tel qu'il était, un parfait hypocrite — sourires, pirouettes, airs bravaches, alors qu'en fait il n'était que confusion. Il avait compris qu'il serait dangereux d'admettre la moindre faiblesse devant Lady, laquelle parlait souvent de son ambivalence à elle, qu'elle détestait, et de l'assurance apparente de Claude, de sa rectitude, de sa foi en lui-même, qu'elle aimait. Mais au fur et à mesure que le jour de la remise des diplômes s'était rapproché, il avait senti son passé le rattraper. Tout au long de ces années passées à flâner sur de vertes pelouses, parmi de vieux édifices tapissés de lierre, à fraterniser aimablement avec ses camarades de classe au sein de l'univers bienveillant des quakers, vêtu de chemises sport, il avait délibérément tenu ses origines à distance. Une remarque fortuite, lancée d'un ton désinvolte, sur le fait d'avoir été, gamin, cireur des rues, avait pu franchir ses lèvres, comme pour prouver que ces souvenirs ne lui faisaient pas peur. Mais à personne, et certainement pas à Lady, il n'avait parlé de la nausée, de la sensation d'être invisible, de la solitude et de la misère de son enfance. Il s'était senti totalement abandonné, et de cela il avait honte. À l'exception possible de Weisfeld, nul ne savait que la musique l'avait sauvé. Que, grâce à elle, il l'avait échappé belle. Diplôme de Cadbury ou pas, sans musique il n'était rien. Sans musique, il serait encore, et toujours, cet enfant vague, faible, aussi évanescent qu'une volute de fumée. Parfois, lorsqu'il faisait de la musique de chambre dans un salon, ou accompagnait un chanteur dans la salle de bal d'un hôtel, il avait le sentiment d'être un imposteur. Il se savait bon musicien — et pourtant, quelque part, dans une zone plus profonde de lui-même, il était stupéfait de s'en sortir ainsi.

La chambre de Lady provoqua, comme toujours, un frisson érotique. La lumière oblique, le parfum léger de Lady, les murs mêmes, évoquaient d'innombrables heures passées à faire l'amour l'après-midi. Bien que ses objets personnels eussent été enlevés, livres, vêtements, bibelots emballés et déménagés, ne laissant que le matelas nu dans la pièce minuscule, malgré ce vide brutal, il sentit son corps s'animer.

« Bravo, fit-elle en apercevant la lithographie. Peux-tu la décrocher ? »

C'était un Braque, mais pas de la période cubiste. Une jeune fille, assise à la fenêtre, les cheveux jusqu'à la taille, les seins menus partiellement dévoilés, le visage empreint d'une expression de tristesse résignée et d'innocence. Lady l'avait achetée au cours d'un voyage, un été, à Paris. Claude grimpa sur le lit et décrocha délicatement le tableau.

« Elle connaît quelques secrets, fit Lady.

— Tu peux le dire. » Il sauta sur le sol et, d'un geste impulsif, embrassa légèrement la jeune fille du tableau.

« Lady ? » Ted Powers était sur le seuil. « Nous sommes prêts. »

Claude porta la lithographie et ils le suivirent à

travers le vestibule, la porte principale, la voûte d'entrée, jusque dans la rue. Ted se dirigea vers le côté du chauffeur du break, tendit la main à l'intérieur, prit les clefs. Il ouvrit le hayon et dit : « Mettez-le ici, en haut. » Claude obéit, Ted claqua le panneau et s'installa au volant sans un regard pour Claude.

Une grande limousine noire était garée derrière le break. Claude chercha Lady des yeux. Elle contemplait une dernière fois son dortoir. Sa mère descendit la vitre du break. « Ça ira pour toi, derrière, chérie ?

— Bien sûr. » Lady se tourna vers Claude, il alla vers elle.

« Eh bien..., fit-il.

— Tu m'appelleras ce soir ?

— Oui. »

À l'intérieur du break, son père tendit le bras par-dessus le siège et ouvrit la portière arrière. Lady monta, commença à refermer la porte sur elle puis s'arrêta. À travers la vitre, Claude discerna sur son visage une expression de contrariété. Il commençait à reculer lorsqu'elle jaillit soudain de la voiture, bondit vers lui, noua les bras autour de son cou. « Embrasse-moi, chuchota-t-elle en rapprochant son visage du sien. Un long baiser. »

Il l'embrassa, sentant la pression douce de son ventre.

Lorsqu'elle se détacha, il aperçut les visages stupéfaits, figés, de ses parents. Elle s'engouffra alors dans la voiture, le break quitta rapidement le trottoir. La limousine suivit, le sénateur Barnes assis seul à l'arrière et fumant un cigare. Le vieux monsieur fit à Claude un signe de tête imperceptible en passant.

CHAPITRE 15

À sa place habituelle sur le tabouret derrière le comptoir, monsieur Weisfeld toussa, se rejeta en arrière, tourna une page du *Herald Tribune*. « Il paraît qu'ils vont démolir le métro aérien. »

Claude réapprovisionnait la réserve d'huile n° 3 pour pistons. Il ferma le tiroir. « Le métro aérien, sur la Troisième Avenue ?

— Il se fait vieux, apparemment. »

Claude se tourna et regarda à travers la vitrine. « Difficile d'imaginer à quoi ça ressemblerait. » Il prit un balai, commença à nettoyer l'allée du fond.

« Arrête de t'agiter comme ça, fit Weisfeld. Assieds-toi une minute. Tu me donnes le tournis. »

Claude obéit et vint s'installer sur son tabouret, près de la vitrine des harmonicas. « Il y aura davantage de soleil.

— Après toutes ces années, je ne pourrais pas dormir la nuit, sans les trains. » Weisfeld replia son journal. « Tu es agité. Tu es agité depuis des semaines. Que se passe-t-il ?

— Agité ? Vraiment ?

— Comment ça va, le cycle de mélodies ? »

Claude composait un ensemble de chants fondés sur *Les Chants d'innocence* et *d'expérience* de Blake.

« J'ai réglé un gros problème ce matin. Mais je souhaiterais en savoir plus sur la voix humaine en tant qu'instrument.

— Ne t'inquiète pas. De nos jours, ils peuvent tout chanter. Ne t'arrête pas à ça. Et la petite amie ? » Pour une raison ou une autre, Weisfeld désignait rarement Lady par son prénom. Claude pensait que c'était une manière de le taquiner.

« Formidable, dit Claude. Je suis invité dans leur maison de Long Island pour le week-end.

— N'oublie pas de prendre un présent pour la maman. » Weisfeld bâilla. « Quelque chose de bon goût. Un peu différent. Une boîte de marrons glacés, peut-être. Tu en trouveras chez Gristede. »

Claude se souvenait de sa première visite dans la maison de la Soixante-treizième Rue. Une *brown-stone*. Il avait descendu trois marches et appuyé sur la sonnette. La lumière s'était faite à travers la lourde porte de fer forgé et la vitre et il avait aperçu une pièce minuscule, avec un sol de marbre veiné. Une sorte d'antichambre, vide à l'exception d'un miroir au cadre doré sur le mur, d'une petite console au-dessous, d'un portemanteau. Une seconde porte s'était ouverte à quelques pas et Lady avait surgi, écartant une bonne en uniforme et souriant à Claude à travers le fer forgé. Elle avait tiré la lourde porte, Claude était entré.

« Écoute, ne te laisse pas impressionner par cet apparat, avait-elle dit. Cela ne veut rien dire, crois-moi. »

Ils avaient franchi la seconde porte. Il avait deviné la cuisine, à l'arrière. Portes de chêne massif sombre, avec garnitures de cuivre poli, menant à d'invisibles pièces sur la gauche. Devant eux, l'escalier, un chemin en moquette bordeaux, une baguette de cuivre brillant à chaque marche. Silence lourd, tandis qu'il lui emboîtait le pas pour monter. Portraits sombres le long du mur — les chevilles de Lady, qui brillaient.

En haut, ils avaient tourné sur le palier. Tapis d'Orient. Bureau et fauteuil anciens, un téléphone, quelques livres reliés de cuir, une lampe en cuivre, un exemplaire du Bottin mondain. Une série de petits paysages à l'huile dans des cadres dorés précieux. Lady avança à grands pas et ouvrit la porte d'un salon très clair.

Elle s'écarta, il aperçut des portes-fenêtres. Ted Powers était assis dans un fauteuil près du canapé, un journal à la main, une boisson à son coude, un épagneul roux à ses pieds. Linda Powers était installée à un petit secrétaire ancien, le dos tourné à son mari, écrivant une lettre. La scène avait quelque chose de figé, comme si la pièce et tout ce qu'elle contenait étaient un tableau ou un décor de théâtre cinq secondes avant le lever du rideau.

« Voici Claude », avait dit Lady d'un ton enjoué.

Leurs visages blancs s'étaient tournés vers lui.

« Qu'est-ce que c'est, des marrons glacés ? demanda Claude à Weisfeld.

— Des châtaignes. Des châtaignes confites. Très chic. »

Plus tôt au cours de l'été, en fait à la première occasion, Claude avait amené Lady au magasin et lui avait présenté Weisfeld, montré le studio. Weisfeld avait préparé du café et des *donuts*.

« J'ai beaucoup entendu parler de vous, monsieur Weisfeld, avait dit Lady. Claude affirme qu'il vous doit tout. »

Weisfeld lui avait tapoté le bras en souriant. « Claude se trompe, bien sûr. Il doit peut-être quelque chose à Dieu, mais pas à moi. Mais il avait raison en ce qui vous concerne, je peux déjà l'affirmer. »

Weisfeld lui avait fait faire le tour du magasin, un peu plus longuement que nécessaire, bavardant plaisamment à propos des instruments de ses clients (certains étaient célèbres !), lançant de temps à autre une anecdote amusante. Claude le suivait, ému par la politesse et la sollicitude de Weisfeld. L'idée de leur rencontre l'avait rendu nerveux, il n'eût su dire pourquoi.

« Je l'aime bien, avait dit Lady en bas, dans le studio. Il est agréable. »

Claude n'avait pu vraiment lui en vouloir pour cette banalité. Weisfeld, en fait, avait paru à Claude quelque peu réservé, se cantonnant dans le rôle du commerçant juif européen, modeste mais élégant qui l'avait si bien servi auprès de sa clientèle de Park Avenue, et dont Claude et Weisfeld avaient parfois plaisanté.

« Il est... » Claude avait peine à trouver ses mots. « Il est compliqué. La guerre... » Il y en avait trop à expliquer. « C'est un professeur merveilleux. Je voudrais que tu puisses savoir combien il est bon.

— Je te crois », avait-elle dit.

Weisfeld se leva, prit des clefs sur l'étagère, sous le registre. « On va y jeter un coup d'œil ? »

Ils sortirent tous les deux, fermèrent le magasin, marchèrent jusqu'au coin de la rue. L'après-midi était étouffant, des perles de sueur se formèrent presque instantanément sur le front de Weisfeld. Il leva les yeux vers le métro.

« Je parie qu'ils vont le faire, dit-il. La rue est large, tu sais, plus qu'elle n'en a l'air. Ils vont arracher les pavés, passer du bitume partout. » Il épongea son crâne avec son mouchoir. « Ce sera peut-être bon pour le commerce. »

Ils longèrent la Quatre-vingt-quatrième Rue ouest sur deux immeubles jusqu'au numéro 186, un vieil immeuble. Weisfeld gravit les marches du perron et s'arrêta, la respiration sifflante. Il toussa dans son mouchoir. « C'est madame Keller qui m'en a parlé. Monsieur Obromowitz — je le connaissais vaguement — enfin, il a un mauvais rhumatisme ou un truc du genre, alors il est allé quelque part en Arizona parce que c'est censé être bon pour cette chose-là. Les gens croient tout ce qu'on raconte. »

Ils entrèrent, passèrent devant les boîtes aux lettres, ouvrirent la porte intérieure avec la clef. « Alors il va essayer. Mais il ne veut pas abandonner sa chambre, pour le cas où l'Arizona ne marcherait pas. Nous parlons d'une sous-location au mois le mois, de la main à la main. » Avec la même clef, il ouvrit la porte d'Obromowitz. « Pas mal. Rez-de-chaussée, mais en façade, au moins. »

C'était très simple — un lit, une commode, une table, deux fauteuils près de la fenêtre, une plaque de cuisson, un petit réfrigérateur contre le mur du fond, une minuscule salle de bains à l'arrière. La pièce était dominée par un mur entièrement recouvert de livres, du sol au plafond. Des milliers de livres.

« Fichtre ! » fit Claude en avançant. Fiction, histoire, biologie, philosophie, poésie, livres d'art. Des collections complètes de Dickens, Conrad, l'*Encyclopaedia Britannica*. Des livres en allemand, en français, en hébreu. « Quel est le métier de monsieur Obromowitz ?

— Il était tailleur de verres optiques, je crois. Avant les rhumatismes. »

L'endroit était d'une propreté méticuleuse. « C'est

parfait, dit Claude. Je vais le dire à madame Keller immédiatement. »

Weisfeld acquiesça. « Trente-cinq dollars par mois. Une affaire. »

Le serveur chinois sourit, fit une petite courbette avant de débarrasser les assiettes et les bols — un nombre stupéfiant, tous vides.

Emma rota tranquillement dans sa serviette. « Excusez-moi.

— Bon, au moins *je* suis sûr d'pas avoir faim dans une heure, déclara Al. Miséricorde !

— Et alors, comment est-ce arrivé ?

— Tu t'souviens de Mullins ? Le portier ? »

Claude acquiesça.

« Un pauvre ivrogne. Ça n'a fait qu'empirer avec les années, c'est d'venu un vieillard, vraiment.

— Il était garçon d'ascenseur, à l'époque où je jouais du piano chez le maestro.

— Ben il a été promu portier. Donc un jour qu'y prend sa pause, ivre mort, sur ce vieux divan pouilleux qu'y avait dans l'entrepôt, j'le réveille à l'heure — j'faisais ça tout l'temps, tu sais, j'essayais d'être sympa —, y s'lève à moitié et v'là qu'il a la nausée, et bientôt c'est du joli, par terre. Vu qu'on vient juste d'manger, j'vous passe les détails. Plus tard, quand y r'vient pour le chang'ment d'équipe, y veut savoir pourquoi j'ai pas nettoyé. J'dis qu'j'ai pas nettoyé parce que c'est pas à moi d'le faire. Y dit qu'y va m'faire virer.

— Pauvre connard, lâcha Emma, les yeux rétrécis. Sale maquereau, crâneur, lèche-cul des riches.

— Et alors ? interrogea Claude.

— Ben... C'est c'qui est arrivé. » Al se rejeta en

arrière, étala ses doigts longs et fuselés sur son estomac. « J'ai été viré.

— Mais... mais... je veux dire comment..., commença Claude.

— Les portiers ont un syndicat, Claude. Mullins, c'est une ponte dans l'syndicat. Saperstein a détesté faire ça, j'le crois, c'type, y voulait certain'ment pas l'faire, mais il a été obligé. Y m'a dit qu'il avait essayé d'se débarrasser de Mullins depuis des années mais qu'y perdrait son boulot si y avait une grève.

— Donc, c'est toi qui as perdu le tien », dit Claude.

Al haussa les épaules. « Y m'ont versé trois mois d'indemnité.

— Après quinze ans de service », précisa Emma.

Le serveur apporta du thé et des *fortune cookies*. Al remplit leurs trois tasses. « Y mettaient l'mazout, de toute façon. Y n'avaient plus besoin d'un mec pour le charbon. Mais écoute, on s'en sort très bien. On a d'quoi payer le premier versement, et le prêt pour un autre taxi. On aura deux taxis au travail, ça s'ra au poil. On s'ra bien mieux, en fin de compte. »

Claude secoua la tête. « Tu es extraordinaire.

— Quoi ? » Al voulut savoir.

« Je veux dire, tu n'es même pas en colère. C'est terrible, ce qu'ils ont fait. C'est un scandale. »

Al tourna la tête et regarda par la fenêtre, immobile, le visage impénétrable. Au bout d'un moment, il prononça : « Comment qu'tu l'sais, que j'suis pas en colère ? »

Énervé, Claude joua avec sa tasse de thé. « C'est juste que tu as l'air si... Je veux dire tu n'as pas l'air...

— J'suis en colère. J'me laisse pas aller, c'est tout. » Il but une petite gorgée de thé, reposa sa tasse. « Des trucs pareils, ça arrive tout l'temps. Comment qu't'as dit ? Des scandales. Les scandales, ça rend tellement fou qu'on peut juste s'brûler avec. Faut décider si c'est la folie qui commande ou si c'est toi qui commande la folie. »

Emma se pencha en avant, ses grands bras sur la table. « Ça veut pas dire qu'on retourne sa veste. Mais on se contrôle. »

Claude regarda le visage calme, large et simple, de sa mère. Si différent, à présent qu'il était en repos relatif, de l'image enflammée, agitée, exorbitée, qu'il en avait gardée de son enfance. Elle avait changé par tant d'aspects qu'on eût presque dit une autre personne — plus encline à rire avec douceur, plus mesurée dans sa façon de mouvoir son grand corps.

« Vous avez raison, murmura Claude. C'est rationnel.

— De toute façon, les choses changent, continua Al. J'le crois vraiment. T'as vu ces gens qui marchaient avec des pancartes devant chez Woolworth, sur la Deuxième Avenue ? La moitié, c'étaient des gamins blancs. Y ont installé des piquets de grève d'vant le Woolworth *ici* à cause de ce qui s'passe dans le Woolworth du Sud. Ça, c'est vraiment quelque chose de nouveau.

— Le mouvement. » Claude acquiesça. « Des types en parlaient, à l'école. La résistance non violente pour provoquer le changement social. Ça s'inspire de Gandhi et du mouvement d'indépendance de l'Inde. »

Emma déchira le papier de son cookie, lut la petite feuille et grogna. « "Le bonheur vient avec l'âge". Merci bien ! »

Al regarda le sien, hésita un moment. « "Vos enfants sont votre plus grande richesse". Ça veut dire que j'suis fauché comme les blés !

— Le mien est bon, fit Claude. "Un voyage de mille lieues commence par un pas".

— Une lieue ? C'est quoi, ça ?

— Quatre kilomètres et demi, fit Claude, fier de lui. En gros, quatre kilomètres et demi. »

Dans un coin de sa tête, il avait pensé que ça serait comme au cinéma. Lorsque le père d'Elizabeth Taylor avait compris que sa fille était amoureuse de Montgomery Clift, il avait renoncé à son point de vue et était devenu sympa avec le jeune homme, l'avait accueilli au bercail malgré ses origines. Claude avait été ému par ce détail, lorsqu'il avait vu le film — une mixture puissante, qui permettait d'obtenir, du même coup, la fille *et* un excellent père de substitution. En fait, il avait eu les larmes aux yeux pendant l'épisode. Dans des douzaines d'autres films traitant de situations similaires, c'étaient toujours le talent, le courage, l'intelligence et l'honnêteté intrinsèques du jeune homme qui comptaient. De plus, Claude, qui avait poli ses manières à Cadbury, s'était fait un point d'honneur à se comporter de manière toujours irréprochable envers les Powers. Il les appelait « monsieur » et « madame », ne passait jamais une porte avant eux, contrôlait une tendance à s'exciter dans la conversation, et s'efforçait, en toutes circonstances, de se comporter en gentleman. Il s'était même surpris à récupérer quelques tuyaux de ce bon vieux Franz. Mais les choses n'avaient pas très bien tourné, lorsque, après une demi-douzaine de dîners dans la maison de la Soixante-treizième Rue, monsieur Powers avait suggéré que Claude et lui restassent à table fumer un cigare, tandis que ces dames se détendraient dans l'autre pièce. Claude avait refusé le cigare que lui présentait, dans un coffret ouvert, la servante philippine, mais avait accepté un second verre de vin.

« Je suppose que vous savez, avait dit monsieur Powers lorsqu'ils furent seuls, que Lady n'a pas accepté la demande en mariage du jeune MacDonald. »

Interloqué, Claude avait levé les yeux. Monsieur Powers contemplait son cigare, son beau visage carré et insipide dénué d'expression. « Oui, monsieur », bredouilla Claude.

Arthur MacDonald avait été la raison des retours de Lady à New York pendant ses années d'université. Deux ans après avoir quitté la faculté de droit de Yale, il était, selon elle, « doux, prévenant, ennuyeux et guindé ». Elle était sortie avec lui, avait-elle expliqué, parce qu'elle n'avait rien de mieux à faire.

« Les MacDonald sont de vieux amis de la famille, continua monsieur Powers. Madame Powers et moi-même aimons beaucoup Arthur. Nous sommes déçus que les choses n'aient pas marché. »

Claude demeura coi, pour la bonne raison qu'il ne savait pas pourquoi monsieur Powers lui disait tout cela. Cette situation s'était déjà produite un certain nombre de fois, diverses remarques de Powers tombant, lourdes comme du plomb. Le type ne s'attendait sûrement pas, en ce moment précis, à une manifestation de commisération, supposa Claude. Que voulait-il donc ?

« Tels étaient nos projets », insista Powers.

L'esprit de Claude s'agita de-ci de-là, cherchant une issue, puis tournoya finalement en pleine déroute. Il se tut.

« Lady aura beaucoup de responsabilités dans la vie. » Lente bouffée de cigare.

« J'en suis sûr, monsieur. » Il n'avait pas la moindre idée où le type voulait en venir.

« Arthur aurait pu l'aider. Il connaît ce genre de situation. »

Claude se contenta de contempler son verre de vin.

« À présent, quel genre de responsabilités vous figurez-vous *vous-même* avoir un jour dans la vie ? » demanda Powers. Une trace d'accent du Montana s'était glissée dans son élocution — il avait dit quelque chose entre « figurez » et « figu'rez. ». Lady n'avait pas donné à Claude beaucoup d'informations sur son père. Elle avait parlé de lui rapidement, et dédaigneusement, comme d'un tyran borné, égoïste (Claude s'était senti à la fois choqué et joyeux à ces propos), et raconté son histoire comme celle de quelqu'un sans importance. Il était né dans le plus grand ranch du Montana — lequel appartenait à sa famille depuis plusieurs générations —, avait « grandi sur une selle », était venu étudier sur la Côte est, à Dartmouth, où une généreuse donation de sa mère avait assuré son inscription, avait rencontré Linda, l'avait épousée, n'avait plus rien fait depuis, selon Lady, sinon occuper un poste d'officier peinard à Londres pendant la guerre. « C'est un bon à rien. Le mieux qu'il sache faire, c'est cuisiner un dîner le jour de sortie de la bonne.

— Mais il ne travaille pas ? avait demandé Claude.

— Il a un bureau. Il s'occupe des investissements de la famille. Des impôts. De la frime. »

D'une certaine manière, Claude ne parvenait pas à croire que les choses fussent aussi simples. Il considéra la longue table. « Mes responsabilités auront à voir avec la musique. J'aurais dû vous en parler. » Il avait été surpris par une maison d'où la musique fut si parfaitement absente — pas d'électrophone, pas de radio, sauf à la cuisine, pas le moindre instrument pour rompre le silence. Il n'avait jamais entendu personne ne fût-ce que fredonner entre ces murs — la chose eût paru presque irrespectueuse. Claude y alla donc lentement, et prudemment, avec monsieur Powers, pour lui raconter comment il avait commencé enfant avec monsieur Weisfeld, décrire ses autres professeurs, ce qu'il avait appris d'eux, insistant sur l'importance de l'entraînement, des gammes, des exercices, d'une discipline quotidienne, déployant toute son éloquence (pensait-il) pour évoquer le mystérieux pouvoir de la musique à émouvoir à la fois le corps et l'âme, exprimer ses ambitions d'interprète et de compositeur. Tout ce qu'il dit lui parut particulièrement sensé, remarquablement intéressant, et même passionnant. Il se sentit rougir d'émotion.

Monsieur Powers fuma son cigare en silence un long moment, les yeux au plafond. Finalement, il éteignit son mégot et le planta d'un geste énergique dans le cendrier. « Alors, vous voulez être artiste, c'est ça ?

— Oui, monsieur. Exactement.

— Un truc pour femmes. »

C'était si inattendu, si ridicule, que Claude n'en crut pas ses oreilles. « Pardon ?

— Vous m'avez entendu. » Monsieur Powers se leva. « Un truc pour femmes. Pour femmes et pour pédés. » Il quitta la pièce sans ajouter un mot.

Assis à la fenêtre d'un wagon du train pour Long Island, Claude regardait défiler le paysage plat. À ses pieds était posée une petite valise, objet plutôt coûteux que lui avait donné Otto Levits pour les engagements où il devait passer la nuit. « Il est important de soigner votre apparence lorsque vous allez jouer quelque part, avait dit Levits. Vous êtes un musicien, un artiste sérieux. Chaussures brillantes, costumes repassés, accessoires de qualité. C'est un geste de respect. » La valise contenait un change de vêtements, quelques partitions de Bartók, une édition de poche de *Gatsby le Magnifique* et une boîte ronde de marrons glacés.

Lorsque le train s'arrêta en gare d'Ashton, il se rendit compte que son genou tremblait et qu'il se rongeait un ongle. Il stoppa net tout cela, comme sous le coup d'une réprimande. Il était d'humeur étrange — un mélange d'excitation romantique, érotique, d'appréhension pour ce qui était de Ted et Linda Powers (il savait que Lady avait forcé l'invitation), de curiosité banale, plus une certaine dose de colère inconsciente réprimée. Il se sentait à la fois ravi et légèrement nauséeux.

En descendant du train, il aperçut Lady debout dans la lumière sur le quai. Elle portait des tennis blanches, un ruban vert dans ses cheveux bruns, des lunettes de soleil. Ses jambes fuselées, parfaites, bronzées, semblèrent encore plus longues lorsqu'elle gambada à ses côtés. « Salut, chou ! » Elle lui donna un baiser rapide. « Ta rutilante armure est là-dedans ?

— Non, juste un maillot de bain.

— Super. Allons-y. »

C'était une petite voiture de sport anglaise vert sombre avec une bande de cuir qui dissimulait la capote repliée dans son fourreau derrière le siège escamotable. « Ouille ! C'est brûlant », s'exclamat-elle en s'asseyant sur la banquette en cuir et en prenant le volant. Elle quitta l'aire de stationnement dans une gerbe de gravier. « C'est le village », criat-elle, tandis qu'ils descendaient à vive allure une rue bordée de petites maisons Tudor, avec des boutiques aux enseignes élégantes. De grands ormes dispensaient une ombre pommelée. Ils passèrent devant un cinéma, une église blanche avec un clocher svelte. Bientôt, ils filaient sur une route de campagne qui serpentait entre des murets de pierres, sous un dais de verdure.

« Mère est invitée à prendre le thé, cria Lady. Père joue au golf, Dieu merci.

— J'ai apporté un présent », hurla Claude.

Elle rétrograda d'un double débrayage en finesse, dirigea le long nez de la voiture vers une ouverture dans un mur. Une allée s'élevait vers un rond-point de gravier, et la maison, solitaire, se dressa au sommet de la colline. Claude eut une impression de déjà-vu — une grande demeure blanche à bardeaux, à deux niveaux, avec des volets verts, des ornements, une entrée avec portail. Les pelouses, les fleurs, les bosquets étaient tenus avec un soin qui dépassait la perfection, teintant la scène d'une nuance d'irréalité. C'était au cinéma qu'il avait déjà vu cette maison, ce cadre impeccable. En vérité, il avait souvent regardé ses semblables, depuis le balcon du RKO. Le genre de maison où l'on rencontrait Walter Pidgeon, Greer Garson et Ethel Barrymore. Claude se sentit mieux juste à la contempler.

« Tu es dans l'appartement des invités », annonça Lady comme ils quittaient la voiture.

Ils franchirent la porte principale, entrèrent dans un grand vestibule. Le salon était à droite — meubles anciens, tapis d'Orient, exactement comme dans la maison sur la Soixante-treizième Rue — la salle à manger et la cuisine à gauche. Ils allèrent directement vers la porte du fond, se retrouvèrent dans un patio dallé de pierres. Il y avait un treillis, un petit bâtiment blanc, une piscine au centre de la pelouse abritée de part et d'autre par une ligne de haies. L'eau claire, bleu-vert, étincelait au soleil.

« Les domestiques sont à l'arrière, annonça Lady en ouvrant la porte-moustiquaire, et toi tu es là. »

Une pièce lumineuse, avec des gravures de chasse, une commode, deux petits fauteuils, un grand lit double. Il posa sa valise sur le sol.

« C'est très joli », dit Claude.

Lady alla vers le lit, s'assit sur le bord. « Il est confortable. » Elle se laissa tomber sur le dos, envoyant les bras de chaque côté.

« On est tranquille, ici ? demanda-t-il.

— Oh, absolument, répondit-elle, le son doux et râpeux de sa voix plus prononcé qu'à l'ordinaire. Personne ne vient jamais. »

Il l'embrassa dans le creux du coude, se fraya un chemin jusqu'à sa bouche. Elle ferma les yeux et accepta le poids de son corps, les mains légèrement posées sur sa nuque.

Plus tard dans l'après-midi, ils nagèrent dans la piscine. Claude se prélassa dans l'eau tiède tandis que Lady faisait des longueurs, son corps se mouvant avec souplesse et efficacité. Huit brasses dans un sens, huit brasses dans l'autre, encore et encore. Finalement, soufflant fort, elle se hissa hors de l'eau, s'allongea sur une serviette. Claude étendit la sienne sur l'herbe auprès d'elle et se mit sur le dos, fermant les yeux pour éviter la luminosité du ciel. Au bout d'un moment, il lui sembla qu'elle s'était endormie. Il s'apprêtait à se tourner pour le vérifier lorsqu'elle parla.

« Quelle différence y a-t-il entre quelqu'un qui joue du piano — je veux dire, des tas de gens peuvent jouer tout ce qu'on leur met sous les yeux — quelqu'un comme ça, et ce que vous faites, toi ou Fredericks, ou les plus célèbres ? »

Surpris, il ouvrit les yeux sur le dôme bleu du ciel. Lady lui avait souvent demandé comment s'était passé un concert, le genre de personne avec lesquelles il avait joué, pour qui, combien il avait gagné, à quoi ressemblait Minneapolis, mais rarement plus. C'était comme si Claude et sa musique étaient une donnée. « Ce n'est pas une question si simple, fit-il.

— Non ?

— Eh bien... Il y a différents niveaux. Plus on s'élève, plus la chose est difficile à mettre en mots, en vérité. Finalement, cela devient très mystérieux. »

Il se tourna vers elle. Elle le regardait. Il se souleva sur les coudes. La joue de Lady reposait à plat sur la serviette, ses yeux bruns étaient paisibles. L'air de l'après-midi s'était immobilisé, il entendait des oiseaux crier au loin, boucles s'élevant dans le ciel comme des gribouillis d'enfant. L'eau clapotait dans les trop-pleins de la piscine. « Je crois que la première chose est le contrôle, reprit-il. Non. Faux. La première chose est probablement la relation œil-main. Tel qu'on enseigne la musique à la plupart des enfants — on insiste tant sur l'œil, sur la capacité à déchiffrer —, ils deviennent des sortes de machines à ingurgiter et à régurgiter. Tu sais, ils n'écoutent que les fausses notes, rien d'autre. J'ai eu de la chance. Dès le début, le son m'a paru si puissant, si passionnant, que j'y ai prêté énormément d'attention. Des gammes différentes signifiaient des positions différentes pour mes mains, et ces positions elles-mêmes finissaient pratiquement par devenir des émotions. Le *do* est une clef lumineuse, par exemple. Gaie. Le *mi* bémol est plus sombre, plus nostalgique. Presque comme des couleurs. Quoi qu'il en soit, il y a là quelque chose qui concerne les mains, une sorte de va-et-vient entre le fond de soi-même et la surface du clavier : les mains bougent, elles traquent, pour ainsi dire, les émotions contenues dans les différentes gammes à la surface. Je crois qu'il faut sentir cela dès le début. » Il roula sur le côté et la regarda. « Es-tu sûre d'avoir envie d'écouter tout cela ?

— Oui. Et je sais déjà des choses, sur tes mains.

— Ensuite, il y a le contrôle, continua-t-il, ne relevant pas la remarque tant le sujet l'échauffait. *Ceci*, il faut travailler pour l'acquérir, et ça peut demander beaucoup de temps. Les nuances, par exemple. C'est-à-dire fort, ou doux. Prendre une note, la jouer, puis la rejouer un peu plus doucement, l'abaisser petit à petit en lui retirant chaque fois exactement la même quantité de son jusqu'à la réduire au silence.

— Tu peux le faire ?

— Oh, oui. C'est fondamental. Jouer *legato*, *staccato*... Ceci, et beaucoup d'autres choses encore, est fonction du toucher, de l'aptitude à contrôler l'interaction entre le corps et l'instrument. Les mains et les touches. On développe le toucher jusqu'à la limite physique. À ce stade, on est déjà assez bon musicien. La plupart ne vont pas plus loin.

— Pourquoi ? »

Il s'assit, s'étreignit les genoux. « Je ne sais pas. Toutes sortes de raisons, je suppose. »

Elle se mit sur le dos. « Le soleil est bon.

— Certains ne vont pas au-delà de la musique écrite. En un sens, il ne s'agit que de traces noires écrites sur du papier... Bien sûr, il faut en tenir compte, mais sans jamais oublier que derrière ces signes noirs, il y a de la *vraie* musique. Quelqu'un a joué une musique, ou, en tout cas, l'a entendue puis l'a *ensuite* mise sur du papier. La notation, eh bien... » Sa voix se perdit un moment. « Je veux dire, dans certains morceaux de Bach, par exemple, on a seulement les notes nues. Aucune indication, rien. Il faut être capable d'imaginer la manière dont il voulait qu'elles soient jouées et les jouer comme cela. Et il a écrit avant l'invention du piano. »

Elle eut un petit murmure encourageant pour indiquer qu'elle écoutait, bien que ses yeux fussent fermés.

« Le fait est — et Fredericks me l'a montré — que, arrivé à un certain point, on peut en quelque sorte oublier ses mains. Cela devient pour ainsi dire mental. On entre dans une sorte de transe de concentration, on imagine à quoi le son va ressembler, on le sent dans sa tête, et inexplicablement, c'est exactement ce qui arrive. C'est presque magique. C'est si bon, parfois, que c'en est presque insoutenable. Je veux dire, on joue, on sent une résistance, on pousse de plus en plus fort... et soudain on débouche en pleine lumière, juste comme ça... On passe de l'autre côté du mur ! Il n'y a plus de résistance, on navigue... De la pensée pure, qui se transforme en musique pure. » Il arracha un brin d'herbe, le laissa retomber. « Il faut s'entraîner à garder sa concentration, sinon on peut être si heureux qu'on risque de passer de l'autre côté. C'est fou. »

Il tourna la tête, la regarda, eut un pincement de déception. Elle dormait, la respiration calme et régulière, la bouche légèrement entrouverte. Il leva les yeux vers la maison silencieuse, contempla de nouveau le corps de Lady, éprouva soudain un désir si puissant, si aigu, qu'il se surprit à reculer. Au bout d'un moment, il se leva et se glissa dans la piscine.

Enlevant d'un geste soigneux une chemise blanche de sa valise, il aperçut avec surprise son porte-bonheur dans un angle du bagage. Il demeura parfaitement immobile, s'efforçant d'imaginer comment il avait pu arriver là. L'objet était censé se trouver avec ses boutons de manchette, son épingle à cravate, son nœud papillon — tout l'attirail élégant des représentations de gala — dans un tiroir chez Obromowitz, rangés au même endroit. Parfois, pour un travail vraiment important, il glissait la petite croix de bois dans sa poche de poitrine. Mais elle était là. Venue toute seule. Mystère. Il la prit, la frotta avec son pouce, la remit dans la valise.

Lorsqu'il eut terminé de s'habiller, il alla dans la salle de bains et s'examina dans la glace. Le blazer bleu acheté pour trois dollars dans le magasin de seconde main de Cadbury avait de l'allure. Ses dents, contrôla-t-il en se penchant avec une grimace, étaient aussi blanches que celles de n'importe quelle star de cinéma. Ses cheveux noirs et bouclés étaient peut-être un peu trop fournis, un peu trop longs, mais pas exagérément. Il fit briller ses mocassins marron avec une serviette et décida qu'il était présentable. Cocktails, avait dit Lady, à dix-sept heures trente, au salon.

Dehors, tandis qu'il traversait la pelouse, son regard fut attiré par la piscine. Le soleil, bas sur l'horizon, envoyait des rayons obliques au ras de la surface, et l'eau était presque trop brillante pour qu'on pût la regarder. Lorsque Claude s'approcha du bord, la luminosité s'atténua. Dans l'air immobile, l'eau bougeait à peine, et, captivé, il s'attarda à contempler les ridules minuscules de la surface.

Soudain, comme en chute libre, ses yeux traversèrent l'épaisseur de l'eau et atteignirent le fond de la piscine — une étendue lisse, verte, les deux tiers à l'ombre, le troisième parcouru d'un fin réseau de lignes foncées, une sorte de filet qui oscillait doucement. Claude mit un certain temps à comprendre qu'il contemplait le motif imbriqué projeté au fond du bassin par les rides de la surface, un dessin si régulier qu'il semblait surnaturel. Un tableau étrange, silencieux, inexplicablement beau. Il resta immobile, fasciné.

« Claude ! » Lady l'appelait depuis les portes-fenêtres. « Que fais-tu ?

— Rien, fit-il en sursautant. La lumière. » Il fit un geste vers la piscine. « Les ombres. » Il accéléra le pas.

« Je trouve les piscines d'un vulgaire, pas toi ? Je me demande pourquoi il l'a fait construire », fit-elle, lorsque Claude l'eut rejointe.

« Ton père ?

— Non. Mon arrière-grand-père. C'est lui qui leur a donné cette maison. »

Au salon, Linda Powers posa son stylo et se leva, l'air absent. « Ah, c'est vous... Je ne retrouve pas mon... » Elle tourna la tête vers son bureau. « Bon, tant pis. J'ai pris le thé avec Bunny, chérie. Elle dit qu'elle t'a cherchée au club mais que tu n'y es jamais.

— J'y étais ce matin, fit Lady.

— Écoute, sois gentille si tu la rencontres. Elle a été terriblement efficace pour réunir les fonds, cette année. Bon, que faisais-je... » Elle s'interrompit brusquement à l'arrivée de la bonne. « Les boissons ! Que prendrez-vous, les enfants ?

— Un gin-tonic, fit Lady.

— Bonne idée, dit Claude.

— Trois gins-tonics, Maria. Et comme d'habitude, pour monsieur Powers. Merci, ma chère. » Il y avait quelque chose de cassant et d'artificiel dans son amabilité — ses yeux rapides, brillants, la nervosité avec laquelle les mots jaillissaient. « Asseyez-vous, fit-elle à Claude. Et merci pour les marrons. Si somptueux que c'en est un péché.

— Merci de m'avoir invité », dit Claude, tournant la tête pour inclure son mari. Ted Powers était assis à l'autre bout de la pièce, penché sur ce qui semblait

424

être un puzzle géant. Il contemplait le tableau, le menton dans la main.

Lady s'assit sur le canapé, lança un regard à Claude, prit un magazine, se mit à le feuilleter.

« Lady m'a dit que vous aviez étudié avec Fredericks, commença Linda Powers. Vous avez donc dû rencontrer Anson Roeg. En fait, c'est Bunny qui m'a prêté un exemplaire de *Rencontres secrètes*. Nous avons toutes été délicieusement scandalisées, bien sûr. » Sourire bref. « Mais est-elle vraiment si... oh, est-elle si euh...

— Excentrique, maman, suggéra Lady. C'est le mot.

— Oui, exactement. Excentrique ? »

La bonne arriva, chargée d'un plateau de verres tintinnabulant. Claude, heureux de la diversion, fut servi le premier. Sa loyauté envers Fredericks était presque aussi féroce que celle qu'il éprouvait à l'égard de Weisfeld, et il se sentait inexplicablement nerveux chaque fois qu'il parlait d'eux avec des gens qui ne les connaissaient pas, comme s'il ne pouvait leur rendre justice, ou pis, comme si sa répugnance à en parler pouvait être interprétée comme de l'indifférence. La vérité était qu'il aimait Fredericks, mais cela, nul ne voulait l'entendre. Les gens voulaient seulement cancaner.

« Elle fume des cigares, c'est vrai, reconnut Claude, mais ils sont très petits. Pas plus grands que des cigarettes.

— On parle de sa façon de s'habiller, continua Linda Powers.

— Elle est toujours en pantalon, pour autant que je sache.

— N'est-elle pas... euh... masculine ? Je veux dire, dans ses manières ? »

Claude regarda son gin-tonic, qui avait la couleur

425

de l'eau de la piscine. « Elle est pratique. Elle s'occupe d'un tas de trucs pour lui, organise les choses, se souvient de tout. Mais je ne dirais pas qu'elle est masculine. C'est drôle, les vêtements accentuent plutôt sa féminité. »

Lady posa le magazine. « Intéressant. Qu'est-ce qui te fait dire cela ?

— Elle m'a toujours paru très féminine. » Claude haussa les épaules.

« On dit qu'ils sont inséparables, reprit Linda Powers.

— En effet. »

Il y eut un silence. Claude savait que Linda eût souhaité plus de détails, mais il choisit de se taire. Il se sentait mal à l'aise, conscient de la présence silencieuse de Ted Powers.

La bonne avait laissé le plateau avec le gin, le tonic, les glaçons et les rondelles de citron sur une table basse, et Lady et Linda allaient régulièrement y rafraîchir leurs boissons. Ted ne quittait pas sa place, il était servi de temps en temps par une autre domestique, qui passait aussi les amuse-gueule. Claude entendait le tic-tac de la pendulette ornementée posée sur la cheminée. Un temps très long sembla s'écouler avant que l'on annonçât que le dîner était servi.

Monsieur Powers et Claude prirent place aux extrémités de la longue table, Lady et sa mère se firent face au milieu. Madame Powers continua le style de bavardage léger qu'elle avait adopté, s'adressant le plus souvent à Lady. Pendant le potage, Claude apprit qu'Ernesto, le nouveau jardinier, semblait faire l'affaire. Julio, l'ancien, avait été meilleur, mais il était mort l'été dernier d'une crise cardiaque. Linda avait vécu l'expérience traumatisante de le découvrir, face contre terre, dans un massif de fleurs.

Autour des côtes de veau aux asperges, il apprit que Bunny avait donné cinq cents actions Pepsi-Cola à la fondation Heuval, dont madame Powers était la présidente. La fondation se consacrait à l'éducation et à la réinsertion des mères célibataires. Elle gérait quatre refuges à New York et à Boston. Ted Powers, se révéla-t-il, avait fait dix-huit trous avec un score de quatre-vingt-dix, et surprit le juge Aldrich à tricher pendant l'approche du quatorzième — il avait frappé la balle du pied, en bordure du rough, vers le fairway. Au dessert, Linda Powers annonça qu'une personne, à laquelle on faisait allusion sous le nom de Nouille, avait été opérée de la vésicule biliaire.

« As-tu des projets pour ce soir ? demanda Linda à Lady.

— Nous allons au cinéma. » Lady posa sa serviette et se leva. « À vrai dire, nous devrions être déjà en route.

— Au village ?

— Ouais. »

Claude l'apprenait du même coup mais il suivit Lady. Ils se glissèrent dehors.

« Je suis désolée, fit Lady comme ils montaient en voiture, mais il fallait sortir de là.

— C'est vrai, pour le ciné ?

— Pourquoi pas ? dit-elle en s'engageant sur la route. Il paraît que c'est un bon film. Ça s'appelle *Certains l'aiment chaud*. »

La salle était étonnamment petite — peut-être deux fois la dimension de la section pour enfants au RKO — et pleine à craquer. Ils eurent la chance de trouver deux places au second rang, qui se libérèrent à la fin de la bande-annonce du prochain film. Le public bourdonnait d'impatience mais tout le monde s'immobilisa dès que le film commença. Claude et

Lady se prirent la main, se carrèrent dans leurs fauteuils et levèrent les yeux vers l'écran.

Très vite, Claude se mit à rire. Bientôt, il riait de façon irrépressible. Les situations loufoques se succédaient au point qu'il dut s'essuyer les yeux avec le dos de sa main. Lady gloussait de temps à autre et tapotait la jambe de Claude, sans cesser de regarder l'écran, chaque fois qu'il semblait sur le point de perdre le contrôle de lui-même. Au milieu de ses fous rires, Claude se sentait légèrement angoissé, tant il craignait de se laisser aller à une crise d'hystérie parfaite. Il se calmait quelques minutes, puis cédait de nouveau au rire, parce que cela le purifiait, dénouait les nœuds de son âme, le laissait à bout de souffle mais miséricordieusement vidé. Lorsque la lumière revint, Lady le regarda avec un sourire. « Ça va ?

— Je n'ai pas pu m'en empêcher, hoqueta-t-il. Je crois que c'est le film le plus drôle que j'aie jamais vu.

— C'était amusant. » Elle le dévisagea avec curiosité, une version atténuée du regard qu'elle posait parfois sur lui lorsqu'ils faisaient l'amour. Puis elle se tourna et rassembla ses affaires.

Dehors, dans l'air tiède, ils marchèrent vers la voiture parmi la foule qui se dispersait.

« Tony Curtis m'a étonnée, fit Lady. En général, je ne peux pas le souffrir.

— L'allure était formidable, avec une sorte de rythme jazzy... Et bien sûr, comme ils étaient soi-disant musiciens, ça rendait la chose encore plus drôle. »

Comme ils atteignaient la voiture, un groupe de jeunes gens passa sur le trottoir. « Lady, appela une jeune fille, vas-tu chez Caroline ?

— Comment ?

— Caroline donne une soirée. Y allez-vous ?

— Peut-être. » Elle agita la main et s'installa.

Claude la suivit, remarquant qu'elle jetait un coup d'œil sur sa montre. Elle mit le moteur en marche et tambourina sur le volant.

« Qui est Caroline ? demanda Claude.

— Je joue parfois au tennis au club avec elle. Bryn Mawr[1]. Un peu bizarre. Sa mère est morte, la rumeur prétend qu'elle n'a pas vu son père depuis des années. Elle vit avec sa vieille bonne dans un manoir énorme. On devrait aller prendre un verre, juste pour que tu voies ça. » Elle passa la vitesse et démarra. « Ça te dit ?

— Bien sûr. »

La route était sombre. Arbres, haies, murets de pierres entraient et sortaient de la trouée lumineuse des phares, tandis que Lady fonçait dans les virages. Au bout d'un kilomètre environ, Lady ralentit et s'engagea entre les deux énormes piliers de marbre d'un portail de fer. L'allée de gravier blanc était bordée d'arbres. Elle s'incurvait sur la droite à travers ce que Claude imagina être une série de parcs paysagés, atteignit le sommet d'une petite colline, reprit sur la gauche. Lady arrêta la voiture, éteignit les phares.

Au-dessus de leurs têtes, la coupole des étoiles. Ses yeux s'accoutumant à l'obscurité, Claude aperçut la faible luminosité de l'allée de gravier, qui serpentait mollement parmi les rondeurs d'une pelouse vers un petit groupe de lumières cernées de vastes ténèbres. Au-delà du noir, Long Island Sound commençait à scintiller, suffisamment pour permettre à Claude de distinguer les contours d'une vaste bâtisse. Ils restèrent silencieux un moment. Puis Lady remit les lumières et roula jusqu'en bas de la colline.

Six ou sept voitures étaient garées en désordre dans l'allée circulaire. Lady se glissa près d'une

---

1. Université *(N.d.T.)*.

voiture de sport ancienne, luisante, un vieux clou au moteur gonflé. Ils suivirent le sentier dallé, gravirent les larges marches qui menaient au perron de la porte principale. Celle-ci était entrouverte, ils entrèrent.

Claude entendit le son ténu d'un disque rayé qui jouait un air appelé *Harbor Lights* et traversa le hall dallé de marbre en direction de la source de la musique. Lady le précéda dans une salle de bal immense, avec des lustres accrochés à un plafond en forme de voûte. Trois ou quatre couples dansaient un fox-trot lent. Quelques personnes étaient sur la terrasse, appuyées contre la balustrade de pierre, regardant la nuit. Un long bar avait été installé près des portes-fenêtres, une jeune fille en robe bleue prenait la coupe de champagne que lui tendait un barman d'âge vénérable.

« Caroline, dit Lady. On nous a mis au courant, nous sommes venus. J'espère que cela ne te dérange pas. »

Caroline avait une peau blanche comme de la craie, et son visage potelé, la douceur de ses bras suggéraient d'anciennes rondeurs enfantines. Elle avait des sourcils fins très sombres, sa petite bouche était peinte de rouge foncé. « Bien sûr, dit-elle, le visage soudain éclairé d'un sourire. Je t'avais laissé un mot au club. »

Claude lui serra la main, frappé par l'anxiété et la tristesse de ses yeux bruns.

« Prenez une coupe de champagne, dit Caroline. Patrick en a apporté une caisse, mais presque tout le monde boit de la bière, je ne sais trop pourquoi. »

Des meubles anciens étaient alignés contre les murs. Ils s'assirent dans le groupe de fauteuils le plus proche. Le reste de la salle était vide. La musique provenait d'un vieil électrophone portable, gainé de cuir, posé sur un piano à queue.

« Tchin, dit Lady en levant sa coupe. Est-ce une occasion spéciale ?

— Non, fit Caroline. J'avais seulement pensé... » Sa voix se perdit. Elle avala une gorgée de champagne. « Ils sont presque tous dans le hangar à bateaux.

— Où est Buzz ?

— Il traîne quelque part. »

Lady regarda Caroline un moment puis se tourna vers Claude. « Va nous chercher une bouteille, tu veux bien ? Et aussi quelque chose à grignoter ? » Un clin d'œil rapide. Puis elle se pencha vers Caroline et se mit à lui parler.

Claude comprit. Il se leva, sortit sur la terrasse. Les personnes qui se trouvaient là s'en étaient allées vers le hangar à bateaux. Il distingua la lueur d'une cigarette, entendit un plouf, quelques rires, des acclamations lointaines en provenance de la jetée. Il retourna vers l'intérieur et sentit quelque chose atterrir sur son poignet, puis une piqûre, au moment précis où il se donnait une claque. Un petit insecte, une minuscule trace de sang. Il fit un signe de tête au vieux barman, prit une bouteille de champagne, un petit bol de pistaches, porta le tout à Lady et Caroline, dont les têtes, toujours penchées l'une vers l'autre, indiquaient qu'elles étaient en grande conversation. Il mit la bouteille et le bol sur la table et s'éloigna, tandis que Caroline, inconsciente de la présence de Claude, écrasait une larme.

L'électrophone jouait du Nat King Cole et les danseurs continuaient à traîner des pieds, chaque couple dans un angle différent de la salle. Claude se dirigea vers le bar. Il prit une coupe de champagne. « Quel genre de piano est-ce ? »

Le barman s'inclina et posa ses doigts noueux sur le torchon ivoire. Il avait des épaules étroites, un visage mince marbré de couperose. « Un Steinway, monsieur. Je me souviens du jour où on l'a livré. Printemps 1925.

— C'est un piano de concert », fit Claude, incapable de dissimuler une nuance de reproche dans sa voix. Il était certain que personne n'y jouait jamais.

« Ils l'avaient commandé pour la première grande réception de la saison.

— Pour une réception ?

— Oh, oui. Ils prenaient leurs réceptions très au sérieux, en ce temps-là, si j'ose dire. » Ses yeux bleus embrumés eurent une lueur malicieuse. « Déchaînés et fous, monsieur ! Quelle merveille, pour moi qui débarquais ! Très divertissant, une fois que je m'y fus habitué. »

Claude rit. « C'est sûr !

— Des centaines de personnes », continua-t-il, laissant son regard errer à travers la salle de bal presque déserte. « Dieu sait s'ils buvaient. Des cocktails... Des cocktails de toutes sortes. Très populaires en ce temps-là, les cocktails. On était dix-neuf en tout, comme personnel, et quatre à pouvoir leur fabriquer n'importe lequel qu'ils nommaient — le sidecar, le rob roy, le gin-fizz, le Manhattan. Le sazerack, avec de l'absinthe, les stingers. Des douzaines. Très jolis, aussi, avec toutes ces couleurs. Les dames, en particulier, semblaient aimer les couleurs.

— Qu'est-ce qu'un stinger ? demanda Claude.

— Ah, bon », fit le vieil homme avec enthousiasme. Il se pencha prestement sous le comptoir et prit deux bouteilles. Claude le regarda glacer un verre avec dextérité, mélanger les boissons dans un autre verre, verser, servir. « Cognac et crème de menthe, monsieur. Très moelleux. »

Claude goûta. « C'est bon. Ça me plaît. »

Le vieil homme jeta un coup d'œil à Lady et à Caroline, puis, sans se donner la peine de glacer le verre cette fois, s'en prépara un. Il but lentement, un petit doigt bulbeux en l'air, reposa son verre sur le comptoir. « Ils étaient extravagants. Voyez-vous ces lustres, monsieur ? Je me souviens d'une soirée avec une jeune dame qui se balançait à l'un, deux gentlemen à l'autre. C'était un concours, et croyez-moi si vous le voulez, c'est la jeune dame qui a tenu le plus longtemps.

— Là-haut ? Comment ont-ils pu grimper ?

— Une pyramide humaine. Saouls comme des Polonais, tous autant qu'ils étaient. Les pyramides ne cessaient de se défaire, ils atterrissaient en tas en hurlant et en riant. » Il avala une gorgée de stinger. « C'est drôle, comme ils étaient... extrêmement formalistes, en un sens, avec des capitaines d'équipes, un chronométreur, et pourtant elle était là-haut, complètement à poil.

— Quoi ? fit Claude, sidéré.

— Toujours de nouveaux trucs. On ne savait jamais ce qui allait arriver. Une fois, pendant un thé dansant, un groupe est entré ici à cheval et a demandé des bourbons à la menthe — on avait des chevaux, en ce temps-là. Ils passent les portes-fenêtres, clip-clap, restent en selle, éclusent tout ça, s'en retournent avec leurs montures. Un coup fumant. En aimeriez-vous un autre, monsieur ? »

Claude avait terminé sa boisson presque sans s'en rendre compte. Il tendit son verre, sentant un lent flot de chaleur lui envahir le haut de la poitrine. Le vieux prépara deux autres stingers.

« C'étaient de vrais enfants, en un sens, continua-t-il. Très enthousiastes. Ils allaient dans tous les sens, ils se lançaient dans les choses... Un esprit merveilleux, vraiment. Sur la grande pelouse, à jouer au croquet à deux heures du matin. On devait les suivre avec des lanternes. Oh oui, c'était autre chose, de servir en ce temps-là. »

La menthe était moelleuse sur la langue de Claude. « Mais ils ne faisaient pas, ils n'étaient pas, je veux dire vous aviez sommeil, vous deviez... » Il s'interrompit et agita son verre.

Le vieil homme fronça les sourcils, baissa les yeux, plissa les lèvres comme s'il considérait la question. Il dégusta sa boisson. « Oh, ils savaient à qui ils avaient affaire, monsieur. J'étais jeune et, pour vous dire la vérité, j'aimais ça. C'était si merveilleusement stupide, parfois. Vous savez, ils nous enrôlaient de force dans les équipes lorsqu'ils avaient besoin de renfort. Tous ces jeux, je n'en comprenais pas les règles la moitié du temps, mais ça n'avait pas l'air d'avoir de l'importance. Une fois, j'ai dû passer une demi-heure dans un placard à linge avec une star de cinéma, avant qu'ils ne trouvent la cachette. Je ne me souviens pas de son nom... Mais nous avons partagé une bouteille de Dom Perignon, assis par terre. Je me souviens du parfum de la dame. »

Soudain, les yeux vifs du vieil homme se firent ternes. Il se détourna et s'occupa à ranger des verres. Lady s'approcha, effleura l'épaule de Claude. « C'est terrible, chuchota-t-elle en l'attirant à l'extrémité du bar. C'est si triste. Ils sont presque tous dans le hangar à bateaux. Certains ne lui ont même pas dit bonjour, ils traînent par là, c'est tout. La plupart habitent en ville, je parie. Caroline est peut-être un peu bizarre mais elle ne mérite pas cela. Que bois-tu ?

— Un stinger, fit-il en terminant son verre.

— Fais gaffe. C'est un tord-boyaux.

— Je commence à m'en rendre compte, dit-il. Que pense Caroline ?

— Oh, elle ne sait que penser, pauvre chou. Ni que faire, d'ailleurs.

— Que ferais-tu, *toi* ?

— Je n'en sais rien. Laisser tomber, je suppose. »

Claude sentit son sang bourdonner agréablement. Il leva les yeux vers les lustres.

« Que regardes-tu ? demanda Lady.

— Les lustres », répondit-il distraitement, et il s'éloigna.

L'électrophone crissait à vide. Il le souleva à deux mains, le posa sur le sol, ouvrit le couvercle du Steinway en seconde position, fixa la baguette du support. Il regarda le clavier, plaqua une série de quintes à peine audibles et s'assit sur la banquette. L'instrument était bien accordé, avec une mécanique très lourde. Claude réfléchit un moment, tendit les bras, joua la troisième partie de *Rhapsody in Blue*. La sonorité était puissante, les notes bien marquées grâce aux marteaux de feutre demeurés fermes, et lorsque Claude plaqua les forte, la salle entière s'emplit de sons. Les gens commencèrent à s'approcher.

Il avait décidé d'être aussi bruyant que possible, de jouer suffisamment fort pour que les sons rebondissent par les portes-fenêtres jusqu'au hangar à bateaux. Lorsqu'il eut terminé le Gershwin, il se lança sans interruption dans *Carolina Shout*, de James P. Johnson, arrachant les *strides* de la main gauche à un tempo dangereusement rapide. L'énergie irradiait dans toutes les directions, le piano sembla devenir incandescent. D'autres personnes s'avancèrent, il se rendit vaguement compte que certaines venaient de l'extérieur. Il attaqua *Ripples of the Nile*, de Lucky Roberts, un vieux *stride* à casser la baraque qu'il avait entendu pour la première fois enfant, lorsque monsieur Oliver, l'ami d'Al, l'avait joué dans le sous-sol de Park Avenue. La texture des touches se transforma subtilement, l'ivoire sec absorbant la sueur du bout de ses doigts.

À présent, sous l'impulsion d'une joie de vivre insouciante, il saisissait tous les airs de *stride* qui lui passaient par la tête, maintenant le rythme, jouant parmi les fausses notes comme si elles n'existaient pas, simulant des ponts si nécessaire, les mains volant, le corps fonctionnant comme une machine chaude, bien huilée. Lorsqu'il s'aperçut que les gens dansaient, il commença à mêler Art Tatum à Fats Waller à Jelly Roll Morton en une avalanche ininterrompue de jazz. Il se balançait, en rajoutait, la tête désormais vide de tout ce qui n'était pas la musique. Il aurait pu jouer jusqu'à la fin des temps, mais la sueur lui picota les yeux et il s'arrêta après un arrangement rapide et compliqué de *Is You Is* or *Is You Ain't my Baby ?*

La salle était à présent bondée, quarante ou cinquante personnes, qui explosèrent en applaudissements, sifflets, hourras. « Encore, encore ! » criait-on. Claude agita un bras pour remercier, s'efforçant de s'essuyer les yeux avec l'autre. Lady et Caroline se précipitèrent.

« Formidable ! s'écria Caroline en s'agenouillant près du banc. C'est tout simplement fantastique. On danse, on s'amuse... » Elle semblait sur le point de défaillir. « Je vous en prie, je vous en prie, jouez encore. » Lady, auprès d'elle, souriait.

Claude fit oui de la tête.

On fourra une serviette blanche entre ses mains, le barman plaça un linge, puis un verre plutôt grand, sur un coin du piano. « De premier ordre, monsieur. Absolument de tout premier ordre ! J'ai pris la liberté de vous en préparer un autre. » Il s'inclina légèrement, s'effaça. Claude s'épongea le visage, le cou, avala une gorgée de stinger, tomba la veste et, dans un grondement d'approbation géné-rale, roula les manches de sa chemise. Alors, il entama un boogie-woogie vrai de vrai.

Tandis que Lady s'éloignait du manoir, Claude poussa un long bâillement plein de frissons et appuya la tête contre le dossier du siège. L'air était délicieusement frais sur son corps, il se sentait souple, parfaitement détendu, comme s'il s'était défoncé sur un terrain de basket pendant des heures. « Il doit être tard, soupira-t-il.

— En effet, dit-elle.

— Je n'aurais pas dû le faire, mais c'était amusant.

— Pourquoi ? Pourquoi n'aurais-tu pas dû le faire ? » Elle semblait presque fâchée.

« Jouer est une chose sérieuse, un travail impor-tant, on ne peut simplement... » Il agita la main. « Je n'étais pas préparé. J'ai fait l'imbécile. Lorsqu'ils ont commencé à réclamer des airs, j'ai bricolé les harmonies. Je me suis conduit comme un idiot.

— Mais c'était *merveilleux*, protesta Lady. Tu as tout sauvé. Caroline était ravie.

— Eh bien... ça au moins, c'est une bonne chose.

— Les gens ont adoré.

— Bon. » Il aurait voulu laisser tomber.

Comme si elle avait été contaminée par le ton de Claude, elle insista : « Je ne comprends pas que tu regrettes d'avoir fait cela. On dirait que tu es snob ou un truc du genre.

— C'est difficile à expliquer, fit-il. Ce n'est pas une grande affaire, c'est simplement difficile à expliquer. Laisse tomber, ce n'est rien. »

Ils roulèrent en silence le reste du trajet. Lorsque

Lady se gara dans l'allée, elle aperçut les lumières du rez-de-chaussée allumées et murmura : « Oh, oh...

— Que se passe-t-il ?

— Ces lumières ne me disent rien qui vaille.

— Pourquoi ?

— Ce n'est pas le scénario habituel, fit-elle. Le scénario, c'est un whisky-soda pour elle, deux pour lui, puis du ginger-ale dans leurs chambres respectives. C'est immuable.

— Des chambres séparées ? » Claude savait, grâce aux films, que de tels arrangements existaient, mais généralement pour des personnes âgées, ou des gens qui vivaient dans des châteaux ou de grands manoirs semblables à celui qu'ils venaient de quitter.

Elle demeurait parfaitement immobile, dressée, les yeux fixés sur la maison. « Oh, oui », soupira-t-elle. Puis, d'un ton amer : « Il s'est pointé un soir il y a environ quinze ans et l'a trouvée en train de s'envoyer en l'air sur le canapé avec John O'Hara. Je ne pense pas qu'ils se soient touchés depuis.

— Miséricorde », fit-il, sidéré à la fois par l'information et le fait qu'elle la lui eût donnée.

Elle haussa les épaules.

« Tu veux dire John O'Hara l'écrivain ? » ajouta-t-il stupidement.

La porte d'entrée s'ouvrit, ils aperçurent la silhouette de madame Powers, légèrement voûtée, qui s'agitait fébrilement. Elle s'appuya au chambranle de la porte, les regarda, pivota sur ses talons et se réfugia au salon.

« Oh, Seigneur », souffla Lady en sortant de la voiture.

Claude la suivit à l'intérieur de la maison. Dès que Lady apparut sur le seuil du salon, ils entendirent sa mère, qui arpentait la pièce une main sur la poitrine, l'autre voletant autour de la tête, étouffer un soupir de soulagement. « Oh, mon Dieu, mon Dieu. Où étiez-vous ? Nous étions affolés, absolument affolés. »

Lady ouvrit la bouche pour parler puis se ravisa et se contenta de fixer le sol en hochant lentement la tête.

« Ton père a appelé les hôpitaux. Il était atrocement inquiet. Pratiquement hors de lui, d'inquiétude. Ce bolide que tu tiens absolument à conduire n'a même pas de toit. Je te le répète, nous étions affolés, nous ne savions plus quoi faire. Il est presque trois heures du matin ! » Elle se détourna, comme pour étouffer un sanglot.

Claude, sans se l'expliquer, comprit instantanément que toute la mise en scène était malhonnête. Quelque chose se passait dans cette maison depuis un certain temps, et cette femme s'était mise dans un tel état qu'elle ne savait plus ce qu'elle ressentait, tant elle était emportée par son rôle de mère anxieuse. Bien plus, il sentait qu'elle le savait mais ne s'en souciait pas, excitée qu'elle était par le spectacle qu'elle donnait d'elle-même. Elle essuya des larmes absentes, leva stoïquement la tête, suppliante, pitoyable. Sincèrement alarmé au début, Claude demeura interdit devant cette indécence singulière, inexcusable. On eût dit que cette femme espérait des applaudissements — réminiscence troublante de monsieur Powers attendant une réponse après l'une de ses gaffes.

« Où étais-tu ? répéta madame Powers d'une voix épuisée.

— Caroline Howard donnait une soirée, fit Lady.

— Mais enfin, tu aurais pu appeler. Tu aurais pu nous accorder une pensée, après tout. » Pas une fois, madame Powers n'avait posé les yeux sur Claude.

« Ça ne t'aurait pas... » Elle s'interrompit et se prit le front à deux mains.

« Très bien, Mère. » Lady se retourna et se glaça.

Claude suivit son regard. Les jambes d'un homme, la taille, la ceinture à boucle d'argent, le bras, la main, les doigts (qui tenaient un verre de liquide couleur ambrée) étaient visibles dans l'escalier. Le reste du corps immobile de monsieur Powers demeurait caché par le plafond. Il avait probablement entendu toute la discussion.

« Tu descends, Père ? »

Il y eut un long silence. Madame Powers s'assit. Claude regarda les jambes de monsieur Powers. Finalement, celles-ci bougèrent.

« Je n'ai rien à te dire. » Monsieur Powers remonta l'escalier.

« Qu'y a-t-il ? chuchota Claude. Que se passe-t-il ? »

Sans cesser de fixer la cage d'escalier vide, Lady lui fit signe de se taire. Elle semblait calme, le visage détendu. Claude remarqua que sa main tremblait. « Je vais devoir rester avec elle un moment, fit-elle. Tu ferais mieux d'aller te coucher. Je suis désolée. Je te verrai demain.

— Bien sûr », dit-il, un instant honteux de se sentir heureux d'échapper à la maison, à son atmosphère étrange et lourde de luttes sourdes.

De retour en ville, Claude trouva un dérivatif à son désarroi et à son malaise après ce week-end en se plongeant dans le travail. Quatre ou cinq heures au Bechstein, deux ou trois à écrire (le cycle de mélodies, une pièce pour piano), copier de la musique, lecture de partitions, analyses harmoniques, diverses autres tâches... La familiarité en soi du studio était apaisante et lui permettait de se retrouver.

Finalement, autour d'un déjeuner de corned-beef sur pain de seigle avec pickles et *cream soda*, en compagnie de Weisfeld dans le fond du magasin, Claude se retrouva à faire un bref récit du week-end — passant sous silence l'épisode du récital impromptu de la soirée — et s'étendit sur le comportement bizarre de monsieur et madame Powers. « Et le lendemain matin, conclut-il, perplexe, on eût dit que rien ne s'était passé. Elle bavardait en prenant son café, lui lisait son journal, ils sont allés jouer au tennis. Lady et moi avons nagé, puis j'ai pris le train. J'en avais la chair de poule. Et je le jure devant Dieu, de tout le week-end, je ne pense pas que ni l'un ni l'autre m'ait réellement regardé. Vous savez, vraiment posé les yeux sur moi. »

« Oui, dit Weisfeld. Je pense que je comprends.

— Vous comprenez ? Mais de quoi s'agit-il ?

— Les parents ne veulent pas te voir, ils ne veulent pas regarder. S'ils ne te regardent pas, tu n'existes pas. » Il mordit dans son sandwich, dévisagea Claude, qui luttait avec les implications de ce qui venait d'être dit. Car *c'était* une lutte. Au fond de lui-même, Claude était conscient de ne pas savoir grand-chose sur les gens — ni sur lui, d'ailleurs — et que, souvent, il ne comprenait pas leurs actions. Au collège, il avait été, à maintes reprises, étonné par les prises de position extrêmes de ses camarades, leur façon de se quereller, de tirer au flanc pour leurs études, de s'enivrer des journées entières, tout cela sans raisons apparentes. Entre sa deuxième et sa troisième année, l'un de ses copains de classe — un type intéressant, très calé en art, musique, opéra, poésie moderne — s'était suicidé dans le garage de ses parents. On disait qu'il était homosexuel, mais

Claude ne comprenait toujours pas pourquoi il s'en était pris à sa propre vie. Dès son plus jeune âge, Claude avait été éveillé aux dangers venant de l'extérieur — la lutte pour la vie — et, dans sa vulnérabilité et sa faiblesse, s'était entouré d'un bouclier de fierté, de ténacité et d'égoïsme. Il n'avait jamais pu se permettre de penser aux dangers qui venaient de l'*intérieur*, ceux du fond de soi. Le résultat était qu'il était enclin à prendre les gens pour argent comptant, à présumer qu'ils *étaient* ce qu'ils prétendaient être. Il était naïf. (Pour Lady, c'était peut-être l'inverse. À l'université, elle était impressionnante par sa capacité à lire entre les lignes avec toutes sortes de gens. « Le professeur Albertson est agressif parce qu'il est petit », par exemple. « Il en veut aux autres d'être plus grands que lui. » La chose ne serait jamais venue à l'esprit de Claude, bien qu'il en reconnût la justesse à l'instant même où elle le disait.)

« Mais qu'ont-ils contre moi ? demanda Claude. Je ne leur ai rien fait. »

Weisfeld soupira. « Tu sors avec leur fille.

— En quoi est-ce si terrible ? »

Weisfeld mastiqua un moment, semblant peser ses paroles. Il but une gorgée de *cream soda*, posa la bouteille avec un soin exagéré. « Peut-être, dit-il, des gens de ce milieu social... souhaitent-ils voir leur fille épouser... disons un type sympa, qui s'appellerait Roosevelt, Harriman ou Rockefeller, ou le duc de Kent, ou quelque chose d'aussi chouette. Tu sais, c'est possible. »

Claude se sentit soudain nerveux. Il ne voulait pas envisager cette suggestion. « Oh, ça c'était l'ancien temps. » La phrase lui échappa malgré lui : « On est en Amérique. »

Weisfeld acquiesça. « Absolument.

— Je veux juste dire, le système de classes est

censé être plus souple. Je détestais le cours de socio-logie, mais je me souviens d'un chapitre entier relatif aux effets de la guerre sur le système de classes, bal-butia-t-il, s'efforçant de minimiser ce qu'il venait d'affirmer. Tout est différent, de nos jours.

— Sûr, fit Weisfeld. Et dans certains cas, différent mais identique. C'est comme lorsqu'on repeint une pièce — ça reste la même pièce. On met une sourdine à une trompette, mais c'est toujours le même instru-ment. Les gens ne parlent pas de classes et de situa-tion sociale comme ils le faisaient autrefois. Mais cela ne signifie pas qu'ils les aient oubliées. »

Claude tambourina des doigts sur ses genoux. Une expression amère s'inscrivit sur son visage. Il se sou-vint des paroles prononcées par Catherine dans la voiture, des années auparavant, après le bal : *Vous ne venez de nulle part* — il en avait été virtuellement paralysé. Il n'avait pas pensé à ces mots depuis très longtemps. Une vague de chaleur l'empourpra.

« C'est ridicule, bien sûr, continua Weisfeld. Ce sont de petites choses sur lesquelles ils passent le temps. Mais il faut t'en souvenir : c'est possible.

— Mais je suis un artiste ! protesta Claude.

— Oui, oui ! cria Weisfeld. Nous savons ce que cela signifie. Nous le savons, toi et moi. Mais tout le monde ne le sait pas. Même des gens qui parlent comme... » Il s'interrompit. « Te souviens-tu du temps où tu jouais pour madame Fisk ? Pour son petit garçon ? »

Claude se sentit assommé. Weisfeld lisait-il dans son âme ?

« Te souviens-tu de Dewman Fisk, continua Weis-feld, élevant la voix, le fameux passionné de danse classique, le soi-disant conseiller culturel du maire ? Et de la prétentieuse madame Fisk, l'une de nos meilleures clientes ? Crois-tu qu'ils en savaient quelque chose ? Sur ce que c'est qu'être un artiste ? »

Claude resta doublement muet — premièrement de ce que l'on parlât des Fisk, deuxièmement de la colère froide de monsieur Weisfeld.

« Ils ne savent quasi rien. » Il tiraille sa moustache, comme pour se calmer. « Pour eux, la musique est un décor. Une distraction, un dérivatif. À la rigueur un passe-temps. Un artiste n'est qu'un amuseur de haut rang. Ils ne savent même pas qu'ils ne savent rien, ces gens-là. Ça peut rendre fou. » Il froissa les papiers gras du déjeuner, en fit une boulette, la lança dans la poubelle. « Alors n'attends rien. Sois prudent avec ce genre de personnes. »

CHAPITRE 16

Le bureau d'Otto Levits était sur la Cinquante-septième Rue, à quelques portes du Steinway Building.
C'était une petite pièce dont les murs étaient recou-
verts de photographies dédicacées de musiciens de
toutes sortes — Toscanini, Lily Pons, Geiseking, Ezio
Pinza, Aaron Copland, Pablo Casals, Victor Borge,
Fritz Kreisler, Fredericks.

« Avez-vous eu le chèque ? demanda Otto.

— Oui. Merci.

— Bien. » Il déplaça quelques papiers sur son
bureau. « J'ai pensé qu'il était temps que nous ayons
une conversation. Vous vous en êtes extrêmement
bien sorti ces dernières années, selon tous les rapports. Nombreux engagements, chacun a été plus
que satisfait. On a généralement souhaité vous
retrouver, j'ai dû expliquer l'organisation particulière
de votre emploi du temps. »

« Même le ténor suédois ? Svenvold ? » Le visage
de Claude demeura impassible.

« Aïe aie aie..., gémit Otto. Un dingue. Complètement cinglé. Il n'a jamais fait la tournée, vous savez.
Il s'est perdu pendant deux jours, et, lorsqu'ils l'ont
retrouvé, il essayait de joindre l'Armée du Salut.

L'ambassade a pris soin de lui. Une injection, ils l'ont réexpédié à Stockholm.

— Euh... il était quelque peu différent. Il voulait chanter sans ses vêtements et prétendait que je devais enlever les miens pour jouer nu.

— Je sais, je suis désolé, mille excuses, fit rapidement Otto. Ah, ce boulot.

— Un bon chanteur, pourtant. »

Otto le regarda d'un air soupçonneux puis se rendit compte que Claude était sincère. « Naturellement ! soupira-t-il. Il était mon client. » Il marqua une pause. « Vous vous en êtes très bien tiré.

— Hum. Je me suis levé et je suis parti, tout simplement.

— Oui, mais vous l'avez fait gentiment. Vous avez été poli, a-t-il dit, respectueux. Il m'a envoyé un mot de l'Académie du Rire pour s'excuser. Il ne peut s'empêcher de faire ce genre de trucs, parfois.

— Ce n'est pas grave.

— Fredericks vous envoie ses amitiés. Il a appelé de Rome. Nous avons discuté de choses et d'autres. Il voulait savoir ce que vous faisiez.

— Jouer, composer, dit Claude. Rien de changé.

— Parfait. Ainsi, peut-être devrions-nous accélérer l'allure, à présent. Pourriez-vous passer une audition jeudi matin ?

— Bien sûr. Pour quoi ?

— Une tournée courte, mais qui peut être importante pour vous, L'accompagnateur habituel d'Aldo Frescobaldi est tombé de sa chaise, dans un café à San Remo, et s'est cassé le bras. Aldo a besoin de quelqu'un pour trois concerts — Philadelphie, New York, Boston — imminents. C'est un cas d'urgence. »

Après un moment d'éblouissement, Claude croisa les jambes et s'efforça de paraître naturel. Il possédait une douzaine de disques RCA de Frescobaldi et connaissait sa réputation en tant que l'un des meilleurs violonistes d'Europe. « J'adore sa sonorité. Profonde, presque grinçante, parfois, comme s'il ne craignait pas de laisser le violon crisser comme un violon.

— Cela pourrait être bon pour vous, reprit Otto. Mais attention, il va auditionner d'autres personnes. En outre, il est quelque peu imprévisible.

— Que voulez-vous dire ?

— Rien à voir avec Svenvold. Mais le personnage est... flamboyant. Très spectaculaire. Porté aux grands gestes. Culte du moi, pourrait-on dire... Rien que vous ne puissiez affronter cependant. De plus, le cachet est très intéressant. Mais surtout, la chose se saura.

— Je ferai de mon mieux, dit Claude. Où, et à quelle heure ?

— Il viendra vers vous. À dix heures, au magasin. »

Au jour dit, Claude se leva à cinq heures du matin, mangea un bol de céréales dans sa chambre, tourna le coin de la rue, se retrouva au magasin avant six heures. Weisfeld était encore en haut. Claude ouvrit la caisse, mit de l'ordre sur les comptoirs, balaya les allées, déroula l'auvent. Lorsqu'il n'y eut plus rien à faire, il descendit au studio et commença ses exercices habituels au Bechstein. Très vite, il glissa hors du temps.

« Claude ! » Weisfeld appelait de la porte. « Monte, s'il te plaît. »

Comme éveillé en sursaut d'un rêve compliqué, Claude leva brusquement les mains du clavier. Weisfeld l'interrompait rarement. Craignant donc quelque incident, il grimpa les marches quatre à quatre. Arrivé là-haut, il entendit la cloche tinter et vit un homme, obèse, suant et soufflant, le pan de sa chemise à demi sorti du pantalon, qui poussait la porte du magasin avec son coude. Il portait un étui à violon d'une main, un porte-documents gonflé de l'autre. Le plancher sembla se courber sous son poids tandis qu'il s'approchait du comptoir.

« Je suis Aldo Frescobaldi, dit-il.

— Bonjour, maestro. » Weisfeld fit place nette sur le comptoir. « Vous pouvez déposer vos affaires ici. Je suis Aaron Weisfeld, et voici — il tendit le bras d'un geste théâtral — Claude Rawlings. »

Claude comprit pourquoi il n'y avait jamais de photographie du maître sur ses disques. Une véritable montagne de graisse, avec un énorme cou liquide, aussi large que sa tête. Même les yeux saillaient, sous des sourcils noirs, si épais et si broussailleux qu'on eût dit des chenilles tropicales. Sa main recouvrit celle de Claude comme un oreiller. Il regarda autour de lui. « Où allons-nous jouer ? Je ne peux pas jouer ici.

— En bas, maestro. » Weisfeld contourna le comptoir, tendit la main vers le porte-documents. « Puis-je vous aider à porter ceci ? »

Frescobaldi descendit, faisant craquer les marches de façon inquiétante, tenant son violon à la main. Claude prit la serviette et le suivit.

« Si vous avez besoin de quoi que ce soit, fit Weisfeld d'en haut, faites-le-moi savoir. » Il referma la porte.

Le gros homme se dirigea vers le centre de la pièce et pivota lentement sur lui-même pour l'inspecter. « On dirait la cellule d'un moine savant, commenta-t-il. Fredericks dit que vous êtes un jeune homme sérieux. Seriez-vous un moine ? Un moine de la musique ? » Il se dirigea vers le mur-bibliothèque. Au fil des années, Claude avait réuni une impressionnante collection de partitions — dix ou douze mètres d'étagères bourrées de folios classés par ordre alphabétique des compositeurs — et plus d'une centaine de livres sur la théorie, la composition, l'orchestration, biographies musicales, critiques, analyses, divers ouvrages de références. Frescobaldi inclina sa grosse tête pour lire la tranche des folios.

« Non, fit Claude, mais j'essaie de tenir les choses en ordre, ici.

— Extrêmement louable. » Il tira un livret de l'étagère. « Personnellement, je ne suis pas une personne très organisée. Je m'épanouis dans le chaos. » Il feuilleta quelques pages. Claude se dirigea vers le piano. Le gros homme traversa la pièce et posa la partition ouverte sur le pupitre. « Scriabine. »

Claude acquiesça, instantanément nerveux. La musique de Scriabine était souvent très exigeante, et il n'avait pas joué les études depuis longtemps.

« Si vous vouliez commencer avec le *Mosquito*, s'il vous plaît. *Opus 42, numéro 3.* » Frescobaldi alla s'adosser au mur et joignit les mains sous son menton.

Il y eut un long silence, tandis que Claude parcourait la bagatelle des yeux, écoutant la musique dans sa tête. Une étude en trilles. Dès qu'il eut décidé la forme qu'il leur donnerait, il leva les mains de ses genoux et joua la pièce d'un trait.

« À présent, *opus 8, numéro 10*, s'il vous plaît », indiqua Frescobaldi tranquillement.

Claude feuilleta les pages à rebours jusqu'à la retrouver. Celle-ci, il s'en souvenait mieux, il l'avait utilisée pour travailler ses tierces lorsqu'il était plus jeune. Il semblait que Frescobaldi commençât par tester sa technique. Une fois de plus, Claude lut la pièce, l'écouta mentalement, se concentra quelques minutes avant de la jouer. Elle était difficile, mais d'humeur essentiellement espiègle, et, lorsqu'il eut terminé, il lui sembla avoir réussi à en capturer l'esprit.

« C'était un grand pianiste, apprécia Frescobaldi, et il a écrit pour le piano. C'est pourquoi je demande à l'entendre. À présent, quelque chose d'un peu plus long. *Opus 42, numéro 5 — affannato.* »

Claude étudia la pièce, ralentissant pour regarder plus attentivement les passages impétueux, passant plus vite sur la mélodie qui les liait. Tandis qu'il la relisait une seconde fois, Frescobaldi vint se placer derrière lui. « Je vais tourner les pages.

— Merci. » Claude se résigna au fait que, cette fois, il y aurait des erreurs — la pièce était simplement trop difficile pour être réussie sans préparation — mais il forma le vœu de ne pas en être désarçonné. Il plongea donc, à cran pendant trois minutes, manquant quelques notes, préservant cependant la ligne intérieure du morceau.

« *Santo cielo!* s'écria le gros homme lorsque les dernières notes s'effacèrent. Quelle imagination, ce type.

— Je ne l'avais pas jouée depuis des années, dit Claude.

— Ne vous inquiétez pas. Quand vous jouez une fausse note, du moins la jouez-vous avec fermeté. C'est bien. » Il ouvrit son porte-documents et déversa la moitié de ce qu'il contenait sur le piano. Il fouilla dans le tas, choisit deux partitions, plongea de nouveau dans la serviette pour chercher autre chose. Il tendit finalement à Claude un folio avec une couverture rouge et noir. Manuel de Falla. *Siete Canciones populares españolas.* « Nous ferons la troisième, *Asturania.* » Il ouvrit sa boîte à violon pendant que Claude lisait la musique.

Du point de vue technique, la pièce était tellement simple qu'elle eût pu figurer dans le premier manuel de John Thompson. Il observa les notations pour pédales, le double pianissimo. La mélodie était mélancolique et rêveuse, Claude essaya de s'en imprégner à fond pendant que Frescobaldi réglait son instrument en pinçant les cordes avec son pouce. Le maestro glissa le violon dans les replis mous de son cou et agita son archet.

« Commencez. »

Claude alla jusqu'à la deuxième mesure, puis fut interrompu par le ventru. « Bien, bien. Les nuances sont très bonnes, mais c'est un peu rapide. *Andante tranquillo.* Ne faites pas d'à-coup lorsque j'entrerai à la huitième mesure. » Il agita l'archet en mesure.

Claude joua en se concentrant, faisant ressortir la mélodie dans les basses avec douceur et expression, comme indiqué. Il sentit ses cheveux se dresser sur sa tête lorsque Frescobaldi libéra sa première série de noires. Le son était doux mais plein, plein, avec quelque chose de piquant et d'électrique comme du miel tiède mélangé à du citron. Et incroyablement, presque douloureusement vivant. Il semblait impossible que ce son riche, complexe — soyeux, mais qui emplissait totalement le studio et semblait presser doucement sur les limites des murs —, eût quoi que ce fût à voir avec le gros homme et la petite boîte de bois qu'il tenait entre les globes jumeaux de son poing et de son cou. Comme par un tour de magie ou sous l'effet d'une illusion, le son transcendait les moyens qui le produisaient. Claude en fut tellement transporté qu'il entendit à peine le son du piano, mais un mouvement de quintes parallèles en demi-ton de la main gauche, à la manière de Debussy, le fit revenir à lui. Il écouta le mélange des deux instruments pendant le simple refrain, jusqu'au double piano morendo, et la fin.

Claude leva les yeux. « C'est beau, murmura-t-il. Je ne l'avais encore jamais entendue.

— Douce amère, commenta Frescobaldi. *Dio mio, che acustica!* C'est comme jouer dans une salle de bains. Dans la douche! » Il feuilleta l'amas de musique éparpillé sur le piano, sélectionna plusieurs morceaux. Parlant à peine, s'interrompant très peu, ils jouèrent successivement la *Danse roumaine numéro 3* de Bartòk; *La Fille aux cheveux de lin* de Debussy; les *numéros 3, 4 et 5* des *Cinq Mélodies* de Prokofiev (*opus 35*), l'incroyablement difficile et passionnante *Tarentelle* de la *Suite italienne* de Stravinski, ainsi qu'une douzaine d'autres miniatures variées.

Claude était incapable de déchiffrer l'état d'esprit de Frescobaldi. Nul indice ne filtrait quant au jugement que le maître portait sur la partie piano. Mais Claude était rassuré par le fait que Frescobaldi semblait s'impliquer beaucoup en jouant, ce qui suggérait qu'au moins Claude ne l'entravait pas. Il avait l'air de s'exprimer librement.

« Suffit. » Frescobaldi posa son instrument, tamponna son front énorme avec un mouchoir. « Il est temps de manger. Voulez-vous vous joindre à moi pour déjeuner?

— Merci, monsieur.

— Êtes-vous libre cet après-midi? Pas de rendez-vous urgent?

— Non, fit Claude en rougissant de plaisir.

— Très bien. » Il referma la boîte du violon. « Allons. »

En route vers la sortie, le gros homme demanda à Weisfeld : « Mon instrument est-il en sécurité ici?

— Absolument. » Weisfeld vit le sourire sur le visage de Claude et s'arrangea pour lui faire un clin d'œil discret. « Je fermerai la porte à clef, même. »

Claude leva un pouce derrière son dos en s'en allant.

Le restaurant n'était qu'à quatre blocs sur l'avenue, mais Frescobaldi héla un taxi. Claude se dit qu'il y avait presque autant de travail pour lui à entrer et à s'extraire du taxi qu'à marcher. Pour une raison ou pour une autre, le pan de sa chemise était de nouveau sorti, sa cravate de travers, son mouchoir se répandait de sa poche telle une doublure déchirée. Il franchit la porte du restaurant comme poussé par un ouragan.

« Maestro ! » Un homme maigre et déplumé se précipita vers lui. « Vous revoir de nouveau, si tôt ! Quel honneur ! » Il avança au même niveau que Frescobaldi, lequel continua sur sa lancée. Le maigrichon agita les bras pour transmettre des ordres, tandis que Frescobaldi répondait d'un signe de tête aux courbettes des serveurs tout en se dirigeant vers le fond de la salle. « La même table, bien sûr », fit le squelette en se précipitant pour libérer l'accès à la banquette. Une douzaine de clients déjeunaient, tous contemplèrent Frescobaldi, qui s'écroula sur son siège avec un soupir d'anticipation.

« *Mamma, che fame* », murmura-t-il, inconscient de l'attention dont il était l'objet. « Asseyez-vous », pressa-t-il Claude. Claude se glissa dans l'espace étroit en face de lui. Les serveurs s'agitèrent autour de la table, Frescobaldi rejeta son énorme tête en arrière et étudia le plafond.

« *Vorrei una mozzarella in carrozza e una bruschetta*, commença-t-il d'un air pensif.

— *Sì, maestro*, griffonna le maigre sur son bloc.

— *Vorrei delle fettuccine ai funghi e porcini.*

— *Sì, maestro.* » Autres gribouillis.

« *Stracotto di manzo al Sagrantino con contorno di spinaci*. » Il abaissa la tête. « La même chose pour mon ami ici présent.

— *Sì, maestro. Assolutamente.*

— Je vous laisse le choix des vins. » Il desserra sa cravate, dégrafa son col. « J'espère que vous avez faim », dit-il à Claude.

Aussitôt que les plats arrivèrent, Frescobaldi commença à manger, accordant à la nourriture l'exclusivité de son attention. Il ne parlait pas mais levait les yeux de temps à autre en souriant d'un air placide. Claude, qui avait calé dès la pasta, le contemplait avec une admiration croissante. L'homme mangeait lentement, régulièrement, engouffrant une énorme quantité de nourriture. Lorsqu'il apparut clairement que Claude ne pouvait faire davantage que goûter la viande, Frescobaldi eut l'air inquiet.

« Pas bon ?

— Délicieux. C'est juste que je n'ai pas l'habitude de manger autant pour le déjeuner. »

Frescobaldi hocha la tête d'un air compatissant et tendit le bras pour prendre l'assiette de Claude. Il la vida sans se presser, sauçant le jus avec des petits morceaux de pain.

Ils étaient à table depuis plus d'une heure. Le maestro commanda des fruits, du fromage, de la grappa, croisa ses mains énormes devant lui et déclara : « Musique, nourriture et femmes. Tels sont les grands plaisirs de la vie. Les plaisirs durables. Vous apprendrez cela, jeune moine.

— J'ajouterais les livres, fit Claude, quelque peu embarrassé. Vous savez, de bons livres.

— Bien entendu ! Vous êtes un amateur de livres ! C'est parfait.

— Ils ne vous laissent pas tomber. »

Le large visage de Frescobaldi, qui était capable

de changements d'expression étonnamment rapides
— fait d'autant plus remarquable que lorsqu'il jouait,
on l'eût dit de marbre —, s'assombrit soudain. Il
sembla méditer les paroles de Claude. Au bout d'un
moment, fruits et fromages arrivèrent, toute gravité
disparut.

« Vous avez très vite compris la façon dont j'aime
jouer.

— J'ai vos disques, fit Claude.

— Oui, mais je n'ai jamais enregistré ces bis.
Votre tempo est très bon — vous jouez en avant du
temps, pas seulement en arrière. Vous savez comment appuyer, vous choisissez les bons endroits pour
le faire.

— Merci.

— Ne me remerciez pas. Pour la musique, je ne
dis jamais rien par politesse. Je dis ce que je pense,
bon ou mauvais. La vie est trop courte.

— D'accord. »

Ils prirent un autre taxi pour retourner au magasin de musique. Dans le studio au sous-sol, Frescobaldi alla directement vers le vieux canapé contre le
mur et s'y allongea, son ample ventre s'élevant à hauteur du dossier. « Réveillez-moi dans une heure »,
recommanda-t-il en déployant son mouchoir sur son
visage.

Claude remonta dans le magasin. Weisfeld enregistrait une vente. « Il fait la sieste.

— Bon, fit Weisfeld. Alors, ça marche ?

— Je crois. Oui, oui ça marche.

— J'ai écouté à la porte une ou deux fois. Ça m'a
semblé bien. Le Stravinski était formidable, dis
donc. On aurait dit que tu l'avais joué toute ta vie.

— Ça va si vite, dit Claude. Swoouch... ! Un avion
à réaction.

— J'aimerais voir son violon », fit Weisfeld d'un ton mélancolique.

Claude était trop surexcité pour attendre tranquillement, aussi décida-t-il d'aller faire un tour. Il se dirigea vers la Quatre-vingt-sixième Rue pour regarder les affiches de cinéma puis erra un moment, rejouant la musique du matin dans sa tête, éprouvant de nouveau les émotions, revivant ses quelques erreurs, s'efforçant de comprendre pourquoi il les avait faites. Il revint avant la fin de l'heure et fit deux fois le tour du pâté de maisons pour tuer le temps.

Frescobaldi était réveillé lorsque Claude descendit. Il lui tendit quatre folios. « Je voulais faire le Franck, mais ça prendrait trop de temps. Nous jouerons ceci. Tranquillement, sans formalisme. Arrêtez-moi toutes les fois que vous voudrez. »

Claude lut les titres. *Sonates opus 24 en* fa *majeur* et *opus 47 en* la *majeur,* dites *Le Printemps* et *à Kreutzer,* de Beethoven ; *Sonate* de Debussy *pour violon et piano en* sol *mineur ; Sonate numéro 1 en* fa *mineur, opus 80* de Prokofiev. Il connaissait bien les deux premières, la troisième lui était familière, mais il n'avait jamais entendu ne serait-ce qu'un enregistrement du Prokofiev, qu'il ouvrit aussitôt. À première vue, la chose ne paraissait pas infaisable.

« Désirez-vous un peu de temps pour les regarder ?

— Oui, fit Claude, si c'est possible.

— Je monte donner quelques coups de fil. »

Claude entendit craquer l'escalier, puis le plafond sur sa tête, lorsque Frescobaldi traversa le magasin. Sans perdre une seconde, il alla vers l'un des bureaux, tira un tabouret, se mit à lire. Les Beethoven et le Debussy étaient nets, sans annotations, et, par chance, la partie violon du Prokofiev était émaillée des notes personnelles du Maestro, ce qui aida Claude à se diriger à travers le morceau. Il posa le coude sur le bureau, se prit le front dans la main et se concentra sur la lecture, tournant lentement les pages.

« Je ne peux pas », dit-il. Il était allongé sur le lit d'Obromowitz, le téléphone désuet d'Obromowitz plaqué contre son oreille.

Le ciel sombre passait du pourpre au noir à l'extérieur de la fenêtre. « Je dois travailler.

— Eh bien, je n'irai pas non plus, déclara Lady. Je vais m'excuser.

— Mon chou, tu ne comprends pas. Je ne pourrais pas te voir. Je vais devoir travailler nuit et jour jusqu'à mon départ.

— Mais il faut bien que tu manges, protesta-t-elle.

— Lorsque je mange, j'ai une partition à la main. C'est une chance fantastique, une occasion unique pour moi. Je ne peux pas la foutre en l'air.

— Tu ne la foutras pas en l'air », fit-elle, comme si la chose était complètement impossible, ce qu'il trouva à la fois irritant et rassurant.

« C'est une masse de musique. Une *masse* de musique. Et je n'ai pas beaucoup de temps. Nous répétons au magasin quatre heures par jour.

— Dans ton studio ?

— Je dois analyser les partitions, jouer, faire entrer tout ça dans mes mains. Monsieur Weisfeld m'a de nouveau mis sous surveillance, il m'oblige à dormir huit heures par nuit, il contrôle ma nourriture. » Il rit. En dépit de la préparation calme et méthodique de Weisfeld, Claude savait le plaisir que la situation lui procurait. Il pétillait littéralement de bonheur, ce qui, en retour, satisfaisait Claude à un niveau fondamental. Une telle effervescence était rare, chez Weisfeld. Il en paraissait moins pâle, même.

« Tu me dis qu'en fait je ferais aussi bien d'y aller, soupira-t-elle.

— Je serais un très mauvais convive. Incapable de m'en sortir moi-même. »

La ligne bourdonna un moment. « Seigneur, je déteste être seule avec eux. Je déteste ces maisons autant l'une que l'autre. Je devrais peut-être m'en aller, faire une spécialité.

— C'est une idée, dit-il.

— Quoique... je ne sais comment maman réagirait. Tu sais ce qui est arrivé à tante Millie lorsque Catherine s'est enfuie.

— Tante Millie ? fit-il, bouleversé, cherchant à gagner du temps.

— Oui. Mildred Fisk. Tante Millie.

— Madame Fisk ?

— Bon sang, qu'est-ce qui te prend ?

— Rien, fit-il. Et alors, que lui est-il arrivé ?

— Trois heures plus tard, elle était aveugle. Complètement aveugle.

— Oh, allez.

— Non, sans rire. On appelle ça une cécité hystérique. Rien d'anormal sur le plan anatomique, mais elle n'y voit plus.

— Tu veux dire qu'elle est toujours...

— Aveugle comme une taupe. On ne peut rien dire pour l'avenir, mais ça fait des années que ça dure, maintenant.

— Nom de Dieu. » Il réfléchit. « Tu ne crois pas qu'elle peut simuler ? Je veux dire, elle m'a toujours paru étrange.

— Il y a des tests, des épreuves techniques.

— C'est vraiment bizarre. Je ne savais pas que c'était possible. On dirait une légende.

— Toute ma famille est dingue, à part Grand-Père. » Elle claqua la langue. « Bon, je crois que je vais y aller. J'ai ma voiture, au moins. Rouler avec eux, c'est atroce, je t'assure.

— Je t'appellerai. Appelle-moi. »

Malgré sa fatigue, il ne trouva pas facilement le sommeil. La voix de Frescobaldi tournoyait dans sa tête. « Phrasez comme ceci, étirez-le un peu. » Ou : « *Ma, no no no !* C'est la voix intermédiaire ! Faites ressortir la voix intermédiaire » Ou : « Attendez-moi. Attendez-moi ici. Partez en retard s'il le faut. » Ou : « Encore, à partir de la cinquante-neuvième. Encore. Encore. Encore. » Des phrases de musique affleuraient et replongeaient çà et là dans sa conscience comme des dos de baleines émergeant d'un océan sombre. Il vit madame Fisk, vêtue d'une toge, comme Catherine à la soirée, mais courbée, tendant des bras osseux devant elle pour chercher son chemin à tâtons à travers une forêt de notes, de portées, d'altérations. Il vit Catherine petite fille, dans son manteau de velours aux boutons d'argent, assise au sommet d'une clef de *sol*, les talons de ses chaussures vernies reposant sur une pause, le regardant avec un sourire mauvais, arrachant les pétales d'une marguerite un par un.

À la fin d'une longue matinée avec le Prokofiev, Frescobaldi était sur le point de déposer son instrument lorsqu'il aperçut quelques partitions sur la table de travail. Il se pencha et se mit à les lire, séparant les pages avec son gros doigt. « Qu'est-ce que cela ? » demanda-t-il, prenant les feuilles volantes et se dirigeant vers le piano.

« Mon cycle de mélodies, dit Claude. Juste un essai.

— Cela paraît intéressant. Essayons-les. » Il disposa la musique sur le pupitre. « Votre notation est très claire, en tout cas. Une écriture à l'ancienne.

— Monsieur Weisfeld et moi avions l'habitude de copier de la musique ensemble. Au bout d'un moment, les gens ne savaient plus qui avait écrit quoi.

— Très pratique. Très bien, donnez-moi le tempo. »

Le matériau littéraire était de Blake — des paires de poèmes, les uns tirés des *Chants d'innocence*, et leurs équivalents des *Chants d'expérience*, six en tout. Frescobaldi ne dit rien après la première paire, ni la deuxième, ils allèrent donc jusqu'au bout. Claude sentit quelque chose proche de l'extase en entendant ses lignes jouées avec tant de beauté. Il n'avait pas vraiment apprécié tout ce qu'elles contenaient de musique.

« Frère Rawlings ! » Frescobaldi lui donna une grande tape dans le dos, assez forte pour déplacer Claude de quelques centimètres sur la banquette. « Vous me surprenez ! Vous m'enchantez ! Ces choses-là sont très bonnes. Elles ne sortent pas d'un monastère.

— Merci, fit Claude, profondément heureux. Je ne sais pas ce que vous voulez dire au sujet du monastère.

— Je veux dire qu'il y a du sang ! De l'émotion ! De la douceur, de la fraîcheur, de la tristesse. Tant de musique, aujourd'hui, est mathématique. *Intellectuelle.* » Ceci proféré avec un mépris particulier. « Au moins ces petites pièces sont-elles vivantes. Vous devriez préparer une transcription pour le violon. » Il éleva le violon à son cou. « Numéro trois. Je vais vous montrer. »

Ils travaillèrent la pièce par petites sections. Sans en déranger la structure ni le climat fondamental, Frescobaldi révéla des occasions d'arrêts doubles, de remontées spectaculaires vers le chevalet, d'accords brisés fondés sur une corde en *sol* à vide, d'harmoniques intelligemment placés, quelques pizzicatos de support de la main gauche. Le résultat fut d'ouvrir le son sans l'accentuer pour faire résonner le violon plus fort, de façon plus élaborée, plus enjouée, ce qui s'accordait bien avec l'image de l'agneau de Blake. Claude prit frénétiquement des notes, la main tremblante d'excitation.

« Travaillez-les, dit Frescobaldi. Envoyez-les-moi à Rome, je les examinerai, je vous répondrai.

— Oui, oui. Je ne sais comment vous remercier.

— Pas de merci, pas de merci. » Il frappa légèrement la tête de Claude avec l'extrémité de son archet. « La musique aussi est une confrérie. »

Enhardi par cette remarque et le climat d'euphorie générale, Claude laissa échapper une question, tandis qu'ils gravissaient l'escalier : « Monsieur Weisfeld aimerait voir votre violon. Pouvez-vous lui accorder une ou deux minutes ? Il en répare quelquefois, vous savez.

— Bien sûr, dit Frescobaldi en s'introduisant à travers la porte. C'est le moins que je puisse faire. J'ai l'intention de le rémunérer pour le studio avant de partir pour Philadelphie.

— Oh, ce ne sera pas nécessaire, fit Claude rapidement.

— Nécessaire ou pas, je le ferai. » Il avança vers la caisse enregistreuse, posa sa boîte à violon sur la vitre du comptoir. « Veuillez me pardonner, monsieur Weisfeld, mais j'avais l'intention de vous montrer ceci. » Il déverrouilla les fermoirs et retira d'un geste sec la pièce de soie.

« Claude, dit monsieur Weisfeld, cours chercher Bergman. Dis-lui d'apporter une grande loupe. »

Claude obéit et revint avec le vieux monsieur voûté. Celui-ci portait un petit cylindre noir grossissant fixé à l'un des verres de ses lunettes et tenait une grande loupe à la main. Les présentations faites, Weisfeld sortit un carré de feutre vert et l'étala sur le comptoir de verre. Il tira le violon de son étui, le coucha sur le tissu, ajusta la lampe à monture flexible de manière à obtenir le meilleur éclairage. Bientôt, les deux têtes se penchaient sur l'instrument luisant, Bergman un peu plus proche pour l'observer à travers sa loupe de bijoutier, un mouchoir sur la bouche afin d'éviter d'envoyer son haleine sur le vernis. Ils s'exclamaient et se disaient chut ! mutuellement.

« Érable.

— Manche d'érable. »

Scrutant au travers des ouïes, Weisfeld dit : « Caisse et éclisses en saule.

— Regardez ce filet ! Magnifique !

— Remarquez les courbures. » Weisfeld prenait des mesures avec une fine règle d'acier.

Bergman prit la règle à son tour et mesura le manche. « Treize, fit-il, puis, jusqu'au chevalet. Dix-neuf virgule cinq. »

On eût dit deux chirurgiens examinant les entrailles d'un patient. Weisfeld leva les yeux vers Claude. « La composition du vernis a été un savoir largement répandu pendant une centaine d'années. Puis, vers les années 1750, le secret a été perdu.

— Le vernis a-t-il de l'importance ? »

Weisfeld répondit, tandis que Frescobaldi s'esclaffait. « Oh oui ! Une importance capitale ! Il influe sur le son. »

Tenant l'instrument par la volute, Weisfeld le fit lentement pivoter.

« Bel éclat.

— Superbe. » Bergman acquiesça et leva la tête.

« Un Guarneri, maestro, dit Weisfeld. De la dernière période ?

— Il a appartenu à Ysaye, il me revenait donc ! »
Les trois hommes éclatèrent de rire.

Claude ne comprit pas la plaisanterie et les scruta
l'un après l'autre. Seul Frescobaldi rencontra son
regard. « Ysaye a été l'unique virtuose plus gros
que moi, expliqua-t-il. Beaucoup, beaucoup trop
gros, le pauvre homme. Je suis une sylphide, en
comparaison. »

Weisfeld coucha le violon dans sa boîte.

« J'ai aussi un Strad, dit Frescobaldi. Pour Mozart.

— Nous vous sommes très reconnaissants, fit
Weisfeld.

— Absolument, renchérit Bergman. Je n'en avais
jamais vu auparavant. Seulement en photographie. À
présent, je saurai à quoi m'en tenir si quelqu'un veut
en mettre un au clou.

— Au clou ? demanda Frescobaldi. Le "clou" ?

— Monsieur Bergman est prêteur sur gages,
expliqua Claude.

— Ha ha ! je comprends ! » Il hocha la tête.

Les trois hommes rirent encore.

Après le quatrième bis, Frescobaldi resta debout
dans les coulisses, s'épongeant le visage et le cou
avec une serviette, s'arrêtant de temps à autre pour
évaluer le niveau des applaudissements. « Sont-ils
encore debout ? »

L'œil collé au regard, Claude répondit : « Presque
tous ceux qui sont au balcon. La plupart de ceux qui
sont à l'orchestre. L'arrière se disperse.

— Très bien. Un dernier salut sur le côté de la scène. *Avanti !* »

Frescobaldi sortit dans la lumière, le public hurla. Claude suivit. Il savait, à présent, que le grand homme saluait lentement, de façon très élaborée, comme un acteur shakespearien de manière à tirer le maximum du public, et il calcula son propre mouvement en fonction du sien. Leurs têtes se relevèrent simultanément. Claude passa devant pour quitter la scène.

« Il est important d'avoir le sens du public, dit Frescobaldi. Il faut calculer la durée des applaudissements pour les entendre jusqu'à la loge. » Il accéléra le pas légèrement.

En effet, Claude continua à entendre un faible écho des acclamations jusqu'à sa loge. Il était encore sensible au plaisir de voir son nom sur la porte : une élégante calligraphie sur un morceau de bristol. Une fois dans la loge, il se laissa tomber sur un fauteuil. La direction avait fourni une corbeille de fruits et une bouteille de champagne dans un seau à glace, avec quatre coupes. Il les regarda sans les voir.

Son corps bourdonnait sous l'effet d'une tension agréable qui se relâchait progressivement comme une toupie sur le point de s'arrêter. Plusieurs choses l'avaient surpris, pendant le concert. Le piano n'avait pas été accordé, malgré la demande qu'il en avait faite l'après-midi, et était demeuré légèrement plus haut dans les aigus. Frescobaldi s'y était adapté en douceur et avec une facilité apparente, mais pour Claude la chose avait été légèrement irritante. Ensuite, Frescobaldi s'était révélé beaucoup plus mobile et physique en scène que pendant les répétitions — il plongeait, se cabrait, se rejetait en arrière, se déplaçait ici et là sans raison apparente. Les mouvements du bras qui tenait l'archet avaient frôlé l'extravagance. En dépit de cela, son jeu avait été à couper le souffle — parfaitement net, et empreint d'une telle émotion, d'inventions si exaltantes, que le concert avait été comme une célébration de la musique elle-même. Au début de la première sonate de Beethoven, on eût dit que tous deux, inexplicablement, avaient lévité de quelques centimètres au-dessus de la scène et s'étaient maintenus là sous l'effet d'une force indescriptible libérée par leur communion. Ils avaient prolongé cet équilibre magique jusqu'à la fin, Claude luttant sans arrêt pour contrôler son excitation. Il était euphorique et humble à la fois.

Après plusieurs minutes d'une félicité sans mélange — état qui n'était pas sans rappeler la dérive ensoleillée du ciel bleu postcoïtal —, il réintégra le monde avec la décision d'enlever son habit et de remettre ses vêtements civils. Il était donc en slip et se lavait le visage lorsque Frescobaldi fit irruption dans sa loge, refermant la porte sur un certain nombre de personnes derrière lui.

« Il y aura des journalistes dans le foyer, annonça-t-il en ouvrant la bouteille de champagne. J'avais l'intention de vous en parler dans le train mais la chose m'est complètement sortie de l'esprit. Je suis au-dessous de tout. » En réalité, le grand homme avait dormi pendant presque tout le trajet. Sa capacité à plonger de manière quasi instantanée dans le sommeil était remarquable, on eût dit que le mouchoir qu'il laissait tomber sur son visage contenait de l'éther. Ses ronflements étaient terribles, le linge gonflait et se dégonflait. « L'important est de ne rien dire d'important. Il ne faut pas leur faire confiance, la plupart ne connaissent rien à la musique. Dites simplement que c'était agréable — public agréable, salle agréable, concert agréable. Tout était agréable. Et souriez.

— D'accord. »

Frescobaldi servit deux coupes de champagne, lui en tendit une, fit tinter son verre contre celui de Claude. « C'était bon, pour moi, de jouer avec quelqu'un d'autre. C'était différent. J'ai fait des découvertes. »

Sa coupe à la main, Claude sentit qu'il allait devoir rester en slip plus longtemps qu'il ne l'eût souhaité. Frescobaldi ne semblait pas avoir remarqué sa quasi-nudité. « Je dois rencontrer le consul d'Italie pour une affaire privée. Je vous retrouverai à l'hôtel ce soir ou demain matin au petit déjeuner, d'accord ? Vous vous en sortirez tout seul, comme un grand ? Un bon dîner ?

— Tout ira bien. » Claude vida sa coupe pour s'en débarrasser et enfila son pantalon.

Frescobaldi avala deux grappes de raisin. « Dites donc, commença-t-il. Lorsque nous nous préparions à entrer en scène, vous aviez l'air très détendu. Comme si vous attendiez l'autobus. N'êtes-vous pas un peu... — Il agita la main au-dessus de son cœur, fit s'entrechoquer ses genoux — paniqué ? Tous ces gens ? Un peu crispé ? » Il dévisagea Claude d'un air sincèrement curieux.

« Peut-être suis-je un peu sous pression la veille, répliqua Claude en glissant le bras dans la manche de sa chemise. Mais c'est drôle — juste avant... disons une heure avant, je me sens complètement calme. C'est comme si tout se retirait de moi, je ne me soucie plus de rien. Je crois que je dois cela à Fredericks. Une sorte de fatalisme. Il joue au gin-rummy avant d'entrer en scène.

466

— Il boit ! » Frescobaldi recula d'un air surpris. « Il boit avant de jouer ?

— Non, non. C'est un jeu de cartes. Un petit jeu de cartes idiot.

— Ah, bon ! » Le maestro hocha la tête, soulagé.

« Je ne suis pas vraiment conscient de la présence des gens, ajouta Claude.

— Pour moi, ces dernières minutes sont... l'enfer. » Il se versa une autre coupe de champagne. « L'enfer. »

Claude s'immobilisa un moment. « Je ne l'aurais pas cru, dit-il. Je n'ai rien remarqué.

— Personne ne le remarque. » Le grand homme se tapota la tête. « C'est là-dedans. » Ses yeux semblèrent sortir de leurs orbites, sous les sourcils épais. Puis il haussa les épaules. « C'est le prix à payer. Pas si cher, en vérité. À présent, je m'en vais les entendre me dire que je suis un génie. »

Claude finit de s'habiller, rangea son habit, sa musique et son porte-bonheur dans la mallette, sortit dans le corridor. Il retrouva le foyer en se guidant au bruit.

Frescobaldi signait des programmes, donnait des claques dans le dos, faisait le baisemain, riait et répondait aux journalistes tout en avançant imperceptiblement vers la sortie. Les flashes crépitaient sans arrêt. Avec sa vitalité et sa masse, il semblait le maître de la situation, entraînait les gens dans son enthousiasme, effleurait des mains et des bras comme un homme politique ou un ecclésiastique célèbre. Certaines personnes aperçurent Claude.

Claude signa des programmes, remercia pour les compliments, s'efforça de rester souriant.

« Vous êtes très aimable », disait-il, et « Je suis heureux que cela vous ait plu. Je le ferai certainement », et « Merci beaucoup. »

« Sont-ce vos débuts à Philadelphie ? demanda un journaliste.

— Eh bien non, en réalité. Mais ceci est le premier grand... Je veux dire, j'ai joué dans plusieurs endroits à Philadelphie mais pas dans cette salle, pas pour un public aussi important.

— Comment avez-vous rencontré Frescobaldi ? » Un autre journaliste.

« Par l'intermédiaire de mon professeur.

— C'est une grande chance pour vous ?

— Oui, certainement. »

Les questions se faisant plus personnelles, il s'excusa et se détourna, heurtant un long jeune homme dégingandé dont l'apparence lui était familière.

« Bonjour ! Vous souvenez-vous de moi ? demanda le type en lui tendant la main.

— Bien sûr », mentit Claude. Ils se saluèrent. « Mais je ne me souviens pas de l'endroit... Était-ce au magasin ?

— Longmeadow. Le quintette de Beethoven. Je suis Jerry Marx. Le bassoniste.

— Oh, oui ! Absolument. Comment allez-vous ? Que faites-vous ici ? »

Claude se répandit en effusions, heureux d'avoir situé le bonhomme.

« J'ai acheté mon billet il y a des semaines, fit Jerry. Je ne me serais jamais attendu à vous voir ici. J'ai mis un certain temps à vous reconnaître.

— Un remplacement », fit Claude.

Jerry fronça les sourcils. « Non. Je ne dirais pas cela. C'était extraordinaire. Je ne me souviens pas avoir entendu, depuis longtemps... » Il s'interrompit, mit la main sur la bouche, regarda le sol. Puis il leva la tête et dit rapidement. « Je dois partir. Je voulais juste vous dire combien je suis fier d'avoir joué avec vous. Il y a des années de cela... et à présent vous

468

êtes... vous êtes... Enfin, quoi qu'il en soit, continuez à faire ce que vous faites. »

Claude sentit l'émotion du jeune homme et ne sut que faire. « J'ai été heureux de vous revoir, fit-il platement.

— Oui. Oui. » Jerry s'en alla vite.

Frescobaldi avait réussi à s'échapper et la salle se vidait. Claude prit sa mallette et se glissa à l'extérieur.

La salle à manger de l'élégant petit hôtel où ils étaient descendus était fermée — venait de fermer, le concierge était désolé — mais le menu de la petite carte pouvait être commandé de la chambre, ou bien était disponible au bar, si monsieur préférait. Monsieur préféra.

Il faisait sombre. À l'exception d'un couple d'un certain âge assis au bar, la salle était vide. Claude s'installa dans une loggia, commanda un sandwich au rôti de bœuf et un verre de lait. Le sandwich arriva au bout d'un temps assez long — une présentation splendide, avec de la salade de pommes de terre, des cornichons, des tomates cerises, du persil, de la sauce au raifort. Il mangea lentement, dégustant les saveurs.

Il réfléchit à la confession de Frescobaldi sur le trac. La chose paraissait si éloignée de son caractère, si peu en rapport avec le reste du personnage... Et cependant, avec quelle intensité avait-il dit « C'est l'enfer ! ». Claude en frissonna presque au souvenir, et se sentit submergé d'une vague de sympathie. En même temps, il était fier que Frescobaldi se fût ouvert à lui. C'était une marque de confiance, de professionnel à professionnel. Claude eût parié que peu de gens le savaient. Il se promit de ne le dire à personne. Comme les êtres sont étranges, se dit-il, soumis qu'ils sont à toutes sortes de forces invisibles, en proie à des démons cachés, s'efforçant tout le temps de sauvegarder les apparences... Il se demanda s'il serait capable de ce genre de courage.

Il y avait eu quelque chose de terrifiant dans l'image cadavérique de Jerry, sa tête dodelinant tandis qu'il se livrait à son émouvante déclaration. Le bassoniste l'avait traité comme si Claude était un être supérieur, quelqu'un d'un niveau définitivement plus élevé — et nul doute n'était permis quant à sa sincérité. C'était comme si Jerry avait parlé à une troisième personne. Tout à coup — entre un cornichon et une tomate — Claude eut une sorte d'intuition complexe, qui le surprit au point qu'il s'arrêta de manger.

Claude avait travaillé la musique toute sa vie, poussé par le besoin de pénétrer de plus en plus profondément ses mystères, soutenu par son aptitude à le faire. Ses progrès avaient été constants, raisonnablement réguliers et tangibles quant à son instrument. Le développement de son imagination musicale était un fait simple, comme celui du développement physique de son corps — sauf qu'il promettait de durer plus longtemps. En un sens, Claude avait tenu tout ceci pour acquis et supposé que la même chose arrivait à quiconque travaillait dur. Mais supposons qu'il n'en soit rien ! Supposons que des gens puissent être bloqués — se développer jusqu'à un certain point, puis en rester là. Combien de temps serait-il demeuré derrière son mur personnel si Fredericks ne lui avait pas montré comment aller de l'autre côté ? Combien de jeunes musiciens à qui on l'avait indiqué avaient pu y parvenir ? Le désir de croissance ne garantissait pas la croissance, devait-il admettre à présent. C'était plus compliqué. Il y avait des impondérables. Ainsi, Jerry était sans doute l'un de ces malchanceux, bon musicien — qui travaillait peut-être dans un orchestre, amoureux passionné de la musique — mais bloqué, conscient de l'existence de l'autre côté du mur, désirant ardemment y parvenir, mais incapable d'y aller. De là son émotion. Claude s'autorisa à se regarder lui-même avec les yeux de Jerry, et, un moment, fut terrifié.

« Vous êtes là ! » Frescobaldi fit son entrée en compagnie de deux jeunes femmes en robe du soir. Elles envahirent la loggia de Claude dans un tourbillon de babillages excités. Présentations. Toutes deux étaient chanteuses. Renata, qui s'assit à côté de Frescobaldi, de Turin, et Nancy, une délicate beauté eurasienne, de Fort Lauderdale, Floride. Nancy se glissa près de Claude et s'empara immédiatement de son bras.

« C'était si beau, s'exclama-t-elle en l'enveloppant de ses yeux noirs pénétrants. L'allégro de Debussy. Une perfection ! » Elle portait un parfum poivré.

« Du café, du café ! cria Frescobaldi au barman. Noir. Fort. Une pleine cafetière. Quatre tasses.

— Pas pour moi, fit Claude. Il est trop tard. Cela ne vous empêche-t-il pas de dormir ?

— Ha ! ha ! C'est exactement l'effet que ça fait. Justement ! »

Renata, une blonde laiteuse agréablement dodue, pouffa légèrement et lui piqua un petit baiser sur la joue. « *Aldo, Aldo, cafone mio*, fit-elle tendrement.

— Quand avons-nous bu du café pour la dernière fois ? » Le pansu fit semblant de chercher. « Copenhague ?

— Reykjavík, rappela-t-elle.

— Mais bien sûr ! Il n'y a rien d'autre à faire à Reykjavík. » Il se rejeta en arrière avec un gros rire qui fit trembler la loggia.

« Vous avez l'air si jeune, chuchota Nancy à l'oreille de Claude. Encore plus jeune que vu de la salle. Cela vous ennuie-t-il, que je vous le dise ?

— Je ne sais pas encore, fit Claude. Il faut que j'y réfléchisse. » La petite main de Nancy, sur la table, semblait sculptée dans l'ivoire.

« La jeunesse est bonne, murmura-t-elle. Très bonne. »

Rires et bavardages continuèrent pendant près d'une heure. Claude était d'excellente humeur et participait à la conversation de son mieux. Il était conscient de la chaleur de Nancy à ses côtés, sentait sa main sur son genou lorsqu'elle insistait sur un point. Une fois, elle lui pressa même la cuisse d'un air langoureux. Sa proximité lui donnait le vertige, la perfection sublime de sa peau était un défi.

« *Perchè dio!* s'écria Frescobaldi. Il ferme le bar. Il est temps de monter. »

Claude frissonna des pieds à la tête à la nouvelle, laquelle sous-entendait que les femmes montaient aussi. Nancy lui prit même le bras dans l'ascenseur.

Plaisanteries sur la place qu'occupait le maestro dans le compartiment exigu. Hanche de Nancy pressée contre celle de Claude. Rires nerveux devant la lenteur de l'ascension. Claude contemplait l'oreille parfaite de Nancy à quelques centimètres seulement de sa bouche, discernait son pouls dans la douceur veloutée juste au-dessous. Il imaginait sa main dans la chevelure bleu-noir, ses doigts dessinant le contour du visage exquis. La porte s'ouvrit avec bruit, ils se retrouvèrent dans le couloir.

Frescobaldi avait la chambre 604, Claude la 605, directement en face. Ils ouvrirent leurs portes en même temps. Claude se retourna, reçut sur la joue un baiser de Nancy, qui sautilla dans la 604 sur les talons de Renata, laquelle avait déjà retiré sa veste de soirée. Frescobaldi commençait à refermer sa porte lorsqu'il leva les yeux et aperçut la stupeur et la déception inscrites sur le visage de Claude.

« Ah ! » s'écria Frescobaldi. Il se mordit la lèvre inférieure d'un air contrarié. « Bien sûr, vous ne saviez pas. Mes excuses les plus profondes. Telles sont mes habitudes, voyez-vous. Lorsque je voyage. Quel idiot je fais ! *Scusi*. » Il ferma la porte.

Le lendemain matin, dans le train, Claude et Frescobaldi, assis côte à côte dans un compartiment de première classe, se passaient mutuellement les journaux de Philadelphie. Frescobaldi les parcourait rapidement en reniflant, marmonnant, laissant échapper des bruits de succion. Il traitait les pages comme du papier d'emballage et les lançait à Claude avec de grands gestes impatients. « Bla bla bla bla. »

Les critiques étaient plus que bonnes — elles étaient élogieuses. Claude était ravi de voir son nom, ravi de lire des louanges. « Mais c'est formidable ! dit-il. Voyez ici, "Un triomphe pour le maître italien... sa touche angélique... Un nouveau standard pour les sonates de Beethoven..." Ils ne tarissent pas sur vous.

— Sur vous non plus. "Lignes limpides... Tonalités extraordinairement souples..." Non que vous ne les méritiez.

— Qu'y a-t-il, alors ? interrogea Claude.

— Rien. » Frescobaldi écarta les journaux. « Ce sont d'excellentes critiques. Ce qu'on appelle des critiques à fric. Mais elles ne disent rien. Je suis fatigué de ces débordements — toujours les mêmes mots, qui ne veulent rien dire en réalité. » Il pointa le doigt sur le nez de Claude. « Rappelez-vous ceci, lorsque vous en aurez de mauvaises. La plupart n'y connaissent pratiquement rien, ils bluffent tout le temps. »

Claude médita un instant.

« Comprenez cela aujourd'hui, pendant qu'ils vous couvrent de louanges », continua Frescobaldi tout en faisant sauter un bouton de sa chemise pour se mettre dans une position plus confortable. « Vous garderez ainsi le sens du relatif lorsqu'ils vous éreinteront. Des mots, rien que des mots, *caro*. »

Claude reprit l'un des articles et s'efforça de le lire d'un œil froid. Un certain nombre d'adjectifs paraissaient arbitraires, il y avait plus d'une métaphore exagérée, à présent qu'il y regardait de plus près.

« Je vois ce que vous voulez dire, fit-il. Mais ne pensez-vous pas qu'il soit quasi impossible d'écrire directement sur la musique ? Elle ne se prête pas aux mots. Je veux dire, tout ce que l'on peut faire, c'est tourner autour, en quelque sorte. » Il replia le journal. « Je pourrais écrire des trucs techniques sur la structure de la *Kreutzer*, mais que pourrais-je dire sur sa *signification* ? Je ne crois pas qu'elle signifie vraiment quelque chose. Je crois qu'elle *est*, voilà tout.

— *Eccolà*.

— Lorsque je pense à son atmosphère, à l'effet qu'elle a sur moi, ce qui me vient à l'esprit c'est une odeur. L'odeur des radiateurs à vapeur à la maison, en automne, lorsqu'on les mettait en marche pour la première fois, quand j'étais gamin. Pendant une heure ou deux, il y avait cette odeur particulière. C'est cela, la *Kreutzer*. Mais si je dis ceci, premièrement ils ne comprendront pas, parce qu'on ne peut pas décrire une odeur, deuxièmement ils me prendront pour un fou.

— Certainement. » Frescobaldi lui tapota la main. « Seul un autre musicien pourrait comprendre. Et encore, pas tous. Tout le monde prend tout tellement au sérieux, de nos jours.

— Je suis sérieux, dit Claude. Je veux dire, pour les odeurs.

— Bien sûr. Mais pour eux, cela ne paraîtrait pas sérieux. Connaissez-vous l'histoire de Kreisler et de Rachmaninov jouant la *Kreutzer* ? À un grand gala de bienfaisance ?

— Non.

— Ils étaient amis, très, très intimes. Et voilà que Kreisler perd le fil, là où le violon fait *pum, pum-pah pa-dum deedle deedle deedle*. Il ne s'y retrouve pas, et se met à inventer. Ils avaient si souvent joué ensemble que Rachmaninov connaissait sa façon d'improviser. Au lieu de l'aider à retrouver le fil, le voilà qui improvise une partie de piano pour le suivre ! Vous voyez ! Vous êtes scandalisé !

— Que s'est-il passé ?

— Kreisler s'amène et chuchote : "Où suis-je ? Où suis-je ?" Rachmaninov répond : "À Carnegie Hall." »

Ils éclatèrent de rire.

« Finalement, il a donné à Kreisler le signal, bien sûr, et ils l'ont jouée jusqu'au bout.

— Je n'arrive pas à le croire, hoqueta Claude.

— Personne n'a pipé mot. » Frescobaldi croisa ses énormes mains sur sa poitrine. « J'adore quand ces choses drôles se produisent. Comme c'est proche du chaos ! J'ai vu un chef d'orchestre tomber du pupitre à l'apogée de *Tristan et Yseult*. Boum ! Bras et jambes en l'air. J'ai vu une coulisse de trombone planer au-dessus de la section des altos. Un jour en Autriche — Wagner, encore — un percussionniste a disparu dans sa propre timbale ! C'était merveilleux ! Personne n'a ri dans le public à part moi. »

Ils prirent le café que leur tendait un serveur en veste blanche.

« Kreisler aimait rire, poursuivit Frescobaldi, d'humeur loquace. Pas comme ce rabat-joie de Heifetz. Pendant des années, Kreisler a joué ces petites pièces — un Pugnani trouvé dans une vieille église, un Francœur que quelqu'un avait découvert, un Padre Martini déniché dans un grenier — et il se révéla qu'il les avait toutes écrites lui-même. Tout le monde avait été dupe, y compris les critiques.

— Mais pourquoi a-t-il fait cela ? Si elles étaient bonnes, pourquoi ne pas les avoir prises à son compte ? »

Frescobaldi haussa les épaules. « Qui sait ? C'était un *méchant**, l'autre. Je pense que ça lui plaisait, de se moquer de Heifetz et de Zimbalist.

— C'est stupéfiant, que personne n'ait flairé la chose, s'étonna Claude.

— Pas tant que ça, murmura Frescobaldi. Pas vraiment. »

Attendant d'entrer en scène dans les coulisses de Carnegie Hall, Claude, adossé au mur à quelque distance de Frescobaldi, contemplait alternativement la pointe de ses chaussures, guettant le moment où le violoniste avancerait. Jusqu'à présent, Frescobaldi s'était tenu immobile, tel un énorme rocher, regardant droit devant lui. Claude perçut un mouvement derrière, sur sa droite — un machiniste, qui se faufilait dans la pénombre pour se livrer à quelque tâche. Claude lui fit signe de s'éloigner. Finalement, Frescobaldi se hissa sur la pointe des pieds comme un plongeur en haut d'un plongeoir et se propulsa sur scène. Claude le suivit au milieu des applaudissements croissants.

Trac ou pas, c'était toujours un moment spécialement chargé. L'éblouissement de la lumière sur les épaules — un coup de fouet d'une luminosité fulgurante. Le sentiment d'être exposé, comme si l'on se déplaçait à l'intérieur d'un énorme appareil à rayons X. Le changement soudain d'acoustique, l'ou-

476

verture de l'espace, comme au centre d'une sphère en expansion rapide. Les taches floues, ovales, des visages pâles dans la lumière réfléchie, masques de carton plat s'élevant, telle une houle basse, vers les profondeurs indistinctes des confins de la salle. Les atomes de poussière lumineux dérivant dans l'air, à travers la scène. L'obscurité complète au-dessus.

Le piano — sa force noire, si vaste qu'elle transcendait son image — le piano, qui attendait de l'envelopper. Dès que Claude s'asseyait, les rayons X disparaissaient, avalés par une pénombre plus forte, plus puissante, au sein de laquelle son corps se sentait solide, chaud, vivant, prêt à accomplir la tâche demandée. Son cerveau était clair, déjà au travail. La musique commençait.

Cet après-midi, il avait rencontré Otto Levits pendant qu'il essayait le piano. (La scène, à ce moment-là, ne lui avait pas paru un lieu particulièrement remarquable. Plutôt minable, avait pensé Claude.) Le piano était bon.

« En êtes-vous sûr ? interrogea Levits. J'ai entendu dire que celui de Philly n'était pas extra. »

Surpris, car il ne se souvenait pas l'avoir dit à quiconque, Claude demanda : « Comment le savez-vous ?

— Je connais des gens. Rassurez-vous, ce n'était pas dans les journaux. Aldo a dit que vous aviez demandé un réglage et que cela n'avait pas été fait.

— Ce n'était pas très grave, fit Claude. De toute façon, celui-ci est bon. Mieux que bon.

— Parce que tout ce que nous aurions à faire, ce serait de monter dans la rue et d'aller dans leur sous-sol. Vous pourriez choisir ce que vous voulez.

— Quel sous-sol ?

— Chez Steinway. Là-haut. Quoi que vous désiriez, ils l'apporteraient et l'accorderaient, largement à temps pour le concert. Sans frais.

— Ils font cela ?

— Pas pour tout le monde. Ils ont déjà entendu parler de vous. Ils avaient quelqu'un, à Philly. C'est pourquoi je suis au courant pour les aigus. Aldo n'avait rien dit de précis.

— Ouah !

— Je vous avais dit qu'on en parlerait.

— Oui, vous l'aviez dit. En effet.

— OK. On fera avec celui-ci. La banquette va bien ? Des réglages ?

— Je suis très bien.

— Parfait. Quand mes artistes vont bien, je vais bien. » Ils quittèrent la scène. « Je suis également heureux de vous rapporter quelque chose que vous savez déjà. Aldo est satisfait. C'est très important parce que ce n'est pas toujours le cas, si vous voyez ce que je veux dire.

— Il a été formidable avec moi, fit Claude. Je l'aime beaucoup. »

Au bureau, derrière le guichet, ils s'occupèrent du problème des billets offerts à titre gracieux. La plupart de ceux de la courte liste de Claude avaient déjà été envoyés, mais sa mère, qui avait refusé de venir au départ, s'était laissé fléchir, à condition d'avoir un siège à la dernière rangée des fauteuils d'orchestre, près d'une sortie.

« C'était très facile, dit Levits en lui tendant deux billets. Tout est complet. Ces personnes ont été ravies d'avoir des places au dixième rang au lieu d'être au fond. C'était donc juste un échange. Que se passe-t-il, avec votre mère ? Elle est claustrophobe ?

— Non, fit Claude. Je ne sais pas. Plutôt gênée. Timide.

478

« — Je vois. Eh bien, ces sièges sont exactement tels qu'elle les a voulus.

— Merci. »

Lady n'avait pas demandé à visiter sa loge avant le concert, ce qui était aussi bien — il y avait juste assez de place pour monsieur Weisfeld, la seule personne dont il souhaitât la présence en ce moment. Claude retirait ses vêtements de ville pendant que Weisfeld jetait un coup d'œil sur le journal.

« On dirait qu'ils ont vraiment l'intention de le faire, pour le métro, commenta-t-il. Madame Keller a reçu une offre pour son immeuble.

— Elle va vendre ? Tous nos trucs sont chez elle.

— Ne t'inquiète pas. Ce n'est pas *demain* la veille qu'elle vendra. »

Claude glissa la petite croix de bois à son cou.

« Qu'est-ce que c'est ? demanda Weisfeld. Tu deviens religieux, tout à coup ?

— Juste un porte-bonheur. Une bonne me l'avait donné quand j'étais gosse, je n'ai jamais compris pourquoi. » Il caressa l'objet. « Je la porte parfois.

— Tu as l'air en forme. Tes muscles sont bien.

— Je continue à faire les exercices que Franz m'avait montrés. Ceux que le maestro avait suggérés. Plus quelques autres. Tous les matins. »

Weisfeld prit la chemise empesée de Claude, la secoua une ou deux fois et la lui tendit. Claude enfila les manches. « Combien de temps ?

— Beaucoup..., fit Weisfeld. Bergman vendra peut-être. Il parle de Floride. Je n'ai jamais compris ce grand appel de la Floride. Bon, il y a la plage, et puis quoi ?

— Je ne peux toujours pas croire que tout ça va arriver.

— Ça arrive. » Weisfeld, à présent, lui tendait sa veste noire. Il donna une petite tape rapide sur le dos de Claude lorsque celui-ci l'eut enfilée.

« J'ai appris à faire ça, fit Claude en nouant son nœud papillon. Plus besoin d'agrafes. »

Un coup sec à la porte les fit sursauter. « Cinq minutes, monsieur Rawlings. Cinq minutes.

— Je vais juste m'asseoir ici, dit Claude, prenant une chaise pliante. Je me sens un peu engourdi.

— Veux-tu que je te laisse ?

— Non, non. » Il tendit la main et effleura le coude de Weisfeld. « C'est comme si je somnolais, ou quelque chose, mais je ne dors pas. Attendez avec moi. »

De nouveau, ce fut comme une lévitation, reprise là où ils l'avaient laissée à Philadelphie. Pour Claude, qui jouait sur un piano particulièrement sensible, parfaitement accordé, et pouvait, grâce à une acoustique meilleure, entendre Frescobaldi plus clairement et saisir les variations de timbre et de texture les plus subtiles, il sembla qu'ils se fussent encore rapprochés, ce qu'il n'eût pas cru possible. Cet accord ne se faisait cependant pas sans effort, quoi qu'il pût paraître. Claude était si profondément concentré que sa chemise fut trempée dès le milieu de la sonate du *Printemps*, et les yeux de Frescobaldi semblaient sur le point de jaillir de leurs orbites. Mais le pouvoir de la musique elle-même était si fort qu'on eût dit qu'elle émanait des murs de la salle. Ils jouaient la musique, esprits, corps et âmes tendus à la limite, mais il était vrai que la musique les jouait aussi. Mouvement de bascule d'une fragilité déchirante — mais pour Claude, doux au-delà de toute expression, de toute imagination.

Pendant les bis, Frescobaldi se fit exceptionnellement sémillant. La chose sérieuse accomplie — quatre belles sonates engrangées pour ainsi dire —, il se laissa aller, avec quelques petites miniatures un peu clinquantes, à faire de l'épate, ajoutant des effets de bravoure et de virtuosité technique, juste pour s'amuser, tant il était en forme.

Il se contenait à grand-peine dans les coulisses, avant le dernier bis. « Faisons cette chose, la vôtre, dit-il brusquement.

— Quoi ? » Le cerveau de Claude commença à tourbillonner.

« Ces mélodies. Faisons la numéro trois.

— Mais nous ne l'avons jouée qu'une fois ! » Frescobaldi eût-il suggéré de parcourir la scène à bicyclette, Claude n'eût été plus abasourdi. « C'est trop dangereux.

— Fadaises ! » Le grand homme se dirigea vers la lumière.

Claude alla aussitôt au piano, contempla les touches, se recouvrit inconsciemment la bouche des deux mains.

« Mesdames et messieurs ! cria Frescobaldi à l'avant de la scène. Pour notre dernier bis, une charmante petite pièce d'une œuvre en cours de mon accompagnateur, Claude Rawlings. » Un geste large du bras, un petit salut à Claude.

Applaudissements.

Frescobaldi s'approcha. « Vous souvenez-vous du tempo ? »

Claude fit signe de la tête.

Il joua presque sans savoir ce qui se passait. Dans le sous-sol de Weisfeld, Frescobaldi avait montré quelques variations au violon sur la mélodie originale, mais à présent il s'en éloignait presque entièrement — tombant en piqué, éclaboussant, pirouettant, lançant un nuage de spiccatos, faisant voler des staccatos, ricochant dans toutes les directions. Il donna des coups d'archet près du chevalet, près de la touche. Il frappa les cordes. Il produisit des douzaines de sons différents — de la flûte au banjo, jusqu'à quelque chose qui, en vérité, ressemblait au bêlement d'un agneau — le tout formant une pièce d'architecture musicale qui retombait sur la partie de piano avec autant de précision qu'une tasse sur sa soucoupe. Claude en fut sidéré. Il lui fallut un certain temps pour se lever, répondre aux hurlements du public.

« Pour vous, *caro*, dit Frescobaldi. Pardonnez les libertés.

— C'était incroyable, murmura Claude. Magique. »

Ils s'inclinèrent tous les deux. Ils s'inclinèrent plusieurs fois.

« Ceux-là sont de véritables applaudissements, dit Frescobaldi dans les coulisses. Ils savent que lorsque j'annonce le dernier bis, c'est la vérité. »

Claude se dirigea vers sa loge en flânant presque, la veste sur l'épaule. Lorsqu'il ouvrit la porte, il aperçut Weisfeld assis sur une chaise pliante, les avant-bras sur les genoux, qui regardait fixement le sol. Claude fut sur le point de dire quelque chose, mais Weisfeld leva soudain vers lui des yeux pleins de larmes.

« Je me rappelais », murmura Weisfeld. Il se leva, détourna son visage. « Je me souvenais... »

Claude laissa tomber sa veste, fit trois pas en avant, l'étreignit en le serrant fort.

« Tu as si bien joué, dit Weisfeld. C'était splendide, splendide. »

Claude le tint de près, sentant la main de Weisfeld lui tapoter le dos puis la nuque et balbutia : « Aaron... Aaron. » Weisfeld se détourna, toussa dans sa main, reprit d'un ton plus ferme. « Je suis fier de toi.

« — Et je suis fier de vous, dit Claude.

— Nous sommes donc une paire de types formidables !

— Très juste !

— La crème de cette ville !

— Absolument. »

Weisfeld rit. « OK. Je ne vois pas de douche dans le coin. Crois-moi, la direction va m'entendre. » Il montra le lavabo. « Lave-toi le haut du corps. Tout ce que tu pourras atteindre. Tu as travaillé dur, tu es quelque peu... parfumé, si tu m'autorises à m'exprimer ainsi.

— Bien, m'sieur. »

Weisfeld se dirigea vers la porte. « Ne te presse pas, fit-il en sortant. Ils attendront. »

Dans la cohue du foyer, Claude retrouva Lady. Adossée au mur, elle inspectait la salle.

« Viens, dit-il. Je vais te chercher un verre de vin.

— Dieu, que c'est bruyant. » Elle portait une robe de soie noire très simple, des perles au cou et aux oreilles. Une touche rose naturelle colorait ses pommettes hautes.

Lady prit un verre de vin blanc, Claude demanda du ginger-ale et en avala deux verres coup sur coup. « Tes parents sont là ?

— Maman », fit Lady, désignant du menton madame Powers, de l'autre côté de la pièce, qui conversait avec Anson Roeg. « Ce cher vieux Papa n'a pu s'y résoudre. »

Un flot de personnes vint serrer la main de Claude, sourire à Lady, échanger quelques mots. La silhouette menue et gracieuse de Fredericks apparut. « Bien joué, fit-il en souriant. Bien joué, vraiment. Le Prokofiev était une pure délectation. » Il se tourna vers Lady. « Si peu de pianistes *entendent* vraiment Prokofiev. »

Claude fit les présentations, conscient que Fredericks la jaugeait discrètement, qu'il approuvait.

« Êtes-vous musicienne, mademoiselle Powers ?

— Non, je crains que non. » Elle eut un petit rire. « Je ne crois pas *être* encore quoi que ce soit.

— En quête, alors, fit-il gentiment.

— Oui. C'est cela. »

Claude eut le sentiment que quelque chose avait filtré, mais trop rapidement pour qu'il l'eût saisi

Frescobaldi l'appelait du centre de la pièce. C'était le moment des photographes. Le violoniste continuait à parler avec une demi-douzaine de personnes à la fois pendant que les flashes crépitaient. Il attira Claude contre sa hanche large, lui donnant de temps en temps une petite secousse. « Souriez », chuchota-t-il.

La foule se fendit devant eux un instant et Claude aperçut, par une porte ouverte, quelques personnes qui allaient et venaient dans un petit couloir. Ses yeux s'habituant à l'obscurité, il distingua Al au milieu d'un groupe, agitant son programme pour attirer l'attention de Claude.

« Excusez-moi », fit Claude en se libérant. Il alla droit vers la porte, ignorant les applaudissements épars qui accueillirent son entrée dans le couloir. Le soulagement s'inscrivit sur le visage d'Al. Il se dirigea vers la corde de velours. Claude entreprit de la détacher.

« Elle viendra pas ici. » Al prit la main de Claude entre les siennes. « Elle voulait rentrer mais j'lui ai dit que ça t'ferait de la peine. Tu peux venir, juste une seconde ?

— N'avez-vous pas reçu le coupe-file ?

— Sûr, qu'on l'a reçu. Mais elle viendra pas, Claude. »

Claude se rendit soudain compte que les gens,

dans le couloir, étaient silencieux comme des souris et ne perdaient pas une miette de leur conversation. Il tendit la main vers le crochet de cuivre mais le placeur le devança.

« C'était de la sacrément bonne musique, déclara Al pendant qu'ils se dirigeaient vers les fauteuils d'orchestre. Sûr, qu'ça m'a plu. »

Emma était debout, sur le côté de l'entrée principale. Quelques flâneurs se tournèrent pour regarder Claude, l'un d'eux trébucha même sur les marches du hall. Emma applaudit légèrement lorsque Claude s'approcha d'elle.

« J'ai tout entendu, chaque note, dit-elle. C'était fantastique.

— Ne veux-tu pas venir, voir du monde ?

— J'peux pas le faire, fit-elle. Je dois retourner à la maison. Maintenant, faut que je te dise : ce racleur de violon t'a fait de l'ombre. D'un certain côté, c'était sympa de voir un gros type aussi gracieux qu'ça, mais il a pas arrêté d'aller et venir pendant que toi, t'étais coincé à ton piano. »

Claude sourit. « Je n'y peux rien.

— Tes révérences étaient très bonnes. Exactement comme on les faisait au music-hall. » Elle prit Al par le bras. « Faut qu'on y aille.

— C'est bon, alors, fit Al. De la sacrément bonne musique.

— Merci d'être venus », cria Claude tandis qu'ils descendaient les marches puis disparaissaient sur le trottoir.

Le concert à Boston s'était bien passé. Avec un moindre degré de verve, peut-être, qu'à Philadelphie et à New York, pensa Claude, mais les critiques n'avaient pas été moins enthousiastes. Après une matinée d'interviews, dont une pour la radio, Claude et Frescobaldi se trouvaient dans le salon de l'aéroport de Logan, attendant que le vol du violoniste pour Londres fût annoncé. Une bouteille de vin rouge (mouton-rothschild) était posée sur la table entre eux. C'était la deuxième. Frescobaldi, d'humeur mélancolique, avait liquidé la première presque seul.

« C'est une merveilleuse expression américaine, fit le grand homme. Le blues, avoir le blues, être blues. J'ai ça, parfois, après une tournée. Même une petite comme celle-là. Le blues.

— C'est aussi une forme de jazz construite sur douze mesures. Un, quatre, un, cinq, quatre, un.

— La force de la simplicité. » Frescobaldi laissa son regard errer sur l'étendue grise, large et vide, où les avions se déplaçaient. Des petites silhouettes agitaient les bras. « J'aime la musique. Mais, parfois, je crains que ce ne soit pas suffisant.

— Suffisant pour quoi ? interrogea Claude.

— Le violon fait partie de moi. Il me sort des doigts. » Il agita la main gauche. « Je fais de la musique, et parfois je me dis, oh, ils me donnent des trucs compliqués, des trucs très compliqués, moi je les fais, et tout le monde devient cinglé. Et j'adore faire ça... Mais après, j'ai le blues, et ça m'inquiète. » Il avala une gorgée de vin. « Quand j'ai un blues très noir, je me dis — bon, ce ne sont que des notes. Des notes, des lignes, des motifs imaginaires — un jeu. Un grand jeu pour adultes. » Il secoua la tête.

« Vous ne jouez certainement pas de cette façon, répliqua Claude. Je sens ce qu'il y a au fond de vous lorsque vous jouez.

— C'est gentil, c'est très gentil.

— C'est vrai ! »

Frescobaldi se frictionna le visage. « Je joue peut-être trop souvent les mêmes choses. C'est ce qui arrive lorsqu'on devient célèbre. Année après année, rejouer les mêmes morceaux, c'est de plus en plus dur. » Il eut un regard aigu. « La prochaine fois j'insisterai ! J'insisterai ! Que pourront-ils faire ?

— Cela me paraît une bonne idée. » Claude parlait doucement, conscient de la singularité de la situation — lui-même ne voulant paraître donner quelque conseil que ce fût à ce grand homme —, et pourtant, il était profondément flatté de cette intimité.

« *Basta*, fit Frescobaldi, tirant sur son col. Vous êtes gentil de m'avoir accompagné.

— Mon train ne part pas avant des heures.

— *Dio mio* », murmura Frescobaldi, tandis qu'une longue Orientale passait devant eux. *Visto che casce.*

— Je ne peux vous remercier assez, dit Claude. Je sais que vous avez pris des risques avec moi. Vous pouviez avoir qui vous vouliez.

— Pas si grands, les risques, fit Frescobaldi. Dès le premier jour, j'ai su que nous avions des affinités en tant que musiciens et avec la musique. Le problème était de savoir si vous étiez assez fort pour supporter la pression. Fredericks disait que oui et il avait raison. Ah ! On appelle mon vol. »

Ils marchèrent vers la porte, Frescobaldi portant sa boîte à violon. Lorsqu'il mit la main dans sa poche de poitrine pour sortir son billet, un morceau de papier voleta vers le sol. Claude le ramassa et le lui tendit.

« C'est pour vous, dit Frescobaldi. J'ai noté les trucs que j'ai faits avec votre petite pièce. De bonnes astuces. Souvenez-vous-en, lorsque vous écrirez pour les cordes. N'oubliez pas de m'envoyer les autres.

— Merci, monsieur. »

Frescobaldi lui serra la main. « Nous jouerons encore ensemble. » Il franchit la porte et disparut.

Claude arriva à New York à vingt et une heures. Il prit un taxi et demanda au chauffeur de le laisser à l'angle de la Quatre-vingt-quatrième Rue et de la Troisième Avenue. Avançant dans la rue, il crut apercevoir une silhouette sur le perron de son immeuble — une forme immobile sous le réverbère. Lorsqu'il approcha, la silhouette se fit humaine — une femme, sculptée dans la pierre, une partie du visage dans l'ombre noire. Il en était à trois pas lorsque la tête se tourna.

« Lady ! cria-t-il.

— Te voilà enfin, fit-elle, le regard terne.

— Qu'y a-t-il ? » Il s'assit près d'elle — remarquant, lorsqu'il posa sa valise, qu'elle en avait une aussi — et lui entoura les épaules de son bras. « Depuis combien de temps es-tu là ?

— Je ne sais pas. Un bon moment. » Elle ne répondit pas à son étreinte et demeura rigide, les yeux rivés sur le trottoir.

« Tu vas bien ? » Il frissonna, légèrement angoissé.

« Pas vraiment. » Elle se leva brusquement. « On ferait mieux d'entrer. »

Dérouté, il ouvrit les portes, prit les valises, la conduisit à l'intérieur. Elle se dirigea vers l'unique fauteuil et s'assit. Il resta debout au milieu de la pièce, essayant sans succès de lire sur son visage.

« Que s'est-il passé ? demanda Claude. Quelque chose est arrivé.

— Puis-je rester ici ?

— Si tu peux... oui, bien sûr. Bien sûr, que tu le peux. De quoi s'agit-il ?

— Lorsque j'ai franchi le seuil, j'ai juré de ne plus jamais remettre les pieds dans cette maison. Et je ne le ferai pas.

— Très bien. » Il s'assit au bord du lit. « Cela paraît excessif mais c'est d'accord. Vas-tu me dire enfin ?

— Maman essayait d'arranger les choses. Je pense qu'elle essayait vraiment. Nous étions au salon. Elle parlait du concert, racontait qu'elle avait rencontré du monde — spécialement cette femme avec ce drôle de nom, l'écrivain. Il se contentait de boire son whisky, comme il fait toujours, mais je voyais bien qu'il était plus rouge que d'habitude. Elle disait que tu avais très bien joué, que tout le monde le pensait, même Muffy Peters, qui ne va à ce genre d'endroits que parce qu'elle fait partie du comité ou des trucs du genre.

— Quand était-ce ? Ce soir ? »

Elle fit signe que oui. « Maman découpe toujours des machins dans les journaux, tu sais. Des trucs de la rubrique mondaine, des tuyaux pour le jardinage, des menus. Parfois, elle les lit à haute voix. C'est l'un des rituels après le dîner, lorsqu'ils sont au salon et qu'elle s'installe à ce petit secrétaire pour ne pas avoir à le regarder. Elle a donc commencé à lire une critique du *New York Times*, elle choisissait les choses agréables qui te concernaient, et j'ai même essayé de l'interrompre parce que ça avait l'air de le mettre au supplice. Lorsqu'elle a commencé à lire celle *du Herald Tribune*, il a bondi de son fauteuil et a explosé. Il s'est rué dans l'escalier, le chien s'est mis à aboyer, Maman était dans tous ses états.

— Bon, quoi ? fit-il, exaspéré. Je veux dire, il a explosé. C'est sa maison !

— Non, justement pas, en réalité, dit-elle. Mais la question n'est pas là. Il est redescendu. »

À ce point elle s'arrêta, son corps reprit cette étrange raideur. Elle regarda par la fenêtre.

Claude attendit.

Elle soupira. « Il est revenu avec un dossier. Plutôt épais. » Elle s'arrêta encore. « Sais-tu, sais-tu ce qu'il a fait ? Il a engagé une boîte de détectives privés. » Elle se tourna vers lui.

« Pourquoi faire ? demanda-t-il.

— Pour savoir des choses sur toi. »

Il demeura sans réaction au début, sinon la surprise. « Moi ? » Rire incrédule. « Moi ?

— Nous étions tellement stupéfaites que nous sommes restées figées sur place. Alors il s'est mis à lire à haute voix, comme Maman fait avec ses coupures de journaux. Il sautillait autour de nous... La chose n'avait pas tellement de sens jusqu'au moment où il en est arrivé à l'analyse, "Analyse et Conclusions". »

Le ver de la nausée sembla s'éveiller dans les entrailles de Claude, reprendre vie, remuer lentement à travers son corps. Il eut envie de fuir la pièce, fuir l'immeuble avant qu'elle n'ajoutât une parole. Mais il ne bougea pas.

« Comment a-t-il pu faire une chose aussi sournoise, aussi scandaleuse... » Elle secoua la tête. Les mots lui manquaient.

« Un rapport sur moi, fit-il d'une voix neutre.

— Oui, en quelque sorte. Je suppose qu'ils n'ont rien trouvé de méchant à dire sur ton compte, sans quoi il l'aurait lu. C'était plutôt la situation générale. Ta mère — ils utilisent des termes légaux, le langage de la police — vivant en concubinage avec un Nègre, Al Johnson, né en 1911, ce genre de trucs.

— Tu le savais, dit-il.

— Oui, mais je ne l'avais pas dit, évidemment.

— Tu ne l'avais pas dit ?

— Al Johnson, ayant fui l'État de Géorgie en 1934 pour échapper à une plainte pour coups et blessures. Le mandat d'amener n'est plus valable, il y a prescription. » Sa voix de gorge, habituellement douce, se transformait, devenait cassante pour citer les termes, et Claude crut soudain entendre à la fois le père de Lady et le dégoût qu'il inspirait à sa fille. L'information concernant Al ne le surprit pas particulièrement.

« Emma Rawlings, continua-t-elle, objet d'enquête du Comité permanent chargé des activités anti-américaines, pour relations avec les communistes. Non coopérative. Associée notoire de Gerhardt Eisler. Quelque chose au sujet d'une plainte pour coups et blessures contre elle également, retirée après trois jours de prison.

— Seigneur », murmura-t-il, tandis qu'il commençait à s'engourdir — une crispation des sens, la pièce devint floue, la voix de Lady lointaine — pressentant ce qui allait suivre.

« Oh, Claude. » Elle quitta le fauteuil, traversa la pièce, s'agenouilla à ses pieds. « Ils disent qu'il n'y a aucun acte relatif à ta naissance, au mariage de ta mère, à l'identité de ton père.

— Je comprends.

— Et mon père dit...

— Arrêtons, à présent. » Claude s'effleura pensivement la tête. « Je ne veux rien entendre de plus.

— J'ai tellement honte, murmura-t-elle, le front posé sur les genoux de Claude.

— Taisons-nous un moment. »

Ils ne dirent plus rien et finirent par se mettre au lit comme des somnambules. Lady, épuisée, s'endormit dès que sa tête toucha l'oreiller. Claude contempla le plafond, le cœur en pleine débâcle, submergé par un tourbillon d'émotions contradictoires qui le projetaient de-ci de-là comme une feuille au vent. Il essayait de se calmer en se disant combien la tournée s'était bien passée pour lui... mais le ver se remettait à bouger, l'ancien ver de la nausée, qui avait toujours été là et réaffirmait aujourd'hui sa présence. Ce n'était pas que la question de sa naissance, peut-être illégitime, fût primordiale — il savait que nombre de grands hommes étaient nés hors mariage —, mais plutôt un sentiment de honte à ne pas savoir la vérité. Son ignorance l'étouffait. La peur le tiraillait, la terreur même, la nuit s'éternisant, à l'idée que ce qu'il ignorait de lui (la situation d'ignorance) pût écraser ce qu'il en savait et qu'il pût perdre son identité dans le processus.

Et tout au fond de lui, en compagnie du ver, résidait l'étrange désir d'embrasser le pire. Le vieux était stupide mais il avait raison : Claude était un imposteur, un malhonnête, un homme scandaleux. Son ignorance n'était qu'un subterfuge compliqué destiné à lui donner la liberté de mentir, de faire semblant d'être comme tout le monde. Il se tordit dans le lit d'Obromowitz jusqu'à l'aube. Alors il se leva, s'habilla et sortit.

Il courut les quelques blocs qui le séparaient de l'ancien appartement, fit un tapage énorme en dévalant les marches de fer, martela la porte avec son poing. Il attendit. Il donna des coups de pied, cogna encore. La familiarité même des lieux — les briques ébréchées, l'égout sous ses pieds, la lourde porte touchée seulement à cette heure d'un faible rayon de soleil égaré, l'odeur humide et âcre, la crasse qui s'étalait partout — tout ceci, pour une raison inexplicable, le rendit furieux. Il frappa jusqu'à ce que la porte s'ouvrît. Al apparut, en short et maillot de corps sans manches, le visage bouffi de sommeil. Il resta bouche bée devant Claude, qui l'écarta pour entrer.

« Où est-elle ? »

Al le regarda un moment puis appela. « Emma, c'est Claude. »

Claude ne quitta pas des yeux la porte de la chambre à coucher jusqu'à ce qu'elle s'ouvrît lentement. Emma parut, son grand corps enveloppé d'un peignoir écossais. Elle ne regarda pas Claude mais se dirigea vers la cuisine et se plaça derrière le comptoir. Son expression, lorsqu'elle leva la tête, était un mélange de souffrance, de tristesse, et une sorte de détermination stoïque. Il eut l'impression étrange qu'elle savait pourquoi il était venu.

Ils demeurèrent figés à leurs places respectives. Le souffle lourd de Claude se calma progressivement.

« Plus de bobards, maintenant. Je veux la vérité. »

Elle s'assit sur un tabouret, regarda fixement au-dessus de la tête de Claude, silencieuse comme un bouddha.

Al fit un pas en avant. « Un café, Claude ? »

— Non. » Il dévisagea sa mère. « Tu vas me dire. J'aurais dû t'y obliger il y a longtemps.

— Te dire quoi ? fit-elle.

— Nom de Dieu ! Assez de foutaises ! » Il s'avança vers le comptoir et abattit ses deux poings en même temps. Elle ne cilla pas, continua à regarder droit devant elle en se frottant la lèvre supérieure avec son pouce comme si elle résolvait une énigme.

« Ce qui est fait est fait, prononça-t-elle.

— Tu étais mariée ? Ou était-ce comme... — il balança le bras pour montrer l'appartement — ça ?

— J'étais mariée.

— Alors pourquoi..., commença-t-il.

— Je me suis mariée avec Henry Rawlings, à

Toronto, au Canada, deux jours avant qu'il ne mette les voiles.

— Au Canada !

— Il était canadien.

— Que... Pourquoi... » Dans sa surprise, dans son trouble, il trébuchait sur les mots. « Pourquoi ne me l'as-tu pas dit ? Qui était-il ? Avait-il de la famille ? Peut-être y a-t-il des gens, là-bas... »

Elle l'interrompit. « Je l'ai rencontré pendant une tournée de music-hall. Il n'avait pas de famille. Ça s'est passé très vite, et, pour te dire la vérité, je ne savais pas grand-chose de lui. Nous étions gosses. C'était la guerre. »

Claude considéra ce qu'elle venait de dire et la toisa, peu disposé à croire que l'histoire se bornât à ceci. Quelque chose, dans les yeux d'Emma, révélait une obstination profonde, inexorable. « Très bien, continua-t-il, la provoquant. Je peux aller à Toronto. Je peux le rechercher, découvrir ce qui lui est arrivé puisque tu ne sembles pas le savoir ni même t'en soucier.

— Tu perdrais ton temps, fit-elle.

— J'ai tout mon temps. »

Elle jeta un coup d'œil à Al.

Claude bondit. « Ne le mêle pas à ça ! Il n'a rien à y voir ! » Il se tourna vers Al qui, pensif, hochait doucement la tête en regardant Emma dans les yeux. Claude ne sut comment interpréter ce geste. Il revint à la charge. « Il doit y avoir des documents militaires.

— Le fait est, murmura Emma — elle s'interrompit, joignit les mains sur le comptoir — que tu as eu son nom. Mais je ne suis pas vraiment sûre qu'il soit ton père. » De nouveau, elle regarda Al, très vite. « Je n'en sais rien. Selon moi, il ne l'était pas. »

Le cerveau de Claude, un moment paralysé, cessa tout bonnement de fonctionner. Il commença une sorte de chute libre mentale, tournoya, dériva sans direction, puis s'écroula sur un tabouret. Alors, il essaya de se récupérer.

« Tu veux dire... tu veux dire..., balbutia-t-il.

— J'étais danseuse de music-hall, Claude. » Sa voix eut une imperceptible fêlure. « Je ne peux pas te dire qui était ton père. »

La pièce resta silencieuse un long moment. Puis Al avança, se glissa derrière Emma, lui tapota l'épaule en passant et se mit à faire du café. Il tournait le dos à Claude.

« Tu le savais ? demanda Claude à Al.

— Ouais. On n'a pas de secrets.

— Grand bien te fasse, lança Claude d'un ton amer. Quelle chance ! » Il dévisagea sa mère, vit une larme se former dans ses yeux. Il eut envie de la frapper. Larme ridicule, se dit-il. Larme inutile, insipide. Sensiblerie de pacotille. Mais il préféra se lever et s'en aller sans un mot.

Claude et Lady se terrèrent dans la chambre d'Obromowitz pendant trois jours. Lady était sérieuse lorsqu'elle affirmait qu'elle ne retournerait pas chez ses parents — encore qu'elle eût appelé sa mère pour lui dire de ne pas s'inquiéter, qu'elle était en sécurité, que tout allait bien. Claude continuait à trouver cette attitude excessive — quelque chose le mettait mal à l'aise, peut-être le caractère impulsif de sa décision — mais il ne dit rien de manière directe.

Ils parlaient toute la journée. Ils parlaient en mangeant des hamburgers chez Prexy. Ils parlaient au *delicatessen* en achetant des céréales. Ils parlaient tard dans la nuit, côte à côte dans le lit. Ils étaient jeunes, préoccupés de l'avenir, de la vaste étendue de vie qui s'ouvrait devant eux. Claude était passionné par ses projets musicaux. Il voulait jouer, mais, par-dessus tout, il le voyait soudain clairement, composer. Tant d'œuvres étaient à écrire ! Il reconnaissait qu'il se faisait peut-être des illusions, qu'il n'existait aucun moyen de savoir s'il avait le talent d'écrire de la grande musique, mais il allait essayer.

Lady manifestait beaucoup d'ambition, mais sans projet précis. Elle ne savait pas ce qu'elle allait faire — mais quoi qu'elle ferait, ce serait *vrai*. Elle méprisait le bénévolat de sa mère, le prétendu travail de son père, ce qu'elle considérait comme une fuite devant la réalité de pratiquement toute la classe supérieure. Elle avoua que, en bien des façons, elle s'était sentie prisonnière presque toute sa vie. Le travail qu'elle ferait impliquait, dans son esprit, qu'elle devrait choisir parmi ce qui lui semblait un nombre presque infini de possibilités. Elle était absolument certaine de réussir tout ce qu'elle déciderait. Mais le fait de choisir une possibilité, excluant ainsi toutes les autres, la contrariait.

La décision de se marier ne s'imposa pas à eux d'un seul coup. Elle émergea progressivement. Un jour qu'ils étaient allés se promener de bon matin près du campus d'Hollifield, un épais banc de brouillard les avait avalés. Ils s'étaient appuyés contre la barre la plus haute d'une clôture, silencieux, transportés par la douceur nacrée. Soudain, ils avaient entendu le bruit des sabots d'un cheval. Puis, si proches qu'ils en étaient tous deux tombés à la renverse, la tête et le cou massifs d'un cheval blanc s'étaient dessinés indistinctement devant eux, flottant dans la brume.

Allongé dans le lit d'Obromowitz, la tête de Lady sur son épaule, Claude dit : « C'est une bonne chose, je vais gagner plus d'argent, désormais. Nous allons en avoir besoin.

— L'argent n'est pas un problème, fit-elle d'une voix endormie.

— Ton père et ta mère..., commença-t-il.

— J'ai de l'argent à moi. Un tas. »

Il réfléchit une minute. « Tant mieux. L'essentiel est d'en avoir suffisamment. La pauvreté n'a rien de romantique, je t'assure. »

Elle bougea la tête, il sentit la chaleur de son haleine sur son mamelon. « Mon arrière-grand-père m'a laissé un fidéicommis.

— Je connais ce truc. C'est comme ça que j'ai eu le Bechstein, fit-il.

— Il y a cinq millions de dollars dans le mien, expliqua-t-elle en bâillant. Impossible de toucher le capital, cependant. Juste le revenu. »

Ils se marièrent la semaine suivante, une cérémonie civile à la mairie. Il n'y eut pas d'invités.

Troisième partie

CHAPITRE 17

Cinq ans plus tard, Lady l'éveillait en plaçant le plateau du petit déjeuner sur le grand lit, de son côté à elle — qu'elle avait quitté, selon son habitude, une ou deux heures plus tôt. Œufs, bacon, toasts, thé, et le *New York Times*. Il se redressa, s'adossa à la tête de lit, tandis qu'elle allait s'asseoir dans un fauteuil près de la fenêtre et contemplait le minuscule jardin. Claude, sous le coup d'une légère gueule de bois, se frotta les yeux. « Quelle heure est-il ?

— Dix heures, fit-elle. N'oublie pas ton rendez-vous chez le médecin à onze heures trente.

— Exact. » Il commença à manger. Quelques années plus tôt, lorsqu'ils avaient emménagé dans la maison, elle lui avait apporté son petit déjeuner au lit pour fêter leur premier jour de résidence. Pour une raison quelconque, elle avait gardé cette habitude, et se levait toujours avant lui, quelle que fût l'heure à laquelle ils s'étaient couchés. Elle n'envoyait jamais Esmeralda, la bonne. Elle l'apportait toujours elle-même.

« Comment les as-tu trouvés ? » demanda-t-elle. Ils avaient reçu un jeune poète et sa femme, légèrement tapageuse, à dîner, la veille. Tout le monde avait pas mal bu, sauf Lady.

« Très Harvard.

— Il joue abominablement de son charme.

— Hum. » Il buvait son thé à petites gorgées.

« Et je déteste cette façon de lâcher des noms connus, comme ça, pour faire de l'épate.

— Eh bien... » Claude eut un geste évasif. « Il est intelligent, en tout cas. Et elle était amusante.

— Pauvre chou. Il est à moitié juif, et ses parents à elle continuent à lui mener la vie dure.

— Qu'ils aillent au diable, fit Claude.

— Exactement. » Lady elle-même n'avait pas revu ses parents depuis son mariage. Elle téléphonait parfois à sa mère, Claude avait cru voir son père héler un taxi au loin sur Lexington Avenue l'année dernière, mais il n'en était pas sûr. Il ne trouvait pas bizarre que des gens puissent vivre à un kilomètre les uns des autres, dans l'East Side de Manhattan, sans jamais se rencontrer par hasard. À New York, il était possible — vraiment, cela n'exigeait aucun effort particulier — de vivre à sa guise, de choisir, si l'on était riche, exactement la quantité de monde extérieur à laquelle on voulait avoir affaire. Dans le cas de Lady et Claude, ce n'était pas beaucoup.

Pour Lady, la maison était une oasis protégée de domesticité, de sécurité, de calme, à partir de laquelle — les premières années surtout — elle avait organisé de prudentes incursions extérieures. Comité pour la réélection du plus jeune sénateur. Assistante du directeur de la Commission des prisons. Assistante du régisseur d'une petite production *off-Broadway*. Elle avait travaillé dans l'édition, le droit, la politique, la photographie, toujours pour un salaire (peu importait qu'il fût minime), s'en allant toujours au bout de quelques mois. Ces emplois étaient de nature expérimentale. Une façon de tester la température de l'eau. Après quoi, elle se restaurait à la maison. Claude trouvait un peu bizarre — que ce fût pendant l'une de ses périodes de travail, ou celles, de plus en plus longues, qu'elle passait chez elle — qu'elle n'eût jamais invité personne parmi ses relations professionnelles. La maison était zone interdite pour ceux-là, alors que, dans le même temps, elle était largement ouverte à ceux qui travaillaient avec Claude. Claude y avait vu une expression de l'extrême modestie de Lady. Mais, à la vérité, il était trop préoccupé par lui-même et par sa musique pour y prêter beaucoup attention.

Aujourd'hui, à la façon dont elle était vêtue — le modeste tailleur vert sombre habituel, le chemisier blanc, l'unique rang de perles —, il réfléchit que ce devait être un jour d'école. Elle enseignait la critique d'art à Spence, son ancien collège, deux fois par semaine. Son profil captait la lumière grise du jardin, et, une fois de plus, sa beauté le frappa. Un calme, une tranquillité mystérieuse, que, paradoxalement, il éprouvait souvent le besoin de déranger.

Elle se leva. « Je serai rentrée à cinq heures », dit-elle. Et elle quitta la pièce.

Il lut le journal un moment, se leva, prit une douche, s'habilla. Pantalons de flanelle grise, chemise à col boutonné jaune pâle Brooks Brothers, veste de sport en cachemire faite par un tailleur de Madison Avenue. Il se brossait les cheveux lorsqu'une bribe de mélodie jaillit brusquement dans sa tête. Trois notes, un air qui lui passait par l'esprit, venu de nulle part. Il reconnut instantanément l'endroit où la phrase voulait aller dans la pièce de piano qu'il était en train d'écrire. Parfaitement immobile, fixant le miroir sans le voir, il l'introduisit mentalement dans la musique, notant avec un flot de plaisir comment elle se reliait aux autres lignes, résolvait certains problèmes, faisait étinceler le rythme.

Récemment, il avait parlé avec Weisfeld de ce phénomène — la sensation d'être le récepteur d'une matière qui lui arrivait comme par livraison cosmique spéciale. C'était terriblement excitant, et aussi un peu effrayant. « C'est bien, c'est bien, avait dit Weisfeld. Pratiquement tout le monde décrit ceci. Qui se soucie d'où ça vient ? Laisse d'autres s'en inquiéter. Et ne te tracasse pas à vouloir contrôler. Lorsque ça arrive, ça arrive. Ne force pas. Utilise — il leva le doigt — si c'est bon.

— Ça paraît toujours bon, avait dit Claude. Meilleur que tout ce que je pourrais trouver moi-même.

— Et alors ? » Weisfeld avait haussé les épaules. « Que puis-je te dire ? »

Claude posa la brosse à cheveux, sortit dans le couloir, dévala les marches de l'étage intérieur, poussa la porte de la salle de musique. Il s'assit au Baldwin et se mit au travail, sachant qu'il ne disposait que d'une demi-heure, mais incapable de résister.

Le résultat fut qu'il arriva en retard chez le médecin.

« Je suis, désolé, dit-il en s'asseyant. J'étais plongé dans quelque chose. Je devrais vraiment m'acheter une montre. »

Le docteur Maxwell, un urologue jovial et grassouillet, la cinquantaine environ, avait vu Claude en concert plusieurs fois, et avouait un amour de toujours pour la musique, particulièrement pour l'opéra. Il était chef d'un quatuor amateur de flûtes à bec, qu'il avait formé avec quelques collègues médecins. Lorsqu'il avait examiné les organes génitaux de Claude la première fois, il avait fredonné distraitement un air de la *Tosca* en palpant un testicule. Aujourd'hui, il s'assit derrière son bureau, ouvrit un dossier et regarda au loin.

« Il est vraiment dommage que nous n'ayons aucun dossier médical », dit-il.

Claude remarqua l'expression inhabituellement neutre du docteur Maxwell. « Je n'ai jamais consulté de médecin avant d'aller au collège, comme je vous l'ai dit. » Il attendit, commençant à se sentir mal à l'aise.

Le docteur Maxwell tapota le dossier du bout des doigts. « Avant tout, sur le plan anatomique, tout est parfaitement normal. Aucune obstruction, pas de canaux défectueux, pas de valves déficientes. Normal, normal. Votre état de santé général est remarquablement bon, et de cela, il faut se réjouir.

— J'ai l'impression que je vais entendre quelque chose qui ne me plaira pas », fit Claude.

Le docteur Maxwell hocha la tête. « Vous ne produisez pas de spermatozoïdes vivants, je suis désolé d'avoir à vous le dire. »

Claude contempla les yeux gris et calmes du docteur Maxwell. « Qu'est-ce que cela signifie ? Pourquoi ?

— Cela signifie que vous ne fabriquez pas de spermatozoïdes vivants. Aucun. Pourquoi ? Je n'en suis pas sûr. » Il se pencha en avant et referma le dossier. « Mais c'est la raison pour laquelle Lady n'est pas tombée enceinte. »

Les pensées de Claude explosèrent soudain, se fragmentèrent en tous sens, s'effritèrent, dévalèrent, s'entrechoquèrent, disparurent. Au bout d'un moment, le spasme céda, il se rendit compte qu'il regardait toujours fixement le médecin. « Peut-on soigner cela ? Y a-t-il un traitement ? »

Le docteur Maxwell secoua la tête. « Je peux seulement en supposer l'origine. Il existe un certain nombre de maladies à agents viraux — oreillons, orchites, brucelloses, par exemple — et comme nous n'avons aucun dossier... — il haussa les épaules, fit un geste en l'air de la main — des agents chimiques, certaines toxines. En fait, quantité de causes possibles. La plus probable est une maladie de l'enfance non diagnostiquée de type viral. Il se peut que vous ayez eu les testicules enflés — au fait, il n'y a pas d'atrophie — ou, je me répète, peut-être pas. Certainement de la fièvre, des frissons, des nausées.

— Vous voulez dire que tout ce temps...

— J'imagine, fit le docteur Maxwell. Je ne peux l'affirmer avec certitude, mais cela paraît vraisemblable. L'ennui, c'est que les spermatozoïdes ne peuvent pas nous apprendre grand-chose. Leur seul caractère anormal est de n'être pas vivants. La spermatogenèse en soi est un processus encore mal connu. »

Claude resta silencieux, contemplant le dossier fermé. Il pouvait lire son nom sur l'étiquette. Une partie de son cerveau essayait de laisser pénétrer l'information, l'autre refusait de la laisser passer. Il se sentit flotter. L'image du docteur Maxwell sembla s'éloigner dans l'espace, comme dans un effet spécial au cinéma. Claude regardait les lèvres du docteur remuer.

« Permettez-moi de répéter que, à tous autres égards, vous êtes parfaitement normal. L'aspermie n'affecte en rien la libido, la vie sexuelle, le désir, les performances, etc. Vous pouvez, et devez, vous considérer comme les autres hommes, parce que c'est la vérité — sur le plan émotionnel, anatomique, vous êtes comme tout le monde. Cependant, vous ne pouvez pas avoir d'enfants. Il faut vous résigner à ce fait.

— Oui, je comprends, dit Claude.

— Cela peut prendre un certain temps, mais mes patients — je veux dire, ceux qui sont dans la même situation que vous — s'en sont bien sortis. Particulièrement ceux qui éprouvent un intérêt passionné pour leur travail, comme c'est votre cas. Je suppose que cela les aide à garder le sens des proportions. Ils n'ont pas tendance à ressasser les choses. »

Le médecin continua à parler, Claude revint progressivement à lui. Il n'avait presque pas entendu ce qui lui avait été dit. Finalement le docteur Maxwell le raccompagna à la porte. À la dernière minute, il prit Claude par le coude et le regarda droit dans les yeux. « Monsieur Rawlings, dit-il, ne vous culpabilisez pas. » Il laissa à ses paroles le temps de pénétrer. « C'est le destin, continua-t-il. Aussi impersonnel que les étoiles. »

Claude se retrouva dans la rue, sans idée claire sur l'endroit où il voulait aller. Il finit par déboucher à l'entrée de la Quatre-vingt-onzième Rue sur Central Park et continua jusqu'au bassin. Là, il s'assit sur un banc et regarda trois pigeons s'enfuir à son arrivée.

Que son corps l'eût trahi était une surprise, certes, et pourtant il y avait là quelque chose de familier, quelque chose qui remontait à l'enfance, à sa colère d'être si fluet, si chétif, à sa rancune de se sentir piégé dans sa peau ridicule. Il avait passionnément désiré transcender son corps, le laisser derrière, à la faveur de l'amour et de la musique. Il s'était laissé allé à croire qu'il y avait réussi. Mais aujourd'hui, de manière presque sinistre, caché à un niveau microscopique, son vieil ennemi le terrassait de nouveau. La machine grossière, muette, stupide de son corps, le remplissait de honte une fois de plus.

Au cours des années, la stérilité de Claude prendrait pour lui des significations diverses, son importance croissant ou diminuant en fonction des étapes de sa vie — le forçant à des spéculations philosophiques tortueuses qu'il n'eût jamais envisagées autrement, créant parfois en lui un sentiment presque insupportable d'isolement — mais l'amenant aussi parfois, bizarrement, à une appréciation presque mystique de la valeur de la vie, de son indicible beauté. Pour l'heure, assis sur un banc de parc à l'âge de vingt-quatre ans, il était préoccupé par l'aspect pratique de la situation.

Lorsque Lady lui avait annoncé, quelques mois plus tôt, qu'elle avait cessé d'utiliser son diaphragme l'année dernière, il avait été stupéfait. Il ne parvenait pas à comprendre qu'elle eût gardé la chose secrète, qu'elle ne l'eût pas inclus dans la décision d'avoir un enfant. Il en avait été contrarié plus qu'il ne s'autorisait à l'admettre — non seulement pour le fait lui-même, mais parce qu'il confirmait d'autres façons qu'elle avait de le tenir à distance. En dépit de toute son ambition, elle était une personne plutôt craintive, avait-il découvert, avec une tendance à s'entourer de défenses très élaborées avant que cela ne fût nécessaire. Le silence, la solitude, le secret même, étaient chez elle une seconde nature. Elle était incapable de partager ses sentiments et ne lui parlait jamais d'elle-même. Le résultat était qu'il avait l'impression qu'elle ne lui faisait pas confiance.

Fait d'autant plus déroutant qu'il croyait qu'elle l'aimait. C'était un amour réservé, quelque peu timide, mais il n'en connaissait pas d'autre, il n'avait donc aucun point de comparaison. Elle était solidaire et généreuse de toutes les façons possibles, aussi aimante envers lui qu'elle l'eût été avec son propre enfant. Elle demandait si peu qu'il se sentait presque solitaire.

Instruit par le cinéma, il avait cru que l'amour

conquerrait tout. Renoncer à cet espoir n'était pas une chose facile. Mais, pendant qu'ils faisaient l'amour, elle gardait un air d'observatrice distante, celui d'une personne légèrement lointaine. Elle n'utilisait jamais son désir contre lui mais ne le comprenait pas non plus. Forcément, et sans le savoir, il était un amant maladroit, totalement préoccupé de sa propre anxiété. Lorsqu'il rêvait de Lady, les thèmes les plus fréquents étaient ceux-ci : il voulait parler mais n'avait pas de voix ; il était en situation de grand danger mais elle ne voyait pas le danger et demeurait calme, impassible ; il jouait du piano pour elle mais elle essayait de changer de musique et tournait le bouton de la radio. Dans presque tous ses rêves, elle faisait preuve d'une sorte d'inflexibilité, dépourvue de malveillance, mais contre laquelle tous ses efforts demeuraient vains. Dans ses rêves, Claude était un homme qui se cogne la tête contre un mur de brique et qui le sait.

Il quitta le banc, les pigeons s'éparpillèrent. Il avança sur le sentier. Le fait de ne pas pouvoir avoir d'enfant le forçait à présent à réfléchir à la raison pour laquelle, au départ, elle en avait voulu. Pour s'ancrer plus profondément dans la vie, peut-être. Elle avait été incapable de trouver un travail dans lequel s'impliquer et, malgré son silence, il avait perçu en elle une certaine dose d'angoisse et de frustration. Elle pouvait, c'était compréhensible, considérer la maternité comme une occupation valable, une tâche qu'elle pourrait contrôler, mener à bien. (Ne le maternait-elle pas ?) Et c'était assez dans son caractère que de considérer la chose comme essentiellement personnelle, féminine. Ce, d'autant plus que presque toute la responsabilité lui en eût incombée, à elle plutôt qu'à lui. Bien que Claude n'eût pas été mis dans le secret de sa démarche, il y voyait néanmoins un acte de courage. Elle avait dû descendre très profondément en elle-même, sans doute plus loin qu'elle ne l'avait jamais fait, pour en arriver là, et prendre ce qui lui avait certainement paru le risque le plus important de sa vie. Et, bien sûr, elle l'avait fait seule.

Sa main vola à sa bouche, ses yeux s'élargirent lorsqu'il lui dit. Elle se rejeta en arrière, s'agrippa à la cheminée.

« Une maladie de l'enfance, d'après lui, continua Claude, assis sur le canapé. Je suis parfaitement normal à tous autres égards.

— Mon Dieu, chuchota-t-elle. Ça nous tombe dessus, comme ça... Il en est sûr?

— Oh, oui. Tout à fait sûr. » Il regarda le sol, secoua la tête. « Je suis désolé. »

Aussitôt elle fut près de lui, l'entourant de son bras. « Pauvre chou. Tu n'as pas à être désolé. Ce n'est pas de ta faute.

— C'est ce qu'il dit.

— Bien sûr qu'il le dit.

— C'est une impression... étrange, reprit-il. Je veux dire, de savoir. J'ai été comme cela probablement la moitié de ma vie... mais maintenant je le sais, et, d'une certaine façon, je souhaiterais ne pas le savoir. » Alors même qu'elle le consolait, il sentait la peur le tirailler — une raison supplémentaire pour les séparer. Il se leva, arpenta la moquette. Elle-même avait passé ses tests depuis des mois.

« Veux-tu un verre? suggéra-t-elle. Je pense que nous devrions prendre un verre.

— Nous ne pouvons pas faire comme si cela ne changeait rien », murmura-t-il.

Mais elle avait déjà franchi le seuil et descendait

donner des ordres à Esmeralda à la cuisine. Il ne savait pas si elle l'avait entendu. Il ne savait pas s'il avait envie qu'elle l'eût entendu.

Le sujet fut abandonné. Pendant quelques mois, le calme régna sur la maison, comme s'ils marquaient le pas, tandis qu'ils se livraient à leurs occupations habituelles. Claude écrivait, préparait un récital de musique de chambre. Lady traînait, travaillait à son bureau à l'étage. Elle s'inscrivit à un cours à la Nouvelle École. Lorsqu'elle introduisit doucement l'idée d'adoption, un matin, après lui avoir apporté son plateau, il se retrouva a acquiescer, admettant que c'était peut-être une solution à examiner. Il lui semblait difficile de faire autrement. Il espérait qu'il ne s'agissait que d'une envie passagère, quelque chose à quoi elle avait besoin de s'accrocher un moment et qu'elle laisserait tomber dès qu'elle serait assez forte.

Mais un après-midi, lorsqu'il revint à la maison, il la trouva en train de prendre le thé avec son grand-père, le sénateur Barnes. Le vieux monsieur se leva en souriant pour serrer la main de Claude.

« Content de vous voir, Claude. Lady me dit que vous donnez un concert à Columbia le mois prochain.

— C'est exact. Schubert.

— J'essaierai d'y aller. Ce serait un régal.

— J'en serais heureux, monsieur. »

Lady manipula nerveusement le service en porcelaine et servit à Claude une tasse de thé, qu'elle plaça sur la table de manière qu'il s'assît en face d'eux.

Le sénateur prenait de l'âge, mais ses yeux clairs, intelligents et pénétrants, sa vitalité physique, sa voix profonde donnaient toujours à Claude l'impression qu'il était plus vrai que nature. Une sorte de vibration émanait de sa personne, on eût dit qu'il était un condensé de lui-même, que le poids spécifique de son corps était plus élevé que celui des hommes ordinaires.

Lady regarda Claude en lui tendant la tasse. « Nous parlions d'adoption », dit-elle.

Pris de court, Claude s'occupa avec sa cuiller. Il était conscient que le sénateur l'observait. « Très bien, dit-il.

— Il se trouve que Grand-Père connaît beaucoup de choses à ce propos, continua-t-elle.

— C'est très bien, fit Claude. C'est une chance.

— J'ai aidé Linda pour la fondation Heuval, dans le temps, expliqua le sénateur. Une chose menant à l'autre, je me suis retrouvé à m'occuper d'un établissement plus petit, à Larchmont. Des gens très dévoués, des personnes merveilleuses. Exactement l'organisation qui convient.

— C'est le genre de choses..., commença Lady. Je veux dire, de la façon dont ils sont structurés, le risque est réduit au minimum.

— Il y a toujours un risque, reprit le sénateur en regardant Claude. Je suis sûr que vous le comprenez tous deux. » Il parlait d'une voix douce.

Il y eut un moment de silence lorsque Esmeralda arriva avec une assiette de sablés et des petits sandwichs de pain de mie aux concombres. Elle les posa sur la table et s'en alla. Personne n'y toucha. En dépit de son admiration pour le vieux monsieur, Claude se sentait mal à l'aise. Le niveau de sérieux de la discussion lui paraissait prématuré, dans la mesure où ni Lady ni lui n'avaient réellement parlé d'adoption, d'aucune manière que ce fût. Elle semblait prendre les devants, supposant, pour une raison ou pour une autre, qu'il se contenterait de suivre, entraîné par le mouvement. Elle-même était nerveuse, un peu incertaine, dans l'organisation de sa stratégie. Ce qui l'incita à garder ses craintes pour lui.

« Cependant, Lady, reprit le sénateur Barnes, j'aimerais te demander de réfléchir à autre chose. »

Elle le regarda.

« Permets-moi de te parler comme un grand-père, à présent. » Il marqua une pause, et, en tant que musicien, Claude apprécia son sens du rythme. « Vous pensez à fonder une famille, vous êtes jeunes, c'est une noble entreprise. L'avenir s'offre à vous, vous avez raison. Mais je me demande s'il est sage de négliger de le relier au passé. Je me demande si c'est la meilleure façon de partir du bon pied. »

Pendant une horrible seconde, Claude crut qu'il s'agissait d'une nouvelle approche, quoique plus douce, de la question de ses origines. Mais il se rendit compte que la cible, en fait, était Lady.

« Tu veux dire..., commença-t-elle.

— Je veux dire que cette brouille avec tes parents n'a que trop duré. Linda m'a raconté l'histoire, à l'époque. C'est un incroyable gâchis, bien entendu, et Ted s'est très mal comporté. Mais je crains que la situation ne se bloque, simplement par inertie. » Il la regarda attentivement, scrutant son visage comme pour évaluer le degré précis de pression à exercer sur elle. « Il faut du courage, à présent, me semble-t-il. La famille est trop importante, Lady. »

Elle murmura, dans un souffle : « Si quelqu'un a besoin de sermon sur le courage, c'est lui. » Elle parlait de son père.

Le sénateur hocha légèrement la tête et soupira. « Eh bien... il aura peut-être appris quelque chose. » Son regard se déplaça vers Claude. « Serait-il indiscret de vous demander votre opinion sur la question ?

— Pas du tout, fit Claude. Je m'en suis remis à

Lady et je continuerai à le faire. En même temps, elle sait que j'ai toujours nourri quelques doutes — je veux dire, sur la façon dont les choses se prolongent. Dont elles se figent, pour ainsi dire.

— C'est mon avis », conclut le vieux monsieur, s'en tenant là avec tact.

Claude se rendit compte qu'il recherchait l'approbation du sénateur — comme une manière de contrer la mauvaise volonté de ses beaux-parents —, qu'il souhaitait être inclus dans la chaleur et la solidité qui semblaient être les éléments fondamentaux de sa force. C'était un sentiment puéril, sûrement, mais, en présence du sénateur, Claude avait l'impression de baigner dans le rayonnement d'honnêteté tranquille qu'il associait à l'image de Spencer Tracy.

Lady regarda le fond de sa tasse. Elle les surprit tous deux en articulant soudain : « Merde ! » d'un ton calme, en tapant du pied.

« Si c'est après ton père que tu en as, fit le vieil homme comme si de rien n'était, je te préviens que c'est ta mère qui souffre le plus. Tu lui manques beaucoup.

— Je lui téléphone.

— Un coup de téléphone tous les deux mois ? Allons, Lady. »

Elle soupira, se rejeta en arrière.

« Je souhaite que tu songes à Noël, cette année.

— Oh, Seigneur, gémit-elle.

— Si je pouvais le lui annoncer, je crois que ce serait un bon début.

— Toujours la même chose ? demanda-t-elle.

— Oh oui. *Eggnog*[1] chez les Powers, dîner chez les Fisk. Je t'en prie, réfléchis-y. J'y tiens beaucoup. »

1. *Eggnog* : sorte de lait de poule *(N.d.T.)*.

514

« Tu es réveillé ? chuchota-t-elle.

— Oui. » Il était trois heures du matin. Il contemplait le jeu d'ombres projeté par le réverbère, à travers les branches de l'arbre de la rue, sur le plafond.

« Moi aussi, dit-elle.

— Parle-moi de cet endroit, Larchmont.

— Il a beaucoup d'influence là-bas. Il peut nous éviter les chinoiseries administratives. Autrement, ça peut prendre des années et des années, tu sais. Des milliers d'imprimés, des dossiers, des entretiens, et, après, tu attends le reste de ta vie.

— Que veux-tu dire, à propos de risques ?

— Ils sont très prudents. C'est une organisation privée, ils peuvent donc suivre leurs propres procédures. Et, apparemment, ils sont très bons pour assortir...

— Tu veux dire l'enfant et les gens qui adoptent ?

— Il n'y a que des bébés. La mère accouche sur place. Elle garde le bébé quatre jours — quelque chose à voir avec la santé de l'enfant — puis elle le donne. On a donc un bébé de quatre jours.

— Mais que veux-tu dire par assortir...

— Oh, tu sais. L'origine, la religion, l'éducation — la classe sociale, je suppose. La mère est censée être quelqu'un dans mon genre, qui me ressemble. Grand-Père dit qu'ils sont très difficiles pour ces trucs-là.

— Et le père ?

— Oh, bien sûr, fit-elle rapidement. Quelqu'un d'environ ton âge, qui est allé à l'université, peut-être même un artiste. »

Il eut un petit rire amer. « Quelle ironie. »

Elle roula vers lui, souleva sa tête dans sa main.

« Je sais, dit-elle. Mais si Grand-Père s'en occupe,

personne ne mettra son nez dedans. Ça n'a aucune importance. Ça ne se saura même pas. Il le garantit.

— C'est un homme sage, fit Claude d'une voix unie.

— C'est un amour, un véritable amour.

— Il n'a pas été sénateur toutes ces années pour rien.

— Que veux-tu dire ?

— Il s'y connaît en affaires.

— Oh, ce n'est pas vraiment une affaire. Il le ferait même si je ne voyais pas mes parents.

— Mais tu vas les voir, n'est-ce pas. » Ce n'était pas une question.

« Je suppose. C'est logique, en un sens. Après tout, ils seront les grands-parents. » Elle reposa sa tête en arrière et regarda le plafond. « Une chose me fait un peu peur, pourtant, dans leur façon de faire à Larchmont. Nous devrons la voir. Juste une minute, mais la mère doit réellement mettre le bébé dans mes bras. On n'est pas obligés de lui parler, mais elle doit me le donner elle-même.

— Nom de Dieu..., fit-il.

— Tu pourras le faire, n'est-ce pas ?

— Je crois. Si nous décidons de continuer. »

Ils restèrent allongés en silence. Soudain elle chercha sa main sous les couvertures. « Je t'en prie, ne dis pas non, Claude. Je t'en prie. Je t'en prie. » Elle lui pressa la main si fort qu'il eut mal.

Une semaine plus tard elle lui donna des papiers à signer, il les signa.

Toutes les fois que Claude allait à Juilliard, il se perdait. La disposition des lieux le déroutait — des couloirs qui allaient dans toutes les directions, des ascenseurs qui montaient deux étages, ou trois, ou quatre, en fonction d'un plan mystérieux, des numéros de salles absolument illogiques — et toujours des quantités de gens qui couraient, au milieu de la cacophonie assourdie des salles d'exercices. Il en avait le tournis.

Il alla aux toilettes et rencontra Fredericks devant l'urinoir. Claude prit la deuxième cuvette plus loin en disant : « Tant mieux. Je n'aurais probablement jamais pu trouver son bureau. »

Fredericks se secoua délicatement et remonta sa fermeture Éclair. « C'est juste derrière, à l'angle. Il ne reviendra pas aujourd'hui.

— Cet endroit ne vous donne-t-il pas l'impression d'être une maison de fous, parfois ?

— Oh... » Fredericks sourit. « Les étudiants. Un essaim d'abeilles, ils bourdonnent. C'est archicomble. »

Ils quittèrent les toilettes, se dirigèrent vers un petit bureau tellement bourré de livres et de partitions qu'ils eurent juste la place de s'asseoir de chaque côté de la table. Un portrait de Brahms était accroché au mur.

« Alors, dit Fredericks. Tout va bien ?

La suite pour orchestre que j'ai envoyée à Rochester a eu une mention honorable. » Il respira profondément. « Trois ans, à présent... Et le mieux que j'ai obtenu, c'est un troisième prix, et quelques mentions honorables. C'est déprimant. » Il racla le bord du bureau avec son ongle. « J'en suis arrivé au point où je n'ai vraiment plus envie d'envoyer quoi que ce soit. Mais Otto dit qu'il faut continuer.

— Otto a raison.

— À quoi cela sert-il, si je ne finis pas par les entendre ? »

Fredericks pivota sur sa chaise et regarda la petite fenêtre. « Vous savez, lorsque vous étiez enfant, j'étais frappé par votre patience. Vous aviez énormément de patience pour étudier le piano.

— Vraiment ? Je ne m'en rendais pas compte. » Claude réfléchit un moment. « Bien sûr, je sentais que je faisais des progrès. Je savais que j'avançais petit à petit. Composer, ce n'est pas pareil. Toutes les fois que j'écris quelque chose, c'est comme si je me retrouvais au point de départ.

— Peut-être n'est-ce pas si mal. Peut-être cela doit-il être ainsi.

— Est-ce que je fais des progrès ?

— Qu'entendez-vous par progrès ?

— Là, vous parlez comme Weisfeld, marmonna Claude.

— Vous travaillez à des formes progressivement plus larges. Votre écriture pour les cordes, en fait pour toutes les sections, devient de plus en plus élaborée. Du point de vue technique, certainement, vous faites des progrès. Comment pouvez-vous en douter ? »

Claude perçut de l'impatience dans la voix de Fredericks. Il se sentit rougir. Il savait qu'il aurait dû laisser tomber mais quelque chose le poussa à continuer. « C'est déprimant, répéta-t-il.

— Peut-être avez-vous besoin d'un changement. Allez travailler à Paris avec Nadia Boulanger. La chose peut s'organiser, je pense. »

Claude secoua la tête. « Ma femme », fit-il platement. Il ne mentionna pas les rumeurs qui couraient sur madame Boulanger, son comportement autoritaire, ses fantaisies vestimentaires, son besoin constant de flatteries. Ces histoires lui avaient déplu. (Claude ne se rendait pas compte qu'il était devenu plus que gâté par la vie très confortable qu'il menait, les attentions de Weisfeld, de Levits, de Fredericks, son statut de jeune concertiste « en vogue ».) Et New

York semblait le centre du monde. N'avait-il pas rencontré Samuel Barber ? Gian Carlo Menotti (à une soirée où, à l'intense embarras de Claude, le romancier Christopher Isherwood lui avait fait des avances) ? N'avait-il pas dîné plus d'une fois avec Leonard Bernstein ? Partir paraissait impensable. « C'est juste qu'il me semble que je devrais faire mieux.

— J'aimerais que vous puissiez vous entendre dire cela », dit Fredericks.

Claude leva les yeux, interloqué.

« Écoutez, dit Fredericks, composer de la musique sérieuse est un acte de foi. Vous ne devez rien *attendre*, c'est puéril. Faites-le par amour. Et si c'est trop dur, eh bien... ne le faites pas. » Il leva les mains en l'air, paumes vers le haut. « Envoyez tout promener. Mais, au nom du ciel, ne restez pas assis à attendre que le téléphone sonne. » Il se rejeta en arrière.

« Je sais, je sais, marmonna Claude.

— Si vous vous souciez tant des concours, écrivez de la musique sérielle. Êtes-vous encore naïf au point d'attendre justice ? Voyez Bartók. Bien sûr, il était difficile, mais il gagnait à peine de quoi se nourrir. Pensez à Béla toutes les fois que vous avez envie de vous plaindre. » Se rendant compte qu'il était peut-être allé trop loin — Claude semblait pétrifié —, Fredericks se radoucit. « Je pensais que vous aviez dépassé ce stade.

— Dépassé quoi ? Cela me semble assez naturel.

— Bien sûr, c'est naturel. Ce n'est pas non plus très important. Ce que vous recherchez, Claude, c'est la confirmation. Mais vous regardez à l'extérieur, vers le système. Ce n'est pas là qu'il faut voir. La mauvaise musique est jouée tous les jours, la bonne ignorée. Tout le monde le sait bien. Oubliez toute idée de confirmation. Lorsqu'il s'agit d'écrire de la musique, la seule chose à faire c'est adopter un style de vie, et travailler. Travailler par amour. »

Claude contempla ses mains. Fredericks disait vrai. Mais sa rudesse était déconcertante.

« Puis-je vous dire quelque chose ? continua Fredericks. En ami ? Un ami de longue date, plus âgé que vous, et qui vous aime beaucoup ?

— Bien sûr, chuchota Claude.

— Vous mettez du temps à grandir. »

Au bout d'un instant, Claude soupira : « J'en ai parfois l'impression.

— Vous êtes-vous jamais demandé pourquoi ?

— Oh... je ne sais pas. Peut-être pour m'accrocher au *Wunderkind*. Figer les choses à ce stade. Un côté stupide, une image narcissique de moi-même, un truc du genre. Merde, j'en sais rien... » Il se leva, mais comme il n'y avait pas de place pour bouger, il se rassit.

Fredericks hocha la tête. « Cela peut en faire partie.

— Je ne pense pas beaucoup à moi. Du moins pas de cette façon-là, sur le plan psychanalytique. Je ne pense pas au passé.

— Oh, la psychanalyse... » Fredericks fit le geste d'écarter quelque chose. « C'est très bien, j'en suis sûr, mais je m'en tiens plutôt au bon sens, celui d'une personne qui vous connaît depuis longtemps. Je peux me tromper, bien sûr. » Il fixa Claude dans les yeux et attendit.

« Continuez, dit Claude finalement.

— Je suis frappé par le fait que tant de choses vous aient été données. »

Claude arqua les sourcils avec surprise.

Fredericks compta sur ses doigts. « Tout d'abord, le don fondamental de la musique. Un cadeau du ciel, si vous voulez. Je me souviens, enfant, combien c'était étrange, en bien des façons, et je suis sûr que vous avez ressenti la même chose. » Il plia un second doigt. « Puis, Weisfeld, qui vous a donné des leçons de piano à vingt-cinq cents par semaine, pour des raisons qui lui sont personnelles. » Un troisième doigt. « La générosité du maestro, son cadeau du Bechstein. » Un quatrième doigt. « Qui vous a conduit à prendre des leçons avec moi, le professeur de piano sans doute le plus cher du monde. J'ai oublié de mentionner Weisfeld, vous donnant le studio du sous-sol. » Un cinquième doigt. « La grande occasion de jouer avec Frescobaldi, ce qui est de la chance pure.

— Mes bourses d'études dans deux bonnes écoles, continua Claude.

— Le fait, complètement accessoire, mais fortuit, que votre petite amie de collège, épousée par la suite, soit multimillionnaire et parfaitement en mesure de subventionner vos activités musicales.

— Je reconnais, je reconnais, balbutia Claude. Ces choses, et d'autres encore, m'ont été données. J'en suis et j'en serai toujours reconnaissant.

— Je le sais, Claude. C'est l'un de vos côtés les plus attachants. Un homme de moindre qualité en éprouverait du ressentiment.

— Seigneur, non.

— Ce n'est que la nature humaine. Mais soyez sans crainte, je sais que ce n'est pas votre cas. Le problème, c'est que cela peut vous avoir affecté d'une autre façon. Êtes-vous superstitieux, par exemple ?

— Je ne le pense pas », dit Claude. Soudain, il se rappela son porte-bonheur. Le fait lui parut si insignifiant, si isolé, qu'il ne le mentionna pas. « Vous voulez dire, toucher du bois ou passer sous une échelle ? Non, non.

— Il serait compréhensible que vous regardiez le monde en termes quelque peu magiques, considérant le fait que tant de choses vous aient été données comme par magie, si vous voyez ce que je veux dire.

— Bien sûr. Mais je ne le pense pas. Je veux dire... il est vrai que je ne crois pas me connaître particulièrement bien, mais je ne me retrouve pas dans ceci. Il faudrait que je demande à Lady.

— Vous devez comprendre qu'il y a des limites à ce que l'on peut recevoir sous forme de don, continua Fredericks. Les dons ne peuvent conduire qu'à un certain point. En fin de compte, nous sommes renvoyés à nous-mêmes. C'est un cliché, mais c'est vrai. »

Claude comprit. L'idée de penser à lui-même de cette façon le mit mal à l'aise, et cependant quelque chose remua au fond de lui... Il se sentit même légèrement excité lorsque, une fraction de seconde, il entrevit la possibilité vague de transcender les circonstances de sa vie, de gagner une nouvelle sorte de liberté. Serait-il assez fort ?

« Tu te sens nerveuse ? » demanda Claude tandis que le taxi roulait sur Park Avenue.

Lady eut un petit grognement. « Jamais de la vie. » Elle s'était pourtant préparée avec soin. Tailleur brun, chemisier de soie, mince écharpe rouge, un flocon de neige en argent épinglé au revers de sa veste. Elle était allée chez le coiffeur la veille, et bien qu'il n'y eût aucun changement majeur dans sa coiffure, Claude ne s'y était pas encore tout à fait habitué. « Quelle corvée », fit-elle.

Lorsqu'ils se garèrent devant la maison, Claude paya le double du prix inscrit au compteur. « Joyeux

Noël », fit-il. Il avait lu sur la plaque d'identité du taxi que le chauffeur s'appelait Horowitz.

« Merci. Pour vous aussi. »

La lourde porte de fer extérieure avait été laissée entrouverte, et Lady surprit Claude en ouvrant celle de l'intérieur avec une clef. Elle le précéda dans l'escalier, parcourut le corridor, entra au salon sans hésitation. Il y avait là une douzaine de personnes, une chope d'*eggnog* à la main, qui devisaient par petits groupes. Le premier à venir vers eux fut le sénateur Barnes, le visage éclairé d'un large sourire. Il embrassa Lady, serra la main de Claude.

« Splendide, fit le vieux monsieur. Bravo. »

Claude eût-il éprouvé la moindre appréhension au sujet d'une éventuelle manifestation de sentiments, il se fût inquiété pour rien. Lady avança sur sa lancée, effleura de sa joue la joue de sa mère, fit un signe de tête à son père, salua quelques personnes et continua vers la coupe de punch. Nul signe, aussi infime fût-il, n'indiqua que quelque chose d'exceptionnel fût en train de se dérouler. Une fois de plus, Claude eut l'impression qu'il s'était fourvoyé dans une sorte de comédie où tous les acteurs (excepté lui-même) suivaient à la lettre les ordres d'un metteur en scène invisible.

« Tu en veux ? demanda Lady.

— Je ne sais pas. L'œuf...

— Prends du vin, alors, dit-elle, et elle fit signe à la bonne. Il faut prendre quelque chose. Un verre de vin blanc pour mon mari, je vous prie, Maria. » La bonne inclina la tête et s'en alla.

« Qui sont ces gens ? demanda Claude.

— Des amis à eux. Quelques parents éloignés. Je dois y aller, mais pourquoi ne t'assiérais-tu pas et ne les laisserais-tu pas venir à toi. Ha ! ha !

— Bien sûr, mais... » Il voulait lui offrir son soutien.

« Je sais, dit-elle, mais ce sera plus facile comme ça. Juste le premier tour de piste. » Elle se dirigea vers un petit groupe près des portes-fenêtres.

Claude se dit qu'il devrait au moins saluer madame Powers. Elle discutait avec animation dans un angle de la pièce avec un monsieur d'un certain âge, et, lorsque Claude s'en approcha, il vit ses yeux obliquer furtivement, puis revenir vers son interlocuteur à une vitesse incroyable. Elle feignit la surprise.

« Bonjour, dit Claude. Joyeux Noël. » Il ne chercha pas à lui serrer la main car elle tenait une chope de punch.

« Vous voilà, Claude, fit-elle. Le juge Pearson. Claude Rawlings. »

Signes de têtes. Sourires. Le juge levait son verre au moment où Maria présentait son vin blanc à Claude. Il répondit d'un geste identique.

« Nous parlions justement de cet homme horrible, à Cuba, expliqua madame Powers. C'est tellement dommage.

— Oui, c'est vrai, reconnut Claude. Je crois qu'il trompe les gens. Mais, par ailleurs, Batista était passablement horrible lui-même.

— Vraiment ? fit le juge avec une pointe d'agressivité.

— Nous passions de si bons moments à La Havane, soupira madame Powers. Au bon vieux temps. »

Claude soutint le regard du juge. « J'ai été surpris d'apprendre qu'il n'y avait pas d'écoles publiques à Cuba.

— Des écoles catholiques, répliqua le juge.

— Mais pas d'écoles laïques, insista Claude.

« — Excusez-moi un moment, fit madame Powers. J'ai un mot à dire à Maria. » Elle s'esquiva.

Un homme en nœud papillon, exubérant, légèrement empourpré, effleura le coude du juge. « Freddie, j'ai entendu parler du nain ! J'étais à côté, défendant dans l'affaire Graff et Graff, mais je n'ai pas pu résister. »

Claude resta silencieux pendant que les deux hommes discutaient d'un procès que le juge avait récemment traité, où il était question d'un nain sexuellement pervers qui s'habillait en enfant pour s'infiltrer dans les sections enfantines des cinémas. Baissant le ton, attentifs à ne pas être entendus par les dames, ils échangèrent quelques plaisanteries grivoises.

« Il faudra le dire à Dewman, fit le type au nœud papillon. Ça va lui faire plaisir.

— Dewman Fisk ? » interrogea Claude.

Les deux hommes le regardèrent comme s'ils avaient oublié sa présence. « C'était la loi Dewman Fisk, dit le juge. Il avait réussi à la faire passer lorsqu'il était adjoint au maire. Une section pour enfants dans les cinémas. » Il se tourna vers l'autre type. Claude s'éloigna et alla s'asseoir sur un canapé, tenant son verre de vin avec soin. Il pouvait voir Lady de dos. Elle discutait avec son père. Mais rien dans sa posture à elle ni dans son expression à lui ne révélait quoi que ce fût.

Au bout d'un moment, le sénateur Barnes le rejoignit sur le sofa et s'assit tout près de lui. Ils contemplèrent la réception quelques instants, puis le sénateur parla, sans bouger la tête, sans cesser d'examiner la foule d'un air affable. « Quoi qu'il dise ou fasse, ignorez-le. Le beau cow-boy est un faible, et, comme beaucoup de faibles, c'est un tyran. Vous avez mieux à faire qu'à entrer dans son jeu. Et ne répétez pas ceci à ma petite-fille, si vous le voulez bien. » Il se leva, se mit à la recherche de Maria pour un amuse-gueule.

Claude fut à la fois surpris et flatté que le vieux monsieur se fût ouvert à lui de manière si directe. Il se sentit reconnu, on lui faisait confiance. Il fut désolé de ne pouvoir parler à Lady de ce nouveau rapport. Il lança un coup d'œil en direction de Ted Powers — qui parlait avec le juge, maintenant — et se sentit exclu. Il n'y aurait jamais aucun moyen d'entrer en contact avec cet homme, le sénateur lui-même disait de ne pas se fatiguer à essayer. Soit, se dit Claude. Malgré tout, il sentit une pointe de regret.

Lorsqu'ils quittèrent la maison, Lady se tourna vers Lexington mais Claude lui effleura le bras et ils se dirigèrent de l'autre côté, vers la Troisième. La journée était grise et glaciale, avec des petites rafales de vent, des rues désertes.

« Ça n'a pas été si terrible, dit Claude. J'ai eu l'impression d'avoir été un meuble la plupart du temps, mais c'est parfait. Je suis content que nous y soyons allés.

— Sans doute. » Lady marchait à longues enjambées, ils avançaient au même rythme. « Pas un mot, tu as vu. Pas la moindre allusion de regret, d'une responsabilité quelconque de leur part à tous les deux. »

Ils tournèrent à l'angle et se dirigèrent vers la haute ville. La Troisième Avenue avait une odeur spéciale — une combinaison de l'odeur du métro lui-même, avec son bois, son acier, l'ozone, de celle, fade, de la bière, qui s'échappait des bars (il semblait qu'il y en eût un tous les cinq immeubles), des effluves persistants des fruits et légumes des étals disposés sur le trottoir. Plus que toutes les autres rues qu'il connaissait, elle sentait la vie, comme si les Irlandais, les Allemands, les Italiens et les Juifs qui vivaient dans les étages supérieurs des petits immeubles et y cuisinaient depuis un siècle avaient imprégné de leurs senteurs jusqu'aux pavés eux-mêmes.

« Où allons-nous ? demanda-t-elle.

— J'ai pensé que nous pourrions dire bonjour à monsieur Weisfeld. »

À la Quatre-vingt-unième Rue, ils trouvèrent un *candy store* ouvert et achetèrent le *New York Times*.

« Savais-tu que c'était Dewman Fisk qui avait institué la section pour enfants dans les cinémas ? fit Claude tandis qu'ils traversaient au carrefour. Bon Dieu ! Je détestais être obligé de m'asseoir là. Tu sais, je me faisais pincer, ils m'obligeaient à y retourner. Des gosses braillards, de sacrées matrones. En plus, c'était toujours devant et sur le côté, on avait le torticolis.

— Je n'y allais pas souvent, quand j'étais gosse, dit Lady. Une fois de temps en temps, avec ma mère ou la gouvernante. *Fantasia, National Velvet,* ce genre de choses.

— Abbott et Costello ?

— Oh, non. C'était vulgaire, censément. »

Claude rit. « Hum, la tarte à la crème, c'est vulgaire. Tout le problème est là.

— Ils me laissaient voir Chaplin.

— Oui, mais Chaplin n'était pas drôle. Du moins ne m'a-t-il jamais fait rire, *moi*. » Il se tapota la paume de la main avec le journal roulé. « Je me demande de quoi ils avaient si peur. Ton grand-père m'a dit qu'on ne l'autorisait pas à lire Dickens, lorsqu'il était enfant. Thackeray était permis, mais Dickens était vulgaire. Qui dit mieux ? J'ai entendu d'excellents musiciens dire la même chose du jazz. Des gens qui devraient s'y connaître davantage. » Il secoua la tête.

« Snobisme, suggéra Lady.

— Sans doute. »

Devant le magasin de musique, Claude scruta l'intérieur à travers la vitrine puis ouvrit la porte avec sa clef. La cloche d'argent tinta dans la pièce vide. Il alluma les lampes derrière la caisse enregistreuse, donna deux petits coups secs à la porte qui menait aux pièces de Weisfeld.

« Il est peut-être sorti, fit Lady, tout en examinant la vitrine des harmonicas. Regarde celui-ci ! Il est énorme. Je ne savais pas qu'ils en faisaient d'aussi grands.

— Il ne sort jamais. Enfin, presque jamais. » Il tourna le loquet, qui s'ouvrit, appela dans l'escalier. « Aaron ! C'est moi ! Êtes-vous là ? Descendez nous souhaiter Joyeux Noël. Nous vous avons apporté le journal. »

Silence. Claude demeura immobile, les yeux levés vers l'étage. Quelque chose lui disait que Weisfeld était là. Il le sentait.

« Pourquoi ne montes-tu pas ? Tu dis qu'il fait parfois la sieste. Peut-être fait-il un petit somme. »

Claude referma la porte. « Non. Il a dû sortir. » Il ne voulait pas expliquer qu'il n'était jamais monté là-haut, que ç'avait été simplement une convention tacite entre eux depuis presque vingt ans. Il posa le journal près de la caisse enregistreuse.

Ils marchèrent jusqu'à la maison. Traversant Park Avenue au niveau de la Quatre-vingt-dixième Rue, ils s'arrêtèrent un instant sur l'îlot central, où une légère surélévation permettait de voir sur sept ou huit blocs dans chaque direction. L'avenue était totalement immobile, vide de voitures et de piétons. On eût dit une photographie du magazine *Life*.

« C'est presque surnaturel », dit Lady, son haleine visible dans l'air.

À la maison, Lady monta à l'étage, Claude plaça un disque de Bartók sur l'électrophone et s'assit dans un fauteuil avec la partition. C'était la *Musique pour cordes, percussion et célesta*. Claude pensait que c'était le morceau de musique d'ensemble le plus important de la période avant-guerre et l'étudiait depuis plus d'un mois, faisant sans cesse de nouvelles découvertes. Au bout de deux heures, il monta à l'étage. Lady prenait un bain mais elle avait préparé les vêtements de Claude pour la réception de fin d'après-midi chez les Fisk. Tout était soigneusement disposé sur le lit, le costume encore dans le sachet du teinturier, les chaussures côte à côte sur le sol. Elle avait même choisi une cravate, celle de chez Sulka qu'elle lui avait offerte le matin.

Ils avaient prévu d'aller à pied jusqu'à la Cinquième Avenue, mais la température baissait très vite, et quand Claude aperçut un taxi libre allant dans leur direction, il le héla. Il ouvrit la portière à Lady, puis monta à sa suite.

« Quatre-vingt-huitième et Cinquième », dit-il. Aussitôt, il retint son souffle. Il avait reconnu la nuque de Al. « Salut, Al ! » fit-il, instantanément nerveux. La chose ne s'était jamais produite.

Al se retourna et leur sourit de toutes ses dents. « Salut, Claude. Joyeux Noël, m'dame Rawlings. C'est pas une coïncidence, ça ?

— Je suis contente de vous revoir, Al, fit Lady. Vous travaillez aujourd'hui ?

— Oh, pour sûr. Y a de gros pourboires, l'jour de Noël. Emma est dans l'autre taxi. Elle arrête pas, cette femme. » Il passa la vitesse. « Vous voulez le côté Park ou celui de la rue ?

— La rue, mais peu importe. »

Al baissa le drapeau sur le compteur. « Juste pour la frime, les mecs, expliqua-t-il. Emma est très contente de cette télé couleur. C'est arrivé avant-hier et ça marche bien. J'sais qu'elle aim'rait qu'j'vous remercie.

— Ah, tant mieux, parvint à articuler Claude. C'est bien, c'est très bien. » Il se sentait gauche, se rendait compte que Lady lui caressait le genou en lui faisant un petit signe de tête rassurant.

« Il faudra que nous venions voir cela un de ces jours, dit-elle.

— Pour sûr, quand vous voudrez, fit Al.

— Oui. » Claude se souvenait. Plusieurs mois après son mariage, il avait raconté à Weisfeld ce matin terrible où il avait affronté sa mère. « Eh bien, si elle ne sait pas, elle ne sait pas, avait dit Weisfeld. Tant pis. Bien que, en définitive, quelle différence cela fait-il ? Tu es qui tu es. La seule chose à ne pas faire, c'est laisser cette pauvre femme dans son sous-sol, à penser que tu t'es livré à quelque juge- ment moral pontifiant. Tu sais, à propos de sa vie privée, lorsqu'elle était danseuse. Ce serait trop cruel, Claude. Soit un *Mensch*, va la voir. » Il y était donc allé avec Lady et s'était efforcé d'aplanir les choses de son mieux. Lady avait été formidable — à la fois délicate et généreuse, aidant chacun sans en avoir l'air. À présent, tandis qu'ils approchaient de l'hôtel particulier des Fisk, Claude se sentait cou- pable de les avoir si peu revus depuis.

« J't'entends parfois, sur WQXR, fit Al. Ça m'fait toujours un coup, quand y disent ton nom. » Il se gara à l'angle. « Ça ira ici ?

« — C'est très bien, dit Claude. Lady, précède-moi, tu veux bien ? J'en ai pour une minute. »

Lady acquiesça et s'engouffra dans la maison. Claude s'assit sur le siège avant, à côté d'Al. « Comment va-t-elle ?

— Très bien, très bien, fit Al. Équilibrée. Elle bosse dur.

— Tant mieux.

— Y a eu un moment, y a d'ça un an... » Al rajusta son poids sur le siège. « Elle a lu dans le journal que Leo Szilard avait l'cancer. C'est un héros, pour elle, tu l'sais, un grand savant, mais un rebelle, avec toutes sortes d'idées démentes. La v'là donc qui appelle l'hôpital pour avoir des nouvelles, et j'me d'mande comment, elle s'retrouve à parler avec le type lui-même. Il avait décroché d'son lit, et v'là qu'y commencent à parler.

— Sans blagues.

— Elle l'a rappelé tous les deux jours, et la chose l'a tellement excitée que j'ai dû recommencer à être vigilant, tu sais, à faire gaffe aux signaux.

— De quoi parlaient-ils ? » Claude savait que Szilard était l'un des inventeurs de la bombe atomique.

— « J'entendais pas beaucoup. C'était comme si c'était sa chose à elle. J'en sais rien — qu'il devrait essayer un régime végétarien, qu'les dauphins étaient aussi intelligents que les hommes, d'un livre qui s'appelle *Plus jamais de guerre*, des trucs comme ça. Elle était tout excitée par ces téléphones, elle parlait tout l'temps d'ça, comme s'ils étaient de vieux potes, Leo et elle. » Il sourit, secoua la tête. « J'me suis fait d'la bile un temps mais ça s'est arrangé. Elle est pas devenue... » Avec l'index, il fit une spirale en l'air. « En plus, c'étaient des appels longue distance. Pour te dire la vérité, j'ai été soulagé quand le type est mort.

— Je comprends, fit Claude.

— Elle a été triste une semaine puis elle a oublié l'affaire. Impec. »

Ils restèrent silencieux un moment.

« Je vais dans la haute ville, de temps en temps, dit Claude, écouter du jazz dans des clubs.

— Ouais, c'est bien. » Les yeux d'Al repérèrent une femme qui lui faisait signe du bloc suivant. « On d'vrait y aller ensemble un d'ces jours. » Il se prépara à s'éloigner du trottoir. « J'ai été content de te voir, Claude. »

Claude descendit et regarda le taxi s'éloigner. Pour une raison quelconque, il aurait voulu parler à Al des résultats du rapport médical, lui dire qu'il ne pouvait pas avoir d'enfants, mais le moment était passé. À présent le taxi tournait vers l'est et s'en allait.

Lady l'attendait dans l'entrée. « On entre, on mange, on sort, dit-elle.

— Ça me convient parfaitement », fit-il, acceptant ses directives.

La première chose qu'il remarqua fut l'absence de fleurs. Il n'y avait qu'un minuscule arbre de Noël dans un coin du salon. Les gens étaient assemblés par petits groupes à travers la salle — les mêmes que ceux du matin, plus un nombre égal d'autres. Quelques enfants d'âges divers erraient çà et là, sages comme pour les grands jours, parlant à voix basse. Claude chercha Peter des yeux mais ne le trouva pas.

« Te voilà, Lady. » Dewman Fisk inclina vers elle sa longue face de basset et l'embrassa sur la joue. « Et ceci doit être le jeune Claude. J'ai beaucoup entendu parler de vous. »

Ils se serrèrent la main, Claude se rendit compte que l'homme ne se souvenait pas de lui. « Nous nous sommes rencontrés il y a quelques années, monsieur. Mais vous n'avez aucune raison de vous le rappeler.

« — Vraiment ? dit Fisk tranquillement. Eh bien, il faut me pardonner. Tant d'artistes, au fil des années... je me fais vieux, j'en ai peur. » Sa voix se perdit, ses yeux se portèrent sur un autre invité. « Oh, ce cher vieil Henry. Excusez-moi. » Il s'éloigna.

« Je ne sais pas pourquoi, ce type m'a toujours donné la chair de poule, fit Lady.

— En quel sens ?

— Il a quelque chose de visqueux. De moite.

— De moite ?

— Difficile à expliquer. » Elle inspecta la pièce. « Ma tante doit être dans la bibliothèque. »

Elle n'y était pas. Deux garçonnets d'environ dix ans étaient assis par terre sous une grande fenêtre et jouaient au jeu de l'oie. Lady leur fit un petit signe et alla s'asseoir sur le canapé devant le feu. « Je n'ai pas la moindre idée de qui ils sont, dit-elle. Les enfants d'un cousin éloigné, je suppose. »

Claude resta debout près de la cheminée.

De temps à autre, quelqu'un entrait dans la pièce, les saluait d'un signe de tête ou disait bonjour puis retournait au salon. Une bonne leur présenta des coupes de champagne et un plateau de biscuits secs au fromage.

« Qui gagne ? demanda Lady aux petits garçons.

— Moi ! » s'écrièrent-ils d'une même voix, et ils éclatèrent de rire.

Une femme d'une étonnante beauté, avec des cheveux sombres, le teint olivâtre, entra et se dirigea vers la cheminée. Elle était vêtue d'un tailleur noir simple mais élégant et ne portait aucun bijou, à l'exception d'un bracelet en argent et en jade.

« Excusez-moi, fit-elle avec un très léger accent. Je dois vérifier le feu. »

Elle tendit les bras vers l'écran de la cheminée, Claude se pencha pour prendre une bûche dans le

récipient de cuivre. « Attendez, laissez-moi faire »,
dit-il. Elle ouvrit l'écran à demi, il glissa la bûche
dans le feu. Leurs yeux se rencontrèrent lorsqu'elle
referma le pare-feu.

« *Holà*, fit-elle tranquillement. C'est vous.

— Isidra ? »

Elle acquiesça. « À présent, on m'appelle mademoiselle Sanchez. Je suis la gouvernante.

— Oh, très bien. Et les autres ? Le chauffeur...
Comment s'appelait-il ?

— Non, non. Les autres sont partis depuis longtemps. Nous avons un nouveau personnel. »

Claude jeta un coup d'œil à Lady, qui observait
cet échange avec intérêt. « Voici Isidra, je veux
dire mademoiselle Sanchez. » Les deux femmes se
saluèrent d'un signe de tête.

« Vous êtes marié ? » Mademoiselle Sanchez faisait preuve d'une liberté de langage surprenante.

« Mademoiselle Sanchez m'a donné une petite
croix de bois il y a longtemps. Je l'ai toujours, à propos, fit Claude en se tournant vers elle.

— C'est bien, répliqua-t-elle avec un léger sourire.
C'est très bien.

— Non, sans blagues, je l'ai vraiment.

— Elle a fait son travail, peut-on dire.

— Que... », commença-t-il, puis il s'interrompit.
« Je n'ai jamais compris pourquoi vous me l'aviez
donnée. »

Elle salua de nouveau Lady et recula de quelques
pas. « J'étais très jeune. J'avais vu des films où lorsqu'on montre la croix, le démon se ratatine et
s'éloigne. J'étais stupide, vraiment. » Elle tourna les
talons et quitta la pièce.

Au bout d'un moment, Lady interrogea : « Au nom
du ciel, que signifie cela ? »

Claude regarda la porte vide. « Je n'en sais rien.

— Le démon ? »

Il secoua la tête. « Aucune idée.

— Elle parlait de toi ?

— Non, je crois qu'elle m'aimait bien. J'en suis même sûr.

— C'est bizarre. Au fait, elle portait un tailleur Chanel. *Muy caro.* »

La lumière du jour commençait à décliner lorsqu'ils retournèrent au salon. Quatre grandes tables rondes, garnies de vaisselle de gala, avaient surgi comme par enchantement à l'extrémité de la pièce, en bas de la scène. Sur un signe de Dewman Fisk, mademoiselle Sanchez passa de groupe en groupe, annonçant que le dîner allait être servi.

« J'espère, Seigneur, qu'ils ne nous ont pas mis à des tables séparées, murmura Lady. Ah, non. Nous sommes là, face à face. »

Tandis que mademoiselle Sanchez dirigeait les deux petits garçons du jeu de l'oie vers leur table, Claude se pencha et lui demanda à mi-voix : « Où sont madame Fisk et Peter ? »

Mademoiselle Sanchez hésita un moment. « Madame Fisk préfère dîner là-haut. En raison de son état. Ils descendront pour le café. »

Lady et Claude s'installèrent à leurs places, rejoints par les enfants, le docteur et madame Ogelvy, de Cleveland, une dame entre deux âges nommée Benedict, du bureau du gouverneur, Lewis Jadot, un jeune homme véhément qui s'intéressait aux décors de théâtre, un couple âgé dont Claude ne saisit pas le nom.

Les parents de Lady étaient à la table voisine, avec le sénateur Barnes. Dewman Fisk était à la table numéro trois, madame Pincloney, une vieille dame célèbre de la haute société, tenait sa cour à la numéro quatre. Des murmures bas et polis accompagnèrent le consommé.

Lady s'efforça d'entretenir la conversation, mais la tâche se révéla difficile. Elle demanda à l'un des enfants ce qu'il pensait des Beatles.

« Ils sont sympa. Surtout Ringo.

— Je déteste leurs cheveux, fit l'autre gamin.

— Vous êtes musicien, monsieur Rawlings, dit Jadot. Qu'en pensez-vous ?

— Oh, c'est bruyant mais amusant. Ils ont brisé la manière d'écrire sur trente-deux mesures pour la musique populaire et ça, c'est intéressant.

— Je ne comprends pas les paroles, dit madame Ogelvy. Je ne vois pas de quoi ils parlent.

— Oui, c'est difficile, convint Lady.

— Quel dommage que Dewman ne soit plus dans le gouvernement, se lamenta mademoiselle Benedict à propos de rien. Nous avons vraiment besoin de gens comme lui. »

Le dîner prit fin, au grand soulagement de Claude. Il suivit Lady au buffet pour le café. Il regardait par hasard la porte battante à l'arrière de la salle lorsqu'elle s'ouvrit pour laisser passer madame Fisk, dont la main étreignait l'épaule d'un long jeune homme émacié. Ils étaient apparemment descendus par l'escalier de derrière. Avec un choc, et uniquement à cause des verres épais, de la lente dérive des yeux, de la blancheur maladive de la peau, Claude reconnut Peter. Perdu dans les plis de son costume, il était si maigre, si déformé, si hébété, qu'on eût dit un moribond. (Ce qu'en un sens il était. Quelques années plus tard, il devait quitter la maison pour aller étudier l'histoire à l'université de Chicago. Dans son petit appartement luxueux situé hors campus, il se ferait sauter la cervelle avec un Luger allemand de sa collection de souvenirs de la Deuxième Guerre mondiale. Claude entendrait parler de sa solitude, de la façon dont il avait vécu sans ami, sans un seul numéro de téléphone dans son nouveau carnet d'adresses — comment il avait mis le couvert pour deux, placé un disque de Wagner sur l'électrophone, s'était assis à table, puis avait glissé le canon du revolver dans sa bouche. Son corps ne serait découvert qu'au bout d'un certain temps, la police aurait du mal à établir son identité tant l'appartement était dépourvu d'indice.) Claude regarda madame Fisk, sa main qui ne quittait pas l'épaule de son fils, ses yeux invisibles derrière leurs lunettes noires. Elle marchait lentement, s'arrêtant parfois pour répondre aux salutations d'un invité, inclinant la tête avec un sourire crispé. Peter, immobile, regardait dans une autre direction.

« Un peu terrifiant, chuchota Lady. N'est-ce pas ? »

Claude posa sa tasse de café et s'approcha de Peter. Difficile de savoir si le jeune homme l'avait vu venir.

« Bonjour, Peter. » Claude s'efforça de parler d'un ton enjoué. « Vous souvenez-vous de moi ? Claude. »

Il regarda le visage blême, les yeux énormes derrière leurs loupes, sentit un mouvement furtif du côté de madame Fisk. Elle tourna la tête et se rapprocha de son fils. « Qui ? dit-elle. Qui est-ce ?

— Claude Rawlings, madame. Je suis heureux de vous revoir.

— Le pianiste. Vous avez épousé ma nièce. » Une voix cassante.

« C'est exact. » Claude vit que, maintenant, Peter le regardait. « Comment allez-vous, Peter ?

— J'ai abandonné le violon. Je me suis intéressé aux échecs.

— Vraiment ? Nous devrions faire une partie de temps en temps.

— Je n'ai pas joué depuis longtemps. » Il parlait d'une voix mécanique, atone. « Pas depuis que j'ai gagné le championnat Transatlantique. J'avais treize ans, je crois.

— Dites, c'est formidable.

— À présent, j'étudie l'histoire à l'université de Columbia.

— Peter a bénéficié d'une dispense d'âge, dit madame Fisk en l'attirant légèrement vers elle. Viens, mon chéri.

— Au revoir », dit Peter, et il se détourna.

« OK », murmura Claude. Puis, à sa propre surprise, il lança : « Nous devrions sortir ensemble. Aller au cinéma un de ces jours. » Même à ses propres oreilles, la proposition sonna de manière ridicule, désespérément maladroite.

Pour l'événement final de la soirée, Dewman rassembla les enfants et quelques jeunes adultes pour chanter les chants de Noël. Peter n'en faisait pas partie.

« Nous ferez-vous les honneurs du piano ? » demanda Dewman. Il grimpa sur la scène sans attendre la réponse de Claude et disposa les chanteurs sur deux rangs, les plus grands derrière.

Claude alla vers le Steinway, aperçut un feuillet polycopié posé sur le pupitre. Dewman en distribuait d'autres avec enthousiasme. Paroles sans musique. Claude plaqua une série d'accords préliminaires afin que tout le monde, au moins, partît du même ton.

Jingle Bells. Dewman Fisk, se livrant à une activité aussi fougueuse qu'inutile de chef d'orchestre, arpentant la scène devant les enfants.

O Come, All Ye Faithfull. Quelque chose de bizarre, dans le contraste entre les petites voix fluettes et le long visage triste de Dewman, agité de divers spasmes, comme s'il les conduisait sur le chemin de la gloire.

It Came upon a Midnight Clear. Ses bras, se balançant à contretemps.

Silent Night. Ses yeux, débordant de larmes. Pas pour la musique, Claude en était certain, mais sous l'effet de l'émotion spécifique libérée par le rituel. En un sens, c'était comme s'il était seul sur scène et ne voyait les chanteurs que de manière périphérique, pris qu'il était dans le symbolisme de l'événement — une orgie stupide, incroyablement kitsch, narcissique, de sentimentalité. Claude se sentait tour à tour fasciné et malade, au spectacle.

Lorsque la chose arriva, tout alla très vite. Bien que la procédure eût été expliquée à l'avance, le temps sembla s'effondrer à partir du moment où le téléphone sonna pour leur dire de venir chercher le bébé le lendemain. Lady ne ferma pas l'œil de la nuit, réveillant Claude toutes les fois qu'elle entrait ou sortait du lit. Le matin, elle ne cessa de bavarder nerveusement, insistant pour vérifier sans cesse le trajet de la maison à Larchmont.

À présent, dans la voiture qui roulait sur le périphérique nord, elle semblait plus calme. Claude conduisait soigneusement, à vitesse constante, changeant rarement de file.

« Ça arrive, fit-elle.

— C'est vrai.

— Même lorsque j'installais tous ces trucs dans la nursery — Seigneur, ça paraît bizarre, ce mot, *nursery* — même alors, ça n'avait pas l'air vrai, je ne sais pourquoi. J'avais l'impression de mimer les choses. Propitiation, ou un truc du genre.

— Le bébé rendra tout cela réel.

— Je ne veux pas lui donner de prénom avant une semaine. Je veux l'observer pendant une bonne semaine, et alors je saurai son nom. »

L'endroit s'appelait Les Sept Chênes, une grande propriété du dix-neuvième siècle convertie à son usage actuel vers les années trente. La route de campagne fit une grande courbe, Claude aperçut le bâtiment principal — pierre de taille, trois étages, toit d'ardoise — derrière une clôture de fer et un écran léger d'arbres nus. « Nous y sommes. »

Lady regarda mais ne dit rien.

Claude s'engagea dans l'allée. Les instructions avaient été précises et détaillées — où garer, quelle porte franchir, où aller exactement une fois à l'intérieur. Ils sortirent de la voiture et demeurèrent immobiles un instant dans l'air glacé, rassemblant leurs esprits.

Tout était silencieux. Ils suivirent l'étroit tapis d'Orient jusqu'à la troisième porte sur la gauche. Claude frappa doucement, ils entrèrent.

Lady avait souvent parlé de madame Freeling, avec laquelle elle avait eu plusieurs entrevues, mais Claude la voyait pour la première fois. Il s'en était créé l'image d'une grand-mère rose à cheveux blancs et fut interloqué lorsque madame Freeling, une rouquine d'une trentaine d'années, un mètre quatre-vingt, un corps de danseuse, des pommettes hautes de top-modèle, se leva pour les saluer. Il fut conscient qu'elle ne détachait pas de lui ses yeux gris intelligents, même pendant qu'elle saluait Lady et leur faisait signe de s'asseoir.

« Je suis heureuse de vous rencontrer enfin, dit-elle.

— Je vous remercie pour votre aide, fit Claude, légèrement nerveux. Lady m'a dit que vous avez été merveilleuse.

— C'est agréable à entendre. » Elle sourit, reporta son attention vers Lady. « Je pense que vous êtes crispée, un peu à cran. Mais ne vous inquiétez pas. Tout le monde l'est, chaque fois.

— Je vais bien.

— Bon. À présent, un petit rappel. La mère et le bébé sont là-haut. Nous allons monter, entrer dans la pièce. Il n'est pas nécessaire de parler, et en fait, la plupart du temps, la passation se fait en silence. Mais si elle vous dit quelque chose, vous devez vous sentir libre de répondre, bien sûr.

— Y aura-t-il quelqu'un d'autre ? interrogea doucement Lady.

— Non. Seulement nous trois, la mère et l'enfant. Le mieux est de faire le plus vite possible, sans avoir l'air de se précipiter. Ne tendez pas les bras vers le bébé. Laissez la mère vous le donner, et une fois qu'il sera dans vos bras, tournez-vous et sortez aussitôt. Nous pensons que c'est plus facile pour la mère, et nous voulons l'aider autant que possible.

— Bien sûr. » La voix de Lady semblait se faire de plus en plus petite.

Les yeux gris de madame Freeling se tournèrent une fois de plus vers Claude.

« Je comprends », dit-il.

Madame Freeling prit un téléphone sur son bureau, composa un numéro à un chiffre, ferma les yeux pour parler. « Êtes-vous prête à nous recevoir, mon chou ? » Elle attendit un moment. « Très bien. Nous arrivons. » Elle ouvrit les yeux et raccrocha le téléphone. Très vite à présent, elle se leva, les conduisit dans le couloir. Ils se dirigèrent vers la partie centrale du bâtiment.

« L'aile ouest comprend la cuisine et la salle à manger au rez-de-chaussée, les dortoirs à l'étage, expliqua madame Freeling. Ici, dans l'aile est, nous avons les bureaux, les chambres médicales au-dessus. Il y a une salle d'opération pour les urgences. Une installation de premier ordre, et je dois dire que le sénateur nous a aidés à l'obtenir. »

Ils entrèrent dans le hall central et s'approchèrent du grand escalier. L'ameublement suggérait celui d'une demeure privée.

« Est-ce toujours aussi calme ? demanda Claude tandis qu'ils montaient.

— Seulement les jours comme celui-ci. Tout le monde se tient dans l'aile ouest, lorsqu'il y a un départ. L'endroit se fait plutôt silencieux. »

Claude tendit le bras et pressa la main de Lady pendant qu'ils longeaient le couloir. Elle marchait comme une somnambule. Madame Freeling s'arrêta devant une porte, frappa légèrement sur le panneau supérieur en verre dépoli, tourna la poignée et entra.

Une pièce blanche. Un lit d'hôpital, de grandes fenêtres, un lavabo, diverses étagères avec du matériel médical. La mère était debout, tournée vers le mur opposé, sa longue chevelure brune retombant sur sa blouse blanche d'hôpital, son coude gauche visible, mais pas son visage. Claude trouva qu'elle était toute petite.

« C'est le moment, chérie », dit doucement madame Freeling.

Ensemble, ils avancèrent vers elle.

Lentement, le regard baissé vers le visage de son enfant, elle se retourna. Puis elle leva la tête. Ses yeux étaient pleins de larmes — ses yeux, qui s'élargirent soudain, tandis qu'elle reculait d'un pas.

Claude entendit Lady, le hoquet brutal de Lady, et la vit se plier en avant, les mains sur l'estomac, comme si elle avait reçu un coup.

« Joanna, dit Lady. Joanna. »

Madame Freeling réagit promptement. Elle se

plaça entre les deux femmes, tourna le dos à la mère et à l'enfant, saisit Lady par les coudes. « Vous la connaissez ? »

Lady fit signe que oui.

Madame Freeling regarda Claude. Derrière, elle, Joanna s'était retournée vers le mur. « Accompagnez-la au bureau, s'il vous plaît. Je vous rejoins dès que possible. »

Claude conduisit Lady hors de la pièce. « Qui est-ce ? demanda-t-il dans l'escalier.

— Oh, Seigneur. » Lady accéléra le pas. « Je lui ai donné des cours à Spence il y a deux ans. Joanna Moore. Elle était là-bas pour un semestre. Ce n'est qu'une enfant. »

Arrivée en bas, Lady se mit à courir. « Il faut que je sorte d'ici. Je vais dans la voiture. » Elle traversa le vestibule, franchit le seuil, claqua la porte derrière elle.

Claude attendit dans le bureau près d'une demi-heure. Il s'inquiétait pour Lady et se préparait à se glisser dehors pour voir comment elle allait lorsque madame Freeling entra. Elle se dirigea vers son bureau, trébucha, donna un coup de pied si violent à la corbeille à papier que celle-ci alla frapper une étagère en plein milieu du mur avec un fracas énorme. Les papiers s'éparpillèrent en l'air. Claude bondit.

« Oh, asseyez-vous, fit madame Freeling, tirant vers elle son fauteuil par saccades. Vous n'y êtes pour rien.

— Quel est le... Je veux dire comment..., commença Claude.

— Voilà ce qui se passe quand on veut précipiter les choses, sauter par-dessus la procédure. » Elle se prit la tête à deux mains et regarda fixement son bureau. « Je n'aurais jamais dû accepter.

— Le fait qu'elles se connaissent signifie-t-il...

— Cela signifie que c'est terminé, coupa-t-elle. L'anonymat est absolument fondamental. Réfléchissez. Réfléchissez une minute. »

Il réfléchit. « À cause de ce qui pourrait arriver dans l'avenir, dit-il finalement.

— Jamais, plus jamais je ne ferai une chose pareille, proféra-t-elle. Je démissionnerai au besoin. »

Claude serra les mains entre ses genoux avec embarras et évita son regard.

« Vous ne comprenez pas, n'est-ce pas ? fit-elle.

— Ça s'est mal passé. C'est une malchance terrible, Lady s'est précipitée dans la voiture, et, à dire vrai, j'aimerais aller là-bas un moment.

— Oui, certainement, voir votre femme. Il n'y a plus rien à dire de toute façon. Vous pourrez lui expliquer vous-même. »

Claude se leva. « Je suis terriblement désolé, dit-il. Je vois à quel point vous êtes bouleversée.

— Cette petite, là-haut, a eu son bébé il y a quatre jours. Elle était prête. Maintenant, il lui faudra des semaines. Des semaines, si nous avons de la chance. Je suis sûre que vous pouvez imaginer à quel point les choses seront plus dures pour elle, à présent. »

Il hocha lentement la tête.

« Malchance, sans doute, dit-elle. Mais nul doute n'est permis quant à savoir qui va payer. »

Dans la voiture, Lady resta figée comme une statue tout le temps qu'ils roulaient sur le périphérique. Claude commença à expliquer mais elle leva la main.

« Je sais », dit-elle, et elle se mit à pleurer.

« Veux-tu que j'arrête quelque part ?

— Je veux seulement rentrer à la maison. »

CHAPITRE 18

Claude avait déjà la main sur la poignée de la porte lorsqu'il enregistra la présence de l'écriteau fixé à l'entrée du magasin de musique Weisfeld : FERMÉ. La chose le dérouta doublement. D'abord, on était au milieu de l'après-midi, un froid mardi de février, jour ouvrable. Ensuite, l'écriteau, avec sa tache d'eau caractéristique, dans l'angle, en bas et à droite, était celui de Bergman, le prêteur sur gages. Weisfeld n'avait pas d'écriteau de ce genre. Claude sortit sa clef et entra.

Il était venu prendre un livre sur les timbales, parmi ceux qui étaient restés en bas, dans le studio, avec le Bechstein, sur lequel il jouait toujours deux ou trois fois par mois. Mais il se dirigea vers le comptoir et resta planté là, tambourinant sur la surface de verre. Les lumières étaient éteintes, mais en dépit de la pénombre, il constata que le magasin était dans un ordre impeccable, chaque chose à sa place. Il entendit le bruit lointain d'un marteau piqueur sur la Quatre-vingt-sixième Rue — on arrachait une partie du trottoir. Il resta immobile quelques instants. La dernière vente enregistrée avait été d'un dollar quinze.

Il alla vers la porte du fond, l'ouvrit, regarda en haut de l'escalier.

« Monsieur Weisfeld ? »

Il tendit l'oreille mais aucun son. Il attendit plusieurs minutes puis posa le pied sur la première marche de l'escalier.

« Monsieur Weisfeld ? »

Il n'eut pas l'impression de monter mais de flotter très lentement, marche après marche, sa main glissant le long de la rampe mince fixée au mur. Un moment, il eut la sensation d'être à l'extérieur de son corps et de se regarder. Il s'éleva dans une lumière blafarde.

Une pièce étonnamment vaste, presque sans meubles. À droite, un mur entier de livres. Devant, deux fenêtres donnant sur la Troisième Avenue, au niveau des rails du métro aérien, un grand bureau devant l'une, un unique fauteuil capitonné devant l'autre. À gauche, sur le mur nord, une cinquantaine de photographies encadrées, de tailles et de formes diverses, recouvrant la partie la mieux éclairée par la lumière des fenêtres. Le calme bizarre de la pièce, l'immobilité, son propre sentiment d'accomplir une action illicite se combinaient pour créer une impression d'irréalité, comme s'il était sous le coup d'une hallucination. Chaque angle, chaque ombre, chaque jeu de lumière semblait chargé d'une signification insaisissable.

Il traversa maladroitement le plancher de bois nu en direction des photographies, le corps aussi déplacé en ce lieu qu'un bruit tonitruant dans une cathédrale. Les photos étaient anciennes. Une rue résidentielle, une ville étrangère... Des maisons de pierre, avec des balcons de granite, des pilastres sculptés encadrant de longues fenêtres, des portes renfoncées... Un groupe de personnes posant pour le photographe devant l'une d'elles. Avec un choc, il reconnut Weisfeld — jeune, debout auprès d'une femme d'environ le même âge que lui, une petite fille de quatre ou cinq ans devant eux, un homme plus âgé, avec une grosse moustache blanche, deux vieilles dames derrière eux.

La jeune femme, assise sous un arbre dans un parc, une pomme à la main, l'offrant au photographe avec un sourire espiègle. Des douzaines d'images la montrant dans des cadres divers — à cheval, un bébé dans les bras, faisant la grimace en grande robe du soir, pétrissant la pâte avec l'une des vieilles dames dans une cuisine. De nombreuses photographies de l'enfant. Un cliché du vieux monsieur sur les marches d'un grand édifice public. D'autres, des deux vieilles dames, toujours ensemble. Avançant pas à pas le long du mur, Claude comprit qu'il contemplait trois générations d'une même famille, quelque part en Europe, avant la guerre.

Il recula, embrassa du regard l'ensemble de la collection. La famille Weisfeld. C'était déroutant, aussi déroutant que de se réveiller dans des lieux inconnus.

Il se tourna alors vers l'arrière de l'appartement, avança le long d'un couloir vide, passa devant une petite cuisine, une salle de bains, une sorte de bureau dont la porte était ouverte, et qui était plein de livres, de partitions musicales, de disques, avec un grand meuble radioélectrophone en noyer, une table à dessin, une vieille chaise longue usée. Impression d'ordre, de netteté méticuleuse. Il atteignit la porte du fond. Elle était entrebâillée et laissait échapper un filet de lumière jaune pâle. Il s'arrêta.

« Monsieur Weisfeld ? C'est moi. »

Pas de réponse. Il mit le bout des doigts sur la

porte et poussa lentement, le cœur battant si fort qu'il entendait la pulsation dans ses oreilles.

Monsieur Weisfeld, entièrement vêtu, était couché sur un lit étroit. Il avait un livre ouvert sur la poitrine, ses mains fines étaient éclairées par une lampe de lecture. Claude s'approcha et vit le visage pâle de monsieur Weisfeld, ses yeux clos, sa peau luisante de sueur, sa bouche entrouverte, il entendit sa respiration haletante. Une chaise de bois était à côté du lit, Claude s'y effondra, sentant ses genoux se dérober sous lui.

Weisfeld ouvrit les yeux. Ils brillaient avec une intensité anormale. « Alors tu es venu, souffla-t-il.

— Qu'y a-t-il? Vous semblez malade, vous semblez très malade. Vous semblez avoir besoin d'un médecin.

— Je suis malade.

— Mon Dieu, chuchota Claude.

— Le médecin est venu puis reparti. Un de plus, parmi tous ceux que j'ai vus au fil des années. Il m'a laissé des pilules.

— De quoi souffrez-vous?

— As-tu vu les photographies? Dans la grande pièce?

— Oui, mais...

— C'était ma famille. Mon père, ma mère, ma tante, ma femme, et Freida, ma petite fille. Nous vivions à Varsovie. C'était une belle ville, en ce temps-là. »

Claude ouvrit la bouche pour parler mais Weisfeld leva la main. « Laisse-moi te raconter. » Sa main retomba. « Tu es un homme, à présent. Je peux te dire l'histoire. C'est le moment. » Il s'arrêta, regarda son livre et le souleva avec une grimace de douleur.

« Vous avez mal? Où avez-vous mal?

— Mon père était médecin. Il enseignait aussi à

l'université. Un homme distingué, un leader dans la communauté — tu as vu comment il se tient, sur les photos. Droit. Fier. Très riche, aussi, par son père, qui possédait des mines. Ma femme avait été l'une de ses étudiantes. Freida avait sept ans. Ma mère et ma tante s'occupaient de la maison — des deux maisons, encore que nous ayons plus de domestiques à la campagne. Tout était merveilleux, je n'avais connu rien d'autre. J'étais gâté, vraiment, je dois le reconnaître. Un jeune artiste, baigné de musique, prenant tout pour acquis. » Il leva le menton, regarda au loin. Lorsqu'il parla, ce fut d'une voix saccadée, au rythme de sa respiration. « Si étrange. Tellement outré, tellement impossible... Cela n'a duré qu'une seconde, une minuscule seconde, juste au moment où j'ai vu la tache floue, juste avant que ça n'arrive, lorsque j'ai senti quelque chose qui ressemblait à une envie de rire. Je ne peux l'expliquer. » Il leva la main et la passa sur son menton barbu. « 1ᵉʳ septembre 1939. Il y avait eu un raid aérien le matin. Rien de sérieux, juste quelques bombes éparses, aucun blessé. Un geste symbolique, étant donné qu'ils avaient commencé l'invasion, ce que nous ignorions. Une simple démonstration, mais, par mesure de sécurité, nous avions décidé d'aller dans notre maison de campagne. Nous avions une grosse voiture, une énorme Daimler noire aussi grande qu'un tank, avec beaucoup de place pour tout le monde. Je conduisais vers le nord, en longeant la rivière. Freida a vu des avions dans le ciel, au-dessus de nos têtes, et je me souviens de mon père lui disant que c'étaient les nôtres, des avions polonais, qu'elle n'avait pas à s'inquiéter. » Il se redressa légèrement, grimaça de douleur, prit un verre d'eau sur la table de chevet. Il but lentement. Une perle de sueur roula de ses cheveux sur sa tempe. « Nous étions à la périphérie de la ville lorsque mon père s'est aperçu qu'il avait oublié ses cigares. J'ai donc repéré un débit de tabac, je me suis garé, j'ai traversé la rue en courant pour en acheter. J'ai pris les cigares, je suis ressorti sur le trottoir. Un bourdonnement, deux ou trois avions venant du sud. J'ai continué à avancer. J'apercevais leurs visages, à travers les vitres de la Daimler. Freida riait à propos de je ne sais quoi. Soudain j'ai vu le flou, l'ombre d'une ligne presque invisible sur le toit de la voiture. Tu comprends, ce n'était pas l'ombre de l'avion, c'était la bombe elle-même. Il y a eu une explosion. Le souffle à dû me projeter en arrière car je me souviens m'être cramponné au mur pour me relever. La Daimler avait disparu. Il y avait un cratère dans la rue. » Il tourna la tête, trouva les yeux de Claude. « Elle y était. Elle n'y était plus. »

Claude avala sa salive péniblement. Le regard de Weisfeld semblait le paralyser.

« Tu vois ce que je veux dire ? dit Weisfeld. Incroyable. Un tour de passe-passe.

— Qu'avez-vous fait ? » Claude s'efforçait de retrouver sa voix

« Je ne sais pas. Impossible de m'en souvenir. Mais j'ai pu le reconstituer — pas tout de suite, plus tard. J'ai dû marcher jusqu'à la maison.

— Vous étiez sous le choc.

— Sans doute. Mais je suis parti le lendemain avec une valise sur ma bicyclette. Ces photos étaient dans la valise, c'est donc que je les y ai mises.

— Mon Dieu...

— Je suis heureux que tu sois venu. Tu es monté de toi-même, je n'ai donc pas à me sentir coupable. » Il eut un sourire désabusé.

« J'aurais dû venir depuis longtemps. » Claude rapprocha la chaise du lit. « Pourquoi ne m'avezvous rien dit ?

— Je n'ai rien dit à personne. » Il réfléchit un moment. « Enfin, je l'ai dit à Bergman. Il avait connu pire. Crois-moi, deux ou trois ans plus tard, c'était bien pis. À lui, je pouvais le dire.

— Je ne comprends pas, dit Claude. Vous auriez pu me le dire »

— Je sais, dit Weisfeld, mais sans s'expliquer davantage. Ouf. Je dois uriner. »

En une série de manœuvres prudentes, il se redressa, se glissa au bord du lit, laissa pendre ses jambes. « Peux-tu te lever une seconde ? J'ai besoin de la chaise. »

Claude bondit, tendit les bras, prêt à aider.

« Non, non. Ça ira, fit Weisfeld, agrippant le dossier de la chaise et se mettant debout. Ça prend un peu de temps, c'est tout. » Il avança lentement, pas à pas, poussant chaque fois le siège devant lui pour s'appuyer.

« Qu'y a-t-il ? Savez-vous de quoi vous souffrez ? » Claude le suivit dans le couloir.

« Oui. Je le sais. » Il entra dans la salle de bains et referma la porte sur lui.

Au bout d'un moment, Claude l'entendit uriner avec deux gémissements brefs, entrecoupés. « Ah... Ah... » Claude plaqua les mains contre le mur, baissa la tête, s'efforçant de réfléchir à ce qu'il devait faire. Peut-être Bergman était-il dans sa boutique, peut-être pourrait-il...

La porte s'ouvrit, Weisfeld tendit le bras vers la chaise. « On ne peut pas gagner, souffla-t-il. Ou bien ça fait mal parce qu'on ne peut pas uriner, ou bien ça fait mal parce qu'on urine. » Il refit le chemin en sens inverse jusqu'au lit. Lorsqu'il posa la tête sur l'oreiller, il ferma les yeux. « Juste une minute... », murmura-t-il, et s'endormit instantanément.

Vers le soir, tandis que Weisfeld dérivait une fois de plus, Claude s'assit dans le fauteuil de la pièce du devant et contempla le métro. Tout était fermé, désormais, les entrées au niveau de la rue condamnées. « Je savais que les trains allaient me manquer, avait dit Weisfeld cet après-midi. De temps en temps, quelqu'un me faisait un signe, tu sais, ou bien un gosse m'envoyait un bras d'honneur lorsque j'étais au bureau. Ha ! » Claude était à cran, ses doigts labouraient le capiton du fauteuil, son corps était tendu à l'extrême, comme s'il s'apprêtait à recevoir un coup très violent, très douloureux. Il bondit lorsqu'il entendit un bruit de pas dans l'escalier.

C'était Bergman, qui apportait un *cream soda* et ce qui semblait être un récipient de soupe. « Bien, dit-il. Très bien. Est-il éveillé ?

— Je ne crois pas. Il perd conscience presque toutes les heures. Depuis combien de temps est-il ainsi ?

— Aussi mal ? Ça a commencé hier, peut-être avant-hier soir.

— De quoi souffre-t-il ? »

Bergman s'assit au bureau. « Tuberculose. »

Claude sentit une sorte de déplacement, ou de glissement, à l'intérieur du corps, comme si quelque chose de chaud avait été émis à la base de sa gorge. « Comment est-ce possible ? Il ne tousse pas ! Il n'a jamais toussé !

— Ce ne sont pas les poumons. Il y a d'autres tuberculoses.

— Lesquelles ? Quelles tuberculoses ?

— Les reins. Ses reins, atteints depuis longtemps. La chose peut se cacher là. Mais à présent, le docteur Vogel dit que c'est peut-être le cœur.

— Le cœur ? » Incrédule.

« Je sais, je sais. On peut avoir une tuberculose cardiaque, semble-t-il. »

Claude regarda par la fenêtre, sans voir. « Il faut l'amener à l'hôpital.

— Bien sûr. » Bergman hocha la tête. « C'est une bonne idée. Nous devons lui parler.

— Je n'arrive pas à y croire, murmura Claude d'une voix brisée.

— Il pense que ça remonte peut-être à 1939. Il est allé de Varsovie à la Baltique à bicyclette en pleine guerre. Un sacré voyage. Des mois. Un miracle, peut-on dire. En Suède, ils ont cru que c'était le typhus, mais peut-être était-ce déjà ça, et, lorsqu'il est allé mieux, la chose a évolué en silence. »

Ils entendirent un bruit à l'arrière. Ils se levèrent en même temps et se rendirent dans la chambre. Weisfeld avait réussi à s'asseoir.

« De la soupe, de la soupe, fit-il, une soupe merveilleuse. La soupe du soir... » Il prit le récipient et la cuiller.

« Ce n'est pas de la tortue, plaisanta Bergman, plaçant le *cream soda* à portée de main sur la table de chevet. Vous semblez de bonne humeur. Vous vous sentez mieux ?

— Claude m'a remonté le moral. » Weisfeld goûta la soupe.

« Claude pense que vous devez aller à l'hôpital », dit Bergman, debout au pied du lit. Weisfeld fronça les sourcils. Claude s'assit.

« Oui, le plus tôt possible, dit Claude.

— C'est donc l'unanimité, reprit Bergman. Le docteur Vogel, Claude, moi-même. Nous sommes tous d'accord.

— Je vois. Mais non, merci.

— Aaron..., commença Bergman.

— Écoutez ! » Weisfeld pointa la cuiller vers son

sternum. « Que suis-je en train de désigner ? » Il utilisait son ton de professeur. « Moi, n'est-ce pas ? Mon corps, n'est-ce pas ? » Il regarda Bergman. « Qui doit dire ce qui arrive à ce corps ? Moi. C'est moi qui le dis. Dois-je l'expliquer à quiconque ? Non. Je n'ai pas à le faire. » Il avala encore un peu de soupe puis écarta le récipient. « Passons à autre chose.

— Peut-être pourront-ils vous aider, murmura Claude. Peut-être serez-vous plus à l'aise.

— Tu crois ? fit Weisfeld doucement. L'optimisme est une bonne chose. Je l'apprécie. N'empêche que je resterai ici. »

Bergman soupira et hocha la tête.

Claude eut envie de parler mais s'en empêcha au prix d'un gros effort.

« Quelque part, continua Weisfeld, Wittgenstein parle de certaines personnes avec lesquelles il est en désaccord, certains... philosophes, avec lesquels il est en différend. Je ne me rappelle plus où, il utilise l'expression "optimisme abject". » Weisfeld scanda les mots pour les accentuer. « C'est une idée intéressante. » Il s'arrêta, hocha la tête très lentement. « C'est une idée qui nous est familière, à Bergman et à moi. Je me trompe, Ira ? À Bergman, à moi, et à d'autres personnes, que nous avons connues.

— Chut..., fit doucement Bergman. Chut, maintenant...

— Oui, vous avez raison. Je divague.

— Pensez au petit.

— Absolument. » Weisfeld regarda Claude et sourit. « C'est bien mieux. »

Claude mit un moment à comprendre qu'ils parlaient des Juifs de Varsovie. Des Juifs d'Europe, vivants et morts. Il vit de façon presque tangible l'invisible, dans Weisfeld, le poids d'un passé indicible derrière les yeux sombres. Peu importait que Weisfeld eût fait de son mieux pour le lui cacher durant toutes ces années, Claude aurait du savoir... et, à présent, son égoïsme l'emplissait de honte. Ce fut soudain comme si tout rétrécissait aux dimensions de la pièce, qu'ils dérivaient dans l'espace à la puissance trois de l'une des pensées expérimentales d'Einstein, sans autre point de référence pour l'un que la présence de l'autre. Un moment, ces yeux sombres semblèrent plus que Claude n'en pouvait supporter. Mais il tint bon, le moment passa.

Lorsque Bergman annonça qu'il partait, Claude le suivit au rez-de-chaussée.

« Je vais passer la nuit ici, dit Claude. Là-haut. »

Bergman réfléchit, leva même les yeux vers le plafond comme s'il pouvait voir dans la chambre de malade de Weisfeld. « C'est une bonne idée. Cela devient... Quelqu'un doit rester auprès de lui. Nous pouvons alterner, je viendrai donc demain. Qu'en pensez vous ? Vogel revient à la première heure.

— Très bien. Je voudrais lui parler.

— Nous resterons avec lui à tour de rôle, d'accord ?

— Oui, dit Claude. Et peut-être aussi une infirmière. J'en parlerai au docteur Vogel.

— Aaron peut se montrer extrêmement entêté, vous savez. Très fier. Soyez donc prudent. Une chose que vous jugez insignifiante peut avoir de l'importance.

— Comme une infirmière, vous voulez dire ?

— Peut-être. Qui sait ? Il est important pour lui de s'habiller tous les matins, même s'il sait qu'il ne va nulle part, par exemple. Des petits détails.

— Je ferai attention, dit Claude.

— J'allais vous appeler. » Bergman lui tapota le bras. « Il ne voulait pas que vous le voyiez malade. Et en même temps, il avait envie de vous voir, si vous voyez ce que je veux dire. Ça a été comme une petite guerre. »

Claude baissa la tête.

Là-haut, Weisfeld était de nouveau inconscient. Claude s'assit sur la chaise près du lit. Machinalement, il prit un livre et l'ouvrit, pour avoir l'air de lire. Son esprit tournait à vide — pensées et émotions temporairement suspendues, le corps lui-même entièrement relâché. Finalement les mots semblèrent réapparaître sur la page, comme s'ils avaient été écrits à l'encre invisible, et il se mit à lire. Biographie de l'explorateur norvégien Amundsen. Glaciers. Ours blancs. Cieux blancs. Glace blanche. Neige blanche.

« Claude, murmura Weisfeld, rends-moi un service avant de t'en aller. J'ai mal aux pieds et je suis trop paresseux pour enlever mes chaussures. »

Claude se leva. Il faisait sombre, dehors. Il alla à l'extrémité du lit, délaça les chaussures noires de Weisfeld. « Je vais dormir ici ce soir, dans l'autre pièce, si cela ne vous dérange pas.

— Cela n'est pas nécessaire.

— Je sais bien. Mais je ne pourrais pas dormir, chez moi. Je resterais debout toute la nuit à me faire du souci, faites-moi donc cette faveur. » Doucement, Claude fit glisser la première chaussure. La cheville était enflée. Il enleva l'autre chaussure. Il y avait un trou dans la chaussette de Weisfeld, et la cheville était enflée aussi, la peau marbrée.

« Quel mélo ! plaisanta Weisfeld.

— C'est juste que ce sera plus facile pour moi.

— Dans ce cas, n'oublie pas d'appeler ta femme. »

Claude posa les chaussures sur le sol, près du lit, et se rassit.

« À propos, comment vont les choses de ce côté ? »

Claude hésita. Il semblait déplacé de parler de ses

propres problèmes, mais soudain, peut-être à cause de ce qui s'était passé en lui lorsqu'il avait été attiré au fond des yeux sombres, il lui parut encore plus déplacé de n'en rien faire. « Pas si bien, je crois. » Il raconta à Weisfeld sa stérilité, la tentative d'adoption ratée, l'impression de menace qui pesait sur leur couple. Lorsqu'il eut terminé, Weisfeld ne dit rien pendant un moment.

« Cette tristesse, suggéra-t-il finalement. Cette tristesse doit aller dans ta musique. Tu comprends ? Ainsi, elle ne prendra pas le dessus.

— Oh, ce n'est pas si terrible.

— C'est ce que tu dis.

— Je veux dire...

— Tu ne te prends pas au sérieux, dit Weisfeld. Lorsqu'il y a un problème, tu dois le prendre au sérieux. Pourquoi fais-tu cela ?

— Je suis désolé.

— Et ne sois pas désolé.

— Le problème de la stérilité..., dit Claude, il est important, bien sûr. Il est important mais ne me paraît pas urgent. Je crois pouvoir l'affronter. Avec Lady, je ne sais pas. Elle me traite presque comme si j'étais son enfant, ou un truc de ce genre. Je sais que cela paraît étrange.

— Non, cela ne l'est pas.

— Cela me fait peur. Je sens une sorte de vide, et je ne crois pas pouvoir y faire grand-chose.

— A-t-elle toujours envie d'adopter un enfant ?

— Oh, non, fit Claude rapidement. Tout le fourbi a été expédié à l'Armée du Salut dès le lendemain. Elle ne pouvait s'en débarrasser assez vite.

— Je vois. » Il semblait fatigué, à présent, et Claude eut un pincement de remords.

« Les choses vont s'arranger, murmura Claude.

— Bien sûr », dit Weisfeld. Soudain, il ajouta :

« Mais prends-toi au sérieux. Et sois toujours prêt à tout. » Il respira profondément. « C'est une sagesse juive ancienne qui t'est donnée là, crois-moi.

— Je comprends. Vous m'aviez dit quelque chose de semblable, dans le temps.

— Vraiment ?

— Plusieurs fois.

— C'est bien. Écoute-le, alors. » Il ferma les yeux. « Peut-être écouteras-tu un peu mieux cette fois. Après tout, un vieil homme mourant... »

Claude scruta le visage immobile. « Allez-vous mourir, Aaron ?

— Je crois. » Il sombra dans le sommeil, paupières palpitantes.

Claude dormit peu — des épisodes de somnolence sur la chaise longue ponctués de visites silencieuses dans la chambre du fond. Weisfeld était parfois à demi éveillé, et marmonnait des paroles incompréhensibles. Une fois, il fit un petit geste avec la main droite.

À l'aube, Claude le trouva assis au bord du lit. Il contemplait ses chaussures.

« Qu'y a-t-il ? demanda Claude. Que voulez-vous ?

— Je pensais à cette vieille valise. Celle qui était derrière ma bicyclette. Elle doit être quelque part. Complètement usée. En miettes. »

Claude s'avança et s'agenouilla auprès de lui. « Voulez-vous que j'aille la chercher ? Que je vous l'apporte ? »

Weisfeld leva le bras, grimaça de douleur, réussit à poser la main contre le cou de Claude. Il sourit. Ses yeux semblèrent regarder ailleurs, il se mordit la lèvre inférieure.

« Aaron... » chuchota Claude.

« Quelque chose, commença-t-il, quelque chose est... » Soudain, son regard se fit terne, il retomba sur le côté.

Claude prit la main de Weisfeld et la tint entre les siennes. C'est ainsi que le docteur Vogel les trouva deux heures plus tard.

CHAPITRE 19

Claude se ferma peu à peu. Il écrivit à Otto Levits une carte expliquant qu'en raison des circonstances il se sentait tenu d'annuler tous ses engagements, et que, pour ce qui était des concerts, on devait le considérer en congé. Levits répondit qu'il comprenait, mais rappelait à Claude l'enregistrement prévu dans deux mois aux studios de la RCA. Les rendez-vous étaient pris, d'autres personnes comptaient sur lui. Levits avait travaillé dur pour monter l'affaire, l'engagement était considérable en termes de carrière pour Claude. Claude ne répondit pas.

Lady semblait passer de plus en plus de temps hors de la maison, se livrant à des activités non précisées. Au dîner, elle était plus silencieuse que de coutume. D'une façon générale, elle semblait prendre part au deuil de Claude en se retirant avec tact, l'encombrant le moins possible, ne lui faisant aucune demande. Parfois, il était conscient qu'elle l'observait avec inquiétude. Cependant, les semaines s'écoulant, il s'enfonça peu à peu dans une lassitude morne, une sorte de torpeur, qui l'empêchait pratiquement de voir presque tout ce qui l'entourait. Les actions les plus simples devinrent difficiles. Il lui arrivait de rester assis devant la cheminée vide au salon pendant une demi-heure, à se demander s'il allait se faire une tasse de thé. Il était incapable de lire des choses plus compliquées que des journaux ou des magazines. Une matinée entière pouvait tourner autour d'un problème aussi simple que prendre un bain. Il dormait quatorze heures par jour.

Il voyait à peine ce qui se passait sur l'écran de télévision qu'il regardait à longueur de journée. Il ne répondait pas lorsque le téléphone sonnait, n'ouvrait aucune des lettres de la pile grandissante que Lady avait mises de côté pour lui sur la table du vestibule. Lorsque les lettres se répandirent sur la table, elle installa une corbeille.

Il ne touchait pas au piano, n'entrait même pas dans la salle de musique. Il perdit la notion du temps. Il dérivait. Sans musique, le temps n'existait pas.

Une nuit il s'éveilla d'un mauvais rêve — l'histoire confuse, surréaliste, d'une terreur sans nom — et découvrit avec surprise que son corps était en état d'excitation sexuelle. Lady était réveillée. Elle était allongée, comme souvent, à plat sur le dos, les bras croisés sur la poitrine, les yeux fixés sur la fenêtre.

« Tu as parlé dans ton sommeil, murmura-t-elle.

— Qu'ai-je dit ?

— Cela n'avait pas de sens. Je n'ai pas compris.

— Un mauvais rêve.

— Ma psy dit que tu devrais peut-être voir quelqu'un. » Depuis environ un an, Lady voyait une psychothérapeute une fois par semaine, apparemment pour discuter des raisons pour lesquelles, en dépit de son ambition et de son intelligence, elle avait tant de difficultés à s'engager dans un travail précis, stimulant et durable. « Elle pense que tu as du mal à te faire à la situation, dit-elle doucement.

— Je suis certain qu'elle a raison, dit Claude.

— À quoi ça ressemble ? »

La question le surprit. Il la retourna dans sa tête quelques instants. « C'est difficile à décrire. C'est comme si j'étais dans un nuage vide, que je dérivais dans le vide. Rien ne me paraît important. Tout est trop compliqué. Même penser, le plus souvent.

— Est-ce que ça va partir ? Crois-tu que ça va partir ?

— Je n'en ai pas la moindre idée.

— Ne crois-tu pas que tu devrais faire *quelque chose* ?

— Il me semble que je ne l'ai pas vraiment connu. J'ai connu seulement une partie de lui, juste une partie de lui... je commençais juste... » Il n'acheva pas.

« Il était compliqué. Tu me l'as dit un jour.

— Bergman m'a raconté que c'était le meilleur jeune compositeur de Pologne. Tout le monde le disait. Mais ses papiers sont restés là-bas. Tout a été perdu. Et, après la mort de sa famille, il n'a pas pu recommencer. J'ai gaspillé tant de temps... Je veux dire, je me suis contenté de le prendre tel qu'il était. Je n'ai pas... je n'ai jamais... » Il se retrouva littéralement à grincer des dents.

Peu à peu il s'apaisa. Il se tourna sur le côté et tendit la main vers la hanche de Lady, vers la douceur tiède de sa peau, juste au-dessus de l'os. Ils n'avaient pas fait l'amour depuis longtemps, mais à présent, il allait vers elle, avec le sentiment ténu d'une consolation possible. Lorsqu'il lui embrassa l'épaule, la main de Lady le trouva et commença à le caresser doucement. Il se souleva pour entrer en elle. Soudain il vit qu'elle pleurait, sentit qu'elle roulait les cuisses pour se dérober.

« Je ne peux pas, sanglota-t-elle d'une voix enfantine. Je ne peux pas, je ne peux pas. Je suis désolée. » Elle le tenait encore dans sa main.

« Qu'y a-t-il ?

— Pas dans moi. » Elle implorait. « C'est juste... qu'ils sont tous morts, et qu'ils descendent, là, et ça fait drôle, ça fait... » Les yeux débordant de larmes, elle continua à le caresser, se glissa en bas du corps de Claude. Elle poussa un cri plaintif lorsqu'il la repoussa.

Il se mit à dormir dans la chambre d'ami, n'en émergeant que tard le matin, lorsqu'il savait que Lady était sortie. Il buvait de la bière tiède au petit déjeuner, évitait les étages du bas tant qu'Esmeralda était là. Il se préparait alors un sandwich dans la cuisine silencieuse, errait à travers la maison. Parfois, sans rien toucher, il regardait la corbeille du courrier. Des lettres de Levits, deux de l'avocat Larkin, quelque chose de Fredericks, et même un mot de la main de sa mère, sans doute une lettre de condoléances. Il savait que certaines de ces lettres pouvaient être importantes, ainsi que certains des coups de téléphone auxquels il ne répondait pas — mais tout semblait parfaitement lointain. En haut, la porte fermée, il buvait de la bière, regardait la télévision, dormait.

Il y avait quelque chose de familier dans son isolement, dans le fait de cacher des bouteilles de bière et des cacahuètes à côté de son lit, de regarder par la fenêtre pendant des heures — dans les longues, lentes, vagues rêveries qui lui traversaient l'esprit, décousues, surréalistes, parfois extraordinairement vivantes. Il commença à être obnubilé par les textures, les odeurs de son corps, de très petits détails, comme le tissage compliqué des motifs du tapis d'Orient, les formes du plâtre au-dessus de son lit. Et soudain, un jour, assis par terre, construisant paresseusement un château de cartes, il se rappela avoir été enfermé, enfant, dans l'appartement du sous-sol, et comment, à ce moment-là aussi, il n'y avait eu aucun sentiment de l'écoulement du temps, seulement un présent infini, un vide pénétrant, silencieux.

Il n'avait pas compté, mais cela faisait douze jours qu'il n'avait pas posé les yeux sur elle lorsqu'elle frappa à la porte. Elle entra et avança avec hésitation, mais, pour lui, ce fut une intrusion violente, une présence soudaine, aiguë, explosant devant lui, presque douloureusement vivante. Il eut de la peine à la regarder. Elle était parfaitement familière, et pourtant sa vivacité exotique lui donnait quelque chose d'étrange — on eût dit qu'elle venait d'un espace sidéral. Une partie du cerveau de Claude enregistrait qu'elle était normale, que c'était lui qui avait changé. Mais ses sensations lui donnaient d'autres informations. Elle parlait doucement, mais il en fut assourdi.

« Claude, je pars en voyage. » Elle s'assit au bord du lit et posa la main sur son genou. « Demain. Demain matin.

— Où vas-tu ?

— À Palm Beach.

— En cette saison ?

— C'est pour travailler.

— Ah.

— Oh, juste pour prendre des contacts, en réalité, expliqua-t-elle. Mimsi Dunne et moi avons l'idée d'ouvrir une galerie là-bas et nous voulons visiter un local.

— Mimsi... » Il fouilla dans sa tête.

« Tu sais. De Locust Valley. Celle dont le mari est mort dans un accident de voiture.

— Oh, oui. Bien sûr.

— Nous avons beaucoup travaillé là-dessus. »
Elle marqua une pause. Il vit qu'elle était nerveuse.
« Énormément.

— C'est très bien.

— Le fait est que si le local convient, nous nous
y installerons. Je devrais rester là-bas un certain
temps.

— Je vois », fit-il. Il se redressa et s'assit. « Je
comprends. » Il s'efforçait de rassembler ses pensées,
conscient à présent d'un danger. Mais c'était comme
essayer de nager dans la mélasse.

« Je suis inquiète pour toi, continua-t-elle, fixant
ses genoux. Je pense que tu fais une sorte de
dépression.

— Oh, non. Vraiment. » Il écarta d'un geste la suggestion. « Je vais bien, je suis juste... » Il était incapable de trouver le mot.

« Cela va faire bientôt trois mois, fit-elle. Je n'en
peux plus. Tu es parti quelque part, je sais que tu
n'en es pas conscient... » Elle se leva soudain. « Ce
n'est la faute de personne.

— Non. Bien sûr que non. » Il fut surpris de
ressentir un minuscule éclair de colère, une petite
pointe d'émotion, dans le brouillard de sa conscience.
Elle se tirait. Elle avait discuté le truc avec sa théra-
peute, sûrement.

« Tu ne peux pas te cacher pour toujours, continua-t-elle. Il y a des choses que tu dois faire. Peut-
être seul, pourras-tu les affronter. Là, c'est comme si
c'était une maison de repos ou un machin du genre,
et moi l'infirmière. C'est une erreur, ça ne marche
pas. De toute façon, je n'y arrive pas, » Elle alla vers
la fenêtre et revint. « Je suis désolée.

— Tu as raison, fit-il. Je ne peux pas me cacher
pour toujours. Elle a raison.

— Je laisserai son numéro près du téléphone du

bas », dit-elle. Elle cessa d'arpenter la pièce. « Bien sûr, il est compréhensible que tu ne veuilles pas travailler avec elle, mais elle peut te conseiller quelqu'un. Le meilleur, de premier ordre. Elle connaît la situation.

— Travailler, médita-t-il. Bizarre, d'appeler ça comme ça.

— Ce n'est pas une partie de plaisir », répliqua-t-elle.

Il leva la tête, la regarda un long moment. « Pendant que tu... *travaillais*, t'est-il jamais arrivé d'évoquer la raison pour laquelle mon sperme mort te fait si peur ? »

Sous le choc, son visage se figea, elle devint blanche comme la craie. Ses lèvres remuèrent, elle fut incapable de parler. Elle tourna les talons et s'enfuit en courant.

Lorsqu'il sortit de la chambre d'ami, tard le lendemain matin, elle était déjà partie. Le nom et le numéro de téléphone du médecin avaient été laissés sur la table du vestibule. Il prit la feuille de papier, se demandant pourquoi Lady et ses amies semblaient toutes avoir la même écriture — les lettres rondes, pleines, verticales, les points qui étaient en réalité de petits cercles —, la froissa et la jeta dans la corbeille à papier.

Le lendemain, il était assis dans le fauteuil près de la fenêtre au salon, toujours en peignoir de bain bien qu'il fût midi passé, lorsqu'une toux discrète, dans le vestibule, le fit sursauter. Esmeralda se tenait dans l'encadrement de la porte, en manteau, son petit sac à la main.

« Je pars maintenant, dit-elle.

— Très bien.

— La madame, elle dit que je dois venir un matin pour nettoyer. Le lundi, c'est bon pour moi. OK ?

— Bien sûr, c'est très bien. » Il se rendit compte qu'elle était pressée de partir. « Esmeralda, vous a-t-elle virée ?

— Virée ? Je comprends pas ce mot.

— Avez-vous encore du travail ?

— Oh, oui. La madame, elle s'occupe de moi. Je travaille chez sa mère. Avec mon amie Louisa. C'est très bon.

— Je suis content de le savoir.

— OK. Lundi ?

— C'est très bien. Vous avez votre clef »

Elle fit signe que oui et se détourna. Il l'entendit descendre l'escalier, sortir. Il la regarda marcher rapidement sur le trottoir. Juste comme ça, pensa-t-il, admirant son allure pratique, résolue.

Il se rendit compte qu'on sonnait. Il se dit qu'on sonnait peut-être depuis un certain temps et souleva la tête de la table de la cuisine. Il faisait nuit. Il se leva, traversa le vestibule, ouvrit la porte. Il eut besoin d'un moment pour reconnaître Larkin, debout sur le seuil, une serviette mince à la main.

« Puis-je entrer ? demanda l'avocat.

— Oh, oui. Je suis désolé. » Il s'écarta.

« Il fait plutôt sombre, ici. »

Claude alluma la lumière, Larkin le regarda. « Vous avez maigri. Vous laissez-vous pousser la barbe ?

— Non... » Claude s'effleura le menton. J'ai été juste... oh...

— J'ai besoin de vous parler.

— Oui.

— J'ai essayé de vous joindre. Avez-vous reçu mes lettres ? » Le regard, de Larkin tomba alors sur la corbeille du courrier, il s'aperçut qu'il marchait sur d'autres lettres, amassées sur le sol, sous la trappe de la porte. Il enjamba le tas. « Je vois, je vois.

— J'ai été préoccupé, fit Claude.

— Peut-être pourrions-nous monter », suggéra Larkin.

Claude montra le chemin, effleurant les interrupteurs au passage. Ils entrèrent au salon. Larkin s'assit sur le canapé et posa la serviette sur la table basse devant lui.

« Je crois comprendre que votre femme est en Floride », commença-t-il.

Claude acquiesça.

« J'ai reçu un courrier de son avocat il y a quelque temps. L'annonce officielle d'une procédure de divorce. J'ai été désolé d'apprendre cela.

— Vraiment ? » La surprise sembla réveiller Claude. « C'est comme ça qu'elle l'appelle ? Pourquoi vous a-t-elle écrit ?

— Oh, elle sait que je me suis occupé de quelques petites affaires pour vous, dans le passé. Je suppose qu'elle pense que je vous représenterai à l'avenir, si nécessaire.

— Si nécessaire, répéta Claude.

— La durée de la séparation peut être un élément important dans toute procédure ultérieure.

— Vous parlez de divorce.

— Il n'y a aucune mention de quoi que ce soit dans le passé...

— C'est ce qu'il y a dans votre serviette ? interrompit Claude. Sortez-le. Je signerai. Elle veut un divorce, elle aura un divorce. C'est assez simple. »

Monsieur Larkin attendit un moment, comme il l'eût fait si une voiture de pompiers était passée dans la rue, sirènes hurlantes. « Je comprends parfaitement que vous traversez des moments difficiles,

Claude. Mais vous devez faire votre possible pour rester calme, raisonnable. »

Claude respira profondément. Puis il secoua la tête et soupira. « Ah, qu'ils aillent au diable, qu'ils aillent tous au diable.

— Non, fit Larkin. Absolument pas. »

Claude s'affala dans un fauteuil, fixa son regard vers le sol. Il entendait le tic-tac de l'horloge de Grand-Père dans le vestibule.

« Ne coulez pas, dit Larkin.

— Que voulez-vous dire ?

— Il y a des gens qui coulent, simplement. »

Claude ne répondit pas. Mais, au fond de lui, il savait de quoi Larkin parlait. Il fut surpris que l'avocat eût un tel savoir. Il ne s'y serait pas attendu, de sa part.

« Je ne suis cependant pas venu pour cela. » Larkin ouvrit la serviette. « Je suis venu pour monsieur Weisfeld. »

Claude releva la tête.

« Monsieur Weisfeld vous a couché sur son testament. J'en suis l'exécuteur.

— Quoi ? fit Claude, ahuri.

— Il s'est montré admirablement précis dans ses instructions concernant la distribution de ses biens. Ses livres à la Société juive d'histoire, ses meubles, vêtements, etc., à des œuvres de bienfaisance. Quelques petits legs. Mais l'essentiel de sa succession — à savoir l'immeuble, qu'il possédait en totalité, le fonds de commerce, le stock, les dépôts bancaires d'un montant de trente-six mille quatre cent vingt-huit dollars — tout cela est pour vous. »

On eût dit que Weisfeld était revenu d'au-delà de la mort et se tenait dans la pièce avec eux. Le choc de sa présence fut si puissant que Claude sentit quelque chose éclater en lui, une grande explosion brûlante de l'amour de Weisfeld, qui fleurit de manière magique dans sa poitrine et le baigna de son pardon. Il pleura. Il sentit que son âme était lavée, à la fois détruite et reconstruite. Il pleura.

Larkin ne bougea pas tant que Claude pleura. « Je vous quitte, à présent, je peux retrouver mon chemin seul, dit-il. Je vais vous laisser une copie du testament. J'aimerais attirer votre attention sur la fin du paragraphe vingt-trois.

— Très bien, fit Claude, séchant ses larmes.

— Je souhaite vous voir demain. Onze heures à mon bureau, cela vous convient-il ?

— Certainement. Onze heures.

— C'est très bien, alors. » Larkin se leva et s'engagea dans le vestibule. « Paragraphe vingt-trois », rappela-t-il en descendant l'escalier.

Au bout d'un moment, Claude appuya la tête contre le dossier du fauteuil et ferma les yeux. Il se sentait vide, mais en même temps extrêmement conscient de son corps — de ses pieds, de ses genoux, de ses mains, de ses coudes, du murmure bas des signaux que lui envoyaient sa poitrine, son visage, son cuir chevelu. Il sut où son corps finissait, où l'espace commençait. C'était une sensation apaisante. Il sombra dans un demi-sommeil.

Le bruit d'un Klaxon, dans la rue, le ramena à lui. Des groupes réguliers de triolets. Il alla à la fenêtre, aperçut une voiture garée en double file et la silhouette d'une femme derrière le pare-brise d'une voiture bloquée. Elle continuait à klaxonner, s'arrêtait de temps en temps, scrutait la rue, expédiait une nouvelle série de triolets. Finalement, un homme arriva en gesticulant des excuses et fit démarrer la première voiture.

Claude retourna à la table basse et prit le document. Le paragraphe vingt-trois disait ceci :

Pour autant que je sache, je ne me connais aucun parent vivant. Mais dans l'éventualité improbable où, aujourd'hui ou à l'avenir, une personne, quelle qu'elle fût, se ferait connaître en se réclamant de liens du sang, il demeure entendu que mes volontés, telles qu'elles sont exprimées dans ce document, transcenderaient une telle demande. Le bénéficiaire principal est Claude Rawlings, pour l'aider dans son travail, et parce que je pense à lui comme à mon fils spirituel. Je n'aurais pu l'aimer davantage si j'avais été son véritable père.

Claude ne monta pas dans la chambre. Il resta sur le canapé jusqu'à l'aube, le paragraphe vingt-trois sur la table basse, à portée de main. Il le relut souvent au cours de la nuit.

Pour la première fois depuis longtemps, il s'éveilla sans trembler. Le ciel bleu clair, la lumière du soleil qui se déversait par la fenêtre semblaient refléter son calme intérieur. Le monde était là, simplement. Claude se sentit émerveillé devant son éternelle différence, son insouciance paisible. Il se doucha, se rasa, s'habilla, descendit à la cuisine, se prépara un petit déjeuner complet — bacon, œufs (quatre minutes), muffins à l'anglaise, jus de fruits, café —, mangea avec plaisir. Les choses étaient sans équivoque — le goût de la confiture de mûres, le bruit de l'eau dans l'évier lorsqu'il lava la vaisselle, la texture rêche d'un torchon propre. Les sensations captaient toute son attention, le délivrant des pensées et des émotions.

En ville, se dirigeant vers le bureau de Larkin, il oublia de compter les numéros des immeubles, avança cinq blocs de plus et refit le trajet en sens inverse. Larkin, assis à son bureau, ne fit, au départ, aucune allusion à la scène de la veille.

« Il faut savoir que le transfert du capital prendra un certain temps. Il s'agit d'une simple propriété, je ne crois donc pas qu'il y aura de délai. Mais les procédures légales doivent être observées. En tant qu'exécuteur testamentaire, je peux, et ferais, libérer des fonds, si vous en avez besoin.

— Non. Tout va bien. Mais puis-je aller là-bas ?

— Au magasin ? Bien sûr. Vous pouvez ouvrir le commerce, si vous le désirez. L'inventaire, la paperasserie, tout a été fait. C'était un homme remarquablement ordonné, je dois dire, ce qui a facilité les choses.

— Oui. Il était soigneux.

— L'appartement vous surprendra peut-être. Il a laissé des instructions précises afin que tout soit vidé, nettoyé, repeint. »

Claude médita cette information. « Oui, je crois comprendre pourquoi. C'était une sorte de musée de son passé, il ne voulait pas que j'aie à m'en inquiéter. » Il marqua une pause. « Vous savez, en... euh, combien ? presque vingt ans, il ne m'a jamais permis de monter là-haut. Il ne savait pas que je finirais par y aller de moi-même, si bien que si je ne l'avais pas fait, je n'aurais rien su. Qu'a-t-on fait de son corps ?

— Il a demandé une incinération, et aucune cérémonie. Tout a été payé d'avance, au fait.

— Ses cendres ?

— Aucune instruction.

— Ont-elles été gardées ?

— Je ne sais pas, mais je peux certainement m'en informer.

— Merci. » Larkin se tapota les doigts les uns contre les autres et regarda au loin. « Il vous faut savoir également que la Luris Corporation souhaite acquérir l'immeuble. Ils ont déjà pris contact avec moi, je leur ai promis une réponse.

— Qui sont-ils ?

— Une très grosse agence immobilière de promotion. Ils rachètent toute la façade du bloc pour construire une tour d'appartements. J'imagine que leur offre sera généreuse.

— Je ne souhaite pas vendre. En fait, je désire y habiter, dit Claude.

— Je comprends.

— Qu'y a-t-il ? Vous semblez soucieux.

— Je réfléchissais, simplement, fit Larkin. Il y a des forces très puissantes, derrière cette histoire de reconstruction de la Troisième Avenue... Les promoteurs, le maire, le président du conseil municipal d'arrondissement, les syndicats de constructeurs, les associations de voisinage, ce genre de choses. Ils ont avancé très vite dans les années quarante et cinquante, pour le bas de la ville, et à présent ils s'attaquent au haut. Attendez-vous à une certaine dose de pression.

— Mais bon, ils ne peuvent pas m'*obliger* à vendre.

— Non. Sans doute pas. »

Claude était surpris. « Pourquoi dites-vous...

— Le progrès, fit Larkin. Ils parlent d'une grande artère pour rivaliser avec Madison, et même la Cinquième. *Tout le monde* est pour, les journaux, la chambre de commerce. La municipalité a créé des zones d'expropriations pratiquement sur ordre. Toutes les structures construites avant 1901 peuvent être condamnées sans appel, par exemple. Un outil exceptionnellement puissant. » Il eut un sourire désabusé. « Ils ne peuvent cependant pas vous mettre dans cette catégorie. Votre immeuble date de 1908.

— C'est une bonne chose.

— Je vous conseille de réfléchir. Considérant que le gouvernement agit essentiellement de concert avec les promoteurs, et étant donné la façon dont les choses se sont passées pour le bas de la ville, vous pouvez vous attendre à un degré considérable de — comment dire — harcèlement. Harcèlement administratif. Cela peut coûter cher, d'avoir affaire à eux.

— Qui, par exemple ?

— Les inspecteurs du Bâtiment. Plomberie, câbles électriques. Contrôle des structures, sécurité contre l'incendie, ce genre de choses. Ils ne plaisantent pas. Ils sont coutumiers des pots-de-vin, bien sûr. Corruption notoire. Mais pas pour la Troisième Avenue. Leur boulot, c'est d'ouvrir la voie aux démolisseurs. Alors pensez-y. Ils ont déjà acheté, ou presque, tous les autres immeubles. Vous seriez ce qu'on appelle un récalcitrant. Terme péjoratif, dans le climat actuel.

— Je comprends. Je crois que je comprends, murmura Claude. Je vous remercie de vos conseils. Et de vos avertissements.

— Je veux simplement que vous sachiez où vous mettez les pieds. Au fait, j'espère que vous allez vous occuper de tout ce courrier entassé chez vous. J'en ai froid dans le dos. Il doit y avoir des factures, des choses dont il faut s'inquiéter.

— Je vais le faire. Promis.

— Vous vous sentez un peu mieux, j'espère ? »

Claude hocha la tête. « Le paragraphe vingt-trois m'a réveillé. Je pense que je vais aller bien, maintenant. »

Lorsqu'il tourna l'angle pour s'engager dans la Troisième Avenue, il fut pris de court. Le métro, massif, dense, ténébreux, avait disparu. Les rails, les pavés, avaient été remplacés par de l'asphalte lisse, les trottoirs rétrécis. De longs réverbères en aluminium de forme futuriste s'élançaient vers le ciel et s'incurvaient sur la rue comme les antennes d'un insecte enseveli. Partout, des flots de soleil. Une luminosité surnaturelle, inquiétante, qui révélait impitoyablement les petits immeubles accroupis le long de l'avenue. On eût dit des chicots.

En s'approchant du magasin de musique, il vit les vastes panneaux accrochés au deuxième étage des immeubles mitoyens.

IMMEUBLES
en démolition
Une tour d'habitation de 16 étages
sera érigée sur cet emplacement
J. B. Luris
148 West 57ᵉ Rue PL 7-6376

Longeant le trottoir, il vit que les panneaux avaient été placés jusqu'à l'extrémité du bloc. À l'exception du Bar-Grill Cunningham dans l'angle sud, tous les commerces étaient fermés — la boucherie, l'épicerie, le magasin de fruits et légumes, le tapissier, le réparateur de télévisions, et même la boutique de prêteur sur gages de monsieur Bergman —, leurs fenêtres condamnées. L'entrée de l'immeuble de madame Keller, qui n'avait pas de magasin au rez-de-chaussée, était ouverte, mais le panneau des promoteurs barrait sa porte. Ainsi Weisfeld s'était trompé. Elle avait vendu.

Il entra dans le magasin de musique, qui avait l'air différent à cause des flots de lumière dont il était inondé. Il en ressortit immédiatement et déroula l'auvent. Les choses reprirent un aspect plus normal Il s'assit sur le tabouret de Weisfeld derrière la caisse enregistreuse et s'efforça d'intégrer ce qu'il venait de voir. Il semblait impossible que tant d'événements se fussent déroulés en un temps si court. Il y avait quelque chose d'inquiétant, et même de terrifiant, dans la vitesse et l'échelle du changement. L'essence de la Troisième Avenue — les images, les sons, les odeurs qu'il avait connus toute sa vie — avait tout simplement disparu de la surface de la Terre. Ce qui avait semblé essentiel se révélait, en fait, n'avoir été qu'une illusion.

Au sous-sol, le studio était exactement tel qu'il l'avait laissé. La partition du *Concerto pour deux pianos* de Bartók, qu'il avait étudié pendant l'hiver, était encore ouverte sur le Bechstein. Il jeta un coup d'œil à ses remarques et à ses notations avec une curiosité désinvolte, comme si elles avaient été écrites par quelqu'un d'autre. Le livre sur les timbales était sur sa table de travail. Il était incapable de se souvenir de la raison pour laquelle il en avait eu besoin, et n'avait pas envie de s'en souvenir.

Il monta dans l'appartement, qui sentait encore la peinture fraîche, erra de pièce en pièce, faisant mentalement la liste de tous les objets dont il aurait besoin en priorité — un lit, quelques chaises, une table, des lampes, des trucs simples pour la cuisine. Il imaginait un ameublement non moins spartiate que celui de Weisfeld.

Il ressortit. Au moment où il fermait la porte à clef, Bergman émergea de sa boutique. L'enseigne de la corporation, les trois globes de cuivre, avait été enlevé.

« J'ai vu l'auvent, dit Bergman. J'ai compris que c'était vous.

— Nous devrions parler.

— L'Automatique ? Avez-vous le temps ? »

Ils marchèrent jusqu'à la Quatre-vingt-sixième Rue.

« Savez-vous à quoi ça me fait penser ? » Bergman eut un geste large pour montrer l'avenue. « À une vieille femme de quatre-vingt-dix ans, nue. Ça fait mal au cœur.

— Ils ont fait très vite.

— Boum ! » Bergman claqua des doigts. « Comme ça. Le seul truc qui les a ralentis, c'étaient les piliers. Les piliers qui soutenaient le métro. Ils s'enfonçaient profondément dans le sol, ils étaient enfouis dans de grosses fondations de béton. Mais ils ont quand même trouvé le moyen. Des marteaux piqueurs de deux mètres, des chalumeaux spéciaux, des grues énormes, des équipes différentes à chaque étape. Fallait voir ça. »

À l'Automatique, ils firent couler le café du dauphin de cuivre et s'installèrent à une table contre le mur. Bergman remua le sucre et souffla sur sa tasse. Il jeta un regard bref à Claude, comme s'il répugnait à dire le premier mot.

« Je ne me cherche pas d'excuses, commença Claude, mais il m'est arrivé une chose étrange. Une sorte d'hibernation. Je suis simplement allé dans une caverne pendant un moment. »

Bergman hocha la tête.

« Je ne savais plus quoi faire, continua Claude.

— C'est-à-dire ?

— Je ne sais pas.

— Écoutez. La meilleure chose — vous étiez avec lui. C'est ce qui compte. Croyez-moi, je le connaissais.

— Il n'y a pas que cela…, murmura Claude. Je ne le connaissais pas réellement. Il m'a raconté, à la fin… Mais toutes ces années, il ne m'avait rien dit. Je ne comprends pas pourquoi.

— C'est simple. Il voulait que vous soyez… » Bergman chercha le mot « … *séparé*. Il a dû recommencer sa vie de zéro, et vous faisiez partie de cette nouvelle vie. Lorsque vous étiez gamin, il parlait tout le temps de vous, il était si excité ! Quand je l'ai rencontré pour la première fois — en quarante-deux, il venait d'ouvrir le magasin —, ce type-là était une sorte de... comment dites-vous, ces machins-trucs dans les films — zombie. Jamais la moindre émotion. Rien de rien, si vous voyez ce que je veux dire ? Un pied devant l'autre, point final. Soudain, vous étiez là, un petit gosse maigrichon à qui il donnait des leçons de piano. Il avait *besoin* de vous garder séparé. Vous étiez neuf. Vous étiez neuf, vous étiez bon. Alors, peu à peu, il a commencé à se comporter comme un être humain à peu près normal. »

Claude regardait fixement sa tasse, redoutant de parler.

« Voyez-vous, continua Bergman, avec vous, il n'y avait pas de culpabilité. Vous étiez séparé.

— Culpabilité ? »

Bergman soupira. « Je sais que c'est difficile à comprendre. Il se sentait coupable parce qu'il n'était pas dans la voiture avec eux. Il ne l'a jamais dit, mais je le sais. C'est fou, mais c'est comme ça. »

À un niveau plus profond que la pensée, plus profond que la logique, Claude sut instantanément que Bergman disait vrai. Il le sut jusque dans la moelle de ses os. « Vous avez raison, dit-il.

— OK. À présent, vous comprenez. Vous ne devez pas vous faire de souci.

— Nom de Dieu », chuchota Claude, et il secoua la tête.

Dehors, revenant vers l'avenue, Bergman interrogea : « Alors, vous allez vendre ?

— Il pensait que madame Keller ne vendrait jamais.

— Avait-elle le choix ? » Bergman leva les bras au

ciel. « La Ville a condamné son immeuble sans même lui demander son avis. Au moins a-t-elle obtenu un bon prix du terrain.

— Et, vous ? demanda Claude.

— J'ai pas à me plaindre. J'ai vendu soixante-dix mille ce que j'avais acheté six mille. Je peux me retirer en Floride et jouer au mah-jong avec les veuves.

— Je ne pense pas je vendrai, déclara Claude.

— Pas même pour une somme de ce genre ?

— Je veux vivre ici un moment.

— Quoi ? fit Bergman, abasourdi. Mais je croyais que vous aviez épousé une milliardaire !

— Il semble que ce soit terminé.

— Oh. Désolé de l'apprendre. » Il se rapprocha, si bien que leurs épaules se touchaient presque en marchant. Il pencha la tête vers Claude et lui parla du coin de la bouche. « Écoutez, je sais que, de nos jours, tout est différent, mais ne vous pressez pas. Donnez-vous du temps, les choses peuvent s'arranger. On ne sait jamais. »

Claude sourit. « Aaron disait toujours "On ne sait jamais tant que ce n'est pas fini, et quand ça l'est, ça vous fait une belle jambe."

— Eh bien, il sait maintenant. »

Claude s'arrêta, la main sur l'épaule de Bergman. « Vous croyez ? Vous croyez vraiment ?

— Absolument. » Il soutint le regard de Claude un moment, ils recommencèrent à marcher. « C'est drôle, Aaron et moi. Ces salauds de nazis... Nous avons tous les deux perdu nos familles, nous avons tout perdu. Lui était de la haute, moi je venais du bas, pratiquement des taudis. Mais nous avions un tas de choses en commun. Pourtant, ce qui est arrivé nous a atteints différemment. Bien sûr, j'étais juif, mais je suis devenu un vrai Juif. Vous voyez ce que je veux dire ? C'est ce qui m'a permis de tenir le coup.

Aaron, lui, a tout envoyé promener. Il a perdu Dieu. Pas seulement à cause de ce qui lui est arrivé à lui, mais pour les camps, et le reste. Je suppose que j'aurais pu aller dans la même direction, mais, pour une raison ou une autre, je ne l'ai pas fait. Allez comprendre. »

Il lui fallut deux jours pour s'installer. Al lui avait indiqué le nom d'un type de confiance, qui avait un camion et un aide. Il acheta un lit à madame Keller, un bureau et une chaise chez monsieur Bergman, quelques petits meubles à d'autres personnes du voisinage qui se préparaient à déménager. Il trouva des lampes dans un magasin d'ameublement en liquidation à quelques blocs plus bas, sur l'avenue. Finalement, il se rendit dans son ancienne maison, emballa ses vêtements, ses livres, ses papiers.

« Vous embarquez rien d'autre ? s'étonna le vieux. Y a d'beaux trucs, ici.

— Nan ! Tout reste.

— Elle vous a viré, hein ?

— Pas exactement. »

Le vieux secoua la tête. « La vie est une garce. »

Il décida de ne pas ouvrir le magasin pour l'instant et passa ses journées à revoir le stock, à contrôler les livres. Le soir, il dînait dehors ou s'escrimait dans la petite cuisine à essayer de se préparer quelque chose. Son manque de savoir-faire l'irritant, il acheta un exemplaire de *Cuisiner dans la joie*, le lut d'un bout à l'autre. C'était un livre fascinant, bien plus qu'une simple liste de recettes, et qui, dans sa manière d'expliquer les principes de base, supposait une ignorance totale de la part du lecteur, laquelle n'était que trop vraie dans le cas de Claude. Claude le trouva singulièrement réconfortant et le lut tard dans la nuit, retrouvant un vague écho de l'excitation qu'il avait connue enfant avec le *Livre bleu*. Il apprit avec stupeur que la viande de hamburger ne tenait que deux jours, que les œufs restaient bons plus d'une semaine. Il apprit à se méfier d'une flamme haute, comment préparer une escalope viennoise, quelle différence il y avait entre un four doux et un four chaud. Le livre était bourré de surprises et semblait s'adresser directement à lui.

Un matin il s'éveilla et sut, avant même d'ouvrir les yeux, qu'il devait descendre au Bechstein. C'était comme si quelque chose s'était passé dans son sommeil, que des forces plus puissantes que lui se fussent livrées à un débat pendant qu'il était inconscient et que le problème eût été résolu.

Au sous-sol, il s'assit sur la banquette et regarda les touches. Au cours des vingt dernières années, il n'était jamais resté plus de trois ou quatre jours sans jouer, et ce, uniquement pour cause de maladie, voyage, ou circonstances indépendantes de sa volonté. Aujourd'hui, cela faisait plusieurs mois. Il n'avait aucune idée de ce qui l'attendait. Il n'avait pas peur, mais était vaguement stupéfait par la nouveauté de la situation. C'était une chose à la fois familière et excessivement étrange que d'être devant le clavier, d'ajuster sa position de manière réfléchie, de soulever ses mains. Ses mains voulaient jouer Bach, la petite *Fugue en* sol *mineur*.

Les trois premières notes — la note fondamentale, la quinte et la tierce mineure — semblèrent entièrement magiques. Dans leur simplicité, il entendit la signification de toute la pièce, et, de là, de la compréhension de la fugue, lui vint la conscience totale de toute la musique, comme si toute la musique était sous-entendue dans n'importe quelle petite parcelle de musique, comme si toutes les notes étaient contenues dans n'importe quelle note. La perception fut fugitive mais si intense qu'elle anéantit toute pensée relative à lui-même. La musique était là ! La musique était là, depuis toujours, elle serait toujours là ! Elle était tellement plus vaste que la vie, tellement plus forte, tellement irrésistible, elle révélait si puissamment l'existence d'une sorte de paradis sur Terre, qu'elle balaya tout, devant elle. Il aperçut cela dans un flash. Une fraction de seconde.

Il prit une pile de partitions, la plaça du côté des aigus sur le piano — comme dans le bon vieux temps — et joua morceau après morceau, les replaçant du côté des graves lorsqu'il les avait terminés. Il joua toute la journée, prenant une pause chaque demi-heure, quand ses mains devenaient raides. Il remarqua une tension dans les muscles de ses coudes et de ses poignets, et même, l'après-midi, une légère douleur au bas du dos. (Il s'écrivit mentalement une note afin de reprendre son programme d'exercices.) Ses poignets n'étaient pas aussi souples qu'ils eussent dû l'être, la dextérité de ses doigts dans les passages rapides laissait quelque peu à désirer, mais il semblait qu'il eût moins perdu que ce à quoi il s'attendait.

Après un dîner de pasta à l'étage (« Et à présent, élaborons les lasagnes ! » — *Cuisiner dans la joie*), il appela Otto Levits chez lui, lui présenta ses excuses. Il essaya de décrire ce qui lui était arrivé, une sorte de retraite, une sorte de sommeil.

« OK, répondit Levits. Bon, et maintenant, que se passe-t-il ?

— J'ai joué aujourd'hui. J'ai besoin d'un mois pour me remettre en forme mais après, je pourrai travailler.

— Dans un mois vous pourrez travailler ! Vraiment. J'expédie illico des communiqués de presse à toutes les capitales musicales de la planète. Peut-être quelqu'un aura-t-il la bonté de vous offrir un boulot.

— Otto, j'ai dit que j'étais désolé. Je suis sincère. Je n'ai pas pu faire autrement.

— Le *tsuris* que j'ai eu avec ce contrat de disques, vous n'avez aucune idée. Cinq cents coups de fil avec des types furax. Finalement j'ai eu Feldman, ça s'est donc arrangé. Mais comment savoir que vous n'allez pas recommencer à dormir, ou Dieu sait ce que c'était ? On ne peut pas se permettre ce genre de fantaisie, dans ce bizz, vous comprenez ?

— Oui, Otto, je comprends vraiment. » Claude respira profondément. « C'est fini, Otto. Je vais bien maintenant. Cela ne se reproduira plus. »

Une longue pause. « C'est bon, c'est bon. Je vous crois.

— Merci.

— De rien.

— Je n'ai pas touché un piano. Je n'ai pas écouté un disque, pas même la radio. Je m'en suis tenu aussi éloigné que possible. Mais je peux l'affirmer. Un mois pour les mains. Peut-être moins. Probablement moins.

— Bien. Je suis heureux de l'entendre.

— Mais cet après-midi... je ne sais comment l'expliquer... on aurait dit... que ça valait le coup. J'ai eu un moment...

— Quoi ? Que dites-vous ?

— Lorsque j'ai commencé à jouer. Je m'attendais que ça se fasse graduellement, et oui, la partie technique sera graduelle, mais la musique, Otto, la musique... Tout est revenu en une fraction de seconde, comme un flot, ça se déversait sur moi... C'était indescriptible.

— OK, fit Otto en hésitant, traînant sur le mot.

— C'était vraiment indescriptible.

— Hum..., marmonna Otto, toujours incertain, et... euh, Pendant cette période, n'auriez-vous pas par hasard fait l'idiot avec ces trucs qu'ils prennent tous, ce machin, ce LSD ? Je veux dire, c'est moi, Claude, c'est oncle Otto qui est là, au bout du fil, et à oncle Otto, on peut dire n'importe quoi... Vous savez que ce n'est pas un problème. Pourquoi riez-vous ? »

Claude se reprit. « Je ne prends pas de drogue, Otto. Et si jamais je le faisais, ce ne serait certainement pas le LSD, ce truc qui cogne dans le cerveau comme un régiment de bottes nazies. La drogue, ça me fout les jetons, pour vous dire la vérité.

— Je posais la question, c'est tout. De nos jours, je ne sais pas, moi, les gens ont l'air cinglés. Les cheveux, les vêtements, ce truc de l'amour libre. Les gosses qui déclarent que le monde a commencé il y a un quart d'heure. Stupéfiant, ce qui se passe. J'ai une violoncelliste qui adore jouer les nichons à l'air, le croirez-vous ?

— Oui, je le crois.

— Et elle a des engagements ! » Il poussa un grand soupir. « Que voulez-vous... »

Claude s'était vraiment occupé du courrier, y compris une réponse à la Luris Corporation, dans laquelle il les remerciait pour leur offre de rencontre pour discuter au sujet de leur éventuel intérêt à l'achat du 1632 Troisième Avenue, mais suggérait qu'une telle réunion était peut-être inutile étant donné que l'immeuble n'était pas à vendre. Il les remerciait une fois de plus, demeurait etc. Néanmoins, lorsque deux hommes en complet bleu se pointèrent un après-midi, tambourinant de manière continue sur la vitrine du magasin, il comprit qu'ils n'étaient pas venus acheter des cordes à violon. Claude déverrouilla la porte et l'ouvrit à moitié, bloquant le passage de son corps.

« Nous sommes fermés, annonça-t-il. Vous pouvez essayer chez Swann, Lexington et Soixante-treizième.

— Monsieur Rawlings ? » C'était un jeune homme, pas beaucoup plus âgé que Claude, avec un sourire amical sur son visage carré plutôt beau. « En fait, c'est avec vous que nous souhaitions échanger quelques mots. Nous sommes de la Luris. Je m'appelle Tom Thorpe et voici mon associé, Ed Folsom.

— J'ai répondu, répliqua Claude. J'ai écrit la semaine dernière.

— Ainsi vous l'avez fait. » Les yeux de Tom rétrécirent légèrement. « J'espère que nous n'arrivons pas au mauvais moment. Ça ne prendra qu'une minute. »

Claude ouvrit la porte. « Je travaille à quelque chose, en bas », dit-il en se dirigeant machinalement vers le tabouret de Weisfeld derrière la caisse enregistreuse. Tom et Ed restèrent debout en face de lui, de l'autre côté du comptoir. Ed était un lourdaud entre deux âges, qui posait autour de lui des yeux sombres et larmoyants.

« C'est très aimable à vous, commença Tom. J'ai juste pensé qu'il serait plus convenable de me présenter. Les lettres sont si... impersonnelles. D'homme à homme, je trouve que c'est la meilleure façon de traiter les affaires. Je suis sûr que vous serez d'accord avec moi.

— Sans doute.

— Écoutez, j'ai lu votre lettre. Elle est très claire et je vous en remercie. Franchement, je suis venu ici pour prendre la température, pourrait-on dire. Voir si nous pouvions trouver un minuscule terrain d'entente, avec l'idée d'un arrangement au bénéfice de tous.

— Je comprends, monsieur Thorpe, mais...

— Appelez-moi Tom. Je vous en prie.

— Je désire garder cet endroit. Il a toujours beaucoup signifié pour moi. Pratiquement d'aussi loin que je me souvienne.

— Oh, je vois, fit Thorpe avec surprise. Je suis désolé. Je ne m'en doutais pas. Je pensais que vous aviez récemment, euh, je pensais qu'il n'y avait que quelques mois que...

— Monsieur Weisfeld m'a légué cet immeuble, expliqua Claude. Il a été mon premier professeur de piano, j'ai travaillé ici toute mon enfance, comme assistant en quelque sorte. » Claude perçut une lueur d'impatience dans l'œil de Thorpe et décida d'accélérer les choses. « L'endroit ne m'appartient pas réellement, vous savez. C'est plutôt comme s'il me l'avait laissé en fiducie.

— Vous en êtes cependant, ou en deviendrez bientôt, le propriétaire légal, avec tous les droits de vendre si vous le désirez.

— Légalement, oui. »

Thorpe sembla méditer ces paroles.

« Je pensais, continua Claude, que vous pourriez construire autour. Un inconvénient, mais sûrement mineur. Je ne suis pas très informé de ces problèmes. J'espère que cela ne causera pas d'ennuis.

— Non, non, coupa Thorpe rapidement. Absolument. Nous pourrions construire autour. Certainement, nous le pourrions. C'est seulement du point de vue architectural — esthétiquement parlant — nous recherchons une certaine apparence. Un courant de lignes continues.

— Je suis sûr que ce sera un très bel immeuble. »

Thorpe n'eut pas l'air d'avoir entendu. Ed, immobile derrière Thorpe, adossé à l'énorme vitrine d'acajou, croisait les bras et fixait Claude de ses yeux sombres.

« Je crois vraiment, reprit Thorpe, à la lumière de votre attachement sentimental, parfaitement compréhensible, pour ce lieu — que nous ignorions jusqu'à ce jour, ce qui vous prouve bien que le face-à-face est la meilleure manière de traiter les affaires —, à la lumière de ceci, dis-je, je pense être en mesure de persuader la société de corriger son offre initiale. » Il regarda Claude avec un sourire engageant.

« Je suis désolé, dit Claude. J'imagine que le fait de traiter avec tant de personnes, dans des situations si différentes, vous laisse penser que j'essayais de faire grimper les prix. Les gens agissent ainsi, probablement. Je le comprends très bien. Mais tel n'est pas mon cas. Il ne s'agit pas d'argent. En vérité, je tiens cet endroit pour un legs moral. Du moins est-ce ainsi que je l'envisage.

— Bien sûr, admit Thorpe. Le problème, c'est que l'argent finit toujours par entrer en ligne de compte. Ainsi va le monde. Certains trucs vous font gagner du fric, d'autres vous en font perdre. Vous en coûtent. Il y a différentes façons de voir les choses. » Il hocha la tête à cette triste constatation.

Claude se pencha en avant et mit les bras sur le comptoir. Les deux types attendaient. « C'est ce que m'a conseillé mon avocat », dit-il finalement en détachant ses mots.

« Le problème..., commença Thorpe, mais son compagnon l'interrompit.

— Laisse tomber, Tom, grogna Ed en se redressant. Monsieur Rawlings est occupé. Merci de nous avoir consacré du temps, monsieur. »

La tête de Thorpe pivota avec surprise.

« De rien. » Claude salua Folsom. « Désolé de ne pouvoir vous venir en aide. »

Claude les raccompagna jusqu'à la porte, recula d'un pas pour les regarder à travers la vitrine tandis qu'ils avançaient sur le trottoir. Folsom se dirigea vers le carrefour. Il semblait répondre, tandis que Thorpe passait d'un côté à l'autre, tout en parlant avec animation. On eût dit qu'après avoir essayé sans succès une oreille, il se dépêchait d'aller vers l'autre.

Une Cadillac les attendait au bord du trottoir. Thorpe tint la porte à Folsom et s'engouffra à sa suite dans le compartiment arrière. La voiture démarra.

Il semblait qu'ils fussent tous irlandais. Monsieur Muldoon, un petit homme carré avec des cheveux grisonnants taillés en brosse, des yeux verts très près du nez : « J'dois contrôler l'installation électrique, déclara-t-il, présentant ses pièces justificatives de la Ville de New York.

— Simple curiosité, interrogea Claude. Qu'êtes-vous censé faire si je dis non ?

— De quoi de quoi ? Ça vient de la Ville. Pouvez pas dire non.

— Vous iriez chercher un flic ? C'est cela ?

— Dites donc, vous ! Suffit comme ça ! Y m'ont dit d'regarder les câbles, j'suis là pour ça.

— Vous ont-ils dit ce que vous deviez trouver ?

— Eh, mec, les outils, ça pèse lourd. Vous m'laissez entrer ou quoi ? »

Claude le laissa entrer.

La semaine suivante ou à peu près, il laissa entrer monsieur Heaney, inspecteur de la Protection contre l'incendie, monsieur Crawford, qui jeta un coup d'œil à la plomberie, monsieur O'Dougherty, inspecteur des Bâtiments, qui arriva avec un assistant. Très vite, les lettres officielles commencèrent à affluer. Claude les envoya à monsieur Larkin, lequel finit par téléphoner.

« Ils vous ont coincé, j'en ai peur.

— Pouvons-nous faire appel ? Aller en justice ?

— Oui, certainement. Mais les frais seront élevés, les résultats incertains. Nous devrons avoir nos propres inspecteurs assermentés pour contrecarrer leurs affirmations — et qui sait, l'immeuble est ancien, certaines sont peut-être justifiées. Le travail légal se chiffrera en un nombre considérable d'heures, davantage s'ils nous compliquent la tâche, ce dont on peut raisonnablement supposer qu'ils ne se priveront pas.

— Que recommandez-vous ?

— Si c'était moi, je vendrais.

— Oui, soupira Claude, c'est probablement la chose rationnelle à faire. » Il marqua un temps. « J'y ai pensé, mais, pour une raison quelconque, je ne peux m'y résoudre.

— Dans ce cas, je ne vois d'autre terme à l'alternative que celui de se mettre en conformité. Si vous le faites, je ne vois pas ce qu'ils peuvent contre vous.

— Ce qui entraîne ? » s'enquit Claude. Il entendit un bruissement de papiers au bout du fil.

« Des points majeurs, fit Larkin. Refaire l'installation électrique de l'immeuble. Percer le mur du fond au premier étage pour installer une porte à feu. Remplacer la chaudière et le ballon à eau. Il y a des observations concernant la largeur illégale de certaines conduites dans l'appartement, mais c'est à peu près tout.

— Pouvons-nous utiliser les fonds provenant de la succession pour faire les travaux ?

— Oui, nous le pouvons. Ce sera plus que suffisant.

— Faisons-le donc.

— Très bien. J'envoie un courrier ce jour pour informer la Ville de notre intention de nous mettre en conformité. Ils seront surpris, j'en suis sûr. Nous devrons procéder à un appel d'offres. Désirez-vous que je m'en charge ?

— Je vous en prie. Et j'apprécie votre aide.

— Vous serez facturé à mon tarif habituel. Mais le dossier est amusant. J'espère simplement que rien ne clochera. »

En quelques jours, des équipes de la Luris construisirent une sorte de tunnel à ciel ouvert qui partait de la Quatre-vingt-troisième et longeait le bloc jusqu'à la Quatre-vingt-quatrième. Avec des piquets, du contreplaqué et des planches de deux sur quatre, un plafond de protection fut installé sur le trottoir. La structure ne s'arrêtait pas devant le magasin de musique, mais l'accès à la rue n'en fut pas gêné. Claude fut stupéfait de la rapidité avec laquelle le travail fut effectué.

Une semaine plus tard, ses propres ouvriers commencèrent à arriver, dès sept heures du matin, se dispersant ensuite à travers l'édifice pour vaquer à leurs diverses tâches. Lorsque les vieux câbles furent arrachés, l'air s'emplit de poussière de plâtre et Claude fut obligé d'emballer tous les instruments, sans leurs étuis, dans des cartons fermés. Il recouvrit les pianos avec des draps, vida les vitrines, empila les livres, les partitions, les fournitures, les feuilles de musique et les manuscrits dans tous les lieux clos, ou relativement protégés, qu'il put trouver. D'énormes fracas émanaient de la chaufferie au sous-sol, le martèlement régulier des bottes des plombiers travaillant aux conduites résonnait à l'étage. C'était un spectacle quotidien de désordre et de confusion, les ouvriers en agitation constante, la poussière s'infiltrant partout, l'outillage électrique gémissant à des fréquences douloureuses, les fils s'enchevêtrant sous les pieds, les équipements et matériaux de construction encombrant le moindre espace.

Un jour, en fin d'après-midi, après une semaine de chaos sans le moindre progrès visible, Claude s'assit, seul, sur une chaise pliante près de la porte d'entrée, et considéra la pagaille. Il était épuisé. Il avait l'impression d'avoir déplacé chaque objet une douzaine de fois, il ne reconnaissait plus le magasin. Il eut un moment de doute. Avait-il eu tort ? L'endroit ressemblerait-il jamais à ce qu'il avait été, retrouverait-il son atmosphère ? Il se leva et marcha prudemment vers l'arrière, enjambant divers obstacles pour examiner le mur du fond, à l'endroit où la porte à feu serait installée. La paroi était déjà dénudée jusqu'aux briques. Tendant la main pour l'effleurer, il se rappela soudain la nuit où il avait réveillé Weisfeld, qui était descendu en chemise de nuit, totalement égaré. La brique nue se trouvait exactement à l'endroit où Weisfeld avait posé les mains. Claude interpréta cela comme plus qu'une coïncidence.

Larkin appela le lendemain matin.

« Ils ont monté leur offre de quinze pour cent. Ils disent que c'est la dernière, qu'ils le font uniquement parce que le programme des travaux les oblige à s'engager dans une voie ou une autre pour la nouvelle construction. Que dois-je répondre ?

— Je devrais les remercier, mais pas de merci. Regrets sincères de n'avoir pu leur venir en aide. » Claude était obligé de crier pour se faire entendre à cause du bruit des marteaux.

« Savez-vous ce qui me surprend le plus ? fit Larkin. Qu'ils n'aient pas trouvé un moyen de bloquer notre permis de construire.

— Peut-être sont-ils tombés sur un type honnête. »

À présent, les camions de la Luris arrivaient tôt chaque matin et occupaient tout le côté ouest de l'avenue. Des déversoirs furent construits. Les démolisseurs commencèrent à désosser simultanément tous les immeubles du bloc, en commençant par le sommet et en descendant au fur et à mesure. Il y avait des ouvriers partout, on eût dit des fourmis crapahutant sur quelque énorme gâteau détruit.

La dernière des équipes de Claude fut celle des chauffagistes. Faire descendre le nouvel équipement du camion et l'introduire par le conduit extérieur (comme le Bechstein dans le temps) impliquait le démantèlement d'une partie de l'échafaudage de la Luris, ce qui donna lieu à un certain nombre de discussions, d'arguties, de délibérations. Finalement le travail fut terminé.

Après une seconde tournée d'inspections de la Ville — un peu pour la forme, cette fois, sembla-t-il à Claude —, l'immeuble fut déclaré conforme. La tâche suivante consista à nettoyer le magasin et à replacer le stock. L'aspect original de l'intérieur était gravé dans son esprit, bien sûr, il savait qu'il pourrait remettre chaque chose exactement à sa place. Il commença par l'arrière, près de la nouvelle porte à feu. Il enleva les draps qui recouvraient le Bechstein et commença à jouer plusieurs heures par jour.

Une nuit, alors qu'il était couché dans son lit au premier étage, il fut réveillé par un fracas énorme, si puissant qu'on eût dit une explosion. Il se précipita au rez-de-chaussée et découvrit qu'une benne à ordures municipale avait été projetée à travers la vitrine, envoyant des éclats de verre dans tout le magasin. Des fruits pourris, des journaux, une pantoufle moisie, divers détritus jonchaient le sol. Claude appela la police et passa le reste de la nuit à nettoyer. Le lendemain, il obstrua le trou béant avec un morceau de contreplaqué. Une semaine plus tard, la même chose arrivait à l'autre vitrine. Une fois qu'il l'eut condamnée aussi, il fit très sombre à l'intérieur du magasin et il dut laisser les lampes allumées pendant la journée. Claude décida qu'il serait peut-être sage d'attendre avant de remplacer les vitres et différa la réouverture. Il se consola en se disant qu'à présent ils avaient fait tout ce qu'ils pouvaient faire, à part poser des bombes, et qu'il n'avait plus qu'à voir venir. Il pensait qu'ils n'oseraient pas faire quelque chose d'aussi évident que mettre le feu, et, en ceci au moins, il ne se trompait pas.

Travaillant au Bechstein, il prit conscience d'une curieuse tension dans les muscles de ses bras et de son dos, une sorte d'épaisseur dans son corps, qui empêchait la musique de circuler comme elle eût dû. Il pouvait en contrôler une partie par un effort de volonté mais ne réussissait pas à s'en débarrasser entièrement. Il appela Fredericks à Paris, lequel prescrivit de longs bains chauds, des exercices de respiration profonde, deux kilomètres de marche quotidiens, faire l'amour tous les jours (Claude passa là-dessus) et des manœuvres spécifiques de relaxation des mains, des bras, des épaules. Fredericks dit aussi que le phénomène était tout à fait banal et disparaîtrait sans doute, même si Claude ne faisait rien. La chose à éviter était d'en être obsédé, ce qui ne ferait que le prolonger. « Cela passera, dit Fredericks, continuez à travailler. Un beau jour, vous vous réveillerez, tout sera parti. »

Claude avait supposé que la démolition commencerait à l'extrémité du bloc. Cependant la longue grue avec la boule vint se placer exactement en face du magasin de musique. Claude se précipita à l'extérieur et se mit à secouer les ouvriers par le col de leur bleu de travail. Finalement, l'un des contremaîtres lui expliqua que le premier immeuble à être détruit serait celui de la porte à côté, celui de madame Keller. Lorsque Claude demanda pourquoi, le type haussa les épaules, « C'est le plan. Commencer par le milieu et continuer. »

Le lendemain, Claude déballait des livres à l'avant du magasin lorsqu'un fracas énorme, plein de vibrations en cascade, emplit soudain l'air. Le sol trembla sous ses pieds, une fine poussière apparut comme par enchantement. Claude était accroupi, et, lorsqu'un nouveau fracas se fit entendre un moment plus tard, le choc fut si violent qu'il perdit l'équilibre et tomba à la renverse. Il se remit debout, se demandant ce qu'il allait faire — dans la mesure où il y avait quelque chose à faire.

Le troisième choc fut peut-être encore plus puissant. Il fit vaciller l'immeuble entier. Claude, par hasard, regardait la cloche d'argent au *mi* bémol accrochée à la porte au moment où il se produisit. La cloche résonna faiblement, Claude demeura un moment hypnotisé par le son. Il se concentra entièrement sur elle, et, lorsqu'elle tinta de nouveau au choc suivant, il se prit à comparer sa clarté délicate au grondement sourd, profond, chaotique, de la porte voisine. Il demeura immobile, les yeux fermés, écoutant avec une concentration totale, s'efforçant de percevoir l'intégralité du spectre sonore. Inconsciemment, il commença à chronométrer les chocs de la boule de démolition, à les anticiper.

Soudain, une chose extraordinaire se produisit. À l'instant précis du fracas, suivi, une fraction de seconde plus tard, du tintement de la cloche, il entendit, comme dans une hallucination, le son complet d'un orchestre et d'un piano jouant deux accords successifs, le premier dissonant, le second consonant. L'hallucination fut claire, précise, achevée dans ses moindres détails musicaux, et il l'enregistra instantanément dans sa mémoire. Dès lors, ce fut comme s'il était devenu sourd aux bruits réels. Bien que ses yeux et la plante de ses pieds l'informassent que la démolition continuait, il n'entendit plus rien. Les deux accords gravés dans sa mémoire, il marcha lentement vers l'arrière du magasin, descendit l'escalier, prit un crayon et un papier, s'assit au Bechstein. Il lui fallut une demi-heure pour extraire les deux accords de sa tête et les transcrire totalement sur le papier. Lorsque ce fut fait, il resta assis une heure à les contempler, l'esprit fonctionnant à toute vitesse, prolongeant la moindre implication musicale concevable de la tension qui leur était inhérente. Il entrevoyait structure après structure, son excitation croissant au fur et à mesure que grandissait sa capacité à en imaginer de plus en plus complexes, jusqu'à ce que finalement, tremblant d'allégresse et de terreur, il s'obligeât à se lever, à marcher dans le studio pour se calmer. Il avait désormais beaucoup de travail à faire — une pièce entière a écrire — et savait qu'il aurait à se contrôler. Autrement, la musique l'engloutirait, l'aspirerait hors de l'existence comme un astre géant avale une comète.

Au cours de ses études, Claude avait appris beaucoup de choses sur le concerto — du baroque, en passant par le classique et le romantique, jusqu'à l'œuvre de Bartók avant la guerre. Il savait comment la forme s'était développée. Il n'ignorait pas non plus le sens double du mot : se joindre, travailler de concert, mais aussi, du latin, lutter, combattre. La cloche d'argent au *mi* bémol représentait l'instrument solo (le piano) engagé dans une bataille pour la survie contre les sons plus puissants de la démolition évoqués par l'orchestre. Cela lui était venu, il en était certain, dans un moment d'inspiration inconsciente, provoquant une hallucination auditive qu'il interprétait comme la confirmation mystérieuse de l'idée dans son ensemble.

Il traîna le vieux tableau noir au centre de la pièce, entreprit d'ébaucher diverses structures de ritornello sonata utilisant des symboles, esquissa vaguement un avant-projet. Dans sa bibliothèque personnelle, il trouva la partition du *Quatrième Concerto pour piano* de Beethoven et l'analysa, accordant une attention particulière à la lutte sauvage du deuxième mouvement. Il s'obligea à quitter le studio et à traverser l'escalade de violence qui se déroulait à l'extérieur pour se rendre à la bibliothèque Juilliard, afin de consulter le *Conzertstück* de Weber, les deux *Concertos* de Liszt, le *Concerto pour piano* de 1926 de Copland, et même le *Concerto pour piano* de Schönberg de 1942. Il tira les éléments de base de chacun d'eux et les ramena chez lui, y réfléchit.

Lorsqu'il commença à écrire le premier mouvement, il connut plusieurs faux départs. Les deux accords magiques devaient être formulés pour la première fois dans le deuxième mouvement, Si bien que, dans une certaine mesure, il devait écrire à reculons, en avant et en arrière à la fois. Il parvenait à maintenir la concentration requise pendant des laps de temps de deux à trois heures, après quoi il était pris d'agitation et se mettait à écrire trop vite.

Lorsque cela arrivait, il marquait une pause d'une heure, mangeait quelque chose, prenait un bain chaud, lisait le journal, rangeait le stock. Tout, pour cesser de traquer la musique, tout, pour calmer sa fièvre. Une fois apaisé, il retournait travailler. Très vite, les journées commencèrent à se bousculer. L'immeuble continuait à trembler, le fracas, les rugissements, les marteaux piqueurs, les compresseurs, le bruit des camions géants n'arrêtaient pas de la journée, mais il était trop absorbé pour s'en aviser. Souvent, il émergeait du studio au milieu de la nuit, surpris par le silence.

Au lit, il lisait des partitions de Bartók jusqu'à ce que ses paupières s'alourdissent, que son cerveau se mette à divaguer. Ses rêves étaient surréalistes, pleins de couleurs. Les démolisseurs l'éveillaient chaque matin.

Il dînait tard, au bar-grill de la Quatre-vingt-sixième Rue. Tranches de corned-beef coupées à la commande, chou et pommes de terre à la vapeur pris à la table chauffante. Lorsqu'on lui apporta sa bière, il vit qu'elle était verte.

« Que se passe-t-il ?

— Saint-Patrick. La première est offerte par la maison. »

Il remarqua alors les décorations, les drapeaux verts, les guirlandes de trèfles découpées dans du papier d'argent. Une foule chahuteuse se pressait au bar, des gens debout sur deux ou trois rangs qui se tapaient dans le dos, criaient, riaient, renversaient de la bière sur le sol. Beaucoup, il le savait, avaient bu toute la journée, après la parade de la Cinquième Avenue, et s'en retourneraient finalement chez eux, titubant, vers les taudis des rues sombres entre la Troisième et la Deuxième, la Deuxième et la Première. Ceux-là, presque tous des ouvriers entre vingt et trente ans, étaient les jusqu'auboutistes, prêts à tout flamber, et il y avait quelque chose de lugubre dans cette hystérie générale. Deux conducteurs de bus encore en uniforme tenaient chacun une pinte de panaché, bière et whisky, et vidaient leurs chopes à qui irait le plus vite. Le perdant dut payer deux tournées de whisky.

Seul à sa table contre le mur, Claude mangea rapidement, pressé de quitter ce vacarme. Il commanda une seconde bière et, histoire de rire, s'offrit un coup de Jameson. Conscient de la chaleur agréable qui se répandait dans son estomac, il avança prudemment vers la porte.

« Pardon, fit-il. Excusez-moi. »

Un jeune homme aux cheveux sombres glissa sur le sol humide, Claude le rattrapa de justesse par le coude pour l'empêcher de tomber.

« Merci, mec. » Il avait peut-être seize ans.

Dehors, les trottoirs étaient bondés de fêtards. Mais la foule diminua dès qu'il eut tourné le coin pour descendre la Troisième. À la fin du bloc, l'avenue, baignée de la luminosité surnaturelle des nouveaux réverbères qui modifiait de manière subtile toutes les couleurs, était déserte. Tout en marchant, Claude réfléchissait à la question de Fredericks sur la superstition. Il y avait répondu de manière assez honnête car il se considérait comme quelqu'un de rationnel. Mais, en même temps, les accords magiques semblaient venir d'un autre monde. Plus il y travaillait, plus ils lui paraissaient porteurs d'un message. Il était troublant de constater que quel que fût l'endroit du concerto sur lequel Claude travaillait, ils semblaient contenir les indices — parfois infimes, parfois indubitables — dont il avait besoin pour continuer. Telle la cruche d'or de la légende, ils ne se vidaient, ne s'asséchaient jamais.

Lorsqu'il traversa l'avenue au niveau de la Quatre-vingt-quatrième Rue, il aperçut deux hommes dans l'angle nord-ouest qui se tenaient par les bras pour danser une gigue, leurs écharpes sombres flottant autour d'eux, leurs visages teintés de vert par la lumière artificielle. Ils se mouvaient avec précision, les talons de leurs lourdes bottes frappaient le trottoir en cadence, leurs corps épais s'inclinaient pour danser en rond comme autour d'un antique feu de tourbe.

Claude s'engagea sur le trottoir. Ils changèrent de direction et se dirigèrent vers lui, toujours en dansant. Le plus grand tendit un bras arrondi et s'efforça d'enchaîner Claude pour l'entraîner dans la danse. Instinctivement, Claude se rejeta en arrière.

« Sûr, maintenant, que tu vas danser », ricana le type en se courbant brusquement pour enfoncer son bras sous celui de Claude.

« Non, vraiment », commença Claude. Mais les deux hommes l'encadrèrent, l'un lui tenant le bras, l'autre s'efforçant de lui enserrer le cou. Ils le poussèrent contre le réverbère d'aluminium.

« Quoi, quoi ? réussit à croasser Claude, pris à la gorge.

— Tout le monde finit par danser, souffla le grand en lui envoyant une haleine lourde de whisky dans le visage. Tout le monde finit par coopérer, tu sais pas ça ? »

Soudain, il lui planta un coude dans l'estomac. Plié en deux, haletant, Claude sentit qu'on lui roulait le bras autour du réverbère. Un second coup dans le ventre le fit s'affaisser sur les genoux. Le courtaud approcha un morceau de tuyau d'environ un demi-mètre de long et le lui agita sous le nez. L'autre lui maintint le bras roulé.

La douleur fut intense, le monde devint flou. Il

distingua le visage verdâtre, les dents brunes. « La prochaine fois, la main. » Tout disparut.

La limousine du sénateur Barnes se gara à l'angle de la Quatre-vingt-sixième et de Park Avenue exactement à l'heure dite. Claude ouvrit la portière avec son bras valide et monta.

« Combien de temps devrez-vous garder cela ? interrogea le vieux monsieur.

— Un mois environ », répondit Claude.

Le plâtre allait du coude gauche jusqu'au plat de la main. Il y avait des trous pour les doigts.

« Pouvez-vous les remuer ?

— Oui. » Claude en fit la démonstration. « Le médecin, à Bellevue, dit que j'ai eu de la chance. Une fracture sans déplacement du radius distal. Autrement, il fallait tout immobiliser.

Le sénateur Barnes se pencha en avant, fit glisser la vitre de séparation. « Cent quarante-huit, Cinquante-septième ouest, Henry. » Il referma le panneau et se rejeta en arrière sur le siège tandis que la voiture démarrait. « Souffrez-vous ?

— Plus maintenant. » Claude effleura le plâtre. « En fait, j'ai joué ce matin.

— Vous plaisantez.

— Une drôle d'impression, avec le poignet enfermé. Cela m'a rappelé l'un de mes anciens maîtres, le professeur Menti, lorsque j'étais gamin.

— Je suis heureux que vous m'ayez téléphoné.

— Je ne savais pas quoi faire. J'espère que cela ne vous causera pas d'ennuis.

— Du gâteau, s'esclaffa le sénateur. Je suis heureux de pouvoir vous venir en aide. Je me suis senti très mal, après ce qui s'est passé à Larchmont.

— Nul ne pouvait..., commença Claude.

— Oui, oui, je sais. Ce qui est terrible, avec ce genre de choses, ce sont les forces qu'elles libèrent. Je veux dire, les forces destructrices. Comme chez les Grecs — un dieu agit par caprice, les mortels paient le prix. C'est plus qu'elle n'a pu supporter, la pauvre enfant. Cependant, j'eusse souhaité qu'elle montrât un peu plus de cran. »

Ils roulèrent en silence. Lorsqu'ils se garèrent devant un immeuble de bureaux, le sénateur jeta un coup d'œil à sa montre. Henry sortit de la voiture et la contourna pour ouvrir la portière de Claude.

« Je n'en ai pas pour longtemps, Henry », annonça le sénateur en émergeant.

— Bien, monsieur. »

En haut, dans la salle d'attente de la Luris Corporation, Tom Thorpe jaillit de son fauteuil lorsque le sénateur Barnes sortit de l'ascenseur. « Bonjour, sénateur. Monsieur Folsom est... » Son sourire se décomposa à la vue de Claude. Il les dévisagea à tour de rôle, muet d'étonnement.

« Introduisez-nous », ordonna le sénateur.

Thorpe traversa le hall, passa la porte d'un petit bureau, ignora la secrétaire, frappa légèrement à une autre porte, l'ouvrit et s'écarta. Le sénateur entra, suivi de Claude. Thorpe referma la porte derrière eux sans entrer lui-même.

Folsom était assis derrière un vaste bureau, la ligne des hauts immeubles de l'East Side se découpant à travers les baies vitrées, derrière lui. S'il fut surpris, ses yeux sombres, lents et larmoyants, n'en laissèrent rien paraître. Il se leva et tendit la main.

« Sénateur, prononça-t-il. C'est un honneur. »

Le sénateur ignora la main. « Asseyez-vous », fit-il, et il s'installa lui-même. Claude prit une chaise. Folsom, le visage toujours impassible, obéit.

« Je, euh... je me demande ce..., commença Folsom.

— Trêve de discours », coupa le vieux monsieur. Il jeta de nouveau un coup d'œil à sa montre, sortit deux petites fiches de sa poche de poitrine. Il glissa la première à travers le bureau. « Veuillez composer ce numéro, dites-leur qui vous êtes. Ils attendent votre coup de fil. »

Folsom prit la fiche, la tint des deux mains et étudia le numéro de téléphone comme s'il s'agissait d'un code à déchiffrer. « Quel est ce numéro ?

— Celui du préfet de police, fit le sénateur d'un ton uni. Monsieur Witte. »

Folsom hésita une minute, tendit la main vers l'appareil et forma le numéro. Pendant qu'il attendait, ses yeux se posèrent sur Claude, cillèrent à la vue du plâtre, se détournèrent aussitôt. « Ici Ed Folsom, dit-il. Oui. Je ne coupe pas. » Il se rejeta en arrière, regarda le plafond, laissa échapper un soupir à peine audible. Puis il pencha la tête en avant. « Oui, c'est Folsom. » Pendant qu'il écoutait, ses lèvres se comprimèrent légèrement. Au bout d'une trentaine de secondes il prononça : « Oui, je comprends », et raccrocha. « Sénateur, commença-t-il, il doit y avoir un malentendu. Je puis vous assurer que je ne sais rien de...

— Laissons tomber, voulez-vous. » Le vieux monsieur glissa la seconde fiche sur le bureau, comme s'il s'agissait d'une carte à jouer. « Le maire attend votre appel. »

Folsom passa nerveusement la langue sur ses lèvres et se pencha sur le papier. Claude aperçut ce qui se transformerait bientôt en calvitie au sommet de son crâne. Folsom insista . « Je vous assure qu'il...

— Veuillez appeler. »

Folsom s'exécuta. Le maire eut besoin d'un peu

plus de temps que le préfet pour dire ce qu'il avait à dire. Folsom replaça le combiné d'un geste appliqué. Son visage était blême.

« Très bien. » Le sénateur se leva, mit les deux mains sur le bureau de Folsom. « Une seule vitre brisée, la moindre brique ébréchée, un unique rivet manquant au toit de cet immeuble, et vous êtes viré. Un ongle cassé chez ce jeune homme, vous êtes en taule. Vous avez intérêt à prier pour sa santé. » Il se redressa et tourna les talons. Claude lui emboîta le pas vers la sortie.

Dans l'ascenseur, le vieux monsieur s'interrogea : « Je me demande où il a dégoté ce nom de Luris ? La société lui appartient — soixante pour cent en tout cas. Gros contributaire du parti démocrate. » Un rire chaleureux lui secoua soudain le ventre. « Ça lui a fait le plus grand bien. »

Le plâtre de son bras gauche constituait un presse-papiers commode tandis qu'il griffonnait la partition, le plus souvent dans le studio, mais parfois au premier étage, assis au bureau devant la fenêtre. Au fur et à mesure qu'il s'enfonçait dans la pièce, il était capable de périodes de concentration plus longues. Les semaines passant, il prit des pauses plus courtes, moins fréquentes. La ligne fondamentale émergeait peu à peu : une sorte d'entrelacs entre le piano et l'orchestre, lesquels se complétaient et s'opposaient tour à tour pour créer le motif qui reliait les trois mouvements. Pour écrire les solos de piano, la clarté fragile, angoissante, de la cloche le guidait. Certaines sections étaient techniquement complexes, mais en tant que développement de thèmes relativement simples. En revanche, avec l'orchestre, il s'enfonçait dans des textures denses, de nombreux mouvements internes pleins de tension, parfois même de violence. Les deux accords magiques résonnaient une fois dans le deuxième mouvement, une fois dans le troisième, récapitulatif, comme deux pylônes puissants soutenant l'ensemble de la structure.

Un jour qu'il revenait avec un sac d'épicerie, la tête pleine de musique, un contremaître de la Luris courut derrière lui dans le tunnel. Il le rattrapa à la porte du magasin.

« Les vitres arrivent demain, annonça-t-il. Ça vous va ? On peut le faire un autre jour, si vous voulez.

— Quelles vitres ? De quoi parlez-vous ?

— Les vitrines. » Il désigna d'un geste le contreplaqué. « Ils ne vous ont pas prévenu ? La Luris vous offre de nouvelles vitrines. De vraies lames épaisses. Bien meilleures que les anciennes.

— Vraiment ? s'étonna Claude. C'est sympathique. Demain me convient parfaitement.

— OK. D'accord.

— J'espère qu'il n'y aura pas trop de désordre. J'ai nettoyé je ne sais combien de fois.

— Ne vous inquiétez pas. On prendra nos meilleurs types. Des vieux de la vieille, des ouvriers qualifiés. »

Vers la fin, il se retrouva à écrire si vite qu'il en fut presque effrayé. Lorsque les trois mouvements furent terminés, il reprit l'ensemble depuis le début et travailla mesure par mesure, ajoutant des détails, annotant, modifiant un fragment de mélodie, l'harmonisation d'un accord. Il fit et refit cela peut-être une douzaine de fois.

« Dites donc, vous ne répondez jamais au téléphone ? » C'était Otto Levits. « J'appelle depuis des jours.

— Je devrais installer un poste dans le studio. Je travaillais.

— Tant mieux, parce que j'ai un engagement. Les New Rochelle Friends of Music. Vous pourrez refaire le Schubert que vous avez donné à Columbia. Ils l'ont bien spécifié, c'est donc facile et bien payé.

— Otto, je ne peux pas.

— Non, non, non! explosa Otto. Je n'ai pas entendu! Vous n'avez rien dit!

— J'ai le bras cassé.

— Mensonge! Ne bougez pas! Je saute dans un taxi. Je suis déjà chez vous. »

Une demi-heure plus tard, il déboulait à travers la porte. « Que se passe-t-il? Ils démolissent tout le bloc!

— Pas tout à fait. Pas cet immeuble. » Claude leva son plâtre. « C'est ce qui m'a valu cela.

— Ce plâtre est une ruse! hurla Otto. Je connais ces astuces névrosées. J'ai eu affaire à des artistes cinglés toute ma vie!

— Asseyez-vous, répliqua Claude. Je fais un saut en face chercher du café, et je vous raconte l'histoire. Voulez-vous un *donut*?

— Nature! Un *donut* nature! »

Lorsque Claude revint, ils s'assirent de chaque côté du comptoir et se mirent à manger. « Ils n'en avaient pas de nature, j'en ai pris un à la cannelle.

— C'est bon. Et alors? »

Claude commença du début et raconta tout. Levits sirota son café en écoutant, les sourcils arqués, les yeux élargis. Lorsque Claude décrivit la visite au bureau de Folsom, Levits hocha la tête comme si d'anciennes vérités étaient confirmées.

« Vous devriez attaquer ce salaud en justice en tout cas, grommela Otto. Vous êtes un pianiste à qui l'on a cassé un bras. Un million de dollars! Je serais heureux de témoigner en tant qu'expert. D'exagérer un peu, au besoin.

— Nous ne pouvons rien prouver, fit Claude. De toute façon, j'ai eu de la chance. Fracture simple. Ce sera bientôt arrangé. En fait, j'ai pu jouer malgré le plâtre.

— Je vais vous dire où est la chance. La chance, c'est que vous connaissiez le sénateur Barnes.

— C'est vrai. » Claude prit une bouchée de *donut*, avala une gorgée de café. « J'aurais été obligé de vendre, autrement. Je le vois bien maintenant. Question de temps.

— Je me demande qui d'autre ils ont arnaqué comme ça, s'interrogea Otto. Des types qui ne connaissaient personne. »

Ils mangèrent en silence.

« Venez en bas, reprit Claude lorsqu'ils eurent terminé. Je voudrais vous montrer quelque chose. »

CHAPITRE 20

Chemises dessus, cols rentrés. Les musiciens *free-lance* devaient savoir faire une valise, se dit-il. Il la ferma, content d'avoir réussi à tout y loger, alla à la cuisine, se prépara une tasse de thé qu'il but dans la pièce du devant, assis sur un coin du bureau, regardant par la fenêtre la circulation de la Troisième Avenue. C'était un jour d'avril doux et ensoleillé, un an tout juste après son installation. Une dernière fois, il parcourut mentalement la liste des choses à ne pas oublier : passeport, chèques de voyage, carnet d'adresses, partitions (dans la valise), deux Simenon à lire dans l'avion, sa croix porte-bonheur. Il rinça la tasse dans la cuisine, jeta un coup d'œil à la chambre à coucher et au bureau, descendit. La valise cognait contre sa jambe.

Emma était assise derrière la caisse, notant une vente sur le registre. Claude avait été confondu par la rapidité avec laquelle elle avait assimilé l'organisation du magasin. On eût dit qu'elle avait été commerçante toute sa vie. Les problèmes techniques concernant les instruments n'étaient pas son fort, mais là, Al avait révélé son flair. Il était excellent vendeur, calme, patient, ne s'énervait jamais.

Claude posa sa valise sur le sol. « Je crois qu'il est temps d'y aller. Où est Al ?

— En bas, il travaille sur le stock. »

Il avait fallu utiliser une partie du studio pour le stockage. Le commerce avait progressé de manière spectaculaire depuis le bon vieux temps du métro aérien. Les guitares en tout genre étaient particulièrement en vogue. Mais aussi les livres, les partitions, et, pour une raison quelconque, les timbales. « Tu as le trac ? demanda-t-elle.

— Pas encore. Je n'aurai le trac que la veille.

— Je pensais à l'avion, fit-elle. On ne me ferait pas monter dans un de ces trucs pour tout l'or du monde.

— C'est beaucoup moins dangereux que conduire un taxi, dit-il. Statistiquement.

— Eh bien, je n'ai plus besoin de faire ça non plus. Je me demande pourquoi Al continue. On a deux types bien, pour les deux voitures.

— Il aime bouger, dit Claude. Vadrouiller. Voir des choses.

— J'imagine. » Elle tapota le comptoir avec son crayon. « Tout ira bien ici. Ne t'inquiète pas. Nous saurons nous débrouiller.

— Je suis parfaitement tranquille, dit-il en jetant un coup d'œil à sa montre. Je ferais mieux d'y aller. Dis au revoir à Al pour moi.

— C'est ça. Allez, bonne chance ! »

— Il sortit, traversa l'avenue en oblique pour attraper un taxi qui allait vers la haute ville. Sur le trottoir d'en face, il se retourna et regarda le magasin. Entouré sur trois côtés par la tour de seize étages qui s'élançait vers le ciel telle une flèche blanche, fraîchement ravalé, ses ornements et corniches repeints, il était presque pittoresque. On eût dit une minuscule église, pensa Claude, située exactement au milieu du bloc. Tandis qu'il regardait, deux clients entrèrent. Il imagina le son de la cloche d'argent.

Le taxi le déposa au terminal de la BOAC. Il montra son billet à l'employé, sa valise fut enregistrée. Il entra dans le hall, surpris de trouver si peu de monde, acheta un journal, musa quelques instants dans une librairie minuscule, aboutit finalement au comptoir de la BOAC.

« Bonjour, monsieur. » L'homme jeta un coup d'œil sur le billet et le lui rendit. « Vous pouvez embarquer immédiatement si vous le désirez. Porte douze, juste devant vous.

— Merci. Je crois que je vais y aller. Le vol est-il complet ? »

Un coup d'œil rapide sur l'écran de l'ordinateur. « Non, monsieur. Environ cinquante pour cent. »

Une hôtesse britannique l'accueillit à la porte de l'avion. Il eut un léger frisson de plaisir en entendant son accent. « À droite, fit-elle avec un sourire. Compartiment de première classe. Siège 2A, près du hublot. On va s'occuper de vous. »

Et, en effet, on le fit. Une jeune femme souriante, appelée Edith, s'affaira autour de lui comme une infirmière. Le siège voisin devant manifestement demeurer inoccupé, elle apporta une couverture, quelques oreillers, une paire de pantoufles. Elle se pencha au-dessus de lui — bouffée de parfum — et régla le store du hublot.

« Voilà, fit-elle, en se glissant les cheveux derrière l'oreille. Que diriez-vous d'une coupe de champagne pendant que nous attendons ?

— Ce serait agréable. Merci.

— Très bien, fit-elle, comme s'il lui avait fait personnellement plaisir. Je crois que je peux vous annoncer un très bon dîner. C'est copieux, ici. Cinq plats. »

Plus tard, tandis que l'avion décollait, au moment de l'ascension il éprouva une sensation définitive de changement, comme s'il laissait un chapitre connu de sa vie derrière lui sur le sol et entrait dans un territoire neuf. C'était grisant.

Le trajet en voiture de l'aéroport à Londres le déconcerta. Dans la bousculade, il avait pris un mini taxi au lieu du gros diesel traditionnel noir auquel il s'attendait. Les genoux remontés jusqu'au menton, il regarda par la vitre. Chaussées mal entretenues, kilomètre après kilomètre d'immeubles miteux. Lorsqu'ils entrèrent en ville, il commença à voir les bus à deux étages, des affiches publicitaires bizarres, la cohue généralisée des trottoirs. Il aperçut des hommes avec des chapeaux melon et des parapluies — malgré le soleil radieux — avançant à grands pas comme dans presque tous les films anglais qu'il avait vus. *Tout* était différent — les couleurs, les textures, la lumière, l'air lui-même, qui avait une autre odeur. C'était comme une autre réalité, parfaitement normale pour tout le monde, bien sûr, sauf pour lui. Un merveilleux mélange d'exotique et de banal.

« Nous y sommes, vieux. »

Claude régla avec les grosses coupures qu'il avait eues à l'aéroport et leva deux doigts pour suggérer que le chauffeur prît un pourboire de vingt pour cent.

La direction du London Symphony Orchestra lui avait réservé une chambre au Brown's, un hôtel vaste, quelque peu délabré, qui avait la réputation d'avoir une clientèle d'artistes. Le rez-de-chaussée était bondé de gens qui parlaient une demi-douzaine de langues différentes et Claude mit un bon moment pour trouver la réception. L'employé l'enregistra. Un chasseur le conduisit dans sa chambre.

Claude défit sa valise, prit longuement un bain chaud dans une énorme baignoire ancienne, s'endormit tout nu sur le lit. Une heure plus tard, le téléphone l'éveillait.

« Monsieur Rawlings ?

— Oui.

— Ah, formidable. Vous êtes donc arrivé. Ici Albert Shanks, du LSO.

— Oh. » Il se frotta les yeux. « Bonjour.

— Nous nous demandions si vous pouviez faire un saut cet après-midi. Ou demain, bien sûr, si vous voulez vous reposer. Seulement pour bavarder. Rien d'urgent.

— Non, j'aimerais venir. Quatorze heures ?

— ... Trente, alors. Je me réjouis de vous rencontrer. »

Claude passa les deux heures suivantes à explorer les environs de l'hôtel, agréablement surpris par l'échelle minuscule des choses — les rues, les allées, les arcades serpentaient dans tous les sens. Les immeubles semblaient s'incliner sur les trottoirs. Il débouchait sur des petites places inattendues, des parcs minuscules, des pubs, des boutiques de toutes sortes, des théâtres, des librairies, qui s'enchevêtraient les uns dans les autres de la façon la plus astucieuse. Il se perdit complètement mais déambula joyeusement d'un endroit à l'autre, car chaque coin de rue le conduisait très vite vers un nouveau lieu intéressant.

Il déjeuna debout, dans une boutique ouverte en angle, d'un toast avec haricots blancs à la tomate et d'une tasse de thé, le tout en écoutant la langue tournoyer autour de lui — les accents, la vitesse, l'argot. Les rues étaient conçues pour la marche. Lorsque l'un des taxis traditionnels s'arrêta après qu'il l'eut hélé, il se demanda comment, énorme tel qu'il était, il parvenait à négocier les tournants. D'une façon ou d'une autre il le faisait et les piétons sautaient pour se protéger avec une agilité insouciante qui tenait du miracle.

La salle de concert était un immeuble moderne qui se dressait, seul, au bord de la Tamise. Claude fut un peu déçu. Il avait imaginé quelque chose d'ancien, de noble, un peu dans le style de Carnegie Hall. À l'intérieur, un employé le dirigea vers le bureau d'Albert Shanks, une pièce de taille modeste, avec un ameublement moderne et vue sur le fleuve.

« Je suis si heureux que vous soyez venu », dit Shanks, un jeune homme très pâle, avec des cheveux longs. Il était vêtu de pantalons taille basse pattes d'éléphant, d'un pull blanc à col roulé, d'un gilet multicolore et portait des lunettes de grand-mère. Claude était en costume brun. Shanks prit une grande enveloppe sur son bureau et se dirigea vers le canapé. « Mes félicitations, à propos, dit-il en s'asseyant et en tapotant le siège pour inviter Claude à en faire autant. La compétition a été dure, comme vous pouvez l'imaginer.

— Merci. » Claude s'installa à l'autre bout du canapé.

Le téléphone sonna mais Shanks l'ignora, et au bout de quatre sonneries, il s'arrêta. « Je ne peux vous donner le programme parce qu'il est encore chez l'imprimeur. Nous affichons « Une soirée de musique américaine ». Pour essayer d'attirer les touristes, très franchement. Notre monsieur Dove conduira l'Ives, Copland *Billy the Kid*, il y aura l'entracte, puis ce sera vous, avec monsieur Dove de nouveau. Ça devrait être bien. »

Claude eut un petit rire. « Je l'espère. »

Shanks lui tendit l'enveloppe. « Tout ce dont vous avez besoin est ici. Le coupe-file vous donne l'entrée et l'accès libre dans tout l'immeuble, y compris les pianos des salles de travail, au sous-sol. Nous avons également organisé un programme de répétitions qui, je l'espère, ne sera pas incompatible avec le reste de vos occupations.

— Pas de problème. Je n'ai rien d'autre à faire.

— Je suis désolé de ne pouvoir vous donner plus de temps avec l'orchestre. Nous avons tiré autant que possible, mais vous savez comment se passent ces choses-là.

— Bien sûr, fit Claude. J'espère cependant que monsieur Dove pourra examiner la partition avec moi. Vous savez, juste lui et moi.

— Je suis sûr qu'il le souhaite également. Son numéro de téléphone est dans l'enveloppe. À présent, comment est la piaule ?

— Pardon ?

— L'hôtel. Tout est satisfaisant ?

— Oh, absolument. Très bien.

— Vous devriez prendre le thé là-bas. Beaucoup de charme. Essayer le grill du Savoy pour dîner un de ces soirs. Difficile d'avoir une table, mais ça vaut le coup. » Il se leva, tendit la main. « Si vous avez besoin de quoi que ce soit, appelez-moi. »

Claude s'organisa une routine agréable. Il allait à la salle de concerts tous les matins pour jouer au sous-sol. Il se sentait en forme, bien dans sa peau. Quelque chose d'étrange s'était produit l'année dernière, lorsque le plâtre avait été retiré. Son bras gauche lui avait paru très léger les premiers jours, pratiquement immatériel. Le poignet libéré avait répondu avec une souplesse et une fluidité remarquables, comme s'il avait baigné dans l'huile tout le temps. Le poignet droit avait suivi, comme un élève obéissant, et la raideur du bras et de l'épaule, qui l'avait si fortement tourmenté, avait disparu complètement. Ses doigts ne s'étaient jamais sentis aussi forts, aussi sensibles aux images de musique dans sa tête. Jouer était une joie.

Monsieur Dove, un gentleman plutôt sévère, la cinquantaine environ, habillé de façon austère — l'antithèse vestimentaire de monsieur Shanks —, frappa poliment à la porte de la salle de musique un matin. Il entra, une partition du concerto à la main. Claude ayant la sienne, ils s'installèrent aux deux Steinway installés tête-bêche et travaillèrent plusieurs heures. Dove était intelligent, scrupuleux, extrêmement attentif, capable d'une grande concentration. Il ne bavardait pas et ne posait pas de questions hors de propos. Il fit quelques bonnes suggestions en matière de notation et de tempo sur la façon de marquer, expliquant que « les Britanniques marquaient habituellement ainsi ». À la fin de la séance, Claude était fatigué, mais Dove semblait toujours frais.

« Nous avons bien avancé, fit-il. Peut-être pourrions-nous avoir une courte séance lundi prochain ? Même heure ?

— Je vous suis très reconnaissant, dit Claude.

— Il n'y a pas de quoi. »

Claude prit l'habitude de prendre le thé au Brown's tous les après-midi. Fauteuils confortables et tables basses emplissaient une longue salle donnant sur le hall de réception. Des serveurs apportaient des théières de thé fort, offraient des petits sandwichs au pain de mie — concombre, fromage, tomate, cresson. Un buffet de pâtisseries était disposé sous les longues fenêtres. Dans la lumière adoucie de la fin de journée, la pièce bourdonnait du murmure des conversations, du tintement des tasses et des soucoupes, du bruissement des journaux. Les senteurs de tabac de pipe se mêlaient à l'odeur âpre, plus forte, des cigarettes de Virginie.

Tout d'abord, il ne comprit pas ce qu'il voyait — l'image fugitive, parmi les personnes grouillant dans le hall, d'une aile courbe de cheveux noirs sur une mâchoire pâle. Elle disparut derrière un gros monsieur. Puis Claude se figea, la tasse en l'air. Catherine entrait dans la salle, le menton levé, scrutant la foule comme si elle cherchait quelqu'un. Ses yeux vifs trouvèrent Claude et s'immobilisèrent. Une ébauche de sourire se dessina sur ses lèvres tandis qu'elle avançait. Il se rendit compte — et cette pensée lui parut impossible, irréelle — que c'était lui qu'elle cherchait.

« Vous voilà, fit-elle. Le type de la réception m'a dit que vous deviez être ici. » Elle était devant lui, vêtue d'une simple robe vert sombre boutonnée jusqu'au cou, un imperméable brun sur le bras. Plus mince, mais inchangée — les yeux sombres, immenses, la légère roseur aux pommettes, la bouche modelée souriant largement à présent à l'effet produit par son apparition. « Puis-je me joindre à vous ? »

Bouleversé, l'esprit tourbillonnant, le corps récupérant sous le choc — aussi formidable qu'une décharge électrique, un frisson sur toute la longueur de l'échine —, il se leva, envoyant du même geste une soucoupe rouler sur la moquette. Il essaya de parler mais ne réussit qu'à incliner la tête pour indiquer le fauteuil près du sien.

Elle se pencha d'un mouvement souple et ramassa la soucoupe. Elle semblait maîtresse d'elle-même, ses mouvements suggéraient une assurance, une certitude intérieure, qu'il ressentait mais eût été incapable de nommer. Sa présence, l'autorité qui émanait de sa petite silhouette aux épaules menues le submergèrent.

Un serveur surgit comme par enchantement. « Prendrez-vous du thé, madame ?

— Oui. Merci. » Elle se tourna vers Claude. « J'ai appris par le journal.

— Oui, dit Claude.

— J'ai appelé les bureaux, j'ai dit que je vous connaissais.

— Je pensais, je veux dire, n'étiez-vous pas, n'êtes-vous pas en Australie ?

— J'ai vécu deux ans là-bas, dit-elle. À présent, je suis à l'université de Londres.

— Ah... » Son esprit continuait à tourbillonner.

« Je fais un doctorat, expliqua-t-elle. Mais vous ? Comment est-ce arrivé ?

— Avez-vous renvoyé ma lettre sans l'ouvrir, ou était-ce quelqu'un d'autre ? »

Regard perplexe. « Quelle lettre ? Que voulez-vous dire ?

— Il y a neuf ans, je vous ai écrit une lettre. »

Elle fronça les sourcils. « Neuf ans...

— C'était une invitation à mon premier concert important. Le *Concerto pour deux pianos* de Mozart, avec Fredericks.

— Je ne l'ai jamais vue. Vous dites qu'elle a été retournée ?

— Oui. C'est à peu près à l'époque où vous êtes partie, où vous vous êtes enfuie. »

Elle serra ses mains entre ses genoux, les contempla un instant. « Cela s'explique donc. Quelqu'un, à la maison, l'a renvoyée. Je suis désolée.

— Ce n'est rien, fit-il. Je voulais juste savoir. Ce n'est pas important. Mais ce concert était le début, en un sens. » En buvant le thé et en mangeant des sandwichs, il lui parla de sa carrière d'artiste, de la mort de Weisfeld, de sa séparation d'avec sa cousine Lady, de ses tentatives pour écrire de la musique, lesquelles avaient culminé avec le concerto pour piano qui avait gagné le concours du London Symphony. Elle-même raconta alors sa découverte des études sur le Moyen Âge à l'université de Melbourne en Australie, la naissance de sa fille Jennie, la rupture d'avec son mari, son immigration en Angleterre.

« N'êtes-vous jamais retournée en Amérique ? demanda-t-il.

— Non. Et je n'y retournerai jamais.

— Mais pourquoi ? »

Elle secoua la tête. « Parlons d'autre chose. Êtes-vous libre ce soir ? Nous pourrions dîner ensemble ?

— Pourquoi pas. Bien sûr. Je serais ravi.

— Très bien. » Elle fouilla dans la poche de son imperméable et griffonna son adresse au dos d'une fiche de bibliothèque du British Museum. « Je dois courir chercher Jennie. Dix-neuf heures trente ? » Elle se leva, lui tendit le papier, s'éloigna.

Il demeura dans le fauteuil longtemps après qu'on eut débarrassé la table, la tête appuyée sur la têtière. En un sens elle n'avait pas changé — son allure directe, presque brutale, son intelligence aiguë, sa tendance bizarre à se retirer en elle par moments, les yeux dans le vague, comme en proie à un bref accès de catalepsie, puis à revenir et continuer comme si de rien n'était. (« Il détestait ça », lui dirait-elle plus tard, parlant de son ex-mari. « Je pense que ça l'effrayait. Non, ce n'est pas tout à fait cela. Ça le mettait *en colère*. Tes "absences", disait-il. ») Mais elle avait perdu ses allures supérieures, son snobisme, sa façon de prendre des airs, comme une actrice qui joue un rôle. Le dédain avait disparu, il était remplacé par une sorte de vigilance. Son élocution avait à présent quelque chose de légèrement britannique

— des expressions, des traces d'accent — qui le troublait. Non qu'elle fût affectée. C'était plutôt l'expression subtile de son empressement à embrasser une culture dans laquelle elle s'était retrouvée. (« Parfois, dans les magasins, je suis sûre qu'ils ne s'en rendent même pas compte. ») Plus frappant était son sérieux. Même lorsqu'elle riait, c'était en quelque sorte le rire d'une personne grave. En ceci, bizarrement, elle lui rappelait Weisfeld dont, pour tous les autres aspects, elle était on ne peut plus différente. Dans la lumière faiblissante, il se retrouva, penché en avant, la tête dans les mains, les yeux fixant la moquette.

« Avez-vous besoin de quelque chose, monsieur ?

— Pardon ? Non, merci. Je m'en allais. »

Une rue sombre. Des maisons alignées. Le trottoir était si étroit qu'il racla presque les briques de la façade lorsqu'il ouvrit la porte du taxi. Numéro 84, chiffres de plastique gris cloués dans le bois vert foncé. Une petite porte étroite au ras du mur. Il frappa, recula machinalement, manqua trébucher sur la chaussée. À l'extrémité du pâté de maisons, un ivrogne zigzaguait au milieu de la rue, une bouteille à la main, chantant à mi-voix une étrange mélodie modale. Le type s'arrêta sous un réverbère, leva la tête vers le faible cône de lumière, s'enfonça dans l'obscurité.

La porte s'ouvrit vers l'intérieur, Catherine se plaqua contre le mur pour le laisser passer. « Entrez. C'est tout droit. »

C'était une maison de poupée, étroite, avec un plafond bas. Tout était minuscule. Il passa devant deux pièces sombres sur la droite, rentra la tête dans les épaules, descendit une marche, pénétra dans une cuisine exiguë. Une fillette d'environ six ans était assise à table, un livre de coloriage devant elle. Elle leva les yeux — boucles brunes, yeux verts, un nuage de taches de rousseur sur le nez. « Bonjour, dit-elle.

— Voici Jennie, fit Catherine derrière lui. Monsieur Rawlings.

— Tu avais dit Claude, tout à l'heure, fit Jennie en roulant son crayon entre ses doigts. Je vais à Paris demain, annonça-t-elle à Claude.

— Formidable. Parles-tu le français ?

— Non, mais mon papa sera là-bas, et lui le parle.

— Il a une maison à la campagne, expliqua Catherine. Elle y va un mois tous les printemps.

— Nous pêcherons du poisson dans la rivière », précisa Jennie, et elle reprit son coloriage.

Il tressaillit en sentant la main légère de Catherine sur son coude. Elle le mena vers l'avant de la maison, alluma la lumière dans la première pièce. Un bureau, deux fauteuils, un cheval de bois à bascule, des centaines de livres soigneusement rangés dans des piles de cageots à fruits contre le mur. Il y avait un petit tapis de prière, sombre et usé, un feu de bûches électrique. Des rideaux bon marché. Une pièce petite, sévère, éclairée seulement par une ampoule nue au plafond.

« Nous dormons toutes les deux dans la chambre du fond », dit-elle.

Il ne sut que dire. Il examina les livres. Beaucoup avaient des marques — des fiches écrites à la main — qui dépassaient vers le haut.

« Je passe le plus clair de mon temps à travailler, déclara-t-elle. Ici et au BM.

— Au BM ?

— Le British Museum. Sa salle de lecture est l'idée que je me fais du paradis. »

Il se tourna très vite pour voir si elle plaisantait. Elle ne plaisantait pas.

« Recherches savantes, plaisanta-t-il.

— Je suis étudiante. Et j'adore cette période.

— Êtes-vous au courant — oh, je suppose que vous l'êtes — pour votre mère ?

— Oui. Voulez-vous boire quelque chose ? Je dois avoir un fond de piquette. Je vais le chercher. »

La piquette, devina-t-il, était du vin. Elle revint avec deux verres et une demi-bouteille de vin rouge. Elle servit d'une main ferme. Ils s'assirent — elle sur le coin du bureau, lui sur une chaise de bois. Elle leva son verre pour porter un toast. « À la vie ! dit-elle.

— Oui, en effet. Si étrange soit-elle. »

Elle était vêtue de pantalon noir, d'un chemisier blanc, d'un cardigan gris. « J'ai du poulet. »

Il se sentit déchiré. L'appartement intime, le sentiment d'être un visiteur admis au cœur même de sa vie, et que les circonstances, si mystérieuses fussent-elles, pourraient peut-être révéler quelque chose, tout suggérait de rester. Jadis, le caractère énigmatique de Catherine avait failli le rendre fou, et il eût saisi cette occasion de la presser, de la forcer à se dévoiler enfin. Mais aujourd'hui, il ressentait deux choses : tout d'abord, le besoin de nier son moi d'alors, jeune et faible ; et aussi, l'impression que bien que tout eût changé dans la situation de Catherine, se fût même inversé, elle demeurait insaisissable, toujours nimbée de mystère. C'était la force pure et simple de sa personnalité, de son caractère, pensa-t-il, qui l'emportait sur tout, en toutes circonstances. Les souvenirs qu'il avait gardés de la fillette précoce, dédaigneuse, qui avait une prédilection à jouer avec le feu, ces souvenirs, et d'autres qu'il avait forgés pour se protéger, fondaient devant son extraordinaire maîtrise. Comment se faisait-il qu'à vingt-six ans elle fût devenue cette femme pleinement épanouie, arrivée à ce point d'équilibre et de maturité qu'aucune de ses contemporaines, aux yeux de Claude, n'avait réussi à atteindre ? Ou bien était-ce une fois de plus sa beauté — encore plus frappante, aujourd'hui, un rayonnement à couper le souffle — qui empêchait Claude de voir ce qu'il y avait au-dessous ? De découvrir son âme, secrète à rendre fou ?

« Sortons, dit-il. Y a-t-il un restaurant près d'ici ? Nous pouvons emmener Jennie.

Elle a dîné. » Catherine quitta le bureau et alla à la cuisine. Elle revint avec l'enfant, se pencha sur elle, lui embrassa le front. Jennie continua vers le couloir et Claude entendit un bruit de porte puis le galop inimitable d'un enfant qui grimpe un escalier.

« Elle va regarder la télévision avec madame Jenks là-haut.

— Madame Jenks ?

— Notre logeuse, une pauvre vieille dame. Elle n'a que cette maison et une pension minuscule. Elle adore Jennie, Jennie l'adore, ça marche entre elles.

— Jennie va à l'école ?

— Oh oui. La meilleure. C'est lui qui paie. »

Ils avancèrent dans la rue sombre, Catherine sur le trottoir, Claude dans le caniveau, tournèrent deux ou trois fois puis débouchèrent sur une petite place. Une station de métro, un pub, un marchand de légumes, un débit de tabac, un petit restaurant italien. Il y avait sept ou huit tables, dont deux seulement étaient occupées, près de la fenêtre. Claude en désigna une dans l'angle le plus éloigné, ils s'installèrent.

« Quel régal », déclara-t-elle en souriant et en ouvrant le menu.

Tandis qu'elle l'étudiait, Claude fit signe à l'unique serveur, un jeune homme frêle avec un teint cireux et de mauvaises dents, et commanda une bouteille de bardolino. Le menu était simple, les prix bas. Un repas complet coûtait le prix d'un thé au Brown's. Il contempla la tête inclinée de Catherine, ses cheveux si sombres qu'ils luisaient. « Mumm... » murmura-t-elle, puis elle trouva autre chose à son goût. « Mumm. » Il jeta un coup d'œil sur le menu, incapable de se concentrer.

« *Proscuitto melone*, demanda-t-elle tandis que le serveur versait le vin. Puis, directement, une escalope de veau avec un peu de pâtes autour.

— La même chose », fit Claude.

Ils demeurèrent quelques instants sans parler. Claude avait l'impression de rêver en regardant les mains de Catherine à la lumière des chandelles, son visage — pétales de rose, lait, ébène, les cils dessinés à traits épais comme au pinceau, avec une précision orientale. Elle semblait parfaitement à l'aise, on eût dit qu'ils étaient de vieux amis.

« J'espère que vous pourrez venir au concert, dit-il.

— Bien entendu, je viendrai. C'est un honneur. La première mondiale, après tout.

— Je ne l'ai jamais entendu. Avec un orchestre, je veux dire. »

Elle réfléchit. « Vous allez faire des répétitions. Ou bien avez-vous déjà commencé ?

— Bientôt. Tout a été retardé à cause d'un changement de programme de Copland.

— Ce doit être irritant.

— Cela ne me dérange pas. » Il tapota sur son verre. « Je ne suis nerveux que la veille du concert, alors ça n'a aucune importance.

— Connaissez-vous Copland ? »

Il secoua la tête. « Mais je trouve sa musique merveilleuse. Il est courageux.

— Vous voulez dire, la rudesse ? Comme *Appalachian Spring* ?

— Exactement. Il va à contre-courant. » Claude fut surpris et charmé par la remarque de Catherine. « Vous connaissez sa musique.

— Un peu. La BBC. J'écoute la nuit, parfois, lorsque Jennie est couchée.

— On parle de thèmes folkloriques, d'éléments de jazz... Mais le fait est que lorsqu'on l'écoute vraiment, c'est une musique très, très intelligente, et pleine d'émotion. »

Il continua un moment, parlant de divers compositeurs modernes, agitant parfois son couteau et sa fourchette en l'air. Elle mangeait avec appétit, vida son assiette, sauça même avec un morceau de pain. « Le problème, avec moi, reprit-elle en s'essuyant les mains, c'est que je ne sais pas grand-chose au-delà des années 1500. » Elle eut un sourire espiègle, comme pour suggérer une certaine fierté devant ces manques.

« La Période sombre[1], dit-il.

— C'est généralement ainsi que l'on désigne la période *circa* 500 à 1 000. Mais l'expression est trompeuse. Beaucoup de choses se passaient, dans les monastères.

— Pas tellement de musique.

— Peut-être pas. Des chants. En réalité, j'en sais davantage sur les années 1 000 à 1 500 — juste avant le début de la Renaissance. C'est une période extrêmement passionnante à étudier parce que peu de recherches ont été faites là-dessus. Un territoire pratiquement vierge, pourrait-on dire. C'est bien, pour quelqu'un de jeune. » Dans son enthousiasme, elle se pencha vers lui. « Je peux réellement faire des *découvertes*.

— Vous voulez dire quoi, des manuscrits ?

1. *The Dark Ages* : le haut Moyen Âge *(N.d.T.)*.

— Oh, c'est toujours une vague possibilité. Mais je pensais davantage aux influences retrouvées à travers les langues, les cultures, des choses qui semblent disparaître à jamais et réapparaissent ailleurs, de manière inattendue — parfois là où on y pense le moins. C'est comme une partie de chasse. De nombreuses parties de chasse. Je suis une chasseresse!

— Ha! fit-il, retrouvant une lueur de l'ancienne Catherine.

— J'ai publié deux articles. Je m'en sors bien, j'adore cela. »

Il acquiesça. « Vous avez trouvé votre voie. » Au bout d'un moment il ajouta : « Je sais que cela paraît démodé, mais je pense qu'il est extrêmement important d'avoir un vrai travail. Vous comprenez? Peu importe lequel, mais qui vous mette à l'épreuve, si bien que, en avançant, on grandit. Beaucoup de gens semblent tourner en rond. » Il éprouva un pincement de culpabilité en réalisant qu'il parlait de Lady.

« En vérité, dit-elle, les yeux baissés, sans le travail, je ne sais ce que je serais devenue. » Elle avait énoncé cela comme un simple fait, impliquant tacitement qu'il était inutile de s'étendre davantage sur le sujet.

Ils retournèrent à la maison d'un pas tranquille, parlant de Londres, de la tolérance britannique à l'excentricité, d'un acteur nommé Terry-Thomas dont ils avaient tous deux aimé les comédies, de la folie actuelle pour un certain style de vêtements. Elle n'évoqua pas une fois l'Amérique, et, suivant son exemple, il l'évita aussi.

Lorsqu'ils approchèrent de la porte, il frissonna tant sa tension était grande. Il enfonça les mains dans ses poches. Elle sortit sa clef, se tourna vers lui, observa son visage pendant ce qui lui sembla être une éternité.

« Je dois me lever aux aurores pour conduire Jennie à l'aéroport, dit-elle.

— Oui, oui. Bien sûr.

— Mais vous avez besoin d'appeler un taxi. » Elle ouvrit la porte. « Entrez.

— Non, ça ira. La grand-rue est par là, n'est-ce pas ? Il doit y avoir une station.

— Il y en a une, confirma-t-elle. Marchez sur la gauche pendant un bloc.

— Bonne nuit, alors. » Il recula d'un pas, manquant une fois de plus le bord du trottoir.

« C'était très agréable, dit-elle. Pourquoi ne viendriez-vous pas demain prendre le thé ?

— D'accord. Je viendrai. Merci. »

La porte se referma.

L'été qui avait suivi sa première année d'université, Claude avait travaillé au magasin, tout en étudiant la composition avec Weisfeld.

« Jette un bon regard là-dessus », avait dit Weisfeld en lui tendant la partition de la *Symphonie numéro 2* de Charles Ives. « Dis-moi ce que tu en penses. » Il lui avait lancé un clin d'œil complice, ce qu'il faisait rarement.

Claude avait passé plus d'une semaine à analyser les cinq mouvements de la pièce, plongeant de plus en plus profondément dans le puzzle. Lorsqu'il avait pensé avoir tout dépisté, il était retourné voir Weisfeld. « C'est très étrange, avait dit Claude. L'écriture est belle, mais quelle drôle de façon de procéder. L'idée même. Je ne comprends vraiment pas.

— Combien en as-tu trouvé ? » avait demandé Weisfeld.

Claude avait ouvert la partition. « En réalité, j'ai commencé par ceux qu'il désire le plus clairement faire entendre. *Columbia, the Gem of the Ocean, Turkey in the Straw, Camptown Races, America the Beautiful.* » Il avait tourné lentement les pages. « *Tristan. Fugue en* mi *mineur du Bien Tempéré. Bringing In the Sheaves. Cinquième* de Beethoven. *Massa's in de Cold, Cold Ground.* » Il avait pointé avec l'index. « *Joy to the World.* Et ça, c'est du Brahms. Après quelques jours, j'ai commencé à me dire que la pièce n'était peut-être faite que de citations, d'un bout à l'autre, certaines prises dans des cantiques, des trucs que je ne connaissais pas, des chants. Dès qu'on y entre, on découvre des fragments partout, des phrases altérées, des bribes. Il y en a tant qu'on se dit bon, il n'a peut-être *rien* écrit, peut-être la chose entière n'est-elle faite que d'extraits.

— C'est une possibilité, avait dit Weisfeld. On ne le saura jamais, bien sûr.

— Mais pourquoi ? Je veux dire, on peut penser qu'il eût désiré écrire quelques mélodies lui-même. S'il était capable de faire ceci — et c'est réellement stupéfiant — il pouvait certainement écrire sa propre musique.

— Je ne peux répondre au pourquoi, avait répliqué Weisfeld. Mais la seconde partie pose la question. Peut-être *est-ce* réellement sa musique. Car, pour moi, c'est de la musique. Pas seulement un patchwork musical. Je *la* sens au travers, si tu vois ce que je veux dire.

— Oui, je vois, je la sens aussi. » Claude avait réfléchi un instant. « Peut-être... Peut-être voulait-il utiliser les bribes et les fragments à la façon dont d'autres utilisent les notes. Nous nous servons de notes, mais lui prend des phrases. Peut-être était-ce cela.

— Et la dérision ? Certains pensent — c'était un homme bizarre, prétend-on — que c'était par ironie. Pour garder ses distances.

« — Je ne sais pas, avait répliqué Claude. Oui, peut-être, mais je ne sais pas. C'est vraiment étrange. »

À présent, à Londres, après une matinée dans la salle de travail, Claude était assis au premier rang de l'auditorium (construit vraiment comme un bol) et écoutait monsieur Dove travailler avec l'orchestre le quatrième mouvement, *lento*.

« Altos. C'est une croche entière. Pourquoi la coupez-vous ? C'est une croche entière. *La dum, dum, dee dum*. D'accord ? »

Il apparut bientôt clairement que monsieur Dove jouissait d'une relation intime et remarquablement efficace avec l'orchestre. Les musiciens comprenaient très vite ce qu'il voulait. Plusieurs fois ils s'y retrouvaient, alors que Claude n'y était pas. Ils jouaient, et Claude comprenait — oh, c'était donc cela. Au cours des années, Claude avait assisté à d'innombrables répétitions à travers les États-Unis, le plus souvent avec des orchestres d'étudiants, des ensembles organisés de-ci de-là, des orchestres régionaux. Il était habitué à une certaine dose de chahut, de plaisanteries, d'arrêts, de débats, de querelles enjouées (la plupart du temps). Les orchestres américains semblaient parfois déterminés à démontrer à quel point ils étaient démocratiques. Celui-ci n'était que travail. Les musiciens étaient hautement disciplinés. Claude savait que l'orchestre était une organisation autogérée, mais, dès qu'il s'agissait de jouer, il semblait qu'il fût le prolongement de la volonté de monsieur Dove. Ou peut-être était-ce l'inverse, peut-être *lui* était-il le prolongement de la volonté collective des musiciens. Quoi qu'il en soit, étant donné qu'ils allaient jouer la musique de Claude, que leur sonorité était luxuriante, équilibrée, harmonieuse, il était heureux de ce qu'il voyait et entendait. Ils constituaient un véritable *ensemble*.

Monsieur Dove annonça une pause d'un quart d'heure et prit Claude par surprise en se dirigeant vers lui. Il s'assit sur l'accoudoir d'un siège proche.

« Le son est magnifique, dit Claude. Ils sont extra-ordinairement bons.

— Que croyez-vous qu'Ives voulait dire, à la fin ? demanda monsieur Dove. Après l'appel du clairon, ce dernier accord choquant ?

— C'est une énigme, dit Claude. Et ce n'était pas dans la partition originale.

— Il avait à peu près votre âge.

— Je crois que la question est de savoir s'il s'agit d'une synthèse, une sorte d'utilisation prophétique de la dissonance comme unique moyen de rassembler l'ensemble des thèmes et de s'élever au-dessus, ou bien s'il nous fait un pied de nez.

— Précisément. On n'est pas obligé de le savoir, mais c'est intéressant.

— J'y vois les deux. Vous savez, il est si Brahms, parfois, si romantique, que ce pourrait être une manière de dérision. D'un autre côté, comment réussirait-il à en capter autant l'esprit s'il ne l'aimait pas ? » Claude haussa les épaules d'un air piteux. « Je n'ai jamais pu comprendre.

— Les plus jeunes musiciens y voient une prophétie, fit monsieur Dove en désignant la scène d'un mouvement de tête. Les plus âgés pensent qu'il s'en envoyait dans le nez. »

Claude rit. « Ça se comprend. »

Il était assis dans la cuisine, à la même petite table où, la veille, Jenny faisait ses coloriages. Catherine, près du fourneau, attendait que l'eau bouillît.

« J'ai eu tellement de chance, disait-elle, parlant de son mentor. Je ne sais pourquoi, mais nous avons sympathisé dès notre première rencontre. C'est une sommité pour cette période, à propos, et, pour une femme, atteindre de telles hauteurs n'est pas facile dans ce pays.

— Quel âge a-t-elle ?

— Soixante-dix ans. Elle passe le flambeau, en partie. Elle m'a acceptée, a obtenu une bourse pour moi... Elle a tout fait pour moi. Je ne pourrai jamais le lui rendre. »

La bouilloire siffla, elle fit le thé. Elle ouvrit le mini réfrigérateur pour prendre une bouteille de lait. Claude aperçut une plaquette de beurre, un chou, un petit pot de confiture, une pomme de terre. Rien de plus. Il se demanda s'il y avait une relation entre l'extrême simplicité de sa vie et les histoires de monastères qu'elle lisait. Faisait-elle pénitence, ou était-ce simplement qu'elle était pauvre ? Et si elle l'était, pourquoi ?

« Votre famille est riche, coupa-t-il brusquement, déterminé à élucider au moins une énigme. Pourquoi vivez-vous ainsi ?

— Je vis comme vivent les étudiants.

— Je sais, mais...

— Si vous pensez à ma mère et à Dewman, sachez que je ne leur demanderai jamais rien. Je reçois une petite pension de mon ex pour l'enfant, ce qui n'est que justice. Comme je vous l'ai dit, il paie l'école puisqu'il veut une école de luxe. Parfait. » Ses yeux étincelèrent de colère. « Il n'aime pas notre façon de vivre ? Désolée. Il n'avait pas à installer sa maîtresse dans l'appartement d'à côté.

— Il... quoi ? » Claude était sidéré. Avoir une femme pareille et... « Il était cinglé ?

— Non, non. » Elle soupira, sembla se détendre. « Idiot, c'est tout. Superficiel. » Elle clôtura le sujet d'un geste de la main.

« Alors, de quoi vivez-vous ? » Il regretta la question avant de l'avoir exprimée, mais elle réagit comme si c'était sans importance.

« Trois cents dollars par mois de la succession de mon père.

— Lady avait une fortune en fiducie de cinq millions de dollars. »

Elle eut un petit sourire. « Une autre branche de la famille.

— Oh, oui. Bien sûr », fit-il, se sentant stupide.

Elle lui versa le thé. Lorsqu'il leva les yeux, il vit soudain qu'elle pleurait. Elle redressa la tête, se servit elle-même, continua comme si de rien n'était. Presque immédiatement, les larmes cessèrent. Elle s'essuya les joues avec une serviette en papier.

Il se pencha en avant. « Je suis désolé, balbutia-t-il. Je n'aurais pas dû soulever...

— Non, non, fit-elle. C'est Jennie. Ça arrive tout le temps. » Elle tourna le sucre dans sa tasse. « Un réflexe. »

La vue de ses larmes l'avait effrayé et provoqué en même temps une grande embardée dans sa poitrine, l'envie de la protéger, le besoin urgent de faire quelque chose. Il comprit que la cause lui en était cachée. Elle semblait exister à des niveaux différents, qui fonctionnaient tous simultanément, certains visibles, d'autres pas. Il eut envie de presser sa tête contre la sienne, crâne contre crâne, et de serrer, serrer, jusqu'à ce que leurs os se mélangent, que leurs cerveaux coulent l'un dans l'autre. Il voulait voir avec ses yeux à elle.

Elle s'était complètement ressaisie, ils demeurèrent silencieux. Il était conscient qu'elle l'observait. Elle se leva brusquement, débarrassa la vaisselle du thé. Pendant un moment, l'eau chaude coula sur ses mains et elle eut l'une de ses absences, le corps immobile, l'âme voguant dans quelque voyage astral. Puis elle acheva son travail.

Il sut ce qui allait arriver lorsqu'elle prit sa main et le conduisit hors de la pièce. Quelque chose claqua au centre de lui, des vagues de chaleur cascadèrent à travers son corps. Sa vision se ferma sur les côtés, si bien qu'il ne vit plus que la tête et les épaules de Catherine. Dans le couloir, elle lui mit les bras autour du cou et l'embrassa, un baiser long, doux, plein, qui effaça toute autre sensation. Lorsqu'elle éloigna sa tête pour se détacher, elle poussa un soupir profond et voluptueux, comme si elle avait eu mal quelque part et que la douleur, à présent, se fût subitement envolée. Ses yeux sombres étaient entièrement dilatés, presque noirs. Ils semblaient plonger au plus profond de lui-même.

Dans la pièce du devant, elle n'alluma pas l'ampoule du plafond mais brancha le feu électrique, se laissa glisser sur le tapis de prière. Il resta debout dans la pénombre, le cerveau galopant dans le brouillard, les sens excités à un point inouï. Les bûches de carbone devinrent incandescentes. Elle leva le bras, l'attira vers elle, il se coula à genoux et l'étreignit.

Dans la lueur rose pâle, elle enleva sa veste, glissa sa langue entre ses lèvres. Elle déboutonna sa chemise, pressa sa joue contre sa poitrine. Étourdi par le goût de sa salive, l'odeur de ses cheveux, la chaleur lisse de son cou, il la déshabilla comme elle le déshabillait. Ce fut facile, leurs mains savaient tout, comme s'ils l'avaient fait des milliers de fois. Leur nudité totale sembla miraculeuse, un cadeau du ciel, qui les laissa le souffle court.

Pendant trois nuits et deux jours ils firent l'amour. La première fois, sur le tapis, il la suivit, se glissant dans le sillage de sa certitude, stupéfait par sa force, confondu par la profondeur de son abandon aux puissances qui les entraînaient. Il comprit rapidement que pour elle — et très vite aussi pour lui — ce qui se passait était une façon d'aller au-delà du corps (comme en musique, Fredericks lui avait appris à aller au-delà du mur). La passion était une force qu'il fallait nourrir ardemment, avec gratitude, nourrir, comme un ange affamé qui serait avec eux dans la pièce et aurait le pouvoir de les soulever hors d'eux-mêmes. Hors du corps, hors du monde, vers un ailleurs d'un bleu profond, où leurs âmes se joignaient dans, et avec le bleu. Voguaient ensemble dans le bleu — le bleu insupportable à une âme seule. Que l'on ne peut connaître seul.

La deuxième fois, dans le grand lit de la chambre du fond, il fut son égal. Au tréfonds de lui-même, il sentit des moi dormants s'éveiller, s'avancer vers la complétude, comme s'il était un vaisseau qui réalisait aujourd'hui seulement sa destinée. Il rit et pleura en même temps. Elle couvrit son visage de baisers. Plus tard, tandis que sa tête reposait près de la sienne, il entendit soudain le bruit d'une voiture à cheval dans la rue. Le son s'éloigna, il se rendit compte qu'il était devenu temporairement sourd. À ce moment précis elle dit : « Écoute comme le monde revient. » Et Claude en fut changé à jamais.

Tard dans l'après-midi. Ils se cajolaient sous les draps. La faible lueur de la fin du jour les enveloppait. Des piles de livres. Une coiffeuse au miroir fêlé. Deux ours en peluche appartenant à Jennie.

« Il n'y a pas une seule ride sur ton visage, dit-elle.

— Il y en aura si tu ne m'épouses pas. »

Elle l'embrassa dans la nuque. « Je suis trop vieille pour toi.

— Que veux-tu dire ? Nous avons presque le même âge.

— Je t'imagine à quarante-cinq ans. Célèbre, beau, plein d'assurance, une fille fabuleuse à ton bras. Vingt-cinq ans. Trente, peut-être. » (Ce qui, effectivement, devait se produire.) Elle n'était pas gaie, en disant cela, mais pas triste non plus. Elle constatait simplement un fait.

« Non, non, soupira-t-il, énervé.

— Oui, oui, fit-elle. Ça se passe comme ça.

— Qui sait ?

— Oh, Seigneur ! » Elle bondit soudain. « C'est dimanche, demain. Je cours à l'épicerie. » Elle sauta du lit, ramassa ses vêtements sur le sol — pantalon et chandail —, les pointes sombres de ses seins se balançant légèrement. Il tendit la main, lui effleura la cuisse.

« Je viens avec toi.

— Tu es là où je veux que tu sois, dit-elle. Ne bouge pas. J'en ai pour une seconde. »

Il la buvait des yeux. Lorsqu'elle passa le pull par-dessus la tête, il plongea brusquement vers elle, la prit par la taille, glissa la pointe de sa langue dans son nombril. Elle se cambra, le chandail couvrant l'un de ses seins et, des deux mains, attira sa tête contre elle. « Ah mon petit affamé, mon doux petit..., chuchota-t-elle. Viens...

— Dieu du ciel, gémit-il lorsqu'elle s'éloigna.

— Ne bouge pas. »

La porte se referma, la maison se fit silencieuse. Peu à peu, son corps s'apaisa, il sombra dans un demi-sommeil béat, l'esprit à la dérive, comblé moins de pensées que de conscience pure. Le monde était neuf, il était submergé par un sentiment de nouveauté, de bienveillance dans la lumière, dans l'air, dans les objets qui l'entouraient. Il était vivant d'une façon nouvelle. La sensation était si belle qu'il essaya de la transformer en savoir. Mais il s'endormit.

La présence de Catherine l'éveilla. Elle était assise au pied du lit. « Cette femme, que je rencontre parfois à l'épicerie — mon âge, quatre gosses —, une femme au foyer qui bosse dur, il y a en elle quelque chose qui me plaît, quoique je la connaisse à peine. Nous faisions la queue à la caisse. "Mon Dieu", s'écrie-t-elle, et, en vérité, elle me tapote la main. "Mais nous rayonnons. Nous avons des pétales de rose sur les joues !" » Un éclair de satisfaction éclaira soudain le visage de Catherine, une sorte de sourire intérieur. « Elle me fait un minuscule clin d'œil, très discret. » Elle rit, se tourna vers Claude. « N'est-ce pas merveilleux ? »

Le dimanche soir, ils avaient perdu la notion du temps et presque toute conscience du monde extérieur. Claude se sentait enveloppé dans un cocon d'amour et de confiance, une confiance si profonde et pourtant, paradoxalement, si naturelle, si fondamentale, qu'il ne parvenait pas à croire qu'il ne l'eût jamais éprouvée jusqu'alors. Les frontières de la pensée semblèrent s'effacer comme s'étaient effacées celles de la chair, si bien qu'ils étaient une créature unique autant que deux êtres. Ils parlaient, se caressaient, murmuraient sans hâte. Le plus souvent, leurs mots n'avaient d'autre propos que celui de donner voix à leur conscience, en partie parallèle, en partie partagée. Le plus souvent, c'était volupté pure et simple. Mais, parfois, ils s'interrogeaient, s'informaient l'un l'autre, complétaient les intervalles, comme Jennie avait rempli son livre de coloriage.

« Je te trouvais terriblement snob, disait-il. Ton dédain me déchirait. Tu me brisais le cœur.

— Oui, je sais, disait-elle. J'étais odieuse.

— Savais-tu que je t'aimais ? »

Au bout d'un moment elle dit : « Je crois que je pensais que tu étais amoureux d'une image que tu te faisais de moi. C'était très doux.

— Eh bien... je ne me doutais pas que tu trouvais cela doux.

— Cela t'aurait blessé, de le savoir. Tu te serais senti traité avec condescendance. »

Il rit doucement. « Je me sentais traité avec condescendance, de toute façon. »

Ou bien, dans l'étroite salle de bains, se baignant à tour de rôle dans la baignoire sabot. « Te souviens-tu du bal du River Club ? demanda-t-elle, adossée au lavabo, les bras croisés sur la poitrine. Dieu, ça paraît si loin. Une éternité.

— Bien sûr, que je m'en souviens, fit-il dans la baignoire.

— Peu avant, j'avais commencé à te trouver différent, continua-t-elle. Tous ces garçons idiots... Tu faisais partie d'une tout autre catégorie. Tu avais une certaine... *gravitas*, je crois que c'est ce que je veux dire. Tu étais naïf, mais en quelque sorte... » Sa voix se perdit. Au bout d'un moment, elle reprit : « Et il y avait une telle *intensité* dans la façon avec laquelle tu t'efforçais de bien danser. Je l'ai vraiment sentie. Cela m'avait impressionnée.

— Tu te souviens du retour, dans la limousine ?

— Oui, fit-elle. Je t'avais envoyé promener.

— Pourquoi ?

— Je crois que j'avais peur. Je commençais à te prendre au sérieux et je ne pouvais me le permettre. »

Il se leva, sortit de la baignoire, tendit la main vers la serviette. Elle le devança et se mit à le sécher en commençant par la nuque. Il inclina la tête.

« Tu n'étais qu'un jeune homme bien, vois-tu, fit-elle, lui frictionnant le dos. Et tu pensais que je n'étais qu'une jeune fille.

— Je ne comprends pas. »

Elle se tut, lui sécha le corps entièrement, lentement, mais pas de manière érotique. Une tâche accomplie avec tendresse, comme elle eût séché son enfant, à genoux sur le sol de la salle de bains. Ils retournèrent au lit, sous la couverture, les oreillers amoncelés haut derrière leurs têtes. Ils restèrent allongés dans un silence tranquille pendant un long moment. Si long que, lorsqu'elle parla, il mit un certain temps à comprendre qu'elle répondait à sa dernière remarque. « Je n'étais pas qu'une jeune fille. » Elle attendit, puis ajouta : « Je couchais avec Dewman depuis l'âge de treize ans. »

Il ne comprit pas tout de suite. « Que veux-tu dire ?

— J'avais des rapports sexuels avec lui.

— Avec Dewman Fisk ? » articula Claude, incrédule, complètement égaré.

« Oh, tu sais, continua-t-elle rapidement, un homme puissant, qui ramenait tous ces gens célèbres à la maison... » Presque désinvolte.

Tandis que l'information pénétrait lentement en lui, il demeura immobile, les yeux fixés au plafond. « Nom de Dieu.

— Je ne l'ai jamais dit à personne », dit-elle.

Il réfléchit. « Pas même à ton mari ?

— Non. »

Il réfléchit encore. « Tu veux dire qu'il t'a violée ? Pourquoi ne l'as-tu pas dit ?

— Il ne m'a pas violée. » Elle parlait d'une voix calme. « Ce n'était pas comme ça. »

Par-dessus tout — bien qu'il fût en pleine déroute, l'esprit tourbillonnant de façon presque désespérée —, par-dessus tout, il voulait éviter de dire ce qu'il ne fallait pas. Ils avançaient dans une zone irréelle, du moins était-ce ce qu'il ressentait, tandis qu'il luttait pour essayer de comprendre. Pour la première fois depuis qu'ils s'étaient agenouillés sur le tapis de prière — il y avait seulement deux jours, mais cela paraissait infiniment plus ancien, complètement hors du temps —, il sentit la présence d'un danger. Elle parlait d'une chose si étrangère, si parfaitement inouïe, qu'il pouvait, par inadvertance, par ignorance, dire ou faire une chose qui pût la blesser. Ou ne *pas* dire, ne *pas* faire. Il était bloqué.

« Il a commencé à me regarder lorsque j'ai eu douze ans, dit-elle. L'année d'après, il y a eu des jeux, puis, eh bien...

— Mais comment... Tous ces gens dans la maison ?

— Jamais lorsque ma mère était là. » Elle se reprit. « Non, de temps en temps, quand elle était malade, je crois. Ce n'était pas permanent, vois-tu. Parfois, des mois entiers s'écoulaient et je me disais que c'était peut-être fini.

— Voulais-tu que ça finisse ?

— Oh, oui. Très vite. Mais il savait s'y prendre. » Elle prononça cela sans amertume apparente. « Lorsque j'ai eu dix-sept ans, je n'ai plus pu le supporter. Alors, je suis partie avec le premier type qui me l'a demandé.

— Et tout le monde a pensé que tu étais tombée amoureuse, que tu t'étais enfuie...

— Sauf Dewman. Il savait, j'en suis sûre.

— Et le fils de pute s'en est sorti comme ça. » Il secoua la tête. « Incroyable. »

À présent, des fragments de souvenirs jaillissaient de sa mémoire. Catherine descendant l'escalier, Dewman derrière elle, le soir du bal. La répugnance de Lady à parler de Catherine, sinon de manière fugace, pour évoquer une anecdote scolaire, l'observation que, même petite, Catherine avait toujours été « provocante », ou « sexy », ou « vamp », que c'était « indigne ». Il se rappela la remarque de Peter disant qu'elle essayait toujours de « faire la grande. » Il se souvint de la question de Catherine, désormais sans mystère, sur l'attitude de Dewman recevant la couronne de laurier. À présent, il pensait à la bonne, qui lui avait donné la croix de bois pour le protéger du démon. « Je crois que la bonne savait, murmura-t-il. Ou du moins, le soupçonnait.

— Qu'est-ce qui te fait dire cela ?

— Elle semblait m'avertir de quelque chose. Comment s'appelait-elle ? Isidra. Crois-tu qu'elle savait ?

— Je me souviens d'elle. » Catherine réfléchit. « Peut-être. Nous n'avons jamais été surpris, mais peut-être. Elle me haïssait certainement. Cela n'a plus d'importance, à présent.

— Si, cela en a. Elle est toujours là-bas. Sauf qu'elle est gouvernante et se fait appeler mademoiselle Sanchez. Ta mère n'est plus dans le coup, c'est Isidra qui mène la barque. Lady affirme qu'elle porte des vêtements extrêmement coûteux, et je t'assure qu'elle ne ressemble ni ne se comporte comme une servante. Peut-être, après tout, ne s'en est-il pas sorti comme ça.

— Cela n'a pas d'importance. Je ne les reverrai jamais. J'ai laissé tout cela derrière moi il y a long-temps. » Elle roula sur le côté, mit la main sur l'épaule de Claude. « Je ne sais pas pourquoi je te l'ai raconté. »

Un livre fermé, pour elle. Il le comprenait, et n'allait certainement pas la pousser à le rouvrir. Mais un autre souvenir remonta, il ne put s'empêcher de s'écrier : « La section pour enfants !

— Quoi ?

— Savais-tu que lorsqu'il était adjoint au maire, il avait fait passer une loi instaurant une section spéciale pour enfants dans les cinémas ? Tu sais, les matinées, etc., pour que les pervers sexuels n'ennuient pas les enfants ?

— Ne sois pas en colère, Claude.

— Pourquoi ? Il t'a volé ton enfance. Tu menais une double vie avant même de quitter le lycée. Il t'a interdit de parler avec ta propre mère. Au nom du ciel ! Il t'a condamnée à la solitude. C'est une violence épouvantable !

— Chut... » Elle lui caressa le visage. « Chut... Taisons-nous un moment.

— Quel monstrueux hypocrite !

— Chut... Tais-toi, maintenant. »

Mais quelques heures plus tard, lorsqu'ils firent l'amour, il sentit que tout s'éloignait. L'âme de Catherine l'accueillit, son âme à lui fut lavée. Ensemble ils montèrent dans le bleu au-delà du bleu. Tout le reste était insignifiant. La vie elle-même était insignifiante. Ils s'élevèrent hors du monde. Hors de son présent, hors de son passé.

Le lundi matin, ils se promenèrent dans un parc voisin, qui ressemblait davantage pour Claude à un morceau de campagne préservée qu'à un parc. Des prairies ondulaient, certaines fauchées, d'autres recouvertes d'herbe sauvage, de grands arbres s'élevaient en bouquets. Il y avait des boutons d'or et même un ruisseau. Il était heureux de marcher. Son corps était merveilleusement détendu, brillant de l'intérieur, souple, comme huilé. Mais ses jambes n'étaient pas totalement fiables, et il avait une répétition l'après-midi. Il se sentait trop léger, il flottait, il lui fallait revenir sur terre. Au bout d'une demi-heure d'errance parmi les collines basses, Catherine à ses côtés, qui lui prenait parfois le bras, se pressait contre lui, et il atteignit l'équilibre parfait. Ils découvrirent un rocher énorme déjà tiédi par le soleil, allèrent s'y adosser.

« J'ai l'impression d'avoir dormi toute ma vie, dit-il.

— Bonjour, alors.

— Le sexe est si puissant qu'il m'a toujours aveuglé. Je n'ai jamais vraiment su ce que je faisais, d'une certaine façon. Tu sais, tellement avide — peut-être un peu effrayé, me semble-t-il à présent.

— Eh bien... un nombre terrible de femmes n'aiment pas particulièrement le sexe, si la vérité devait être dite, fit-elle. La plupart, je pense.

— Tu plaisantes. » Bien qu'il apprît vite, il n'était pas simple de se libérer de la méséducation romantique qu'il avait reçue du cinéma et des livres.

« Pour certaines, c'est un truc social, pas plus important que ça. D'autres y voient la preuve qu'on a besoin d'elles. Une sorte de réconfort. Cela peut être également une façon d'exercer le pouvoir sur une autre personne. Rien dans tout cela n'implique qu'on doive l'aimer.

— Un outil, tu veux dire.

— Quelquefois. Parfois, juste un cadeau pour l'homme.

— Personne n'en parle jamais ainsi.

— Bien sûr que non, fit-elle. Mais n'oublie pas : il y a des femmes pour qui c'est aussi important que pour les hommes.

— Oublier ! protesta-t-il. Comment pourrais-je ? Où étions-nous ?

— Bon, bon... » Elle sourit, lui donna un baiser léger par surprise. « Parce que ça s'en va, tu sais.

— Jamais.

— La passion s'en va. C'est trop intense. Ça se fane. Pense aux couleurs. Les couleurs se transforment progressivement en nuances. C'est ainsi.

— Je ne veux pas penser de cette façon.

— Je sais.

— C'est comme si tu me prévenais. »

Elle lui prit la main. « Il est bon que je sache ces choses-là. Je ne te préviens pas. Je ne reculerai pas, lorsque les couleurs changeront.

— Mais tu ne m'épouseras pas.

— Je n'épouserai personne. Il y a Jennie, mon travail, ma vie. C'est plus que suffisant.

— Suppose que ton travail t'amène en Amérique? Un truc incroyable, à Princeton ou Harvard, hein?

— Je n'irai pas. »

Elle lui lâcha la main, ils restèrent assis en silence un certain temps. Soudain, un énorme chien noir jaillit derrière le rocher et s'immobilisa à quelques mètres d'eux. Sans collier, remarqua Claude, pensant immédiatement à ses mains. Le chien baissa la tête.

« Toi, fit Catherine d'une voix ferme, tu es un gros chien laid plein de bave. Nous n'avons rien pour toi. »

Au bout d'un moment, le chien pivota sur ses pattes arrière et s'élança au loin. Ils le regardèrent traverser la prairie à fond de train, l'échine se pliant et se dépliant comme une charnière.

« Les Britanniques adorent les animaux, tu sais, dit-elle. C'est ridicule. » Elle se leva et lissa sa jupe.

« Viendras-tu à la répétition? demanda-t-il.

— Ça sera de bric et de broc, n'est-ce pas? Je préfère écouter l'ensemble du premier coup. »

Claude entra dans l'auditorium par une porte latérale et s'arrêta net. Ils jouaient sa musique... Les premiers tutti du deuxième mouvement. Monsieur Dove conduisait au piano. Claude s'immobilisa, s'adossa au mur.

Au début, il fut trop ravi pour penser. Le son était là, vivant dans l'air, il sentit tous les poils de son corps se hérisser. Il l'avait entendu dans sa tête un nombre incalculable de fois, une version idéalisée. Mais à présent, il était réel... Ce qui le surprenait le plus, c'était son aspérité, les textures. Cordes résineuses, sonorités larges et tendues des cuivres, profondeur somptueuse, légèrement râpeuse, des bois. Dove ne jouait pas toute la partie piano, seulement les départs et une réduction des lignes du haut et du bas. L'orchestre dominait, un son puissant, organique, presque charnel. Claude s'y baignait, l'absorbait par tous les pores de sa peau, un énorme sourire inconscient sur le visage. L'effet produit sur lui était celui d'une drogue euphorisante, il lui fallut un bon moment pour s'obliger à l'écouter de manière analytique.

Finalement, le premier violon l'aperçut et le désigna à monsieur Dove. Ce dernier fit un geste pour demander le silence. « Vous voilà, monsieur, cria-t-il en jetant un coup d'œil sur sa montre. Nous avons fait tout ce que nous pouvions en matière de préparation. » Il quitta le piano. « Veuillez vous joindre à nous. »

Claude parcourut l'allée, monta sur la scène, s'approcha du grand Bösendorfer de concert.

« Désirez-vous dire quelques mots avant de commencer ? » demanda monsieur Dove en prenant sa baguette.

Claude regarda l'orchestre — tant de personnes, jeunes et vieilles, quelques femmes, un Noir long et mince dans la section des contrebasses — et se sentit un moment nerveux. « C'est un honneur que de jouer avec vous. Je possède un nombre effrayant de vos disques. » Quelques sourires, hochements de têtes approbateurs. « Pour la musique... Eh bien, vous l'entendrez de toute façon, mais je ne joue pas à l'ancienne, plus fort si l'on monte, plus doux si l'on descend. En respirant, dit-on, je crois. Les nuances doivent être telles qu'indiquées, donc lorsque nous jouerons une ligne ensemble, c'est la façon dont je les marquerai. Il me semble que c'est tout. » Il s'assit au piano. La partition était devant lui. Il leva les yeux vers monsieur Dove, qui tournait les pages au pupitre.

« Très bien, commença Dove. Premier mouvement, deuxième tutti. Cette figure. Comment désirez-vous ces doubles-croches ? »

Claude regarda les touches, imagina la phrase dans sa tête, la joua de la main droite.

« Ah ! » Dove se pencha vers les musiciens. « Distinct, mais s'incurvant en souplesse. Très bien. » Il leva les bras. « Essayons une première fois. »

Ils tournèrent ainsi autour du concerto pendant près d'une heure. Puis il y eut une pause. Les autres se levèrent, Claude resta au piano et joua très doucement la version d'Art Tatum de *Tea for Two* pour se détendre les doigts. L'un des violons, un homme entre deux âges, avec des poches sous les yeux, s'arrêta pour écouter. « Un truc merveilleux, fit-il quand Claude eut terminé. Tatum était un maître.

— Où puis-je entendre du jazz ? demanda Claude.

— Vous voulez dire un club ? Il n'y en a pas beaucoup, je le crains. Ronnie Scott, à Soho. Et l'un de nos collègues travaille la nuit au Castle, à Soho également. Je vais l'appeler, il vous en dira plus. » Il s'éloigna.

Monsieur Dove s'approcha avec une ou deux questions. « Je pense que vous désirez donner une sensation de sauvagerie, ici, dans ces mesures libres en *si* majeur, avec ces gammes en *ré* majeur pour les cors ?

— Oui. Des sons désordonnés. Une petite poche de chaos, comme un immeuble en démolition.

— Bien. C'est ce que nous avions pensé. »

Le vieux violoniste revint avec le bassiste noir, un homme d'environ trente ans, avec des mains extrêmement longues. Il avait l'air inquiet, son front était barré de rides.

« Voici Reggie Phillips. Il connaît tout ça. »

Claude se leva et serra la main du type. « Bonjour. Vous jouez du jazz au Castle ? J'aimerais venir.

— Ce n'est qu'un trio. Chez Ronnie Scott, il y a un véritable orchestre. De bons musiciens. » Il parlait à voix presque basse, à peine au-dessus du chuchotement, avec un accent qui semblait jamaïcain. « Vous passerez un bon moment chez Ronnie Scott. »

Claude resta perplexe. Reggie regardait le sol en oblique, détournait le visage comme s'il avait peur.

« Eh bien, merci beaucoup », dit Claude.

Reggie commença à s'éloigner. Puis il s'arrêta et dit : « Votre concerto est très bon, très puissant, et il a une fraîcheur... Tout le monde le pense. » Soudain il s'en alla, se frayant un chemin parmi les chaises pliantes.

CHAPITRE 21

Lord Lightning[1] était un pianiste de jazz trapu, prématurément chauve à l'âge de quarante-huit ans, dont le teint café au lait était la seule marque visible du sang noir qui coulait dans ses veines — un quart, lui avait dit sa mère, elle-même à moitié blanche, avant de mourir. Son nom de scène venait de ce que sa main droite fut considérée comme plus rapide que celle d'Oscar Peterson, et aussi parce que Light, ainsi que l'appelaient ses amis musiciens, avait, en fait, la peau claire, un maintien particulièrement digne, s'habillait avec élégance (juste une pointe de dandysme), et manifestait un intérêt quasi obsessionnel pour la famille royale. Il vivait dans une maison édouardienne meublée avec goût, à Hampstead (huit ans encore avant la fin de l'hypothèque, avant de faire une fiesta vrai de vrai), avec Reggie Phillips — bassiste au LSO, et aussi au Castle Jazz Club, le trio de Lord Lightning — son compagnon depuis dix ans. Ils étaient assis au salon dans des fauteuils à oreilles jumeaux, et prenaient le thé.

« Je pense que tu t'en fais trop, dit Reggie.

— Toute cette affaire me flanque la trouille. »

1. *Lightning* : foudre, éclair *(N.d.T.)*.

Light considéra un moment le service à thé de porcelaine puis prit un morceau de sucre. « Nous devons nous montrer très, très prudents.

— Tu n'es même pas sûr que ce soit lui. Un unique télégramme envoyé il y a... combien, vingt-cinq ans ? Depuis, rien.

— C'est ce qu'elle voulait. » Light soupira. « Cela m'avait soulagé, à l'époque.

— On peut le comprendre... » Reggie rit doucement. « Vu la situation.

— Ne sois pas stupide, Reggie. Il s'agissait d'autre chose. L'enfant ne devait jamais savoir, c'était parfaitement possible. Il avait toutes les chances de grandir blanc. Et en Amérique... » Il agita la main, laissant le reste en suspens.

« Eh bien si c'est *lui*, il n'a eu certainement aucune difficulté à se faire passer pour... »

Light claqua la langue d'un air agacé. « Passer pour... C'est ignoble ! Nous voulions lui éviter cela, justement, si la chose se révélait possible. C'était une femme remarquable.

— La *seule* femme, fit Reggie. À moins que tu ne m'aies menti.

— Mon cher, je ne mens jamais à ce sujet, comme tu n'es pas sans le savoir.

— Écoute, ce n'est pas de ma faute. Que pouvais-je faire ?

— L'époque correspond. Le nom aussi... En plus, il est musicien. Ce doit être lui.

— Nous en avons parlé une douzaine de fois, dit Reggie. Je veux juste que tu saches que ce n'est pas de ma faute, s'il vient. Il avait déjà entendu parler du club. Je lui ai dit d'aller chez Ronnie, il y est allé... Mais à présent, il veut venir ici.

— Comment a-t-il trouvé l'orchestre ?

— Il a aimé Tubby.

— Bon, ça prouve qu'il a du goût. Comment était-il, à la répétition, hier ? »

Reggie regarda par la fenêtre. « Très sérieux. Intense. Nous avons joué le concerto en entier pour la première fois, et il semblait, il semblait...

— Quoi.

— Il n'est pas démonstratif, comme pianiste, il ne fait aucun truc théâtral... Mais on sentait bien qu'il était ailleurs, sur une autre planète. Beaucoup d'énergie émanait de sa personne, et l'orchestre réagissait. À la fin, il nous a remerciés, et il était sincère.

— Il t'a plu, fit Light, simplement.

— Je le connais à peine. Il est sympathique, il écrit de la bonne musique, il joue admirablement. C'est tout ce que je sais.

— Est-il... ? » La voix de Light se perdit.

« Non. » Reggie comprit instantanément. « Je ne le pense pas. »

Light approuva, pour lui-même. « Ne te sens pas insulté si je dis que j'en suis heureux.

— Bien sûr que non, fit Reggie. Je suis certain que je ressentirais la même chose.

— Le prix — lorsqu'on est jeune, s'entend — est franchement trop lourd. » Light soupira. « Lorsque j'y repense...

— Ne te chamboule pas avec ça. » Reggie posa sa tasse et sa soucoupe sur la table. « Il ne viendra certainement pas, et même s'il venait, tu t'en sortirais très bien.

— Je suppose, fit Light. C'est tout de même affolant. Qui sait ? Il peut me reconnaître au premier regard. Le sentir. Le deviner.

— Voilà que tu deviens bêtement romantique », fit Reggie, agacé, et il se leva. « Sois sentimental, et tu vas tout foutre en l'air, *toi*.

— Où vas-tu ?

— Nulle part. Mettre ce truc à la cuisine.

— Non, attends. Assieds-toi une seconde, fit Light. Je t'en prie.

— Seigneur », s'écria Reggie. Il se rassit.

« Dis-moi la vérité, à présent. Ne te contente pas d'être gentil.

— La vérité sur quoi ?

— Sur ce que j'ai fait. Sur ce que nous avons fait, Emma et moi. Crois-tu que nous ayons eu raison ? »

Reggie secoua la tête. « Quelle différence, maintenant ? Cela s'est passé il y a un siècle.

— Reggie. Je t'en prie. » Light disait rarement « Je t'en prie ». Il s'enorgueillissait de son endurance, et Reggie, qui avait souvent compté sur elle, savait qu'elle était réelle. Force mentale, mais aussi courage physique indubitable. Il y avait quatre ans de cela, ils avaient été agressés par trois jeunes voyous dans une ruelle de Soho. Light en avait frappé un dans les couilles, lui avait pris son couteau, l'avait planté dans la cuisse du gars, avait regardé les autres détaler. « Vous avez choisi la mauvaise pédale, cette fois, mesdames ! » s'était-il écrié avec un grand rire.

« Que puis-je te dire ? fit Reggie. Je ne suis jamais allé en Amérique. Si j'étais né blanc à la Jamaïque, j'aurais essayé de passer dans l'autre sens.

— Mais il n'essaie pas de *passer* ! Tout est là.

— J'ai compris, ronchonna Reggie. Je le vois bien. Le problème, c'est qu'il ne le saura jamais. Suppose qu'il devienne un grand compositeur ?

— Oui. Et alors ?

— Il sera un grand compositeur *blanc*.

— Merde ! Mais il est plus blanc qu'autre chose ! Quel mot utilisaient-ils... ? Octavon ! Voilà ce qu'il est. Le plus loin qu'ils pouvaient compter, ils n'avaient pas de mots au-delà. La limite. Comment dire, après ? *seizetavon* ? La plus légère, la plus minuscule trace de goudron... Regardons les choses en face : il est blanc.

— Ne crois-tu pas qu'il tienne la musique de toi ? »

Light considéra la question. « Il serait agréable de le penser, soupira-t-il. Mais à la vérité, si l'on commence à aller trop loin dans ces trucs mystiques sur le sang, ça prend des allures nazies, si tu vois ce que je veux dire ?

— Écoute, vieux. C'est *toi* qui disais qu'il était important qu'il soit musicien, protesta Reggie.

— Je sais, je sais. Cette histoire me rend dingue.

— Espérons qu'il ne s'amènera pas, dit Reggie. Je t'ai pris une place dans le fond de la salle, pour le concert. Tu le verras, tu l'entendras, puis tu reviendras ici, et tout rentrera dans l'ordre.

— Oui, c'est ce que je vais faire, fit Light. Tu as raison. »

Lorsque Claude retourna à l'hôtel après la répétition finale, le concierge lui tendit deux lettres. Il s'assit dans l'un des fauteuils du hall et les ouvrit immédiatement. La première portait l'en-tête de l'université de Cambridge.

Cher Claude,

Salut vieux frère. Ici, je fais de la physique avec le célèbre professeur Macintyre. Un vieux bougre, mais brillant. Nous sommes sur le point de découvrir les mystères de l'univers, dès vendredi, peut-être.

C'était très excitant de lire ton nom dans le journal et d'imaginer ce qui avait pu se passer ces dernières années pour te mener à un tel succès. Première mon-

diale avec le London Symphony Orchestra! Le Concerto Weisfeld. *Je me souviens très bien de lui. Il sera avec toi, j'espère?*

Mes devoirs d'enseignant m'empêchent de venir à Londres avant le concert, mais j'y assisterai certainement. Un ami s'est procuré des places. Crois-tu pouvoir donner mon nom à ces messieurs afin que je puisse venir te saluer dans les coulisses après?

Bien à toi,

IVAN

Claude fut envahi par une bouffée d'affection. Le sentiment de la présence d'Ivan fut soudain si puissant qu'Ivan eût pu aussi bien être assis à côté de lui. La physique, bien sûr! Ivan aurait changé, certainement, mais Claude était sûr, sans savoir pourquoi, que leur amitié reprendrait comme s'ils ne s'étaient jamais quittés. Il replia la lettre avec soin, la glissa dans sa poche de poitrine. Quelle merveilleuse surprise! Un véritable cadeau, inespéré, parfait. Il y vit un signe de bon augure, donné exactement au bon moment. Il se sentit d'autant plus fortifié qu'il ne s'y attendait pas.

La seconde enveloppe portait l'écriture ronde de Lady. Elle avait été réexpédiée par les bureaux de l'orchestre.

Cher Claude,

Dois-je t'avouer que j'ai pleuré en signant les derniers papiers? Idiot, sans doute. Parce que c'était la seule chose à faire. Mais c'est ainsi. Le deuil du passé. Une chance que le présent soit si intéressant. Nous avons vendu la galerie en faisant une si belle affaire que j'envisage d'ouvrir une agence immobilière. Ce doit être amusant, il y a beaucoup de mouvement dans cette ville.

Le Sunday Times *nous arrive avec un jour de retard, mais le petit entrefilet dans la rubrique musique ne m'a pas échappé. Je suis si heureuse pour toi. Vraiment heureuse, car je sais tout ce que la musique représente pour toi.*

Grand-Père me dit que ma cousine Catherine vit à Londres, à présent, qu'elle va à l'école ou un truc du genre. Tu peux la retrouver dans l'annuaire et lui dire bonjour de ma part. Je parie qu'elle se souviendra de toi. Elle n'oubliait jamais rien ni personne, cette fille.

En tout cas, bonne chance pour les débuts, et beaucoup de tendresse.

LADY

Il garda la lettre à la main un instant, après l'avoir lue. La référence à Catherine avait provoqué un bref moment de malaise — une sorte de froid, mais qui s'était très vite estompé, tandis qu'il considérait l'ironie du sort. Quelque chose d'innocent et de puéril émanait de cette lettre, il lui parut invraisemblable qu'il eût pu passer tant d'années auprès de la personne qui l'avait écrite sans jamais ressentir la tristesse qui était en elle — la tristesse courageuse de quelqu'un qui a loupé le coche. Une sorte de stoïcisme enjoué, vaillant, masquant une détresse profonde. Le mariage, avec lui ou un autre, ne la guérirait jamais. Elle avait loupé un coche beaucoup plus important. À présent, il éprouvait une sorte de peur vague pour elle. Il la repoussa aussitôt. Dans l'équation compliquée de la vie de Lady, il n'était plus facteur. La seule façon de lutter contre son sentiment de culpabilité était de lui souhaiter bonne chance, sin-

cèrement, du fond du cœur. Les papiers du divorce,
qu'il devait encore signer, ne contenaient rien de plus
irrévocable que la lettre qu'il tenait à la main. C'était
aussi brutal, aussi simple que cela.

Lorsque Claude téléphona au grill du Savoy pour
réserver une table, on lui répondit avec une politesse
exquise et des excuses à profusion, que la première
réservation n'était possible que dans deux semaines.
Impulsivement, Claude appela Albert Shanks et lui
expliqua la situation. « J'aimerais vraiment l'emmener dans un endroit spécial. » Shanks rappela vingt
minutes plus tard. De son splendide bureau avec vue
sur la Tamise, il avait tout arrangé. « Ils réservent
toujours deux tables pour les VIP, expliqua Shanks.
Bon appétit*. »

Le niveau de l'excitation de Catherine le prit au
dépourvu. Elle s'était littéralement écriée : « Super ! »
en battant des mains comme une enfant. Elle réfléchit longuement à la toilette qu'elle allait porter, tandis que Claude la regardait du lit. Il se souvint une
fois de plus qu'elle n'était plus la fille qui habitait un
hôtel particulier sur la Cinquième Avenue, se rendait
à des réceptions fastueuses, ou au Russian Tea
Room, en perles et robe de velours. Elle vivait dans
un appartement minuscule, menait une vie sociale
extrêmement limitée au sein d'un petit cercle d'universitaires, s'habillait comme une étudiante, préparait des choses comme de la soupe aux pois cassés
pour le dîner en s'exclamant d'un ton satisfait : « Un
peu de pain et de beurre, ça nous fera l'affaire pour
deux jours. » Pourtant, elle avait gardé un enthousiasme réel pour la belle vie, et la capacité de l'apprécier avec naturel — s'attirant instantanément le
respect du personnel du Savoy, par exemple.

Ce fut un repas vraiment splendide. Caviar, vodka tellement glacée qu'elle en était épaisse. Mémorable bisque de homard. Sole de Douvres, avec une sauce délicate, asperges fines comme des crayons, riz sauvage, sorbet au citron. Stilton et fruits, champagne d'un bout à l'autre. Et, à présent, café. Ils étaient à table depuis près de deux heures.

« Recommençons depuis le début », dit Catherine. Elle avait mangé lentement, dégustant chaque bouchée avec une expression légèrement voluptueuse. Claude avait pris plus de plaisir à la regarder qu'à manger.

« Un dîner dont nous nous souviendrons, fit-il.

— Pas de répétition demain ?

— Plus rien avant la représentation.

— Tu vas juste attendre ?

— Exact. » Il but une gorgée de café. « J'irai là-bas deux ou trois heures à l'avance, je jouerai un petit moment au sous-sol pour me détendre, puis je flânerai sur place.

— L'attente doit être difficile.

— J'ai de la chance. Je suis nerveux le matin, puis ça se calme soudain, je ne sais trop comment.

— J'étais censée me rendre à une ou deux réunions mais j'ai tout annulé. Tu n'auras pas le temps d'être nerveux. »

Il sourit. Jamais jusqu'alors, il n'avait éprouvé un tel sentiment de bien-être continu, pénétrant, l'impression de détenir de vastes ressources d'énergie, bien plus qu'il n'en fallait pour affronter n'importe quelle épreuve. Regardant les yeux incroyablement beaux de Catherine, il sentit circuler en lui un flot d'amour et de tendresse si violent qu'il se surprit à s'agripper au bord de la table, comme pour se retrouver.

« Ce n'est pas moi, fit-elle, lisant une fois de plus dans ses pensées. C'est vraiment toi.

— Je suis amoureux, dit-il. Et c'est toi. »

Finalement ils quittèrent la table, à peine conscients, désormais, de l'opulence qui les entourait, et se retrouvèrent dans la rue. L'air de la nuit, brumeux, créait des petits halos autour des réverbères.

« Allons écouter du jazz », proposa-t-il.

Lord Lightning était assis derrière le petit secrétaire dans la pièce qui servait de réserve, de foyer et de bureau au Castle. Il calculait la recette de la veille, lorsque la porte s'ouvrit sur son associé — Evelyn Gladstone-Shinkfield, quatrième comte de Bumbridge, vingt-neuf ans, coureur de jupons, teint vermeil et cheveux blonds, oisif, maladroit, jovial, riche et désœuvré, n'ayant apparemment d'autre intérêt dans la vie que les filles et le jazz —, qui entra, son visage affable barré d'une ride soucieuse.

« Sais-tu ce qui est arrivé à Miles Davis ? demanda-t-il.

— Pas du tout, fit Light.

— Il jouait au Birdland et faisait le tour du pâté de maisons pour respirer un peu d'air frais pendant la pause. Sur le trottoir, un flic lui ordonne de circuler. Il essaie d'expliquer qu'il travaille là, et voilà que le mec le frappe avec son bâton. Tu te rends compte ? »

Light hocha la tête. « A-t-il été blessé ?

— Pas sérieusement, mais on a dû l'emmener à l'hôpital. Un ami m'a appelé de New York pour me raconter l'histoire. Incroyable !

— Vieille histoire. Nul doute que Miles n'a pas eu envie de s'écraser. Il a payé le prix.

— Quelle ville barbare ! » Le fait d'avoir raconté l'épisode semblait avoir soulagé Evelyn, son visage reprit son expression agréable et rêveuse habituelle. « Lord et lady Davidson viennent ce soir, tard, avec quelques amis. Je vais dire à Andrew d'essayer de leur réserver la six.

— Je les mettrais plutôt à la onze, si cela ne t'ennuie pas.

— Ah bon ? » Les sourcils d'Evelyn dessinèrent deux accents circonflexes au-dessus de ses yeux vert pâle, légèrement globuleux.

« Ils sont adorables, fit Light. Je les aime de tout mon cœur, mais ils peuvent se montrer bruyants, je le crains. Andrew devrait ajouter du champ' au frais.

— Je vais le prévenir », fit Evelyn, et il s'en alla.

Light travaillait toujours sur son livre de comptes lorsque Reggie entra à son tour. « Il t'a dit, pour Miles ?

— Ce type est si fragile, fit Light. J'en ai la chair de poule. Il a cette anémie[1], tu sais...

— Celle des petits bamboulas, ou Dieu sait comment on les appelle.

— *Golliwogs*, coupa Light. Je t'ai prié de ne jamais utiliser ce terme en ma présence.

— Désolé. Mais il n'y en a pas d'autre, parfois.

— Tâche de t'en passer. » Light jeta un coup d'œil à sa montre. « Le Comte est là ? On y va dans dix minutes.

— Il est au bar.

— Il y a du monde ?

— Ça va. Normal pour un jeudi.

— Bon. »

1. Drépanocytose *(N.d.T.)*.

Reggie s'en alla, refermant la porte derrière lui.

Lord Lightning écarta les papiers et posa son regard, sans le voir, sur le calendrier Guinness accroché à la porte. Il avait essayé d'éviter de penser à Claude Rawlings, à sa présence à Londres — à sa présence possible, ici même, dans son propre club — mais avec un succès limité. La chose était lancinante comme une rage de dents. Des souvenirs d'Emma surgissaient, flottaient dans sa tête. Leur première rencontre, dans les coulisses du Golden Theater, à Toronto, où ils étaient dans des numéros différents. Son rire chaleureux, naturel, lorsqu'elle avait été surprise tandis qu'elle changeait de costume. La plénitude de ses seins. Leur échappée furtive à deux vers sa chambre d'hôtel, quelques soirées plus tard. Les rideaux de l'unique fenêtre se soulevant en vague, le matin, avant la pluie. Son étonnement d'avoir fait l'amour avec une femme. Le fait, non moins stupéfiant, lorsqu'ils se rencontrèrent de nouveau quelques mois plus tard au cours d'une tournée de music-hall, d'apprendre qu'elle était enceinte. Son propre désarroi. Son acceptation à elle, calme, de l'entière responsabilité. Sa gratitude à lui, éplorée. Les bras réconfortants d'Emma, autour de lui une fois de plus. La vie étrange qu'ils avaient menée à deux dans l'appartement du sous-sol à New York, une période de flottement durant laquelle il l'avait aimée tendrement mais avait été incapable de lui faire l'amour. Le soldat, qu'il avait finalement dragué dans le balcon du Loew's Orpheum. Son engagement volontaire dans l'armée, le mensonge prétendant qu'il avait été incorporé. Aujourd'hui, assis à son bureau, il hochait la tête devant la parfaite banalité de tout ceci, devant sa jeunesse, sa faiblesse, sa peur. Cela n'avait pas semblé banal, à l'époque. Mais il était difficile de croire que ce fût vraiment arrivé. La chose évoquait plutôt un film de série B qu'il aurait vu il y avait longtemps, très longtemps. Dieu du ciel. Plus de vingt-cinq ans, se dit-il.

La pensée de Claude Rawlings semblait lui retirer la moelle des os, le laissait creux et fragile, tout en surface et en apparences, comme un imposteur pris au piège sur le point d'être démasqué. Et pourtant. Il était curieux. Un fils. La chair de sa chair. L'âme de son âme. Il avait longtemps bloqué cette pensée, vécu sa vie comme un amnésique, mais à présent la chose fondait sur lui, aussi inexorable que la pluie qui avait suivi la conception dans la lumière grise d'une aube canadienne. Le pot aux roses était bien en évidence, personne ne pouvait plus rien rattraper désormais. Il planta ses coudes sur le bureau, se pencha en avant, passa ses mains sur son crâne chauve lentement, plusieurs fois de suite.

Claude apprit que la scène du jazz, à Londres, était différente de celle de New York. Le mot « club » était pris au sens propre, il fallait acheter une carte d'adhésion d'une année entière pour entrer. Il en fut donc de dix livres avant de pouvoir se faire servir une bière.

« Claude Rawlings ? » s'exclama Evelyn en lui remettant les cartes. (Il faisait momentanément office de portier, pendant que Nigel aidait Andrew à se réapprovisionner en champagne.) « Veuillez excuser mon audace, mais êtes-vous celui du programme d'"Une soirée de musique américaine" ?

— C'est cela.

— Merveilleux. J'espère que vous accepterez une bouteille de champagne du Castle en l'honneur de votre première visite. » Un sourire rayonnant révéla toutes ses dents.

Catherine perçut l'embarras de Claude. « C'est extrêmement gentil, répondit-elle. Nous acceptons avec plaisir. »

De l'autre côté de la porte capitonnée leur parvenaient les sonorités d'un trio qui jouait *How High the Moon*. Lorsqu'ils pénétrèrent dans l'obscurité enfumée, Claude nota avec satisfaction que le pianiste utilisait des accords altérés intéressants au lieu des standards habituels.

« Ça ressemble plus à un cachot qu'à un château[1], pouffa Catherine.

— L'autre club aussi était au sous-sol. Ce doit être une tradition. » Il n'aperçut du pianiste que le sommet de son crâne, chauve et luisant sous la lumière rose de l'unique projecteur. Tandis qu'il guidait Catherine le long du mur de brique vers ce qu'il pensait être une table bien placée sur le plan acoustique, un grincement affreux se fit entendre, assez fort pour recouvrir un instant la musique. Claude écarquilla les yeux et aperçut Reggie qui, assis sur un tabouret, s'efforçait de remettre son énorme contrebasse en position adéquate. L'instrument lui avait glissé des mains, et la cheville de métal pointue, raclant le plancher de bois, avait produit ce bruit atroce, multiplié par l'amplificateur électrique. Les yeux de Reggie firent une embardée pour éviter ceux de Claude. Surpris, le pianiste tourna son visage rond et intelligent vers Reggie, puis baissa de nouveau les yeux vers les touches.

Claude et Catherine s'assirent à une table contre le mur. Le serveur apporta aussitôt le champagne et les coupes. C'était un club tranquille. La trentaine et quelques de personnes dispersées à travers la salle étaient apparemment venues pour écouter. Les

1. *Castle* : château *(N.d.T.)*.

couples se penchaient l'un vers l'autre pour parler. Le serveur ne faisait aucun bruit avec les verres et étouffait soigneusement le bruit des bouchons de champagne sous une épaisseur de serviettes blanches.

« Je comprends pourquoi on l'appelle Lord Lightning, fit Claude à mi-voix en prenant par-dessus la table la main de Catherine.

— Que veux-tu dire ?

— Il va très vite. Art Tatum, en plus rapide. »

Catherine ignorait qui était Art Tatum. Elle acquiesça néanmoins. N'ayant su à quoi s'attendre, elle était soulagée que la musique ne fût pas bruyante. Même le batteur jouait avec délicatesse, ses balais luisant sur les instruments à percussion et les cymbales, aussi légers qu'une gaze d'argent bleutée.

Claude ajusta l'angle de sa chaise, cala ses épaules contre le mur et écouta la musique. Les trois hommes jouaient avec une intimité apparemment facile, se passant et se repassant des petites figures et des phrases comme dans un jeu de balle compliqué, sans jamais interrompre la ligne de l'air qu'ils interprétaient. Ellington, Monk, Horace Silver, Tin Pan Alley, des musiques de film. Lord Lightning n'annonçait pas les titres. Lorsqu'un morceau était terminé, il remerciait pour les applaudissements, envoyait parfois un baiser, bavardait un moment avec Reggie ou le batteur, comptait pour le nouveau départ. Claude était impressionné par la complexité de ses improvisations. Musicien éclectique, il semblait capable de s'inspirer de nombreux pianistes de jazz célèbres. Il pouvait faire le truc d'Erroll Garner — la main gauche comme un métronome, la main droite se décalant en arrière ou en avant du temps — sans faire de l'Erroll Garner. Il pouvait jouer à la façon percutante de Horace Silver puis, utilisant peut-être un *bridge*, planer sur les barres de mesures à la Bill Evans (un nouveau musicien brillant de Floride, que Claude n'avait entendu que deux fois).

« Il est fantastique », dit Claude tandis que les musiciens s'interrompaient et rejoignaient les coulisses par une porte étroite au fond de l'estrade. « Ça marcherait fort pour lui en Amérique.

— Crois-tu qu'il soit américain ? demanda Catherine.

— Le contraire m'étonnerait.

— Son visage est intéressant. »

Au bout d'un moment, Reggie reparut par la petite porte. Il se dirigea vers leur table. Cette fois aussi, il avait l'air préoccupé. Claude fit les présentations. Reggie lança un bref sourire à Catherine et revint à Claude. « Lord Lightning sait que vous êtes ici. Il vous inviterait bien à venir derrière, mais la pièce est trop petite. Un simple réduit, en réalité. Il vous prie de l'excuser.

— Votre solo dans *Blue Monk* était merveilleux, dit Claude. Comment faites-vous pour tenir les notes aussi longtemps ? On dirait qu'elles ne vont jamais s'arrêter.

— L'instrument aide beaucoup. Il est très ancien, très grand. Je l'ai eu en Allemagne. Merci.

— Prenez une coupe de champagne, je vous en prie. Lord Lightning également, s'il veut bien se joindre à nous.

— Nous ne buvons jamais d'alcool, dit Reggie. Ni lui ni moi.

— Du café, alors.

— Il ne sort presque jamais entre les séries. »

Claude perçut une résistance, mais il se sentait si bien, si exubérant, si généreux, qu'il insista. Une chose tellement infime. « Je vous serais reconnaissant de le lui demander. On ne sait jamais. »

Reggie sembla sombrer dans une mystérieuse paralysie, ses longs doigts bruns effleurant la nappe, ses yeux rivés au mur de brique. Il demeura prostré un certain temps. Claude regarda Catherine, qui répondit par une petite grimace perplexe. Finalement, Reggie s'en alla.

Claude arqua les sourcils. « Que s'est-il passé ? Ai-je dit quelque chose de mal ?

— C'est étrange, fit-elle, suivant des yeux le contrebassiste. Une façon de se protéger, peut-être.

— De quoi ?

— Du public ? Dis donc ! continua-t-elle avec un sourire, c'est toi, le pianiste célèbre. N'es-tu pas censé savoir ces choses-là ?

— Frescobaldi cherchait des filles dans le public. Et en trouvait, d'ailleurs.

— Tant mieux pour Frescobaldi », rit-elle.

Soudain, Lord Lightning apparut, traversa l'estrade de face, leva un bras. Il claqua des doigts pour appeler le serveur, qui fut instantanément auprès de lui. Claude l'entendit commander deux cafés et deux chaises. Reggie surgit à ses trousses. « Claude Rawlings, fit-il. Lord Lightning. »

Claude se leva pour lui serrer la main. Il sentit une certaine intensité dans le regard de l'homme et eut l'impression presque pénible d'être jaugé. Claude présenta Catherine, les hommes s'assirent. Les chaises des nouveaux venus étaient apparues comme par enchantement.

« J'avais un piano blanc comme celui-ci, lorsque j'étais gamin, dit Claude. Mais ce n'était pas un piano à queue. Il n'avait même pas un clavier complet. Soixante-six touches.

— Un piano de boîte de nuit, fit Lord Lightning. Avec, probablement, un miroir sur le devant.

— C'est vrai ! s'exclama Claude, ravi. Comment le savez-vous ?

— Ils avaient tous des miroirs, coupa Reggie, Ils se les procuraient dans les cinémas. »

Sans raison apparente, Lord Lightning poussa un profond soupir. Il continua à étudier le visage de Claude. Puis, se rappelant soudain ses devoirs sociaux, il se tourna vers Catherine. « J'espère que la musique vous plaît, mademoiselle Marsh, si primitive soit-elle.

— Énormément. Mais Claude me dit que le jazz est tout sauf une musique primitive.

— Allons bon. Il dit cela ? » Lord Lightning sembla se détendre légèrement. « Voyons, je devrais cesser de quêter des compliments. Reggie affirme que je suis parfaitement odieux.

— C'était une série magnifique, dit Claude. Les compliments sont de mise.

— On a été sacrément près de faire un *turn around*[1] dans *Love for Sale*, marmonna Reggie en regardant Lord Lightning.

— Le Comte est irrésistible, expliqua Light à Claude. On ne peut pas le tenir.

— J'ai entendu Coltrane et Elvin Jones. » Claude se pencha en avant avec enthousiasme. « Lorsque l'un d'eux fait délibérément un *turn around* et que l'autre ne suit pas, ils jouent avec cette tension pendant dix minutes avant de la résoudre. C'est celui qui l'a fait qui revient. C'est fabuleux. »

Lord Lightning sourit pour la première fois.

« C'est quoi, un *turn around*, demanda Catherine.

---

1. Le passage est à double sens. *Turn around* est un terme musical de jazz, une formule d'appui sur les temps faibles ou forts. Mais Reggie l'emploie dans le sens de « s'emmêler les pédales » *(N.d.T.)*.

— Là où l'accent tombe, dit Claude. En général le deux et le quatre, mais ça peut être un et trois.

— On se perd, grommela Reggie, on oublie la mesure. » Une fois de plus, on eût dit qu'il s'adressait à Lord Lightning.

« Je me suis souvent demandé, fit Light, pourquoi, lorsque le rythme est particulièrement rapide, le *feeling* semble porter vers le un et trois. Un *conundrum* [1], si vous voulez. »

Catherine éclata de rire. Claude la regarda. Elle expliqua. « Eh bien, tu sais. *Drum* [1].

— J'adore les calembours. » Lord Lightning tendit le bras et lui tapota la main. « Reggie les déteste. Il est bon d'avoir un allié. » Il tourna la tête vers Claude. « Qui est Weisfeld ? »

La brusquerie de la question le fit sursauter. « Il... Mon professeur. Non, plus que cela. Mon mentor, en réalité. J'ai commencé avec lui tout enfant. » Lord Lightning se tut, comme s'il en attendait plus. « Il est mort, dit Claude.

— Oh, quel dommage ! J'imagine qu'il aurait eu beaucoup de plaisir à vous voir ici avec le LSO, jouant votre propre concerto.

— Nous avons cinq minutes de retard, marmonna Reggie en repoussant sa chaise de quelques centimètres.

— Reggie me dit que vous êtes allé dans quelques-uns des clubs, continua Lord Lightning, ignorant Reggie.

— Oui, mais je ne comprends pas qu'il n'y ait pas davantage de jazz à Londres. C'est une grande ville, après tout. Il semble qu'il n'y ait que trois ou quatre clubs. À New York, il y en a peut-être trente ou quarante.

1. Jeu de mots. *Conundrum* : mystère, énigme. *Drum* : percussions *(N.d.T.)*.

— Il y en aurait certainement plus si nous pouvions engager des artistes américains. Le fonds local est limité.

— Mais pourquoi pas ?

— Les syndicats. Le gouvernement. Monsieur Petrillo est toujours à la barre, chez vous, je crois.

— Exact. » Claude était lui-même membre de la section locale 802, bien qu'il ne sût rien de sa structure ni de sa politique. James C. Petrillo était cependant un leader bien connu, une sorte de mini version de John L. Lewis pour les mineurs.

« N'êtes-vous pas américain ? interrogea Catherine.

— Je l'étais, répondit Lord Lightning. Mais je suis resté ici après la guerre et, à présent, je suis sujet britannique.

— C'est ce que je m'apprête à faire, dit-elle.

— Vraiment ? Je l'ai fait en grande partie parce que je suis un homme de couleur. »

Elle hocha la tête, regarda la table. « Moi, c'est pour prendre un nouveau départ. »

À bout de nerfs, Reggie se leva et marcha vers l'estrade. Il semblait bouillir d'impatience.

« Je ne comprends toujours pas, continua Claude. Je veux dire, *je suis* américain. *Je joue* ici, et personne n'y a fait d'objection.

— Cela ne concerne que les musiciens de jazz. Les musiciens classiques vont et viennent à leur guise.

— Mais ce n'est pas juste ! protesta Claude. Ce n'est pas juste du tout.

— Je suis navré d'avoir à le dire, répliqua Lord Lightning, mais un certain nombre de faits semblent prouver que monsieur Petrillo répugne à reconnaître les jazzmen comme faisant partie de son électorat. Probablement parce que beaucoup, parmi eux, sont des Nègres. Mais il empoche leurs cotisations, bien sûr. »

Claude secoua la tête. « J'ignorais tout ceci. Je tâcherai certainement d'en savoir plus à mon retour.

— Nous avons fait quelques progrès, pour ce qui est de l'idée d'échanges, reprit Lord Lightning. Tubby Hayes va au Half Note à New York pour deux semaines, Zoot Sims vient chez Ronnie. Un début. Le premier joueur américain important depuis l'avant-guerre. Les gens sont prêts à tuer pour avoir des billets. Jouez-vous du jazz, monsieur Rawlings ?

— Bien sûr, fit Claude. J'ai toujours adoré cela.

— Peut-être aimeriez-vous faire un *sit in* [1]. »

Claude hésita. Depuis longtemps à présent, il se concentrait sur le concerto, le portait dans sa tête, imaginait les lignes, entendait les accords en se rasant, en marchant dans la rue, en prenant le taxi. Il baignait dans cette seule et unique pièce de musique. Et, un instant, il redouta que le fait de jouer autre chose lui fit perdre sa concentration. « Je n'ai pas joué en trio depuis un certain temps, dit-il faiblement.

— Oh, vas-y, le pressa Catherine. Ce sera amusant.

— Je ne sais pas. »

Lord Lightning les regarda tour à tour. « Vous savez quoi. Je vais vous appeler après un ou deux morceaux, nous jouerons quelque chose à quatre mains. Qu'en dites-vous ? »

Claude sentit sa résistance faiblir. « Au diable ! fit-il. Pourquoi pas ? D'accord. Merci. » Ses craintes étaient probablement irrationnelles.

« Bravo », fit Catherine en levant son verre.

Ils burent tous. Les yeux de Lord Lightning semblaient flamboyer au-dessus de sa tasse de café vers ceux de Claude.

---

1. *Sit in* : improvisation *(N.d.T.)*.

« C'est gentil à lui, dit Catherine lorsqu'il fut parti.

— C'est surprenant. La dernière chose qu'acceptent les musiciens de jazz est de faire un *sit in* avec quelqu'un qu'ils ne connaissent pas. Peut-être est-ce différent, ici. »

La musique reprit, d'autres personnes arrivèrent. Finalement, il n'y eut plus que quelques tables vides. *I'll remember April. Green Dolphin Street. Slow Boat to China.* Soudain, Lord Lightning se leva, fit signe à Claude de les rejoindre. Il y eut un brouhaha dans la salle lorsque Claude grimpa sur l'estrade. Lord Lightning ne le présenta pas, il se contenta de rester debout en souriant. « Gauche ou droite ?

— Gauche, je crois. » Claude attendit que l'homme plus âgé prît place sur la banquette, puis s'assit à son tour.

« Qu'aimeriez-vous jouer ? »

Claude avait déjà choisi. Il perçut la chaleur du corps près du sien, nota pour la première fois son parfum d'eau de Cologne poivrée. « *Honeysuckle Rose* ?

— *Honey suck my nose* [1] », lança Lord Lightning à Reggie et au Comte, et il donna le départ. Claude attendit un chorus entier pour s'imprégner des accords. Puis il entra des deux mains, jouant de courts intervalles avec la gauche, un unisson précis avec la droite, suivant le phrasé *rubato* de Lord Lightning. Lorsque la mélodie eut été jouée deux fois, ils improvisèrent en alternant les chorus sur des lignes de be-bop qui semblaient rouler au-dessus des croches, chacun des deux hommes reprenant la suite de la structure élaborée par l'autre. Ils jouaient au chat et à la souris, exécutant des figures et des

---

1. Calembour : *Honeysuckle Rose* : chèvrefeuille rose. *Honey suck my nose* : chéri, suce-moi l'pif *(N.d.T.)*.

traits de plus en plus compliqués comme s'ils essayaient de se dépasser l'un l'autre. Reggie et le Comte accentuèrent le rythme par de subtiles explosions syncopées. Claude rit bruyamment à un *lick*[1] de Lord Lightning, un contretemps apparemment impossible sur quatre mesures byzantines, et fit de son mieux pour le répéter une octave plus haut.

« Presque », fit le vieux.

Claude s'acharna, introduisit sa propre triple-croche baroque chauffée à blanc, à se défoncer les doigts. Lord Lightning essaya de la répéter.

« Pas loin », rit Claude.

Le public semblait comprendre à quel point ils s'amusaient. Quelques personnes se levèrent, il y eut même des cris d'encouragement fort peu *british*. Les deux hommes, au piano, rivalisaient de virtuosité, swinguaient de plus en plus fort. Ils défonçaient la mélodie. Ils lui mettaient, dirait Claude plus tard, « les tripes à l'air ». Leurs mains ne se touchaient jamais, chacun libérant la zone partagée d'une octave et demie au-dessus du *do* du milieu lorsque l'autre y entrait. En dépit de toute la férocité du jeu, il y avait une délicatesse sous-jacente pour ce qui était du territoire, presque comme deux animaux dans la brousse.

Ils jouaient sans plan préconçu, s'appuyant sur les conventions traditionnelles du jazz, faisant leurs *breaks* sur « quatre », par exemple, au moment qui leur paraissait opportun. Quatre mesures de batterie solo, quatre mesures tutti, quatre mesures de basse solo, quatre mesures tutti, ainsi de suite sur deux chorus. À ce point précis, un fait absolument remarquable se produisit.

1. *Lick* : bref motif musical caractérisant un musicien dans l'argot des musiques afro-américaines.

Claude et Lord Lightning improvisaient des lignes en contrepoint qui remontaient vers l'expression finale de la mélodie nue par laquelle ils savaient tous deux devoir conclure, lorsque spontanément, et simultanément, ils effectuèrent un changement spectaculaire dans la structure harmonique de la première partie du morceau. Claude s'émerveillerait plus tard de ce qu'ils eussent accompli quelque chose d'aussi radical, entièrement par *instinct*, au même moment. Il pensa que Lord Lightning avait dû introduire une variation subtile dans l'harmonisation de ses accords, et que, inconsciemment, lui-même l'avait perçue.

Il se passa la chose suivante : après avoir joué les quatre premières mesures deux temps en *sol* mineur, deux temps en *do* septième, comme ils l'avaient fait depuis le début, ils se retrouvèrent soudain à monter chaque mesure d'un demi-ton, créant ainsi une base harmonique entièrement nouvelle sur laquelle ils improvisèrent avec des gammes neuves. *Sol* mineur, *do* septième, *la* bémol, *ré* bémol septième, *la* mineur, *ré* septième, *si* bémol mineur, *mi* bémol septième, puis une petite figure en demi-ton qui leur permit de retomber exactement sur le *fa* septième de dominante. C'était si excitant — l'échappée apparente de la tonalité, comme se lancer du haut d'un plongeoir, les couleurs fraîches, inattendues, des nouvelles gammes, le retour à la gamme originale comme une clef retrouve sa serrure — que tout ceci fit se dresser les cheveux de Claude sur sa tête. Ils explorèrent la chose pendant trois chorus supplémentaires, la rejouèrent entièrement, puis terminèrent le morceau. Tonnerre d'applaudissements. Presque toute la salle était debout.

« Mon Dieu ! s'écria Lord Lightning.

— Comment avons-nous pu le faire ? » Claude était sidéré.

« Ça me dépasse. Je ne l'avais jamais jouée comme ça.

— Vraiment ? »

Lord Lightning se tourna vers Reggie qui, pour une fois, souriait. « Comment savais-tu que nous allions le faire ? » Reggie avait suivi les changements sans hésitation.

« Je n'en sais rien. J'ai entendu.

— J'ai joué cette mélodie toute ma vie », fit Lord Lightning en épongeant son crâne couvert de sueur avec un mouchoir. « Mon Dieu. » Il regarda la foule, agita son mouchoir. « On leur en doit bien encore un, vous ne croyez pas ? »

« Tu veux que je te dise, fit Claude dans le taxi, tandis qu'ils roulaient vers l'appartement de Catherine. Je ne suis pas sûr de le croire.

— À propos de quoi ?

— À propos de *Honeysuckle Rose*. Je veux dire, comment avons-nous pu faire ces changements au même moment ? Il avait déjà dû le jouer comme cela.

— Il avait l'air certainement très heureux, lorsque tu es revenu à la table. Comme le chat qui a avalé le canari.

— C'était formidable, en tout cas, dit Claude.

— Et l'énigme Reggie est résolue.

— Que veux-tu dire ?

— Ils sont en couple. Il nous l'a pratiquement dit, Reggie par-ci, Reggie par-là. »

Claude resta songeur un moment. « Oui. Je crois que tu as raison. Je me demande pourquoi je ne m'en suis pas aperçu.

— Je suis si heureuse que nous y soyons allés,

fit-elle. C'était quelque chose, de te voir jouer, la façon dont tu t'y jetais. Ce doit être une sensation merveilleuse.

— Ça l'est, ça l'est. Mais, demain, je dois me replonger dans le concerto. J'étais en vacances.

— Il y a quelque chose, chez cet homme, continua-t-elle d'un ton rêveur. Je ne parle pas de la musique. Je veux dire, en lui. Son intensité.

— J'ai senti ça, moi aussi, dit-il. Du poids. De la puissance. Quelque chose.

— Il a l'air terriblement intelligent, pour un pianiste de night-club.

— Hé, dis donc ! protesta-t-il. Que veux-tu dire par là ? »

Elle se rapprocha, lui prit la main. « Excuse-moi. Je pensais à voix haute, c'est tout. »

CHAPITRE 22

Avant même d'ouvrir les yeux le matin, il était conscient. Il imagina la scène, l'orchestre, lui-même au piano. Un bref frisson d'anxiété le parcourut, mais il s'éveilla complètement et tout disparut. Catherine était près de lui. Elle bâilla longuement, s'étira, bras et doigts écartés.

« Le soleil est levé », dit-elle.

Il lui embrassa l'épaule. « Soit.

— Veux-tu un petit déjeuner copieux ?

— Thé ? Toasts et confiture ? »

Elle quitta le lit, se mit à farfouiller dans le tiroir du haut de la commode.

« Tes genoux ont quelque chose de spécial, de dos, dit-il.

— Ah oui ? » fit-elle sans se retourner. Elle lança le bras en arrière, s'envoya une petite claque sur les fesses. « Et ça ? »

Instantanément, il fut excité. Elle s'habilla, revint à lui, tira la couverture. « Ha ! ha ! » s'écria-t-elle, regardant vers le bas. « Quel démon ! On s'occupera de lui plus tard.

— Je n'ai pas le droit de faire l'amour les jours de concert. »

Une fraction de seconde, elle crut qu'il était sérieux. Ils éclatèrent de rire.

Après le petit déjeuner, elle annonça qu'elle ne pouvait plus différer un nettoyage minutieux de la cuisine. « Lorsqu'un appartement est aussi petit, on ne peut se laisser dépasser. » Il alla dans l'autre pièce, passa deux heures avec la partition. Bientôt, il fut submergé de musique. Il vérifia les souvenirs auditifs des répétitions, relut les notes qu'il avait prises au crayon, retrouva les formes que prendraient ses mains. Malgré les vacances de la veille, tout était là, facilement accessible, sa concentration parfaitement retrouvée. Il parcourut les trois mouvements, puis ferma la partition. La meilleure chose à faire, à présent, il le savait d'expérience, était de tout sortir de son esprit. Il prit l'un des livres de Catherine au hasard, l'ouvrit. Fac-similés de manuscrits anciens, dans une langue qu'il ne connaissait pas.

« Norvégien, fit-elle derrière lui. Nous devrions sortir et prendre le soleil. »

Ils flânèrent toute la matinée, choisissant les rues assez larges pour avoir un côté ensoleillé, entrant parfois dans une boutique, sans rien acheter sinon une rose, que, à l'insistance de Claude, Catherine épingla au revers de sa veste. Ils allaient tranquillement d'un endroit à l'autre, contemplant les badauds, feuilletant un journal dans un kiosque pour voir si l'on y parlait du concert, traînant, discutant, pouffant sans remords à la vue d'une dame obèse chargée de paquets qui essayait de s'introduire dans un bus. Lorsqu'ils eurent faim, ils achetèrent des *fish'n'chips* et s'installèrent sur un banc dans un parc minuscule, en plein soleil, les doigts luisants de graisse.

« On peut laisser tomber, si tu ne veux pas en parler, dit-il doucement, mais je ne comprends pas, pour Dewman. Tu ne sembles pas être en colère. »

Elle mangea un moment avant de répondre. « Peut-être le suis-je de quelque façon, mais je n'y pense pas. Je n'y ai pas pensé depuis longtemps.

— C'est juste que cela paraît..., commença-t-il.

— S'il y a eu séduction, je ne suis pas certaine de ne pas avoir été aussi coupable que lui.

— Mais tu n'étais qu'une enfant. Lui un homme de quarante ans, ton beau-père. Il aurait sûrement dû... »

Une fois, encore elle l'interrompit. « Un homme ! » Elle grogna d'un ton ironique. « C'est ce que je croyais. Il était faible, inquiet, sentimental. *Sentimental.* » Elle le regarda droit dans les yeux. « Le contraire d'un foudre sexuel. Un gringalet lamentable. Il fondait en larmes tous les Noëls, lorsque les enfants chantaient les cantiques.

— Oui. Mais.... quatre ans. Seigneur.

— Il était pitoyable. C'est de cette façon qu'il m'avait. Il était fort pour ça, très fort à ce truc.

— Je persiste à penser que tu aurais dû le dénoncer.

— Pourquoi ? C'était de ma faute, aussi. » Elle s'essuya les mains avec un morceau de journal. « Non. La seule chose à faire, c'était sortir de là le plus vite possible. Partir et ne plus jamais revenir.

— Oui, mais tu y as été forcée.

— La vie est compliquée », fit-elle avec un petit haussement d'épaules.

Maintes fois, au cours de sa vie, Claude se souviendrait de cette conversation, et son respect pour Catherine ne ferait que croître avec le temps (lorsqu'il apprendrait la mort de Dewman de cirrhose, par exemple, dans une longue et brillante nécrologie du *New York Times*).

« Je voudrais *te* poser une question, à toi, dit-elle. Pensez-vous — Lady et toi — pensez-vous que le fait de ne pouvoir avoir d'enfants soit entré en ligne de compte ?

— Comme catalyseur, peut-être. Nous étions trop jeunes, simplement, je crois. Nous ne savions pas ce que nous faisions. » Soudain il s'arrêta, leva les yeux au ciel, comme si une pensée le frappait. « Cela ne m'était jamais venu à l'esprit, mais il se peut que l'une des raisons pour lesquelles elle m'ait épousé fût d'échapper à sa famille. Elle haïssait vraiment son père. » Il la regarda. « Comme lorsque tu t'es enfuie. Mais pas aussi fort.

— Son père était un tyran, approuva Catherine. Tu as peut-être raison. Bien sûr, on se mariait jeune, à l'époque. »

Ils revinrent à l'appartement, firent l'amour longuement. Finalement, l'angle du soleil sur la fenêtre l'alerta.

« Je ne devrais pas tarder, dit-il.

— Je sais.

— Tu viendras dans les coulisses après ?

— Oui. » Elle posa sa tête sur la poitrine de Claude.

Il passa à l'hôtel prendre son smoking. (« La queue-de-pie n'est pas nécessaire, avait dit monsieur Dove, au soulagement de Claude. Le LSO évite un formalisme excessif. ») Des messages l'attendaient à la réception. Un télégramme d'Emma et Al lui souhaitant bonne chance, l'informant de la vente d'un hautbois particulièrement ancien et précieux, de ce qu'une dame voulait acheter une harpe, savait-il où en trouver. Demandes d'interviews de divers journaux et magazines de musique. Une invitation à une réception à l'ambassade des États-Unis signée par l'ambassadeur. Un chapelet de dépêches, de plus en plus urgentes, le pressant de rappeler Otto Levits. Il jeta un coup d'œil à sa montre, calcula le décalage horaire, alla dans sa chambre, demanda l'appel.

« Claude, Claude, où étiez-vous ? Je suis devenu fou, ici ! Il se passe tant de choses !

— Je suis désolé. J'étais occupé.

— Occupé ? Occupé à quoi ? J'ai appelé la salle de concerts, j'ai appelé l'hôtel, j'ai appelé Shanks, personne ne savait rien. Comment suis-je censé faire avancer les affaires, si je ne peux même pas vous joindre ?

— C'est fait, à présent. Que se passe-t-il ?

— Tout ! Deux engagements pour le concerto. Cleveland et Chicago — de quoi grignoter.

— L'Orchestre symphonique de Chicago ? » Claude sentit une bouffée de plaisir. « C'est vrai ?

— Ai-je l'air de plaisanter ? Vous voilà très en vogue, tout d'un coup. Van Cliburn, ôte-toi de là... Et Frescobaldi, qui fait une tournée dans six villes et vous réclame — il ne veut que vous ! Tout ça va faire beaucoup d'argent, mon poussin, un tas de fric. Mais faut revenir très vite. À toute vitesse. Disons demain. »

La ligne bourdonna. Claude sentit sa poitrine se comprimer, l'air lui manqua. L'image de Catherine lui inonda le cerveau.

« Allô ? fit Otto. Vous êtes là ?

— Demain, c'est impossible », dit Claude.

— Une pause. « OK. Deux jours.

— Je ne peux pas.

— Qu'est-ce qui vous prend ? explosa Otto. Êtes-vous fêlé d'une façon très compliquée qui m'échappe encore ? Chicago ! Cleveland ! Frescobaldi ! Entendez-vous mes paroles ?

— Oui. C'est merveilleux, Otto, vraiment merveilleux. C'est juste que... » Il s'arrêta, sentant la tristesse s'infiltrer en lui.

Soudain, Otto se calma. « Très bien. Il y a donc quelque chose. D'accord, parlons-en. De quoi s'agit-il au juste ?

— Oh, Seigneur. C'est trop difficile à expliquer. Je ne peux le dire avec des mots.

— Je vois. Vous êtes en train de me raconter que vous êtes tombé amoureux d'Aaron Copland. »

Claude rit malgré lui, malgré la douleur — car c'était bien cela, un élancement aigu, brutal — provoquée par la prise de conscience qu'il n'avait pas le choix. « Je ne l'ai même pas encore vu. Mais il y a autre chose, Otto. J'ai besoin d'un peu de temps. »

Il y eut, un long, un interminable soupir, puis le silence.

« Otto ? »

Claude entendit un froissement de papier. « Quatre jours. Si vous n'êtes pas ici dans mon bureau mercredi — limite absolue — je serais contraint de revoir sérieusement notre association. Il y a déjà trop de pression dans ce boulot. J'ai des ulcères, de l'hypertension, des migraines. Il n'y a pas que moi, il y a ma famille. Je *sais* ce qui arrivera si vous n'êtes pas là mercredi. *L'hôpital*, voilà. Que vous m'apportiez des fleurs ne servira à rien. Suis-je assez clair ?

— J'y serai, dit Claude.

— Mercredi ?

— Je serai là-bas mercredi. Promis.

— Êtes-vous en forme ? Prêt pour ce soir ?

— Je suis prêt. Plus que prêt. J'ai besoin de ce soir, voilà la vérité. J'ai besoin de la musique. » Il l'avait compris juste avant de le dire.

« Bien, bien, marmonna Otto. Je suis ici, dans mon bureau, mais, moralement je suis avec vous. Vous le savez. Appelez-moi demain à la maison.

— Merci, Otto.

— Videz votre cœur, lorsque vous jouerez...

— Autre chose. Pourriez-vous appeler Al au magasin et lui dire où se procurer une harpe ?

— Facile. Je connais même quelqu'un qui cherche à se débarrasser de la sienne. Madame Solange qui joue à l'heure du cocktail, au Waldorf.

— Merci encore.

— À mercredi. » Il raccrocha.

Claude contempla le téléphone désuet. Il eut envie d'appeler Catherine mais s'en empêcha. Au bout d'un moment, il se mit à arpenter la pièce. Il savait qu'il allait devoir rentrer un jour ou l'autre, bien sûr. Mais en quelque sorte, il s'était laissé aller à croire que cela ne se produirait que dans un futur indéterminé. Le plaisir de Catherine au Savoy lui avait donné l'idée de passer une semaine à Paris avec elle, et il avait mené la chose au point d'en discuter avec le concierge de l'hôtel. Copenhague, après, peut-être, pour visiter Tivoli. Rien de ceci n'était possible à présent. Mardi soir, il prendrait le dernier vol pour New York. Il savait comment les choses se passeraient ensuite. Pas mal d'eau coulerait sous les ponts avant qu'il ne revienne à Londres, compte tenu de ce qu'avait dit Otto. Il se sentait plein d'excitation à ces perspectives musicales, mais aussi de colère, devant ce minutage de son temps. (Il éprouverait ce sentiment maintes fois, à des degrés divers, au cours de sa longue carrière de concertiste et de compositeur.) Il tournoya dans la pièce une douzaine de fois puis s'arrêta, s'exhorta au calme, prépara un long bain chaud pour détendre ses bras et ses épaules. À la moitié de son bain, il chanta très doucement la mélodie de Purcell, s'imprégnant du poids des mots.

Il marcha jusqu'à la salle de concerts, son smoking dans un sac suspendu à l'épaule. L'après-midi était tiède, les rues animées, mais il y prêtait peu attention. Il avançait à longues enjambées, se concentrant sur les rythmes de son corps, les mouvements de ses membres, le fonctionnement souple de ses articulations. Il marchait comme enfermé dans un champ magnétique invisible, léger, d'auto-concentration. Et les gens, d'une manière ou d'une autre, le sentaient, qui s'écartaient pour le laisser passer.

Dans sa loge, il inspecta son smoking, le suspendit à un cintre, sortit sa chemise, ses boutons de manchette, son nœud papillon, contempla la petite croix de bois. Son projet était de la porter ce soir puis de la donner à Catherine. Il regretta soudain ne pas avoir amené Catherine avec lui, souhaita sa présence à ses côtés en ce moment. Il se demanda comment elle réagirait à l'annonce de son départ mardi. (Avec son stoïcisme habituel. Ce ne serait qu'au dernier moment, debout à la porte verte, le taxi attendant, qu'il verrait la douleur s'inscrire sur son visage, et aussi de l'anxiété, découvrirait-il avec stupeur, pour *lui*, tandis que ses yeux s'empliraient de larmes. « Prends soin de toi », seraient ses dernières paroles.)

Il parcourut les couloirs étrangement silencieux et se dirigea vers le Steinway au sous-sol. Il s'assit, joua tout ce qui lui passait par la tête. Bach, pendant un long moment. Une partie du *Concerto pour deux pianos* de Bartók. *La Cathédrale engloutie* de Debussy. Une impulsion soudaine lui fit reprendre *Honeysuckle Rose*, pour examiner les nouveaux changements, voir s'il était possible d'aller plus loin. Il joua Chopin, finit avec Beethoven, la dernière partie de la *Hammerklavier*. Son corps était merveilleusement détendu, ses bras, ses poignets et ses mains fonctionnaient comme un élément unique, souple. Son dos ne ressentait aucune trace de raideur. Il resta assis et jouit du silence, le silence purificateur. Puis il remonta.

Son idée était de faire un saut chez Albert Shanks afin de le remercier pour la table du Savoy. Il frappa légèrement et entra dans le bureau. Shanks n'était pas là. Un homme grand, mince, avec des cheveux grisonnants, regardait la rivière, les mains derrière le dos, se tenant légèrement courbé à la taille.

« Excusez-moi », murmura Claude. L'homme se retourna, Claude se figea sur place. C'était Aaron Copland.

« Entrez, je vous en prie, fit Copland. Il revient tout de suite. Il est allé chercher quelque chose.

— Je voulais juste, il m'a rendu service, je pensais...

— Je suis Aaron Copland, fit-il en avançant..

— Claude Rawlings. » Ils se serrèrent la, main.

« Oh, je suis heureux que vous soyez venu. Avez-vous une minute ?

— Bien sûr, monsieur. C'est un honneur de vous rencontrer.

— Asseyons-nous, alors. »

Il était efflanqué et gauche, comme certains grands oiseaux aux mouvements lents. Ils se dirigèrent vers le canapé.

« Êtes-vous au Claridges ? Le meilleur hôtel du monde, si vous voulez mon avis.

— Au Brown's, fit Claude.

— Ah, oui, l'hôtel des écrivains. J'espère qu'il est confortable.

— Très. Quoique je n'y ai pas passé beaucoup de temps. J'étais chez une amie.

— Votre concerto m'a beaucoup impressionné.

— Vous l'avez vu ?

— Je l'ai lu, j'ai joué la partie piano. J'étais l'un des juges. » Il se couvrit soudain les lèvres de la main.

« Oups... Je n'étais pas censé le dire. Top secret. Mais je suppose que ce n'est plus très grave, à présent. N'en dites rien à personne, voilà tout.

— Non, monsieur.

— C'était puissant et frais. J'ai aimé la façon dont vous êtes parti dans toutes les directions. C'était agréable, de voir cela.

— Merci, monsieur. » Claude baissa les yeux pour dissimuler la vague d'euphorie que provoquait cet éloge. « Mon professeur, Aaron Weisfeld...

— Il y avait de nombreux candidats, mais ils se ressemblaient curieusement, ai-je pensé. Vous savez, école X, école Y, etc. Seuls, deux ou trois étaient vraiment originaux. » Il marqua une pause. « Vous avez joué avec Frescobaldi, ai-je cru comprendre.

— Ma première grande chance.

— Parfait. Eh bien, n'arrêtez pas de jouer. Nous avons tous besoin de gagner notre vie. » Il eut un pâle sourire. « Je ne suis pas chef d'orchestre, par exemple. Monsieur Dove prépare l'orchestre, je ne suis qu'en représentation. J'exécute. Heureusement que c'est amusant. »

Claude fut légèrement choqué et son visage le laissa paraître.

« Composer ne fait pas gagner beaucoup d'argent, monsieur Rawlings. Mais nous ne sommes pas les seuls dans ce cas. Robert Frost m'a dit un jour qu'il n'avait jamais pu vivre de ses droits d'auteur. Vous rendez-vous compte ? Le poète le plus populaire du pays le plus riche du monde !

— C'est fou, murmura Claude, sincère.

— Une nuisance. L'argent est une nuisance. »

Albert Shanks entra, vêtu d'un costume blanc à la Nehru, tenant des papiers qu'il posa sur le bureau. « Ainsi, vous vous êtes rencontrés, s'exclama-t-il. Les derniers fauteuils réservés à titre spécial sont désormais partis. Archicomble. Cette bonne vieille reine elle-même ne pourrait trouver un strapontin, à présent. » Il se frotta les mains avec satisfaction.

« Sacrément formidable. »

Copland lança à Claude un petit regard désabusé.

L'immeuble commençait à s'animer. Claude flâna tranquillement. Les gens parcouraient les couloirs des coulisses d'un air affairé, portant des instruments, des sacs, des petites valises. Un homme passa, une Guinness ouverte à la main ; un autre avec un mince coussinet à placer sur un siège. On installait des chaises et des pupitres sur la scène. Les lumières de la salle s'allumaient et s'éteignaient de façon mystérieuse. Claude parcourut l'allée du fond. Il jeta un coup d'œil à travers la paroi de verre, vit qu'on refusait du monde au guichet. Il passa près du fauteuil de la dernière allée latérale, qui serait bientôt occupé par Lord Lightning — l'équivalent, ou à peu près, et pour le même motif (sortie rapide), de celui où sa mère s'était assise à Carnegie Hall. (Mais il n'aurait jamais l'occasion d'apprécier l'ironie. Les quatre personnes qui connaissaient le secret de sa naissance — Reggie Phillips, Lord Lightning, Emma, et Al, avec qui Emma avait discuté de la sagesse de sa décision de taire la vérité, et de l'impact possible sur Claude de la révélation de ses prétendues mœurs légères —, ces quatre-là emporteraient le secret dans leur tombe.) Claude déambulait, tournait, écoutant son corps.

Il resta dans les coulisses quelques minutes pendant *Billy the Kid*, curieux de voir comment Copland conduirait la séquence de la canonnade, un défi pour les timbales, une épreuve de rythme pour le chef. La technique du bâton de Copland sortait droit du manuel, il s'autorisait très peu de mouvements du corps. De temps à autre, il frappait légèrement du pied pour accentuer le rythme, ou levait un peu le coude comme un danseur à l'ancienne. Claude n'eût pas choisi *Billy the Kid* pour ce concert. Il s'agissait d'une musique de ballet, après tout, et Claude était quelque peu intransigeant en de telles matières, à l'époque. La symphonie pure était son idéal. Mais l'orchestre jouait admirablement, et les effets de coups de feu, lorsqu'ils se produisirent, étaient vifs, électrisants. Copland hocha la tête d'un air apprécia-teur, un sourire léger flotta même sur son visage.

Laissant la musique s'estomper derrière lui, Claude se dirigea vers sa loge. Il se lava les mains, mit son smoking, s'assit. Au bout de quelques minutes, il baissa le menton et commença ses exercices de res-piration profonde. Il ferma les yeux, compta dans sa tête chaque inspiration. À vingt, il visualisa l'escalier roulant qui descendait devant lui, si long qu'il dispa-raissait dans les profondeurs lointaines. Mentale-ment, il s'y engagea, se laissa glisser sans effort vers le bas. Le premier marqueur apparut sur la droite, le chiffre UN s'inscrivit en lettres vertes. Lentement, il le dépassa. Il continua à descendre. Le DEUX monta, grandit, s'évanouit derrière lui. TROIS. Sa respiration, à présent, était automatique, profonde, régulière. Il était conscient de son corps détendu, conscient du monde qui l'entourait — QUATRE —, du clapotis lent, régulier, cristallin de la goutte d'eau qui s'écoulait du robinet dans le lavabo, de son propre souffle, du bruit lointain d'un Klaxon, du murmure proche d'une conversation entre un homme et une femme qui passaient dans le couloir. Mais il n'entendait pas les sons dans le sens habituel. Ils n'étaient que de petites interruptions dans un silence profond. Ce qu'il entendait, c'était le silence.

Un coup léger à la porte. « Cinq minutes, monsieur Rawlings. »

À présent, il voyait l'extrémité de l'escalier roulant, l'éclat vert du jardin où il le menait. Un vert d'une intensité magique. Le vert de l'Éden. Claude en fut enveloppé.

« Deux minutes, monsieur Rawlings. »

Au bout de quelques secondes, il ouvrit les yeux et se leva. Il marcha vers la porte, tourna la poignée, sortit dans le couloir. Un jeune homme d'environ seize ans, vêtu d'une veste de toile grise, attendait. « Très bien, monsieur. Si vous voulez me suivre. »

Le garçon avait de longs cheveux bruns qui retombaient sur ses épaules. Claude regarda le doux rebond de ses boucles, tandis qu'ils parcouraient les couloirs vers les coulisses à gauche de la scène.

« Bonne chance, monsieur. » Le garçon s'en alla.

Claude vit l'orchestre. Monsieur Dove arriva derrière lui. Ensemble, ils attendirent un moment. Alors, d'un pas vif, Claude entra dans la lumière.

NOTE DE L'AUTEUR

Corps et âme est, dans une certaine mesure, un roman historique. La ville de New York décrite dans ces pages a disparu depuis longtemps, bien sûr, pour être remplacée par une autre ville, qui porte le même nom. J'ai pris quelques libertés avec les dates, choisi parfois d'infléchir un peu le cours des choses en fonction de la structure de l'œuvre. La chronologie est préservée, je l'espère, mais les dates exactes de certains événements historiques — la fuite d'Eisler sur le *Batory*, le démantèlement du métro aérien de la Troisième Avenue, etc. — ont été évitées.

Il m'est impossible de rendre compte ici avec équité de nombreuses années passées à lire sur la musique et les musiciens, mais certains ouvrages s'imposent à ma mémoire : *Elementary Training for Musicians*, de Hindemith ; *The Great Pianist, The Virtuosi*, et d'autres ouvrages de Harold C. Schönberg ; Monsieur Perle sur le dodécaphonisme (encore que dussé-je choisir entre relire son livre et passer une semaine dans une mine de sel en Sibérie, la décision ne serait pas facile) ; et divers écrits de Leonard Bernstein.

Je remercie mes collègues du Writers' Workshop de l'Iowa pour leur soutien et leur aide, en particulier Margot Livesey pour sa lecture attentive de la première partie, Jorie Graham pour la langue italienne, Marilynne Robinson pour avoir aimé Emma, Deb West pour son travail soigneux et son enthousiasme, Connie Brothers pour avoir pris la relève. Ned Rorem et Jim Holmes pour de bonnes discussions sur la musique à Nantucket. Je remercie également l'université de l'Iowa d'encourager les écrivains au même titre que les savants et les chercheurs scientifiques et de leur accorder le temps nécessaire pour faire leur travail.

Je me sens profondément redevable à l'égard de Peter Serkin, un homme extrêmement engagé envers son public, ses étudiants, son art, sa jeune famille, et qui a cependant pris le temps de m'aider, comme un acte de foi. Il m'a guidé à travers le *Concerto pour deux pianos* de Mozart (qu'il avait joué enfant avec son père, Rudolf) au piano dans son studio. Au fil des années, il m'a fait de nombreuses suggestions, tant dans le détail que pour les choses importantes, qui m'ont aidé et encouragé. Et ce, malgré que nous ne soyons pas totalement, d'accord en ce qui concerne la musique dodécaphonique. Serkin est un champion de la nouvelle musique (qui inclut parfois le dodécaphonisme), un interprète inspiré d'Arnold Schönberg, entre autres, et s'est attelé avec courage et ténacité à la tâche souvent ardue de rallier un public plus large à la nouvelle musique. Il n'a cessé d'essayer de m'instruire, ce dont je lui suis éternellement reconnaissant. Les erreurs que l'on peut trouver dans *Corps et âme* sont naturellement de mon fait, et ne peuvent en aucun cas lui être imputées.

Merci à Candida Donadio pour avoir gardé la foi pendant plus de trente années. À Sam Lawrence, pour avoir pris le risque. À ma femme, Margaret, pour plus que je ne saurais dire.

Remerciements particuliers à Camille Hykes et à Larry Cooper, qui m'ont tant aidé pour les scènes finales. Et aussi à la fondation Guggenheim, pour son soutien opportun.

DU MÊME AUTEUR

Aux Éditions Gallimard

UN CRI DANS LE DÉSERT, 1970 (Folio n° 4542)

ENTRE CIEL ET TERRE, 1989

CORPS ET ÂME. L'ENFANT PRODIGE, 1996 (Folio n° 4018)

DU MÊME AUTEUR

COLLECTION FOLIO

Dernières parutions

4990. George Eliot — *Daniel Deronda, 1*
4991. George Eliot — *Daniel Deronda, 2*
4992. Jean Giono — *J'ai ce que j'ai donné*
4993. Édouard Levé — *Suicide*
4994. Pascale Roze — *Itsik*
4995. Philippe Sollers — *Guerres secrètes*
4996. Vladimir Nabokov — *L'exploit*
4997. Salim Bachi — *Le silence de Mahomet*
4998. Albert Camus — *La mort heureuse*
4999. John Cheever — *Déjeuner de famille*
5000. Annie Ernaux — *Les années*
5001. David Foenkinos — *Nos séparations*
5002. Tristan Garcia — *La meilleure part des hommes*
5003. Valentine Goby — *Qui touche à mon corps je le tue*
5004. Rawi Hage — *De Niro's Game*
5005. Pierre Jourde — *Le Tibet sans peine*
5006. Javier Marías — *Demain dans la bataille pense à moi*
5007. Ian McEwan — *Sur la plage de Chesil*
5008. Gisèle Pineau — *Morne Câpresse*
5009. Charles Dickens — *David Copperfield*
5010. Anonyme — *Le Petit-Fils d'Hercule*
5011. Marcel Aymé — *La bonne peinture*
5012. Mikhaïl Boulgakov — *J'ai tué*
5013. Arthur Conan Doyle — *L'interprète grec et autres aventures de Sherlock Holmes*
5014. Frank Conroy — *Le cas mystérieux de R.*
5015. Arthur Conan Doyle — *Une affaire d'identité et autres aventures de Sherlock Holmes*
5016. Cesare Pavese — *Histoire secrète*

5017. Graham Swift — *Le sérail*
5018. Rabindranath Tagore — *Aux bords du Gange*
5019. Émile Zola — *Pour une nuit d'amour*
5020. Pierric Bailly — *Polichinelle*
5022. Alma Brami — *Sans elle*
5023. Catherine Cusset — *Un brillant avenir*
5024. Didier Daeninckx — *Les figurants. Cités perdues*
5025. Alicia Drake — *Beautiful People. Saint Laurent, Lagerfeld : splendeurs et misères de la mode*
5026. Sylvie Germain — *Les Personnages*
5027. Denis Podalydès — *Voix off*
5028. Manuel Rivas — *L'Éclat dans l'Abîme*
5029. Salman Rushdie — *Les enfants de minuit*
5030. Salman Rushdie — *L'Enchanteresse de Florence*
5031. Bernhard Schlink — *Le week-end*
5032. Collectif — *Écrivains fin-de-siècle*
5033. Dermot Bolger — *Toute la famille sur la jetée du Paradis*
5034. Nina Bouraoui — *Appelez-moi par mon prénom*
5035. Yasmine Char — *La main de Dieu*
5036. Jean-Baptiste Del Amo — *Une éducation libertine*
5037. Benoît Duteurtre — *Les pieds dans l'eau*
5038. Paula Fox — *Parure d'emprunt*
5039. Kazuo Ishiguro — *L'inconsolé*
5040. Kazuo Ishiguro — *Les vestiges du jour*
5041. Alain Jaubert — *Une nuit à Pompéi*
5042. Marie Nimier — *Les inséparables*
5043. Atiq Rahimi — *Syngué sabour. Pierre de patience*
5044. Atiq Rahimi — *Terre et cendres*
5045. Lewis Carroll — *La chasse au Snark*
5046. Joseph Conrad — *La Ligne d'ombre*
5047. Martin Amis — *La flèche du temps*
5048. Stéphane Audeguy — *Nous autres*
5049. Roberto Bolaño — *Les détectives sauvages*
5050. Jonathan Coe — *La pluie, avant qu'elle tombe*
5051. Gérard de Cortanze — *Les vice-rois*

5052. Maylis de Kerangal   *Corniche Kennedy*

5053. J.M.G. Le Clézio   *Ritournelle de la faim*

5054. Dominique Mainard   *Pour Vous*

5055. Morten Ramsland   *Tête de chien*

5056. Jean Rouaud   *La femme promise*

5057. Philippe Le Guillou   *Stèles à de Gaulle* suivi de *Je regarde passer les chimères*

5058. Sempé-Goscinny   *Les bêtises du Petit Nicolas. Histoires inédites - 1*

5059. Érasme   *Éloge de la Folie*

5060. Anonyme   *L'œil du serpent. Contes folkloriques japonais*

5061. Federico García Lorca   *Romancero gitan*

5062. Ray Bradbury   *Le meilleur des mondes possibles* et autres nouvelles

5063. Honoré de Balzac   *La Fausse Maîtresse*

5064. Madame Roland   *Enfance*

5065. Jean-Jacques Rousseau   *« En méditant sur les dispositions de mon âme... »*

5066. Comtesse de Ségur   *Ourson*

5067. Marguerite de Valois   *Mémoires*

5068. Madame de Villeneuve   *La Belle et la Bête*

5069. Louise de Vilmorin   *Sainte-Unefois*

5070. Julian Barnes   *Rien à craindre*

5071. Rick Bass   *Winter*

5072. Alan Bennett   *La Reine des lectrices*

5073. Blaise Cendrars   *Le Brésil. Des hommes sont venus*

5074. Laurence Cossé   *Au Bon Roman*

5075. Philippe Djian   *Impardonnables*

5076. Tarquin Hall   *Salaam London*

5077. Katherine Mosby   *Sous le charme de Lillian Dawes Rauno Rämekorpi*

5078. Arto Paasilinna   *Les dix femmes de l'industriel*

5079. Charles Baudelaire   *Le Spleen de Paris*

5080. Jean Rolin   *Un chien mort après lui*

5081. Colin Thubron   *L'ombre de la route de la Soie*

5082. Stendhal   *Journal*

5083. Victor Hugo   *Les Contemplations*

5084. Paul Verlaine   *Poèmes saturniens*
5085. Pierre Assouline   *Les invités*
5086. Tahar Ben Jelloun   *Lettre à Delacroix*
5087. Olivier Bleys   *Le colonel désaccordé*
5088. John Cheever   *Le ver dans la pomme*
5089. Frédéric Ciriez   *Des néons sous la mer*
5090. Pietro Citati   *La mort du papillon. Zelda et Francis Scott Fitzgerald*
5091. Bob Dylan   *Chroniques*
5092. Philippe Labro   *Les gens*
5093. Chimamanda
      Ngozi Adichie   *L'autre moitié du soleil*
5094. Salman Rushdie   *Haroun et la mer des histoires*
5095. Julie Wolkenstein   *L'Excuse*
5096. Antonio Tabucchi   *Pereira prétend*
5097. Nadine Gordimer   *Beethoven avait un seizième de sang noir*
5098. Alfred Döblin   *Berlin Alexanderplatz*
5099. Jules Verne   *L'Île mystérieuse*
5100. Jean Daniel   *Les miens*
5101. Shakespeare   *Macbeth*
5102. Anne Bragance   *Passe un ange noir*
5103. Raphaël Confiant   *L'Allée des Soupirs*
5104. Abdellatif Laâbi   *Le fond de la jarre*
5105. Lucien Suel   *Mort d'un jardinier*
5106. Antoine Bello   *Les éclaireurs*
5107. Didier Daeninckx   *Histoire et faux-semblants*
5108. Marc Dugain   *En bas, les nuages*
5109. Tristan Egolf   *Kornwolf. Le Démon de Blue Ball*
5110. Mathias Énard   *Bréviaire des artificiers*
5111. Carlos Fuentes   *Le bonheur des familles*
5112. Denis Grozdanovitch   *L'art difficile de ne presque rien faire*
5113. Claude Lanzmann   *Le lièvre de Patagonie*
5114. Michèle Lesbre   *Sur le sable*
5115. Sempé   *Multiples intentions*
5116. R. Goscinny/Sempé   *Le Petit Nicolas voyage*
5117. Hunter S. Thompson   *Las Vegas parano*

5118. Hunter S. Thompson   *Rhum express*
5119. Chantal Thomas   *La vie réelle des petites filles*
5120. Hans
      Christian Andersen   *La Vierge des glaces*
5121. Paul Bowles   *L'éducation de Malika*
5122. Collectif   *Au pied du sapin*
5123. Vincent Delecroix   *Petit éloge de l'ironie*
5124. Philip K. Dick   *Petit déjeuner au crépuscule*
5125. Jean-Baptiste Gendarme   *Petit éloge des voisins*
5126. Bertrand Leclair   *Petit éloge de la paternité*
5127. Musset-Sand   *« Ô mon George, ma belle maî-
                               tresse... »*
5128. Grégoire Polet   *Petit éloge de la gourmandise*
5129. Paul Verlaine   *Histoires comme ça*
5130. Collectif   *Nouvelles du Moyen Âge*
5131. Emmanuel Carrère   *D'autres vies que la mienne*
5132. Raphaël Confiant   *L'Hôtel du Bon Plaisir*
5133. Éric Fottorino   *L'homme qui m'aimait tout bas*
5134. Jérôme Garcin   *Les livres ont un visage*
5135. Jean Genet   *L'ennemi déclaré*
5136. Curzio Malaparte   *Le compagnon de voyage*
5137. Mona Ozouf   *Composition française*
5138. Orhan Pamuk   *La maison du silence*
5139. J.-B. Pontalis   *Le songe de Monomotapa*
5140. Shûsaku Endô   *Silence*
5141. Alexandra Strauss   *Les démons de Jérôme Bosch*
5142. Sylvain Tesson   *Une vie à coucher dehors*
5143. Zoé Valdés   *Danse avec la vie*
5144. François Begaudeau   *Vers la douceur*
5145. Tahar Ben Jelloun   *Au pays*
5146. Dario Franceschini   *Dans les veines ce fleuve d'ar-
                               gent*
5147. Diego Gary   *S. ou L'espérance de vie*
5148. Régis Jauffret   *Lacrimosa*
5149. Jean-Marie Laclavetine   *Nous voilà*
5150. Richard Millet   *La confession négative*
5151. Vladimir Nabokov   *Brisure à senestre*
5152. Irène Némirovsky   *Les vierges et autres nouvelles*
5153. Michel Quint   *Les joyeuses*

5154. Antonio Tabucchi — *Le temps vieillit vite*
5155. John Cheever — *On dirait vraiment le paradis*
5156. Alain Finkielkraut — *Un cœur intelligent*
5157. Cervantès — *Don Quichotte I*
5158. Cervantès — *Don Quichotte II*
5159. Baltasar Gracian — *L'Homme de cour*
5160. Patrick Chamoiseau — *Les neuf consciences du Malfini*
5161. François Nourissier — *Eau de feu*
5162. Salman Rushdie — *Furie*
5163. Ryûnosuke Akutagawa — *La vie d'un idiot*
5164. Anonyme — *Saga d'Eirikr le Rouge*
5165. Antoine Bello — *Go Ganymède!*
5166. Adelbert von Chamisso — *L'étrange histoire de Peter Schlemihl*
5167. Collectif — *L'art du baiser*
5168. Guy Goffette — *Les derniers planteurs de fumée*
5169. H.P. Lovecraft — *L'horreur de Dunwich*
5170. Tolstoï — *Le Diable*
5171. J.G. Ballard — *La vie et rien d'autre*
5172. Sebastian Barry — *Le testament caché*
5173. Blaise Cendrars — *Dan Yack*
5174. Philippe Delerm — *Quelque chose en lui de Bartleby*
5175. Dave Eggers — *Le grand Quoi*
5176. Jean-Louis Ezine — *Les taiseux*
5177. David Foenkinos — *La délicatesse*
5178. Yannick Haenel — *Jan Karski*
5179. Carol Ann Lee — *La rafale des tambours*
5180. Grégoire Polet — *Chucho*
5181. J.-H. Rosny Aîné — *La guerre du feu*
5182. Philippe Sollers — *Les Voyageurs du Temps*
5183. Stendhal — *Aux âmes sensibles* (À paraître)
5184. Dumas — *La main droite du sire de Giac et autres nouvelles*
5185. Wharton — *Le Miroir* suivi de *Miss Mary Parks*

5186. Antoine Audouard — *L'Arabe*
5187. Gerbrand Bakker — *Là-haut, tout est calme*
5188. David Boratav — *Murmures à Beyoğlu*
5189. Bernard Chapuis — *Le rêve entouré d'eau*
5190. Robert Cohen — *Ici et maintenant*
5191. Ananda Devi — *Le sari vert*
5192. Pierre Dubois — *Comptines assassines*
5193. Pierre Michon — *Les Onze*
5194. Orhan Pamuk — *D'autres couleurs*
5195. Noëlle Revaz — *Efina*
5196. Salman Rushdie — *La terre sous ses pieds*
5197. Anne Wiazemsky — *Mon enfant de Berlin*
5198. Martin Winckler — *Le Chœur des femmes*
5199. Marie NDiaye — *Trois femmes puissantes*
5200. Gwenaëlle Aubry — *Personne*
5201. Gwenaëlle Aubry — *L'isolée* suivi de *L'isolement*
5202. Karen Blixen — *Les fils de rois* et autres contes
5203. Alain Blottière — *Le tombeau de Tommy*
5204. Christian Bobin — *Les ruines du ciel*
5205. Roberto Bolaño — *2666*
5206. Daniel Cordier — *Alias Caracalla*
5207. Erri De Luca — *Tu, mio*
5208. Jens Christian Grøndahl — *Les mains rouges*
5209. Hédi Kaddour — *Savoir-vivre*
5210. Laurence Plazenet — *La blessure et la soif*
5211. Charles Ferdinand Ramuz — *La beauté sur la terre*
5212. Jón Kalman Stefánsson — *Entre ciel et terre*
5213. Mikhaïl Boulgakov — *Le Maître et Marguerite*
5214. Jane Austen — *Persuasion*
5215. François Beaune — *Un homme louche*
5216. Sophie Chauveau — *Diderot, le génie débraillé*
5217. Marie Darrieussecq — *Rapport de police*
5218. Michel Déon — *Lettres de château*
5219. Michel Déon — *Nouvelles complètes*
5220. Paula Fox — *Les enfants de la veuve*
5221. Franz-Olivier Giesbert — *Un très grand amour*
5222. Marie-Hélène Lafon — *L'Annonce*

5223. Philippe Le Guillou — *Le bateau Brume*

5224. Patrick Rambaud — *Comment se tuer sans en avoir l'air*

5225. Meir Shalev — *Ma Bible est une autre Bible*

5226. Meir Shalev — *Le pigeon voyageur*

5227. Antonio Tabucchi — *La tête perdue de Damasceno Monteiro*

5228. Sempé-Goscinny — *Le Petit Nicolas et ses voisins*

5229. Alphonse de Lamartine — *Raphaël*

5230. Alphonse de Lamartine — *Voyage en Orient*

5231. Théophile Gautier — *La cafetière et autres contes fantastiques*

5232. Claire Messud — *Les Chasseurs*

5233. Dave Eggers — *Du haut de la montagne, une longue descente*

5234. Gustave Flaubert — *Un parfum à sentir ou les Baladins* suivi de *Passion et vertu*

5235. Carlos Fuentes — *En bonne compagnie* suivi de *La chatte de ma mère*

5236. Ernest Hemingway — *Une drôle de traversée*

5237. Alona Kimhi — *Journal de Berlin*

5238. Lucrèce — *«L'esprit et l'âme se tiennent étroitement unis»*

5239. Kenzaburô Ôé — *Seventeen*

5240. P. G. Wodehouse — *Une partie mixte à trois* et autres nouvelles du green

5241. Melvin Burgess — *Lady*

5242. Anne Cherian — *Une bonne épouse indienne*

5244. Nicolas Fargues — *Le roman de l'été*

5245. Olivier Germain-Thomas — *La tentation des Indes*

5246. Joseph Kessel — *Hong-Kong et Macao*

5247. Albert Memmi — *La libération du Juif*

5248. Dan O'Brien — *Rites d'automne*

5249. Redmond O'Hanlon — *Atlantique Nord*

5250. Arto Paasilinna — *Sang chaud, nerfs d'acier*

5251. Pierre Péju — *La Diagonale du vide*
5252. Philip Roth — *Exit le fantôme*
5253. Hunter S. Thompson — *Hell's Angels*
5254. Raymond Queneau — *Connaissez-vous Paris?*
5255. Antoni Casas Ros — *Enigma*
5256. Louis-Ferdinand Céline — *Lettres à la N.R.F.*
5257. Marlena de Blasi — *Mille jours à Venise*
5258. Éric Fottorino — *Je pars demain*
5259. Ernest Hemingway — *Îles à la dérive*
5260. Gilles Leroy — *Zola Jackson*
5261. Amos Oz — *La boîte noire*
5262. Pascal Quignard — *La barque silencieuse (Dernier royaume, VI)*
5263. Salman Rushdie — *Est, Ouest*
5264. Alix de Saint-André — *En avant, route!*
5265. Gilbert Sinoué — *Le dernier pharaon*
5266. Tom Wolfe — *Sam et Charlie vont en bateau*
5267. Tracy Chevalier — *Prodigieuses créatures*
5268. Yasushi Inoué — *Kôsaku*
5269. Théophile Gautier — *Histoire du Romantisme*
5270. Pierre Charras — *Le requiem de Franz*
5271. Serge Mestre — *La Lumière et l'Oubli*
5272. Emmanuelle Pagano — *L'absence d'oiseaux d'eau*
5273. Lucien Suel — *La patience de Mauricette*
5274. Jean-Noël Pancrazi — *Montecristi*
5275. Mohammed Aïssaoui — *L'affaire de l'esclave Furcy*
5276. Thomas Bernhard — *Mes prix littéraires*
5277. Arnaud Cathrine — *Le journal intime de Benjamin Lorca*
5278. Herman Melville — *Mardi*
5279. Catherine Cusset — *New York, journal d'un cycle*
5280. Didier Daeninckx — *Galadio*
5281. Valentine Goby — *Des corps en silence*
5282. Sempé-Goscinny — *La rentrée du Petit Nicolas*
5283. Jens Christian Grøndahl — *Silence en octobre*
5284. Alain Jaubert — *D'Alice à Frankenstein (Lumière de l'image, 2)*
5285. Jean Molla — *Sobibor*
5286. Irène Némirovsky — *Le malentendu*

Impression Maury-Imprimeur
à Malesherbes, le 16 décembre 2011
Dépôt légal : décembre 2011
1ᵉʳ dépôt légal dans la collection : mars 2004.
N° d'imprimeur : 169991.
ISBN 978-2-07-031439-3 / Imprimé en France.